Roman

DIE WOLLUST
Kathrin Kolloch

SPICA
VERLAG GMBH

www.spica-verlag.de

> Warnhinweis!
> Der Roman enthält Beschreibungen sexueller Übergriffe, unter anderem an Minderjährigen. Wenn Sie oder eine Ihnen nahestehende Person betroffen sind, nehmen Sie bitte Hilfe in Anspruch. Angebote finden Sie beispielsweise unter: www.hilfeportal-missbrauch.de

© Spica Verlag GmbH
1. Auflage, 2021

Umschlagillustration: Henrik Miers
Gesamtherstellung: Spica Verlag GmbH
Autorin: Kathrin Kolloch
Für den Inhalt des Werkes zeichnet die Autorin selbst verantwortlich.
Die Handlung und die handelnden Personen sind frei erfunden, Ähnlichkeiten mit lebenden Personen wären zufällig und sind unbeabsichtigt.

Alle Rechte vorbehalten. Das Werk darf – auch teilweise –
nur mit Genehmigung des Verlages wiedergegeben werden.

ISBN 978-3-946732-80-8
Printed in Germany

*Dieser Roman entstand aus den Worten,
durch die ich geboren wurde,
den Worten, mit denen ich aufgewachsen bin,
den Worten, die ihr meine lieben Großeltern und Eltern,
mich gelehrt habt.
Diese Worte, die ich an jedem Tag meines Lebens ausspreche,
seien nun euch selbst,
Inge, Hildegard und Franz-Otto posthum, gewidmet.*

1
KAPITEL

*Ist der, der Zutrauen missbrauchen kann,
nicht weit teuflischer als der Teufel selbst?*
Marianne Ehrmann deutsch-schweizerische Schauspielerin,
Schriftstellerin, Journalistin und Verlegerin

Jahr 2001

Unfähig sich zu bewegen, lag Adelheid Büning auf dem Rücken. Mit weit aufgerissenen Augen starrte die Vierundsiebzigjährige in die Dunkelheit und fühlte den Schweiß aus ihren Poren brechen.
Immer wenn sie ihre Augen schloss, quälten sie die Erinnerungen von Neuem. Niemals würde sie all das Geschehene vergessen können, egal wie sehr sie sich auch bemühte.
So starrte sie in die Dunkelheit dieser lauen Spätsommernacht. Das Atmen fiel ihr schwer. Die Furcht legte sich wie eine zentnerschwere Last auf ihre Brust und schnürte ihre Kehle zu. Als wolle es die schützende Wand ihres Brustkorbs bersten lassen, schlug ihr Herz gleich einem unermüdlich arbeitenden Presslufthammer gegen die Rippen. Der Puls dröhnte in ihren Ohren. Sosehr sie auch mit sich rang, sie konnte ein ohnmächtiges Stöhnen nicht mehr unterdrücken.
Die letzten fünfzig Jahre schienen wie im Flug vergangen. Adelheid Büning sah sich als die unbeschwerte junge Ehefrau, die ihren Mann aus tief empfundener Liebe und Zuneigung geheiratet hatte. Doch dann war nichts mehr wie zuvor. Ein einziger Moment hatte alles verändert.

Tränen rannen der gebrochenen Frau über die Wangen und versickerten in den Daunen des großen, weichen Kopfkissens. In der Hoffnung, die Gedanken damit zu verscheuchen, schloss sie die Augen. Es gelang nicht. Stattdessen fiel sie in einen unruhigen Schlaf, in dem sie wehrlos den dunklen Erinnerungen ausgeliefert war.

Die junge Mutter, die Adelheid mit ihren zwanzig Jahren war, hob ihre bleiernen Arme und presste sich die Hände auf den Mund. Dann hielt sie die Luft an, um jeden Ton aus dem Nebenzimmer hören zu können.
Sie sah sich wieder einmal weinend im Bett liegend. Hans-Heinrichs vor Trunkenheit lallende Stimme waberte durch die offen stehende Tür. Ihre Tochter lag nackt auf dem Wohnzimmertisch. Sie war noch ein Baby, sechs, sieben Monate alt. Das diffuse Licht der Stehlampe beleuchtete den Raum zwar nur spärlich, doch ihr Schein reichte aus, um jedes noch so kleine Detail im Zimmer zu erkennen. Der Vater drückte dem Mädchen die Beine auseinander, als wollte er es windeln.
„Meine kleine, süße Dorothea", hörte Adelheid ihren Mann in der Erinnerung wispern. Wieder musste sie mit ansehen, wie er mit Daumen und Zeigefinger die zierliche Fessel des Säuglings umschloss, sich herunterbeugte und mit der Nase an die Fußsohle stupste. Geräuschvoll sog er den unschuldigen Geruch des Babys ein.
Immer tiefer sank Adelheid Büning in die Erinnerung des schrecklichen Vergehens ihres Mannes an dem kleinen unschuldigen Kind, den Albtraum, der einmal Wirklichkeit gewesen war, unfähig ihn abzuschütteln oder aufzuwachen. Unaufhaltsam wurde Vergangenheit erneut zur Gegenwart.
Die Nase des Vaters verweilte zwischen den Oberschenkeln des kleinen Mädchens, bevor er sie in das rosige Fleisch hineindrückte. Hier war er endlich am Ziel seiner Wünsche. Dann

hob er den Kopf ein paar Zentimeter an und öffnete seinen Mund. Züngelnd, einer Schlange gleich, schoss seine weiße, pelzige Zunge hervor. Der Säugling, der bis zu diesem Zeitpunkt verschlafen auf dem Tisch gelegen hatte, bewegte sich unruhig.

„Ja", stöhnte der Vater, „das mag meine kleine Prinzessin."
Schwankend richtete er sich auf. Der breite Daumen seiner linken Hand umspielte den kleinen Hautzipfel des Säuglings, den seine Nase freigelegt hatte. Mit der rechten Hand öffnete er seinen Gürtel und zerrte sich – weil es nicht schnell genug ging – sichtlich genervt an Hose und Schlüpfer.
Schon drängte sich die nächste Erinnerung in ihren Traum.
Adelheid Büning kannte den Anblick nur zu gut. Auch der Geruch seines Schambereichs war ihr bestens vertraut. Wie eine gefährliche Speerspitze würde sein erigierter Penis sich gleich aus dem gelb-braunen Gewirr seiner Schamhaare aufrichten. Tiefer Ekel befiel sie. Die Farbe erinnerte sie an die blonden Barthaare eines starken Rauchers.
Als der riesige Penis ungeduldig hervorschnipste, breitete sich Entsetzen in ihr aus. Reflexartig wollte sie die Augen zusammenkneifen. Doch irgendetwas hinderte sie daran. Alles in ihr schrie: Aufwachen!
War das Aufwachen, was ihr da eben begegnet war, nur ein schlimmer Traum gewesen? Mit Entsetzen stellte sie nach dem Erwachen fest, dass Wirklichkeit und Traum miteinander verschmolzen waren. Schweißgebadet lag sie in der Dunkelheit und lauschte auf die vertrauten Geräusche des Hauses, in das sie unmittelbar nach ihrer Hochzeit eingezogen waren. Sie stand lautlos auf, zog sich auf dem Weg aus dem Schlafzimmer ihren Morgenmantel über und fingerte eine bereits angefangene Schachtel Zigaretten aus der Tasche. Sie hatten Glück gehabt, damals 1950. Die Wohnung war ihr wie ein Palast erschienen. Zwar befand sich diese alte Villa am Rande der mecklenbur-

gischen Kleinstadt, aber dennoch waren die wichtigsten Geschäfte für sie schnell erreichbar. Als äußerst geschickt erwies sich auch, dass ihre Mutter nach dem frühen Tod von Adelheids Vater ihre größere Wohnung mit der kleineren Mansarde im Dachgeschoss über ihrer Wohnung eingetauscht hatte. Am Küchentisch sitzend, wanderte ihr Blick intuitiv zur Decke ihrer Wohnung. Sie schüttelte über sich selbst den Kopf und zündete sich eine Zigarette an. Nachdem sie bereits zwei Söhne in aufeinanderfolgenden Jahren geboren hatte, stand die Geburt ihrer Tochter unmittelbar bei ihrem Einzug bevor. Sie konnte darauf vertrauen, dass die Mutter sich um sie und ihre immer größer werdende Familie kümmern würde. Die Gedanken an die Zeit vor fünfzig Jahren, die glücklichsten Momente in ihrem Leben bargen etwas Tröstliches in sich, denn sie gehörten nicht zu diesen schrecklichen Träumen und sie hielten Adelheid stets wach. Sie zog verlangend an der Zigarette. Doch ihre Augenlider wurden nun schwer und das Ungeheuerliche, das einmal grausame Realität gewesen war, spielte sich – wie eine Endlosschleife – in ihrem Geist ab.

Sie sah sich selbst an der Wohnzimmertür stehend und durch den Türspalt mitansehen zu müssen, wie ihr Mann mit seiner Penisspitze das Gesicht des Babys umkreisend streichelte. Adelheid Bünings Mund hatte sich zu einem Schrei geöffnet. Ihr Mutterinstinkt sagte ihr, dass es Zeit war, endlich einzugreifen, ihm das schutzbedürftige, winzige Kind zu entreißen, es an sich zu nehmen und wegzulaufen. Doch irgendetwas zwang sie, sich still zu verhalten und bewegungslos zu verharren.

Plötzlich öffnete das Baby den Mund. Sicher hatte es die Reibung des Fleisches gefühlt und erwartete nun die Brust seiner Mutter. Genau auf diesen Reflex schien ihr Mann gewartet zu haben. Als das Baby zu saugen begann, hielt er für einen Moment inne, schloss die Augen und legte seinen Kopf in den Nacken, doch nur für ein paar Sekunden. Dann stieß er zu, stetig und hart, wieder und immer wieder, bis ein animalischer Laut aus seiner Kehle den orgastischen Höhepunkt anzeigte.

Mit angstvoll geweiteten Augen starrte Adelheid Büning nun auf das Kind. Ihr Herz stockte für einen Moment. Während sich der Mann die Hose hochzog, lag das kleine Mädchen starr mit halb geöffneten Augen auf dem Tisch. Eine weiße Flüssigkeit rann aus dem Mund des Säuglings.

„Na, meine kleine Dorothea. Du bist ein braves Kind. Machst deinem Vater viel Freude. Jetzt wollen wir dich aber wieder anziehen. Sonst kriegt die kleine Prinzessin noch einen Schnupfen."

Als der Mann den Säugling aufrichtete, stieß das Kind einen würgenden Laut aus. Danach begann das kleine Mädchen zu husten, als würde es gleich ersticken.

Erleichtert sah Adelheid, dass ihr Kind lebte. Ihr Herz beruhigte sich und begann wieder regelmäßig zu schlagen. Vorsichtig, jedes Geräusch vermeidend, schlich sie sich auf leisen Sohlen erst zum Fenster, um sich mit einem Blick in den hinteren Hof zu vergewissern, dass auch niemand auch niemand in der Nähe war, zum Bett zurück und schlüpfte lautlos unter ihre Bettdecke. Doch sosehr sie sich mühte, sie wurde erst ruhiger, als ihr Mann neben ihr lag, doch einzuschlafen vermochte sie danach noch lange nicht.

Nicht einmal in diesem Augenblick wollte ihr die heißgeliebte Zigarette die erwartete Entspannung verschaffen. Sie schlich sich zurück ins Bett. Nachdem sich Adelheid eine Mulde für ihren Kopf ins Kissen gedrückt hatte, drehte sie sich langsam auf die Seite. Aber Ruhe konnte sie nicht finden. Sie begann zu zittern, als die nächsten Bilder, die sich unauslöschlich in die Seele gebrannt hatten, erbarmungslos in ihr aufstiegen. Kaum waren ihre Augenlider geschlossen, begann ein weiterer Film unerbittlich abzuspulen.

„Komm mal her, meine Süße. Papa spielt mit dir Hoppereiter."
Das ohnmächtige Weinen ihrer inzwischen zweijährigen Tochter drang an ihr Ohr, als der Vater das Kind zu sich auf den Schoß hob. Schnell drehte sich Adelheid um und ging in die Küche. Doch die Tür ließ sie angelehnt.
„Auaweh", schluchzte das Kind.
„Blödsinn", keuchte Hans-Heinrich. „Hoppereiter macht Spaß."
Immer wieder hob er seine Tochter hoch, um sie sogleich in seinen Schoß fallen zu lassen.
„Auaweh", schrie Dorothea in höchster Not. Dann verstummte sie.
Adelheid trat zurück an den Türspalt und sah, wie ihr Mann das Kind zwischen seine Beine fallen ließ. Manchmal bekam er es gerade noch am Beinchen, manchmal aber auch erst am Ärmchen zu fassen. Ununterbrochen stieß er es hinunter auf seinen feuchten, dunkelroten Penis, der monströs zwischen seinen Beinen aufragte.
Dorothea hatte aufgehört zu weinen. Ihre Augen weit aufgerissen, schien sie der Welt weit entrückt zu sein und nichts mehr zu spüren. Atmete sie noch? Endlich, Hans-Heinrichs erlösendes Gurgeln. Eilig drehte sich Adelheid um und klapperte mit den Deckeln ihrer Kochtöpfe. Schnell füllte sie die Mahlzeit für das Kind auf den Teller.
„Ach ihr beiden, schmust ihr ein bisschen? Kuschelt dein Papa schön mit dir, meine Kleine?"
Adelheid Büning überhörte das jämmerliche Weinen ihrer Tochter, stellte den Teller auf den Wohnzimmertisch und nahm ihrem Mann das Mädchen vom Schoß. „Komm her, mein Kleines. Mama hat Happa-Happa für dich gemacht." Sie setzte sich mit ihr an den Tisch und wischte mit dem Handrücken die Tränen von den kleinen Wangen. „Hmm, das schmeckt lecker."
Ihre Tochter wollte nicht essen und drehte das Köpfchen zur

Seite, aber der Arm der Mutter war länger. Sie schob den Löffel zwischen Dorotheas Lippen, bis die Kleine den Widerstand aufgab. Nun schluckte sie gehorsam bis zum letzten Bissen.
„Jetzt geht es aufs Töpfchen und dann legt dich Mama ins Bettchen."
Adelheid Büning lag noch immer bis ins tiefste Innere aufgewühlt in dem Raum, der seit ihrer Hochzeit das eheliche Schlafzimmer gewesen war. Während sie hellwach in die Dunkelheit starrte, wollten die albtraumhaften Szenen nicht weichen.
Sie steckte sich ihre Zeigefinger in die Ohren, aber die dunkle, gütige Stimme ihrer eigenen Mutter dröhnte in ihrem Kopf und ließ in ihr weitere, längst verdrängt geglaubte Erinnerungen aufsteigen.
„Wat makst du denn duernd mit ehr? Sei will gor nich mihr tau di. Deist du ehr ümmer wat?
„Ich tue ihr nichts. Sie hat vor allem Angst. Nicht mal Hoppereiter kann sie ab. Du bist zu zart zu ihr, du verweichlichst sie. Sie wird noch eine Heulsuse werden. Was schaust du mich so an? Ich hab recht, du wirst schon sehen."
„Heiding, ik glöf di nich. Ik möt bäter up sei acht gäben. Dat dau ik."
„Ja, ja, besser aufpassen …", hörte sich Adelheid Büning trotzig wie aus weiter Ferne antworten, bevor sich eine weitere Erinnerung in ihr Bewusstsein drängte.
„Dorothea." Die harte Stimme ihres Mannes duldete keinen Widerspruch. Das kleine Mädchen zuckte mitten in seinem Spiel zusammen, es spürte, dass es gehorchen musste. Mit angstvollem Blick schraubte sich die Kleine mühsam hoch, um sich auf ihre noch wackligen Beinchen zu stellen. Sogleich begann sie mit unsicheren Schritten zu laufen. Sie wollte rennen, nur weg von diesem Ort. Doch ihre Beinchen waren zu langsam. Schon packte ihr Mann das Mädchen. Es begann mit seinen winzigen Fäusten zu schlagen und mit den klei-

nen Füßchen zu treten. Hans-Heinrich hob es unsanft hoch. So zappelnd sah es zwergenhaft in den großen, schwieligen Händen des massigen Mannes aus. Er klemmte es sich unter den Arm und trug es in die Waschküche. Adelheid folgte den beiden unbemerkt. Dort angekommen legte der Vater das kleine Mädchen auf den Boden. Es weinte stumm ohne Regung. Einen winzigen Moment hielt Dorothea inne, als ein leises Kitzeln ihren Körper durchrieselte. Der verstörte Blick schien zu fragen, was der Papa da mit seinem Daumen, mit seinen Lippen machte? Doch dann wurde der kleine Körper wieder von unterdrücktem Schluchzen geschüttelt. In der Hoffnung, dass alles schnell vorbei sein würde, lag ihre Tochter wimmernd auf dem Rücken. Sie wusste, wenn sie sich jetzt bewegte, würde es noch mehr wehtun. Es gab kein Entrinnen. Grob drehte Hans-Heinrich sein Kind auf den Bauch, drückte dessen Gesäß auseinander und stieß sein riesiges, feuchtes Glied in das kleine Mädchen hinein, immer und immer wieder.

Der Anblick, der sich Adelheid Büning bot, war allzu absonderlich. Es schien gar so, als ob das Kind aufgespießt vom Phallus des Vaters und durch diesen getragen über dem Erdboden schwebte.

Endlich das bekannte Gurgeln. Dann war es vorbei. Vorerst, bis zum nächsten Mal.

Während sich Hans-Heinrich die Hose zuknöpfte, lag ihr Kind regungslos auf dem Boden, unfähig sich zu bewegen.

Nun – Jahrzehnte später – der Hoffnung, endlich in den langersehnten, traumlosen Schlaf fallen zu können, kniff Adelheid ihre Augenlider fest zusammen. Doch nicht einmal dieser über Jahre bewährte Trick führte zu dem gewünschten Erfolg. Völlig unvermittelt fand sie sich am Küchentisch wieder, gegenüber saß ihre Mutter und schälte Kartoffeln.

Dorothea kam in die Küche gelaufen und jammerte: „Mama, Mama, Auaweh."

„Oh, meine liebe Kleine, wo hast du Auaweh, am Kopf? Nein, der Bauch?"
„Muschi. Auaweh, Mama, Mama", weinte die Kleine.
„Komm her, mein Hase. Komm, ich puste mal."
„Papa hat Auaweh gemacht."
„Papa macht dir doch kein Auaweh. Er ist lieb."
„Nein, nein." Weinend schüttelte die Kleine ihr Köpfchen.
„Papa hat Auaweh gemacht. Ganz dolles Auaweh."
„Heiding, hett hei ehr wat dan?", fragte die alte Frau verwundert und sah ihrer Tochter prüfend ins Gesicht.
Adelheid Büning schüttelte rigoros den Kopf. „Der tut doch der Kleinen nichts." Ihre Stimme klang empört.
„Dat geiht ehr nich gaut, sei hett wat!" Die alte Frau runzelte die Stirn und schüttelte den Kopf.
„Ich mache ihr einen Tee und halte sie warm, dann wird es ihr wieder besser gehen", erwiderte Adelheid, während sie ihr krächzend weinendes Kind auf dem Schoß wiegte.
„Wat hett sei denn?", bohrte die alte Frau weiter.
„Mama, sie hat Kopfweh, Bauch- und Muschischmerzen. Sie sagt, Hans-Heinrich habe ihr wehgetan."
„Nee, dat glöf ik nich. Heining deit ehr doch nich weih, mien Diern?" Die Stimme der alten Frau klang brüchig.
„Nein, er liebt seine Tochter. Wie sollte er ihr da etwas antun wollen?" Sosehr sie sich auch bemüht hatte, sich gleichmütig zu verhalten, es gelang ihr nicht. Adelheid Bohning rang sichtlich um Fassung.
„Nee", die alte Frau schüttelte voller Überzeugung ihren Kopf, „dat makt hei nich. Kumm, ik mak ehr wat farig för Kopp und Buk. Dat ward ehr helpen, nu kumm man."
„Ja, deine Medizin wird ihr ganz sicher helfen", murmelte Adelheid nachdenklich, als sich die Tür hinter Mutter und Tochter geschlossen hatte, und biss sich auf die Lippe.

Unruhig warf sich Adelheid im Bett hin und her. Doch sosehr sie sich auch mühte, um die trüben Gedanken aus ihrem Kopf zu verscheuchen, es wollte ihr nicht gelingen. Schon wieder änderte sich die Szene und riss sie mit sich.
Sie sah sich selbst, dem Urinstinkt einer Mutter folgend aus der Waschküche kommen, dann die Treppe hinauflaufen, immer zwei Stufen auf einmal, dem Schrei folgend. Angstvoll riss sie die Schlafzimmertür auf. Ein Blick auf ihren Mann genügte, der das Kind wie eine Puppe in seinen Händen hielt und schüttelte.
„Hans-Heinrich, was hast du ihr getan?"
Ohne Antwort rüttelte er Dorothea weiter.
Vor Schrecken fing Adelheid Büning zu jammern an: „Oh, mein Gott. Was hast du gemacht?"
In voller Verzweiflung entriss sie ihm schließlich das leblose Kind und legte es auf den Boden. Wenn dieses Kind stirbt, hämmerte es in ihrem Kopf, was werden die Leute sagen. Sie suchte hastig ein Taschentuch aus der Schürze, fuhr damit in den leicht geöffneten Mund ihrer Tochter und wischte ihr mit zitternden Händen die Mundhöhle aus. Mit tödlicher Angst im Nacken dehnte sie das Köpfchen nach hinten, hielt dem Mädchen die Nase zu und blies ihren eigenen Atem in den Mund. Während sie mit ihren Fingern rhythmisch den Brustkorb des Kindes presste, drang ein sirenenartiger Ton der Verzweiflung aus Adelheids Kehle.
Die Sekunden fühlten sich an wie eine Ewigkeit. Wieder beatmete sie das Kind. Wieder animierten ihre Finger das Herz ihrer Tochter. Dann, nach langen bangen Sekunden endlich das erlösende Husten. Die Kleine öffnete die Augen.
Adelheid begann zu weinen und drückte das Kind an sich, streichelte es und küsste es auf sein Köpfchen. Dann drehte sie im Zeitlupentempo ihren Kopf: „Du verdammtes Schwein! Komm mir nie wieder vors Gesicht! Du Schwein, du hinterhäl-

tiges Schwein, du!" Erschöpft vor Ekel und Furcht sank sie mit Dorothea im Arm in sich zusammen und begann hemmungslos zu weinen. Hans-Heinrich Büning drehte sich wortlos um und ging.

Dorothea streckte die Händchen aus. „Mama, Auaweh?" Die Kleine griff nach ihrer Hand und versuchte sie zu trösten.

Im nächsten Moment trat ihre Mutter hinzu. „Heiding, wat is los bi juuch?", fragte die alte Frau in den hoffnungslosen Schrei ihrer Tochter. „Vertell mi doch blots, wat los is bi juuch."

Sie nahm ihr die Kleine aus dem Arm. Das Mädchen liebevoll streichelnd und küssend setzte sie ihre Enkelin auf das große Bett der Eltern. Dann drehte sie sich mit unendlich müdem Gesicht um.

„So Heiding, wat wier los bi juuch?"

„Hans-Heinrich hat Dorothea missbraucht. Er hat seinen Schwanz in ihren Mund gesteckt und sie wäre fast erstickt." Schluchzend fügte sie hinzu: „Sie hat nicht mehr gelebt." Tränen liefen ihr ununterbrochen über die Wangen. „Ich habe ihren Mund gesäubert und ihr Herz gedrückt und dann guckte sie mich wieder an." Mit dem Handrücken wischte sie sich die Tränen weg und legte sich zu ihrem Kind ins Bett. „Maming, schau mal, sie guckt so anders." Ein erstickter Laut tief aus ihrem Inneren folgte. „Ob ihr Kopf was abbekommen hat? Sie hat lange keine Luft gekriegt."

„Oh, mien Gott, oh, mien Gott. Wat wier blots mit em los?", jammerte die alte Frau und legte sich neben ihre Tochter ins Bett.

2
KAPITEL

Jahr 1983

Wahnsinn, noch etwas mehr als drei Monate und schon ist das Jahr Geschichte. Ehe man sich versieht, ist wieder ein Jahr vorüber, überlegte der Rotschopf und blätterte gelangweilt in seinem Terminkalender. Ein Blick zwischendurch auf seine Armbanduhr vermittelte ihm dennoch das Gefühl, dass die Zeit an diesem Tage nur zäh dahinfloss. Wahrscheinlich lag es an diesem Zimmer, das spärlich mit einem Schrank, einer Konsole, einem Schreibtisch und vier Stühlen bestückt war und einen sehr sterilen Eindruck vermittelte. Wenigstens ist der Waschbereich, mit dem jedes der Sportlerzimmer im Clubinternat ausgestattet war, erhalten geblieben. So kann ich mir wenigstens einen Kaffee kochen, dachte der Rotschopf nach einem weiteren Blick auf seine Uhr. Im Vorgefühl freudiger Erwartung schraubte er sich von seinem Stuhl, schritt zur Konsole und entnahm der darauf stehenden Kaffeemaschine die Kanne. Gerade, als er den Vorhang der Waschkabine zurückgezogen hatte, öffnete sich leise die Tür.

„Mahlzeit", grüßte der mittelgroße, athletisch gebaute Mann, nachdem er die Tür lautlos hinter sich zugezogen hatte.

„Genosse Kanthake", erwiderte der Rotschopf. Sein Gesicht veränderte sich schlagartig. Ein Lächeln trat in sein teigiges Gesicht. Der dickliche Mann sah mit einem provokanten Blick wieder auf die Uhr an seinem Handgelenk: „Wie immer so pünktlich, dass man die Kirchturmuhr nach deinem Eintreffen stellen könnte." Er lachte ein verhalten-keckerndes Lachen.

„Disziplin gehört nun einmal zu den unerlässlichen Tugenden eines Sportlers", erwiderte Siegfried Kanthake selbstzufrieden und richtete sich vor dem wegen seiner Körpergröße von über 190 cm auf ihn herabsehenden Hauptmann der Staatssicherheit deutlich sichtbar auf.

„Ich wollte mir gerade einen Kaffee kochen." Der Rotschopf wedelte mit der Kanne in seiner Hand. „Möchtest du auch einen?" Fragend musterte er das von der Sonne gebräunte Gesicht seines Besuchers und begann intuitiv die Vielzahl von Warzen zu zählen.

„Gerne. Einen Kaffee aus einer Kaffeemaschine lehne ich niemals ab. Tolle Erfindung, diese Kaffeemaschinen." Die Selbstverständlichkeit, mit der Siegfried Kanthake unaufgefordert auf den Besucherstuhl sank, ließ die Regelmäßigkeit ihrer Treffen erahnen, wie sie symbolisierte, dass er sich in dem Clubinternat, in dem sich beide befanden, als Hausherr fühlte.

„Du sagst es, Genosse Kanthake." Das Seufzen des Rotschopfs klang gekünstelt. „Wenn es immer nur diesen aufgebrühten Kaffee geben würde, könnte man sich das Kaffeetrinken abgewöhnen und nach Hause gehen."

„Also für Feierabend wäre ich auch, aber nach Hause gehen kann ich trotzdem noch nicht", antwortete der Mann namens Kanthake gleichgültig. Desinteressiert, mit einer Spur von Arroganz im Blick, sah er zu, wie der Hauptmann die Kaffeemaschine befüllte und die Tassen bereitstellte, bevor er sich zu ihm an den Tisch setzte und eine Kassette in das Aufnahmegerät legte.

„Sag bloß, du hast nach dem Gespräch noch eine Trainingseinheit abzuleisten?"

„Hmm." Siegfried Kanthake nickte mit einem missbilligenden Grinsen im Gesicht. „Und wenn es geht, würde ich vorher gerne noch in die Stadt gehen." Er überlegte kurz, ob er dem Hauptmann erzählen sollte, dass er im Fachgeschäft Exquisit,

wo er hochwertige Lebensmittel einzukaufen gedachte, sein Geld ausgeben wollte.
Doch sein Selbstdarstellerverlangen siegte. „Einer meiner Kollegen hat erzählt, dass es im Fress-Ex Mandarinen in Büchsen geben soll. Meine Frau und ich haben bald unseren 24. Hochzeitstag. Ich will sie an diesem Tag mit Sekt und Früchten überraschen. Sie mag das sehr."
„Du weißt, wie man Frauen verwöhnt." Der Rotschopf schob zum Zeichen seiner Wertschätzung seine Unterlippe vor und nickte anerkennend.
„Ja", antwortete Siegfried Kanthake mit einem gespielt geringschätzigen Schulterzucken. „Und nicht nur ich." Er verstummte, um auf eine Regung im Gesicht des Rotschopfes zu warten. Doch wie immer blickte er in eine undurchdringliche Maske, in der nicht einmal die wässrigen, blauen Augen eine Gefühlsregung signalisierten. Siegfried Kanthake fühlte leichten Unmut in sich aufsteigen. Er fuhr sich mit der Hand durch sein schütteres mittelblondes Haar. Doch nach einer Minute des Schweigens siegte sein Bedürfnis der Mitteilsamkeit. „Wie man Frauen verwöhnt, weiß unser Spitzensportler auch", fuhr er kapitulierend fort. „Ich habe Thilo Huth neulich beim Einkaufen im ‚Exquisit' getroffen. Holger hat mich erst nicht gesehen, aber ich konnte ihn dafür umso besser beobachten, weil ich in der Schlange fünf Personen hinter ihm stand."
Mit einem langgezogenen „So?" unterbrach der Hauptmann Kanthakes Redefluss.
Hatte er da eben etwa ein verächtliches Aufblitzen in Hauptmann Dadunas ansonsten undurchsichtigem Blick gesehen? Verunsichert hielt Siegfried Kanthake inne. Nein, der Hauptmann würde es nicht wagen, einen Trainer, der bei so vielen Rudersportlern, die später zu Weltruhm gelangt waren, den Grundstein für deren sportliche Karriere gelegt hatte, zu verhöhnen. Noch immer sah er nur das porzellanfarbene, teigige

Gesicht des Rotschopfs, das keinerlei Regung zeigte. Nein, er musste sich getäuscht haben. „Huth ist nach dem Training am Vormittag in die Stadt gegangen und hat eine Flasche guten Wein und eine große Tafel Westschokolade gekauft", fuhr er fort, ohne das Gesicht seines Gegenübers aus den Augen zu lassen. „Eine 200-Gramm-Tafel von Lindt für über zwanzig Mark hat er gekauft." Als Siegfried Kanthake feststellte, dass selbst diese Information sein Gegenüber ungerührt ließ, war er endgültig davon überzeugt, sich geirrt zu haben. „Erst nachdem er bezahlt, seinen Einkauf in seiner Tasche verstaut hatte und schon auf dem Weg nach draußen war, bemerkte er mich."
„Und wie hat Huth reagiert?", fragte der Rotschopf.
„Ich hatte den Eindruck, dass er sich erwischt gefühlt hat."
„So?"
„Ja. Er kam auf mich zu, erzählte mir, was er gerade gekauft hat, und fragte mich, was ich denn so kaufen wolle." Siegfried Kanthake unterbrach sich. Dann rückte er etwas vom Tisch ab, drehte sich zur Seite und schlug die Beine übereinander. „Um ihn zum Reden zu bringen, habe ich ihm gesagt, dass ich ein Päckchen Kaffee und eine Flasche ‚Helios' kaufen werde."
„Durch diese Information hast du ihn zu Reden gebracht?"
„Natürlich nicht." Kanthakes Stimme nahm einen arroganten Unterton an. „Auch wenn für so einen wie mich eine Flasche dieses edlen Gesöffs was Besonderes ist, kann den wohl ein Fuffziger mehr oder weniger im Portemonnaie wenig beeindrucken. Nein, ich habe ihm erzählt, dass wir am Wochenende Besuch von einem ehemaligen Sportfreund und dessen Frau erhalten. Selbstredend wird aus diesem Anlass etwas Besonderes aufgetischt."
„Selbstredend", wiederholte der Hauptmann und nickte.
„Diese persönliche Information hat ihn dann wohl animiert, sich auch mir gegenüber zu öffnen." Ein gewisser Stolz schwang in Siegfried Kanthakes Stimme mit. „Er zeigte auf

seine Tasche und erklärte, dass auch sein Einkauf für einen besonderen Anlass bestimmt sei."
„Hast du nachgehakt?"
„Klar, das war doch der Aufhänger für meine Nachfrage."
„Na, da bin ich aber neugierig." Der gleichmütige Gesichtsausdruck des Rotschopfes zeugte von Gegenteiligem, so dass Siegfried Kanthake allenfalls vom Einwurf eines routinierten Vernehmers ausgehen konnte.
„Doch bevor er antwortete, überlegte er mir einen Augenblick zu lange, als dass ich ihm Glauben geschenkt hätte", fuhr Kanthake fort und pumpte dabei durch einen tiefen Atemzug seinen Brustkorb auf. „Deshalb kamen mir Zweifel und ich dachte sofort, dass sein Einkauf gewiss nicht für eine traute Gemeinsamkeit mit seiner Frau bestimmt war, sondern allenfalls für ein Schäferstündchen mit seiner Geliebten Sternitzke."
„*Denken* heißt nicht *wissen*", wandte der Rotschopf lakonisch ein.
Siegfried Kanthake fuhr hoch und starrte böse auf sein Gegenüber. Doch dann, nach einem kurzen Augenblick des Überlegens, besann er sich. „Genosse Hauptmann, bisher dachte ich, wir kämpfen an der gleichen Front", sagte er mit zum Schlitz zusammengekniffenen Augen.
„Tun wir auch, Genosse Kanthake", antwortete der Rotschopf mit Gleichmut in der Stimme. „Aber das bedeutet trotzdem, dass ich nur das zu Papier bringen werde, was auch als erwiesen gelten kann. Schließlich muss die Firma, deren Vertreter ich bin, für absolute Qualität bürgen."
„Okay, Genosse Hauptmann, dann formuliere ich also neu."
Während das Gespräch beider zuvor in gedämpfter Lautstärke geführt worden war, schwoll Siegfried Kanthakes Stimme von nun verdächtig an: „Bereits in diesem Moment ahnte ich, was wenig später zur Gewissheit wurde, nämlich, dass der Einkauf unseres Olympiakaders Huth gewiss nicht für eine traute Ge-

meinsamkeit mit seiner Frau Lydia bestimmt war, sondern allenfalls für ein Schäferstündchen mit seiner Geliebten Sternitzke. Seine Frau hat ihn zwei Tage darauf vom Training abgeholt. Ich habe sie zusammen mit ihren Kindern im Flur des Trainingszentrums getroffen. Huth stand noch unter der Dusche und sie haben im Gang auf ihn gewartet."

In diesem Moment wurde Siegfried Kanthakes Redefluss durch lautes Stimmengewirr auf dem Flur unterbrochen. Er erstarrte. Beide Männer lauschten auf die Geräusche hinter der Tür.

Der Rotschopf sah auf seine Uhr. „Das sind nur Sportler, die vom Mittagessen kommen", erklärte er. „Du kannst ruhig weiterreden. Keiner weiß, von wem und wofür das Zimmer genutzt wird."

Siegfried Kanthake nickte. „Ich würde trotzdem nur ungern gesehen werden, wenn ich hier aus der Tür komme."

„Das verstehe ich. Aber keine Angst, auch dafür gibt es eine Lösung", redete der Hauptmann beruhigend auf Kanthake ein. „Du hast also Lydia Huth auf dem Flur getroffen."

„Ja. Diese Chance habe ich mir natürlich nicht entgehen lassen und sie sofort in ein Gespräch verwickelt. Ich hatte mich so postiert, dass ich die Tür des Umkleideraums im Blick behalten konnte. Genau zu dem Zeitpunkt, als Holger Huth herauskam, habe ich sie gefragt, wie denn die Westschokolade und der Wein geschmeckt haben." Siegfried Kanthake grinste selbstzufrieden. „Du hättest mal ihren verwunderten Gesichtsausdruck sehen sollen." Sein Selbstbewusstsein war zurückgekehrt.

„Viel interessanter ist doch aber, wie Huth selbst reagierte."

„Er ist knallrot geworden", Siegfried Kanthake zog verächtlich seine Mundwinkel herunter. „Wie ein Schuljunge, den man beim Lügen ertappt hat." Er feixte. „Aber eines muss man ihm lassen. Er hat sich geschickt aus der Affäre gezogen."

„So?"

„Ja, er hat mich strafend angesehen und gesagt, dass das Ganze eine Überraschung für seine Frau werden sollte, die ich jetzt verraten hätte." Siegfried Kanthake kicherte. „Ich habe mich für diesen Fauxpas selbstverständlich in aller Form entschuldigt." Er lehnte sich zurück und legte seinen linken Arm über die hintere Stuhllehne.
„Und wie reagierten beide darauf?"
„Er hat seiner Frau einen verliebten Blick zugeworfen, sich schnell zu seinem Sohn heruntergebückt und ihn auf den Arm genommen. Sie hat nur: ‚Das macht doch nichts' gemurmelt, und dann nach der Hand ihrer Tochter gegriffen."
„Dann hat sie also nichts gemerkt?"
„Meinst du das Verhältnis ihres Mannes?" Siegfried Kanthake sah den Hauptmann fragend an.
„Ja."
„Das kann ich schlecht einschätzen. Selbst wenn sie es wüsste, würde sie es vermutlich tolerieren. Ich denke, dass es ihr wichtiger wäre, dass sich Huth nicht von ihr scheiden lässt. Schließlich hat so ein Spitzensportlerdasein Vorzüge, wie eine schicke Wohnung, teure elektrische Geräte, eine Garage, die Urlaubsreise nach den Weltmeisterschaften und die Schiffsreise nach den Olympischen Spielen ..."
„Jaja", unterbrach der Hauptmann sein Gegenüber. „Das mag sein." Intuitiv blähten sich die Nasenflügel des Rotschopfs. Nicht nur, dass ihm der üble, beißende Mundgeruch, der zu ihm herüberwehte, in die Nase gestiegen war. Die offensichtlichen Neidattacken, die Siegfried Kanthake gegen einen der erfolgreichsten Sportler seiner Zeit ritt, begannen ihn nervös zu machen. Das Blubbern der Kaffeemaschine zeigte an, dass das Wasser den Erhitzer passiert hatte und der Kaffee trinkbereit war. Gerade zur rechten Zeit.
Der Rotschopf erhob sich, um den Kaffee einzuschenken. Nachdem er mit dem dampfenden Kaffee in den Tassen zum

Tisch zurückgekehrt war und sich wieder auf seinen Stuhl gesetzt hatte, sagte er. „Dann lass uns mit dem Tonbandprotokoll beginnen." Er streckte seinen Arm aus und betätigte die Aufnahmetaste. Doch das Gerät stand still. Sichtlich irritiert senkte der Hauptmann seinen Kopf und schob seinen Oberkörper über die Tischplatte, um näher an das Aufnahmegerät zu gelangen. „Mist, das Ding will nicht", schimpfte er und klopfte vorsichtig darauf.

„Na, da brat' mir doch einer 'nen Storch", spottete Siegfried Kanthake. „Was ist denn heute los, Genosse Hauptmann? Die Technik von Horch und Guck funktioniert nicht? Vielleicht ein Wackelkontakt?" Er gab seine arrogante Sitzhaltung auf und rückte näher an den Tisch.

Ein Schatten legte sich über das Gesicht des Hauptmanns.

„Nein", bellte er böse und drückte auf einen Schalter. „Das liegt mit Sicherheit an der Kassette."

„Mit Sicherheit", ätzte Siegfried Kanthake und griente hämisch, als sein Gegenüber so lange an dem Gerät rüttelte, bis sich das Laufwerk leise schnurrend zu bewegen begann.

„Siehst du, ich hatte recht. Es lag an der Kassette." Sichtlich erleichtert, ließ sich der Offizier wieder auf seinen Stuhl plumpsen. „Also, dann lass uns anfangen", sagte er, nachdem er das Datum, die Uhrzeit und Kanthakes Decknamen diktiert hatte. „Erzähl mal, was es Neues zu unseren beiden Olympiakadern Huth und Sternitzke mitzuteilen gibt."

„Leider verfüge ich über keine neuen Informationen, was die Situation der letzten Wochen angeht. Auffällig ist, dass beide Sportler sehr, sehr häufig – eigentlich fast ausschließlich – zusammen zu sehen waren. Sie sitzen bei Wettkampffahrten im Bus grundsätzlich zusammen. Sie bewegen sich während der Freizeit am Wettkampfort nur gemeinsam. Auch beim Training sind sie unzertrennlich." Prüfend sah Siegfried Kanthake hinüber zu dem Hauptmann. Angespornt von dessen aufmunterndem Kopfnicken fuhr er redselig fort: „Diese Tatsache hat mich bewogen, den Cheftrainer zu dieser Angelegenheit zu befragen. Ich wollte mich vergewissern, ob auch andere diesen Fakt so sehen. Er sagte mir, dass ihm dieses Verhalten der beiden auch schon aufgefallen sei. Er habe sie darauf angesprochen und zur Antwort erhalten, dass sie sich ihre Freundschaft von niemandem sexualisieren lassen würden, was bedeute, dass es keinerlei Intimkontakte zwischen ihnen gebe." Siegfried Kanthake unterbrach sich und senkte den Blick. „Mich persönlich überzeugt das nicht, denn in den Jahren zuvor haben beide ja auch schon gemeinsam trainiert. Im Vergleich dazu erscheint ihre Beziehung jetzt wesentlich enger, irgendwie vertrauter." Siegfried Kanthake verfolgte mit seinen Augen das sich aufspulende Tonband. „Ihr Physiotherapeut erzählte, dass er, aber auch andere Sportler, mit denen er sich darüber unterhalten hat, bemerkt haben, dass beide über die Mittagszeit verschwinden, gemeinsam essen und auch in die Wohnung der Sternitzke fahren." Siegfried Kanthake runzelte die Stirn und sah nun direkt in die Augen seines Führungsoffiziers: „Der Sportfreund Ronny Prislich, du weißt der Dritte unserer Olympiakader, beschwerte sich bei mir darüber, dass er sich im Vorbereitungslager zum internationalen Wettkampf sehr einsam gefühlt habe. Er soll dort allein herumgesessen haben, weil die beiden nur mit sich beschäftigt gewesen seien und auch der Trainer sich nicht mit ihm abgegeben habe. Nach seiner Aussage will eine der Frauen aus der Nationalmannschaft die beiden schon beim Schäferstündchen überrascht haben." Siegfried Kanthakes Blick nahm einen erbosten Ausdruck an: „Obwohl die beiden eigentlich Vorbild für andere sein sollten, findet ihr Verhalten von offizieller Seite kaum Beachtung. Ganz offensichtlich verschließen Trainer, Cheftrainer und auch Clubverantwortliche ihre Augen davor. Möglicherweise hoffen sie, auf diese Art und Weise das Problem klein zu halten oder nicht

bekannt werden zu lassen." Siegfried Kanthakes Stimme wurde schneidend: "Nach meiner persönlichen Meinung ist aber die Freundschaft der beiden von solcher Intensität, dass es sich sehr wahrscheinlich um eine intime Beziehung handelt." Erleichtert hielt er inne: "Das war es für heute."
Der Rotschopf nickte und schaltete das Gerät aus. Mit einem Anflug von Erleichterung griff er nach seiner Tasse Kaffee.
Noch Stunden später, als er längst wieder in seinem Büro in der Dienststelle angelangt war, wollte der faulige Geruch, der tief aus dem Magen von Siegfried Kanthake kam, nicht aus seiner Nase weichen. Der Rotschopf rieb sich die Stirn. Plötzlich trat ein Leuchten in sein Gesicht. Er öffnete die unterste Schublade seines Schreibtisches und begann den darin liegenden Krimskrams zu durchwühlen. Gerade hatte er gefunden, wonach er gesucht hatte, als sich nach einem kurzen Klopfen die Tür seines Büros öffnete. Der Hauptmann fingerte unbeirrt an der Stange Pfefferminzdragees herum.
"Hallo, mein Freund. Ich wusste doch, dass du hier so spät noch herumwuselst."
"Grüß dich, Harry." Der Rotschopf sah erleichtert auf. Endlich war es ihm gelungen, die Stange mit den Pfefferminzdragees zu öffnen. "Möchtest du auch ein Pfeffi?", fragte er seinen Kollegen und stopfte sich die beiden oberen Dragees, die aus der Packung gefallen waren und nun vor ihm lagen, in den Mund.
"Nein, danke", erwiderte Harald Kabeya, nachdem er sich auf dem Stuhl vor dem Schreibtisch niedergelassen hatte.
"Dann eben nicht." Der Rotschopf ließ aus der Stange noch zwei weitere Dragees in seinen Handteller schnipsen und warf sie sich anschließend in den Mund, bevor er die Packung achtlos in die Schublade zurückwarf.
"Hast du heute noch was vor?"
"Wieso?"
"Ich meine mit deiner Frau."

Die Stirn des Hauptmanns legte sich in Falten.
„Na, wegen deines frischen Atems."
„Quatsch. Ich vertreibe damit einen üblen Geruch, der sich in meiner Nase festgesetzt hat."
„So schlimm?"
„Schlimmer." Der Rotschopf nickte mit einem abschätzigen Grinsen im Gesicht. „Kommt Fredi auch?", murmelte er mit vollem Mund.
„Ist schon auf dem Weg. Müsste auch gleich hier sein."
„Gut. Hast du was Neues in Erfahrung gebracht?"
„Habe ich, direkt von einem der Sportler."
„Erzähl mal." Der Rotschopf lehnte sich kauend in seinen Stuhl zurück.
„Stell dir vor, er hat die Sternitzke direkt auf das Verhältnis angesprochen. Sie sagte darauf, dass es endgültig vorbei sei, und begründete das mit Huths Feigheit. Er habe, so sagte sie wörtlich, einen ausgewachsenen Schuldkomplex, müsse seinen angekratzten Ruf wieder aufpolieren und sei inkonsequent. Was er jetzt so mache, interessiere sie nicht mehr. Für sie jedenfalls sei er gestorben."
„Das glaube ich ihr sogar", entfuhr es dem Rotschopf.
Von der spontanen Äußerung seines Kollegen überrascht, sah Harald Kabeya auf. „Du schlägst dich auf ihre Seite? Da staune ich aber."
„Hast du Huth einmal beobachtet?"
„Nein." Harald Kabeya schüttelte seinen Kopf.
„Aber ich."
Der verächtliche Ton seines Kollegen ließ Harald Kabeya nachhaken: „Und was macht ihn dir so unsympathisch?" Mit wachsamen Augen musterte er seinen Kollegen.
„Frag' lieber andersherum." Der Rotschopf schluckte seine Pfefferminzdragees hinunter. „Frag' nach seinen sympathi-

schen Zügen." Er griente noch ein breites Grinsen, als sich die Tür seines Büros ein paar Sekunden später erneut öffnete.

„Wieso, hat er keine?" Der provokante Ton in Harrys Stimme war unüberhörbar.

„Wer hat was nicht?"

„Hallo, Fredi, auch dir einen schönen Abend", empfing der Hauptmann den Eintretenden. „Setz dich." Er wies auf den zweiten Stuhl an seinem Schreibtisch.

„Ich grüße auch, meine lieben Freunde." Alfred Taedtke setzte sich schwungvoll in den ihm angebotenen Stuhl. „Also, erzählt mal. Was habt ihr gerade besprochen?"

„Ich habe mich mit unserem Freund über den Sympathiefaktor unseres großen Olympioniken unterhalten."

„Wieso das denn?"

Statt zu antworten, grinsten sich seine Kollegen wortlos an.

„Na, spuckt es schon aus." Alfred Taedtke schüttelte verwirrt seinen Kopf und sah von einem zum anderen.

Harald Kabeya brach als Erster das Schweigen. „Ich vermute, er hat gar keinen."

„Da hast du recht", pflichtete ihm der Rotschopf bei. „Huths Auftreten und sein Gehabe sind einfach widerlich. Ich habe mir die Siegerehrung der vorletzten Weltmeisterschaften angesehen. Da steht der doch tatsächlich auf dem Siegerpodest und krault sich die Kimme", brach es aus ihm heraus. „Fehlt bloß noch, dass er das getan hätte, während sie unsere Nationalhymne spielen", fuhr er empört fort, mitten in das wiehernde Lachen seiner Kollegen hinein.

„Sei nicht so streng mit ihm." Harald Kabeya wischte sich die Lachtränen aus den Augen.

„Bin ich nicht", entgegnete der Rotschopf emotionslos, „aber wenn seine Ex-Geliebte sagt, er sei feige und egoistisch, glaube ich ihr."

„Ja, die Sternitzke scheint wesentlich konsequenter zu sein. Hier drin ist eine Kopie der Scheidungsklage ihres Mannes." Harald Kabeya legte eine dünne Mappe auf den Tisch. „Allerdings hat mir der IM Emil Bauer dazu gesagt, dass die Sternitzke die Klageschrift gegen sich selbst verfasst habe, weil ihr Mann mit der Begründung, die er geschrieben hatte, vor Gericht nicht durchgekommen wäre."

„Das würde zu ihr passen." Der Rotschopf entnahm der Akte den Inhalt und begann sich darin zu vertiefen. Mit einem Mal sah er auf. „Das ist ja interessant. Hört mal zu. Hier schreibt der Herr Sternitzke, dass die Beziehung zwischen ihm und seiner Frau schon vor der Ehe einmal vorbei war, weil seine Frau einen anderen hatte. Als mit dem Schluss war, entschlossen sie sich zur Wiederaufnahme ihrer Beziehung und zur Heirat. Durch seine ständigen Eifersüchteleien kriselte es regelmäßig in der Ehe." Er ließ die Blätter durch seine Hände auf die Tischplatte gleiten: „Wenn ihr mich fragt, haben beide nicht aus Liebe geheiratet." Sorgsam schob er nun die Blätter seitlich zusammen. „Ich denke sowieso, dass immer dann, wenn einer aus der Ehe ausbricht, etwas in dieser Ehe nicht stimmt. Andernfalls hätte ein Dritter wohl kaum die Chance, in eine intakte Ehe einzudringen, oder?"

Die drei Männer sahen sich an und nickten.

„Dann sollten wir jetzt eine Konzeption für das operativ-taktische Vorgehen bei unserer weiteren Bearbeitung überlegen." Der Rotschopf runzelte die Stirn. „Anfangen müssten wir mit der Planung des Einsatzes der IM. Fredi, kannst du den Terminkalender der Wettkämpfe besorgen?"

„Klar, mach' ich."

„Und, Harry, wie sieht es mit dir aus? Wenn Fredi den Wettkampfkalender besorgt hat, kannst du die Einsätze der IMs planen?"

„Kein Problem."

„Schließlich liegt die Entscheidung, ob wir die beiden zu den Olympischen Spielen nach Los Angeles fahren lassen, bei uns." Der Rotschopf nickte zufrieden. „Da dürfen wir auf keinen Fall versagen." Sorgsam legte er die Blätter in die Mappe, schloss den Deckel und schob sie zurück über den Schreibtisch. „Damit hätten wir also unsere nächsten Schritte besprochen und wären für heute fertig." Er erhob sich mit einer Geschwindigkeit, die man ihm wegen seiner Leibesfülle schwerlich zugetraut hatte. „Also Jungs, dann lasst uns gehen. Wir haben in der Turnhalle eine Verabredung. Schließlich wollen wir doch bei dem anstehenden Fußballturnier alle eine gute Figur machen, oder?"

3
KAPITEL

Jahr 1993

„Joey, beeil' dich doch mal." Die Stimme des Mannes bebte vor Ungeduld. Sie macht das, um mich zu ärgern, dachte er. War sie doch, wie auch sonst die Lehrer, für alle der Inbegriff von Pünktlichkeit. „Wir kommen sonst zu spät", fügte er böse hinzu. Wahrscheinlich hängt das Rumtrödeln bei Frauen mit dem Alter zusammen, tröstete er sich und trat von einem Fuß auf den andern.

„Ich bin schon fertig", antwortete Joey mit besänftigendem Ton und trat aus dem Schlafzimmer. Während sie mit geübten Fingern den Reißverschluss ihrer Trainingsjacke schloss, musterte sie mit prüfendem Blick das Gesicht ihres Ehemannes. Erleichtert atmete sie auf. Seine aufkommende schlechte Laune mit dem Donnergrollen in seiner Stimme schien sich mit ihrem Erscheinen aufzulösen. Als sie die Zufriedenheit bemerkte, die augenblicklich in sein Gesicht trat, während sein Blick an ihrem schlanken, durchtrainierten Körper herunter und wieder hinauf wanderte, lächelte sie. Ihre Augen, in der Farbe eines azurblauen Himmels im Hochsommer, begannen zu leuchten. Nur wenige Menschen hatten dieses unbeabsichtigte Strahlen. Als Ausdruck innerer Zufriedenheit verlieh es ihrem ungeschminkten Gesicht jene herbe Schönheit, die sich dem Beobachter erst nach näherer Betrachtung offenbarte.
„Bist du zufrieden mit dem, was du so siehst?", fragte sie ihn in neckischem Ton.
„Ja, sehr sogar. Ich bin total stolz auf dich. Es gibt nicht viele Frauen ..." Er stockte. „In deinem Alter", hatte er sagen wol-

len. Aber er wusste, dass sie es hasste auf ihre Mitte Vierzig angesprochen zu werden. „… die nach der Geburt von zwei Kindern wieder so eine gertenschlanke Figur wie du vorzeigen können", antwortete Lothar Daduna.

„Die Geburten unserer Lieblinge liegen auch schon eine Weile zurück."

„Trotzdem", beharrte er auf seinem Standpunkt. Dann wiegte er seinen Kopf. „Sag' mal, Joey, bist du nicht etwas zu warm angezogen?"

„Ach wo." Joey schüttelte unwirsch ihren Kopf. Wie aus Dickköpfigkeit zog sie den Reißverschluss ihrer Trainingsjacke zu und legte sorgfältig den Kragen um. „Wenn mir warm wird, kann ich ja die Jacke ausziehen." Sie verschränkte die Arme vor der Brust und rieb sich mit ihren Händen die Oberarme, als würde es sie frösteln.

„Ist dir klar, dass es heute mehr als zwanzig Grad werden sollen?"

„Ja, sicher. Und?" Fragend sah Joey ihrem Mann in die Augen.

„Mach doch, was du denkst. Schließlich bist du es, die schwitzen wird. Aber komm jetzt endlich, sonst fängt das Sportfest des Kalenderjahres 1992 ohne uns an", murrte ihr Mann, öffnete die Haustür und trat heraus.

„Du oller Brummbär", versuchte Joey, ihn mit einem spaßigen Ton in der Stimme zu besänftigen, während sie ihm im Laufschritt folgte.

Doch er reagierte nicht. Schweigend und mit verärgertem Gesicht schloss er das Auto auf.

Mein Mann hat sich sehr verändert, dachte Joey, als sie neben ihm auf dem Beifahrersitz Platz nahm.

„Freust du dich auf das Sportfest?", fragte sie, bevor sie ihre Hand auf sein Bein legte und sanft über seinen Oberschenkel zu streicheln begann.

„Zumindest sehe ich viele meiner alten Bekannten wieder", antwortete er ausweichend und startete den Motor.
„Trauerst du den alten Zeiten nach?"
„Das weißt du doch", entgegnete ihr Mann schroff. „Nein, natürlich nicht." Er sah starr geradeaus. Selbstverständlich wusste sie es. Joey sank unmerklich in sich zusammen. Schließlich kannten sie sich seit ihrer frühesten Jugend. In der Hoffnung, dass ihre Ehe ein Leben lang halten würde, hatte sie seinem Werben nachgegeben und ihn geheiratet, kaum dass sie ihre Schulausbildung beendet hatte. Dabei war er weder besonders schön, noch hatte er sich beim Werben um ihre Gunst sonderlich Mühe gegeben.
Er wirkt nach außen ungehobelt und wie ein grober Klotz, ärgerte sie sich, als er nicht daran dachte, wie früher nach ihrer Hand zu greifen und sie festzuhalten. Trotzdem ist es seine Art, die ihn für mich einnimmt. Ich hatte immer das Gefühl, dass er mich beschützen würde, komme, was wolle, dachte sie und zog gedankenverloren ihre Hand zurück.
„Du kannst deine Hand ruhig liegen lassen. Ich muss mich nur auf den Verkehr konzentrieren", brummte Lothar Daduna.
Zufrieden folgte sie seiner Aufforderung und dachte weiter über ihn nach: Der einfühlsamste Liebhaber ist er leider auch nie gewesen. Aber wenn wir miteinander schlafen, ist er immer sorgsam darauf bedacht, dass wir beide unseren Höhepunkt erleben. Sein Gesicht ist faltig geworden. Sicher liegt es daran, dass er nicht vertragen kann, dass ich jetzt die Hauptverdienerin bin. Es liegt nicht nur an der Wiedervereinigung, dass er beruflich nicht mehr Fuß fassen kann.
Während sie angestrengt vor sich auf die Straße starrte, runzelte sie die Stirn. Er ist schon lange Zeit unzufrieden mit seinem Beruf. Er hasste das, was er tun musste. Als er sich endlich entschlossen hatte, zu kündigen, kam die Wende.
„Woran denkst du?", wollte Lothar Daduna wissen.

Joey fühlte sich ertappt. „Ich habe die gestrige Zeugnisausgabe noch einmal vor meinem inneren Auge abgespult", log sie schnell. Dann setzte sie hinzu: „Das Schuljahr war schon anstrengend. Ich finde, dass sich die Menschen verändert haben. Ich merke das besonders am Verhalten der Kinder."
„Was ist mit ihnen?"
„Ihr Blicke verändern sich."
„Ihr Blicke verändern sich?"
„Ja. Vor der Wende war ihr Blick offen und freundlich. Wenn du jetzt in die Kindergesichter siehst, erschrickst du teilweise vor ihrem Ausdruck und denkst, du meine Güte, du armes Kind."
„Vielleicht bildest du dir das auch nur ein?", fragte Lothar Daduna und warf einen kurzen, ungläubigen Seitenblick auf seine Frau.
„Nein. Ich kann in ihren Gesichtern lesen. Du fragst dich teilweise, was dieses Kind in seinem kurzen Leben schon erlebt haben muss, dass es dich so böse und verschlagen ansieht."
Doch dann lächelte Joey still vor sich hin: „Zum Glück sind unsere Lieblinge schon erwachsen, haben ihre Berufe und stehen mitten im Leben. So ist ihnen einiges erspart geblieben."
„Wenn man das aus dieser Perspektive betrachtet, hast du sicher recht."
Die Bitterkeit in der Stimme ihres Mannes ließ Joey zusammenzucken. Er hatte unabsichtlich einen ihrer wunden Punkte berührt. Sie begann auf ihrer Unterlippe zu kauen. Sicher, bedingt durch die schlimme Erbkrankheit, an der ihre Kinder litten, würden sie niemals in der Lage sein, ein normales Familienleben mit eigenem Nachwuchs zu führen. Aber dennoch, sie hatte ihrem Mann liebenswerte, kluge Kinder geboren, die trotz ihres Leidens in der Lage waren, ein eigenständiges Leben zu führen. Was zählte es da schon, dass der Zweig ihrer Familie nach der nachfolgenden Generation aussterben würde.

Wer weiß, wozu das gut ist, dachte sie und verscheuchte den schlimmen Gedanken, der ihr gerade in den Sinn gekommen war.

„Jedenfalls sind unsere Lieblinge so klug, dass sie jederzeit in der Lage sein werden, ihren Lebensunterhalt selbst zu bestreiten", antwortete Joey gedankenlos.

„Gilt der Vorwurf mir?", fragte ihr Mann ärgerlich.

„Quatsch", Joey schüttelte nachdrücklich den Kopf. „Nein, überhaupt nicht. Wie kommst du nur darauf?"

„Nachdem ich zuerst mit meiner Reparaturwerkstatt für Regenschirme kläglich gescheitert bin und nun auch noch der Kiosk nichts als Arbeit abwirft, könnte man schon denken, dass du mich meinst." Das Gesicht ihres Mannes blieb bewölkt.

„Du irrst, mein Lieber", entgegnete Joey gut gelaunt. „Ich meinte die Diebe, die ihren Lebensunterhalt auf Kosten der arbeitenden Bevölkerung bestreiten."

„Dann mal raus mit der Sprache und erkläre das. Jetzt will ich es genauer wissen", forderte Lothar Daduna seine Frau schon wieder etwas versöhnlicher auf.

„Wer nicht arbeitet und dennoch isst, ist ein Dieb." Joey kam nicht dazu, ihren Gedanken zu vollenden.

„Joey, was fällt dir denn ein?! Du kannst doch die vielen Menschen, die von der Unterstützung des Staates leben, nicht als Diebe bezeichnen", fiel ihr Lothar Daduna empört ins Wort.

„Das tue ich auch nicht. Der Spruch ist nämlich nicht von mir. Er stammt von Mahatma Gandhi und gegen dessen Integrität wird wohl niemand etwas einzuwenden haben", entgegnete Joey selbstsicher und übersah geflissentlich den skeptischen Blick ihres Mannes. „Sieh nur, wir sind pünktlich", lenkte sie ab.

Während ihr Mann das Auto einparkte, klopfte sie heiter an die Scheibe und winkte der Menschentraube, die sich auf dem Parkplatz versammelt hatte. „Alle unsere lieben Freunde und

Bekannten stehen da, als wenn sie nur auf uns gewartet hätten", sagte sie erfreut und sprang unter großem Hallo aus dem Auto, kaum dass ihr Mann den Motor ausgeschaltet hatte.
Joey genoss den herzlichen Empfang, die ehrliche Freude in den Gesichtern ihrer Freunde, deren Umarmungen. Getragen von der Sympathiewelle, die ihr entgegenschlug, fühlte sie sich glücklich. Alle trüben Gedanken, die sie sonst unvermittelt anflogen und traurig machten, waren mit einem Schlag verschwunden. Ihre Laune besserte sich weiter, nachdem sie die folgenden Wettkämpfe im Schlagballweitwurf, Dreisprung, Kugelstoßen und Hochsprung mit Leichtigkeit meistern konnte. Nicht einmal der Bierkonsum ihres Mannes zwischen den einzelnen Wettkämpfen, der ihren Argusaugen ebenso wenig entging wie seine damit einhergehende Enthemmtheit, vermochten das Hochgefühl zu beeinträchtigen.
Als das Sportfest sich seinem Ende neigte, stand sie mit den Frauen der anderen Fußballspieler am Rand des Feldes und feuerte die Mannschaft, in der ihrem Mann die Rolle des Kapitäns zukam, frenetisch an. Die Siege, die sie selbst an diesem Tage errungen hatte, erfüllten sie mit der Gewissheit, noch in der Mitte ihres Lebens einzigartig und begehrenswert zu sein. Umso mehr gönnte sie auch ihrem Mann und seiner Mannschaft den wohlverdienten Triumph. Geduldig wartete sie, bis die Siegesprämie, ein Kasten Bier, durch die Kehlen der Männer geflossen war, um sich, begeistert von diesem schönen Tag, bei ihrem Mann einzuhaken und in trauter Eintracht mit ihm zum Auto zu gehen.
Als sich beide von den Anstrengungen des Vormittags erschöpft zum Mittagsschlaf in ihr Bett gelegt hatten, begann sie noch immer berauscht von Glück und Zufriedenheit seinen Körper zu streicheln.
„Joey, was ist denn heute mit dir los?"

„Was soll mit mir los sein?", fragte sie lächelnd zurück, schlüpfte unter seine Decke und setzte sich rittlings auf ihren Mann.
„Zumindest ist das, was du da jetzt beginnst, recht ungewöhnlich für dich."
„Findest du?" Joey richtete sich etwas auf und begann, mit dem Becken zu kreisen.
„Ja, die Male, die ich Derartiges erlebt habe, kann ich an zehn Fingern abzählen. Und das nach fast dreißig Jahren!", erwiderte ihr Mann. Doch dann umfasste er mit seiner rechten Hand Joeys Hals und zog sie zu sich heran, um sie zu küssen. Mit den Fingern der anderen Hand bewegte er sich vorsichtig tastend zwischen ihren Beinen.
Von seinem ekligen, abgestandenen Bieratem vergeht mir die Lust, ihn zu küssen, ärgerte sich Joey und wandte schon nach dem ersten inniglichen Zungenkuss ihren Kopf ab.
„Komm' her, das war gut", stöhnte ihr Mann und drückte ihren Kopf wieder in die Richtung seines geöffneten Mundes. Seine andere Hand fand, wonach sie gesucht hatte. „Du bist ja noch ganz trocken", sagte er erstaunt und befeuchtete seine Finger.
„Du Lieber, du bist so gut zu mir." Joey begann das Gesicht ihres Mannes mit Küssen zu übersäen. „Ich liebe dich." Wie unabsichtlich verdrängte sie mit einer Bewegung ihres Beckens die Hand ihres Mannes.
„Ich liebe dich auch", keuchte Lothar Daduna und begann nun Joeys Brüste zu kneten. „Komm', streichele dich mit meinem Schwanz."
Joey lächelte, bevor sie sich aufrichtete und nach dem erigierten Penis ihres Mannes griff, um seiner Forderung nachzukommen.
„Ja, so ist es gut. Mach' es dir", spornte er sie wieder und wieder an. In dem Moment, als er das lautlose, ekstatische Zucken seiner Frau bemerkte, wollte er in sie eindringen, wie sie es immer getan hatten, seitdem sie miteinander schliefen. Doch

genau in diesem Augenblick erschlaffte sein Glied. Ob es nun an seinem vormittäglichen Alkoholkonsum oder an den vielen Auseinandersetzungen in den vergangenen Monaten lag, wusste Joey nicht. Sie sollte es auch nicht erfahren, denn nach wenigen vergeblichen Bemühungen, sich neu zu erregen, zog er sie in seinen Arm, um kurze Zeit später erschöpft einzuschlafen. Auch später nach dem Aufstehen mieden sie das Thema. Sie wollten sich die langgehegte Vorfreude auf die abendliche Tanzveranstaltung nicht durch einen weiteren Streit verderben. Schließlich würden sie alle Freunde, mit denen sie ihren Vormittag verbracht hatten, abends wiedersehen.

Er erfährt zu wenig Bestätigung in seinem jetzigen Lebensabschnitt, dachte Joey, als sie den Saal betraten. Der Bruch in seinem Lebensweg, den ihm die Wende zugefügt hatte, war einfach zu groß. Voller Mitgefühl blickte sie in die Runde, die aus seinen ehemaligen Arbeitskollegen und ihren Frauen bestand. Nun ja, Fredi hatte es gut getroffen. Der war, wie seine Frau, jetzt Rentner. Harry hatte auch wieder Fuß gefasst. Er hatte umgeschult und war jetzt Steuerberater oder zumindest so etwas Ähnliches.

Joey lachte angestrengt. Sie kannte die Geschichten, die sich die Männer auf jeder Party wieder und wieder erzählten. Man kann die Uhr danach stellen, dachte sie und war froh, als ihr Mann sie endlich auf die Tanzfläche führte.

„Bist du glücklich?", fragte Joey ihren Mann atemlos nach etlichen Tanzrunden.

„Ja", entgegnete er kurz und küsste sie auf die Stirn. „Schau' mal, da haben sich zwei Leute an unseren Tisch gesetzt."

„Sie unterhalten sich mit Harry und Moni. Lass sie sitzen, dann gehen wir eben an die Bar. Sieh' nur, wir haben Glück. Da hinten sind noch zwei Hocker frei." Joey hakte sich zum zweiten Mal an diesem Tage bei ihrem Mann unter und zog ihn mit sich. Er ließ es willenlos geschehen. Nachdem sie sich durch die pulsierende Menschenmenge gedrängt und ihre Barhocker erklommen hatten, saßen sie schweigsam nebeneinander und beobachteten, wie der Barkeeper ihre Cocktails zubereitete. Sie genossen es, nach den lauten Unterhaltungen mit ihren Freunden über ihre Cocktails hinweg die Menschen im Saal zu beobachten.

„Unsere Plätze sind wieder frei. Trink aus und lass uns zurück an unseren Tisch gehen", unterbrach Joeys Mann das Schweigen. „Ich sitze hier so unbequem mit meinen langen Beinen", fügte er hinzu, als er den Unwillen in ihrem Gesicht bemerkte. Widerstrebend leerte sie ihr Glas. Doch als ihr Mann sie kurz darauf vom Hocker zurück auf die Tanzfläche zog, verschwand der Anflug von schlechter Laune. Nach mehreren Tanzrunden kehrten die beiden mit hochroten, vor Schweiß glänzenden Gesichtern an ihren Tisch zurück. Dort schlug ihnen die unruhige Stimmung von besorgten Eltern entgegen. Doch auch das tat Joeys Glücksgefühl keinen Abbruch. Sie fühlte sich ihrem Mann so nahe wie schon seit langer Zeit nicht mehr.

„Kommt, lasst uns noch etwas trinken, bevor wir gehen", forderte Lothar Daduna seine Freunde auf. Zustimmend sprangen die drei Männer auf, um sogleich in hektischer Eile zum Tresen zu streben.

„Sollen wir ein Taxi rufen?", fragte Joey die beiden Frauen.

„Nein", antworteten sie wie aus einem Munde und schüttelten ihre Köpfe.

„Ihr habt recht. Das Geld können wir uns sparen. Die drei Kilometer nach Hause schaffen wir mit links."

„Vor allem sind unsere Männer dann wieder nüchtern, wenn sie nach Hause gekommen sind", entgegnete Moni, die pragmatischste aus der Runde der Frauen.

„Die sind doch nicht betrunken." Joey sah überrascht zum Tresen.

„Nein, das sind sie nicht. Aber sie sind angetrunken", erklärte Moni. Ihr Ton ließ keinen Widerspruch zu.
„Findest du?"
„Frag mal, was hier los war, als ihr an der Bar gewesen seid."
„Wieso?"
„Sie haben hier herumgestänkert", mischte sich Traudi zaghaft in die Unterhaltung ihrer Freundinnen ein.
„Ach Moni, vielleicht bist du auch nur ein bisschen gereizt?" Joey weigerte sich noch immer den Worten ihrer Freundin Glauben zu schenken
„Quatsch, frag' doch Traudi." Moni schüttelte unwirsch ihren Kopf.
„Stimmt. Sie hat recht. Als sich unsere Nachbarn kurzzeitig zu uns gesellen wollten, haben sie beide richtig angepöbelt." Traudi atmete deutlich hörbar ein und aus. „Es ist schon eine schlimme Zeit. Keiner gönnt keinem irgendwas." Sie verstummte abrupt.
„Denen werde ich helfen", versicherte Joey ihren Freundinnen in schelmischem Ton. Den Stimmungsumschwung ihrer Freundinnen überspielte sie gekonnt.
„Dabei wünsche ich dir viel Spaß", entgegnete Moni und sah mit besorgter Miene auf ihre Uhr. „Es wird Zeit, dass wir gehen."
„Aber es ist doch noch nicht einmal Mitternacht", wagte Joey zaghaft zu protestieren.
„Stimmt, aber wir haben Remo alleine zu Hause gelassen. Ich möchte jetzt wirklich gehen."
„Ich kann das verstehen", warf Traudi ein. „Bei einem Zehnjährigen weißt du nie, was ihm so einfällt."
„Du hast recht, lass uns bezahlen. Ich übernehme das." Joey winkte nach dem Kellner.
Wenig später standen die drei Frauen am Tresen hinter ihren Männern. Allein ihre Präsenz schien auszureichen, dass die

Männer murrend ihre Biergläser leerten und sich dem unabwendbaren Schicksal ihrer unverzüglichen Heimkehr ergaben. Als sie sich zu sechst auf den Heimweg machten, die drei miteinander plaudernden Frauen vorneweg, die stummen Männer mit grimmiger Miene hinter ihnen, lag ein schwerer Schleier der unausgesprochenen Worte über ihnen. Es war noch nicht lange her, da gehörten sie – die Stasioffiziere - gewissermaßen zur Elite, hatten mehr Geld, mehr Macht als der Rest der Republik. Dann kam der jähe Absturz, der einen ganzen Lebensabschnitt beendete, unerwartet und unvorbereitet. Mit einem Male erschienen die, die dem neuen Staat in gleicher Weise dienten, wie sie es schon zuvor getan hatten, unausgesprochen beneidenswert zu sein.
„Riecht ihr den Felderduft?", fragte Joey ihre Freundinnen. „Es riecht so schön nach Sommer."
„Joey, du spinnst. Ich rieche nichts als die abendliche Kühle", spottete Moni.
„Und es riecht doch nach Sommer", beharrte Joey auf ihrem Standpunkt. „Aber lass' uns nicht streiten. Wir sollten lieber was Schönes singen." Ohne sich um die Antwort ihrer Freundinnen zu kümmern, stimmte Joey ein fröhliches Lied an, in das die beiden anderen Frauen zögernd einstimmten. Ohne ihre Männer auch nur eines Blickes zu würdigen, legten die Frauen singend und doch zügigen Schrittes den Weg zu ihrem Wohnort zurück. Erst als das keglige Licht eines Scheinwerfers ihnen von hinten den Weg beleuchtete, hielten sie inne.
„Hallo, ihr Schönen. Hier sind noch zwei Plätze frei. Hätten die Damen Interesse?", tönte es aus dem Wageninneren. Zwei fröhliche Jungmännergesichter lächelten den Wanderern aus dem Relikt der vergangenen Zeit zu, nachdem sie die Scheiben des Trabants heruntergekurbelt hatten.
„Nichts lieber als das. Wir kommen."

„Moni, Traudi, es sind doch nur noch ein paar Schritte bis zum Dorf. Ihr könnt mich doch hier nicht alleine lassen." Voller Entsetzen beobachtete Joey, wie sich die Wagentür öffnete, einer der jungen Männer ausstieg und den Vordersitz umklappte.
„Tut mir leid, Joey, aber ich bin wirklich unruhig wegen Remo." Moni verabschiedete sich mit einer flüchtigen Umarmung von Joey.
„Und ich muss wirklich dringend aufs Klo. Mach's gut, Joey, und noch mal danke für die Einladung." Traudi winkte und zwängte sich ins Auto.
„Ach, bitte, lasst uns doch die paar Meter zusammen gehen."
„Joey, versteh' doch. Ich finde, dass wir unseren Sohn schon viel zu lange alleine gelassen haben. Ich möchte wirklich so schnell wie möglich nach Hause."
Joey sah fassungslos zu, wie auch Moni in das Auto einstieg. Der unheilvolle Knall, mit dem die Tür wieder geschlossen wurde, als auch der junge Mann wieder im Auto saß, ließ sie zusammenzucken. „Schade, dass dieser schöne Tag so abrupt endet. Dann müsst ihr jetzt die Rolle eurer Frauen einnehmen", sagte sie traurig und hakte sich bei den Männern ein.
„Das ist wirklich mies", sagte Lothar Daduna übellaunig.
„Ach komm, mein oller Brummbär. Die paar Schritte noch, dann sind wir auch zu Hause", versuchte Joey die Stimmung zu retten.
„Nein, er hat recht. Die blöden Kühe hätten hier bleiben sollen!", ereiferte sich nun auch Harry.
„Stimmt. Mitgefangen, mitgehangen", presste Fredi aus seinen zum Strich gekniffenen Lippen. „Diese blöden Weiber verderben einem den ganzen Abend."
„Hört schon auf. Ihr steigert euch da so richtig rein", versuchte Joey die Männer zu beschwichtigen.

„Das ist mal wieder typisch, dass du auch noch Partei für die ergreifst. Bist eben auch nur eine doofe Tussi." Wütend stieß Lothar Daduna seine Frau zur Seite.

„Also jetzt reicht es mir. Das muss ich mir von euch nicht sagen lassen", entrüstete sich Joey. „Dass mein eigener Mann sich noch gegen mich stellt, hätte ich auch nicht erwartet."

„Sie haben doch recht. Was bildest du dir eigentlich ein, wer du bist? Du bist doch auch nur eine juckige Fotze zum Vögeln!", ereiferte sich Harry.

Entsetzt sah Joey ihn an. Sie waren seit so vielen Jahren befreundet, aber so hatte sie ihn noch nie erlebt.

„Ich finde keine Worte", empörte sie sich und löste sich von den Männern. „Dann gehe ich eben alleine durch die Gärten, ihr blöden Arschmänner." Ohne sich umzudrehen, lief Joey den Weg zu den Schrebergärten hinauf. Die Wut trieb ihr die Tränen in die Augen, doch den Triumph, sie heulen zu sehen, wollte sie ihnen nicht gönnen.

„Willst du das arrogante Weib entkommen lassen? Sie ist doch auch nur eine bescheuerte Samentoilette, in die wir unser Ding stecken und abdrücken." Fredis Stimme entfachte das schon erlöschende Feuer der Wut in Lothar Daduna neu.

Joey hatte gerade die Anhöhe des kleinen Hügels erklommen, als sie Harry hinter sich kreischen hörte:

„Los, ihr nach!"

Keiner von ihnen ahnte, dass dieses der Anfang war von etwas, das ihrer aller Leben für immer verändern sollte.

4
KAPITEL

Jahr 2000

Schweigend stand die Sekretärin in der geöffneten Tür und wartete auf den passenden Moment, ihre Chefin zu stören.
„Na, Frau Brückstein, was gibt es?", fragte die Anwältin Christine Eiselt und unterbrach ihr Diktat. „Frau Daduna ist hier und will Sie sprechen. Sie hat einen riesigen Blumenstrauß in der Hand. Ich glaube, dass sie sich bei Ihnen persönlich bedanken möchte."
„Gut, dann bringen Sie sie herein. Ich räume nur kurz meinen Schreibtisch etwas auf."
Die Sekretärin nickte und entfernte sich ohne ein weiteres Wort.
Mit geübten Griffen schob die Anwältin die zahlreichen, vor ihr ausgebreiteten Akten und Bücher zusammen. Nach einem kurzen Klopfen öffnete sich die Tür.
Die Sekretärin hatte nicht übertrieben. Der Blumenstrauß der Mandantin war überdimensional.
„Frau Eiselt. Ich wollte mich bei Ihnen bedanken für all das, was Sie für mich getan haben."
Der voluminöse Blumenstrauß wechselte seine Besitzerin.
„Frau Brückstein, wären Sie so freundlich und würden die Blumen in die Vase stellen?"
„Selbstverständlich." Die Sekretärin übernahm den Blumenstrauß.
„Ich benötige dann auch noch die Akte von Frau Daduna. Wären Sie so nett und würden Sie sie mir bringen?"
„Ich habe sie schon mal herausgesucht."

„Natürlich." Christine Eiselt lächelte, als sie die Akte übernahm und auf ihren Schreibtisch legte. Ihre Sekretärin entfernte sich lautlos. „Das ist ja eine Überraschung. Vielen Dank, Frau Daduna. Ich freue mich sehr. Bitte nehmen Sie doch Platz." Die Anwältin deutete auf einen Stuhl vor ihrem Schreibtisch.
„Danke. Aber nun bin ich geschieden und unsere berufliche Wegstrecke endet hier. Ich würde mich freuen, wenn Sie mich Thea nennen." Die Besucherin rückte sich den Stuhl zurecht und nahm freundlich lächelnd Platz.
„Selbstverständlich, aber nur, wenn Sie auch mich mit meinem Vornamen anreden." Nun ließ sich auch die Anwältin auf ihrem Stuhl nieder.
„Gerne."
„Allerdings gibt es dabei eine Besonderheit."
„Darf ich fragen, welche?"
„Ich teile die Begeisterung meiner Mutter für den Namen ,Christine' eher weniger."
„Ist das Ihr einziger Name?"
„Leider, ja." Die Anwältin nickte. „Aber mein Mann und meine Freunde nennen mich ,Chris' oder ,Chrissi'. Ich habe das Beste aus meinem ungeliebten Namen gemacht."
„Dann geht es Ihnen wie mir."
„Das habe ich mir schon gedacht. Aber ich mag den Namen ,Thea'. Er passt auch gut zu Ihrem Nachnamen."
„Ich weiß noch nicht, ob ich den behalten werde."
„Ach, wollen Sie Ihren Mädchennamen wieder annehmen?"
„Vielleicht, darüber bin ich mir aber noch nicht im Klaren." Der bis dahin die Augen ihrer Anwältin fixierende Blick von Thea Daduna schweifte ab und verlor sich im Nichts.
„Nun, darüber können Sie ja später noch in Ruhe nachdenken."

„Sie glauben gar nicht, wie lange ich schon darüber nachdenke, jedoch ohne Ergebnis." Thea Daduna sah sie wieder an. Sie lächelte ein trauriges Lächeln.

Der hoffnungslose Ton in der Stimme ihrer Mandantin ließ Christine Eiselt aufhorchen.

„Erzählen Sie, wie ist es Ihnen ergangen. Der Verhandlungstermin liegt ja doch schon ein Weilchen zurück", wechselte sie das Thema.

„Es war eine harte Zeit", antwortete Thea Daduna. „Doch seit einer Woche bin ich wieder zu Hause und es geht mir auch ein wenig besser."

„Ach, waren Sie verreist?"

„So könnte man sagen."

„Da bin ich aber gespannt."

„Meine Ärztin hat mich in die Klinik gesteckt."

„Warum das denn?"

„Ich war ausgebrannt, genauer gesagt war ich am Ende meiner Kräfte."

„Das ist mir gar nicht aufgefallen", stellte Christine Eiselt erstaunt fest und zog die Augenbrauen hoch. „Wie kam das denn zum Ausdruck?", fragte sie mitfühlend.

„Ehrlich gesagt, habe ich das Leben nur noch dank der Liebe und der Herzenswärme der mir von Berufs wegen anvertrauten Kinder ertragen. Nur für sie bin ich noch da. Sie können sich nicht vorstellen, wie es in mir aussieht." Thea Daduna schüttelte ärgerlich ihren Kopf. „*Aussah*, meinte ich", verbesserte sie sich.

„So schlimm?"

„Ich hatte eine unentwegte Zerstörungswut in mir", brach es aus Thea Daduna heraus. „Ich hatte nur noch Angst, dass ich ihnen etwas antun könnte. Ich wollte es nicht, denn sie können ja nichts dafür, dass es mir so schlecht ging", sagte sie mit schuldbewusstem Blick.

„Hat Ihnen der Klinikaufenthalt helfen können?", fragte Christine Eiselt besorgt.
„Ja, zum Glück" Thea Daduna lächelte jetzt entspannt. „Ich habe erkannt, was ich ändern muss."
Irgendetwas am Verhalten ihrer Mandantin beunruhigte Christine Eiselt. Deren Tonfall und das gelöste Lächeln standen im eklatanten Widerspruch zu ihrer Körperhaltung. Die angespannte Sitzhaltung von Thea Daduna erinnerte sie an ein Raubtier, das zum Sprung ansetzt. „Sie sagten, dass es Ihre Schuld ist, dass es Ihnen so schlecht geht. Wie meinen Sie das?"
„Ich war nicht ich selbst. Ich war so, wie die anderen es von mir erwartet haben, wie sie es wünschten und verlangten. Ich wollte ein guter Mensch sein, aber mein Leben war nur Fassade. Ich hasse Lügen. Sie können sich nicht vorstellen, wie hart es ist, zu erkennen, dass man alles vorspielt, dass man lügt, um zu funktionieren, und dass man allen eine heile Welt vorgaukelt." Thea Daduna sank in sich zusammen. „Das Uhrwerk war einfach überdreht. Meine Uhr ging nicht mehr."
„Aber wenn Sie die Ursache erkannt haben, eröffnet sich Ihnen doch die Möglichkeit, etwas zu ändern", munterte Christine Eiselt ihre Mandantin auf.
„Nach der Scheidung brauchte ich dringend eine Auszeit."
Das kurze Klopfen an der Tür ließ die Frauen verstummen.
„Ein herrlicher Blumenstrauß", lobte Christine Eiselt, als ihre Sekretärin das prächtige Blumenbukett abgestellt hatte. „Thea, darf ich Ihnen etwas anbieten?"
„Vielleicht ein Wasser?", lautete die unschlüssige Antwort. Thea Daduna wirkte in ihrem Stuhl nun hilflos wie ein verschrecktes, kleines Vögelchen.
„Gerne. Frau Brückstein, für mich bitte einen doppelten Espresso."
Der Blickkontakt zwischen der Anwältin und ihrer Mitarbeiterin brachte stilles Einvernehmen zum Ausdruck. Christine Ei-

selt wartete schweigend, bis sich die Tür hinter ihrer Sekretärin geschlossen hatte, um sich sogleich wieder ihrer Mandantin zuzuwenden. „Möglicherweise hilft es Ihnen, sich ein Ziel zu setzen", fuhr sie mit besorgter Miene fort.
„Pah, was könnte ich denn noch für Ziele haben?"
„Erwarten Sie denn gar nichts mehr vom Leben?", fragte Christine Eiselt bestürzt über den verächtlichen Ton, den ihre Mandantin angeschlagen hatte. „Wie sieht es denn mit Wünschen aus?"
„Oh, doch. Ich habe noch Wünsche." Der verdrießliche Ton von Thea Daduna verschwand. Sie richtete sich wieder auf. „Ich möchte frei sein von den täglichen Arbeitskämpfen, von dem ständigen Zwang, etwas tun zu müssen, dem ich nicht gewachsen bin, immer die freundliche Lehrerin und für alle da sein zu müssen." Ihre Augen begannen zu leuchten. „Ich möchte Zeit haben, Zeit für meine eigenen Kinder. Ich möchte ihnen nahe sein, sie begleiten auf ihrem Lebensweg." Sie stockte. Die Farbe wich zusehends aus ihrem Gesicht. „Aber es gab Tage, an denen ich keine Kraft und keinen Willen mehr hatte. Ist das nicht ein Widerspruch in sich?" Ihr Blick richtet sich hoffnungsvoll auf Christine Eiselt.
„Der Mensch kann nicht tausend Tage ununterbrochen eine gute Zeit haben, so wie die Blume nicht hundert Tage blühen kann, lehrt uns eine alte asiatische Weisheit", tröstete Christine Eiselt. „Allein für ihre eigenen Kinder lohnt es sich, der Zukunft hoffnungsvoll entgegenzusehen."
„Sie haben völlig recht." Thea Daduna lächelte und atmete tief durch. „In der Klinik waren alle so nett zu mir. Sie haben mir geholfen, meinen Weg wiederzufinden, sogar bis in meine Träume." Sie stockte, als sich in diesem Moment die Tür erneut öffnete.

Beide Frauen schwiegen und verfolgten mit ihren Blicken die geübten Handbewegungen, mit denen die Sekretärin die Getränke abstellte.

„Danke, Frau Brückstein." Wieder tauschten die Frauen einvernehmliche Blicke. „Erzählen Sie", forderte Christine Eiselt von ihrer Besucherin, während ihre Sekretärin das Wasser geräuschvoll in das Glas fließen ließ.

„Ach, ich erinnere mich in dem Zusammenhang an einen Traumfetzen, der mir seither nicht mehr aus dem Kopf will", antwortete Thea Daduna ausweichend. Unsicher sah sie der Sekretärin nach.

„Nun, mal los", munterte Christine Eiselt ihre Mandantin auf, als sich die Tür hinter ihrer Sekretärin wieder geschlossen hatte.

„Na gut." Thea Daduna begann auf ihrer Unterlippe zu kauen. Das freundliche Lächeln ihrer Anwältin ermunterte sie. „Ich habe geträumt, dass Mitglieder meiner Therapiegruppe und ich, lachend und erzählend, also völlig entspannt, mitten auf der Streuobstwiese der Klinik stehen. Mit einem Male fällt mir irgendetwas auf den oder vom Kopf. Ich schaue in den sommerblauen Himmel."

So, wie ihre Augen, dachte Christine Eiselt und lächelte ihre Mandantin an.

„Kein Vogel weit und breit. Plötzlich fällt wieder etwas vom Kopf. Ich wedele es mit einer Handbewegung weg. Doch dann habe ich das Gefühl, dass immer mehr von dem mir Unbekannten auf meinem Kopf ist und herunterfällt." Thea Daduna verschränkte die Arme vor ihrer Brust. „Ich bitte die anderen nachzusehen und schüttle kräftig meinen Kopf." Sie krallte ihre Hände in ihre Oberarme. „Die Gruppenmitglieder und ich betrachten die unbekannte Sache genauer und stellen fest, dass es irgendwelche Würmer sind, Maden ähnlich. Ich fange an mich zu waschen. Aber es nützt nicht viel." Sie löste ihre

Hände und strich sich über die Arme. „Also dusche ich mich gründlich und wasche meine Haare ausgiebig. Das Eigenartige daran ist, dass ich meine Kleidung anhabe. Es ekelt sich auch niemand vor mir. Alle sind mir behilflich und gemeinsam kontrollieren wir, ob alles in Ordnung ist." Ihr Blick ging an Christine Eiselt vorbei und verlor sich im Raum, als sie mit leisen Worten hinzufügte: „Inzwischen fühle ich mich unglaublich wohl."

„Sehen Sie, es lohnt sich zu leben", wandte die Anwältin ein, als ihre Besucherin völlig verstummte.

„Sie haben völlig recht", pflichtete ihr ihre Besucherin bei. „Vor zwölf Wochen bin ich in die Klinik gegangen. Seit genau drei Wochen bin ich wieder zu Hause. Eine lange Zeit", der Blick von Thea Daduna war zurückgekehrt, „doch sie war nötig." Sie lächelte. „Ende des vergangenen Jahres hatte ich endlich den Gipfel des Berges erreicht." Ein Strahlen trat in die Augen von Thea Daduna. „Ich hatte eine neue Wohnung gefunden und eine deutlich geringere Miete ausgehandelt, meine Schulden waren bezahlt und die Scheidung ausgesprochen. Das neue Jahrtausend konnte also anbrechen. Ich habe die Millenniumsglocken schon läuten hören. Dann stellte ich fest, dass meine Kinder nun endlich in der Lage waren, ihr Leben auch ohne mich zu meistern. Ich blickte zurück und war stolz und glücklich. Ich hatte alle meine Ziele erreicht." Sie biss sich auf die Unterlippe. „Doch plötzlich stand ich vor dem Nichts. Ich hatte keinen Grund mehr, weiterzuleben. Für wen? Wozu?" Sie schürzte verächtlich ihre Lippen. „Dann wurde ich ernsthaft krank. Ich konnte meiner Arbeit nicht mehr nachgehen. Nicht einmal hygienisch", Thea Daduna stockte und schluckte, „also nicht einmal körperlich habe ich mich versorgen können. Ich begann zu verkommen und dahinzuvegetieren, bis mich meine Psychologin überzeugte, in die Klinik zu gehen."

„Seien Sie ihr dankbar", warf Christine Eiselt ein.

„Bin ich auch. Aber es war hart." Thea Daduna fuhr sich mit fahrigen Bewegungen durch ihr kurz geschnittenes Haar. Sie trug einen modernen Bob. Ihre Haarfarbe wirkte so natürlich, dass selbst dann, wenn sie bereits graue Haare hatte, was auf Grund ihres Alters doch sehr wahrscheinlich war, die hellen Strähnen in ihrem Haar ihr eine jugendliche Natürlichkeit verliehen. „Ich bin teilweise bis an meine Grenzen gegangen. Aber selbst wenn ich zusammengebrochen bin, hat mich die Gruppe liebevoll aufgefangen. Die Mitglieder der Gruppe haben mich ertragen", sie setzte nach, „ausgehalten und wieder auf die Sprünge gebracht. Sie haben mir mein Vertrauen in meine eigenen Fähigkeiten wiedergegeben." Sie griff nach ihrem Wasserglas und nahm einen großen Schluck.

Wortlos und voller Mitgefühl beobachtete Christine Eiselt ihre Mandantin. Was hätte sie auch sagen sollen? Wie sollte sie auch trösten? Das, was Thea Daduna beschrieb, war ihr fremd. All das, was sie so fertig macht, muss eine Ursache haben, dachte sie. Sie öffnete schon den Mund, um ihre Mandantin danach zu befragen. Doch dann fiel ihr Blick auf den Aktenberg, den sie in aller Windeseile zusammengeschoben hatte. Ein weiterer verstohlener Blick auf das Ziffernblatt der Uhr, die sie unsichtbar für ihre Besucher in einem der ihr gegenüberstehenden Regale zwischen Büchern und anderen Accessoires positioniert hatte, genügte. So lautlos, wie sie ihn geöffnet hatte, verschloss der unerbittliche Zeiger der Uhr ihren Mund. Nun griff auch sie nach ihrer Espressotasse. Sie liebte den starken Kaffee, auch wenn er kalt geworden war.

„Nun gehe ich jedem Tag voller Freude entgegen." Thea Daduna umschloss das Wasserglas mit ihren Händen. „Ganz gleich, was der Tag bringt, ob Trauer oder Freude, das alles gehört dazu zum Leben. Ich habe gelernt, bewusst zu leben …", wiederholte sie. Ihre Augen bannten den Blick ihrer Anwältin.

„... für mich zu leben. Ich weiß, dass ich das kann", setzte sie hinzu.

Es klang fast trotzig.

Etwas Unbestimmtes, für sie wenig Greifbares ließ Christine Eiselt erneut aufhorchen. Sie stellte ihre Tasse auf die Untertasse und lauschte dem klirrenden Ton.

„Darum bin ich auch von einem tiefen Gefühl der Ruhe und von großer Zuversicht erfüllt." Thea Daduna setzte erneut das Glas an und trank es in einem Zug leer. „Hinzu kommt noch, dass ich mich verliebt habe", sagte sie nachdenklich, während sie das Wasserglas vorsichtig auf den Schreibtisch ihrer Anwältin zurückstellte.

„Das freut mich ehrlich für Sie." Christine Eiselt löste sich aus ihrer Erstarrung. „Erzählen Sie."

„So viel gibt es da nicht zu erzählen. Meine neue Liebe heißt Rick und ist meine Therapie ..." Sie lauschte dem Hall des Gesagten und setzte hinzu: „... im wahrsten Sinne des Wortes."

„Wird Ihre Liebe erwidert?"

„Ja", lautete die kurz angebundene Antwort von Thea Daduna. „Ich glaube schon." Abrupt durchschnitt sie das unsichtbare Band, das ihre Augen mit denen ihrer Anwältin verband, und lenkte ihren strahlend verträumten Blick an ihrer Anwältin vorbei, erneut in die imaginäre Weite des unendlichen Raumes.

Christine Eiselt räusperte sich und zog die Akte zu sich heran, die ihre Sekretärin für sie gut sichtbar auf den Aktenstapel gelegt hatte. „Ich hatte Sie angeschrieben und gebeten, sich Ihr Scheidungsurteil abzuholen." Sie öffnete Thea Dadunas Akte und griff zielsicher hinein. „Hier ist es." Während sie ihre Mandantin nicht aus den Augen ließ, schob Christine Eiselt das Dokument über die Tischplatte. „Bitte schön."

In Zeitlupentempo wendete sich Thea Dadunas Blick dem nun vor ihr liegenden Dokument zu. „Du meine Güte, das ist ja ein halber Roman. Ich hatte die Vorstellung, dass das Blatt Papier, auf dem geschrieben steht, dass ich geschieden bin, nicht größer ist als meine Eheurkunde." Sie schürzte verächtlich die Lippen. „Muss man das, was da drin steht, lesen?"

„Kommt darauf an", lachte Christine Eiselt. „Ich mache Ihnen einen Vorschlag. Ich sage Ihnen, was darin steht, und Sie entscheiden, wann Sie das Urteil lesen."

„Gerne. So soll es sein", antwortete Thea Daduna fröhlich.

„Also, mit dem Ausspruch des Urteils hat das Gericht Ihre Ehe geschieden, den Versorgungsausgleich geregelt und die Kosten des Verfahrens festgesetzt."

„Stimmt. Ich erinnere mich wieder. Aber erklären Sie mir doch bitte noch mal, was der Versorgungsausgleich für mich bedeutet. Ich war in der Verhandlung so aufgeregt, dass ich gar nicht alles mitbekommen habe." Schuldbewusst sah Thea Daduna hinüber zu ihrer Anwältin.

„Das kann ich mir vorstellen, denn das ist doch ganz normal. Schließlich lässt man sich ja nicht jeden Tag scheiden."

„Sie sagen es. Ich persönlich werde nur einmal geschieden, denn ich werde nie wieder heiraten."

„Sie sagen das so bestimmt?"

„Dessen bin ich mir ganz sicher." Thea Daduna fixierte den Blick ihrer Anwältin. „Ja." Sie nickte heftig, um ihren Worten Nachdruck zu verleihen.

Aus dem Munde von Thea Daduna verursachte das kurze eindringliche Wörtchen „Ja" Christine Eiselt das zweite Mal an diesem Tage ein undefinierbares Frösteln. Schnell nahm sie den Gesprächsfaden wieder auf. „Die Durchführung des Versorgungsausgleichs bedeutet in Ihrem Fall, dass Sie Rentenanwartschaften, die Sie während Ihrer Ehe erworben haben, mit Ihrem geschiedenen Ehemann teilen müssen."

„Ach, ja. Stimmt ja. Die Rente, die ich mir erarbeitet habe, wird gekürzt. Und um wie viel?"

„Moment." Christine Eiselt griff über ihren Schreibtisch und wendete das Dokument in ihre Richtung. „Um 438,43 DM." Sie nahm das Scheidungsurteil wieder an sich. „Ganz schön bitter, oder?"

„Nein, überhaupt nicht. Wer weiß schon, ob ich überhaupt Rente beziehen werde."

„Vielleicht erreicht auch Ihr geschiedener Mann sein Renteneintrittsalter gar nicht."

Mit einem Male schien der bis dahin kraftlos scheinende Körper von Thea Daduna von einem Energiefluss durchgespült zu werden. „Wie meinen Sie das?"

Irritiert über das plötzliche Interesse von Thea Daduna zog die Anwältin ihre Augenbrauen zusammen, schüttelte beunruhigt ihren Kopf und lächelte. „So genau weiß doch keiner von uns, wann seine letzte Stunde gekommen ist, oder?"

„Nein, natürlich nicht", erwiderte Thea Daduna und sah ihrer Anwältin kalt in die Augen.

„Eigentlich wollte ich Sie nur darüber aufklären, dass die Möglichkeit besteht, eine Abänderung des Versorgungsausgleichs zu beantragen, wenn Ihr geschiedener Mann niemals oder nur ganz kurze Zeit Rentenleistungen für sich beansprucht."

Thea Daduna nickte. „Das ist sehr nett von Ihnen, aber bis dahin fließt noch viel Wasser den Bach hinab."

„War nur der Vollständigkeit halber." Das ausdruckslose Gesicht ihrer Mandantin und der metallische Klang ihrer Stimme verursachten der Anwältin erneut Unbehagen.

„Haben Sie eine Erklärung dafür, dass mein Mann mich gefragt hat, warum ich ausgerechnet Sie als meine Anwältin ausgewählt habe?"

Christine Eiselt schürzte ihre Lippen. „Nein", sie dehnte das Wort, „ich kenne Ihren Mann überhaupt nicht", antwortete sie und schüttelte endgültig verwirrt ihren Kopf. „Ich bin nun seit neun Jahren zugelassene Anwältin, aber habe ihn vor der

Gerichtsverhandlung noch niemals gesehen." Wieder zogen sich ihre Brauen zusammen. „Ich habe ihn jedenfalls zu keinem Zeitpunkt bewusst wahrgenommen." Sie überlegte einen Moment angestrengt. „Sicher hätte ich mich an ihn erinnert. Schließlich ist er eine auffällige Erscheinung. Hat er noch was gesagt?"

„Nein." Jetzt schüttelte Thea Daduna ihren Kopf. „Ich habe ihn auch nicht gefragt. Es fiel mir gerade so ein und da dachte ich, dass ich Sie mal danach frage." Sie griff nach ihrem Scheidungsurteil und warf einen flüchtigen Blick darauf. „So, so, eventuell verliere ich auch noch die von mir erarbeitete Rente an Herrn Daduna." Mit einem zynischen Grinsen erhob sie sich. „Egal. Ich gehe jetzt jedem Tag mit Freude entgegen, ganz gleich, was er mir auch bringen mag. Selbst wenn es Trauer oder doch Freude ist, es gehört einfach zum Leben dazu. Seit ich aus dem Krankenhaus entlassen worden bin, lebe ich bewusst und weiß, dass ich das auch kann."

Sie wiederholt sich, dachte Christine Eiselt, während sie beobachtete, wie Thea Daduna das Scheidungsurteil zusammenrollte, nach ihrer Handtasche griff und es achtlos hineinschob. „Darum erfüllt mich auch ein tiefes Gefühl voller Zuversicht und Ruhe. Ich bin bereit, mein bisheriges und auch mein zukünftiges Schicksal anzunehmen."

„Wenn wir es uns auch manchmal wünschen, die Vergangenheit zu ändern, es steht leider außerhalb unserer Macht." Christine Eiselt erhob sich ebenfalls. „Sie ist vergleichbar mit einem abgeschossenen Pfeil, wir können sie nicht zurückholen."

„Das haben Sie sehr schön gesagt." Thea Daduna schloss ihre Tasche. „Aber wie heißt es zur Zukunft?"

„Die kann man gestalten."

„Genau das habe ich vor."

„Dann bleibt mir nur noch, Ihnen alles Gute dieser Welt zu wünschen."

„Das wünsche ich Ihnen auch."
Während sich beide Frauen zum Abschied die Hand reichten, sagte Thea Daduna: „Sosehr ich Sie mag und die Gespräche mit Ihnen genieße, aber ich hoffe, dass ich Ihre Hilfe niemals wieder in Anspruch nehmen muss."
„Das wäre gut für Sie, aber schlecht für mich", entgegnete Christine Eiselt, wie immer in derartigen Situationen. „Ich argumentiere immer mit den Worten meines hochgeschätzten, aber leider viel zu früh verstorbenen Zahnarztes, der an dieser Stelle treffend bemerken würde: Er empfehle den Leuten nicht Zucker zu essen, aber er lebe von der Karies. Auf Wiedersehen, Thea."
Die beiden Frauen lächelten sich einander ein letztes Mal herzlich zu, bevor Thea Daduna, zwar nickend, aber ohne ein weiteres Wort das Büro ihrer Anwältin verließ.

5
KAPITEL

Jahr 2001

„Guten Tag, Polly. Störe ich?" Ohne auch nur ein „Herein" abzuwarten, war Hanne nach einem kurzen Klopfen im Stile der Hausherrin, die sie als Direktorin dieser Schule auch war, unaufgefordert in das dem Chemieklassenzimmer angrenzende Labor eingetreten.
Wie elektrisiert sprang Polly von ihrem Stuhl auf. „Ganz und gar nicht. Dass gerade du mich besuchst, ist mir eine große Freude. Hallo, Hanne." Freudig lächelnd kam sie ihrer Besucherin entgegen. Beide Frauen umarmten sich zur Begrüßung. „Darf ich eintreten oder wollen wir im Türrahmen stehen blieben?"
„Oh, entschuldige. Ich bin völlig perplex über deinen Besuch." Polly trat zur Seite und wies mit ihrem Arm in den Raum. „Immer herein mit dir in meine gute Stube."
„Das nennst du gute Stube?" Hanne sah sich verdutzt um. „Das hier sieht eher aus wie das Labor von Dr. Frankenstein."
Pollys kleines Labor schien komplett eingerichtet. Der Unterricht war lange zu Ende. Doch während Hanne in teurer, wenn auch ein wenig alternativ angehauchter Kleidung erschienen war, hatte sie noch immer einen weißen Kittel an.
„Irre ich, oder verbringst du neben deinen Unterrichtsstunden und deren Vor- und Nachbereitung auch einen großen Teil deiner Freizeit hier?" Hanne deutete mit ihrem Kopf auf eine geöffnete Schachtel mit vielen bunten Kugeln, den Polly auf einem kleinen Tischchen abgestellt hatte.

„Solange du mich nicht mit Frankenstein vergleichst, ist alles in Ordnung", lachte Polly fröhlich. „Das ist ein Molekularbaukasten. Er bietet eine gute Möglichkeit, den dreidimensionalen Aufbau eines Moleküls darzustellen. So können mit diesen Modellen räumliche Einschränkungen im Bewegungsverhalten von Molekülen anschaulich verdeutlicht werden", erklärte Polly, nun wieder ganz in ihrem Element als Chemielehrerin, und streifte sich die Schutzbrille vom Kopf. „Setz' dich doch." Sie zog einen Stuhl aus der Ecke des Raumes an den Labortisch heran. „Magst einen Kaffee?"

„Also Polly", entgegnete Hanne gespielt vorwurfsvoll. „Es ist jetzt nach 16 Uhr. Der Unterricht ist für heute vorbei. Nach meinem letzten Besuch in diesen Räumlichkeiten zu unserer Feier, anlässlich des Internationalen Frauentages, hätte ich jetzt gedacht, dass du mir einen Selbstgebrannten anbieten würdest." Sie stellte ihre Tasche auf den Tisch.

„Das wäre meine nächste Frage gewesen."

„Ja."

„Was, ja, einen Kaffee oder einen Aufgesetzten? Mit einem Selbstgebrannten kann ich heute leider nicht dienen."

„Am liebsten einen Aufgesetzten. Was hast du denn so anzubieten?", fragte Hanne neugierig und setzte sich auf den ihr angebotenen Stuhl.

„Weil du es bist, darfst du zwischen Schlehe und Kirsche wählen."

„Dann entscheide ich mich für die Kirsche", erwiderte Hanne. Sie lächelte und bedachte ihre Kollegin mit einem tiefgründigen Blick.

„Wie du willst", antwortete Polly. Schnell wandte sie sich ab, um ihr aufsteigendes Erröten zu verbergen.

„Leider habe ich die Schnapsgläser nach der Party wieder mitgenommen. Ich brauchte sie zu Hause. Meine ganze Familie rückt mir immer auf die Pelle, um meinen Geburtstag zu feiern.

Macht es dir was aus, den Aufgesetzten aus einem Glaskolben zu trinken?", fragte sie, während sie einen Schrank öffnete.

„Ganz und gar nicht", lautete Hannes fröhliche Antwort.

„Sicher hast du sie sterilisiert, oder?"

Polly drehte sich ruckartig um. „Ich würde nie etwas tun, was deine Gesundheit gefährden könnte." Ein sarkastischer Unterton klang aus ihrer Stimme. Klirrend stellte sie einen Kolben mit einer rubinroten Flüssigkeit auf den Tisch.

„Das war nur ein Spaß." Hanne ergriff die Hand von Polly und hielt sie fest. „Ich wollte dich nicht verletzen. Entschuldige bitte."

„Schon gut. Ich bin manchmal ein wenig überempfindlich." Sachte löst Polly ihre Hand aus Hannes Griff, trat einen Schritt zurück und bückte sich, ohne ihre Besucherin aus den Augen zu lassen. „Das haben alte Jungfern wohl so an sich."

„Sag doch so etwas nicht. Was das Alter angeht, dürften wir ein Baujahr sein, und nur weil du nie geheiratet hast, musst du dich nicht gerade alte Jungfer bezeichnen", empörte sich Hanne. „Überempfindlich bin ich im Übrigen auch." Sie verstummte und beobachtet interessiert, wie Polly die Reagenzgläser füllte.

Polly reichte Hanne ein Glas „Na, dann haben wir ja beide etwas gemeinsam." Sie setzte sich und rollte mit ihrem Stuhl zu Hanne heran. „Also, dann lass' uns anstoßen." Sie erhob ihr Glas. „Worauf möchtest du trinken?"

„Auf uns und unsere Gemeinsamkeiten."

„Darauf trinke ich gerne. Sehr zum Wohl."

„Zum Wohl." Hanne nippte an ihrem Glas. „Du bist eine kleine Zauberin." Sie leckte sich die Lippen. „Jetzt musst du mir verraten, wie du diesen Likör hergestellt hast. Er schmeckt himmlisch."

„Ganz einfach. Er enthält Kirschen, weißen Rum und guten Honig."

„Darauf wäre ich nie gekommen. Ich hätte Kandiszucker vermutet." Hanne tat einen kleinen Zug. „Hmm." Genießerisch rollte sie den Likör durch ihren Mund, bevor sie ihn endgültig herunterschluckte. „Köstlich." Sie strahlte Polly an.
„Nun ja, ehrlich gesagt, ich kann mit Kritik gut umgehen. Mit Lob sieht es da schon schlechter aus." Polly senkte verlegen den Blick.
„Das liegt daran, weil unsere Mütter es uns nicht gelehrt haben. Sieh dich an. Du bist eine attraktive Frau in der Mitte ihres Lebens. Du bist klug und ...", Hanne fasste Polly unter ihr Kinn und hob es hoch, „du hast ein ebenmäßiges Gesicht, mit schönen braunen Augen, einer wohlgeformten Nase und bemerkenswert wenig Falten. Wahrscheinlich liegt es daran, dass du dir Tinkturen mischen kannst, die gegen eine natürliche Alterung wirken." Sie hielt für einen Moment inne. „Außerdem hast du wunderschönes volles Haar."
„Die grauen Haare dazwischen fallen nur deshalb nicht auf, weil meine Haarfarbe dem Fell eines Straßenköters ähnelt." Polly drehte ihren Kopf und entwand sich so Hannes Griff.
„Schon wieder was Schlechtes. Warum gönnst du mir nicht, dich mit meinen Augen zu beurteilen?" Hanne schüttelte vorwurfsvoll ihren Kopf. „Schönheit liegt immer im Auge des Betrachters." Als sie in Pollys trauriges Gesicht blickte, lenkte sie ein. „Ich will damit sagen, dass ich dich sehr interessant finde." Hanne fixierte Pollys Augen und prostete ihr zu. „Ich trinke auf dich und deine Attraktivität."
„Wie meinst du das?"
„So wie ich es gesagt habe." Wie unabsichtlich und ohne ihren Blick abzuwenden, leckte sich Hanne genüsslich über die Lippen, auf denen trotz der Nähe, in der sich beide Frauen gegenübersaßen, kein Tropfen des süßen roten Likörs zu erkennen war.

Polly errötete und schlug die Augen nieder „Quatsch, ich bin durchaus in der Lage, mich realistisch einzuschätzen."

„So, bist du das?", provozierte Hanne. „Ich denke aber nicht."

„Dann solltest du mir vielleicht ein wenig genauer erklären, wovon du gerade redest." Polly nestelte am Halsausschnitt ihres weißen Kittels. Das Unbehagen, das sie ergriffen hatte, war ihr deutlich anzumerken.

„Entspann dich", sagte Hanne und legte ihre Hand auf Pollys Knie. „Ich wollte dir nur sagen, dass ich dich für eine Frau halte, die gut aussieht, mit beiden Beinen fest im Leben steht, eine tolle Lehrerin und Kollegin ist. Ach ja, und dass du für mich einer der Menschen bist, die mir sehr wichtig sind." Damit ihr auch nicht die kleinste Regung in Pollys Gesicht entging, musterte Hanne ihre Freundin. Plötzlich schüttelte sie ihren Kopf. „Fast hätte ich es vergessen." Hanne stellte ihr Glas auf den Labortisch und zog ihre Tasche zu sich heran. „Ich habe dir etwas mitgebracht." Sie zog eine kleine Papiertüte aus der Tasche und stellte sie vorsichtig vor Polly auf den Tisch. „Bitte schön."

„Was ist das?"

„Sieh nach", forderte Hanne Polly auf.

Vorsichtig ergriff Polly die Tüte. „Oh, das ist aber hübsch. Was ist das?" Sie hielt ein rundes Glasgefäß mit einer olivgrünen Flüssigkeit in die Höhe.

„Das ist ein Fläschchen mit Olivenöl."

„Das habe ich mir schon gedacht. Ich meinte eher die Flüssigkeit, die sich in der Form der kleinen Kirsche in der Mitte des Gefäßes befindet."

„Das ist Balsamico."

„Danke, so etwas habe ich nie gesehen. Darüber freue ich mich wirklich sehr." Pollys dunkle Augen strahlten. Während sie die Flasche vor ihren Augen hin und her drehte, fragte sie: „Wie bist du denn auf diese Idee gekommen?" Sie umschloss das Gefäß wie einen kostbaren Gegenstand mit beiden Händen und stellte es auf ihre Knie.

„Meine Anwältin hat mich unlängst darauf gebracht."

„Deine Anwältin?" Pollys Augen weiteten sich vor Erstaunen. „Wie heißt sie denn?"

„Sie heißt Christine Eiselt. Sie ist eine kluge Frau, mitfühlend und warmherzig. Der Ruf, der ihr anhängt, bei der Durchsetzung von Rechten unnachgiebig und kompromisslos zu sein, ist falsch. Sie sagt von sich selbst, dass sie immer versucht eine Lösung zu finden, mit der beide Seiten klarkommen. Ich mag sie und sie mich ebenfalls. Darum unterhalten wir uns auch ab und zu über private Dinge."

„Das hört sich so an, als hättest du regelmäßig Anwaltstermine." Polly klang erstaunt.

„Ich habe bisher vermieden, es im Kollegenkreis bekannt zu geben, dass ich die Scheidung eingereicht habe", sagte Hanne wie nebenbei. „Meine Unterhaltungen mit ihr fanden während der Besprechungen zu meinem Ehescheidungsverfahren statt."

„So?"

„Ja, wir hatten uns irgendwann mal über Karl-Otto unterhalten."

„Das besagte Karlchen aus der fünften Klasse, das in der gesamten Schülerschaft bekannt ist und das jeder Lehrer und jede Hortnerin lieber von hinten sieht?"

„Ja, genau das Karlchen, das jedem in diesem Gymnasium bekannt ist", bestätigte Hanne lakonisch. „Frau Eiselt kennt ihn und seine Familie. Als sie hörte, wo ich arbeite, sprach sie mich auf ihn an."

„Das wundert mich nicht. Was hat sie dir denn erzählt?"

„Meine Anwältin hatte Karlchens Familie vor Jahren – er müsse da so in der zweiten Klasse gewesen sein – in einer Pizzeria kennengelernt. Kurze Zeit später wurde sie mit ihrem Mann und den Kinder von Karlchens Eltern zum Essen eingeladen. Sie erzählte, dass sie in der Pizzeria bereits beobachten konnte, wie Karlchen seiner Mutter so in den Arm gebissen hatte, dass sie blutete. Schon darüber sei sie nicht hinweggekommen. Jedoch habe sich das, was sie bei seiner Familie zu Hause erlebt habe, vollkommen in das Gesamtbild eingefügt."

Polly schüttelte ihren Kopf. „Dann hattet ihr euch wohl viel zu erzählen?"

„Du sagst es." Hanne nickte. „Nachdem sie hereingebeten wurden, begann die Groteske."

„Wieso?"

„Da sie nicht wusste, wie die Leute leben und worüber sie sich freuen würden, hat sie als Gastgeschenk so ein Gefäß ausgewählt."

„Na, damit konnte sie sicher punkten", stellte Polly fest und hob den runden Kolben in ihre Augenhöhe, um ihn noch einmal freudig zu begutachten.

„Ganz sicher und vor allem bei Karlchen. Er hatte das Geschenk schon in der Hand und wollte damit ‚Bombe' spielen, es also auf dem Küchenboden zerplatzen lassen."

„Er wollte was?" Polly ließ vor Schreck ihre Arme wieder sinken.

„Du hast richtig gehört. Sein Vater konnte es zum Glück verhindern. Doch vom Imitieren eines Silvesterböllers und vom Aufdrehen seiner Musikanlage bis zum Anschlag konnte er Karlchen leider nicht abhalten."

„Oje, oje."

„Danach ist der kleine Racker in der Küche auf eine Trittleiter gestiegen, hat Milch aus dem Kühlschrank geholt und wollte diese auf dem Fußboden verteilen. Nachdem seine Eltern ihn davon abgebracht haben, hat er den Wasserhahn aufgedreht und das Wasser laufen lassen."

„Ach du Schreck."

„An dieser Stelle ist die Mutter eingeschritten mit den Worten: ‚Karl-Otto, das merke ich mir.'"

„Das wird ihn sehr beeindruckt haben", bemerkte Polly spöttisch.

„Sein Vater hat der Anwältin und ihrem Ehemann unterdessen ganz stolz erzählt, dass Karlchen schon in der ersten Klasse die Primzahlen weiterentwickeln konnte."

„Na, davon ist heute leider nicht mehr viel zu merken."

„Dafür darf er seinen Vater mit dessen Vornamen anreden und ihn einen dicken Dummkopf nennen."

„Das ist kaum zu glauben." Polly schüttelte ihren Kopf. „Sein Vater ist doch Professor und ich glaube, seine Mutter ist auch Akademikerin."

„Ist sie." Hanne nickte. „Nachdem sie sich die ganze Zeit im Hintergrund gehalten hatte, hat sie Frau Eiselt auf subtile Weise vor den Kindern berichtigt."

„Was?" Polly entfuhr ein glucksender Lacher. „Erzähle."

„Selbstverständlich stand es Karlchen frei, zu essen oder das Essen zu verweigern."

„Ich tippe darauf, dass er verweigert hat."

„Damit hast du fast ins Schwarze getroffen. Nachdem Pilze als Vorspeise, Kürbissuppe und ein Reisgericht gereicht worden waren, gab es zum Nachtisch Quark mit Kokosraspeln. Diese Nachspeise erweckte Karlchens Aufmerksamkeit. Er wollte unbedingt deren Verteilung übernehmen."

„Ist das gut gegangen?"

„Bis auf ein paar Spritzer auf der Tischdecke wohl ja." Hanne schürzte die Lippen. „Dann hat er alles in einer Art und Weise in sich hineingestopft, die man wohl eher als Fressen bezeichnen würde."

„Also viel zu viel."

„Vor allem zu schnell, denn er hat so viel Luft mit heruntergeschluckt, dass er unkontrolliert laut aufgestoßen hat."

„Das passt zu ihm."
„Hör zu und jetzt kommt es. Frau Eiselt, eine Frau mit einem Gefühl für feine Schwingungen, war schon völlig am Ende und kommentierte vor ihren eigenen Kindern: ,... und wie bereits Goethe sagte, warum rülpset und furzet ihr nicht, hat es euch nicht geschmacket.' Darauf Karlchens Mutter: ,Jaja Karl-Otto, der Ausspruch stammt von Martin Luther.'"
Polly lachte.
„Frau Eiselt hat sich furchtbar geärgert. Doch ich konnte sie trösten, denn der Spruch ist weder bei Goethe noch bei Luther belegbar. Er wird wohl fälschlicherweise beiden zugeschrieben. Tatsächlich von Luther ist der Ausspruch: ,Wenn ich hier einen Furz lasse, dann riecht man das in Rom.' Und es drang ja tatsächlich bis nach Rom, was Luther so abgelassen hat."
„Hanne, du bist eine so kluge Frau." In Pollys Augen stand Bewunderung. Schnell drehte sie sich weg, stellte das Gefäß mit dem Öl wieder auf den Tisch und griff nach ihrem Glas.
„Nicht klug Polly, nur belesen. Klug ist meine Anwältin", sinnierte Hanne und lächelte. „Selbstverständlich hat sie die Unhöflichkeit von Karlchens Mutter während ihres Besuches unkommentiert gelassen. Sie erklärte dazu nur lakonisch, dass sie es als ein unbeschreibliches Glück empfinde, dass ihre eigenen Kinder so wohlerzogen seien. Ein einziger Blick habe genügt, sich mit beiden zu verständigen. So sei der begangene Fauxpas von allen kommentarlos hingenommen und erst auf der Heimfahrt im Auto diskutiert worden."
„Wie war das vorhin mit dem Lob und dem Auge des Betrachters?", provozierte Polly.
„Karlchen hat dann jeden der Gäste seiner Eltern aufgefordert, an der Blume, die seine Schwester aus Krepppapier gebastelt hatte, zu riechen", überging Hanne Pollys Einwand. „Er hat ihnen die Blume an die Nase gehalten und ihnen dabei seinen

Quarkspeiseatem ins Gesicht geblasen. Dieser Besuch der Familie Eiselt bei Karlchens Familie war der erste und letzte."
„Kein Wunder."
„Sagst du. Du musst mal hören, wie Karlchens Eltern das Verhalten ihres Sohnes und sich selbst einschätzen."
„Da bin ich aber gespannt."
Hanne begann zu kichern. „Es soll bei Karlchen ein Aufmerksamkeitsdefizitsyndrom festgestellt worden sein, dem sie sein unerzogenes Verhalten zuschieben. Dann haben sie sich gegenüber den Eheleuten Eiselt darüber beklagt, dass nach mehr als einem Jahrzehnt noch immer kein Zusammenwachsen der Menschen aus Ost und West festzustellen sei."
„Wie kommen sie denn darauf und was hat denn das mit Karlchen zu tun?"
„Sie haben den Eheleuten Eiselt erklärt, dass es immer nur zu einem Besuch komme, weil die Barriere zwischen Ost und West noch so hoch sei, dass es einfach keine Gemeinsamkeiten zwischen den zugezogenen Menschen aus dem Westen und den Einheimischen aus dem Osten gebe."
„Ich bin mir sicher, dass es zu einem Gegenbesuch bei den Eheleuten Eiselt nicht kommen wird, oder?", stellte Polly fest und stimmte in das glucksende Lachen ihrer Kollegin mit ein.
„Ganz sicher nicht", antwortete Hanne noch immer kichernd, als beide aufgehört hatten zu lachen. „Armes Karlchen. Ich denke manchmal, dass die Kinder gar nichts dafür können. Die Eltern schreiben alle Probleme einer Krankheit zu und schon haben sie eine Begründung für ihr Versagen." Eine ungewohnte Bitterkeit klang nun aus Hannes Stimme.
Polly horchte auf. „Aber unsere Möglichkeiten hier in der Schule sind doch auch nur begrenzt."
„Du sagst es. Selbst wenn wir es wollten, das Elternhaus können wir ihnen leider nicht ersetzen", erwiderte Hanne und leerte mit einem tiefen Zug ihr Glas. Als sie es abstellte, hatte

sich eine tiefe Falte in ihren Mundwinkel eingegraben. Ihr vorher strahlendes Gesicht erschien nun aschfahl und grau.
„Möchtest du noch einen?", fragte Polly unsicher, nachdem sie sich ebenfalls den restlichen Inhalt ihres Glases in den Mund geschüttet und heruntergeschluckt hatte.
Hanne nickte wortlos. Sie verfolgte mit leerem Blick, wie Polly die Gläser neu füllte.
„Wie weit ist es eigentlich mit deiner Scheidung?", erkundigte sich Polly vorsichtig, während sie den Kolben mit dem restlichen Likör wieder verschloss.
„Ach, habe ich dir das vorhin gar nicht erwähnt?", fragte Hanne sichtlich irritiert.
„Nein."
„Mein Leidensweg ist beendet. Das Urteil ist gesprochen. Ich bin geschieden." Farbe kehrte in Hannes Gesicht zurück.
„Und, sollte ich dich dazu beglückwünschen oder dir mein Beileid aussprechen?"
Hannes Augen begannen zu leuchten. „Was denkst du?" Sie rückte mit ihrem Stuhl ganz nahe an Polly heran. „Ich habe mein Leben wieder. Ich kann mich verabreden oder ich kann meine Zeit mit mir allein verbringen. Jetzt kann ich tun und lassen, was ich will. Keiner schreibt mir etwas vor. Ich kann mich neu verlieben oder ich kann alleine bleiben. Jetzt bin ich endlich frei."
„Wenn ich dich so ansehe, glaube ich, dass du dich freust deine Ehe hinter dir gelassen zu haben." Polly strich Hanne eine Haarsträhne, die ihr ins Gesicht gefallen war, sanft aus der Stirn.
„Das tue ich auch, denn wenn das Gericht meine Ehe nicht beendet hätte, hätte ich es vielleicht selbst getan." Hannes Augen strahlten. „Genügend Wissen darüber, wie eine Person vom Diesseits ins Jenseits befördert werden kann, habe ich mir schon angeeignet."

„So? Wie denn?", fragte Polly interessiert und rollte mit ihrem Stuhl etwas zurück.

„Der erste Einsatz von Rizin, also das Regenschirmattentat, ist dir bekannt?" Es war keine Frage. Aus Hannes Mund klang es wie eine Feststellung.

„Selbstverständlich. Soweit ich weiß, erfolgte der Einsatz von Rizin erstmalig im Jahre 1978. Der bulgarische Journalist Markow wurde in London von bulgarischen Geheimdienstagenten auf offener Straße mit einem Regenschirm angegriffen und in den Unterschenkel gestochen. Die Spitze des Regenschirmes war mit einer 1,52 Millimeter großen Kugel mit vierzig Mikrogramm des Toxins präpariert worden." Polly sah Hanne prüfend an.

„Markow starb einige Tage später im Krankenhaus an einem Kreislaufversagen als Folge der Vergiftung. Um meine Ehe zu beenden, hätte ich dich gebeten, mir zu helfen." Hanne beugte sich vor und fragte mit einem scherzhaften Unterton in der Stimme: „Hättest du es getan?"

Wieder waren sich die Gesichter der Frauen sehr nahe.

„In einer Fachzeitschrift fand ich einen Artikel, der in Kurzform die Isolierung von Rizin beschreibt", antwortete Polly ausweichend und sah Hanne prüfend in die Augen. „Abgesehen von der hohen Giftigkeit des Rizin ist seine Reindarstellung sehr arbeitsaufwendig."

„Bei dir klingt es, als hättest du schon versucht, es herzustellen", provozierte Hanne mit leiser werdender Stimme.

„Kann ich dir ein Geheimnis anvertrauen?" Pollys sachliche Stimme wurde noch leiser.

„Du kannst mir alle deine Geheimnisse anvertrauen. Bei mir sind sie sicher", flüsterte nun auch Hanne. Der Schalk aus ihrem Gesicht war verschwunden.

„Zur Herstellung von Rizin werden die Bohnen gemahlen und entfettet. Dann extrahierst du die Eiweißkörper aus dem

Mehl mit zehnprozentiger Kochsalzlösung. Alle Eiweißkörper gewinnst du durch Fällung mit Ammonsulfat, bevor du das Rizin durch fraktionierte Fällung mit Ammonsulfat isolierst."

„Und was mache ich dann, wenn ich unbedingt Rizin benötige?", hauchte Hanne atemlos. „Es ist eines der potentesten natürlich vorkommenden Gifte überhaupt und außerdem sehr leicht herstellbar, so sagt man es jedenfalls."

„Du machst überhaupt nichts, denn du bist im Umgang mit solchen Sachen ungeübt. Selbst die Zufuhr kleinster Mengen, wie dies durch Einatmen des Staubes beim Umgang mit dem entfetteten Bohnenmehl fast unvermeidlich ist, führt zu einer Überempfindlichkeit. Also Hände weg, denn dir steht kein Labor mit Sicherheitsvorrichtungen zur Verfügung", flüsterte Polly in Hannes Ohr, bevor sie sich in ihren Stuhl zurücklehnte und Hanne kritisch musterte.

„Ja, da muss ich dir recht geben. Aber eine Frage habe ich dennoch." Hanne beugte sich wieder zu Polly. Ihre Gesichter waren nur noch ein paar Zentimeter voneinander entfernt. „Hast du es nun schon hergestellt oder nicht?"

„Ja, das habe ich, doch ich habe es sofort wieder vernichtet."

„Wenn ich dich jemals darum bitten würde, es noch einmal herzustellen, was würdest du tun?"

„Ich würde es für dich …"

Polly kam nicht dazu, den Satz zu beenden. Hanne umschlang Polly mit ihren Armen, zog sie zu sich heran und verschloss ihr mit einem Kuss den Mund.

Als sich die Frauen nach dem langen, innigen Kuss voneinander lösten, strich Polly Hanne die Strähne ihres Ponys, die ihr wieder in die Stirn gerutscht war, erneut aus dem Gesicht und sagte: „Jetzt weißt du, warum ich nie geheiratet habe. Ich habe mich in dich verliebt, als ich dich das erste Mal gesehen habe."

Zärtlich streichelte sie über Hannes freudestrahlendes Gesicht. „Ja, so war es."

Hanne stutzte. „Aber, wir kennen uns doch schon seit 1978, das ist über zwanzig Jahre her."
„So ist es. Seither ist kein Tag vergangen, an dem ich nicht an dich gedacht und mir vorgestellt habe, wie es wäre, wenn wir zusammen sein könnten."
„Aber du hast nie etwas gesagt, geschweige denn mir ein Zeichen gegeben. Ich hatte ja keine Ahnung", entgegnete Hanne mit vor Verwunderung weit aufgerissenen Augen.
„Du hattest deinen Mann und die Kinder, du warst glücklich und zufrieden, so schien es jedenfalls. Also was sollte ich dir sagen? Sollte ich dir sagen, dass ich alles tun und geben würde, nur um mit dir zusammen sein zu dürfen?"
Ungläubig nickte Hanne mit ihrem Kopf. „Du liebst mich wirklich, und ich habe mich nicht einmal gewagt auch nur im Traum daran zu denken."
„Bedingungslos und selbst wenn du mich nicht oder nicht mehr willst, werde ich niemals aufhören, dich zu lieben. Das verspreche ich."
Wieder verschmolzen die Lippen beider Frauen zu einem Kuss, doch dieses Mal war es ein ungestümer Kuss, voller wilder zehrender Leidenschaft.

6
KAPITEL

Jahr 2001

Adelheid Büning öffnete ihre Augen und sah zum Fenster. Noch immer verhüllte die pechschwarze Nacht das Fenster. Sie ahnte, dass sie nicht lange geschlafen hatte.
Trotzdem war Adelheid hellwach. Sie verweilte noch einen Augenblick in der trauten Energie, in die sie der Traum versetzt hatte. Sie genoss die Erinnerung an diesen Moment, wie sie damals zu dritt, dicht aneinander gekuschelt, gelegen hatten. Sie glaubte wieder den vertrauten, tröstlichen Geruch ihrer Mutter zu riechen. So roch Geborgenheit für sie. Zum Glück konnte sie diesen Duft aufrufen, wann immer sie es wollte und brauchte. Ach, was gäbe sie nur dafür hin, wenn ihre Mutter noch leben würde.
Allzu schmerzlich empfand sie jedes Mal den ungeheuren Verlust, wenn sie die Treppe zum Dachboden hinaufstieg. Hier hing noch leicht dieser Geruch der elterlichen Wohnung in der Luft. Auch wenn die Räume jetzt fast leer waren, konnte sie in ihrer Erinnerung durch die Räume spazieren. Jedes noch so kleine Detail aus ihren Kindertagen erschien vor ihrem inneren Auge. Allzu gerne hatte sie die Mutter nach der Herkunft der vertrauten Gegenstände befragt und deren Geschichten gelauscht. Sie lächelte, als ihr die beiden alten Bilder mit den dunklen Eichenholzrahmen in den Sinn kamen. Die beiden Hühnerküken, die unerschrocken nach der großen Schnecke zu picken schienen, und die beiden Entenküken, die entsetzt den übergroßen Frosch anstarrten, hatten es Adelheid Büning

von jeher angetan. Kein Wunder, dass diese Bilder nun ihre eigene Wohnzimmerwand schmückten.

Doch viel zu kurz konnte sie in dieser Erinnerung verweilen. Adelheid spürte, wie langsam das wohlige Gefühl verflüchtigte und der unerbittlichen Wirklichkeit wich. Sie war außer Stande, den Gedankenstrom anzuhalten.

Stimmen gellten in ihren Ohren. Sie kniff ihre Augenlider, so fest es ging, zusammen, presste die Hände an ihren Kopf und krümmte sich in die Embryonalstellung, doch die Stimmen wollten nicht weichen.

„Na mein Süße, nun mach den Mund schon auf für deinen lieben Onkel Berthold-Eugen", säuselte Hans-Heinrich Büning.

Beide Männer standen mit heruntergelassenen Hosen am Tisch.

„Sie will nicht", sagte Berthold-Eugenius Büning mit ratlosem Blick auf seinen Bruder. Doch dann fasste dieser nach kurzem Überlegen dem willenlosen Kind unter die Achseln und zog es zu sich heran. „So wird es schon gehen." Er bog den Kopf seiner Tochter über die Tischplatte nach hinten und öffnete ihr mit seinem Finger den Mund. „Siehst du, es funktioniert." Der stolze Unterton in seiner Stimme war unüberhörbar.

Berthold-Eugenius Büning schob seinen Penis in die Mundöffnung des Kindes. Der Blick auf das steife Glied seines Bruders, das nur darauf zu warten schien, die angestaute Ladung Samen in das Kind ergießen zu können, steigerte seine Erregung ins Unermessliche. Unvermittelt spritzte er ab, hinein in den Mund des Kindes. Das Mädchen röchelte und würgte in höchster Atemnot.

„So, Dorothea, mein Liebling, zu Onkel Berthold-Eugenius warst du schon lieb. Jetzt musst du nur noch zu Papa lieb sein." Hans-Heinrich Büning richtete das splitternackte Mädchen auf. Zufrieden stellte er fest, dass sich ihre Atmung beruhigt hatte. Dann drehte er es auf den Bauch. Sein Blick fiel auf seinen Bruder, der noch immer mit seinem erschlaffenden Penis spielte. „Das war ein Spaß für den Lümmel, was?" Hans-Heinrich Büning grinste anzüglich. Während er sein Glied durch die rechte Hand gleiten ließ, streichelte er zärtlich den nackten Rücken seiner Tochter. „Meine kleine Prinzessin, jetzt möchtest du deinen Papa glücklich machen, stimmt's?" Er begann zu keuchen. Seine Hände drückten nun das Gesäß des Kindes auseinander. „Ja, so ist es gut." Er spuckte in seine Hand und befeuchtete seinen Phallus. Als er den zarten Körper des Kindes an sich riss und schonungslos sein Glied hineinstieß, hatte sein Gesicht einen maskenhaften Ausdruck angenommen. Erbarmungslos spießte sein Penis das Kind auf.

Als er ihn mit einem wohligen Gurgeln herauszog und sich sein Ejakulat wie eine Trophäe selbst in die Hand spritzte, sank das Kind in sich zusammen, fiel auf seinen Bauch und blieb regungslos auf dem Tisch liegen.

Schweißgebadet rollte sich Adelheid Büning auf den Rücken und lupfte nun ihre Bettdecke an. Die Kälte des Raumes kroch wohltuend darunter. Sie wedelte mit dem Zipfel und wünschte sich vergeblich, ihre Gedanken verscheuchen zu können. Resignierend ließ sie ihre Bettdecke los und gab im Wissen, was gleich passieren würde, ihren Widerstand auf. In dem Moment, in dem sie die Augen schloss, begann die unerbittliche Fortsetzung des Filmes, dem sie weder im Traum noch im wachen Zustand etwas anderes entgegenzusetzen hatte, als ihn sich immer und immer wieder anzusehen.

Die Holzkelle sauste auf Dorotheas Po nieder. „Du böses Mädchen."

Der schmale Arm ihrer Tochter drohte sich aus ihrer Hand zu winden. Sie griff fester zu. „Du bist ein ganz böses Mädchen." Wieder schlug sie mit der Holzkelle zu. „Du darfst das nicht machen mit Papa. Das darfst du nicht", brüllte sie in das klatschende Geräusch. „Ich habe dich dann nicht mehr lieb."

„Nein, Mama", schrie ihr Kind. „Ich will immer artig sein."
Erschöpft ließ Adelheid den Arm sinken. „Versprichst du mir das?"
„Ja, Mama. Dorothea will immer artig sein." Die Stimme des Mädchens schwoll an wie eine Sirene.
Tränen der Verzweiflung über die eigene Hilflosigkeit schossen Adelheid Büning in die Augen. Die Holzkelle fiel mit einem scheppernden Geräusch zu Boden. Sie zog ihre Tochter zu sich heran und umarmte sie.
„Mama, nicht weinen", tönte es kläglich aus ihren Armen herauf. „Dorothea will nicht mehr Huckepack und Hoppereiter mit Papa machen."
„Du darfst dich nicht mehr von seinem schönen Vogelgezwitscher und den Zauberkünsten locken lassen, die er mit seinen Lippen macht."
Die Fünfjährige starrte sie mit riesengroßen Augen und einem vor Sprachlosigkeit offenen Mund an.
„Wenn du dich so freust und in deine Hände klatschst oder sein Gesicht und seine Ohren untersuchst, dann hat er dich, und dann tut Papa Böses", bläute sie ihrem Kind mit ernstem Gesicht und gewichtigem Ton ein. „Er macht dann Auaweh."
Das Mädchen nickte verschüchtert.
„Geh' immer von ihm weg. Er darf nicht mit dir allein sein. Hörst du?"
„Ja, Mama", wimmerte Dorothea.
Als Adelheid an die dicken Tränen dachte, die damals über die rosigen Wangen ihrer Tochter kullerten, wurde ihr schwer ums Herz.
Schon wieder hörte sie das dünne Stimmchen ihrer Tochter.
„Dorothea hat gesehen, was Papa mit dem Baby gemacht hat."
Die Sechsjährige sah sie mit großen, vor Bestürzung weit aufgerissenen Augen an. „Auweia, Papa war ganz böse."

„Schscht, das darf man über seinen Papa nicht sagen", hörte Adelheid sich antworten. „Die Leute sind dann alle böse und Papa auch. Willst du, dass sie alle böse mit dir sind?"

„Nein." Das kleine Mädchen schüttelte vor Entsetzen den Kopf.

„Du musst immer ganz artig sein. Man darf zu fremden Leuten sowieso nichts über sich sagen. Du auch nicht. Sonst passiert ein großes Unglück und du bist dann ganz allein. Dann ist keiner mehr da und du kommst in ein Haus mit vielen fremden Kindern und Tanten, die du nicht kennst. Willst du das?"

„Nein, meine liebe Mami. Ich will bei dir bleiben!" In den Aufschrei hinein warf sich Dorothea an sie und umklammerte ihren Hals.

„Dann musst du mir versprechen, immer ganz lieb und still zu sein. Dann kann uns keiner was tun."

„Ja, Mama." Ein verzweifeltes Schluchzen übertönte die weiteren Beteuerungen.

Lautes Schnarchen riss Adelheid aus den quälenden Erinnerungen. Mit einem bösen Blick drehte sie ihren Kopf zur Seite. In diesem Moment ertönte ein zufriedenes Grunzen und der Mann an ihrer Seite schmatzte im Traum. Dann wälzte er sich zu ihr herum. Sie konnte sein Gesicht nicht sehen, aber sie roch seinen Atem. Von der Mischung aus Bier- und Kornfahne angewidert, warf sie ihm in der Dunkelheit einen Blick zu, als wolle sie ein hässliches Insekt zertreten. Angeekelt wandte sie sich ab und dachte weiter nach.

Nein, ein Unrechtsbewusstsein war ihm sein ganzes Leben fremd geblieben, kam sie nicht umhin, für sich festzustellen. Immer hatte es ihn nur nach der Befriedigung seines Geschlechtstriebes verlangt.

Auch wenn sie jedes Mal das Ende des Martyriums ihrer vier Kinder herbeigesehnt hatte, musste sie sich jetzt eingestehen, ihrem Mann als willenloses Werkzeug dabei geholfen zu haben, und das tat weh.

Seit dem Tag, an dem auch ihr jüngster Sohn den elterlichen Haushalt verlassen hatte, glaubte sie, ihre Ruhe gefunden zu haben. Nicht einmal die Tatsache, dass keines ihrer Kinder Interesse, sich nach dem Wohlbefinden der Eltern zu erkundigen, verspürt hatte und alle allenfalls zu Pflichtbesuchen bereit waren, konnte sie von diesem Gedanken abbringen.

Adelheid spürte, wie ihr Nachthemd am Körper klebte. Sie war schweißgebadet.

Die Erkenntnis durchfuhr sie wie ein Donnerschlag. Dieser Brief war es, durch den längst verheilt geglaubte Wunden wieder aufgebrochen waren, war es, der ihr den Schweiß aus den Poren trieb. Erst durch den Brief, den sie am Mittag so unerwartet in ihrem Postkasten vorgefunden hatte, war ihr bewusst geworden, dass sie keinen Seelenfrieden finden würde. Wie zur Salzsäule erstarrt, war sie unfähig gewesen, sich die Treppe hoch in ihre Wohnung zurückzubewegen. Den Brief ihn in den Händen stand sie nur da und betrachte ihn. Sie hatte ihn nicht umdrehen müssen, um zu wissen, wer der Absender war. Die gestochene Handschrift ihrer Tochter hatte es ihr verraten. Obwohl oder gerade, weil er an die Eheleute Büning adressiert war, hatte sie schließlich die Entscheidung getroffen, ihrem Mann nur dann davon zu erzählen, wenn der Inhalt unverfänglich sein würde. Selbst daran zu glauben, war ihr schwergefallen, denn nach dem Gewicht des Briefes zu urteilen, war es ein langer Brief. Adelheid hatte ihn in der Hand gewogen, bevor sie ihn einmal faltete und in ihre Schürzentasche schob. Während sie langsam, als hätte sich eine tonnenschwere Last auf ihre Schulter gelegt, die Treppe zur Wohnung hinaufstieg, hatte ihr Gehirn fieberhaft gearbeitet. Was wäre, wenn sich ihre schlimmsten Befürchtungen bewahrheiten sollten? Was sollte sie tun? Eine Konfrontation schied für sie ebenso aus wie eine Scheidung. Beides hätte ihr ganzes Leben auf den Kopf gestellt. Und was würden die Leute erst sagen?

Nachdem sie und ihr Mann aus dem Arbeitsleben ausgeschieden waren, hatte sich das Verhalten ihrer Nachbarn und Bekannten geändert. Es war ein diffuses Gefühl von Gemeinsamkeit zu verspüren. Man war zusammen durchs Leben gegangen, hatte Kinder zur Welt gebracht, sie durch Kindheit und Jugend bis hin in das Erwachsenenalter begleitet, war berufstätig gewesen, also irgendwie zusammen alt geworden. So etwas schweißte zusammen, schaffte eine Verbundenheit, die nicht einmal durch gelegentliche Eifersüchteleien und boshafte Schwatzhaftigkeit zerstört werden konnte.

Dennoch musste sich Adelheid, während sie fast im Zeitlupentempo die Treppe hochstieg, eingestehen, dass die Blicke, die gerade die Frauen ihr zuwarfen, während sie mit ihrem Mann Besorgungen erledigte oder einfach nur mit ihm essen ging, ihr alles andere als gleichgültig waren. Sie hatten sie in den unverrückbaren Glauben versetzt, eifersüchtig auf sie zu sein und eigentlich nur von ihrem Ehemann ablenken sollten, denn er war trotz seines Alters noch immer eine recht passable Erscheinung. Das früher volle blonde Haar war zwar einer Glatze gewichen, doch das Auge des Betrachters fiel ohnehin auf seinen gepflegten Bart, dessen Farbton in den Jahren sich fast nicht geändert hatte, und blieb in seinen himmelblauen Augen hängen. Seine Körpergröße, der aufrechter Gang und sein unnahbares Auftreten verliehen ihm zudem eine gewisse Würde. Adelheid Büning verweilte einen Augenblick vor der Tür. Als sie sie öffnete, hatte sie ihren Entschluss getroffen. Sie würde den Inhalt des Briefes für sich behalten, sollte er etwas beinhalten, was ihr Eheleben gefährden könnte.

So wie sie am Vormittag vor dem Betreten der Wohnung die Luft angehalten hatte, tat sie es nun, da sie sich rückversetzte.

Glücklicherweise war ihr Mann gerade von einer Fernsehsendung gefesselt, sodass er sie nicht beachtete. Ein Glücksmoment für Adelheid, denn so musste sie nicht lügen. Der Brief wanderte in ihre Handtasche, die wie immer im Flur auf dem Schränkchen unter der Garderobe stand. Still legte sie die Zeitung und ein paar weitere Briefe aus dem Kasten, die Rechnungen enthielten, auf den Küchentisch.

Ihr Plan war aufgegangen. Ihr Mann hatte beim Sichten der Post nicht gefragt und sie hatte keine Veranlassung etwas zu sagen. Kaum war er jedoch im Schlafzimmer verschwunden, um seinen gewohnten Mittagsschlaf zu halten, war sie in den Flur geschlichen, hatte den Brief an sich genommen, war zurück in das Wohnzimmer geeilt und hatte ihre Handarbeit vor sich ausgebreitet. Ihr Puls raste. Sie atmete heftig. Dann hatte sie sich selbst als dumme Gans gescholten. Würde ihr Mann vorzeitig seinen Schlaf unterbrechen, dann würde sie ihn hören, den Brief unter den Wandteppich schieben, den sie gerade knüpfte, und so tun, als wäre alles in bester Ordnung. Sie rief sich zur Ordnung, setzte ihre Brille auf und griff nach dem Brief, den sie nun in Windeseile mit zitternden Händen öffnete. Das Schnarchen an ihrer Seite schien in diesem Moment die Lautstärke eines startenden Flugzeugs anzunehmen.

In dieses Geräusch blies Adelheid Büning die angestaute Luft aus ihrem Körper. Sie schlug die Bettdecke ein wenig zurück, glitt mit einer für ihr Alter ungewöhnlichen Leichtigkeit aus ihrem Bett und schlich sich auf leisen Sohlen durch das Schlafzimmer. Mit geübtem Griff öffnete sie die Tür und auf gleiche Weise verschloss sie sie wieder.

Im Vorbeigehen zog sie den Brief aus ihrer Tasche, um sich gleich darauf mit ihm in der Toilette einzuschließen. Nachdem sie sich die auf ihrem Kosmetikschränkchen abgelegte Brille aufgesetzt und ihren Morgenmantel übergeworfen hatte, ließ sie sich auf dem Wannenrand unter der Badlampe nieder und zog zitternd den Brief, den sie tags zuvor nach dem Lesen wieder sorgfältig zusammengefaltet hatte, erneut aus dem Umschlag. Das Licht auf der Toilette war hell genug.

Hallo Papa,
viele Jahre war ich nicht in der Lage, mein Leben zu meistern, ständig war ich dem Jenseits näher als dem Diesseits. Seit meinen Klinikaufenthalten kenne ich nun die Ursachen: Du hast mich als kleines Kind missbraucht und dein Bruder Berthold-Eugenius Büning hat mich auch missbraucht. Begonnen hat es, als ich noch ein Baby war. Sicher hattest du die Hoffnung, dass ich mich niemals daran erinnern würde, weil ich noch zu klein war. Sollte das der Fall gewesen sein, muss ich dir sagen: Du irrst dich! Ich kann dir nicht sagen, ob es daran liegt, dass ich schon als Säugling mehr als einmal dem Tod näher war als dem Leben, aber ich denke ja. Es müssen meine Nahtoderfahrungen sein, denn ich sehe mich in der Vogelperspektive. Ich schaue von oben herab und sehe mich als Säugling auf dem Wickeltisch liegen. Du stehst vor mir und führst deinen erigierten Penis an meinen Mund. Ich hatte geschlafen, darum dachte ich, das sei die Brust von Mama und habe meinen Mund aufgemacht. Ich dachte, dass ich gefüttert werde. Doch du hast mir deinen riesigen Penis in den Mund gerammt. Ich bekam keine Luft mehr, weil du deinen Penis zu tief in meinen Mund gestoßen hattest. Was trieb dich dazu? Hast du es als Kind selbst erfahren müssen? Hast du gedacht, dass das normal wäre? Dann sehe ich dich über mich gebeugt. Es war schrecklich. Du warst betrunken. Dein Atem stank fürchterlich. Es war ein Gemisch aus Alkohol, Bier und Korn. Du drücktest mir die Beine auseinander. Dann beugst du dich über mich und hast meine Vagina geleckt. Es war dieses Kribbeln, was mich seit meinem Säuglingsalter begleitet hat und zur Sucht wurde. Aber es ist unnormal, denn weder hat es die Natur so vorgesehen, noch hätte ich es gewollt, wenn ich die Entscheidung zu treffen gehabt hätte. So musste ich mich dem, was geschehen ist,

beugen. Es war nicht nur ein widernatürliches Geschehen, es war pervers, denn du bist mein Erzeuger. Was war ich für dich? Was bin ich für dich? Hat Mama dir nicht gereicht? Habt ihr keinen erfüllenden Geschlechtsverkehr gehabt, der euch befriedigte? Warum hat Mama dich gewähren lassen? Hattet ihr eine Übereinkunft? Hat es ihr Spaß gemacht zuzusehen, wie du mich Hundert und aber Hundert Mal missbraucht hast? Wart ihr Missbrauchskumpane? Hat sie mir aus diesem Grunde die Schuld für deinen an mir begangenen Missbrauch gegeben? Steht ihr auf das Perverse? Hast du eine Vorstellung von den Schmerzen, die du mir im Laufe meines Lebens zugefügt hast?

Adelheid Büning nahm den oberen Briefbogen und steckte ihn sorgfältig unter die anderen Blätter, die sie in ihren vom starken Rauchen gelblich-braun gefärbten Fingern hielt. Mit zitternden Händen las sie weiter.

Hast du dich auch nur ein einziges Mal in die Situation versetzt und überlegt, wie sich das anfühlt, wenn das Glied eines Erwachsenen in ein Baby oder ein Kleinkind eindringt? Nein? Dann stell dir vor, dass dir jemand die Spitze eines Regenschirmes in deinen After schiebt, immer tiefer und tiefer, und ihn dann aufspannt? Das ist vergleichbar mit dem Schmerz, den ich unzählige Male empfunden habe! Was ist mit deinem Bruder? Du hast auch ihm ermöglicht mich zu missbrauchen. Was war dein Preis? Habe nur ich den Preis bezahlen müssen?
Zwar bin ich durch dich gezeugt worden, aber ich bin und war nie „deine" Doro oder „deine Dorle". Ich hatte ein Recht auf ein unbeschwertes Leben in einer Familie, die das Recht des Anderen auf Selbstbestimmung als unabdingbares Recht ansieht. Das hast du mir und meinen Geschwistern, über die ich hier gar nicht schreiben will, genommen. Darum verabschiede ich mich jetzt in der Hoffnung, dass du mir sagst, warum du mir das angetan hast und wie

du heute dazu stehst. Durch dein abscheuliches Treiben bekam ich eine Persönlichkeitsstörung, die verheerende Auswirkungen auf mein ganzes weiteres Leben hatte. Ich kann diesen Teil meiner Vergangenheit nicht ungeschehen machen, selbst wenn ich möchte. Die Verbrechen, die ihr an mir begangen hat, sind und werden immer Teil meines Lebens sein. Ich hoffe daher, dass ihr ebenfalls den Mut und die Kraft findet, zu eurer und vor allem zu meiner Vergangenheit zu stehen. Nur dann werde ich in der Lage sein, dir zu vergeben.
Ich würde mich sehr freuen von dir eine Reaktion auf diesen Brief zu erhalten. Sie kann nichts ungeschehen machen, aber sie würde mir helfen zu verstehen.
Deine Tochter Doro

Adelheid Büning ließ ihren Arm sinken und starrte einen Moment in die imaginäre Ferne des Raumes. Dann rückte sie ihre Brille zurecht, steckte auch dieses Blatt unter die anderen und las wieder weiter.

Hallo Mama,
dass ich den Brief an euch, als Eheleute, adressiert habe, hatte den Hintergrund, dass ich damit davon ausgehen kann, dass du ihn als Erste in die Hände bekommst. Warum ich mir da so sicher bin? Du hast immer alles für ihn getan. Du hast ihm alle Arbeit im Haushalt abgenommen, du hast ihn bedient und du hast ihn gedeckt, als er mich missbraucht hat. Du hast es gewusst, dennoch geschwiegen und mir die Schuld in die Schuhe geschoben.
Da ich wusste, dass du den Brief aus dem Kasten ziehen wirst und damit diejenige sein wirst, die ihn zuerst liest, habe ich den Brief an Papa oben aufgelegt. Ich musste sicherstellen, dass
du also darüber informiert bist, dass ich mich nun an alles erinnere. Ich erinnere mich an jeden einzelnen Missbrauch, den Papa und dessen Bruder Berthold-Eugenius Büning an mir begangen haben,

ebenso wie den, den sie an Hartmut, meinen kleinen Bruder, begangen haben. Und nun frage ich dich: Wie konntest du das zulassen? Hattest du kein Gewissen? Wir beide hätten sterben können, als sie uns ihre Penisse in den Mund gerammt haben. Haben sie dich erpresst? Hat es dich angetörnt? Wolltest du uns nicht und wärst froh gewesen, wenn wir jämmerlich krepiert wären? Warum hast du das in Kauf genommen? Was war es? Sicher hatte es bereits bei meinen älteren beiden Brüdern begonnen. Warum hast du es geduldet, weggesehen und geschwiegen? Wie hat es sich angefühlt, als er erst seine Kinder missbraucht und dann sein riesengroßes Geschlechtsteil in dich gestoßen hat. Hast du dir jemals überlegt, von welchen Relationen wir hier reden? Ein Säuglingsmund, eine Babyvagina und ein Geschlechtsteil eines ausgewachsenen Mannes!!!

Adelheid Bünings Augen wurden feucht. Mit tränenblinden Augen las sie weiter.

Hat er jemals mit dir über seine Motive gesprochen? Du hast, trotz deiner vier Kinder, bis heute deinen knabenhaften Körper erhalten. Dadurch warst du immer eine „Kindfrau", er hatte alles, was er sich vorstellen konnte, eine attraktive, arbeitsame Frau, die ihm Kinder schenkt, es hätte eine Vorzeigefamilie werden können. Alle haben wir studiert, jeder hat seine eigene Familie gegründet und doch hatten wir schon verloren, als wir geboren waren. Ich weiß nicht, wie meine Brüder damit leben können. Die einzige Erklärung ist, dass sie ihr Wissen um den Missbrauch in einer Schublade abgelegt und diese verschlossen haben. Sie reden nicht darüber und ich will auf Gedeih und Verderb vermeiden, dass ich diejenige bin, die die Schublade aufzieht und das schreckliche Wissen hervorholt. Wenn du auch nur einen Funken Gewissen in dir hast und auch nicht gläubig bist, solltest du Stoßgebete nach oben abschicken, dass die Schubladen meiner Brüder niemals wieder aufgezogen werden.

Während meine Brüder sich mit dem Missbrauch an ihnen arrangiert zu haben scheinen, kann ich das nur, wenn ich Antworten auf meine Fragen erhalte. Darum habe ich diesen Brief an dich verfasst. Du hast in der Vergangenheit komplett versagt.

Adelheid Büning löste ihre rechte Hand von den Briefbögen, fasste in die Tasche ihres Morgenmantels und fingerte nach dem Taschentuch. Tränen flossen ihr über die Wangen. Doch sie hatte keine Zeit, die Brille abzusetzen. Endlich. Unter den Wäscheklammern, die in der Morgenmanteltasche steckten, erfühlten ihre Finger das Taschentuch und zogen es heraus. Als dabei auch eine der Klammern zu Boden fiel, fiel es ihr ein, warum sie die Wäscheklammern nicht zurück in den Klammerbeutel gelegt hatte. Ihr vor dem Fernseher im Sessel liegender Mann hatte sie gerufen und gebeten ihm ein anderes Programm anzuschalten. Adelheid Büning atmete tief durch. In ihrem Brustkorb rasselte es. Sie hustete und tupfte sich die Tränen ab, bevor sie sich dem letzten Blatt widmete.

Aber man kann die Vergangenheit nicht ändern, nichts daran. Es ist ausgeschlossen. Doch wir leben noch, das heißt, du kannst mir sagen, warum du es zugelassen, warum du dich der Kumpanei mit beiden schuldig gemacht hast. Es würde den perversen Missbrauch an mir und meinen Geschwistern nicht ungeschehen machen können, aber es würde mir helfen zu verstehen. Ich habe die vage Hoffnung, dass mir Antworten helfen können, meine geschundene Seele ein bisschen gesunden zu lassen, damit ich den inneren Frieden finden kann, der mir bisher versagt geblieben ist.
Ich würde mich freuen, wenn ich von dir eine Reaktion auf meinen Brief erhalten würde.
Es grüßt dich
deine Tochter Doro

Adelheid Büning ließ ihren Arm wieder sinken und verharrte noch einen Moment auf dem Rand der Wanne. Dann faltete sie die Briefe in Zeitlupentempo zusammen und steckte sie zurück in ihren Umschlag, bevor sie sich nach der zu Boden gefallenen Wäscheklammer bückte. In diesem Moment hörte ihr geschultes Ohr, wie sich die Schlafzimmertür öffnete.
In Windeseile knickte sie den Briefumschlag und stopfte ihn sich in die Tasche.
Glück gehabt, dachte sie in dem Moment, als sich die Tür öffnete und sie gerade ihren Morgenmantel an seinen gewohnten Platz hängte.
Während ihr Mann wortlos an ihr vorbei zur Toilette schlurfte, drehte sie ihn mit der Tasche zur Wand nach innen. Eigentlich war sie sich sicher, dass ihr Mann nichts bemerkt hatte und auch nicht in die Tasche ihres Morgenmantels sehen würde, aber sie hatte schließlich gelernt mit der Vorsicht zu leben.

7
KAPITEL

Jahr 1998

„Wir treffen uns heute Abend zum letzten Mal. Wir wollen auf das vergangene Jahr zurückblicken und Abschied nehmen."
Joey starrte in die unendliche Dunkelheit des Himmels und dachte nach: Seine sonore Stimme hat etwas Tröstliches an sich. Es ist verwunderlich, dass ich die Stimme meines Therapeuten immer dann höre, wenn ich mich einsam fühle. Merkwürdig, dass außer mir und Christel keiner über die zurückliegende Zeit, die Gegenwart und geschweige denn über die Zukunft sprechen wollte. Es hat sich angefühlt, als ob sie die psychologische Behandlung fortsetzen wollen. Sie griff in die Tasche ihrer Strickjacke und zog ein Päckchen Zigaretten sowie ein Feuerzeug heraus. Doch dann hielt sie inne. Da war er wieder: der Gedanke, der sie seit ihrer frühesten Kindheit verfolgte. Lag es an ihr, dass die anderen über das Missbrauchsgeschehen geschwiegen hatten? Sie hatte lange und ausführlich über ihre Erfahrungen gesprochen und über zwei der wichtigsten Lehren, die sie daraus gezogen hatte. Jeder Tag wirft Fragen auf und bringt Probleme mit sich, die es zu lösen gilt. Das wird nie aufhören, so lange, bis der Weg jedes Einzelnen zu Ende geht, der letzte Tag gekommen ist und man die Augen für immer schließen wird. Ich habe nie gewusst, wie sich ein glücklicher Mensch fühlen kann, wie es sich anfühlt, frei und ohne Sorgen zu leben. Jetzt weiß ich es. Es ist wunderschön, ging es ihr durch den Kopf.
Atemlos vor Begeisterung, die nur ein Mensch empfinden kann, der mit sich selbst im Reinen ist und die von ihm emp-

fundene innere Zufriedenheit am liebsten mit der ganzen Welt geteilt hätte, hatte Joey in die Therapierunde geschaut, voller Hoffnung von Gleichgesinnten zurück in den grauen Alltag getragen zu werden. Die leeren Gesichter der Gruppenmitglieder riefen schlagartig eine Ernüchterung in ihr hervor, die seither nicht mehr weichen wollte und ihr seit der Verabschiedung immer wieder ein Wechselbad ihrer Gefühle beschert hatte.
Vielleicht war es also ihre Schuld, dass niemand außer ihr verstanden hatte, dass man Dinge, die in der Vergangenheit geschehen waren, nicht ungeschehen machen konnte?
Zurückgekehrt in ihren Alltag fand Joey keine Antwort darauf, wie sie alleine die Gegenwart gestalten sollte.
Unschlüssig etwas anzufangen, besah sie sich ihre Hände. Wie hatte sie sich eben noch auf die Zigarette, die sie sich allabendlich gönnte, gefreut.
Nun stand sie mit der Packung und dem Feuerzeug in der Hand auf dem Balkon ihrer Wohnung und begann ein weiteres Mal, mit ihrem Schicksal zu hadern. Dabei war der Tag so gut verlaufen. Als Joey sich nach einem zufriedenstellenden Arbeitstag in der Schule von ihren Kollegen verabschiedet und ihren Heimweg angetreten hatte, fühlte sie sich mit einem Mal von einer so mächtigen Hochstimmung überwältigt, dass sie das Bedürfnis verspürte, ihr Glücksgefühl laut herauszuschreien. Nur mit Mühe gelang es ihr, den innerlichen Freudenausbruch zu verbergen. Doch Joey beschloss, Fragen nach ihrem Wohlbefinden um jeden Preis zu vermeiden. Schließlich gehörte dieses Gefühl, sich selbst ohne Wenn und Aber annehmen und lieben zu können, ihr und nur ihr. Mit niemandem wollte sie es teilen.
Geistesabwesend hob Joey ihren Kopf, um erneut in den Himmel zu sehen. Von ihr unbemerkt waren zwischenzeitlich unzählige Sterne aufgegangen, so dass sich über ihr ein funkelndes Sternenzelt aufspannte. Sie lächelte mit kindlicher

Verwunderung hinauf. Glückselig schloss sie die Augen. „Ich bin frei. Ich liebe mich. Ich bin erfüllt mit tiefer Liebe. Ich liebe das Leben und die Liebe. Ich liebe die Musik, das Tanzen und Sport. Ich liebe Sex, wilden unbändigen Sex. Ich bin endlich frei", murmelte sie wieder und wieder, während ihre Seele langsam und tief in der Unendlichkeit des Universums versank.

Nur zögerlich kehrte sie Minuten später in die Wirklichkeit zurück. Sie hatte noch immer ihr beseeltes Lächeln im Gesicht, als ihr Blick auf die Zigarettenschachtel in ihrer Hand fiel. In freudiger Erwartung zog sie eine ihrer heißgeliebten Mentholzigaretten heraus und steckte sie sich zwischen die Lippen. Gleich würde sie den beruhigenden Rauch in Mundhöhle und Lunge spüren und ihn mit Genuss dann wieder ausatmen. In das Klicken ihres Feuerzeuges hinein verdunkelte sich ihr Gesicht. Sie begann zu zittern und schrie es fast hinaus:

„Es stimmt nicht. Ich hab mich belogen. Ich bin alles andere als frei. Ich stehe in der Mitte meines Lebens und muss arbeiten, um meinen Lebensunterhalt zu bestreiten. Im Grunde will ich ihn doch gar nicht mehr, ich hasse ihn, diesen schweren Beruf. Ich will einen anderen Beruf. Aber hab ich überhaupt noch die Kraft, einen anderen Beruf zu erlernen?" Sie blies das Feuer aus. „Mut habe ich. Aber lohnt sich der Kraftakt überhaupt? Am besten warte ich ab, wie es sich weiter anfühlt. Wenn es schwer wird, ist es nicht der richtige Weg, denn der sollte sich leicht anfühlen."

Joeys Kopf begann zu schmerzen. Sie kniff die Augen zu einem Schlitz zusammen. „Diese Frau", flüsterte sie und stopfte ihre Zigarette zurück in die Schachtel, „ich sollte unbedingt noch einmal mit ihr sprechen. Ich werde sehr behutsam sein, denn ich will nicht zerstören, wo ich doch so sehr liebe." Joey versenkte Zigarettenschachtel und Feuerzeug wieder in der Tiefe ihrer Jackentasche. Sie stand nun mit durchgedrückten Armen,

die Hände in den Taschen ihrer Strickjacke zu Fäusten geballt, fröstelnd auf dem Balkon. Als sie merkte, wie ihr die Beine weich wurden, stützte sie sich auf die Balkonbrüstung. „Vielleicht sollte ich kopfüber springen?" Joey beugte sich über die Brüstung und sah in die Tiefe. Der Aufprall würde reichen.
Wie geht es dir, fragte eine Stimme in ihrem Kopf. „Ich weiß es nicht", antwortete sie laut. „Ich bin, ja ich bin. Mehr weiß ich nicht. Ich bin Joey und ich will leben." Mit einem heftigen Ruck riss sie ihren Körper zurück. „In mir ist zwar nur noch wenig Kraft, aber diese Kraft werde ich für mich ganz alleine nutzen. Ich will nämlich nicht nur da sein, ich will am Leben teilnehmen, die schönen und auch die weniger schönen Seiten des Lebens in mir aufnehmen. Ich will sie spüren", keuchte sie. „Auch sie will ich genießen, denn ich habe nie wirklich gelebt, weil ich nie sein durfte, wer ich wirklich bin." Ihr Keuchen verstärkte sich. „Ich war immer ausschließlich für andere da. Bis ich irgendwann das Gefühl nicht mehr loswurde, dass ich nur lebe, damit mich die anderen auffressen können, mich treten und benutzen dürfen, damit sie leben können." Ein ständiges Kopfnicken untersetzte ihre Worte. „Ist das der Sinn des Lebens?", schrie sie in die Dunkelheit. „Hat der Schöpfer das für mich gewollt?"
„Das weiß doch ich nicht", brüllte eine fremde Männerstimme aus den dunklen Tiefen der Siedlung, in der Joey ihre Eigentumswohnung gekauft hatte.
Sie zuckte zusammen. „Wollte er, dass ich ein Leben führe, ohne Rechte zu haben? Ein Leben nur mit Pflichten und Entbehrungen, ohne wirkliche Liebe zu spüren?", flüsterte sie leise in die Dunkelheit.
Joeys Kopfschmerz verstärkte sich. Sie löste sich von der Brüstung und taumelte in ihr Wohnzimmer. Entkräftet sank sie dort auf die Couch und blieb regungslos sitzen. Das Balkonfenster hatte sie weit offen gelassen.

„Nein, ich lasse mich nicht schon wieder von der Dunkelheit verschlingen. Ich will ein Leben voller Licht." Joey beugte sich zu der Lampe neben sich und knipste sie an. „Ich will das Leben atmen, keine Angst mehr haben und endlich wissen, wer ich wirklich bin. Ich will ein Leben ohne Fesseln und ohne Knechtschaft führen. Ich will frei sein und noch einmal neu anfangen im letzten Drittel meines Lebens." Der Kopfschmerz löste sich auf.

Sie lehnte nun entspannt in ihrem Sofa und betrachtete gedankenversunken ihren alten Wohnzimmerschrank, als ihr Blick an der Porzellanblume auf der oberen Ecke des Schrankes verharrte. Liebe Blume, du erweckst das Gefühl von Geborgenheit in mir. Du erinnerst mich an meine Omi, die zu plötzlich und viel zu früh verstarb und nun schon mehr als zwanzig Jahre tot ist, dachte Joey. Ein Lächeln legte sich über ihr Gesicht. Ich habe sie von jeher Plüsteromi genannt, erinnerte sie sich. Wieso eigentlich? Das Lächeln verflog. Sie runzelte ihre Stirn. Kam es daher, dass ich anstelle von flüstern plüstern gesagt habe? Joeys Augen wurden zu einem Schlitz. Sie hat mir den Schmerz verscheucht. Vielleicht meinte ich das Plüstern? Egal, was es war, entschied sich Joey, sie war und ist meine liebe Plüsteromi. Sie nickte und lächelte der Pflanze zu. Doch was war das? Täuschte sie sich oder war es Wirklichkeit? Joey schärfte ihren Blick. Und tatsächlich lugte unter dem Blattgrün eine Rispe von zart- lilafarbenem Ton hervor.

Durch die erste Blüte, die diese Pflanze hervorbrachte, fühlte sich Joey nun in tiefe innere Aufregung versetzt. Die Pflanze habe ich übernommen, als der Haushalt meiner über alles geliebten Omi aufgelöst wurde, dachte sie. In der Hoffnung, auf diese Weise die Verbindung zu meiner Plüsteromi aufrechterhalten zu können, habe ich die Hoya übernommen und damit zugleich mein eigenes Lebensschicksal verbunden. Ich habe sie gehegt und gepflegt. Sie hatte in all den gemeinsamen Jahren

meterlange Triebe gebildet, hatte Blätter auch wieder verloren, aber eine Blüte, nein, eine Blüte hatte sie noch nie getragen.
Joeys Herz begann dumpf und schwer zu schlagen. Ihr Brustkorb hob und senkte sich und mit ihm das unbeschreibliche Gefühl abzuheben und emporgehoben gleich davonzufliegen. Es ergriff Joey, mächtiger, als sie es sich jemals träumen lassen hatte. Sie fühlte sich wie von Zauberhand berührt, in sich das Gefühl von Glück und Schmerz in einem.
„Oh, du mein Schöpfer, ich danke dir. Ich danke dir, dass ich dieses Gefühl erleben darf, dass es mir gestattet ist, es zu empfangen, es zu fühlen und zu spüren." Überwältigt von diesen nie zuvor gekannten Emotionen stöhnte sie auf. „Oh mein Schöpfer, ich danke dir für die Wärme und die Liebe, die du mir mein ganzes Leben lang gegeben hast. Ich danke dir für den behutsam schützenden Mantel, den du um mich legtest, als Dämonen nach mir griffen."
Joey glitt von der Couch, sank auf die Knie und faltete die Hände. „Tausend und abermals tausend Dank für deine Güte und Barmherzigkeit, ohne die es kein Menschsein und kein Leben auf Erden geben würde und ohne die es keine Menschlichkeit und Wärme existieren würde. Ohne das alles wäre die Menschheit dem Tode geweiht. Erst jetzt bin ich wirklich ich. Erst jetzt fühle ich mich als dein Kind, deine Tochter."
Joey verstummte, stützte ihr Kinn auf die gefalteten Hände und verharrte andachtsvoll in ihrer Stellung. Plötzlich kam Bewegung in ihren reglosen Körper. Im Nebenraum hatte sie etwas gehört. Sie lauschte angestrengt, doch es blieb still.
Genau in dem Moment, als ihr untrüglicher Mutterinstinkt wieder verstummte und sie in ihre andächtige Stellung zurückkehren wollte, hörte sie, wie sich ein Stimmchen aus dem Nebenzimmer laut und deutlich meldete.
„Mama."

Joey fühlte sich gestört. „Warum rufst du?", fragte sie ärgerlich.
„Ich hab' Angst alleine."
„Du bist nicht alleine. Ich bin hier im Wohnzimmer", rief sie unwirsch. Sie spürte Groll in sich aufsteigen.
„Aber ich hab trotzdem Angst. Es ist so dunkel."
„Du brauchst keine Angst zu haben. Ich habe dir gesagt, dass dir nichts passiert, wenn du meine Tochter sein willst." Joey stand widerwillig auf.
„Doch, ich habe den schwarzen Mann gesehen."
„Nein, das hast du nicht. Hier ist kein schwarzer Mann. Ich habe die Tür abgeschlossen. Hier kann keiner hereinkommen."
„Doch. Er stand genau vor mir. Hier ganz nahe an meinem Bett." Das ängstliche Stimmchen aus dem Nebenraum steigerte sich. „Komm' her zu mir", greinte es.
„Du hast nur geträumt. Mach' deine Augen zu und schlaf jetzt. Es ist schon spät."
„Ich kann aber nicht schlafen", bockte das Stimmchen.
„Wenn du nicht schläfst, bist du morgen müde und kannst dich in der Schule nicht konzentrieren." Joey rieb sich die Stirn. Die Kopfschmerzen waren zurückgekehrt.
„Kannst du mir noch eine Geschichte erzählen? Ich kann dann besser einschlafen."
„Nein, es ist schon spät und du sollst schlafen." Joey faltete die Hände über ihrem Kopf zusammen und begann im Zimmer auf und ab zu laufen.
„Ach, bitte. Komm und erzähl mir eine Geschichte", bettelte das weinerliche Stimmchen.
„Wenn ich ‚nein' sage, dann meine ich das auch so." Joey zwang sich zur Ruhe. „Ich bin müde und habe Kopfschmerzen. Ich lese jetzt noch kurz in meinem Buch und dann sehe ich nach dir. Wenn du dann noch nicht schläfst, erzähle ich dir eine Geschichte. Aber du musst jetzt still sein, einverstanden?"

„Ja."
„Die Zeit, in der ich mich herumkommandieren lasse, ist endgültig vorbei", murmelte Joey und nickte ihrem Spiegelbild im Glas des Wohnzimmerschrankes aufmunternd zu. „Vorbei ist auch die Zeit, in der mein Selbstwertgefühl abhängig war vom Betteln um Liebe und Anerkennung, geprägt vom ständigen Einsatz für andere, von viel zu viel Arbeit und der Erfüllung von Vorschriften. Jetzt bin ich dran. Mit Bescheidenheit und Gehorsam ist es jetzt ein für alle Mal vorbei."
Endgültig erschöpft ließ sie sich auf ihr Sofa fallen. Doch sosehr sie sich auch anstrengte, es zurückzuholen, das nie zuvor gekannte Glücksgefühl war verschwunden.
Missmutig beugte sie nach vorne, zog ein in Leder gebundenes Büchlein vom Couchtisch auf ihren Schoss und schlug es auf. Während sie langsam, Seite für Seite umblätterte, glättete sich ihr Gesicht und überzog sich mit einem warmen Lächeln. Nachdem Joeys Finger über die mit ihrer schönen Schrift gefüllten Zeilen gestrichen hatten und sie dabei ihre gepflegten Hände betrachtet hatte, schloss sie die Augen. Eine tiefe Ruhe und Geborgenheit erfassten sie. Das Buch entglitt ihr und fiel auf den Boden. Joey streichelte sich liebevoll ihr Gesicht. Als sie das Feuchte an den Handinnenflächen verspürte, das von ihren Tränen stammte, begann sie zögerlich ihren Hals und ihren Busen zu liebkosen. Von dort aus strichen ihre Hände ganz sacht über die Arme, trafen auf dem Bauch wieder zusammen, um nach einem kurzen Moment des Innehaltens auseinanderzugleiten, hinunter zu den Beinen, um von dort langsam und vorsichtig wieder hinaufzuwandern und an den Enden der Innenseiten ihrer auseinandergespreizten Oberschenkel und auf ihrem Venushügel endgültig zu verweilen.
Joey sah auf die Uhr. Es würde noch ein Weilchen dauern, bis ihre Große vom Diskobesuch nach Hause kommen würde. Sie legte ihren Kopf an den Sofarücken. Nach einem kurzen In-

nehalten begannen ihre Finger mit behutsam kreisenden Bewegungen ihre empfindlichsten Stellen zu streicheln. Als ihre Finger den Druck zwischen ihren Schamlippen verstärkten, schwoll der Klang ihres Atems zu stoßweisem Keuchen an. Sie verstummte nach einem wohlig-kehligen Gurgeln und sank – entspannt lächelnd – in sich zusammen.

Kurze Zeit später verriet ein rhythmisches Pusten, dass sie in den bleiernen Schlaf der Erschöpfung gesunken war, aus dem sie erst durch das Gefühl, beobachtet zu werden, wieder erwachte.

„Hallo, mein Schatz. Ich bin wohl eingeschlafen." Joey öffnete ihre Augen, richtete sich auf und strich sich die Haare aus der Stirn.

„Ich sitze schon eine Weile neben dir und beobachte dich, wie du schläfst."

„Ich habe dich gar nicht hereinkommen gehört."

„Sicher warst du heute wieder so abgekämpft, dass du vor Erschöpfung eingeschlafen bist."

„Da könntest du recht haben." Joey tätschelte ihrer älteren Tochter die Wangen.

„Ich bin so froh, dass ich mir gerade dich als Mutter ausgesucht habe. Wenn ich mir die Mütter meiner Schulkameradinnen ansehe, weiß ich, dass ich die beste von allen erwischt habe."

„Na, na", warf Joey verschämt lächelnd ein und senkte den Blick.

„Doch Mami, du kannst es mir ruhig glauben. Wie lieb du immer zu uns warst und bist, was du so alles erreicht hast für uns, wie du dich immer für uns eingesetzt hast und dabei ständig deine eigenen Interessen in den Hintergrund gestellt hast, das ist unerreicht. Ich hab dich unendlich lieb."

„Oh, ich danke dir. Komm' her, ich muss dich umarmen." Joey zog ihre Tochter zu sich heran und drückte sie ganz fest an sich. Während sie die Wange des Mädchens mit Küssen be-

deckte, sog sie mit der Nase den vertrauten Duft ihrer Tochter ein. „Hmm, du riechst gut."
„Du auch Mami. An dir haftet der traute Wohlgeruch meiner Kindheit, den ich so liebe, weil er in mir immer das Gefühl von Schutz und Geborgenheit hervorruft." Das Mädchen löste sich sanft aus Joeys Umarmung. Es lächelte und fügte hinzu: „Ich glaube, das wird sich wohl niemals ändern."
„Solange ich lebe, wohl nicht. Höchstens, wenn ich sterbe. Dann wird die Erinnerung an mich und damit auch die meines Körpergeruchs verblassen."
„Oh, Mami, sag nicht solche Sachen." Das Mädchen beugte sich wieder vor und umklammerte seine Mutter. „Solche Worte von dir machen mich unendlich traurig. Die will ich überhaupt nicht hören. Schon allein beim Gedanken daran, dass du stirbst, könnte ich heulen."
„Das musst du nicht. Auch wenn ich gehe, bin ich immer für dich da. Ich werde dich als Schutzengel begleiten und wenn dein Tag gekommen ist, diese Welt zu verlassen, werde ich dich schon erwarten und in Empfang nehmen."
„Das tröstet mich auch nicht. Ich will lieber bei dir bleiben. Meine liebe Mami, du bist meine beste Freundin." Das Mädchen löste seine Umarmung und rückte etwas ab. „Wenn ich es mir so recht überlege, bist du nicht nur meine beste Freundin, sondern auch meine einzige."
„Das ist schön." Joey strahlte. „Ich hoffe, dass das auch für immer so bleibt." Plötzlich verdunkelte sich ihr Gesicht. „Apropos, einzige Freundin. Hast du nach der Kleinen gesehen?"
„Ja, habe ich. Sie schläft tief und fest. Mach dir keine Sorgen."
„Sie denkt, dass ich ihre Mutter bin", fuhr Joey nach kurzem Schweigen fort.
„In gewisser Weise bist du es ja auch. Schließlich lehrst du sie Dinge, die ihre leibliche Mutter ihr wohl kaum vermitteln konnte."

„Ach, mein Liebling." Joey senkte verlegen ihren Blick.
„Sei nicht so bescheiden", entfuhr es dem Mädchen im Ton von gespielter Empörung. „Du verkörperst all das, wovon jedes Kind nur träumen kann, wenn es später selbst Mutter wird." „Das siehst du durch deine rosarote Brille."
„Ganz und gar nicht. Sieh dich an. Es ist dir gelungen, alle Fehler, die deine Mutter gemacht hat, zu vermeiden." Das Mädchen geriet in Fahrt. „Du hast nie Unterschiede zwischen uns gemacht und keinen von uns dem andern vorgezogen."
„Das sagst du, obwohl ihr euch manchmal beschwert habt?" Joey riss erstaunt die Augen auf. „Ich habe mich zwar bemüht, euch immer gleich zu behandeln. Ob es mir geglückt ist, weiß ich nicht."
„Mach dir keine Gedanken. Es ist dir gelungen, du Inbegriff für Liebe, Zärtlichkeit und Güte. Komm her, lass dich knutschen."
„Nicht so stürmisch, meine Süße." Joey wehrte ihre Tochter sanft ab. „Ich habe mit Sicherheit auch viele Fehler gemacht."
„Hast du nicht."
„Doch, ich hätte mich eher von eurem Vater trennen sollen."
„Das konntest du zum damaligen Zeitpunkt nicht wissen, und ehrlich gesagt, wenn er auf uns aufgepasst hat, hattest du wenigstens ein bisschen Ruhe und konntest dich deinem Beruf widmen."
„Trotzdem war ich immer unruhig." Joey runzelte die Stirn und schob ihren Unterkiefer etwas nach vorne.
„Meinst du wegen des Alkohols?"
„Nicht nur."
„Sondern?"
„Er konnte mit euch schlecht umgehen. Ihr wart noch so klein und dennoch seid ihr ihm schon auf der Nase herumgetanzt."
„Er ist eben dumm."

„Kind, sei nicht so respektlos. Er ist und bleibt dein Vater." Joey drohte mit dem Finger.
„Und nur deshalb darf ich nicht mehr sagen, was ich denke?"
„Er ist eben ein gutmütiger Mensch."
„Na, da muss ich aber lachen. Du verteidigst ihn noch, nachdem, was er dir angetan hat? Ernsthaft? Nachdem er dich unter dauerndem Alkoholkonsum vergewaltigt, geschunden und benutzt hat? Das darf doch wohl nicht wahr sein." Erzürnt schüttelte das Mädchen den Kopf.
„Ich habe ihm verziehen."
„Du hast was?" Das Mädchen hielt es nicht länger auf der Couch. Sichtlich erregt sprang sie hoch, baute sich vor Joey auf und stemmte ihre Arme in die Hüften.
„Ich habe ihm verziehen, was nicht heißt, dass ich es vergessen habe", wiederholte Joey beschwichtigend und griff nach den Händen ihrer Tochter. „Komm', setz dich wieder zu mir." Behutsam drückte sie das Mädchen zurück auf das Sofa. „Er konnte wenig mit euch anfangen, weil ihr ihm, so klein ihr auch noch gewesen seid, auf Grund eurer Klugheit dennoch schon überlegen wart."
„Du nimmst diese Person tatsächlich noch in Schutz. Das kann nicht sein." Das Mädchen verschränkte demonstrativ ihre Arme vor der Brust.
„Verschränkte Arme bedeutet immer Ablehnung", sagte Joey besänftigend, rüttelte ein wenig an den Armen ihrer Tochter und versuchte sie zu lösen. „Schließ deinen Frieden mit ihm."
„Niemals, ich werde ihm niemals verzeihen, was er dir angetan hat. Hätte er dich nur im Stich gelassen! Nein, er hat deine Seele krank gemacht. Dafür soll er in der Hölle schmoren."
„Kind, sag nicht so etwas." Joey lächelte nachsichtig, als das Mädchen ihre Hände trotzig in den Schoß legte. „Versprich mir, dass du darüber nachdenken wirst."
„Nur weil du es möchtest", murrte ihre Tochter.

„Okay, dafür erzähle ich dir jetzt eine lustige Begebenheit, die sich zwischen dir und deinem Vater ereignet hat, als du gerade vier Jahre alt warst. Es ist zwar völlig unpädagogisch, aber diese Geschichte ist genau bezeichnend für das, was ich meine." Joey streichelte ihr mit dem Handrücken die Wange. „Ich erzähle sie aber nur, wenn du lachst."
„In Ordnung, du kleine Erpresserin." Das Mädchen legte seinen Kopf auf Joeys Schulter und hakte sich bei ihr ein. „Na dann schieß los, ich bin ganz Ohr."
„Dein Allergietest war noch nicht lange her. Du hast hinten im Auto von deinem Vater gesessen, als dir einfiel, dass du gerne ein Eis essen möchtest. Das hast du ihm dann auch mitgeteilt, doch er antwortete darauf: ‚Nein Mäuschen, du bekommst kein Eis. Der Arzt hat verboten, dass du süße Dinge isst.' Du darauf: ‚Ich will aber eins.' Er: ‚Nein.' So ging das einige Male hin und her."
„Und?", fragte das Mädchen ohne aufzusehen.
„Dann war es dir zu viel und du hast von deinem Rücksitz aus geschrien: ‚Du dicke rothaarige Knackwurst. Halt jetzt an und kauf mir ein Eis.'" Joey kicherte albern.
„Zuvor hattest du ununterbrochen Bernhard und Bianka gehört."
„Ich kannte die Dialoge von Madame Medusa und ihrem Handlanger Snoops auswendig."
„Siehst du, genau das ist es, was ich meine. Du kanntest die Dialoge nicht nur auswendig, sondern du wusstest auch genau, wann du sie einsetzen musst, um zum Erfolg zu kommen."
„Sag bloß, er hat mir ein Eis gekauft."
„Hat er, gleich an der nächsten Tankstelle."

8
KAPITEL

Jahr 2001

Wer nicht darüber nachdachte, würde nicht bemerken, dass Absicht hinter allem, was in diesem Hause vorging, steckte. So war es auch weder Zufall, dass der stämmige Wachmann seinen Platz unmittelbar neben der Tür eingenommen hatte, noch dass sich trotz der Größe des Raumes neben ihm nur eine einzige junge Frau darin befand.

Auch ihn, den Wachmann, hatte man nicht zufällig für genau diese Tätigkeit ausgewählt. Getrost konnte ihm das Gemüt eines Ackergauls zugeschrieben werden. Er vermochte es, stundenlang nur dazusitzen und regungslos die Lesenden zu beobachten. Seine massive Körperkonstitution bot zudem noch die Möglichkeit, einer eventuellen Randale von Besuchern Einhalt zu gebieten. Auch die Bezahlung stimmte, sodass er sich seiner Chefin uneingeschränkt loyal verbunden fühlte. Hätte man ihn je nach seiner beruflichen Tätigkeit befragt, hätte er sich kurz angebunden als Wachmann vorgestellt. Niemals wäre ihm über die Lippen gekommen, dass er die intimsten Geheimnisse anderer Menschen zu hüten und zu bewahren hatte. Das war es, was er schon immer getan hatte, und das war es, was er immer tun wollte.

So hatte er auch an diesem Tag wie gewohnt seinen Stammplatz eingenommen und seit geraumer Zeit die junge Frau beobachtet, die, ihren Kopf in die Muschel ihrer linken Hand gestützt, in den vor ihr ausgebreiteten Unterlagen las. Gerade eben hatte sie mit ihrer rechten Hand eine weitere Seite umgeblättert, als sie sich aufrichtete und nach hinten lehnte.

Ihre Blicke streiften den Bruchteil einer Sekunde einander, doch dann lenkte sie ihren Blick, ohne dass der Wachmann eine Regung in ihrem Gesicht wahrnehmen konnte, aus dem Fenster.

Diese Reaktion erschien selbst ihm dem Wachmann ungewöhnlich, so dass er die Frau fest im Auge behielt. Obwohl der Raum gut temperiert war, schien es ihm, als fröstelte es der jungen Frau.

Sie verschränkte, um das Zittern ihres Körpers zu verbergen, die Arme lässig vor der Brust.

Hätte der Wachmann unter ihre Ellbogen schauen können, hätte er beobachten können, wie sich die Handknöchel ihrer zu Fäusten geballten Hände vor Anstrengung weiß färbten.

Doch was ging diesen fremden Menschen ihre Gefühle an?

Um sich vor Gehässigkeiten und Verletzungen zu schützen, hatte sie seit frühester Kindheit gelernt, ihre Gefühle für sich zu behalten. Sie hatte es darin im Laufe der Jahre zur Perfektion gebracht. Während sie in angestrengt nachdenkender Position zu verharren schien, ließ sie den antagonistischen Gefühlen tief in ihrem Inneren freien Lauf.

Sie fühlte sich außer Stande, die Tragweite dessen, was sie gerade gelesen hatte, zu erfassen.

Das, was dort geschrieben stand, lag außerhalb jeglicher Vorstellungskraft, die sie in sich fühlte.

Bilder, die längst vergessener Vergangenheit angehörten, stiegen vor in ihrem inneren Auge auf.

„Hallo Große, warte mal, ich muss dir was Wichtiges erzählen." Volker Hitzigrath, einer der nettesten Kommilitonen und begeisterter Speedwayfahrer, zog sie mit ernster Miene zur Seite.

„Na, da bin ich aber gespannt, was wichtiger sein kann, als zum Bäcker zu gehen und eine Riesentüte Kuchen zu kaufen", hatte sie damals versucht ihren Schreck zu überspielen.

„Es geht um die Sportlerumfrage", überging Volker Hitzigrath ihre Alberei.
„Was ist mit der Sportlerumfrage?"
„Kann der Chefredakteur dich nicht leiden?", hörte sie Volker Hitzigrath fragen. Mit dem Ausdruck von Mitgefühl hatte er beobachtet, wie ihr vor Überraschung die Röte aus dem Kragen gekrochen war.
„Wie kommst du denn darauf?"
„Er manipuliert die Sportlerumfrage."
„Wie kommst du darauf?"
„Ich habe Stimmen für unseren Mann gesammelt. Es waren zweihundert Stück. Da wir im Speedway keine Frauen haben, habe ich dafür gesorgt, dass du die Stimmen in der Rubrik der Frauen erhältst."
„Du hast zweihundert Leute gebeten für mich zu stimmen? Das ist aber lieb von dir. Danke."
„Na ja, ich habe die Angelegenheit etwas vereinfacht. Ich habe in den Listen die Spalte für unseren Mann und für dich angekreuzt und nur die Unterschriften eingesammelt", antwortete Volker Hitzigrath ohne Verlegenheit. Er knetete seine Hände und trampelte von einem Fuß auf den anderen. Seine braunen Augen sprühten vor Empörung. „Bevor ich die Stimmzettel abgegeben habe, habe ich bei der Zeitung angerufen und gefragt, wie viele Leser für unseren Mann gevotet haben. Es waren genau 298. Dann habe ich mich nach dir erkundigt. Du hattest 1456 Stimmen", fuhr er aufgeregt fort. „So und jetzt rate mal, was geschehen ist."
„Keine Ahnung. Sag' du es mir."
„Ich habe die Stimmen eingereicht und danach wieder angerufen und mich nach dem Stand der Auszählung erkundigt. Und dämmert es jetzt bei dir?"

„Vielleicht haben sie sich deinen Namen gemerkt und wollten dich testen", hatte sie sprachlos über die Ungeheuerlichkeit der Nachricht geantwortet.

„Quatsch, so blöd bin ich nun auch wieder nicht, dass ich annehmen würde, dass ich mit meinem Namen nicht auffallen würde. Also habe ich mich immer unter falschem Namen gemeldet."

„Vielleicht hatten sie die Stimmen noch nicht ausgezählt." Es war ein schwacher Versuch, die Augen vor der Wirklichkeit zu verschließen.

„Aber ganz sicher hatten sie das getan. Bodo Fliß hatte nämlich 498 Stimmen und du hattest 1458. Aber das Allererstaunlichste war, dass deine Kontrahentin so ziemlich genau 200 Stimmen mehr hatte. Jetzt sagst du mir, dass das mit rechten Dingen zugegangen ist", forderte Volker Hitzigrath und verstummte.

„Ich hatte es schon fast geahnt. Er kann mich nicht ausstehen und versucht nun da, wo er kann, mich zu schädigen."

Nachdem ihr Volker Hitzigrath mit einem langen Blick tief in die Augen gesehen hatte, fragte er beschwörend: „Was hast du denn angestellt, dass er seinen Job für dich riskiert?"

„Guten Morgen, Herr Hitzigrath" Ihr Lachen hatte gekünstelt geklungen. „Mensch Volker, wach' auf! Dieser Mann würde niemals seinen Job aufs Spiel setzen. Nicht mal, wenn er mich dadurch schädigen kann."

„Was denkst du, was passiert, wenn ich mit dieser Story an die Öffentlichkeit gehe?"

„Du willst was?" Jetzt gluckste ein echtes Lachen, tief aus ihrem Inneren kommend, aus der Kehle.

„Lach nicht. Ich werde mich beschweren und eine öffentliche Stimmauszählung fordern. So einem Menschen muss man das Handwerk legen." Der braune Teint von Volker Hitzigrath hatte sich dunkelbraun verfärbt.

„Nein, das wirst du schön bleiben lassen", hörte sie sich mit ernster Miene antworten.
„Wer sollte mich daran hindern?" Die Worte aus seinem Mund klangen entschlossen.
„Ich."
„Du?" Volker Hitzigraths braune Augen weiteten sich vor Erstaunen.
„Ja, mein Lieber, ich. Was würde es dir bringen, wenn sie dir deine berufliche Karriere versauen? Denk' an deine Familie. Vielleicht geben sie euch für eure Zwillinge keinen Krippenplatz oder sie versetzen deine Frau, sowie sie aus dem Babyjahr kommt, auf eine andere Planstelle. Du kennst ihre perfiden Mittel. Vielleicht schmeißen sie uns auch aus dem Studium. Du als der ideologisch Ungeeignete, der das unabhängige Bezirksblatt der SED in Frage stellt, und ich als die Anstifterin. Nee, nee lass mal. Das ist es nicht wert. Soll sie sich als Siegerin feiern lassen. Wir beide denken uns unseren Teil und gut ist es."
Volker Hitzigrath war bei ihren Worten und unter ihrem freundschaftlichen Schlag auf seine Schulter zwar unmerklich zusammengezuckt, hatte aber immer noch nicht überzeugt ausgesehen.
„Dieser Mann bereist als Sportreporter nicht nur Wettkampforte in sozialistischen, sondern auch in kapitalistischen Ländern. Er besitzt eine Kameraausrüstung vom Feinsten. Er ist sozusagen Repräsentant des Sozialismus. Glaubst du wirklich, dass sie diese Person nicht auf Herz und Nieren geprüft, durchleuchtet und für systemtauglich befunden haben?"
Volker Hitzigrath hatte wortlos an seiner Lippe genagt und den Blick gesenkt.
„Ich sage dir: So einer macht ohne die Billigung und das Einverständnis der Partei gar nichts."
„Aber ich verstehe das nicht. Während deine Mitbewerberin, als bestes Ergebnis in ihrer Sportart, gerade mal Dritte gewor-

den ist, hast du über Jahre die Titel geholt. Warum ziehen die Bonzen sie dir vor und lassen dich nicht gewinnen?"
„Sie hat es eben besser drauf, das schutzbedürftige liebe Weibchen zu spielen, bei dem jeder Mann das Gefühl entwickelt, sofort seine Flügel ausbreiten zu müssen, damit sie gleich darunterschlüpfen kann. Ich vermute, dass ich zu so etwas weniger geeignet bin."
Volker Hitzigrath nickte. „Das hört sich nach dir an. Erzähl' mal. Was hast du getan oder nicht getan?"
„Was genau es ist? Keine Ahnung. Aber ich kann dir erzählen, wann ich das letzte Mal so richtig ins Fettnäpfchen getreten bin."
Volker Hitzigrath grinste voller Vorfreude.
„Du weißt doch, dass die Parteifuzzis am Jahresende für ihre Diplomaten im Trainingsanzug, 'ne Party schmeißen."
Volker Hitzigrath nickte.
„Dabei sind alle, diejenigen, die im Jahreslauf einen Blumentopf gewonnen haben, und auch die Platzierten. Natürlich dürfen die Trainer und die Bonzen nicht fehlen. Es fließt der Alk in Strömen."
„Und das Essen ist sicher auch nur vom Feinsten", war ihr Volker Hitzigrath ins Wort gefallen.
„Du sagst es. Und nicht nur das. Hinterher wird in weinseliger Stimmung das Tanzbein geschwungen. Jetzt kommt es: Ich sitze also nichtsahnend in dieser grauenhaften Runde, als sich von hinten der Mensch, dem sie sein Geld dafür bezahlen, dass er die Verbindung zwischen Sportclub und Partei hält, an mich ranschleicht."
„Wollte er dich zum Tanzen auffordern?"
„Das wäre das Nächstschrecklichste gewesen."
„So schlimm?", provozierte Volker Hitzigrath.

„Schlimmer. Er hat mir ins Ohr genuschelt, ob ich nicht mitkriege, dass der 2. Sekretär sich langweilt. Ich solle ihn gefälligst zum Tanz auffordern."
„Nein, ehrlich?" Volker Hitzigrath wollte das Unfassbare nicht glauben. „Dabei hat er mir seinen widerlich stinkenden Atem in den Nacken geblasen, dass ich dachte, ich müsste sogleich kotzen!" Ihre Antwort hatte Volker losprusten lassen.
„Jetzt bin ich aber auf deine Reaktion gespannt. Was hast du wieder angestellt?", fragte er, nachdem er sich wieder halbwegs beruhigt hatte.
„Nichts Schlimmes. Ich habe ihn nur gefragt, ob er die Anstandsregeln nicht kennen würde, die ja wohl eindeutig regeln, wer hier wen aufzufordern habe."
„Wie hat er darauf reagiert?"
„Er meinte nur, dass die hier nicht gelten. Hier hätten Rangniedere zu deren Unterhaltung die Ranghöheren aufzufordern."
„Wie ich dich kenne, war damit noch nicht das letzte Wort gesprochen, oder?" Aus Volker Hitzigraths Augen sprach der Schalk.
„Ich habe kategorisch abgelehnt und erklärt, wenn es ihm so wichtig sei, könne er ja selbst den 2. Sekretär zum Tanz auffordern. Ich jedenfalls würde mich nicht vor aller Leute Augen blamieren, wenn der mir einen Korb geben würde. Schließlich sei er kleiner als ich oder es hätte sein können, dass er keine Lust zu tanzen hätte."
„Und das nennst du nichts Schlimmes? Oh Mann, du bist schon eine widerspenstige Person."
„Ich fürchte, dass ich dir damit recht geben muss. Ich bin die Pechmarie. Er ist gewissermaßen wutschnaubend abgezogen und hat dann, ein paar Plätze weiter, bei Goldmarie, angefragt."

„Ich vermute, dass die dann aufgestanden ist und den 2. Sekretär zum Tanz aufgefordert hat?" Volker Hitzigrath grinste über sein ganzes Gesicht.

„Darauf kannst du wetten."

„Und so, wie du es mir gerade erzählt hast, läuft es wahrscheinlich immer", konstatierte Volker Hitzigrath nachdenklich für sich.

„Ich denke schon. Wahrscheinlich hat sie von uns beiden auch deshalb immer die besseren Karten in der Hand."

„Aber von euch beiden hast immer du die besseren Leistungen gebracht."

„Stimmt, doch was hat es mir genützt? Nichts. Dieser Reporter bringt immer unvorteilhafte Bilder von mir in die Zeitung, ganz zu schweigen, was der mir in Interviews für dämliche Fragen stellt. Bei unserer Goldmarie ist es genau andersherum. Im Gegensatz zu mir wird sie immer ohne ein vor Anstrengung verzerrtes Gesicht abgebildet, schön geschminkt und freundlich lächelnd."

„So erweckt er zwangsläufig bei den Leuten Sympathie für sie, dass die Leistung schön in den Hintergrund tritt und der Sympathiefaktor sie aufs Podest hebt. Willst du dich nicht mal darüber beschweren?"

„Das würde auch nichts nützen."

„Aber ein Versuch wäre es doch mal wert. Mal sehen, was passiert", hatte Volker Hitzigrath nachgebohrt.

„Kannst du vergessen. Das hat meine Mutter mal versucht."

„Ja, und was ist rausgekommen?"

„Sie hat einen gepfefferten Brief an das Käseblatt geschrieben und sich über die Art seiner Berichterstattung beschwert."

„Hat sie 'ne Antwort gekriegt?"

„Hat sie." Ihr war an dieser Stelle ein verächtliches Lachen entfahren. „Er hat ihr geantwortet, dass er mich seit Jahren als eine Sportlerin von ausgesprochenem Format schätze und das werde er auch künftig entsprechend publizieren. Dann hat er sie verbal sauber abgewatscht, einmal rechts und einmal links. Er hat schließlich die Macht."

„Das interessiert mich. Erzähl' mal."

„Er hat ihr unterstellt, dass sie einiges in seinen Artikel hineininterpretiert hat, was er nicht so gemeint habe. Er bewundere, dass ich die Lücke, die die Ausnahmeathletin durch ihre Babypause hinterlassen habe, international voll ausfülle und das sei wohl keineswegs eine Minderung meiner Leistung. Im Übrigen sei er einer der größten Anhänger der Clubsportler und werde deren Leistungen auch künftig ins rechte Licht setzen."

„Das sieht man ja nun, auf welche Weise er das tut", platzte es aus Volker Hitzigrath heraus.

„Und ich sage dir, er tut das in Absprache und im zuvor eingeholten Einverständnis der Genossen, wenn nicht gar dem der Stasi. Also Volker, ich bitte dich, lass alles so, wie es ist."

„Vielleicht hast du recht, doch es ist Unrecht, was geschieht."

„Egal, soll sie sich doch auf den unverdienten Lorbeeren ausruhen."

„Dann komm und lass uns jetzt zum Bäcker gehen."

Der jungen Frau war damals wie heute der Appetit vergangen. Sie lenkte ihren Blick aus der imaginären Weite der Landschaft zurück in den Raum. Ihr vernichtender Blick zwang den Wachmann seine Augen abzuwenden.

Erfüllt von der inneren Befriedigung, eine Schlacht geschlagen und gewonnen zu haben, beugte sie sich vor, um sich sogleich wieder auf die vor ihr liegende aufgeschlagene Akte zu konzentrieren.

„Du fiese Ratte", schrie ihre innere Stimme. „Du mieses, abscheuliches Schwein! Wer gab dir das Recht, mich so zu denunzieren? Auch im Sozialismus gab es Grenzen und die hast du weit überschritten." Tränen der Ohnmacht wollten ihr in

die Augen schießen. Sie hielt den Kopf gesenkt, verdrehte die Augen nach oben und plinkerte.
Nicht vor diesem Wachmann, nicht vor diesem Wachmann weinen, beschwor sie sich in einem Augenblick, in dem sie sich selbst in einem noch nie zuvor gekannten Zustand von Verletzlichkeit befand. Sie biss sich auf die Lippe, bis sie merkte, wie ein metallischer Blutgeschmack ihren Mund erfüllte. Doch noch immer hatte sie sich nicht unter Kontrolle. Die Ungeheuerlichkeit, die sich ihr aus dem Gelesenen offenbart hatte, machte sie fassungslos.
Sie blätterte eine Seite um, stützte die Stirn in ihre Handmuschel, legte ihre andere Hand auf ihren Oberschenkel und kniff sich kräftig hinein. Der Schmerz schoss ihr in das Gehirn. Mit einem Male fühlte sie auch die aufgebissene Wunde an ihrer Lippe.
Ihre Gehirnzellen arbeiteten fieberhaft. Sie kannte den Menschen, der sich unter dem Decknamen Werner Hein verbarg.
Ein zweites Mal an diesem Tag kam ihr Volker Hitzigrath in den Sinn. Wenn du mit deinem Motorrad an diesem Tag nicht so gerast und dadurch viel zu früh tödlich verunglückt wärst, würde ich dir heute sagen: Gut, dass wir auf mein Bauchgefühl gehört und uns nicht beschwert haben.
Die junge Frau lächelte. ‚Volker, wo du auch jetzt bist, ich kann dich hören. Aber ich werde es auch jetzt nicht tun.' Ihr Gesicht wurde wieder ernst.
‚Warum nicht?, fragst du. Du willst ein Beispiel? Ich gebe dir ein Beispiel. Nimm' nur mal den Stasispitzel, der sich Emil Bauer nannte. Das ist der Physiotherapeut. Was denkst du, was passiert ist, wenn du wieder einmal, von wem auch immer einen Anschiss bekommen hast, auf der Pritsche lagst und er dich, ach so mitfühlend, nach deiner Stimmung fragte? Du hast ihm vertraut, denn er war schließlich nicht in der Partei. Allein das machte ihn zum Widerstandskämpfer. Du hast also

gesungen, wie eine Nachtigall.' Sie kaute auf ihrer Lippe und schalt sich eine Idiotin, die es hätte besser wissen müssen.
Fast über ein Jahrzehnt nach der Wiedervereinigung war vergangen, ohne dass sich auch nur ein einziger dieser Stasispitzel bei ihr gemeldet hatte.
Aber was hätte das auch genützt? Gab es eine ehrliche Entschuldigung für das, was diese Menschen ihr angetan hatten? Sie kannte auch die Personen, die sich unter den anderen Namen, die die Identität der Spitzel bewahren sollten, verbargen. Doch was nützte ihr das? Nützte das überhaupt etwas?
‚Weißt du Volker, sie haben nichts, aber auch nichts dazugelernt. Es ist nicht nur Scham. Es ist auch keine Angst. Ich war nach der Wende noch einmal bei ihm zur Massage. Du willst sicher wissen, warum ich mich so genau daran erinnere.' Sie griff in ihre Hosentasche und fingerte nach ihrem Taschentuch. ‚Es war die gleiche Situation wie immer. Während ich tiefenentspannt auf der Liege lag und mich von ihm massieren ließ, begann er mit einem Mal übergangslos sich bei mir sich zu beschweren. Ich horchte auf.'
Die junge Frau öffnete leicht ihren Mund und tupfte sich mit dem Taschentuch vorsichtig ihre Lippe.
‚Aber als Opfer des Systems hatte ich mich nie gefühlt, und warum er sich als solches fühlte, war mir unklar. Deshalb reagierte ich sehr einsilbig. Irgendwann hörte er dann auf zu nörgeln und fragte mich, ob ich schon meine Akte eingesehen hätte. Als ich dieses verneinte und erklärte, dass ich gar nicht wüsste, ob ich dieses jemals tun würde, beendete er seine Schimpfkanonade mit den Worten: ‚Wir werden wohl alle eine dicke Akte bei denen haben."' Sie betrachtete nun schon eine Weile gedankenverloren den Blutfleck in ihrem Taschentuch. Mit einem Male schien ihr ein Gedanke gekommen zu sein. Sie wendete ihren Blick ab, tupfte noch ein letztes Mal ihre Lippe, stopfte das Taschentuch zurück in ihre Hose und begann wie

fieberhaft zu blättern. Sodann hielt sie inne. Offensichtlich hatte sie gefunden, wonach sie gesucht hatte. Sie strich mit ihrem Zeigefinger über das Papier und lächelte.

Schlagartig wieder ernst geworden, sah sie auf. Wieder starrte sie dem Wachmann mitten in sein Gesicht und zwang ihn so wegzusehen.

‚Wie hat er sich noch genannt, der Chef der Sportmedizin?', überlegte sie angestrengt. ‚Ach ja, er nannte sich Dietrich Beyreuter, der scheinheilige Stasispitzel. Er hat sich mit einem sehr guten Kontakt zu mir gebrüstet, hat mich sein Patenkind genannt. Dass ich nicht lache. Ein Patenkind, dem man als Patengeschenk eine Parteistrafe darbringt. Wie menschenverachtend.' Die Mundwinkel der jungen Frau zogen sich für einen winzigen Augenblick verächtlich nach unten. Dann hatte sie sich wieder unter Kontrolle.

„Horizont, Heinz Schmidt, Jürgen Escher, Robert Lanze, Siegfried Thoms, Fritz Heilmann, Horst Kunze ...", murmelte sie lautlos, während sie den von ihr abgewendeten Wachmann im Auge behielt.

Wieder und wieder vergewisserte sie sich mit einem Blick in die vor ihr liegende Akte.

Die Namen derer, die sie als offizielle und inoffizielle Mitarbeiter der Staatssicherheit bespitzelt hatten, sollten sich für immer unauslöschlich in ihr Gedächtnis eingraben.

9
KAPITEL

Jahr 2001

Nachdem Thea eine Weile ruhelos durch ihre Wohnung gewandert war, blieb sie am Telefon im Flur stehen und ergriff den Hörer. Die Nummer, unter der ihr kleiner Bruder zu erreichen war, kannte sie auswendig. Inbrünstig hoffte sie, dass es er und nicht seine Frau sein würde, der von beiden den Hörer von der Gabel nehmen würde. Sie hatte Glück, ihre Schwägerin schien schon zu schlafen. Sie arbeitete als Arzthelferin und musste morgens sehr früh aufstehen. Um fit zu sein, hatte sie es sich zur Angewohnheit gemacht, zeitig ins Bett zu gehen.
„Hallo, Hartmut. Tut mir leid, dass ich so spät noch störe", flüsterte Thea mit belegter Stimme in den Hörer. „Auch wenn es fast 22 Uhr ist, musste ich dich unbedingt noch heute sprechen. Entschuldige meinen Überfall, aber ich muss mit dir reden. Manchmal möchte ich schreien und wünsche mir, nicht mehr auf der Welt zu sein."
„Aber, Thea, was redest du da?"
„Hab' keine Angst Brüderchen, ich mach' keine Dummheiten, denn kurze Zeit später bin ich wieder froh, dass ich so stark war, mir nichts angetan zu haben. Schließlich hätte ich mich aus einem Leben gestohlen, das gar nicht meines war."
Während Thea laut in den Telefonhörer atmete, strich sie mehrfach mit ihrem Zeigefinger imaginäre Staubkörner von dem durchsichtigen Gehäuse ihres Designertelefons.
„Wie anders wäre mein Leben verlaufen ohne die Erlebnisse in meiner frühen Kindheit?" Nun wickelte sie die Schnur des Hörers um ihren Finger.

„Du musst damit aufhören. Wir sind seit einer Ewigkeit erwachsen. Lass die Vergangenheit ruhen."
„Sicher ist etwas dran, wenn man sagt, lass die Vergangenheit ruhen. Aber ich habe fast mein ganzes Leben nichts von dieser Vergangenheit gewusst …" Theas Stimme überschlug sich. „… wie also sollte ich sie ruhen lassen?"
„Thea, Schwesterherz, was bringt es? Du hast dein Leben so gut gelebt, wie du konntest."
„Richtig, bis zu dem Zeitpunkt, an dem ich mich plötzlich erinnerte, habe ich gelebt, habe ich gefühlt, gehandelt und mich gehasst."
„Du hast dich gehasst? Aber warum denn?"
„Weil ich nicht ich war, verstehst du?" Theas Stimme klang ohnmächtig. „Mein ganzes Leben habe ich getan, was andere Menschen von mir erwarteten, unsere Eltern, mein Mann, unsere Kinder, die Arbeitskollegen, Freunde, Bekannte. Aber wo bin ich geblieben, wo meine wahren Gefühle?" Ihre Stimme wurde fester. „Dieses Leben war eine Lüge. Ich wusste nichts davon, hatte keine Ahnung, wer und wie ich wirklich bin. Ich fühlte in mir nur eine fürchterliche Zerrissenheit, eine grauenhafte Hilflosigkeit und eine entsetzliche Unruhe."
„Bist du niemals auf die Idee gekommen, dass all das mit deinen Kindheitserlebnissen zusammenhängt?"
„Nein, denn mein Gehirn hat wohl einen Schutzmechanismus entwickelt, damit ich überleben konnte."
„Aber heute weißt du, warum du dich immer so zerrissen fühltest."
„Ja, aber um welchen Preis?" Thea schnaufte in den Hörer. „Ich erlitt eine Persönlichkeitsstörung."
„Aber, Schwesterherz, du bist jetzt knapp über Fünfzig und stehst mit beiden Beinen im Leben."
„Brüderchen, wie nett, dass du mich an mein Alter erinnerst. Das habe ich jetzt auch noch gebraucht." Theas Stimme nahm

einen zynischen Klang an. „Im Übrigen bin ich genau genommen zweiundfünfzig Jahre und zwölf Wochen alt und weiß seit meinem mehrwöchigen Klinikaufenthalt in der Psychiatrie nicht nur um meine Vergangenheit, sondern auch um die Rolle, die unser Vater und unsere Mutter dabei gespielt haben."
„Hast du die Absicht, über beide zu richten?"
„Nein, wo denkst du hin? Das steht mir nicht zu. Weiß ich denn, wie ich mich in dieser Situation verhalten hätte?" Thea lauschte angestrengt in das Schweigen am anderen Ende der Leitung. „Ich bin mir sicher, dass die beiden das gemacht haben, was sie für richtig hielten."
„Du verteidigst sie?"
„Das Leben hat gezeigt, dass dieses entsetzliche Wissen und diese Schuld für sie auf dieses Weise ertragbar wurden", antwortete Thea ausweichend. „Nur für mich war es das nicht. Ich will das Leben nicht mehr nur ertragen", fügte sie atemlos hinzu. „Ich will mein Leben menschlich leben, jedenfalls für mich soll es menschlich sein." Ihre Stimme klang nun trotzig.
„Du klingst so ... tapfer."
„Andere brauchen, müssen, sollen mich nicht verstehen. Was zählt, ist, dass ich alles verstehe."
„Wie du willst, Schwesterherz."
„Ich habe nur eine Bitte an dich. Würdest du mir diese erfüllen?"
„Natürlich, wenn ich kann. Du bist meine Schwester."
Eine bedeutungsschwere Stille trat ein, bevor Thea mit kaltem Ton fortfuhr. „Macht meine Kinder, unsere Verwandten und auch meine Freunde und Bekannten nicht verrückt, nur weil ich mich jetzt anders verhalte, als ihr es von mir gewohnt seid."
„Ich werde darauf achten."
„Das erwarte ich, denn sollte mein Wunsch nicht respektiert werden, sehe ich mich veranlasst, mich zu schützen."
„Thea, Schwesterherz, was hast du vor?"

„Ich werde sprechen. Ich habe davor keine Angst."
„Ich weiß nicht, was ich sagen soll …"
„Ich habe schon damit begonnen."
„Du hast was?"
„Ich habe erst unsere Mutter mit meinem Wissen konfrontiert und dann den Kontakt zu unseren Eltern abgebrochen." Gleichmut klang aus Theas Stimme.
„Wie bitte?"
„Ja, ich weiß, wie hart das Leben sein kann. Aber ohne Wahrheit wird das Leben zur Lüge. Ich will mein neues Leben aber nicht mit Lügen verbringen, denn eines steht fest: Eine Lüge zieht eine andere nach sich."
„Hast du dir das alles genau überlegt?"
„Davon kannst du ausgehen. Für mich bleibt der Trost, dass unsere Familie über meine Kinder und euch Geschwister nicht gänzlich getrennt sind."
„Thea, das klingt so absolut, so endgültig."
„Das muss reichen. Mehr ertrage ich nicht."
„Das ist dein letztes Wort in dieser Sache?"
„Hartmut, diese Frau hat nach einem Verbrechen an mir den Täter gedeckt. Sie hat mir nie eine Chance gegeben, ich selbst zu sein."
„Aber es war unser Vater."
„Selbst wenn … Ich bekam durch die Psychotherapie eine neue Chance für mein Leben und ich werde sie nutzen."
„Hast du Mutter das alles gesagt?"
„Hmm. Sie hat mich letzte Woche besucht. Ich hatte Omas berühmte Kartoffelsuppe mit Bockwurst gekocht. Nach dem Essen haben wir uns bei einem Kaffee unterhalten."
„Und wie hat sie reagiert?"
„Brüderchen, mit einem Male klingst du so komisch. Frag' lieber, wie ich reagiert habe."
Die Aufforderung kam zögerlich aus dem Hörer. „Erzähle."

„Obwohl ich den Tag vorher unruhig war und viel geweint habe, verlief unser Gespräch sachlich und ruhig." Thea nickte eifrig, als könnte er sie sehen. „Ich hab' ihr gesagt, dass ich als kleines Mädchen sexuell missbraucht worden bin."
„Und was hat sie darauf geantwortet?"
„Sie hat gefragt, von wem." Theas Stimme wurde schrill.
„Sie hatte keine Ahnung?"
„Doch. Ich habe sie sehr aufmerksam angeschaut und gesagt: von Papa."
„Und wie hat sie darauf reagiert?"
„‚Das glaub ich nicht', war ihre Antwort. Es klang aber eher wie: ‚Woher weißt du das?'" Thea unterbrach sich und schluckte. „Es war kein Entsetzen aus ihrer Stimme herauszuhören und ihr Gesicht sah sehr klein und verloren aus."
„Du denkst, sie wusste es?"
Thea überhörte die Frage. „Sie fragte mich doch tatsächlich, wie ich so etwas sagen könne, und meinte, dass dies wirklich eine schwere Anschuldigung sei. Dabei sah sie an mir vorbei. Schließlich wollte Mutter wissen, wie ich dies nach so vielen Jahren beweisen wolle."
„Ja, Thea, wie willst du das beweisen?"
„Ich will überhaupt nichts beweisen. Es reicht mir, dass ich alles noch einmal gefühlsmäßig erlebt habe. Das ist Beweis genug für mich."
„Du hast was? Wie ist das denn möglich?"
„Sei nicht so entsetzt, Hartmut. Ich bin weder hypnotisiert noch mit Tabletten vollgepumpt worden. Das passiert, wenn man wieder Zugang zu verschütteten Erinnerungen findet. Man erlebt alles erneut. So habe ich es unserer Mutter auch erzählt und angeboten, ihr einen Gesprächstermin mit meinen Therapeuten zu vermitteln."
„Und, wie hat sie auf dein Angebot reagiert?"

„Wie ich es erwartet hatte", entgegnete Thea bitter. „Mutter hat zu jammern angefangen, dass sie nicht mehr mit ihm zusammenleben könne, wo sie das jetzt wüsste. Dass er vielleicht nichts dafür kann, weil es eine Krankheit sei. Und schließlich, dass sie nicht verstehe, dass so etwas solche Folgen habe. Das könne nur passiert sein, als sie zu dem viermonatigen Lehrgang gewesen sei. Ich habe sie nur mitleidig angesehen."
„Deckt sich das mit deinen Erinnerungen?"
„Nein."
„Deine Antwort klang eben wie ein Schuss."
„Nach vier Stunden war unser Gespräch zu Ende. Sie verabschiedete sich mit der Frage, ob ich denn in der nächsten Zeit auch weiterhin den Kontakt zu ihnen meiden wolle."
„Was hast du ihr geantwortet?"
„Ja, eine Begegnung mit ihnen ertrage ich nicht. Da seien so viel Wut und Hass, aber andererseits auch Liebe. Dass ich zwischen den Gefühlen so hin- und hergerissen sei, würde ich nicht verkraften, und deshalb wolle ich mir kein weiteres Zusammentreffen zumuten."
„Hat sie es akzeptiert?"
„Selbstverständlich. Als ich sie zum Bus brachte, war auch alles gesagt, was gesagt werden musste. Wir umarmten uns kurz und schon war sie verschwunden. Ich habe seither nichts mehr von ihr gehört."
„Ist dir jetzt leichter?"
„Ach, Brüderchen, was soll ich sagen? Ich würde lügen, wenn ich dir von Trauer oder Verzweiflung berichten würde." Theas Stimme nahm einen sonderbaren Klang an. „Mich befiel ein Gefühl der Erschütterung, als diese Frau, die unsere Mutter ist, endlich abfuhr."
„Thea, aus deinem Munde klingt das so endgültig. Was machst du aber, wenn du es bereust und ihre Tür für dich immer verschlossen bleibt?"

„‚Aconitin trinkt man nicht aus irdenen Krügen. Der nur fürchte sie, wer einen edelsteinbesetzten Becher zum Munde führt', bemerkte Juvenal schon vor langer Zeit sehr treffend."

Ein Stöhnen drang aus dem Telefonhörer. „Schwesterherz, du weißt, dass ich nicht so gebildet bin wie du. Sprich' also bitte so, dass dein Bruder auch verstehen kann, was du ihm damit sagen willst."

Theas Lachen hatte einen metallischen Klang. „Stell dein Licht mal nicht unter den Scheffel, mein liebes Brüderchen, nur weil du nicht Deutschlehrer bist. Aber nun mal im Ernst: Der römische Satiriker Juvenal spielt hier auf die Unsitte des römischen Hochadels an, politische Widersacher mit dem Kraut *aconitum napellus*, auch Mönchskappe genannt, auszuschalten."

„Mönchskappe sagt mir nichts."

Wieder lachte Thea, doch diesmal war es ein herzliches Lachen. „Mönchskappe oder der Blaue Eisenhut ist eine der giftigsten Pflanzen Europas."

„Ach, Eisenhut meinst du. Ja, dass diese Pflanze giftig ist, ist selbst mir bekannt."

„Die tödliche Dosis liegt für einen Menschen bei vier bis zehn Milligramm. Denk' nur, wie erschreckend wenig man für einen Wechsel vom Diesseits ins Jenseits braucht."

„Thea, was für ein schrecklicher Gedanke! Es muss furchtbar sein, so zu sterben."

„Hartmut, da magst du recht haben", gestand sie ihm gleichmütig zu. „Willst du wissen, wie es wirkt?" In ihrer Stimme klang eine Fröhlichkeit mit, ganz so, als würde sie ihm ein Kochrezept anbieten.

„Mensch, Thea, was du so alles weißt! Nun schieß schon los ..." Es sollte heiter klingen, aber seine Beunruhigung war ihr nicht verborgen geblieben. Sie hätte mit dem Thema nicht anfangen sollen!

Als Thea antwortete, versuchte sie deshalb, mehr nach Lehrerin als nach einer psychisch Kranken zu klingen: „Zunächst wirkt Aconitin zentral anregend und später lähmend auf die Nervenbahnen. Vergiftungserscheinungen zeigen sich bereits nach einer Viertelstunde. Zuerst tritt ein Kribbeln im Mund, in Fingern und an den Zehen auf. Kurz danach macht sich ein Brennen und Kribbeln am ganzen Körper bemerkbar, es folgen starke Kältegefühle mit Erbrechen und Durchfall", fuhr sie so monoton wie möglich fort. „Die Körpertemperatur sinkt ab, die Atmung wird unregelmäßig, der Blutdruck sinkt, der Tod erfolgt durch Herzversagen oder Atemstillstand. Der Exitus erfolgt bei starker Vergiftung schon nach dreißig bis fünfundvierzig Minuten …"

„Thea, Schwesterherz, ich kann nicht glauben, wie du das herunterbetest. Muss ich mir jetzt Sorgen machen?"

„Nein, nicht nötig!", antworte Thea etwas unwirsch, weil ihr Bruder sie unterbrochen hatte. „Aber ich war noch nicht fertig, denn das Beste kommt noch! Der Vergiftete ist die ganze Zeit bei vollem Bewusstsein und erleidet heftigste Schmerzen." Sie hörte von ihrem Bruder nur ein trockenes Schlucken und so fügte sie im gleichen Tonfall an: „So was will genau bedacht sein." Dann lachte sie ein hartes Lachen.

Hartmut schien völlig fassungslos zu sein. Er hatte einen Moment gebraucht, um die Tragweite ihrer Worte begreifen zu können. Als er sich räusperte, kam sie ihm zuvor und ergänzte schnell: „Ich bekam Post vom Medizinischen Dienst. Ich habe einen Termin zur Begutachtung erhalten."

Er atmete hörbar auf. „Na siehst du! Es wird alles wieder gut!" Seine Erleichterung war fast mit Händen greifbar. Um seinem Ausruf Nachdruck zu verleihen, hatte er mit der flachen Hand auf etwas Hölzernes, wahrscheinlich auf einen Tisch, geschlagen.

„Es gibt doch kaum versöhnlichere Worte als diesen Satz", sagte Thea nachdenklich und wiederholte ihn leise. „Es wird alles wieder gut. Schön, dass du mich trösten willst."
„Was heißt denn: *willst*?", fragte er lauernd, fast schon zornig. Die Erleichterung war mit einem Schlag in seiner Stimme verschwunden.
Thea wurde über seine Naivität wütend: „Du kannst mich nicht trösten. In mir brach die absolute Panik aus, als ich den Brief des Gutachters in den Händen hielt, mit dem er mir eine Erwerbsunfähigkeit bescheinigt. Ich bekam Herzrasen, Hitzewallungen, Zittern und Kreislaufbeschwerden."
„Ja, aber warum das denn?"
Sie ging über seine besorgte Hilflosigkeit hinweg. Dann fuhr sie mehr über sich selbst als über ihn zornig fort: „Ich habe Angst, über die Ursachen meiner Arbeitsunfähigkeit keine Worte zu finden. Alles ist noch so frisch, die ganzen Empfindungen und meine Erinnerungen. Es fühlt sich an wie eine Flutwelle, die dich erfasst und mit sich fortspült."
„Solange du nicht in ihr ertrinkst, ist doch alles gut, Schwesterherz", versuchte Hartmut beschwichtigend einzulenken.
Thea hörte ihn nervös mit einem Kugelschreiber klicken. Seine Sorge rührte sie und sie schlug einen optimistischeren Tonfall an. „Ich gebe mein Bestes. Obwohl ich mich heute Morgen hundeelend gefühlt habe, bin ich in den Garten gegangen."
„Die kleine Kräuterhexe konnte wohl wieder einmal nicht schlafen?" Nun schwangen Fürsorge und Zärtlichkeit in den Worten von Hartmut mit.
Thea war dieser Tonfall in seiner Stimme schon aus ihrer Kindheit vertraut. Immer wenn er aufgewacht war und entdeckt hatte, dass sie nicht schlafen konnte und sich nachts mit einem Buch und einer Taschenlampe unter ihrer Bettdecke versteckt hatte, war er zu ihr ins Bett gekrochen. „Nein", antwortete sie schroff, um Erinnerungen, die sie anfliegen wollten, zu ver-

scheuchen. „Ich habe sie noch immer in mir, diese Angst und diese Unruhe."

„Oho, morgens früh um sechs kommt die kleine Hex', morgens früh um sieben schabt sie gelbe Rüben, morgens früh um acht wird Kaffee gemacht, morgens früh um neune geht sie in die Scheune …" Hartmut war in einen leichten Singsang verfallen. Nach einer kurzen Pause schloss er mit einem Kichern: „… und sortiert dort ihre Giftpflanzen bis um zehne …"

„Du kennst ihn noch, den Kinderreim, den ich dir immer aufgesagt habe?", reagierte Thea freudig.

„Als wir noch Kinder waren, hast du ihn mir immer vorgelesen. Du hast mir ganz sachte über den Kopf gestreichelt, mich in den Arm genommen und warst mir nahe, mein Schwesterherz. Ich werde es nie vergessen."

„Sicher nur so lange, bis du selbst lesen konntest."

„Nein, auch später. Ich hatte immer das Gefühl, von dir beschützt zu werden."

„Seltsam, auch daran erinnere ich mich nicht mehr."

„Aber ich. Und jetzt habe ich das Gefühl, dass ich dich beschützen muss. Sag Thea, was ist los?"

„Ich habe Angst, dass ich nicht stark genug bin."

„Du sollst nicht stark genug sein?" Ein befreites Lachen drang an Theas Ohr. „Meine große Schwester fühlt sich nicht stark genug!"

„Du sagst es."

„Blödsinn. Für wen oder was fühlst du dich nicht stark genug?"

„Ich habe Angst, dass die andere in mir Oberwasser gewinnt", flüsterte Thea in den Hörer.

„Thea, du bist ein gutes Mädchen. Darum höre auf die Ratschläge, die dir andere geben. Aber entscheide so, wie du es für richtig hältst, und geh' dann unbeirrt deinen eigenen Weg."

„Aber es macht mir zu schaffen, dass alle von mir enttäuscht sein könnten."

„Warum sollten sie?"

„Zum Beispiel, weil ich ihre Erwartungen, die sie an mich stellen, nicht erfülle."

„Das ist doch völlig unwichtig, Liebes. Wichtig ist doch, dass du mit dir selbst im Reinen bist, allein das zählt."

„Mit dir reden tut gut. Seit Kurzem denke ich oft an die Traumreise während der letzten Bewegungstherapie in der Klinik."

„So? Erzähle."

„Wirklich? Ich halte dich auch nicht auf?"

„Nein. Erzähle." Es klang wie früher, als sie gemeinsam in Theas Bett gelegen und er sie angebettelt hatte, ihm eine Geschichte zu erzählen.

„Also gut", kapitulierte Thea. „Nachdem ich den Berg hinabgestiegen, den sonnendurchfluteten Wald durchwandert und in ein Haus gesehen hatte, wanderte ich weiter meines Weges und spürte, dass ich nicht mehr alleine ging. Es waren liebe Menschen um mich. Ich konnte sie zwar nicht erkennen, aber ich spürte, dass sie da waren und mich begleiteten. Es war ein gutes Gefühl, ich meine das Wissen, nicht mehr alleine zu sein."

„Na, siehst du. Nun kannst du sie schon fühlen, die Menschen in deinem Leben. Menschen, die dich lieben, deine Nähe suchen und solche, die dir ihre Nähe geben."

„Brüderchen, du gehörst zu den Personen, die mir am nächsten sind. Darum will ich dir mein größtes Geheimnis anvertrauen."

„Ich bin ganz Ohr."

„Viele Menschen leben nach dem Motto: lieber einen Spatz in der Hand als die Taube auf dem Dach. Doch ich empfinde anders. Ich habe mehr Freude an der Taube auf dem Dach als an dem Spatzen in der Hand. So soll mein restlicher Lebensweg aussehen, den ich mit dem Gefährten, mit dem ich ihn teilen will, beschreiten werde."

„Ein sehr anspruchsvolles Denken, findest du nicht?"

„Nein, ganz und gar nicht. Ich möchte mich frei fühlen, möchte die Taube sein."

„Deinen Wunsch kann ich gut verstehen. Ich dachte eher daran, ob es dir gelingen wird, gerade diesen Menschen zu finden."

„Genau das liebe ich so sehr an dir, mein kleiner Bruder." Thea lachte ein befreites Lachen. „Sei unbesorgt. Vorerst habe ich mir einen kleinen Teddy gekauft. Er sieht wunderschön aus, hat eine angenehme Farbe und ist so richtig handlich. Mit ihm im Arm schlafe ich so kuschelig ein, nachdem wir beide ein Zwiegespräch geführt haben."

„Du meinst, nachdem du Zwiesprache gehalten hast?"

„So ist es besser formuliert. Ich führe das Zwiegespräch. Das hilft mir, die Belange des Tages zu verarbeiten und wohlig einzuschlafen, verrückt, nicht?"

„Alles, was dir hilft, deine Vergangenheit zu überwinden und die Gegenwart zu gestalten, ist gut für dich."

„Meine Vergangenheit sagst du?", murmelte Thea nachdenklich.

„Ja, das sagte ich. Warum fragst du?"

„Ach, nichts. Es war nur so ein Gedanke."

„Auch deine Gedanken kannst du steuern. Wenn dich die Angst befällt, musst du dich zwingen, deine Gedanken in eine andere Richtung zu lenken."

„Brüderchen, du hörst dich an, als ob du Erfahrungen damit hättest?"

„Vielleicht?"

„Willst du darüber reden?"

„Nein, vielleicht ein anderes Mal."

„Auch gut. Dann erzähle ich dir jetzt von meinen Bemühungen, die Angst zu besiegen."
„Nur zu, Thea."
„Gestern und vorgestern war ich beim therapeutischen Reiten. In Erinnerung an das Reiten in der Klinik war ich nicht nur aufgeregt, sondern hatte richtig Angst."
„Vor dem Pferd?"
„Nein, ich hatte Angst davor, dass meine Erinnerungen und Gefühle wieder unkontrolliert aufbrechen und mich überfordern."
„Und, war deine Angst begründet?"
„Nein. Ich musste das Pferd zuerst striegeln, füttern und dann natürlich auch reiten. Die ganze Stunde über habe ich bewusst geatmet, mich also nur auf meine Atmung konzentriert und keine anderen Gedanken zugelassen. So bekam ich keine Panik, keine Todesangst und brauchte auch nicht zu weinen."
„Dann kannst du doch stolz auf dich sein und dich auf deine nächste Reittherapie freuen."
„Das tue ich auch. Durch meine Therapien fühle mich glücklich und beschwingt, nicht mehr als dreckige Kloake, sondern rein und unverdorben. Ich habe auch keine Scham mehr wegen des Missbrauchs und kann jetzt darüber sprechen." Es klang trotzig. „Mein Leben fängt jetzt erst richtig an und lass es dir gesagt sein, ich fühle mich noch lange nicht zu alt dafür. In meinem Herzen bin ich noch unwahrscheinlich jung und ..."
Abrupt unterbrach Thea ihren Redefluss.
„Was wolltest du noch sagen?"
„Ach, nichts Wichtiges."
„Nun sag' es schon. Du hast mir doch gerade bestätigt, dass du mir vertraust."
„Das tue ich auch."
„Also, raus mit der Sprache."
Thea schwieg.

„Thea, hörst du mich?"
„Ja."
„Na bitte. Was also wolltest du mir erzählen?"
„Ich wollte dir sagen, dass da noch die kleine Thea in mir wohnt und ..."
„Sprich ruhig weiter, Liebes."
„... und das Bedürfnis hat, sich zu zeigen."
„Wie meinst du das?"
„So, wie ich es sage. Sie will sich zeigen und ich lasse sie. Zeigt sie sich bei meiner Weiterbildung, in Ordnung. Auch in der Freizeit, beim Tanz und bei Bewegung, beim Reiten oder beim Musikunterricht gehört sie einfach zu mir. Wann immer sie will, soll sie sich zeigen. Ich unterdrücke sie nicht. Sie hat zu viel versäumt in ihrem Leben."
„Thea, du klingst ... wie soll ich sagen ... etwas bockig."
„Das mag sein. Aber ohne Ehrlichkeit wird das Leben zur Lüge, und ich will mein neues Leben nicht mit Lügen verbringen."
„Dann erzähl doch mal, wie hast du herausgefunden, dass da noch eine andere Person in dir wohnt und was passiert, wenn die kleine Thea sich zeigt."
„Wie ich herausgefunden habe, dass noch eine Person in mir wohnt?", wiederholte Thea nachdenklich und schwieg.
„Thea, warum werde ich das Gefühl nicht los, dass da noch mehr Personen in dir wohnen?"
„Du meinst, wie ich meine Persönlichkeitsstörung herausgefunden habe? Das habe ich dir doch schon erzählt", reagierte Thea ausweichend. „Es gab für mich nur zwei Möglichkeiten. Entweder ich gehe vor die Hunde oder ich finde heraus, warum ich nicht mehr leben wollte. Nur so habe ich eine Chance, ohne diese ständige Angst ein menschenwürdiges Leben zu führen, und dazu gehört auch ein gutes Sexualleben." Ihre Stimme wurde leiser. „Dann wurde mir klar, dass es an dem

Missbrauch unseres Vaters an mir in meinem Vorschulalter gelegen hat, vertuscht und verschwiegen von unserer Mutter."
„Für mich ist noch immer unbegreiflich, dass du keine Erinnerungen an die Geschehnisse hattest."
„Ja, Brüderchen, das geht mir genauso. Schließlich waren zwölf Wochen Tiefenpsychologie nötig, um sie wieder zu wecken."
„Wie geht es jetzt bei dir weiter?"
„Ich werde Anfang des neuen Jahres wieder anfangen zu arbeiten."
„Jetzt höre ich die Thea, die ich kenne, meine starke, große Schwester."
„Du hörst die Thea, die voller Vorfreude auf das vor ihr liegende Leben ist. Die Thea, die jetzt Händelmusik hören, sich ein Glas Wein eingießen und dieses auf alle ihr Nahestehenden erheben wird. Oh Brüderchen, in mir ist so unendlich viel Liebe, aber leider auch sehr viel Hass."

10
KAPITEL

Jahr 2004

Der warme Regen hatte aufgehört. Frühherbstliche Nebelschwaden waren in Auflösung begriffen. Die beiden Frauen hielten ihre Köpfe gesenkt. Gerade hatte das giftgrüne Moos unter den hohen Bäumen ihre Aufmerksamkeit in seinen Bann gezogen. Achtsam tasteten ihre Blicke jeden Zentimeter des feuchten Waldbodens ab. In der Luft lag der unnachahmliche Geruch von Pilzen. Ihren Augen sollte nichts entgehen. Schweigsam, den schweren, modrigen Geruch des Waldes einatmend, stapften sie unter den dunklen, großen Nadelbäumen nebeneinander her.
„Ich bin so glücklich, dass ich dich gefunden habe. Schon längst hatte ich den Glauben daran verloren, mein Leben mit einem Menschen teilen zu dürfen, der nicht nur so wunderschön und klug ist wie du, sondern auch noch genauso denkt und fühlt wie ich."
„Mir geht es genauso. Ich genieße das Zusammensein mit dir." Ein glückliches Strahlen trat in Pollys Gesicht. Während sie sich die Kapuze ihrer Regenjacke vom Kopf zog, bedachte sie ihre Freundin mit einem liebevollen Blick.
„Hanne, du bist so einzigartig, dass ich weinen könnte vor Glück. Du bist wirklich ein ganz besonderer Mensch."
„Du hast die rosarote Brille auf. Komm her zu mir. Lass dich umarmen." Hanne ließ ihren Spankorb fallen und breitete die Arme aus. „Eigentlich bin in erster Linie ich es, die von unserer Beziehung profitiert", sagte sie, während sie ihre Freundin an sich zog.

„Sag so etwas nicht. Das, was wir erleben dürfen, ist etwas Wechselseitiges. Ich finde, dass das Nehmen und Geben zwischen uns im Einklang stehen", entgegnete Polly. Nachdem sie ihren Korb behutsam auf den Boden gestellt hatte, schmiegte sie ihren Körper an den ihrer Freundin und legte ihren Kopf an Hannes Hals. Geräuschvoll sog sie den Duft ihrer Geliebten ein. „Hmm, du riechst gut." Sie drückte sich noch enger an sie. „Ich will dich ganz für mich, und zwar nicht nur mit Haut und Haar, sondern auch mit Seele und Geist." Zärtlich rieb sie ihre Nase an der Haut ihrer Freundin und küsste sie den Hals entlang.

„Das willst du nicht."

„Natürlich will ich das."

„Nein."

Bestürzt über den harten Ton ihrer Liebsten löste sich Polly aus deren Arme und trat einen Schritt zurück. „Was sollte mich davon abhalten? Ich kenne dich und ich liebe dich."

„Du liebst die Frau, die du zu kennen glaubst."

„Was willst du mir damit sagen?"

„Ich denke, dass jeder Mensch eine verstörende, abgründige Seite in sich hat, die er selbst kaum für möglich hält ..." Hanne bückte sich nach ihrem Korb, „... und die er deshalb vor anderen Menschen auf dem Grund seiner Seele verborgen hält." Sie richtete sich auf. „Lass uns weitergehen." Ohne sich weiter um ihre Freundin zu kümmern, nahm sie das Pilzesuchen wieder auf.

Sichtlich irritiert, griff nun auch Polly nach ihrem Korb und beeilte sich, zu ihrer Freundin zu kommen. Auf gleicher Höhe angelangt fragte sie atemlos: „Willst du mir damit sagen, dass es Dinge in deinem Leben gibt, die du nach den Jahren, die wir uns schon lieben, nicht mit mir teilen willst?"

„Ja", antwortete Hanne, ohne Polly anzusehen.

„Das macht mich traurig."

„Das war aber nicht meine Absicht." Noch immer hielt Hanne ihren Blick starr nach vorne gerichtet.

„Und warum lässt du mich dann an deinen Gedanken nicht teilhaben?" Pollys Stimme nahm einen verzagten Ton an.

„Ich will dich da nicht mit hineinziehen." Es klang entschieden. Hannes Stirn legte sich in Falten. Ihr Gesicht verschloss sich.

Polly spürte, dass Hanne keinen Widerspruch dulden würde. Sie verstummte vor der Endgültigkeit der Worte ihrer Freundin. Sie besaß ein feines Gespür für die Stimmung ihrer Liebsten und war sich der Aussichtslosigkeit bewusst, in dieser Situation in sie dringen zu wollen. Sie ahnte schon lange, dass es in der Vergangenheit ihrer Freundin dunkle Seiten gegeben hatte, die immer wieder dazu führten, dass Hanne sich in sich selbst zurückzog und sie aus ihrer Gedankenwelt ausschloss. So beschloss sie, das heikle Thema zu einem anderen Zeitpunkt und in einer anderen Situation erneut aufzugreifen. Sicher würde es ihr eines Tages gelingen, mit Hanne über all ihre Geheimnisse zu sprechen. Wieder stapften die Frauen eine Weile schweigend nebeneinander her.

Hanne beschleunigte plötzlich ihren Schritt und rief lachend: „Sieh nur, da leuchten sie." Mit wenigen Schritten war sie an einer großen Kiefer angekommen und ließ sich vor ihr nieder. Schon hatte sie das kleine Taschenmesser ausgeklappt, als Polly zu ihr aufgeholt hatte und skeptisch die Pilze betrachtete: „Aber die sehen so anders aus als die Pfifferlinge, die wir schon gefunden haben und die ich aus dem Laden kenne. Sind die essbar?", fragte Hanne.

Polly nickte. „Das sind unechte Pfifferlinge. Aber essen können wir die auch." Sie schnitt sie vorsichtig ab und legte sie zu den anderen in ihren Korb.

„Jetzt siehst du, wie wenig ich von Pilzen verstehe. Ich kann gerade einmal einen Fliegenpilz zweifelsfrei identifizieren.

Wahrscheinlich würde ich nicht einmal einen Grünen Knollenblätterpilz erkennen", stellte Hanne selbstkritisch fest.

„Keine Angst. Es ist sehr unwahrscheinlich, dass wir hier einen finden", beruhigte sie Polly und setzte den Weg durch den Wald fort.

„Wieso?" Hanne blieb abermals stehen und warf einen Blick in Pollys Korb. „Steinpilze, echte und unechte Pfifferlinge und Maronen haben wir schon gefunden, Bitterlinge und Fliegenpilze gesehen, warum sollten wir dann nicht auch mal über einen Grünen Knollenblätterpilz stolpern?"

„Weil es sich dabei um einen Mykorrhizapilz handelt, der in Mitteleuropa in der Nähe von Laubbäumen vor allem Eichen, seltener Rotbuchen zu finden ist. Gern wächst die Art auch an Waldrändern bei Eichen, in Arboreten, Park- und Friedhofsanlagen und ähnlichen Biotopen. Grüne Knollenblätterpilze gehen also oft Symbiosen mit Laubbäumen, selten jedoch mit Nadelgehölzen ein." Nun hatte auch Polly ihre langsame Wanderung unterbrochen und war während der Erklärung zu ihrer Freundin zurückgekehrt.

Hanne drehte sich einmal um ihre eigene Achse. „Ja, die sehe ich hier zwischen all den Nadelgehölzen gerade nicht." Sie setzte sich auf einen umgestürzten Baum.

„Deshalb wirst du ihn in diesem Wald auch nicht finden."

„Was habe ich nur für ein Glück, dass du neben Chemie auch noch Biologie studiert hast."

„Na, um Pilze zu kennen, muss man ja nicht unbedingt Biologie studiert haben. Da reicht es in einer Familie groß zu werden, in der man sich mit so etwas auskennt." Polly stand unschlüssig vor Hanne.

„Oder man kennt jemanden, der in Pilzkunde bewandert ist." Hannes Augenbrauen zuckten schelmisch nach oben. Sie fixierte Pollys Blick und lächelte vielsagend. „Auch dann kann

man von Vorzügen profitieren, die von unschätzbarem Wert sind." Ihre Augenbrauen sanken wieder herab.
Polly hielt dem prüfenden Blick ihrer Freundin stand. Bildete er doch die Brücke, die sie beide für immer miteinander verbinden sollte. Sie sah fest in die Augen ihrer geliebten Freundin. Niemals würde Hanne von sich aus preisgeben, was sie an manchen Tagen so schwermütig machte. Also musste es einen anderen Weg geben, um zu ihrem dunklen Geheimnis vorzudringen, und sie, Polly, würde diesen früher oder später finden.
Der lange Blick von Hanne ließ Polly weiterreden: „Der Grüne Knollenblätterpilz stellt keine hohen Anforderungen an den pH-Wert des Bodens, bevorzugt aber gut mit Nährstoffen und Basen versorgte Böden, die frisch bis mäßig-feucht sind. Trockene und stark saure, basenarme Böden meidet er."
„Und in welcher Zeit wächst er eigentlich?", fragte Hanne sichtlich interessiert, ohne ihre Freundin aus den Augen zu lassen.
„Lass uns ein Spiel spielen, eines, das meine Mutter immer mit mir gespielt hat."
„Und welches?", fragte Hanne neugierig.
„Du stellst mir eine Frage und ich antworte, und danach bin ich dran und du musst wahrheitsgemäß antworten." Polly schob ihre Lippen abwartend vor und klopfte mit dem rechten Fuß auf den Waldboden, ohne dabei ihren Hacken zu heben.
Für einen kurzen Augenblick zögerte Hanne, noch unschlüssig, ob sie tatsächlich mitspielen sollte. „Okay, ich bin dabei." Sie nickte. Der Pakt war geschlossen.
Ein Anflug von Wohlgefallen huschte über Pollys Gesicht. „In Mitteleuropa kommen Grüne Knollenblätterpilze hauptsächlich von Ende Juli bis Oktober vor."
Nun war Hanne an der Reihe: „Hattest du eine gute Kindheit?", fragte Polly

„Das ist eine schwere Frage. Die Antwort lautet: Mal ja, mal nein", antwortete sie ausweichend allgemein. Hanne senkte den Kopf, um ihn jedoch im selben Augenblick wieder zu heben. „Heißt das, dass der Grüne Knollenblätterpilz ursprünglich kein einheimischer Pilz ist?"
Polly stutzte etwas irritiert und fragte sich, ob Hanne ihr überhaupt zugehört hatte. Weil sie aber nicht näher auf die Antwort eingehen wollte, legte sie ihren Dozententonfall in die Stimme und sagte: „In der Literatur findet sich über diese Art die Aussage, dass sie teilweise mit Eichenarten verschleppt wurde. Der Grüne Knollenblätterpilz wird in Australien, Neuseeland, Pakistan, Südafrika und Südamerika gefunden." Damit hatte sie ihren Teil der Fragerunde erfüllt. Nach kurzem Nachdenken lächelte sie listig: „Wen mochtest du aus deiner Familie am liebsten?"
„Meinen zwei Jahre jüngeren Bruder mag ich am allerliebsten aus meiner ganzen Familie. Er ist Ingenieur. Zu ihm pflege ich bis heute ein sehr enges Verhältnis." Hanne geriet ins Schwärmen. „Er war noch ganz klein, als ich mich das erste Mal für ihn verantwortlich fühlte. Ich habe bis heute das Gefühl, dass ich auf ihn aufpassen muss. Dabei ist er längst glücklich verheiratet. Er hat eine tolle Frau und zwei wunderbare Kinder. Nach der Wende ist er der Arbeit wegen in den Ruhrpott gezogen. Wir telefonieren gelegentlich." Mitten in der Antwort verdunkelte sich Hannes Gesicht und sie blieb stehen: „Was sagtest du noch? Wo man den Grünen Knollenblätterpilz findet?"
Polly schüttelte fast unmerklich den Kopf, als ihr aufging, dass Hanne keine persönlichen Fragen stellte. „Er kommt in Kleinasien, dem Kaukasus, in China und Japan vor, daneben in Nordamerika, Nordafrika und Europa." Beim Sprechen ließ sie ihre Freundin nicht aus den Augen, damit ihr keine einzige Regung in Hannes Gesicht entging. „Und welches deiner Elternteile ist dir am liebsten?"

„Wenn überhaupt, dann meine Mutter", entfuhr es Hanne spontan. Ihre Mundwinkel zogen sich für den Hauch einer Sekunde verächtlich nach unten. Dann hatte sie sich wieder unter Kontrolle. „Also man findet den Grünen Knollenblätterpilz auch in Europa?"

„Ja." Polly nickte leicht verärgert. Diese Pilzfragen begannen sie zu nerven, denn sie hätte sich ein Offenbaren ihrer Freundin an sich selbst gewünscht. Trotzdem antwortete sie so sachlich wie möglich: „In Europa kommt er von Südeuropa bis Großbritannien und Norwegen, von Frankreich bis Polen, auch in Weißrussland und Estland vor. Die Nordgrenze der Art fällt mit der Nordgrenze der Eichen zusammen." Sie mied Hannes Blick und sah in ihren Korb. „Was hat denn das Verhältnis zu deinen Eltern so getrübt?"

„Sie sind egoistisch, haben sich immer nur um ihre eigenen Befindlichkeiten gekümmert. Wir Kinder sind und waren ihnen gleichgültig. Unser Wohl hat sie genauso wenig wie unser Kummer interessiert", antwortete Hanne mit einem Anflug von Trotz.

„Und doch haben sie euch ein Studium ermöglicht. Das war auch nicht so selbstverständlich. Viele Eltern, denen noch der unsägliche Krieg in den Gliedern steckte, haben ihre Kinder angehalten, so schnell wie möglich auf eigenen Beinen zu stehen", versuchte Polly zu vermitteln. Solche Spannungen waren für sie schwer auszuhalten, auch wenn sie sie nicht persönlich betrafen.

„Ich denke, dass in erster Linie ich selbst mir mein Studium erarbeitet habe und ich ihnen nichts schuldig geblieben bin. Aus diesem Grund will ich auch nichts mehr mit ihnen zu tun haben", antwortete Hanne ausweichend. In Stimme hatte sich Bitterkeit zum Trotz gemischt.

„So schlimm?", fragte Polly nach, ohne sich an die Spielregeln zu halten.

„Na, du bist mir ja eine ganz Schlaue." Hanne tätschelte Pollys Gesicht. „Ich dachte, dass ich nach einer Antwort eine Frage stellen darf. Also bin ich jetzt an der Reihe."
„Nur zu." Polly lächelte spitzbübisch.
„Warum ist der Grüne Knollenblätterpilz eigentlich so gefährlich?", schoss es aus Hanne heraus. Die Frage schien ihr schon eine ganze Weile durch den Kopf gegangen zu sein.
Polly atmete tief durch und verdrängte die in sich aufsteigende Gereiztheit. „Die Gefährlichkeit rührt aus seinen Giften, den Amatoxinen und den Phallotoxinen. Das extrem toxische Amanitin des Grünen Knollenblätterpilzes wird durch Kochen nicht unschädlich gemacht, sondern bleibt voll erhalten."
Hanne hatte sich wieder erhoben und stand nun andächtig vor Polly. Sie schien jedes Wort ihrer Freundin in sich aufzusaugen. Dann kam Polly zu ihrer Frage: „War es nur der Egoismus deiner Eltern, dass du ein gestörtes Verhältnis zu ihnen hast?"
„Darüber mag ich nicht reden. Unser Spiel ist jetzt beendet." Die Worte drangen wie ein hilfloser Schrei aus dem Munde von Hanne. Ihr schossen die Tränen in die Augen. Sie versuchte sich abzuwenden.
Polly hatte verstanden. Achtlos ließ sie den Korb mit den Pilzen auf den Boden fallen. Mit beiden Händen packte sie ihre Freundin an deren Schultern und hielt sie fest. „Die tödliche Dosis von Amanitin liegt beim Menschen bei 0,1 Milligramm pro Kilogramm Körpergewicht." Als sie merkte, dass Hanne langsam ihren Widerstand aufgab, lockerte sie ihren Griff und fuhr fort: „Für eine etwa 70 Kilogramm schwere Person liegt die tödliche Dosis also bei circa sieben Milligramm." Während Polly weitersprach, fasste sie mit einer Hand unter Hannes Kinn und zwang sie, ihr in die Augen zu sehen. Unbeirrt sprach sie weiter: „Diese Substanzmenge ist bereits in weniger als 35 Gramm Frischpilz enthalten. Da ein ausgewachse-

ner Fruchtkörper durchaus 50 Gramm oder mehr wiegt, kann schon ein einzelner verspeister Pilz tödlich sein."
Die Intensität der Worte ließ Hanne ihren Blick anheben. Noch immer rannen Tränen über ihre Wangen.
Polly hielt Hannes Kinn weiter fest, als sie klarstellte: „Ich habe das Spiel vorgeschlagen, also bin ich die Spielleiterin und darf daher bestimmen, wann das Spiel endet." Hannes entsetzter Gesichtsausdruck ließ sie unberührt. „Die ersten Symptome des durch das Amanitin ausgelösten Amatoxin-Syndroms wie etwa Brechdurchfälle treten in der Regel erst acht bis zwölf Stunden nach dem Verzehr auf. Du kannst dir denken, dass es dann zu spät ist, um noch durch Magenauspumpen wirksam eingreifen zu können." Sie unterbrach sich und musterte mit einem prüfenden Blick Hannes Gesicht, um das sie zwischenzeitlich beide Hände gelegt hatte. Dann fuhr sie leise fort. „In seltenen Fällen treten Symptome nach zwei bis sieben oder dreizehn bis sechsunddreißig Stunden auf. Sie klingen danach für zwei bis drei Tage wieder ab, um sich dann etwa fünf Tage nach dem Verzehr zu einem kompletten Leberversagen zu entwickeln. Der Tod tritt meist etwa zehn Tage nach dem Verzehr ein." Polly beugte sich zu ihrer Freundin. „Zu diesem Zeitpunkt ist die einzige mögliche Rettung eine Lebertransplantation." Ihr Mund befand sich nur noch wenige Millimeter von Hannes Ohr entfernt, als sie die folgenschweren Worte hineinhauchte: „Du bist der liebste Mensch für mich auf dieser Erde. Einerlei wobei und warum du meine Hilfe brauchst, du wirst sie erhalten. Ich bin immer für dich da, egal um welchen Preis." Sie richtete sich auf und fuhr in dem gleichgültigsten Ton, zu dem sie fähig war, fort: „Ironischerweise liefert der Grüne Knollenblätterpilz auch das Gegengift Antanamid, allerdings in zu geringen Mengen, um die Giftwirkung auszugleichen." Noch einmal drückte sie die Schultern ihrer Freundin, diesmal jedoch, um die Verbundenheit zu demonstrieren,

bevor sie ihre Hände sinken ließ. Mit einem unschuldigen Lächeln ignorierte sie Hannes fassungslosen Blick und nickte ihr aufmunternd zu. „So und jetzt erklärt die Spielleiterin das Spiel für beendet." Mit stoischer Gelassenheit blickte Polly neben sich auf den Boden, um sich sogleich nach ihrem Korb zu bücken. Völlig ruhig kniete sie sich hin und begann, vorsichtig die herausgefallenen Pilze wieder einzusammeln.

„Ich habe oft über den Tod nachgedacht." Hanne hatte ihre Sprache wieder gefunden.

„Und zu welchem Ergebnis bist du gekommen?", fragte Polly ohne aufzusehen.

„Wenn abzusehen ist, dass ich infolge einer unheilbaren Krankheit sterben werde, dann soll es ein selbstbestimmter Tod sein."

Kaum wahrnehmbar nickte Polly.

„Bist du dir über das Ausmaß und die Konsequenzen meines Wunsches im Klaren?" In Hannes Stimme klangen Verzweiflung und Angst mit. Nervös vergrub sie ihre Hände tiefer in den Taschen ihrer Jacke.

„Grundsätzlich ja", antwortete Polly emotionslos, während sie sich intensiv der Betrachtung der Pilze in ihrem Korb zu widmen schien.

„Schön." Hanne fingerte aus der rechten Tasche ein Papiertaschentuch hervor. „Dann sind wir uns einig, was mich und meine Vorstellungen angeht?" Sie tupfte sich die Wangen trocken.

„Im Großen und Ganzen, ja."

„Was soll das denn heißen?" Hanne schnäuzte sich lautstark in ihr Taschentuch, bevor sie antworten konnte: „Dieser Wunsch lässt keine Frage offen. Die Art und Weise bleibt selbstverständlich dir überlassen."

„Und genau darin liegt mein Problem", entgegnete Polly wütend und sah zu ihr auf.

„Ich verstehe nicht so ganz." Sichtlich verunsichert zogen sich Hannes Augenbrauen zusammen. „Du hast unzählige Möglichkeiten, es so geschickt anzustellen, dass es kein Mensch merken würde, dass es aktive Sterbehilfe war. Wo also ist dein Problem?"

„Selbst wenn es heute für mich undenkbar ist einen Menschen zu töten, denke ich, dass ich es aus Liebe zu dir tun würde. Also es zu tun, ist weniger mein Problem." Polly schüttelte unwirsch ihren Kopf und widmete sich erneut ihrem Korb.

„Sondern?" Hanne schnaubte ein letztes Mal, bevor sie ihr Taschentuch wieder in die Hosentasche steckte.

„Nimm mal an, dass du so stark erkrankt bist, dass du außer Stande bist, dich zu artikulieren. Woher will ich dann wissen, wann dein Tag gekommen ist?"

Hanne lächelte. „Du wirst es fühlen."

„Was aber, wenn nicht? Nein." Polly hatte die Pilze wieder eingesammelt. Geistesabwesend schüttelte sie ihren Korb und bewegte gedankenversunken den Inhalt. „Nein. Allein die Vorstellung von dem, was du da von mir verlangst, bringt mich um den Schlaf."

„Hattest du mir nicht gerade ein Versprechen gegeben?" Hannes Mundwinkel formten ein zynisches Lächeln.

„Das hatte ich und dazu stehe ich auch. Aber die Verantwortung, möglicherweise auch noch den Zeitpunkt bestimmen zu müssen, willst du mir nicht auch noch aufbürden, oder doch?"

„Ich würde das Gleiche für dich tun, wenn du mich darum bitten würdest", erwiderte Hanne ausweichend. „Ich sehe darin wirklich kein Problem." Sie zog einen Schmollmund, mit dem sie die Panikattacke, die sie in diesem Moment ergriff, zu überspielen versuchte.

Polly trat einen Schritt auf Hanne zu. Wieder waren sich die Gesichter der beiden Frauen so nahe, dass sie den Atem der anderen spüren konnten. „Das kann ich mir vorstellen. Wahrscheinlich sollte ich dir die Geschichte erzählen, die die Skrupel in mir auslöst." Hanne animierte sie mit einem Nicken, sodass Polly fortfuhr: „Es ist die Geschichte eines der größten Philosophen der Gegenwart. Genau wie du mich, hat er seinen Sohn darum gebeten, ihm dabei zu helfen, seinem Leben selbstbestimmt ein Ende zu setzen, wenn ihn eine Demenzerkrankung ergreifen sollte."

„Was ist passiert?", fragte Hanne interessiert.

„Das, was der Philosoph befürchtet hatte. Er erkrankte an Demenz. Sein großer Geist hat sich aufgelöst, puff, einfach weg." Pollys Hände beschrieben imaginäre Kreise in der Luft.

Die Energie, mit der Polly sprach, ließ Hanne erschrocken einwenden: „Was willst du mir damit sagen?"

„Als sein Körper dann nur noch eine leere Hülle und er unfähig war, noch einen einzigen sinnvollen Beitrag zu leisten, glaubte sein Sohn, handeln zu müssen." Polly runzelte die Stirn. „Als er in der Schweiz eine Organisation gefunden hatte, die bereit ist aktive Sterbehilfe zu leisten, hat er seinem Vater davon berichtet. Was glaubst du, was dann geschah?", fragte Polly böse und kam Hanne wieder bedrohlich nahe.

„Sag du es mir." Hanne widerstand ihrem Gefühl, erneut zurückweichen zu müssen.

„Dieser Philosoph, der das von ihm so verachtete Stadium erreicht hatte, hörte sich alles an, lächelte und sagte: Schön, aber es muss ja nicht gleich heute sein. Unser Empfinden von Lebensqualität passt sich oft dem Istzustand an, das heißt, dass auch Menschen mit schlimmsten Einschränkungen nicht sterben wollen." Polly schnaufte. „Und jetzt kommst du."

Hanne hob ihren Kopf und sah in den wolkenverhangenen Himmel. Über ihr wiegten sich die jahrhundertalten Baumwipfel. Sie lächelte und schwieg.

„Siehst du. Du möchtest mir eine Bürde aufladen, die einfach zu schwer für mich ist." Pollys Stimme begann zu zittern. „Ich

schwöre bei allem, was mir jemals etwas bedeutet hat, dass ich dir jeden Wunsch, den du bei klarem Verstand aussprichst und der im Rahmen meiner Möglichkeiten liegt, erfüllen werde. Aber verlange bitte nicht von mir, dass ich den Zeitpunkt deines Todes bestimmen soll, wenn du selbst dazu nicht mehr in der Lage bist."
„Ich könnte eine Patientenverfügung treffen", warf Hanne ein.
„Was ist, wenn du für hirntot erklärt wirst. Für die Ärzte bist du dann klinisch tot." Ihre Stimme klang verzweifelt. „Es gab schon Patienten, die sind – entgegen allen Prognosen der Wissenschaft – wieder aus diesem Zustand erwacht. Stell dir vor, in Amerika gab es eine Frau, die nach drei Jahren wieder aufgewacht ist und hinterher eine Familie gegründet hat. Sogar Kinder hat sie noch geboren." Polly begann zu schluchzen.
„Kinder werden wir keine mehr kriegen. Da kannst du beruhigt sein." Als Hanne Pollys vernichtenden Blick sah, ahnte sie, dass sie mit ihrer sarkastischen Bemerkung zu weit gegangen war. „Ich habe mich sterilisieren lassen und außerdem sind wir dafür zu alt." Versöhnlich ergriff Hanne Pollys Hand.
„Mach dich nicht lustig über mich", schluchzte Polly.
„Das würde ich niemals tun." Hanne schloss Polly in ihre Arme. „Hör auf zu heulen. Das ist es nicht wert." Sie küsste ihre Freundin aufs Haar. „Außerdem habe ich die Hoffnung noch nicht aufgegeben, dass bald auch in Deutschland Gesetze erlassen werden, die eine aktive Sterbehilfe zulassen."
„Nach Deutschlands ‚Himmelfahrt'? Niemals, nicht mit dieser unsäglichen Vergangenheit zweier Weltkriege. Außerdem gibt es heute welche, die mit sterbenden Menschen viel Geld verdienen", Pollys Schluchzen verstärkte sich.
„Sei nicht so pessimistisch. Vielleicht erleben wir beide es noch, dass die gegenwärtige Generation ihr Handeln nicht ständig an der Schuld ihrer Vorfahren und am Geld ausrichtet."

„Wie meinst du das?" Polly löste sich aus Hannes Armen und begann, in ihrer Jackentasche nach einem neuen Taschentuch zu wühlen.

„Ganz einfach. Heute darf jeder ein Testament aufsetzen und verfügen, was mit seinem Eigentum nach dem Tod werden soll."

„Ja, Geld, Immobilien, Firmen, Gegenstände, alles leblos." Polly hatte gefunden, was sie gesucht hatte. Sie zog ein umhäkeltes Taschentuch aus der Jackentasche und tupfte sich damit ihre Augen.

Hanne wartete kurz, bis ihre Liebste fertig war, und setzte dann ihre Erklärung fort: „Ich könnte mir gut vorstellen, dass Menschen bei klarem Verstand vor einem Gericht erscheinen und im vollen Besitz ihrer geistigen Kräfte verfügen dürfen, dass sie später selbstbestimmt sterben wollen. Es ist nichts anderes, als vor und nach dem Tod selbst über seinen Körper zu verfügen."

„Niemals", ereiferte sich Polly. „Die Gegner werden darauf verweisen, dass diejenigen, die dir die tödliche Injektion verabreichen, Mörder sind. Von dem christlichen Gebot ‚Du sollst nicht töten' mal ganz abgesehen. Dagegen zu verstoßen, bringt die gesamte Kirchenwelt auf."

Hanne nickte. „Ich fürchte, dass du recht behalten wirst." Sie seufzte. „Dann kann ich nur hoffen, dass mir das Schreckensszenario erspart bleibt und ich sanft im Schlaf dahinscheide oder noch klar genug bin, meine Entscheidung in die Tat umzusetzen."

„Würdest du das, was du von mir verlangst, auch für mich tun?" Polly hatte sich wieder gefasst. Während sie ihr Taschentuch verstaute, bedachte sie Hanne mit einem prüfenden Blick.

„Ohne auch nur mit der Wimper zu zucken oder eine einzige Sekunde über die Konsequenzen, die sich für mich daraus ergeben, nachzudenken", schoss es aus Hanne heraus. „In dem

Augenblick, in dem ich die Aussichtslosigkeit deiner Situation fühlen würde, würde ich den passenden Moment abwarten und es tun", fügte sie kalt hinzu.

„Heißt das, dass ich selbst entscheiden soll, wann und wie ich es tue?"

„Genau das bedeutet das. Du hast mich endlich verstanden." Hanne schien sichtlich erleichtert zu sein.

„Dann stehen wir jetzt beide einander im Wort." Polly warf ihrer Freundin ein abgründiges Lächeln zu. „Und bis dahin werden wir es uns gutgehen lassen." Sie hob ihren Arm in die Höhe und zeigte mit dem Zeigefinger auf den Korb in ihrer anderen Hand. „Das, was wir bis jetzt gefunden haben, reicht gerade mal als Schmeckhappen. Komm, lass uns weitergehen. Ich möchte dich heute Abend mit einem tollen Pilzgericht à la Polly verwöhnen. Aber dazu brauchen wir noch ein paar Pilze."

„Na, dann mal los", antwortete Hanne und setzte sich mit einem unübersehbar zufriedenen Gesichtsausdruck in Bewegung.

11
KAPITEL

Jahr 2004

Christine Eiselt riss die Tür ihres schwarzen Sportwagens auf und sprang in Windeseile hinaus. Flugs öffnete sie die vordere Klappe, unter der sich der Kofferraum verbarg, packte ihren Aktenkoffer und zog ihn ruckartig heraus. Dann beugte sie sich wieder in das Wageninnere und angelte nach ihrer Robe, die zusammengerollt auf dem Boden des Stauraumes lag. Noch während die Klappe mit einem harten metallischen Klicken zurück in den Rahmen fiel, zückte sie ihren elektronischen Autoschlüssel und verriegelte ihren Wagen. Nach einem prüfenden Blick in das Innere ihres schnittigen Flitzers drehte sie sich um ihre eigene Achse und eilte mit langen Schritten dem roten Backsteinbau entgegen.

Noch im Gehen verlangsamte sie plötzlich ihr Tempo. In der Tür des unwirtlichen alten Gebäudes stand ihr Mandant.

Borwin Niehs war ein junger vierschrötiger Mann. „Sie brauchen sich nicht so beeilen, Frau Eiselt." Sein rundes Gesicht strahlte ihr freundlich entgegen. „Die Richterin ist aus dem Saal gekommen und hat mitgeteilt, dass sich die Verhandlung um mindestens eine halbe Stunde nach hinten verschieben wird." Er streckte ihr seine schwielige harte Hand entgegen. „Schickes Auto, was Sie da fahren, alle Achtung." Er nickte anerkennend.

„Und ich dachte schon, ich sei zu spät. Ich hing ewig hinter einem LKW fest. Aber erst mal guten Tag, Herr Niehs." Christine Eiselt ignorierte die Anspielung auf ihren Porsche, stellte ihre Tasche ab und begrüßte ihren Mandanten mit Handschlag.

„Allerdings habe ich ja noch mal Glück im Unglück gehabt, wenn sich das Gericht jetzt verspätet. Was hat die Richterin genau gesagt? Kann oder wird sich die Verhandlung um eine halbe Stunde verspäten?"

„Sie hat gesagt, dass es noch eine Weile dauern kann, sie schätzte die Verspätung auf eine halbe Stunde."

Christine Eiselt sah mit einem prüfenden Blick auf ihre Uhr. „Dann wäre eigentlich noch Zeit für eine Tasse Kaffee im Restaurant nebenan. Doch vielleicht ist sie ja früher fertig als gedacht. Deshalb schlage ich vor, dass wir im Gebäude auf den Verhandlungsbeginn warten."

„In Ordnung." Borwin Niehs griff hinter sich, trat zurück und schob mit seinem massigen Körper die schwere Tür auf. „Bitte, Frau Eiselt, nach Ihnen." Er winkte mit seinen kräftigen Armen in das Innere des Gerichtsgebäudes.

„Das ist aber nett von Ihnen." Christine Eiselt griff nach ihrer Tasche. „Danke, dass Sie mir die Tür aufhalten, aber ich habe auch wirklich schwer an Ihrer Akte zu schleppen." Schmunzelnd wies sie auf den großen Koffer in ihrer Hand.

Doch Borwin Niehs war an diesem Tag nicht zum Scherzen aufgelegt und fing gleich an zu schimpfen: „Ja, es ist schon eine Zumutung, was meine Holde so treibt. Erst verursacht sie einen Riesenberg Schulden. Dann betrügt sie mich mit meinem besten Freund, lässt sich scheiden und zu guter Letzt entfremdet sie mir meine Kinder. Anstatt dass sie das Geld den Kindern zukommen lässt, verbrät sie es mit ihrem neuen Lover. Nur deshalb will sie nun noch höheren Unterhalt haben, den ich sowieso niemals bezahlen kann. Es ist schon ein Gräuel mit dieser Frau." Er seufzte laut und bückte sich, um sein eigenes Gepäck aufzunehmen. „Gerade leicht ist es nicht."

„Meinen Sie Ihren riesigen Rucksack und die Tasche oder das, was Ihre geschiedene Frau gerade treibt?", fragte Christine Eiselt mit einem spitzbübischen Lächeln, während sie sich dem schwerfälligen Gang ihres Mandanten anpasste.

„Sowohl das eine als auch das andere", erwiderte Borwin Niehs mit Grabesstimme und leidgeprüfter Miene.

„Nun ja, ich verstehe schon, dass Sie Ihr Vertrauen in die Justiz verloren haben. Schließlich hat man Ihnen die Kinder erst zugesprochen, um sie Ihnen dann wieder wegzunehmen."

„Und dass nur, weil diese blöde Kuh behauptet hat, dass ich meine Kinder geschlagen habe, und dann hat dieses Miststück sie nicht mehr zu mir zurückgebracht. Ehrlich gesagt, kann ich immer noch nicht glauben heute, dass der Richter auf dieses Theater von ihr hereingefallen ist", fiel Borwin Niehs seiner Anwältin ins Wort.

„Wie es dazu kommen konnte, dazu kann ich leider wenig sagen." Christine Eiselt zuckte mit Bedauern die Schultern.

„Ich denke, Ihre Vorgängerin hat sich einfach zu wenig eingesetzt. Sie hat ihren Mund nicht aufgemacht. Gesprochen hat nur der garstige Anwalt meiner Ex und den muss ich heute nun schon wieder ertragen."

„Wir sind aber gut vorbereitet", tröstete Christine Eiselt ihren Mandanten.

„Das will ich hoffen", antwortete Borwin Niehs. „Sonst kann ich mich erschießen."

„Es gibt immer für alles eine Lösung."

„Das sagen Sie so. Die Olle hat nicht nur alle ihre Bestellungen auf meinen Namen laufen lassen, sie hat auch noch mein Konto leergeräumt."

„Das ist strafbar."

„Ja, ich habe sie auch angezeigt, und sie ist bestraft worden, aber auf einem Großteil der Schulden bin ich trotzdem sitzengeblieben."

„Wieso denn das?", fragte Christine Eiselt erstaunt und blieb stehen.

„Sie hatte noch eine Karte für mein Konto und hat die so lange eingesetzt, bis der gesamte Kreditrahmen ausgeschöpft war. Was sollte ich denn machen? Ich war zu der Zeit im Auslandseinsatz."

„Wollen wir uns hinsetzen?" Christine Eiselt wies mit ihrem Kopf auf die Stühle vor dem Verhandlungssaal.

„Nee, da haben die Wände Ohren. Meine Ex und ihr Herr Anwalt sitzen um die Ecke im Warteraum." Borwin Niehs verzog sein Gesicht und setzte sich wieder in Bewegung. „Lassen Sie uns auf die gegenüberliegende Seite gehen. Da sehen wir durch die Glastür, wenn sich was tut. Außerdem sind wir ungestört und können uns unterhalten, ohne dass wir belauscht werden. Ich will Ihnen sowieso etwas zeigen. Aber dazu brauchen Sie einen starken Magen." Wieder öffnete er die Durchgangstür mit seinem massigen Körper.

„Ach, da machen Sie sich mal keine Sorgen, den habe ich." Christine Eiselt steuerte auf die Bankreihe zu, ließ sich auf einem der Sitze nieder und belegte den neben sich mit ihrem Aktenkoffer. Interessiert beobachtete sie das Treiben ihres Mandanten.

Borwin Niehs hatte sein Gepäck ebenfalls auf der Sitzbank abgestellt und nahm nun unmittelbar neben seiner Anwältin Platz. Dann zog er die schwarze Umhängetasche von der Schulter und legte sie sorgsam auf seinen muskulösen Oberschenkeln ab. „Was ich Ihnen nun zeigen werde, gibt es gar nicht", flüsterte er leise und öffnete den Reißverschluss seiner Tasche.

„Dann habe ich selbstverständlich auch nichts gesehen", antwortete Christine Eiselt ebenfalls in verschwörerischem Tonfall und in gleicher Lautstärke. Ihre Neugier war nun endgültig geweckt. Sie schlug die Beine übereinander und sah gespannt auf das Laptop, den Borwin Niehs aufgeklappt hatte.

„Obwohl es verboten war, habe ich bei meinem letzten Einsatz in Afghanistan fotografiert." Er tastete sich mit seinem Blick einmal durch den Flur. „Kameras haben die hier nicht installiert, oder?" Er betätigte die Starttaste des Geräts.
„Nicht, dass ich wüsste. Aber was ist so schlimm daran, im Auslandseinsatz ein paar Fotos zu schießen. Das hätte ich sicher auch getan. Dieses Land hat eine fantastische Landschaft und traumhaft schöne Menschen. In unmittelbarer Nähe der Kanzlei hängt ein Plakat mit einem Foto von einer afghanischen Frau, einmal als Kind und einmal als Erwachsene. Sie hat grüne Augen, die einen tollen Kontrast zu ihrer Haut und den Haaren bilden. Die Bilder, die ich bis jetzt von den Afghanen gesehen habe, zeigten mir stolze Menschen mit sinnlich provokanten Gesichtern", schwärmte Christine Eiselt munter vor sich hin.
„Sie haben recht. Als ich auf den Märkten einkaufen war, ist mir die Schönheit der Menschen auch aufgefallen", erwiderte Borwin Niehs emotionslos.
Christine Eiselt starrte in freudiger Erwartung auf den Bildschirm. Als das Programm sich öffnete, flüsterte sie: „Oh, das finde ich toll. Ich liebe arabische Basare mit ihrer Vielfalt an Farben und Gerüchen. Erzählen Sie mal", forderte sie vor Begeisterung.
„Afghanistan ist reich an Edelsteinvorkommen. Sie verkaufen dort viel Lapislazuli. Ich habe für meine Mädchen Silberketten mit Anhängern aus Lapislazuli gekauft."
„Na, die haben sich bestimmt riesig gefreut." Noch immer sah Christine Eiselt gespannt auf den Bildschirm. „Und was gibt es da für kleine Jungen zu kaufen? Ihrem Sohn haben Sie doch sicher auch etwas mitgebracht?"
Borwin Niehs nickte, ohne aufzusehen. „Ein Spielzeuggewehr aus dem Magazin. Damit kann er ordentlich Krach machen und seine Mutter nerven."

„Aha." Christine Eiselt zog es vor, die Angelegenheit nicht weiter zu vertiefen. Sie verstummte und verfolgte, wie die Hände ihres Mandanten über die Tastatur glitten. Seine Fingernägel waren ungepflegt und hatten Schmutzränder. Das Nagelbett war rissig und voller gelblich verfärbter Hornhaut, es waren Hände, die Arbeit und Mühe kannten.

„So, jetzt wird es haarig", riss Borwin Niehs seine Anwältin aus ihren Gedanken. „Sind Sie sicher, dass Sie Blut sehen können?", vergewisserte er sich bei ihr.

„Blut?", fragte Christine Eiselt überrascht und sah auf. „Ich dachte, wir sehen uns Bilder von Land und Menschen an."

Borwin Niehs beugte sich zu ihr. Er kam ihr sehr nahe. Christine Eiselt konnte seinen nach Kaffee riechenden Atem wahrnehmen. „Das tun wir auch, aber welche von Kampfeinsätzen", murmelte er in ihr Ohr. „Ich habe sie heimlich aufgenommen. Es sind also verbotene Bilder." Er verstummte und wartete. Dabei musterte er sie eindringlich. Sein dumpfer, nach altem Schweiß und Schmutz ausdünstender Körpergeruch stieg Christine Eiselt in die Nase. „Es kann losgehen. Solange ich das Blut nicht riechen, sondern nur sehen muss, geht das in Ordnung." Sie hielt seinem Blick stand. „Aber was ist mit Ihnen? Stört Sie der Blutgeruch auch?"

„Nee, Frau Eiselt, Gerüche machen mir überhaupt nichts aus. Ich bin abgehärtet. Blut und auch Blutgeruch stören mich überhaupt nicht. Ich habe seit Kindertagen meinen Vater zur Jagd begleitet und selbst meinen Jagdschein gemacht, als ich volljährig war. Wenn man ein Tier erlegt, muss es sofort aufgebrochen werden."

„So etwas hatte ich erwartet. Es erklärt auch Ihre weidmännische Kleidung."

„Genauso ist es. Das ist das einzige Hobby, was ich mir noch leiste. Sicher, die Pacht und alles Weitere, was noch mit der Jagd zusammenhängt, kostet erst mal einen Haufen Kohle.

Aber es kommt auch wieder rein. Wenn ich ein Stück Wild geschossen habe, verkaufe ich das Fleisch an Freunde und Bekannte. In dieser Weise rechnet sich mein Hobby am Ende dann doch noch." Borwin Niehs lehnte sich entspannt in seine ursprüngliche Sitzhaltung zurück. „So, es geht los." Er klickte mit dem Cursor ein Bild an und vergrößerte es. „Das ist ein abgerissener Fuß, der ein paar Minuten vor der Aufnahme noch zu einem Taliban gehörte."

Als Christine Eiselt betreten schwieg, klickte er auf das nächste Bild und fuhr fort: „Der Vorfall, der dahintersteckt, ist ein besonders tragischer. Es handelt sich um ein Selbstmordattentat. Unsere Jungs hatten ihre Zeit in Afghanistan hinter sich und befanden sich im Bus auf dem Weg zum Flughafen. Der Taliban fuhr ganz dicht neben ihnen her und winkte ihnen zu. In freudiger Heimkehrerlaune winkten sie lachend zurück. Tja, und dann zog er die Zündschnur und sprengte sie alle mit dem Dynamit, das er am Leib trug, in die Luft. Hier liegt der Helm, den er kurz zuvor noch getragen hat." Borwin Niehs tippte auf den Bildschirm. „Sein Kopf war zerplatzt wie eine reife Wassermelone, die runterfällt und auf die Straße kracht. Aber der blutige Matsch war zu diesem Zeitpunkt bereits weggeräumt", sagte er gleichgültig.

„Aber davon hat man in Deutschland überhaupt nichts gehört?", wandte Christine Eiselt irritiert ein.

Borwin Niehs warf seiner Anwältin einen belustigten Blick zu. Ihre Naivität erstaunte ihn aufs Neue. „Natürlich nicht. Was glauben Sie denn, was passiert, wenn es zu so einem Vorfall kommt."

„Ich habe absolut keine Ahnung", stöhnte Christine Eiselt auf.

„Als Erstes wird jegliche Telekommunikation nach draußen unterbrochen."

„Was? Wie das denn?"

„Das geht. Ich habe sogar überlegt, die Telefongesellschaft zu verklagen, aber was sollte das bringen?" Die Überraschung über Christine Eiselts Unwissenheit in Borwin Niehs Blick schien sich um ein Vielfaches zu vergrößern. „Sehen Sie, die Soldaten können eine Karte kaufen, um mit ihren Angehörigen in der Heimat zu telefonieren. Kommt es zu so einem Vorfall, klickern die Gebühren ins Nirwana, ohne dass eine Verbindung zustande kommt. Auf diese Weise sind mir fünfzig Euro verlorengegangen, ohne dass ich was davon gehabt hätte."
„Da haben Sie recht. Für die Forderung von fünfzig Euro einen Prozess zu führen, bei dem man etwas beweisen muss, was es offiziell nicht gibt, heißt, gutes Geld schlechtem hinterherzuwerfen", empörte sich Christine Eiselt und schüttelte ihren Kopf. „Das gibt es doch gar nicht."
„Haben Sie eine Ahnung, was es so alles gibt, von dem das Volk nichts erfahren soll. Sehen Sie sich mal diesen Operationssaal an. Auf dem Fußboden schwimmt das Blut, und da liegt der Kamerad mit seinem Beinstumpf. Dem ist das Bein abgerissen."
„Um Himmels willen", stammelte Christine Eiselt ehrlich erschüttert. „Der arme Mensch. Ich frage mich immer wieder, worum geht es da unten eigentlich", flüsterte sie mit gedämpfter Stimme. „Geht es tatsächlich um die Vergeltung an den Taliban oder geht es um Rohstoffe?"
„Unser sozialdemokratischer Verteidigungsminister wies daraufhin, dass auch unsere Sicherheit am Hindukusch verteidigt werde, indem die Handelswege nach China gesichert werden", antwortete Borwin Niehs unbewegt. „Nach den eigentlichen Gründen fragen Sie sich selbst am besten. Ganz sicher nicht, um die für den 11. September verantwortlichen Terroristen festzunehmen", setzte er spöttisch hinzu. „Fündig werden Sie, wenn Sie den Vietnamkrieg mit dem vergleichen, was da in Afghanistan passiert." Ungerührt blätterte Borwin Niehs weiter.

Christine Eiselt grübelte darüber nach, was er meinen könnte, während sie betroffen die schrecklichen Bilder auf den Bildschirm anstarrte. „Welche Aufgabe hatten Sie da unten zu erfüllen?", wollte sie wissen und sah ihrem Mandanten aufmerksam an.
„Ich habe den Aufräumtrupp befehligt, wenn es wieder zu so einem Zwischenfall kam." Ohne aufzusehen und ohne die Miene zu verziehen, blätterte Borwin Niehs mit stoischer Ruhe weiter in seiner Datei. „Die US-Regierung hat aus der Geschichte Amerikas gelernt." Er nickte anerkennend mit dem Kopf und griente boshaft. „Obwohl viele Gemeinsamkeiten existieren zwischen dem, was in Vietnam geschehen ist, und dem, was in Afghanistan läuft, gibt es auch einen großen Unterschied: Dieses Mal ziehen die Amerikaner keine Rekruten ein. Würden sie Studenten und andere junge Leute aus den Familien reißen und nach Afghanistan schicken, würde es nicht nur an den Universitäten des ganzen Landes riesige Demonstrationen gegen diesen Krieg geben. Also, was bedeutet das für Deutschland?", provozierte Borwin Niehs und sah nun Christine Eiselt direkt ins Gesicht. Er wartete die Antwort seiner Anwältin nicht ab. Es schien, als hätte er wohl auch keine Antwort erwartet. „Wenn du unpopuläre Kriege führen willst, ziehe keine Rekruten ein, sondern heuer Söldner an, solche wie mich, die Geld brauchen und dafür freiwillig ihre Haut zum Markte tragen." Sein Ton klang niedergeschlagen. Er wandte sich wieder seinem Laptop zu.
„Ich kann Ihre Frustration verstehen", warf Christine Eiselt ein. „Sie setzen Ihr Leben für mehr Geld aufs Spiel, um aus den Schulden wieder herauszukommen, die Ihre geschiedene Frau verursacht hat, und nun werden Sie von ihr auf die Zahlung von höherem Unterhalt verklagt."
Die Muskeln an seinem Kiefer spannten sich an und Borwin Niehs zischte durch die Zähne: „Wieso denn? Ich kann doch

froh sein, dass der Krieg noch läuft und sie solche wie mich brauchen." Seine Stimme troff vor Zynismus. Sein Zeigefinger kreiste vor dem Bildschirm. „Wenn die Söhne und Töchter der Reichen und der Mittelschicht in diesen Särgen liegen oder mit permanenten Verletzungen und post-traumatischem Stress-Syndrom nach Hause kommen würden, wäre dieser Krieg schon längst beendet."
Christine Eiselt schaute auf Särge, die eingehüllt in die deutsche Flagge vor einer Maschine der Bundeswehr für die Überführung nach Deutschland bereitgestellt worden waren.
„Dieser Krieg ist ein Gräuel. Zusätzlich zu den unzähligen US- und anderen NATO-Soldaten, die getötet wurden oder für ihr Leben gezeichnet sind, dürfen wir nicht vergessen, dass die US-geführte Invasion und Besetzung Afghanistans auch eine riesige Zahl afghanischer Opfer gefordert hat", erwiderte sie nachdenklich. „Wenn ich mir vorstelle, wie viele Opfer –
körperlich und/oder geistig – dieser Krieg gekostet hat, und daran denke, dass er weder juristisch noch moralisch gerechtfertigt war, scheint mir, dass die offizielle Begründung für unsere Präsenz in Afghanistan in jedem Fall eine Lüge ist."
„Natürlich sind wir aus anderen Motiven dort. Jeder hat seine eigenen Beweggründe, aber welche das sind, bleibt schön geheim, am besten für immer." Borwin Niehs betätigte energisch den Cursor und schloss das Programm.
„Und das den Helden, die das deutsche Volk in Afghanistan beschützen? Das ist ein Hohn", ärgerte sich Christine Eiselt.
„Aber Frau Anwältin, wieso das denn?", spottete Borwin Niehs und klappte seinen Laptop zu. „Sowie der Prozess hier abgeschlossen ist, werde ich wieder nach Afghanistan gehen. Der Einsatz steht schon fest." Er verstaute das Gerät wieder in seiner Tasche. „Was soll ich denn auch sonst hier in Deutschland? Meine Kinder darf ich nicht sehen, das verhindert meine Ex. So überbrücke ich die Zeit, denn wenn ich wiederkomme,

habe ich meine Zeit in der Armee schon fast rum und werde bald darauf in den Ruhestand geschickt."

„Wissen Sie schon, was Sie danach machen werden?"

„Ja, Rumsitzen ist nichts für mich. Ich werde in einem Krematorium anfangen. Tote gibt es immer. Also habe ich da einen krisensicheren Job."

Christine Eiselts Augen weiteten sich vor Entsetzen über diese Information und seinen kaltschnäuzigen Tonfall. „Macht Ihnen das nichts aus?"

„Überhaupt nicht. Ich denke, dass es klappt. Obwohl ich dort arbeiten werde, entstehen dem Betreiber keine Kosten, weil ich meinen Ruhesold von der Bundeswehr beziehen werde. Umgesehen habe ich mich auch schon in dem Krematorium, das sich von meinem Wohnort aus am nächsten befindet. Die Kollegen sind da ganz nett und der Job ist interessant." Borwin Niehs stellte die Tasche mit ihrem wertvollen Inhalt vorsichtig neben sich ab. „Ich habe mich neulich mit einem von ihnen unterhalten. Dort werden sogar Morde aufgeklärt." Er übersah geflissentlich den zutiefst verwirrten Gesichtsausdruck seiner Anwältin, verschränkte seine Arme und legte sie auf seinen runden Bauch. „Bevor die Leichen eingeäschert werden, werden sie noch einmal gründlich untersucht. Dabei hat die Gerichtsmedizinerin festgestellt, dass ein Rentner seine Frau umgebracht hat. Sie hat an den Flecken an dem Hals der Frau erkannt, dass sie erwürgt worden war. Stellen Sie sich vor, er hatte ihr ein hochgeschlossenes Nachthemd angezogen. Vielleicht hätte kein Mensch etwas gemerkt, wenn es eine ganz normale Bestattung gewesen wäre. Aber er wollte sie verbrennen lassen, und nun ist er dran."

Borwin Niehs beugte sich vor und sah in den gegenüberliegenden Flur. „Ach, schauen Sie mal! Meine Ex wird schon ungeduldig. Da steht sie. Sie kann nicht schnell genug an mein Geld kommen." Er lachte hämisch und lehnte sich in seinen Stuhl zurück. „Ich kann den Rentner verstehen. Ich könnte die Olle auch killen. Für das, was sie mir alles angetan hat, hätte sie das schon mehr als einmal verdient."

„Aber, Herr Niehs", tadelte Christine Eiselt ihren Mandanten, „was sind das denn für abscheuliche Gedanken?"

„Finden Sie meine Vorstellungen wirklich so abwegig?" Borwin Niehs neigte sich an ihr Ohr. Wieder stieg sein dumpfer Körpergeruch in Christine Eiselts Nase. „Wenn sie nicht aufhört mich zu quälen, mach' ich vielleicht sogar noch mal Ernst. Aber kein Grund zur Sorge. Wenn ich es tue, dann so, dass man denkt, es wäre ein Unfall oder so, dass der Verdacht nicht auf mich fällt." Er lächelte eisig und taxierte sie aus seinen kalten, blauen Augen und lehnte sich wieder in seinen Stuhl zurück.

„Ich weiß es jetzt", setzte Christine Eiselt ernsthaft nach. „Ich könnte Sie verpfeifen. Ich bin nun Mitwisserin und Sie müssen auch an Ihre Kinder denken."

„Wie lange sind Sie schon Anwältin?", fragte Borwin Niehs, ohne sie anzusehen.

„Es werden jetzt dreizehn Jahre."

„Oh, so lange schon? Das hätte ich jetzt nicht vermutet", entgegnete Borwin Niehs bissig.

„Und wieso nicht?", wollte Christine Eiselt wissen.

„Ich hätte gewettet, dass eine Person, die schon so lange ihren Dienst versieht, die ganze Sache abgeklärter betrachten kann." Borwin Niehs warf einen Blick durch die Glastür und erhob sich. „Ich werde mir mal ein bisschen die Füße vertreten."

„Nicht, bevor Sie mir erklärt haben, was Sie meinen!" Christine Eiselt unterstützte ihren schroffen Ton mit einem Kopfnicken.

„Klar, gerne", entgegnete Borwin Niehs und baute sich frontal vor seiner Anwältin auf. Seine Haltung verursachte Christine Eiselt ein derartiges Unbehagen, dass sie ebenfalls aufstand.

„Ich will es mal so sagen: Der Volksmund sagt, Recht haben und Recht bekommen sind zwei Seiten. Anders ausgedrückt, befinden Richter über eine Sache. Für die ist es egal, ob die Entscheidung richtig oder falsch ist. Bewusste oder unbewusste Fehlentscheidungen bleiben für die ohne Konsequenzen, denn schließlich sind sie ja unabhängig. Ihre Fehlentscheidungen haben daher immer nur Auswirkungen auf die, die davon betroffen sind." Borwin Niehs spuckte seiner Anwältin die Worte förmlich ins Gesicht. „Nehmen wir beispielsweise meine Kinder. Die wachsen bei einer unmoralischen Mutter auf, die anderer Leute Geld klaut, die rumhurt, arbeitsscheu ist und was weiß ich noch alles, aber die vom System in jederlei Beziehung geschützt wird." Er trat einen Schritt auf Christine Eiselt zu. Mit seinen kurzgeschorenen Haaren, den in die Hüften gestützten Armen und seinen leicht auseinandergespreizten Beinen wirkte er auf Christine Eiselt ziemlich bedrohlich. „Billigen Sie alle ausgesprochenen Strafen und Entscheidungen, die Ihnen in der langen Zeit Ihrer Tätigkeit begegnet sind, tatsächlich vorbehaltlos?" Er wartete die Antwort von Christine Eiselt auf seine Frage ein weiteres Mal an diesem Tage nicht ab. „Ich habe für mich eine Entscheidung getroffen, und die lautet: Auge um Auge und Zahn um Zahn. Den Spruch habe ich aus der Bibel." Er grinste. „Und so werde ich meine Ex bis zum Beginn der Verhandlung wieder dahin verbannen, wo sie hingehört." Mit diesen Worten drehte sich Borwin Niehs um, öffnete die Glastür und steuerte zielstrebig den gegenüberliegenden Flur an, ohne noch eine weitere Reaktion seiner Anwältin abzuwarten.

Zurück ließ er eine Christine Eiselt, die, froh über den schnellen Rückzug von Borwin Niehs, zurück in den Warteraum ging. Doch dort angekommen, begann sie, immer besorgter werdend, über den tiefen Sinn der Worte ihres Mandanten nachzudenken.

12
KAPITEL

Jahr 2005

Als Joey den Motor abgestellt und einen Blick aus dem Fenster ihres Autos geworfen hatte, zögerte sie auszusteigen. Regungslos verharrte sie für einen Moment auf ihrem Sitz und starrte hinüber zum Hauseingang. Mit einem Mal ging ein Ruck durch ihren Körper. Sie begann zu zittern. Während sie sich mit der einen Hand an das Lenkrad klammerte, versuchte sie mit der anderen den Autoschlüssel zurück in das Loch zu stecken. Doch als es ihr nach mehreren Versuchen nicht gelingen wollte, gab sie auf und warf trotzig den Schlüssel neben sich auf den Beifahrersitz.

„Scheiße." Joey verschränkte die Arme über dem Lenkrad, legte ihren Kopf auf ihnen ab und schloss die Augen. In ihren Ohren rauschte das Blut. Ihr Kopf fühlte sich wie ein Bienenhaus an. Es summte und kribbelte. Ihre Gedanken rasten. Das Bild ihrer Mutter tauchte vor ihrem inneren Auge auf. Das sind die antagonistischen Gefühle, die ich für sie hege, versuchte sie sich zu beruhigen. Einerseits fühle ich so viel Liebe, Wärme und Achtung für sie. Aber auf der anderen Seite habe ich eine unbändige Wut auf sie.

Das Wissen, von ihrer Mutter erneut im Stich gelassen zu sein, erschütterte Joey bis ins Mark. An allem, was im Leben ihrer Mutter schiefgegangen war, gab sie Joey die Schuld.

Joey schnaufte. Wütend dachte sie daran, dass die Mutter ihre eigene Unfähigkeit, sich vom Vater zu trennen, ihr anlastete. Auch Joeys sexuelle Hemmungslosigkeit unter Alkohol war ihr ein Dorn im Auge. „Sie hat meine Meinung nie akzeptiert", seufzte sie leise. Selbst die Onkel-Doktor-Spiele mit meinem Kindergartenfreund sah sie als anormal an. Über Joeys Einwände, dass kindliche Neugier über die Andersartigkeit der Geschlechter ein ganz natürliches Verhalten von Kindern sei und nichts, aber auch nichts mit der Sexualität von Erwachsenen zu tun habe, war sie mit einem verächtlichen Lächeln einfach hinweggegangen.

„Pah." Erschrocken über den Laut, der härter und böser klang als beabsichtigt, öffnete Joey die Augen. Sie hatte ihrer Mutter damals zu erklären versucht, dass sie mit ihrem Ehemann nur aus dem Grund Alkohol getrunken hatte, weil sie hoffte, dass er sie dann als Frau zum Pferdestehlen betrachten würde. Doch ihre Mutter hatte sie angesehen wie ein törichtes Kind.
Joey richtete sich auf. Die schmerzhaften Erinnerungen wollten nicht abreißen. Joey besah sich ihre Hände und überlegte, dass das Allerschlimmste, was ihre Mutter ihr antun konnte, ihr Kommentar war, als sie ihr gestanden hatte, dass sie professionelle Hilfe von einem Psychologen in Anspruch nahm.
„Du hattest schon immer ein anormales Sexualleben", hatte sie ihr entgegengeschleudert. Jedes einzelne Wort der Mutter hatte sich in ihre verwundete Seele eingegraben. Und trotzdem lächelte sie jetzt. Joey hatte aufgehört zu zittern und sah nun ganz ruhig hinüber zum Haus. Während sie sich den kalten Schweiß ihrer Hände an der Jeans abwischte, trat ein frostiges Glimmen in ihren Blick. Sie tastete nach ihrem Schlüssel. Als sie das kalte Metall in ihrer Hand spürte, öffnete sie schwungvoll die Fahrertür und stieg mit der Geschmeidigkeit eines jungen Mädchens aus. Ohne die Hausfront aus den Augen zu lassen, ging sie um ihren Wagen, öffnete die Klappe, beugte sich vor und griff mit traumwandlerischer Sicherheit in den Kofferraum. Als sie die Klappe zugeworfen hatte und sich mit einer Kühltasche in der Hand dem Hauseingang näherte, glich ihr Gesicht einer grinsenden, fratzenhaften Maske. Sie drückte die

Klinke der Haustür mit dem Ellbogen herunter und stemmte ihr ganzes Gewicht gegen die schweren Eichenbohlen, um in den Flur zu gelangen. Joey hasste den vertrauten, modrigen Geruch nach Verfall, der ihr entgegenschlug. Mit ihm assoziierte sie seit frühester Kindheit ihre eigene Vergänglichkeit. Wenn er dennoch ein Gefühl des Heimkehrens weckte, lag das ausschließlich an den Erinnerungen an ihre über alles geliebte Großmutter, die sie sich über fünf Jahrzehnte bewahrt hatte. In Gedanken sah sie die alte Frau, wie sie sorgsam das Holz im Hausflur mit Bohnerwachs einrieb, während sie der geduldig neben ihr ausharrenden kleinen Joey wunderbare Geschichten erzählte.

Doch das erschien ihr jetzt wie aus einem anderen Leben. Die ausgetretenen Stufen hatten schon eine Ewigkeit keine Pflege mehr erhalten.

Joey rümpfte die Nase und beeilte sich, die knarrenden Stufen emporzusteigen. Ohne Mühe erreichte sie den zweiten Stock. Dort hielt sie kurz inne, um sich noch einmal in ihre Kindertage zurückversetzen zu lassen. Sie drehte ihren Kopf und warf einen Blick auf die schmale Treppe, die zu den beiden Zimmern mit den schrägen Wänden hinaufführte, die ihre Großmutter während ihrer Kindheit bewohnt hatte. Joey atmete tief durch. Ihr Herz begann vor Aufregung dumpf zu schlagen. Doch dann drückte sie entschlossen den Klingelknopf. Joey brauchte sich nicht lange zu gedulden. Fast schien es, als ob ihre Mutter hinter der Tür gestanden und nur darauf gewartet hätte, sie zu öffnen. Sie trat Joey entgegen und nahm sie in ihre Arme.

„Hallo, Mama", begrüßte Joey sie mit unterkühltem Ton, der ihr aufgewühltes Inneres gut verbarg. Ihr schlug kalter Zigarettenrauch aus dem Innern der Wohnung entgegen. Sie atmete den ihr vertrauten Geruch ihrer Mutter ein.

„Oh, mein Töchterchen. Wie lange habe ich diesen Moment herbeigesehnt."
„Lass mich erst mal meine Tasche abstellen." Joey löste sich aus der Umarmung und betrat die Wohnung ihrer Eltern.
„Ja, sicher." Die alte Frau nickte.
Joey marschierte schnurstracks an ihr vorbei in die Küche. Dort stellte sie ihre Tasche mitten auf den Tisch. Während sie die Verschlüsse der Tasche öffnete, blickte sie aus dem Fenster hinunter in den Hof. Auf dem Wäscheplatz flatterten an den Leinen wie von je her bunte Wäschestücke. Ganz langsam, fast im Zeitlupentempo, wanderte Joeys Blick zum Schuppen. Dort, in der hinteren Hofecke, stand noch immer der Hauklotz, nur heute lag kein Holz daneben. Manche Dinge ändern sich nie, lautete Joeys Resümee, als sie sich plötzlich wie in einem zu eng geschnürten Korsett fühlte. Sie presste ihre Lippen zusammen. Dann nahm sie vorsichtig einen Kochtopf aus der Tasche. Joey konnte die Anwesenheit ihrer Mutter fast körperlich fühlen. „Wo ist Papa?", fragte sie, ohne sich umzudrehen, und stellte den Topf auf den Tisch.
„Er sitzt in seinem Fernsehsessel und macht ein Nickerchen", antwortete die Mutter. „Ich habe ihm erzählt, dass du uns heute besuchst und versprochen hast, das Mittagessen zuzubereiten."
„Und was hat er gesagt?", wollte Joey wissen. Sie legte ein Päckchen in Einkaufspapier neben den Topf.
„Er freut sich auf die Kartoffelsuppe, die er früher schon liebte, als Oma sie für uns gekocht hat."
„Hat er das so gesagt?"
„Nein, das kann er nicht mehr. Dazu ist die Demenzerkrankung schon zu weit fortgeschritten. Aber er hat es zum Ausdruck gebracht."
„Wie das denn?"

„Ich habe ihm erzählt, dass du heute das Mittagessen kochen wirst. Als er hörte, dass es Kartoffelsuppe mit frischer Bockwurst vom Fleischer nach unserem alten Familienrezept und als Nachspeise Vanillepudding mit Heidelbeersoße geben wird, hat er gelacht und: ‚Schön, schön', gesagt. Du weißt, wie gerne er genau diesen Nachtisch schon immer mochte."
„Hmm." Joey nickte. Dann griff sie erneut in ihre Tasche und nahm eine Plastikdose heraus. „Die Heidelbeersoße habe ich bereits gekocht." Sie drehte sich um und zeigte auf die Dose. „Ich mag sie auch."
„Auch in der Beziehung kommst du voll nach deinem Vater. Obwohl er so krank ist, kann er von seiner Lieblingssüßspeise nicht genug bekommen."
„Den Pudding koche ich frisch und fülle ihn dann gleich in Schalen. Das Puddingpulver habe ich dabei, Milch und Zucker wirst du ja im Hause haben."
„Selbstverständlich. Aber jetzt möchte ich dich erst einmal in meine Arme nehmen und dich nochmal drücken. Ich freue mich, dass du nach so langer Zeit wieder deine Eltern besuchst." Die Mutter breitete die Arme aus.
Joey zögerte, doch dann trat sie mit ausgebreiteten Armen auf ihre Mutter zu.
„Unter deiner Reaktion haben wir sehr gelitten", sagte die alte Frau in ihre Umarmung hinein.
Joeys Körper verhärtete sich.
„Umso erfreuter sind wir jetzt, dass die furchtbare Zeit des Schweigens ein Ende hat", setzte die Mutter schnell hinzu. „Ich war nach deinem Anruf wirklich überglücklich."
„Dafür war ich nach unserem vorletzten Telefonat am Boden zerstört", entgegnete Joey und löste sich etwas zu abrupt.
„Das war mir überhaupt nicht bewusst", antwortete die alte Frau ohne auch nur den Ansatz des Bedauerns in ihrer Stimme.

„Ich hätte nach der Diagnose einen moralischen Beistand von dir gut gebrauchen können."
„Aber ich habe unzählige Male versucht, dich anzurufen."
„Ich bin mir nicht sicher, ob du wissen willst, was passiert ist", ignorierte Joey den Einwurf ihrer Mutter.
„Selbstverständlich. Du bist meine Tochter. Ich will alles wissen." Die Stimme der alten Dame klang nun beleidigt.
„Nachdem im Mai die Scheidensenkung festgestellt worden war, musste ich mich Ende Juni nach einem Scheidenkollaps operieren lassen."
„Hättest du uns informiert, dann hätten wir dich im Krankenhaus besucht."
„Nachdem du mir vorgehalten hattest, dass die Erkrankung wohl auf mein schon immer ausschweifendes Sexualleben zurückzuführen sei?", fragte Joey zynisch. „Das meinst du nicht ernst, Mama?"
„Wir wollen nicht streiten." Die Mutter sah auf ihre Armbanduhr. Dann öffnete sie den Küchenschrank und nahm einen Topf heraus. „Willst du den Pudding gleich kochen oder später?"
Joey ging nicht auf ihre Frage ein. Sie war noch nicht mit ihrem Bericht fertig: „Vierzehn Tage nach der Operation haben sie mich entlassen. Nach weiteren zwei Wochen habe ich mit Übungen zur Kräftigung meiner Beckenbodenmuskulatur begonnen. Allerdings konnte ich die nur drei Tage ausführen, weil ich dann Blutungen bekam."
„Du Arme, wir wussten ja nicht …" Wieder schwang kein Fünkchen Mitgefühl in der Stimme der Mutter. „Soll ich den Topf schon auf den Herd stellen?"
„Kurze Zeit später hatte ich das Gefühl, dass meine Scheide sich senkt. Aber ich habe mich getäuscht. Gynäkologisch war alles in Ordnung. Es war nur eine Scheidenvorwölbung. Ich konnte mit der Gymnastik beginnen. Leider gibt es von der

Krankenkasse keine Übungsangebote. Ich musste mich selbst kümmern." Wieder überging Joey die Frage ihrer Mutter.
„Das hast du ja mit Sicherheit auch getan. Soll ich schon die Milch für den Pudding abmessen?" Die alte Frau stand unschlüssig am Herd.
„Habe ich. Ich habe morgens und abends Beckenbodenübungen zur Kräftigung der Scheide gemacht. Dabei habe ich festgestellt, dass ich doch eher eine ganzheitliche Behandlung benötige. Ich hatte nämlich während des Scheidentrainings starke schmerzhafte Verspannungen im Schulter-Nacken-Bereich. Es hängt eben alles zusammen, auch die Verkrampfungen in meinem Kiefer. Die kommt von meinem jahrelangen Zähneknirschen, und woher das kommt, weißt du ja am besten oder etwa nicht?"
„Also, Schätzchen, jeder hat sein Päckchen zu tragen. Mir geht es gesundheitlich auch nicht immer gut und trotzdem kümmere ich mich um deinen Vater, so gut ich eben kann. Und glaub mir, das ist auch nicht immer leicht", reagierte die alte Frau in einem leicht vorwurfsvollen Ton.
„Der Unterschied zwischen uns beiden ist allerdings, dass du die Wahl hast", provozierte Joey ihre Mutter. „Ich hingegen habe mir die Krankheit nicht ausgesucht."
Die Mutter warf Joey einen vernichtenden Blick zu und öffnete ihren Kühlschrank.
„Aber du kannst beruhigt sein. Das Yogatraining hat mir gut geholfen. Ich habe jetzt keine Schmerzen mehr und auch mit meiner vorgewölbten Scheide kann ich jetzt besser umgehen. Ich spüre sie weniger intensiv und kann inzwischen wieder unverkrampfter gehen. Auch die Angst, dass sie mir herausfällt, hat sich gelegt."
„Also, seit du hier bist, erzählst du nur über deine Krankheiten. Deine OP ist schon so lange her." Die Mutter stellte die

Milchflasche auf den Tisch. „Soll ich den Pudding kochen oder machst du das?"
„Nein, sollst du nicht. Ich erledige das", entgegnete Joey ungerührt. „Wenn ich dir von meinen Leiden erzähle, dann will ich wissen, ob es dich interessiert, was in meinem Leben passiert, oder ob es dir völlig egal ist." Sie steigerte ihre Lautstärke.
„Selbstverständlich ist es mir nicht egal. Du bist meine Tochter", versuchte die Mutter sie zu beschwichtigen.
„Dann wird es dich freuen zu hören, dass ich jetzt einen unkomplizierten Stuhlgang habe. Ich muss nicht mehr pressen, in der Angst, dass mir die Scheide herausfällt. Allerdings muss ich häufig urinieren. Der Druck auf der Harnröhre ist noch nicht weg", fuhr Joey ungeniert fort, als sie bemerkte, wie ihre Mutter unschlüssig ihre Hände knetete.
„Also bitte, deine Operation ist nun schon zwei Jahre her. Denk doch an die alte Lebensweisheit: Nichts, was dich trifft, ist schlimm, wenn du es nicht dazu machst. Ehrlich gesagt, hatte ich mich auf ein entspanntes Mittagessen mit dir gefreut."
„Ich sehe, dass sich nichts, aber auch nichts geändert hat." Joey lächelte herablassend und löste sich von der Tischkante. „Ich habe die richtige Lebenseinstellung gefunden und mir den Gelassenheitsspruch auf die Fahne geschrieben." Sie schob ihre Mutter sanft beiseite und öffnete eine Tür des Küchenschranks. „Ich nehme Dinge hin, die ich nicht ändern kann." Joey griff zielsicher in den Schrank, nahm einen Messbecher heraus und schloss die Tür wieder. „Ich ändere Dinge, die ich ändern kann." Sie öffnete eine weitere Schranktür und entnahm dem Inneren eine Dose Zucker. „Und ich hoffe, dass ich das eine von dem anderen unterscheiden kann." Sie ließ die Milch in den Messbecher laufen. „Wusstest du eigentlich schon, dass ich bewusst das erste Mal über Hören visualisiert habe?"
„Wie meinst du das?"

„Es war in meiner Schulzeit. Erinnerst du dich noch an meine Mitschülerin Veronika?"

„Meinst du Veronika Garbsch?"

„Ja, schön, dass du dich noch an sie erinnerst. Sie hatte ein schweres Los. Ständig wurde sie gehänselt, allein schon wegen ihres Namens."

„Ich erinnere mich an sie und auch an ihre Familie. Frau Garbsch hat sich von ihrem Mann trotz ihrer sechs Kinder scheiden lassen."

„Vielleicht gerade wegen ihrer Kinder", erwiderte Joey wie nebensächlich und goss die Milch in den Kochtopf.

Als ihre Mutter schwieg, setzte Joey noch einmal nach. „Vielleicht wollte sie sich und ihre Kinder vor ihrem Mann schützen?", provozierte sie, ließ den Zucker in die Milch rieseln und begann zu rühren. Ihr Plan ging auf.

„Wie meinst du das?", schoss es aus ihrer Mutter heraus.

„Nun, es ist doch normal, dass sich Mütter auf die Seite ihrer Kinder schlagen. Findest du nicht?" Joey drehte sich um und sah ihrer Mutter fest in die Augen. Erst als ihre Mutter den Blick senkte, widmete sie sich wieder dem Topf. „Er war schließlich ein Säufer, und wer weiß, was er seiner Frau und seinen Kindern angetan hatte." Joey lächelte und beschleunigte ihr Rühren. „Aber darauf wollte ich eigentlich nicht hinaus. Ich wollte dir aus meiner Schulzeit erzählen. Ich glaube nämlich nicht, dass du die Geschichte schon kennst." Sie hielt kurz inne, doch ihre Mutter schwieg. „Es muss so in der vierten oder fünften Klasse gewesen sein. Ich weiß nicht einmal mehr, wer uns in Deutsch unterrichtet hatte, aber ich weiß noch, dass es Veronika war, die lesen musste."

„Sie war eine schlechte Schülerin. Sie kam in eure Klasse, nachdem sie sitzen geblieben war."

Joey hielt inne. „Erinnerst du dich außerdem noch, dass ich eine mäkelige Esserin war?" Sie drehte sich um. „Ich hatte nie Hunger."

Ihre Mutter nickte und kaute auf ihrer Unterlippe. „Da bringst du mich auf eine Idee. Ich werde die Bockwürste ins Wasser legen." Sie begann eine betriebsame Geschäftigkeit zu entfalten.

„In der Geschichte ging es um einen Vanillepudding." Joey lächelte wieder und rührte weiter. „Sie hat sehr schön gelesen. Ich war fasziniert. Durch den Klang des Wortes Pudding aus ihrem Munde konnte ich einen gelben Vanillepudding sehen und schmecken. Mir lief das Wasser im Mund zusammen und ich bekam richtig Hunger. Veronika hat für das Lesen statt der üblichen Vier diesmal eine Zwei bekommen. Es freute mich sehr für sie."

„Diese Geschichte hast du mir nie erzählt." Die alte Dame trat neben Joey und stellte den Topf mit den Würstchen auf den Herd.

Joey drehte ihren Kopf ein wenig zur Seite und sah wieder aus dem Fenster. Ihr Blick blieb erneut an dem Hauklotz hängen. „Vermutlich war mir der Appetit schon längst wieder vergangen, als ich von der Schule nach Hause gekommen war", sagte sie hart und verstummte.

Ihre Mutter öffnete die verglaste Tür ihres Küchenschrankes und entnahm ihm drei Puddingschalen aus Kristall. „Ich denke, dass ich jetzt deinen Vater wecke und den Tisch decke. Es ist gleich zwölf. Du weißt ja, wir sind es gewohnt, pünktlich zu essen." Sie stellte die Schalen klirrend auf den Tisch.

„Manche Dinge ändern sich nie." Joey nickte ihrer Mutter schicksalsergeben zu. „Ich fülle derweil den Pudding in die Schalen. Die Kartoffelsuppe zu erwärmen, geht ruckzuck. Du siehst ja, dass ich meinen guten alten Schnellkochtopf dabeihabe." Als ihre Mutter die Küche verlassen hatte, schob Joey den Topf mit den Würstchen zur Seite und platzierte die Suppe auf der Flamme. Während sie den Pudding in die Schälchen füllte, trällerte sie halblaut ein Lied vor sich hin.

„Hallo, mein Mädchen."

Joey fuhr herum. „Hallo Papa. Du siehst gut aus", sagte sie lauernd, ohne sich von der Stelle zu bewegen.

„Na ja, meine Pumpe macht mir zu schaffen. Schön, dass du da bist." Auch Joeys Vater machte keine Anstalten, sich auf seine Tochter zuzubewegen. Er blieb im Türrahmen stehen.

„Findest du?"

„Wir verwehren niemandem die Tür."

„Sag nur."

„Kochst du Mittag?"

„Das siehst du doch. Ich habe Kartoffelsuppe und Bockwurst nach Omas altem Familienrezept gemacht. Zum Nachtisch gibt es dann deine Lieblingsnachspeise." Joey zeigte auf die Puddingschälchen. „Vanillepudding mit Heidelbeersoße."

„Hmm, dann setz ich mich schon mal an den Tisch."

„Tu das, das Essen ist gleich fertig", sagte Joey und rührte weiter die Suppe um.

In diesem Moment kehrte Joeys Mutter in die Küche zurück und stellte eine Suppenschüssel auf den Tisch.

„Donnerwetter, heute gibt es das gute Geschirr."

„Selbstverständlich, für uns ist heute ein ganz außergewöhnlicher Tag", entgegnete Joeys Mutter schnippisch. „Schließlich sind es mehr als vier Jahre gewesen, in denen du nicht nach uns gesehen hast. Ich hätte gehofft, dass du ebenso empfindest."

„Na, darauf kannst du wetten." Joey grinste ihre Mutter mit einem undurchschaubaren Lächeln an und füllte die dampfende Suppe in die Schüssel. Sie steckte flüchtig den kleinen Finger in das Wurstwasser und sah auf ihre Uhr. „Ich denke, auch die Würstchen sind so weit. Du nimmst die Suppenschüssel und füllst die Suppe gleich in die Teller. Warte, ich hole nur noch die

Zange aus der Schublade." Joey förderte zielsicher eine Würstchenzange zutage. „Siehst du, es scheint, als ob ich gestern das letzte Mal bei euch war." Sie klapperte mit der Zange in der Luft. „Es kann losgehen. Ich bringe den Würstchentopf."
Joey verließ die Küche gleich nach ihrer Mutter. Mit einem gleichmütigen Lächeln beobachtete sie sie beim Auffüllen der Suppe. „So, und nun noch die Würstchen. Bist du so freundlich und reichst mir die Teller? Ich lege dann die Würstchen auf und kann dann den Topf gleich wieder in die Küche bringen." Sie angelte nach dem ersten Würstchen. „So, bitte schön."
„Na, Papa, sieht das Essen nicht wie bei Oma aus?", fragte Joeys Mutter, als sie den Teller vor ihrem Mann auf den Tisch stellte.
„Ja." Der alte Mann griff nach seinem Löffel.
„Aber, Papa, du willst doch nicht ohne uns anfangen. Ich muss doch noch deine Bockwurst kleinschneiden und dein Töchterchen sitzt doch auch noch nicht."
Wortlos legte der alte Mann seine hagere Hand mit dem Löffel auf den Tisch.
„Auf mich müsst ihr doch keine Rücksicht nehmen", sagte Joey bissig und legte die letzte Wurst auf den Teller, den ihre Mutter ihr entgegenhielt. „Fangt ruhig an. Ich bringe den Topf nur eben in die Spüle." Mit schnellen Schritten verließ sie den Raum und erschien erst wieder, als sie den Ruf ihrer Mutter vernahm.
„Wo bleibst du denn?"
„Ich habe doch gesagt, dass ihr schon anfangen sollt. Ich habe noch schnell die Heidelbeersauce über den Pudding gegeben." Joey balancierte die Puddingschälchen in ihren Händen. „So, Papa, bitte schön, du erhältst die Riesenportion. Wir Frauen müssen auf unsere Linie achten." Joey lächelte ihrer Mutter verschwörerisch zu.

„Aber sicher. Nun setz dich, damit wir endlich anfangen können", antwortete Joeys Mutter, faltete ihre Hände und senkte den Kopf. „Allen Hunger, den wir haben, stillen wir mit Gottes Gaben, alles Dürsten, das wir stillen, stillen wir mit Gottes Willen. Alle Sehnsucht ist erfüllt, wenn Gott selbst als Nahrung quillt. Ich wünsche euch einen guten Appetit." Sie hob den Blick. „Komm Papa, fang an." Während sie ihrem Mann liebevoll seine knochige Hand tätschelte, tadelte sie Joey in missbilligendem Tonfall: „Warum betest du nicht mit?"

„Warum musstest du gerade dieses Gebet wählen? In jedes andere hätte ich wahrscheinlich eingestimmt."

„So?", fragte Joeys Mutter spitz und begann ihre Suppe zu löffeln.

„Ja, es ist gerade hier so zweideutig. Deshalb gefällt mir dieses Gebet nicht." Joey sah ihrer Mutter in die Augen. Erst als die alte Frau den Blick senkte, schob sie sich den ersten Löffel in den Mund. „Schmeckt es dir, Papa?"

„Hm, gut." Der alte Mann schlürfte geräuschvoll. Suppe kleckerte von seinem Löffel zurück auf den Teller.

„Das freut mich."

Es hat sich wirklich nichts geändert, dachte Joey und runzelte die Stirn. Sie haben sich nicht geändert und sie werden sich auch nicht mehr ändern. Ich war ihre Wegbegleiterin, Teil ihres Lebens. Ich habe von ihnen gelernt, doch sie wollten von mir nicht lernen. Verzweiflung und Enttäuschung zugleich erfüllten Joeys Gedanken.

Das eintretende eisige Schweigen wurde nur noch von gelegentlichem Schlürfen und dem Klappern der Löffel unterbrochen.

„Das hat mir bestens geschmeckt", unterbrach Joeys Vater die Stille, als er seinen Teller geleert hatte.

„Möchtest du einen Nachschlag?", fragte ihn seine Frau dienstbeflissen.

„Das wäre nicht schlecht."
Als hätte sie darauf gewartet, legte Joeys Mutter ihren Löffel auf den Teller, ergriff den ihres Mannes und eilte nach einem: „Ich hole dir was", in die Küche.
„Hast du jemals darüber nachgedacht, was du mir angetan hast", entfuhr es Joey
„Ich esse jetzt meinen Pudding. Der sieht appetitlich aus." Joeys Vater zog sich das Schälchen heran und begann genussvoll zu löffeln. „Schmeckt gut wie immer."
„Danke für die Blumen." Joey erhob sich und begann die Teller abzuräumen.
„Iss doch erst deine Nachspeise", echauffierte sich ihre Mutter, die in diesem Moment das Zimmer wieder betrat.
„Ich bin auf der Suche nach einem Menschen, der sein Leben mit mir teilen möchte. Stell dir vor, ich treffe einen. Was mache ich dann wohl? Ich denke, wenn er schon ein Handicap von mir ertragen muss, kann ich ihm vielleicht Speckringe an mir ersparen. Deshalb möchte ich eigentlich nicht. Ich gehe die Geschirrspülmaschine einräumen." Joey beobachtete, wie ihr Vater die Schale auskratzte. „Du kannst auch meine Nachspeise haben Papa.", rief sie ihm zu, bevor sie mit dem schmutzigen Besteck und den leeren Tellern den Raum verließ.
„Oh, Gott, Kind, komm schnell. Mit Papa stimmt was nicht."
Aufgeschreckt von dem Schrei ihrer Mutter sah Joey um die Ecke.
„Ich verständige den Notarzt." Joey griff zum Telefonhörer und wählte mit zitternden Händen die Notrufnummer. Während sie sprach, musste sie sich ihr Ohr zu halten, so laut hallte das Wehklagen ihrer Mutter in den Flur. „Ja, mein Vater hat Vorerkrankungen. Herzrhythmusstörungen, Leberzirrhose, beginnende Demenz, Diabetes. Aber was spielt das jetzt für eine Rolle? Er hängt da einfach so in seinem Stuhl. Es sieht aus, als atmete er nicht mehr. Bitte kommen Sie schnell."

13
KAPITEL

Jahr 2006

Warum müssen die Leute, die einen solchen Job machen, bloß immer so verhuscht aussehen, überlegte Thea. Allein ihre Kleidung ist zum Haareausraufen. Diese weiten Hosen, darüber das Hängerchen, das eine Bluse sein soll, sieht aus wie ein Zirkuszelt und könnte aus der Altkleidersammlung stammen. Und dann erst ihre Schuhe. Sie scheinen neu zu sein und teuer. Allerdings könnten die von der Form her aus dem Mittelalter stammen. Entsetzlich. Sie betrachtete die Mitarbeiterin der Opferhilfe, die sie mit ihrer Art, sich zu bewegen und zu reden, gleich bei ihrer ersten Begegnung an eine Trauerrednerin erinnert hatte. Sie hat diese gewisse Eloquenz, die ich einfach zum Kotzen finde, ging es ihr durch den Kopf. Hätte sie gute Nachrichten, würde ihr Gesicht strahlen wie ein Eierpfannkuchen. Als die Überbringerin schlechter Nachrichten sieht sie aus wie eine Bestattungsunternehmerin, die Mitgefühl heuchelt, um den Hinterbliebenen nur das Beste und zugleich Teuerste für ihr liebes verstorbenes Familienmitglied anzudrehen.
Thea knirschte mit ihren Zähnen, dass es in ihren Ohren ein unangenehmes Geräusch hinterließ. Ihre Gedanken kreisten weiter. Wenn sie sich nur halbwegs ein bisschen Instinkt bewahrt hätte, wüsste sie, dass mir schon jetzt klar ist, was sie mir gleich erzählen wird, ätzte sie in ihrem Inneren, während sie sich nach außen redlich bemühte, den höflich interessierten Schein zu wahren.

Theas Blick folgte Petra Fingerloos-Lepsky, die sich nun mit dem Anstrich der Wichtigkeit in ihrem karg eingerichteten Büro vom Aktenschrank zu ihrem Schreibtisch bewegte.
Wenn du dich unbeobachtet fühlst, siehst du zufrieden aus. Mit dir hat es das Leben sicher gut gemeint, dachte Thea und starrte auf die fleischigen Hände der Dame, deren Alter sie wie ihr eigenes auf etwa Anfang fünfzig schätzte. Bestürzt stellte sie anhand des Eherings fest, dass die Frau verheiratet war. Darauf hatte sie beim letzten Treffen nicht geachtet, weil sie viel zu aufgewühlt gewesen war. Sie schalt sich, dass sie ihre Emotionen besser unter Kontrolle hätte halten sollen. Die Frau hatte sie eingelullt, ihr angeboten, sich beim Vornamen zu nennen und Mitgefühl geheuchelt. Deshalb war es ihr auch so leicht gelungen, in Theas Innerstes vorzustoßen. Das würde ihr bestimmt nicht so schnell wieder passieren, ärgerte sich Thea. Während sie der Dame beim Blättern in der Akte, die diese für Thea angelegt hatte, zusah, gingen ihr gehässige Gedanken über deren manikürte Plastikfingernägel und scheußliche Frisur durch den Kopf. Dass die schwarzen Haare gefärbt worden sind, sah Thea auf den ersten Blick. Sie mussten sich sicher wie Stroh anfühlen.
„Thea, hatten Sie Gelegenheit, die Sache noch einmal mit Ihrer Mutter zu besprechen?", riss Petra Fingerloos-Lepsky Thea aus ihren Gedanken und sank in ihren bequemen Stuhl hinter ihrem Schreibtisch.
„Ja, das hatte ich. Allerdings gibt es zwischen uns unüberbrückbare Differenzen", antwortete Thea bitter. „Was unsere Standpunkte angeht, liegen die so weit auseinander wie Nordpol und Südpol. Ich bedauere heute, dass ich sie überhaupt noch einmal angesprochen habe."
„So? Erzählen Sie mal."
„Ehrlich gesagt, ich habe weder die Kraft noch die Lust, ein weiteres Gespräch mit meiner Mutter darüber zu führen. Ich

habe nicht die Absicht, es noch einmal in Briefform zu versuchen." Theas Worte klangen entschieden.

„Aber wenn Sie es doch versuchen würden, vielleicht würde es sie umstimmen und ihr helfen, ihre Meinung zu überdenken, um sich dann letztendlich vielleicht doch auf Ihre Seite zu stellen?", wagte Petra Fingerloos-Lepsky einen zaghaften Einwurf.

„Nein, ich sagte es doch schon", fuhr Thea die Frau an. Kaum ausgesprochen tat ihr ihre heftige Reaktion schon wieder leid. „Es ist zwecklos. Sie hat Angst, dass die Briefe, die ich an sie und meinen Vater geschrieben habe, in falsche Hände gelangen könnten. Ich glaube, dass sie die Briefe bereits vernichtet und jetzt ein ruhiges Gewissen hat", lenkte sie ein.

„Sie glaubt Ihnen nicht?"

Der pastorale Ton ihrer Gesprächspartnerin brachte Theas Blut wieder in Wallung. „Wenn sie es nicht tut, ist sie noch kranker als ich", entgegnete sie schnippisch. „Ich habe ihr schon als kleines Mädchen erzählt, dass mein Vater mich missbraucht. Diesen Tatbestand konnte sie, aus welchen Gründen auch immer, nicht unterbinden. Sie hat mir nicht geholfen." Thea konnte die Tränen nicht mehr unterdrücken und ließ ihnen freien Lauf. „Später hat sie mir Tipps gegeben, wie ich ihm entkommen konnte, und strafte mich, wenn es wieder passierte. Auch als er seine Handlungen an mir in meiner frühesten Kindheit eingestand, war sie dabei."

„Fühlen Sie sich in der Lage, darüber zu reden, wie ihre Reaktion war?"

„Selbstverständlich. Sie heuchelte Mitleid und behauptete, sie hätte sich doch getrennt und nicht noch so viele Kinder von ihm bekommen, wenn ich ihr damals alles erzählt hätte." Thea wischte sich mit beiden Händen die Tränen aus dem Gesicht. „Als sie das sagte, hatte sie mir den Rücken zugewandt. Dies ist der springende Punkt." Thea hörte auf zu weinen und hatte sich nun wieder unter Kontrolle. „An diesem Punkt musste ich all meine Willenskraft aufbringen, um ihr nichts anzutun." Sie lachte ein kurzes, höhnisches Lachen. „Ich bin schuld daran, dass sie bei ihm blieb, im Wissen, dass er seine eigene Tochter missbraucht, sie sich weiter von ihm beschlafen ließ und noch mehr Kinder in die Welt setzte. Das nennt man wohl Ironie des Schicksals, oder?"

„Wahrscheinlich wird Ihnen die Erklärung für ihr Verhalten für immer verborgen bleiben. Es sei denn, sie überlegt es sich doch noch anders."

„Ja, ich habe mit meiner Mutter das große Los gezogen wie mit allem in meinem Leben", stellte Thea ebenso zynisch wie niedergeschlagen fest.

„Glauben Sie mir, Thea. Die Mütter der Betroffenen reagieren sehr unterschiedlich. Während einige sich sofort scheiden lassen und damit für ihre Kinder eintreten, glauben andere ihren Ehemännern, hoffen auf Besserung und warten ab. Wieder andere halten die unschuldigen Kinder für die Verführer der Väter und solidarisieren sich mit den Tätern."

„Meine Mutter gehört damit den beiden letzten Gruppen an. Sie hält mich für schuldig und hat an der Seite ihres kinderschändenden Ehemannes bis zu seinem Tode ausgeharrt", fiel Thea ihrer Gesprächspartnerin ins Wort. „Pah, was sage ich? Noch darüber hinaus, denn sonst würde sie mir ja jetzt die Bestätigung geben, die ich benötige, oder?"

„Weiß noch eine andere Person davon, dass Ihr Vater den Missbrauch an Ihnen zugegeben hat?"

„Nur vom Hörensagen."

„Das hilft Ihnen leider auch nicht weiter", stellte Petra Fingerloos-Lepsky sachlich fest.

„Meinen Sie, das weiß ich nicht?", schrie Thea ihrer Gesprächspartnerin ins Gesicht. Tränen der Wut, Enttäuschung und Ohnmacht rollten über ihre Wangen. „Aber was soll ich denn machen? Die Wahrheit aus ihr herausprügeln?", schluchzte sie mit tränenerstickter Stimme. „Was soll ich denn noch beweisen? Die Kopie des Briefes, den ich an meinen Vater geschrieben habe, befindet sich hier in Ihren Unterlagen und dazu gibt es meine Aussage. Ich bin bereit dazu, eine eidesstattliche Versicherung abzugeben."

„Ich fürchte, dass das nicht ausreichend sein wird", wagte Petra Fingerloos-Lepsky einen zaghaften Einwurf.

„Ja, wieso denn nicht? Es muss doch irgendeine rechtliche Möglichkeit bestehen, die auch Opfer schützt, irgendein Opfergesetz oder so etwas?"

„Nein, das gibt es in Deutschland nicht." Die Stimme von Theas Gesprächspartnerin wurde fester. „Rechte und Pflichten sind in einer ganzen Reihe von Gesetzen und Vorschriften geregelt, aber ein spezielles Opfergesetz gibt es nicht."

„Okay." Thea griff in ihre Jackentasche und wühlte in ihr herum. „Sie sind die Fachfrau." Sie förderte ein Taschentuch zutage und schnäuzte sich. „Dann legen Sie mal los. Vor Ihnen sitzt eine von ihrem Vater missbrauchte Frau. Was sagen Sie der? Welche Rechte hat die?"

„Sie kann Anzeige erstatten. Das führt zur strafrechtlichen Verfolgung."

„Wollen Sie mich verscheißern?", fragte Thea kalt. „Mein Vater ist tot."

„Entschuldigung", nuschelte Petra Fingerloos-Lepsky sichtlich irritiert. „Meine Antwort galt nicht Ihnen speziell, sondern sie sollte Ihnen die geltende Rechtslage verdeutlichen."

„Dann muss ich mich bei Ihnen entschuldigen, denn dann habe ich überreagiert."

„Schon gut. Ich verstehe Ihre Situation." Petra Fingerloos-Lepsky sah Thea mitleidig an. „Im Falle der Verurteilung des Täters oder der Täterin haben diese die Kosten des Strafverfahrens zu tragen. Dazu gehören auch die Kosten der Nebenklage, denn das Opfer kann wie ein Staatsanwalt agieren und eine Verurteilung beantragen."

„Also könnte ich vielleicht meine Mutter anzeigen, denn sie hat ihn durch ihre Untätigkeit geschützt. Das könnte als Beihilfe zum Missbrauch verurteilt werden?", überlegte Thea laut.

„Wenn das zur Überzeugung des Gerichtes feststeht, dann ja."

„Bitte was?" Thea runzelte die Stirn und sah Petra Fingerloos-Lepsky an, als wolle sie ihr gleich an die Gurgel gehen. „Heißt das, die könnten glauben, ich würde lügen? Ziehen Sie ernsthaft diese Möglichkeit in Erwägung?"

„Ich? Nein?" Theas Gesprächspartnerin vermied den direkten Blickkontakt. „Vor Gericht geht es um die Glaubwürdigkeit."

„Wollen Sie mir damit sagen, dass ein Gericht mich für unglaubwürdig halten könnte?", fragte Thea mit drohendem Unterton.

„Ja, das könnte sein. Es wäre nicht das erste Mal."

Beide Frauen sahen sich nun fest in die Augen, fassungslos die eine, fest und klar die andere.

„Thea, ich mag Sie und ich finde es unerträglich, was Ihre Eltern Ihnen angetan haben. Noch unerträglicher finde ich, dass das nach aller Wahrscheinlichkeit ungesühnt bleiben wird. Aus genau diesem Grunde stehe ich auf Ihrer Seite. Wenn es für Sie auch anders scheinen mag: Ich will Sie schützen."

Thea schüttelte ihren Kopf und sank in sich zusammen.

„Ihr Ansinnen ist mit einem finanziellen Risiko behaftet."

„Wieso?", wunderte sich Thea und sah auf. „Für eine Anzeige muss ich mich doch nicht einmal der Hilfe eines Anwaltes oder einer Anwältin bemühen. Das kriege ich auch allein hin. Dann kostet es mich nur meine Zeit, und die ist es mir allemal wert."

„Bei Freispruch, Nichteröffnung oder Einstellung des Gerichtsverfahrens trägt der Nebenkläger oder die Nebenklägerin die durch die Beteiligung entstandenen Kosten selbst. Hingegen trägt die Kosten eines vom Gericht beigeordneten Rechtsanwalts oder Rechtsanwältin grundsätzlich die Staatskasse", fuhr Petra Fingerloos-Lepsky unbeirrt fort.

„Was heißt denn hier Freispruch?", ereiferte sich Thea und richtete sich wieder auf. „Hier geht es um ein Verbrechen an mir."

„Schon gut, Thea. Sie wissen, dass ich Ihnen glaube."

„Sie glauben mir", schimpfte Thea weiter. „Was soll denn das schon wieder heißen: Sie glauben mir." Ihre Worte klangen wie ausgespuckt.

„Das soll heißen, dass ich Mitarbeiterin einer Hilfsorganisation und nicht das Gericht bin."

„Häh?"

„Sie müssen wissen, dass es nach den geltenden Gesetzen den Angeklagten freisteht, zu schweigen, zu lügen oder die Wahrheit zu sagen. Es kann also durchaus passieren, dass Ihre Mutter sich gegen eine wahrheitsgemäße Aussage entscheidet."

„Aber es gibt dann immer noch meine Zeugenaussage."

„Die gibt es, aber ein Gericht ist in seiner Entscheidung frei. Mit anderen Worten, es hält Sie möglicherweise für unglaubwürdig oder unterstellt, dass Sie lügen."

„Aber aus welchem Grund sollte ich denn lügen?"

„Ein Grund wäre, dass Sie psychisch krank sind. Das will zwar nichts heißen, aber nehmen wir mal an, Ihre Mutter wird angeklagt. Das Gericht hört sich an, was Sie zu sagen haben. Dann wendet es sich Ihrer Mutter zu. Da sitzt dann eine alte Frau und erklärt mit gebrochener Stimme, dass sie sich, falls die Vorwürfe ihrer Tochter nur im Entferntesten zutreffend gewesen wären, sofort von ihrem Mann getrennt hätte. Was meinen Sie, was dann passiert?"

„Moment, soll das heißen: Sie sagt nichts oder lügt. Ich sage wahrheitsgemäß aus und trotzdem wird sie nicht verurteilt?", empörte sich Thea aufs Neue.

„Genauso könnte es laufen."

„Oh, nein", jammerte Thea. Tränen schossen ihr in die Augen. „Meinem ältesten Kind, es fragte mich nach meiner Ansicht, warum eine Mutter so reagiert wie meine, habe ich gesagt, dass es seine Oma selbst fragen soll. Das hat es getan. Die Antwort ist: Sie liegen genau richtig mit Ihren Vermutungen." Theas Finger zeigte auf ihre Gesprächspartnerin.

„Was hat Ihre Mutter gesagt?"

„Sie hat meinem Kind erklärt, dass mir alle diese schrecklichen Erlebnisse von meinen Psychologen suggeriert worden sind, und ich mich daran nun wie an einen rettenden Strohhalm klammere."

„Wie hat Ihr Kind darauf reagiert?"

„Es macht sich Gedanken, ob sein Gendefekt im Zusammenhang mit dem Missbrauch stehen könnte."

„Oh, je. Ist es ein Sohn oder ist es eine Tochter?"

„Ein Sohn", antwortete Thea barsch und runzelte die Stirn. „Das heißt, sie könnte freigesprochen werden und ich habe die Kosten des Prozesses zu tragen", schlussfolgerte Thea betreten in das nicht enden wollende Nicken ihrer Gesprächspartnerin hinein, ohne deren Frage zu beantworten. „Was ist, wenn ich sie anzeige, ohne dass jemand Rückschlüsse auf mich ziehen kann?" Thea grinste höhnisch. „Ich könnte eine anonyme Anzeige erstatten. Alle wüssten nach dem Inhalt, dass ich das gewesen bin, aber keiner kann es mir nachweisen."

„Das ist richtig, aber es bestehen viel eher die Veranlassung zur Annahme, dass es sich um eine Denunziation handelt, und damit die Gefahr, dass das Verfahren gleich eingestellt wird."

„Dann wäre alle Mühe umsonst." Thea fixierte den Blick von Petra Fingerloos-Lepsky. „Es gäbe da noch eine andere Möglichkeit", sagte sie lauernd.

„Welche wäre das?"

„Ich habe meinen Vater erwischt, als er gerade meinen Bruder missbrauchte."

„Wenn auch Ihr Bruder aussagt, dass Sie beide von Ihrem Vater missbraucht wurden, steigen Ihre Chancen, dass man Ihnen glaubt."

„Das können Sie gleich wieder vergessen. Ich habe mich im Gespräch mit ihm an dieses heikle Thema ganz vorsichtig herangetastet. Er erinnert sich nicht mehr. Auch er hat die Kindheitserinnerungen verdrängt, abgespalten oder was weiß ich." Thea schüttelte heftig den Kopf. „Ich liebe meinen kleinen Bruder von ganzem Herzen. Er hat sich eingerichtet in seinem Leben und ist offensichtlich zufrieden. Habe ich da das Recht, mich einzumischen und Schicksal zu spielen? Nein, nein und nochmals nein. Es ist sein Leben."

„Aber es ist wichtig, dass in einem Strafprozess alles aufgeklärt wird!"

Thea starrte ihre Gesprächspartnerin mit einem resignierten Ausdruck an und schwieg.

Dieses Verhalten setzte Petra Fingerloos-Lepsky in Erklärungsnot. „Thea, ich will es Ihnen erklären, wie das in diesem Land funktioniert." Sie räusperte sich mit würdevollem Gesicht. „Wenn ein Gericht zu der Auffassung gelangt, ein Täter ist schuldig, dann darf es ihn schuldig sprechen. Diese Wertung kann falsch sein, denn dafür gibt es Obergerichte. Gerade neulich hat ein Gericht sein Urteil in aller Öffentlichkeit folgendermaßen begründet: ‚Andere Gerichte mögen es anders sehen, wir hier sehen die Rechtslage so ...' Ich bin überzeugt, dass in diesem Fall ein Fehlurteil gesprochen wurde."

„Ich hätte also im Fall ihres Freispruchs die Kosten für den Prozess zu tragen?"

„Ja." Petra Fingerloos-Lepsky nickte Thea freundlich zu. Doch angesichts Theas griesgrämiger Miene gefror ihr das Lächeln im Gesicht. „Vielleicht sollten Sie an einen Zivilprozess denken. Bei positiver Entscheidung für das Opfer hat es keine Kosten zu tragen."

„Und wie sieht es bei einer Niederlage des Opfers aus? Dann trägt es sicher schon wieder alle Kosten, oder?", fiel Thea ihrer Gesprächspartnerin ins Wort.

„Ja, es hat dann die Gerichtskosten und die Kosten der Anwälte oder Anwältinnen auf beiden Seiten zu tragen. Allerdings gibt es hier eine Ausnahme. Bei einem Vergleich werden die Kosten entsprechend der Vereinbarung der Parteien aufgeteilt."

„Wie tröstlich", ätzte Thea. „Dann will ich versuchen, es mal kurz mit meinen Worten zu sagen."

„Gerne."

„Als mein Kind nach einem Besuch bei meinen Eltern der Meinung war, dass seine Oma dem Opa keine Gründe genannt habe, warum ich jeglichen Kontakt ablehne, schrieb ich einen Brief an meinen Vater. Der Inhalt dieses Briefes ist Ihnen bekannt?", wollte Thea von ihrer Gesprächspartnerin wissen.

„Selbstverständlich. Ich habe ihn gelesen."

Zum ersten Mal an diesem Tag vernahm Thea eine gewisse Empörung in ihrer Stimme.

Thea musste nicht lange überlegen. Sie kannte ihren geschriebenen Text auswendig, so oft hatte sie ihn vor dem Absenden gelesen, zerrissen und doch wieder neu geschrieben.

„Es tut mir so leid, dass wir nur dann eine finanzielle Unterstützung leisten können, wenn die Tat nach 1990 geschehen ist. Es ist nun mal per Rechtsvorschrift so vorgesehen."

Theas musterte ihre Gesprächspartnerin mit einem kritischen Blick. „Sie hätten es mir nicht sagen brauchen. Ich wusste es schon vorher", antwortete sie gelassen lächelnd. „Mein Bauchgefühl hat es mit verraten."

„Es ist so unendlich bedauerlich, dass Betroffene, die in ihrer Kindheit oder Jugend sexuell missbraucht wurden, noch keine Hilfsangebote erhalten können. Unsere Gesellschaft kritisiert dies und appelliert regelmäßig an alle Beteiligten, dem Gedanken der Opferhilfe Vorrang vor anderen Gesichtspunkten zu geben."

„Ich finde, es war nach der Wende ausreichend Zeit, eine gemeinsame Lösung zu finden und den Betroffenen endlich umfassend zu helfen. Aber andere Dinge sind wohl wichtiger." Theas Stimme klang mutlos. „So werden die an mir begangenen Verbrechen also in jederlei Hinsicht ungesühnt bleiben."

„Vielleicht entschließt sich Ihre Mutter ja doch noch …"

„Niemals, ich kenne sie." Thea hob abwehrend ihre Arme. „Bevor ich heute zu Ihnen gekommen bin, habe ich mich noch einmal ganz klein gemacht. Ich habe sie gefragt, ob sie mir bestätigen kann, dass ich zu Besuch war, um mit meinem Vater über den Missbrauch zu sprechen. Raten Sie mal, was sie darauf erwidert hat."

„Sie kann sich nicht erinnern", reagierte Petra Fingerloos-Lepsky wie auf Kommando.

„Sie antwortete: Ich kann bestätigen, dass du zu Besuch kamst, aber mehr nicht. Ich war schließlich während eures Gesprächs nicht dabei. Dabei hat sie an der offenen Tür gelauscht. Ich habe es gesehen." Thea erhob sich. „Im Moment empfinde ich nichts als Abscheu und Verachtung für sie."

Auch die Mitarbeiterin der Hilfsorganisation stand auf. „Vielleicht gelingt es Ihnen, ihr zu vergeben."

Beide Frauen sahen sich fest in die Augen.

„Vielleicht, denn sie ist schließlich meine Mutter. Vielleicht aber auch nicht, denn sie ist auch die Frau, die mich im Stich gelassen hat. Damit trägt sie ebenfalls die Verantwortung dafür, was in meiner Kindheit geschehen ist."

„Sehen Sie, Thea, genau diese Erkenntnis könnte Sie doch trösten. Wenn Ihre Mutter auch durch das Gesetz ungestraft bleibt, wird sie ihre Strafe auf eine andere Weise erhalten."

„So?", fragte Thea mit eisigem Lächeln. „Nun wird es aber spannend. Erzählen Sie mal ruhig weiter."

„Es ist bereits in der Bibel zu lesen: Man erntet, was man sät. Ich glaube daran, dass genau das eintrifft und sie die gerechte Strafe erhalten wird für das, was sie getan hat."

„Nur bin ich leider nicht so gläubig wie Sie, und auf das Gesetz kann ich mich offensichtlich auch nicht verlassen. Was nun?", provozierte Thea ein letztes Mal. Sie reichte Petra Fingerloos-Lepsky die Hand. „Haben Sie keine Sorge." Sie lächelte ein versöhnliches Lächeln. „Mir wird schon noch ein Ausweg einfallen, wie ich mich aus dieser unerträglichen Lage befreien kann."

14
KAPITEL

Jahr 2005

Es hatte fast trotzig aus dem Munde des alten Mannes geklungen, als er widerwillig die Fragen des Gerichtes beantwortet hatte: „Ja, ich hatte eine besondere Liebesbeziehung zu meiner Tochter. Wie lange, weiß ich nicht mehr. Es war so, dass meine Tochter ihre Mutter abgelehnt hat. Ich spürte immer ein bisschen Eifersucht zwischen den beiden. Woraus ich das schließe? Einmal, als ich gerade mit meiner Frau verkehrte, kam sie hinzu. Sie wurde sehr böse, denn sie wollte mit mir schmusen. Woher ich das weiß? Na, sie sagte es mir. Sie war ein Kind, das viel Liebe brauchte. Schließlich musste ich ausgleichen, wozu ihre Mutter nicht in der Lage war. Es ist dann in sexuellen Handlungen ausgeartet. Begonnen haben diese, als ich meine Tochter nach den Duschen und Abtrocknen gebeten habe, mein Glied anzufassen und zu streicheln. Als mein Penis dann steif war, habe ich ihn an die Scheide meiner Tochter herangeführt. Sie saß immer auf der Kante der Waschmaschine. Diese Handlungen dauerten immer so zwischen zwei bis drei Minuten, wobei ich da noch keinen Samenerguss hatte. Später, als sie an diese Handlungen gewöhnt war, habe ich mein Glied mit zurückgezogener Vorhaut an der Vagina meiner Tochter gerieben und abgespritzt. Selbstverständlich nicht auf den Körper meiner Tochter! Wie kommen Sie denn auf so etwas? Noch später habe ich meinen Penis mit der Hand an die Scheide meiner Tochter geführt, meine Eichel mit ihren Schamlippen überdeckt und ihn hin und her bewegt. Aber ich habe niemals Stoßbewegungen ausgeführt. Später im Schlafzimmer habe ich meinen Penis immer zwischen ihre Beine geschoben. Sie hat es geduldet. Ein einziges Mal, als ich in sie eingedrungen bin, hat sie geschrien. Selbstverständlich habe ich dann sofort aufgehört. Ich wollte ihr schließlich nicht wehtun. Einmal, es war im Sommer und ich schlief noch, meine geschiedene Frau war bereits außer Haus, kam meine Tochter zu mir ins Bett. Ich habe sie ausgezogen und bat sie, mein Glied zu streicheln. Als mein Penis dann steif war, bat ich sie, ihn in den Mund zu nehmen. Ich habe ihr jedoch gesagt, dass sie das nicht tun muss, wenn sie es selbst nicht will. Ob meine geschiedene Frau von den Missbräuchen gewusst hat, wollen Sie wissen? Diese Frage kann ich mit einem klaren ‚Ja' beantworten. Sie hat mich gefragt, ob ich wisse, was ich da tue, und es schließlich in meiner Verantwortung belassen, wie ich weiter damit umgehe. Wie ich dann in der Folge mit den sexuellen Misshandlungen umgegangen bin? Dagegen möchte ich mich verwehren. Ich gebe zu, dass ich meine Tochter über einen längeren Zeitraum sexuell benutzt habe, aber misshandelt habe ich sie niemals. Ich hätte das nie getan, denn ich habe immer mehr in ihr gesehen als meine Tochter."

Kaum war das Gericht nach diesen Worten des Angeklagten hinter der Tür des Beratungsraumes verschwunden, brach es aus der jungen Frau heraus. „Ich könnte mir das Gesicht zerkratzen", zischte Sandra Barschus wütend und ließ sich in ihren Stuhl zurückfallen.

Irritiert über den unerwarteten Ausbruch ihrer Mandantin nach einer zweitägigen, zermürbenden Verhandlung blickte Christine Eiselt zur Seite. „Was ist denn los mit Ihnen? Es läuft doch alles so, wie wir es erwartet haben."

„Sehen Sie sich das Schwein doch an." Der Kopf der jungen Frau führte eine nickende Bewegung in Richtung der Anklagebank, die sich im Gerichtssaal nur wenige Meter entfernt von den Frauen befand, aus. „Und ich bin das Abbild von dem

da. Oh, ich könnte Hackfleisch aus meinem Gesicht machen", fluchte sie leise. „Ich sehe genauso aus wie dieser elende Mistkerl." Sie warf Christine Eiselt einen jämmerlichen Blick zu, bevor sie wieder geradeaus starrte.
„Ich gehe kurz mal telefonieren." Die auf der Anklagebank neben den beiden Frauen sitzende Staatsanwältin, die unfreiwillig zur Zuhörerin geworden war, faltete die schwarze Robe sorgsam zusammen, legte sie über ihren Stuhl und verließ nach einem mitleidigen Blick auf die junge Frau den Verhandlungssaal.
Kaum hatte sich die schwere Saaltür hinter ihr geschlossen, kam auch Bewegung in die beiden Personen, die hinter der Anklagebank saßen. Nachdem der Verteidiger seinem Mandanten leise Worte ins Ohr geflüstert hatte, nickte der alte Mann. Beide verließen ebenfalls den Gerichtssaal, ohne zu Sandra Barschus herüberzusehen.
„Diese fiese Drecksau kann mir nicht einmal ins Gesicht sehen." Nachdem die junge Frau mit ihrer Anwältin nun alleine war, erlaubte sie sich, ihren Emotionen freien Lauf zu lassen. Sandra Barschus schlug mit der flachen Hand auf die Tischplatte und begann zu weinen.
„Hätten Sie etwas anderes erwartet?", fragte Christine Eiselt vorsichtig und legte ihrer Mandantin ihre Hand auf den Arm.
„Von dem? Nein." Tränen rollten der jungen Frau über das blasse Gesicht. „Ich denke, dass alles falsch gewesen wäre, was er tun und lassen hätte können." Der Tränenfluss verstärkte sich.
„Möglicherweise sollten Sie erst einmal die Ereignisse an sich verarbeiten, ehe Sie darüber nachdenken, wie Sie in Zukunft mit Ihrem Vater umgehen."
„Wie meinen Sie das?" Die junge Frau schluckte und wühlte in ihrer Handtasche.

„Haben Sie sich überhaupt schon Hilfe gesucht, um die schrecklichen Geschehnisse Ihrer Kindheit zu überwinden?"
„Nein. Ich wollte erst abwarten, was hier rauskommt."
„Warum das denn?"
Bevor sie antwortete, zog die junge Frau ein Taschentuch aus der Tempopackung, wischte sich die Tränen aus dem Gesicht und schnaubte kräftig hinein. „Ich hatte Angst, dass keiner mir glaubt. Es steht schließlich Aussage gegen Aussage, denn meine Mutter hat mal wieder versagt."
„Das ist richtig", entgegnete Christine Eiselt. „Aber es steht ihr nach dem Gesetz frei auszusagen oder die Aussage zu verweigern."
„Sie hat aber alles mitbekommen." Die junge Frau unterdrückte einen gequälten Ton, der tief aus ihrem Innern dringen wollte. „Sie hat sich deshalb scheiden lassen, weil sie auf mich eifersüchtig war." Sandra Barschus drehte sich in ihrem Stuhl und wandte sich Christine Eiselt zu. „Frau Eiselt, dieses Dreckschwein hat mein Leben zerstört. Diese miese Ratte hat mit mir Ehepaar gespielt." Ihre Stimme hatte einen entrüsteten hohen Klang angenommen. „Er hat mich behandelt, als sei ich seine Prinzessin. Ich habe alles bekommen, was ich mir gewünscht habe", erklärte sie verbittert und schüttelte missbilligend ihren Kopf.
Christine Eiselt schwieg, um den Redefluss ihrer Mandantin nicht zu unterbrechen.
„Er hat mir Kleidung und Spielzeug gekauft, immer vom Feinsten. Ich musste weder Staub wischen noch abtrocknen, Wäsche aufhängen oder sonst irgendwelche Tätigkeiten im Haushalt verrichten. Er hat mich gehegt und gepflegt wie eine Haremsdame. Ich hatte nur eine einzige Aufgabe." Sie wandte den Blick ab. „Ich musste ihm immer zu Willen sein, wenn er es wollte, und er wollte immer. Jeden Tag hat er mit mir Liebe – so nannte er es tatsächlich – gemacht." Ihre Augen füllten sich

erneut mit Tränen. „Jeden Tag hat er mich glauben lassen, dass das, was sich da zwischen ihm und mir abspielt, normal zwischen Vater und Tochter wäre." Die Tränen rannen ihr in zwei Bächen über die Wangen. „Ich war fünf Jahre, als es begann, und vierzehn, als ich es beendete." Sie tupfte sich die Wangen trocken und schnäuzte sich erneut.

Christine Eiselt beugte sich vor und ergriff beide Hände ihrer Mandantin. „Ich bin in einem völlig normalen Elternhaus aufgewachsen. Meine Eltern sind anständige, ehrbare Menschen, die ihre Kinder mit viel Liebe und Wärme aufgezogen haben. Sie haben meinem Bruder und mir alles ermöglicht, was in ihren Kräften stand, so dass das, was Sie mir da erzählen, meine Vorstellungskraft bei weitem übersteigt. Ich bin daher außer Stande, auch nur im Ansatz das nachvollziehen zu können, was Sie durchgemacht haben und was Sie fühlen. Ich habe auch keine Erklärung dafür, warum das Schicksal gerade Sie so hart getroffen hat. Aber eines weiß ich, es ist wichtig, dass Sie Ihre Vergangenheit bewältigen und mit sich und allen, die Ihnen Böses angetan haben, ins Reine kommen."

„Das ist leichter gesagt als getan", entgegnete die junge Frau kalt.

„Sie müssen als Erstes lernen, Hilfe anzunehmen. Wie soll es Ihnen sonst gelingen, sich selbst lieben zu lernen und ein glückliches Leben zu führen?"

„Frau Eiselt, ich war ein fünfjähriges Kind, als ich Hilfe gebraucht hätte. Meine Mutter muss etwas gemerkt haben. Sie wurden geschieden, als ich zwölf war, und seither hat sie jeglichen Kontakt zu mir gemieden", antwortete Sandra Barschus mit erstickter Stimme.

Christine Eiselt nickte. „Jeder Mensch ist frei in seinen Entscheidungen. Als Außenstehender dürfen wir uns zwar erlauben, unsere Meinung zu äußern, wenn wir gefragt werden, aber die Entscheidung, welchen Weg er gehen will, sollten wir jedem Menschen selbst überlassen. Im Endeffekt muss auch jeder die Konsequenzen seines Handelns selbst tragen."

„Nur, dass ich in diesem Falle die Konsequenzen des Versagens meiner Mutter zu tragen habe", stellte Sandra Barschus bitter fest.

„Wir alle leben eben nicht losgelöst voneinander." Fast demonstrativ drückte Christine Eiselt noch einmal die Hände ihrer Mandantin, bevor sie sie losließ. „Ich denke sowieso, dass alle Handlungen in diesem Universum in irgendeiner Weise miteinander verbunden sind."

„Das kann schon sein. Aber warum gerade ich? Ich stelle mir Tag für Tag dieselbe Frage. Warum musste mir so etwas passieren?" Sandra Barschus kaute auf ihrer Oberlippe und sah an ihrer Anwältin vorbei ins Leere. Es war unschwer zu erkennen, dass sie niemals aufhören würde, ihr Gehirn mit dieser Frage wieder und wieder zu martern.

„Eigentlich gibt's auf die Frage keine Antwort, denn verdient hat das niemand."

„Wenn ich wenigstens eine Antwort hätte, wäre ich schon glücklich."

Aus dem Blick ihrer Mandantin sprach eine Hoffnungslosigkeit, die Christine Eiselts tief berührte. „Ich verrate Ihnen meine Erklärung für all die schlimmen Dinge, die Ihnen passiert sind, wenn Sie mir versprechen, sich nach diesem Prozess professionelle Hilfe zu holen."

„Das bringt doch auch nichts. Außerdem habe ich schon mit einem Psychologen gesprochen."

„Und?"

„Pah." Die Mundwinkel der jungen Frau zogen sich verächtlich nach unten. „Ich hatte den Eindruck, dass der viel eher einen Psychologen nötig hat als ich."

„Da liegen Sie möglicherweise ganz richtig. Während eines Mandantengesprächs hat mir einmal eine Psychologin erzählt, dass sie, um ihren Beruf dauerhaft ausüben zu können, sich selbst psychologischer Hilfe bedienen müsse." Aufmunternd lächelte Christine Eiselt ihrer Mandantin zu. „Ist doch kein Wunder. Schließlich haben Psychologen den ganzen Arbeitstag nur mit kranken Menschen zu tun. Wenn sie dann kein ausgewogenes Gleichgewicht zu ihrer Arbeit finden ..." Sie unterbrach sich und lächelte ihrer Mandantin aufmunternd zu. „Wahrscheinlich hat der Psychologe dann nicht gut zu Ihnen gepasst. Vielleicht suchen Sie sich einen anderen, mit dem Sie ein Vertrauensverhältnis ausbauen können. Dann haben Sie die Chance, das Geschehen zu verarbeiten. Ihnen hat man das Missbrauchsgeschehen aufgeladen, und zwar ohne Ihnen die Möglichkeit zu geben, dieses zu verarbeiten, um sich so zu lieben, wie Sie sind."

„Ich mich lieben? Das meinen Sie nicht im Ernst. Wofür sollte ich das?" Empört funkelte Sandra Barschus Frau ihre Anwältin an. „Vielleicht dafür, dass ich schon im frühesten Kindesalter das Sexualleben einer erwachsenen Frau gelebt habe?", fuhr sie zynisch fort. Ihre Augenbrauen wanderten nach oben. „Das Schlimmste für mich ist, dass ich es damals schön fand. Damit komme ich heute am wenigsten klar."

„Aber es war damals nicht Ihre Entscheidung", warf Christine Eiselt ein.

„Nein, das stimmt. Aber ich mochte es, von ihm verwöhnt zu werden, und ich habe die unzähligen Orgasmen genossen", flüsterte Sandra Barschus.

Die junge Frau beugte sich nach vorne. „Ich war süchtig nach diesen Orgasmen", hauchte sie in Christine Eiselts Ohr. „Also habe ich onaniert, wo ich stand und wo ich saß. Ich habe rittlings auf der Sessellehne gesessen und mich solange hin und her bewegt, bis ich meinen Höhepunkt erlebt habe. Ich habe eine Barbie als Dildo benutzt und auch die Laterne von meiner Puppenstube. Ich habe auf meinem Hausschuh gesessen, um meine Vagina zu stimulieren, und den Schulbusfahrer gefragt, ob er mit mir vögeln will. Kaum lag ich im Bett, habe ich mir unter der Decke regelmäßig selbst Lust und Entspannung verschafft, so, wie er es immer mit mir getan hat. Ich habe Doktorspiele mit meinen Freundinnen im Keller gespielt, um mich zu befriedigen. Pervers, ich war entartet. So etwas macht ein Kind nicht." Ein erstickter Schrei drang aus ihrer Kehle. „Mit vierzehn hatte ich meinen ersten Freund." Sie räusperte sich. Ihr Mund war trocken geworden. „Stellen Sie sich vor, der Alte war eifersüchtig. Er machte mir Szenen, als ich ihm mitteilte, dass ich in meinen damaligen Freund verliebt sei. Ich fühlte mich wie eine Ehefrau, die beim Fremdgehen erwischt worden war."

„Hatten Sie denn niemanden, dem Sie sich anvertrauen konnten?"

„Frau Eiselt, ich habe gedacht, dass das, was zwischen dem Alten und mir läuft, normal zwischen Vater und Tochter wäre. Wem sollte ich mich denn da anvertrauen?"

„Das habe ich nicht bedacht. Tut mir leid." Schuldbewusst sah Christine Eiselt ihre Mandantin an.

„Als er dann aus reiner Eifersucht meinen Freund rausgeworfen und ihm bei uns ein für alle Mal Hausverbot erteilt hatte, spürte ich, dass irgendetwas in meinem Leben schiefläuft." Die junge Frau wischte sich über ihr Gesicht, aus dem jegliche Farbe gewichen war. „Ich bin von zu Hause abgehauen, immer wieder und immer wieder. Sie haben mich schließlich in ein Heim gesteckt. Alle haben gedacht, ich sei eine Rumtreiberin." Sandra Barschus lachte ein böses Lachen. „Im Heim hatte ich eine Erzieherin, der habe ich alles erzählt. Ich weiß nicht warum, aber gegen den Alten ist nichts unternommen worden", fuhr sie tonlos fort. „Entweder sie haben mir nicht geglaubt oder ich hatte etwas erlebt, was nicht sein durfte."

„Das kann schon möglich sein", warf Christine Eiselt ein. „Es waren die 80er Jahre, sozialistische Zeiten, und Kriminalität dieser Art wurde und wird leider viel zu oft totgeschwiegen." Sie beobachtete, wie sich das Gesicht ihrer Mandantin wieder verschließen wollte. „Was hat denn eigentlich das Gespräch mit dem Psychologen ergeben?", fragte sie schnell.
„Das wollen Sie nicht wissen", antwortete die junge Frau spöttisch.
„Doch, das interessiert mich."
„Er sagte, dass ich eine unwahrscheinlich große Frau sei und ihm zu groß wäre."
„Verstehe ich nicht", entgegnete Christine Eiselt verwundert. „Haben Sie nachgefragt, was er meint?"
„Nein, natürlich nicht."
„Wenn er das zu mir gesagt hätte, hätte es noch einen Sinn ergeben, aber Sie sind doch allenfalls 1,70 Meter groß, oder?" Ungläubig schüttelte Christine Eiselt ihren Kopf.
„1,73 Meter, um genau zu sein."
Christine Eiselt überlegte einen Moment. „Sicher wollte er damit seine Bewunderung für Sie zum Ausdruck bringen", mutmaßte die Anwältin. „Anders ergeben diese Äußerungen für mich überhaupt keinen Sinn."
„Ach, Quatsch", presste die junge Frau böse heraus und wandte sich ab. Mit verschränkten Armen lehnte sie sich in ihrem Stuhl zurück und schwieg.
„Natürlich hat er das so gemeint", setzte Christine Eiselt nach. „Ihre Körpergröße ist heutzutage allenfalls durchschnittlich. Wahrscheinlich hätte er besser sagen sollen, dass Sie zu stark für ihn sind."
Ohne ihre Anwältin eines Blickes zu würdigen, schüttelte die junge Frau heftig ihren Kopf.
„Sicher ist er ein Mann, der schwache Frauen liebt, solche, die bei Männern stets deren Beschützerinstinkt wachrufen. Wis-

sen Sie, welche Art von Frau ich meine?" Als ihre Mandantin müde den Kopf schüttelte, grinste Christine Eiselt verschmitzt. „Ich rede von den Frauen, bei denen die Männer ständig das Gefühl haben, sie müssten ihre Flügel ausbreiten, damit die ach so schwachen Weibchen bei drohendem Unheil schnell darunterkriechen können." Ihre Stimme hatte einen süffisanten Ton angenommen.

„Meinen Sie wirklich?" Die junge Frau sah ihre Anwältin mit großen erstaunten Augen an.

„Ganz sicher, denn bei allem Leid, das Ihnen widerfahren ist, machen Sie nicht den Eindruck einer gebrochenen Frau, ganz im Gegenteil." Christine Eiselt beobachtete mit wachen Augen den Kampf, der sich im Gesicht ihrer Mandantin abspielte, bevor sie mit eindringlicher Stimme fortfuhr. „Sehen Sie sich doch an. Sie haben eine solide Ausbildung absolviert, haben eine eigene kleine Familie, stehen mit beiden Beinen fest im Leben und könnten eigentlich glücklich sein."

„Das glauben auch nur Sie. Der Vater meines Sohnes ist mir davongelaufen, raten Sie mal warum?"

„Ich kann es mir denken. Sicher hängt es mit Ihrem Schicksal zusammen."

„Genauso ist es. Ich konnte nicht mehr mit ihm schlafen. Ständig habe ich den Alten gesehen, wenn er auf mir lag. Um zu verhindern, dass es auffällt, habe ich geschauspielert, aber es hat nichts genützt. Irgendwann hatte er die Nase voll und ich kann ihn sogar noch verstehen. Sicher hätte ich an seiner Stelle genauso reagiert. Was soll er auch mit einer Frau im Bett, die so steif daliegt wie ein Brett."

„Haben Sie jemals darüber geredet?", fragte Christine Eiselt mitfühlend.

„Klar. Wir haben sogar 'ne Therapie gemacht. Nur leider hat die auch nichts genützt." Die junge Frau seufzte und fegte sich mit der Hand imaginäre Fussel von der Hose. Plötzlich lach-

te sie hart auf. „Sehen Sie, noch so ein Tick von mir. Ich habe einen Reinlichkeitsfimmel." Wieder schüttelte sie heftig ihren Kopf. „Einfach bescheuert."
„Einen Putzfimmel zu haben, finde ich gar nicht so schlecht", warf Christine Eiselt ein. „Ich selbst kann zwar Unordentlichkeit nicht ausstehen, aber ich zähle leider zu den Personen, die über Staub gut hinwegsehen können."
„Wenn es nur das wäre." Die junge Frau sah ihre Anwältin mitleidig an. „Wovon ich rede, hat damit nichts zu tun."
„Sondern?"
„Ich rede davon, dass ich, wenn ich Besuch hatte, hinterher fast krank bin. Ich muss alles, was die Personen berührt haben, desinfizieren, sonst fühle ich mich in meiner Wohnung nicht mehr wohl."
„Sicher hat jeder unterschiedliche Ansprüche an Sauberkeit", wagte Christine Eiselt einen zaghaften Einwurf.
„Frau Eiselt, sehen Sie sich bitte meine Hände an." Sandra Barschus streckte der Anwältin ihre Hände entgegen.
Sicher, die harten Hände ihrer Mandantin waren ihr aufgefallen, wenn sie sich begrüßt oder verabschiedet hatten und auch als sie sie vorhin gehalten hatte. Und doch hatte Christine Eiselt ihnen nicht mehr als einen flüchtigen Gedanken gewidmet, zu sehr war sie von dem Schicksal der jungen Frau in den Bann gezogen gewesen. Mit einem Ausdruck des Erschreckens im Gesicht betrachtete sie nun die ihr entgegengestreckten, dunkelrot-rissigen Handflächen, die vor Entzündung dick geschwollen waren.
„Bei allem Respekt, ich glaube, dass wir beide über zwei sehr verschiedene Dinge reden." Die junge Frau presste ihre Lippen zusammen, stopfte sich schicksalsergeben die Hände in ihre Jackentaschen und starrte stumm hinüber zu der leeren Bank, hinter der noch vor kurzem ihr Vater gesessen hatte. Diese Geste hatte etwas Schamhaftes an sich. Mit ihren eng an

den Körper gepressten Armen, die Hände tief in den Taschen vergraben, erinnerte sie nun an ein kleines zerbrechliches Vögelchen, das dem Sturm trotzend auf das Ende des Unwetters wartete.

Die Empfindungen von Christine Eiselt wühlten sie innerlich auf. Sie empfand unendliches Mitgefühl mit der geschundenen Seele ihrer Mandantin, hegte aber einen ungeheuren Groll gegen deren Peiniger. Sie fragte sich, wie krank ein Mensch sein muss, der die Liebe und das Vertrauen eines kleinen Kindes missbraucht, um seine eigenen abgründigen Triebe zu befriedigen. Das Schlimmste für Sandra Barschus ist, dass ihr Vater auch heute, Jahre später nicht den Ansatz eines schlechten Gewissens oder Reue zeigt, dachte sie empört und warf einen Blick auf ihre Mandantin, die regungslos neben ihr saß und vor sich hinstarrte.

„Wenn ich meinen Sohn nicht hätte, hätte ich das verwerfliche Schwein heute gekillt."

Abrupt riss die Stimme ihrer Mandantin Christine Eiselt aus ihren Gedanken. „Sie hätten was?"

„Sie haben ganz richtig gehört. Ich hätte ihn abgeknallt."

„Wie hätten Sie das denn anstellen wollen?" Noch immer glaubte die Anwältin nicht an die Ernsthaftigkeit der Worte ihrer Mandantin.

„Sie glauben gar nicht, wie einfach das ist." Die Spannung schien aus dem Körper der jungen Frau zu weichen. „Ich wusste, wo ich heute sitzen würde. Vor ein paar Tagen habe ich mir das Gericht angesehen." Sie lächelte träumerisch vor sich hin. „Ich hätte mir eine Waffe besorgt und die in das Gericht geschmuggelt. Selbstverständlich auch ein paar Tage eher." Sie zeigte auf die Besucherstühle. „Einen davon hätte ich mir ausgesucht und die Waffe darunter geklebt. Das wäre nicht aufgefallen oder meinen Sie, die Putzfrau hätte sie gefunden?" Ein spöttisches Lachen drang aus ihrer Kehle. „Ich habe zu-

gesehen, wie die putzen." Ihre Augenbrauen zogen sich hoch. „Die putzen im Akkord. Zeit, sich zu bücken und unter den Stühlen nachzusehen, bleibt da eher nicht. Und selbst wenn, dann hätte ich ihn eben auf der Straße abgeknallt. Ich weiß ja jetzt, wo er wohnt. Kein Mensch wäre auf die Idee gekommen, dass ich es war, denn ich gelte als unbescholten. Vorher keine Straftat und hinterher nie wieder. Was glauben Sie, wie hoch die Wahrscheinlichkeit ist, dass man mich als die Täterin überführt, wenn ich den richtigen Moment abgepasst hätte?"
„Keine Ahnung. Darüber denke ich auch nicht nach, denn Sie meinen es doch nicht ernst, oder?"
„Was würden Sie tun, wenn ein Mord geschähe, und vom Täter oder der Täterin gäbe es keine Spur? Würden Sie mich anzeigen? Sie wüssten ja jetzt, dass ich es war."
Christine Eiselt hatte bereits den Mund geöffnet, als sich genau in diesem Moment die Tür öffnete, die Staatsanwältin zurückkehrte und sie damit um eine Antwort herumkam. Sie lächelte, doch die Entschlossenheit im Gesicht ihrer Mandantin verursachte ihr eine Gänsehaut.

15
KAPITEL

Jahr 2006

Das schwüle Wetter trieb der bunt gemischten Menschengruppe den Schweiß aus den Poren. Er lief ihnen als Rinnsal den Hals hinunter und zeigte sich in riesigen feuchten Flecken, durch die die leichte Sommerkleidung wie eine zweite Haut an ihren Körpern klebte. Ihre Gesichter waren von der brütenden Hitze gerötet, die Haare klebten an Stirn und Schläfen.
Schon kurz nach ihrer Rückkehr in den Bus dämmerten einige von ihnen mit geschlossenen Augen vor sich hin, andere wiederum sahen interessiert aus dem Fenster und sogen die fremde karge Landschaft in sich auf. Wieder andere unterhielten sich, die einen im Flüsterton, die anderen in einer Lautstärke, die ihren Sitznachbarn befremdlich unangenehm erschien. Aus dem Radio dudelte unablässig die Musik des Landes, die den südländisch aussehenden Fahrer immer dann zum lautstarken Mitsingen inspirierte, wenn er für eine kurze Zeit aufhörte, die türkische Reiseleiterin der Gruppe anzuschmachten.
Am belastendsten wirkte die Reise auf die Kinder. Der Ton, in dem sie ihre Unterhaltung führten, konnte wohl nur von einem startenden Flugzeug übertönt werden. Ob es die Hitze des Tages oder ihre antiautoritäre Erziehung war, infolge der sie regelmäßig durch den Bus liefen, ließ sich nicht feststellen, denn keiner der Erwachsenen dachte daran, sie zur Ordnung zu rufen.
Es bedurfte einigermaßen starker Nerven - abgeschottet von all diesen Einflüssen - zurückgelehnt in die unbehaglichen Sitze, die Ruhe zu bewahren. Doch genau diese schienen die

beiden Frauen zu besitzen, die inmitten der pulsierenden Ansammlung von Menschen saßen, aber sich dennoch in eigentümlicher Weise von ihr abhoben.

Es mochte an ihrer Zufriedenheit oder ihrem Gleichmut liegen. Wer wusste das schon und wen interessierte das? Schließlich war jedem Einzelnen nur daran gelegen, die unvermeidliche Fahrt wenigstens halbwegs gut zu überstehen.

Während sich die am Gang Sitzende fast die gesamte Reise ihrem Buch gewidmet hatte und sich nicht einmal dann stören ließ, wenn sie von einem der tobenden Kinder unsanft angestoßen wurde, hatte die andere der beiden Frauen über Stunden aus dem Fenster interessiert Land und Leute beobachtet. Allenfalls dann, wenn das Schreien so laut wurde, dass es in sirenenartiges Geheul überging, hatte zu Beginn der Fahrt eine von ihnen wortlos, aber mit mitleidigem Blick in Richtung der Eltern der Kinder gesehen. Da diese jedoch eher mit sich selbst beschäftigt waren und von der Hitze des Tages schon seit dem Morgen ermattet, nicht im Entferntesten daran dachten ihre Kinder zu ermahnen, hatten die beiden nach mehreren erfolglosen Versuchen endgültig aufgegeben.

Wenige Minuten zuvor hatte auch die am Fenster des Busses Sitzende ein Taschenbuch aus ihrem Rucksack gezogen, so dass nun beide Frauen, durch die Sitze eng aneinandergepresst, unaufgeregt Seite um Seite umblätternd, den Inhalt ihrer Bücher in sich aufsogen.

„Oh, sieh mal da, mein Liebling, hier ist die Welt noch in Ordnung."

Diese Worte aus dem Munde eines Familienvaters, gerichtet an seine junge Frau, waren einer jener Sätze, die auf die Menschen eine eigenwillige Wirkung ausübten.

Schlagartig verstummten alle Gespräche. Alle Blicke folgten der Richtung, die der Arm des jungenhaften Mannes ihnen vorgab. Selbst die beiden Frauen hielten inne und sahen auf.

Dem blitzartigen Erkennen der Situation folgte das Lachen eines der Mitreisenden, in das unmittelbar darauf willig viele der anderen, so auch die beiden Frauen, einstimmten und das noch anhielt und nachhallte, als der Bus den auf seinem Esel reitenden türkischen Bauern und seine folgsam, mit gesenktem Haupt, hinter beiden her gehende Frau, schon lange passiert hatte.

Die Welle der nun folgenden allseitigen Belustigung erfasste auch die Kinder. Obgleich ihnen der Grund des Amüsements ihrer Eltern verborgen blieb, zeigten sie sich dennoch sofort bereitwillig, mit freudigem Gekreische ihren Beitrag zur allgemeinen Erheiterung zu leisten.

Die beiden Frauen waren unverkennbar Freundinnen. Die Eintracht, mit der sie wortlos ihre Bücher schlossen, in ihrem Gepäck verstauten, sich wieder in ihren Sitzen zurücklehnten und sich einander zuwandten, ließ keinen Zweifel.

„Zum Augenblicke dürft' ich sagen: Verweile doch, du bist so schön!", flüsterte die eine zu der anderen hinüber.

„Es ist wirklich ein Traumurlaub. Noch nie hatte ich einen schöneren. Ohne dich hätte ich dieses Land niemals kennengelernt. Du verwöhnst mich in so vielerlei Hinsicht. Ich danke dir sehr dafür."

„Glaub mir, du hast es auch verdient."

Die beiden Frauen sahen sich verliebt in die Augen.

„Wenn ich an unsere erste Nacht denke, habe ich jedes Mal Schmetterlinge im Bauch. Ich habe so etwas noch nie erlebt. Wir haben die ganze Nacht gequatscht und uns geliebt. So wenig geschlafen habe ich noch nie."

Sie hielten ihre Köpfe einander zugeneigt.

„Ich auch nicht. Wir waren so richtig ausgehungert und sind übereinander hergefallen, als ob es keinen Morgen gäbe. So etwas erlebt man nur ein einziges Mal in seinem Leben."

„Ich habe es von Anfang an gewusst."

„Was hast du gewusst?"
„Du bist die große Liebe meines Lebens. Das weiß ich seit jener ersten Nacht. Ich habe dich erkannt. Es gibt für mich kein Davor, es gibt für mich kein Danach."
„Bist du dir sicher?"
„Ganz sicher."
„Woher kannst du dir so sicher sein?"
„Unsere Beziehung stellt für mich das dar, was ich mir immer erträumt habe." Polly formte mit ihren Lippen einen Luftkuss.
„Und wie ist es so bei dir?"
„Genauso, ich fühle wie du. Du gibst mir das Gefühl, angekommen zu sein. Das Gefühl, zum ersten Mal im Leben geliebt und anerkannt zu werden, ist so wunderschön. Deine Liebe ist so bedingungslos trotz meiner unzähligen Fehler und Macken."
„Die machen dich erst zu der Frau, die du bist und in die ich mich so unsterblich verliebt habe." Polly runzelte ihre Stirn. „Stimmt nicht. Ich muss mich berichtigen, die ich so unsterblich liebe."
„Ich hoffe, ich bin es wert." Hannes Augenbrauen zogen sich hoch und sie warf ihrer Gefährtin einen sorgenvollen Blick zu.
„Das steht außer Frage." Polly strich ihr flüchtig mit dem Handrücken über die Stirn. Als Hannes Falten nicht verschwinden wollten, streichelte sie sie so lange mit ihrem Daumen, bis sich die Stirn ihrer Liebsten wieder glättete. „Ich habe eine tolle Überraschung für dich", sagte sie beiläufig.
„Erzähl. Da bin ich aber gespannt." Erwartungsvoll richtete sich Hanne auf.
„Wir mieten uns morgen ein Auto und unternehmen eine Individualreise, nur du und ich."
„Du steckst wirklich voller unerwarteter Seiten. Darf ich wissen, was du vorhast?"

„Dann wäre es ja keine Überraschung mehr." Polly strahlte über ihr ganzes rundes Gesicht.
„Och, bitte sag es", schmollte Hanne wie ein kleines Kind und legte ihren Kopf zurück an die Rückenlehne.
„Nein, ich verrate es dir nicht." Polly grinste und blieb hart.
„Dann rede ich heute kein einziges Wort mehr mit dir", drohte Hanne scherzhaft.
„Versprochen?"
„Versprochen." Hanne legte sich in ihren Sitz, verschränkte die Arme und schloss die Augen.
„Ich glaube, dass ich es dir doch sage. Nicht mit dir reden zu können, ist für mich die größte Strafe, die ich mir denken kann", hauchte Polly in Hannes Ohr.
Hanne lächelte mit geschlossenen Augen.
„Also, willst du wissen, was ich vorhabe?"
„Klar will ich das", entfuhr es Hanne. Sie öffnete ihre Augen und löste die Verschränkung ihrer Arme.
„Wir besuchen unsere Seelenverwandten, nehmen ein paar Kinderchen von ihnen mit und vergrößern auf diese Weise unsere Familie."
„Welche Seelenverwandten?", fragte Hanne sichtlich bemüht ihre Irritation zu verbergen. „Und wie, bitte schön, willst du denn das anstellen? Wir beide haben zusammen schon mehr als hundert Jahre auf dem Buckel und du willst unsere Familie um ein paar Kinderchen vergrößern?" Hanne kicherte albern. Doch dann wurde sie schlagartig ernst. „Was heißt überhaupt Familie? Wir beide hatten eine Absprache, um uns vor dem Gequatsche der Leute zu schützen."
„Dabei bleibt es auch. Unsere Liebesbeziehung werden wir schon geheim halten. Das, was zwischen uns läuft, geht sowieso nur uns etwas an. Wir haben zwar ausgeschlossen, jemals zusammenzuziehen und uns als Liebespaar in der Öffentlich-

keit zu zeigen, dabei soll und wird es auch bleiben. Aber zu heiraten, haben wir nie ausgeschlossen."

„Was, du willst mich heiraten?", fragte Hanne erstaunt.

„Ja, das will ich. Ich will Verantwortung für dich tragen, und zwar auch vor dem Gesetz."

„Das musst du nicht."

„Doch, es ist mir ein Bedürfnis, dass du, wenn mir etwas passiert, abgesichert bist. Du sollst mich dann beerben und auch Rente von mir erhalten." Pollys Gesichtsausdruck duldete keinen Widerspruch. „Stell dir nur mal vor, dass eine von uns beiden im Krankenhaus liegt und die andere bekommt vom Arzt nicht einmal eine Auskunft zum Gesundheitszustand, weil sie keine Angehörige ist. Schon alleine die Vorstellung treibt mir die Tränen in die Augen." Tatsächlich füllten sich ihre Augen in diesem Moment mit Tränen. „Und darum frage ich dich jetzt und in diesem Moment: Willst du mich heiraten?"

Hanne zögerte mit der Antwort. Sie sah an Polly vorbei aus dem Fenster und schwieg. Polly ließ sie gewähren. Nachdem sie sich mit den Fingerspitzen flüchtig über ihre Augenwinkel gewischt hatte, nahm sie die gleiche Sitzhaltung wie ihre Gefährtin ein. Nach einer Weile waren beide Frauen nicht nur schweigend im Betrachten der kargen Landschaft versunken, sie atmeten auch im gleichen Takt.

Hanne nickte und legte für den Hauch eines Augenblicks ihren Kopf an Pollys Schulter. „Wir werden jede für sich ihren Namen behalten und uns versprechen, dass niemand, auch wirklich niemand, von unserer Verpartnerung erfährt, die Ausnahme ist natürlich die Standesbeamtin. Wenn du mir das versprichst, werde ich dich heiraten", flüsterte sie.

„Nichts lieber als das", erwiderte Polly überglücklich. Sie atmete schnell und griff nach der Hand ihrer Freundin.

Zwar erwiderte Hanne den Händedruck entschlossen, jedoch entzog sie sich Polly sofort wieder nach einem kurzen Seiten-

blick auf das alte Ehepaar, das die Sitzreihen neben ihnen eingenommen hatte, und legte ihre Hände sittsam in den Schoß. Als sie den enttäuschten Gesichtsausdruck ihrer Liebsten bemerkte, lachte sie freundlich und sagte schnell: „Wir waren bei der Vergrößerung unserer Familie stehengeblieben. Nun berichte mal, wie das vonstattengehen soll. Ich bin gespannt."
Polly ließ sich nicht lange bitten. „Ich wusste, dass ich sie hier finden würde. Ich hatte sie schon auf Rhodos entdeckt und war mir fast sicher, dass ich sie auch hier finden würde."
„Wer ist sie?" Hanne schüttelte verständnislos ihren Kopf.
„Meli", grinste Polly verschmitzt. „Wir fahren morgen zu Meli."
„Wer zum Kuckuck ist Meli? Muss ich eifersüchtig werden?"
„Das glaube ich kaum, du Dummchen. Wir besuchen morgen die Familie Melia azedrach und holen uns ihre Samen. Ich weiß jetzt, wo sie zu finden ist."
„Das glaub ich jetzt nicht. Du hast ihn gesehen, den Zedrachbaum, den die Leute auch Persischer Flieder oder Chinesischer Holunder nennen?" Hanne lachte ein offenes Lachen. „Ich wollte ihn schon immer mal in der freien Natur sehen, ihn umarmen und liebkosen, den sommergrünen Baum aus dem Süden und Südosten Asiens. Du hast recht, alle Bäume dieser Welt gehören zu unserer Familie." Doch dann bewölkte sich ihre Stirn und sie schüttelte ihren Kopf. „Warum hast du mich nicht auf ihn aufmerksam gemacht?"
„Du hast so schön gelesen. Warum sollte ich dich stören? Außerdem wirst du sie ja morgen sehen, es sind mehrere an der Zahl."
„Was hast du vor?" Hanne riss ihre Augen auf.
„Ich werde eine Handvoll Samen ernten, vielleicht auch zwei."
In Pollys Gesicht trat ein teuflisches Leuchten.
„Wozu?"

Polly blickte einen Augenblick geheimnisvoll drein. „Ein Samen enthält etwa 75 Mikrogramm des hochgiftigen Abrins. Das entspricht der Dosis, die für Kinder tödlich sein kann. Bei Kleinkindern liegt die tödliche Dosis sogar deutlich darunter. Bei Erwachsenen führen 40 bis 150 Milligramm zu schweren Vergiftungen. Ich werde sie also sammeln, um daraus Abrin zu extrahieren."

„Du wirst was?" Hanne schlug sich vor Schreck mit der Hand vor den Mund.

„Im Jahre 1932 haben die Forscher Gathak und Kaul eine reine kristallisierte Verbindung der Zusammensetzung $C_{12}H_{14}O_2N_2$ aus den Samen isoliert und sie als Abrin bezeichnet. Später ist das Abrin einfach mit Methanol extrahiert worden. Wegen seiner Löslichkeit wurde es als Aminosäure angesehen und von dieser eine thermische Abspaltung von CO_2 versucht."

„Polly, du vergisst, dass ich dir schlecht folgen kann. Ich bin nicht vom Fach."

„Entschuldige, die Pferde sind mal wieder mit mir durchgegangen. Erinnere dich bitte an unser Gespräch im Wald, als wir Pilze sammeln waren." Polly legte eine bedeutungsschwere Pause ein und taxierte ihre Gefährtin. „Schon damals habe ich beschlossen dir deinen Wunsch zu erfüllen, und zwar unabhängig von dem Auffinden eines Grünen Knollenblätterpilzes. Aus genau diesem Grunde habe ich dich zu dieser Zeit in dieses Land eingeladen. Ich wusste, dass ich um diese Zeit Paternosterbohnen ernten kann. Kurze Rede, langer Sinn: Ich werde für dich das tödliche Gift herstellen. Es gibt dir die Unabhängigkeit und freie Entscheidung, die du dir so ersehnst und du benötigst, um dich zu erden."

Obwohl Hanne die Bedeutung der umgekehrten Redewendung ahnte, grinste sie und fragte: „Spielst auf das Tierkreiszeichen an, in dem ich geboren wurde, oder meinst du die

Beziehung zu meiner Zwillingsschwester?" Sie hatte ihren Worten einen scherzhaften Ton verliehen, doch aus ihren Augen sprach die Betroffenheit einer verwundeten Seele.
„Du weißt, was ich meine."
„Nein", beharrte Hanne.
Polly beugte sich blitzartig zu ihrer Gefährtin. „Dann sag ich es dir jetzt ganz unverblümt: Dieses Gift gibt dir Macht", flüsterte sie in Hannes Ohr.
„Was meinst du?", wich Hanne erschrocken zurück.
„Komm her, ich sage es dir ins Ohr", forderte Polly in fast lautlosem Ton. Ihr Gesichtsausdruck duldete keinen Widerspruch. Hanne fügte sich widerstandslos. „Glaubst du, dass du für das, was deine Seele so krank gemacht hat, jemals eine Wiedergutmachung erfahren wirst?"
„Nein, niemals." Hanne schüttelte energisch ihren Kopf. „Ich weiß es", setzte sie tonlos hinzu. Ihre Augenbrauen zogen sich zusammen und in ihrem sonnengebräunten Gesicht wich die Urlaubsfrische einer aschgrauen Farbe.
„Na, siehst du. Dann sind wir uns ja einig", sagte Polly kalt. Als sie Hannes Reaktion bemerkte, schlugen ihre inneren Glocken Alarm. „Du hast dann ein Werkzeug in der Hand, das dir dann Gerechtigkeit verschaffen kann, wenn andere sie dir versagen." Mit prüfenden Blicken beobachtete sie Hanne, die als Inbegriff eines Häufchen Elends zusammengesunken an ihrer Seite saß. „Mein Geschenk an dich wird ungeahnte Gefühle in dir hervorrufen, die alle jene auslöschen können, die dich schmerzen. Da bin ich mir ganz sicher", fuhr sie ungerührt fort.
„Meinst du?", fragte Hanne.
„Hmm, es wird dir das Gefühl von Freiheit, ja sogar das von Macht verleihen."
„Ein Gefühl von Freiheit", sinnierte Hanne mit starrem Blick auf die Rückenlehne des Sitzes vor ihr. „Frei sein, das wäre schön."

„Du bist jetzt schon frei, du weißt es nur noch nicht." Wohlwollend registrierte Polly für sich, wie sich Hannes Gesicht unmerklich aufhellte. „Deine stärkste Waffe heißt Polly. Dieses Werkzeug in deinen Händen wird, solange es lebt, alles dafür zu tun, damit es dir gutgeht, koste es, was es wolle." Sie kniff ihre Augen zu Schlitzen zusammen und schürzte die Lippen. „Sieh mich an und sag mir, was du unter Freiheit verstehst!", verlangte sie.

Wortlos wandte sich Hanne ihr zu.

„Sag es mir! Aber bitte verschone mich mit der Definition, die die Politiker immer dann für sich strapazieren, wenn sie die Leute des Ostens einlullen und ihnen den Untergang ihres gelebten Daseins mit dem, wie wir heute leben müssen, schmackhaft machen wollen." Sie unterbrach sich und wartete auf die Antwort ihrer Gefährtin.

„Freiheit bedeutet für mich, unabhängig von jeglichen Normen und Vorschriften leben zu können. Aber wer kann das schon?", antwortete Hanne zaghaft und suchte den Blick ihrer Freundin. „Wenn du arbeiten musst, um den Lebensunterhalt für dich und deine Lieben zahlen zu können, bist du unfrei. Selbst wenn du aussteigen möchtest, du kannst es nicht, denn du hast Verantwortung."

„Weiter", forderte Polly und sah Hanne tief in die Augen.

„Freiheit ist ein Leben, in dem man nicht an Zwänge gebunden ist, also tun und lassen kann, was man will, und zwar ohne auf irgendetwas oder irgendjemanden Rücksicht nehmen zu müssen", seufzte Hanne mit hoffnungslosem Blick auf ihre Freundin.

„Weiter", schoss es ungeduldig aus Polly heraus.

„Weiter? Ich glaube, so würde ich Freiheit für mich abschließend definieren."

„Dann hast du einen ganz wesentlichen Aspekt übersehen."

Hanne erhob ihre Hände zum Zeichen ihrer Unwissenheit und zuckte verständnislos mit den Schultern. „Ich habe keine Ahnung." Sie schüttelte unsicher ihren Kopf.

„Ja. Freiheit bedeutet auch, Macht zu haben." Aus Pollys Augen blitzte es böse. „Macht, sich auf eigene Weise Gerechtigkeit da einfordern zu können, wo sie dir versagt wird."

„Schatz, du verunsicherst mich", meldete sich Hanne mit kläglichem Ton.

„Entschuldige bitte, das war nicht meine Absicht." Wieder strich Polly mit ihrer rechten Hand flüchtig über Hannes Hände. „Wir werden darüber reden, wenn der Tag dafür gekommen ist."

Als Hanne zum Zeichen ihres Einverständnisses nickte, lächelte sie zufrieden und lehnte sie sich entspannt zurück in ihren Sitz.

„Was passiert, wenn wir erwischt werden?", nahm Hanne nach einer Weile das Gespräch wieder auf.

„Wer sollte uns erwischen?", beantworte Polly die Frage ihrer Gefährtin mit einer Gegenfrage.

„Die Zöllner am Flughafen."

„Darüber musst du dir keine Gedanken machen. Die werden uns ganz gewiss nicht erwischen."

„Aber was ist, wenn doch?"

„Das ist ausgeschlossen, denn ich habe vorgesorgt."

„Du hast vorgesorgt?" Hanne rutschte unruhig auf ihrem Sitz umher.

„Beruhige dich wieder, mein Liebling", forderte Polly sanft, ohne ihre lässige Haltung aufzugeben. „Hast du noch nie die aufgefädelten Samen als Perlen bei Naturschmuckketten gesehen?"

Hanne schüttelte vehement ihren Kopf. „Nein, nicht dass ich wüsste."

„Schön, dann wird es das erste Mal sein, wenn ich dir deine Kette schenke, die ich dir aus den Samen basteln werde. Ich habe alles, was ich brauche, eigens dafür mitgebracht, sogar noch Farbe, um die Perlen zu bemalen. Aber ich glaube, das muss ich nicht, denn die Zollbeamten werden bei einem Rosenkranz keinen Verdacht schöpfen."
„Aber wenn doch, was passiert, wenn sie ihn mir wegnehmen?", bohrte Hanne. „Dann war alles umsonst?"
Polly beugte sich vor. Um sich zu versichern, dass sie von keinem ihrer Sitznachbarn belauscht wurden, drehte sie ihren Kopf in alle Richtungen. Dann sagte sie mit leisem verschwörerischem Ton: „Wir gehen getrennt durch den Zoll. Damit reduziert sich die Wahrscheinlichkeit, dass wir beide gefilzt werden, um ein Vielfaches. Keiner weiß, dass wir zusammengehören. Außerdem transportiere ich die Samen auf eine andere Weise." Wieder ließ sie ihren Blick wandern. „Wer würde mir schon etwas Böses unterstellen wollen, so harmlos, wie ich aussehe?" Polly griente. „Ich habe die Schale für das afrikanische Bohnenspiel mitgebracht. Da lege ich die Samen hinein. Wenn mein Gepäck durchsucht wird, werde ich mich dumm stellen und behaupten, dass ich das Spiel auf dem Markt gekauft habe und gar nicht wusste, wie gefährlich die Samen sind. Aber ich wollte die Samen ja auch nicht essen, sondern nur damit spielen, und das Letztere ist doch noch nicht mal gelogen." Sie klimperte mit ihren Augenlidern. „Höchstens ein bisschen."
„Du steckst voller Überraschungen, und keiner würde es glauben, so harmlos wie du aussiehst", kicherte Hanne. Dann nickte sie zustimmend. „Es wird schon gutgehen. Du hast mich überzeugt."

16
KAPITEL

Jahr 2000

Während Horst Kendzia, der Kriminalbeamte, in seinem Zimmer auf und ab wanderte, beobachtete er die Protokollantin. In dem Augenblick, in dem ihre Hände innehielten und sie seinen Blick erwiderte, blieb er stehen, wandte seinen Kopf ab und musterte unverhohlen die vor ihm sitzende Anwältin. Kendzias Blick tastete sich von ihrem Gesicht über ihre Schultern. Er wanderte über ihre Arme, den Oberkörper bis hinunter zu den Beinen.

Widerstrebend musste sich Kendzia eingestehen, dass, auch wenn die Zeit, in der sie aktiv Sport getrieben hatte, nun schon mehr als ein Jahrzehnt hinter ihr lag, die Anwältin noch immer einen athletischen Körper aufweisen konnte. Auch wenn ihre helle Stimme, ihre reine glatte Haut und ihre weiblichen Gesichtszüge rein gar nicht zu seinen Vorstellungen von einer Hochleistungssportlerin passen wollten, musste er ihr wegen ihrer sportlichen Erfolge innerlich Respekt zollen. Allerdings begann der Gleichmut, mit der sie seinen abschätzigen Blick ignorierte, Kendzia zu ärgern.

Ohne dass es für sie vorhersehbar gewesen wäre, begann er zu brüllen. „Stellen Sie sich gefälligst nicht so … an", gellte seine Stimme durch den Raum.

Ein heißer Schreck fuhr der Anwältin in die Glieder.

Auf alles Mögliche hatte sie sich eingestellt, aber darauf, angeschrien zu werden, war sie nicht vorbereitet. In ihrem Innern breitete sich Empörung aus:

Was fällt dir denn ein?, schoss es ihr durch den Kopf. Hättest du am liebsten dumm oder doch eher dämliches Weib gesagt?, überlegte sie mit versteinertem Gesicht und sah ihrem Vernehmer fest in die Augen. Mit meinen fast vierzig Jahren könnte ich vom Alter her schon deine Tochter sein. Aber ich gehe arbeiten, habe zwei Kinder geboren, von denen anzunehmen ist, dass diese, genau wie ich, regelmäßig Steuern zahlen werden, und erwarte daher ganz einfach gebührlichen Respekt. Sie holte tief Luft: „Ich dachte, dass es hier um die Aufklärung des Dopinggeschehens in der DDR geht und ich hier als Zeugin und nicht als Beschuldigte geladen bin." Wieder sah sie ihn an, ohne ihre Miene zu verziehen.

„Das sind Sie auch. Aber Zeugen erfüllen ihre staatsbürgerlichen Pflichten und tragen zur Aufklärung des Sachverhaltes bei. Davon merke ich aber bei Ihnen nicht viel."

„Bitte, was? Das ist nicht Ihr Ernst. Ich sitze hier schon mehr als vier Stunden und beantworte geduldig alle Ihre Fragen. Und jetzt unterstellen Sie mir, dass ich nicht zur Aufklärung des Sachverhaltes beitrage?" Ein ungläubiges Lächeln trat in das Gesicht der Anwältin: „Nur weil ich mich im Kalenderjahr 2000 nicht an die Anzahl der Sportlerinnen erinnern kann, mit denen ich vor fünfundzwanzig Jahren in einer Trainingsgruppe trainiert habe?"

„Sie meinen wohl, erinnern wollen?", gellte Kendzias Stimme durch den Raum. „Schließlich sind Sie eine intelligente Frau." Er holte kaum Luft.

„Sie haben Jura studiert und waren Richterin", ätzte er. „Sie wollen mir tatsächlich weismachen, dass Sie sich nicht mehr erinnern, wer damals zu Ihrer Trainingsgruppe gehört hat?", fragte er lauernd.

„Selbstverständlich weiß ich noch, wer mit mir trainiert hat."
„Na, bitte, also fangen wir noch mal von vorne an."

Wie unabsichtlich trat der Vernehmer einen Schritt vor. Seine Besucherin sollte spüren, ja, sie musste es nun zwangsläufig erkennen, dass sie sich auf seinem Hoheitsgebiet befanden. „Ich stelle die Frage jetzt noch einmal." Obwohl sie bereits gezwungen war, zu ihm aufsehen, richtete er sich noch höher auf und sah über die Anwältin hinweg aus dem Fenster.

„Wie viele Personen haben in Ihrer Trainingsgruppe trainiert, als Sie auf die Sportschule gekommen sind?"

Das ist er also, der Repräsentant des Staates, der sich anmaßt, über gelebte Geschichte richten zu wollen. Er schlägt vor mir ein Rad wie ein Pfau, tut so, als ob er genau weiß, worüber er spricht, und ist doch außerstande, die richtigen Fragen zu stellen. Nicht einmal die Rhetorik beherrscht er, dachte die Anwältin und schlug ihre langen, schlanken Beine übereinander. „Ich sagte es Ihnen bereits, dass die Anzahl regelmäßig wechselte und ich deshalb eine genaue Zahl nicht nennen kann." Gekonnt streckte sie ihre Beine aus. Wenn der Vernehmer sie nicht berühren wollte, musste er nun zwangsläufig zurückweichen. Beim Aufsehen bemerkte sie die Röte, die in Sekundenschnelle über sein Gesicht kroch. „Aus personellen Gründen wechselten damals häufig die Trainer, was mit einem stetigen Wechsel der Zusammenstellung der Trainingsgruppe einherging", fügte sie schnell hinzu. „Ich kann Ihnen daher heute nicht mehr genau sagen, wer und zu welcher Zeit zu meiner damaligen Trainingsgruppe gehörte."

„Wollen Sie mich verscheißern?", schrie Kendzia und starrte seine Besucherin an.

„So etwas läge mir fern", antwortete die Anwältin ungerührt und dachte sich: Ich würde allenfalls darüber nachdenken, wie ich antworten könnte, ohne zu lügen, wenn du die richtigen Fragen stellen würdest.

In der Pause, die durch die Fassungslosigkeit des Beamten eintrat, schweiften ihre Gedanken zurück in die längst vergangenen Zeiten ihrer Jugend. Ein lauter Ausruf kam ihr in den Sinn und gellte in ihren Ohren. In höchster Verärgerung war die junge Ärztin, wie von einer Tarantel gestochen, aufgefahren und hatte lautstark über den Flur der Sportmedizin gebrüllt: „Um Himmels willen, das darf doch nicht wahr sein! Herr Doktor, sie nimmt zur Verhütung nicht die Pille." Dann war sie für eine Weile hinter der Tür des Chefarztes verschwunden. Auch jetzt ärgerte sie sich wieder über die Medizinerin: Diese blöde Kuh. Wer sagt denn, dass ich überhaupt verhüten muss? Vielleicht habe ich ja gar keinen Geschlechtsverkehr, du alte Hexe! Dann wurden ihre Gesichtszüge hart. Unauffällig beobachtete sie ihren Vernehmer und überlegte weiter: Selbst wenn ich dir alles erzählen würde, du würdest es mir sowieso nicht glauben.

Kendzia hatte sich jetzt zu seiner Protokollantin begeben und sprach zu ihr heruntergebeugt in flüsterndem Ton.

Sie haben selbst die eigenen Sportler über vieles im Unklaren gelassen und ihnen nur so viel mitgeteilt, wie unbedingt nötig war, dachte sie und lächelte bei dem nächsten Gedanken verloren vor sich hin. Selbst als mein erstes Entsetzen über die Unverschämtheit, mit der dieses Weib anderen Personen eine meiner persönlichsten Angelegenheiten preisgegeben hatte, gewichen war, konnte ich den Zusammenhang nicht erkennen. Erst als eine der Leichtathletinnen ein krankes Kind zur Welt gebracht hatte, wurde mir so einiges klar. Damals ging die Vermutung um, dass die Behinderung auf die unterstützenden Mittel zurückzuführen seien, die der jungen Frau während der ungeplanten Schwangerschaft verabreicht worden waren. Allzu hartnäckig hielt sich die Kunde, als dass es sich dabei um ein Gerücht hätte handeln können. Die Anwältin biss sich auf die Lippe, während sie den Chefarzt mit strengem Gesichtsausdruck in der Erinnerung sagen hörte:

„Das, was ich dir jetzt sage, ist geheim."

Er hatte sie zu sich bestellt und sie war zu dem Termin ohne Argwohn erschienen. „So geheim", fuhr der Chefarzt damals fort, „dass du es nicht einmal deinen Eltern sagen darfst. Du würdest sonst die Sicherheit des Staates gefährden."
Seine Augen schienen sie durchbohren zu wollen.
„Hast du das verstanden?"
„Selbstverständlich", hörte sie sich in kläglichem Ton antworten.
„Dann bist du einverstanden zu schweigen?"
Was für eine dämliche Frage, kreiste es in ihrem Kopf herum. Ich würde meine Seele dem Gehörnten verkaufen, wenn es helfen würde, das oberste Treppchen zu erklimmen. „Natürlich."
„Du wirst also unterschreiben, dass ich dich über deine Geheimhaltungspflicht belehrt habe?"
„Ja."
Ein weiterer nachdrücklicher Blick des Chefarztes war auf sie gefallen, bevor er sich wieder seinem Büchlein widmete, das bereits aufgeschlagen vor ihm lag, als sie sein Arbeitszimmer betreten hatte. „Ist dir klar, dass du bestraft werden kannst, wenn du Staatsgeheimnisse preisgibst?"
„Ich kann es mir vorstellen." Ihre Antwort kam so prompt wie die Fragen, die er ihr gestellt hatte. Sie war sich sicher, dass er nicht damit rechnete, dass sie über Kopf lesen konnte. Seine deutlich leserliche Handschrift hatte sie förmlich dazu eingeladen.
Die Anwältin schürzte unbewusst ihre Lippen. Sie hoffte, dass ihre Antworten selbstbewusst klangen und ihre Körpersprache sie nicht verriet. Der überraschte Blick ihres Vernehmers, als sie ihm, auf seine Frage von ihrem Diplom in Jura, das einem heutigen Prädikatsexamen gleichkam, berichtet hatte, kam ihr kurzzeitig in den Sinn.
Verbittert stellte sie fest, dass sich die Zeiten nicht geändert hatten. Damals war die Obrigkeit davon ausgegangen, dass

alle Sportler bescheuert sind, und jetzt sah es offensichtlich auch nicht besser aus. Sie seufzte kaum hörbar.
Dann tauchte sie wieder in ihre Erinnerungen ein, und sie hörte den Chefarzt fragen: „Hast du eine Frage dazu?"
„Nein."
„Um sicher zu sein, dass du dich an dein Versprechen auch hältst, werde ich mir über unser Gespräch hier in meinem Buch eine Notiz machen und du wirst unterschreiben." Sein Blick über den Brillenrand schien sich in ihr Gesicht bohren zu wollen.
„Ja."
„Also gut." Er warf einen letzten strafenden Blick über den Rand seiner Brille, bevor er begann, mit seiner gestochenen Handschrift die Belehrung zu notieren. „Dann mal los."
Ohne sie noch einmal zu lesen, hatte sie ihm die Notiz über das Gespräch unterschrieben. Es war ihm nicht aufgefallen oder er hatte es erwartet.
Um in der Stadt der Engel das höchste Treppchen besteigen zu können, hätte ich seinerzeit vorbehaltlos alles unterschrieben, selbst einen Pakt mit dem Teufel. Ob ich ihn eingehalten hätte, steht auf einem ganz anderen Blatt. Ich hätte es wissen müssen. Es hätte mir schon damals bewusst sein müssen, schalt sie sich innerlich, dass die Art und Weise, wie dieser Chefarzt einer uneingeweihten Person die Einnahme von Dopingmitteln nahegebracht hat, auf eine miese Persönlichkeit hindeutet. Wenn du wüsstest, was ich weiß, dachte sie nun grimmig und starrte auf Kendzia. Sicher würdest du dich mit Lorbeerkränzen überhäufen lassen. Ihr kalter Blick streifte den noch immer zu seiner Protokollantin gebeugten Vernehmer.
„Also gut, da Sie sich nicht mehr erinnern wollen, wechseln wir jetzt das Thema. Nennen Sie mir bitte die Namen Ihrer Trainer." Unvermittelt hatte sich der Beamte aufgerichtet und schritt, scheinbar gelangweilt den Raum ab.

Nun ist Vorsicht geboten, konstatierte die Anwältin für sich. Hellwach und hochkonzentriert begann sie Namen zu nennen, wie der Beamte verlangt hatte. Gleichzeitig versuchte sie sich zu beruhigen, indem sie sich einredete, dass das, was sie gerade tat, völlig unverfänglich sei, denn die Namen waren nicht nur Eingeweihten, sondern auch der breiten Öffentlichkeit bekannt.

„Na, wie schön, wenigstens an die erinnern Sie sich noch", stellte der Vernehmer in provokantem Ton fest, während er hinter der Protokollantin stehen blieb, um gewissenhaft zu überwachen, dass ihr kein Name entging. „Von wann bis wann haben Sie denn bei den jeweiligen Herren trainiert?"

Das Herz der Anwältin begann dumpf zu schlagen, als sie die Frage beantwortete.

„Na, sehen Sie, es geht doch", lobte der Beamte scheinheilig. „Und wann haben Sie Ihre sportliche Laufbahn beendet?"

Verunsichert blickte die Anwältin auf ihren Vernehmer. „Im Jahr 1986, genau nach der Weltmeisterschaft."

„Oh, Sie haben in diesem Jahr an den Weltmeisterschaften teilgenommen?"

„Ja?"

„Nur an dieser?"

„Nein, an mehreren", antwortete sie kurz angebunden und blickte in das Gesicht des Beamten.

„Geht es auch ein bisschen genauer? An welchen Weltmeisterschaften haben Sie teilgenommen?"

„An allen der 80er Jahre, bis eben 1986."

„Leider bin ich kein Insider. Sie müssten mir für das Protokoll schon genau sagen, wann und wo die jeweilige Weltmeisterschaft stattgefunden hat."

Wie bitte?, schoss es ihr durch den Kopf. Sie glaubte sich verhört zu haben. Da stand er nun vor ihr, ein Vernehmer, der Zeugen befragen sollte, um das Dopinggeschehen in der DDR aufzuklären, und dieser Mensch war völlig unvorbereitet. Unmerklich zogen sich ihre Augenbrauen zusammen. Während sie aufmerksam beobachtete, wie sorgfältig die Protokollantin unter Kendzias Aufsicht Angaben zu Zeit und Ort der Weltmeisterschaften notierte, lächelte sie wissend. Der Gesetzgeber hatte die Frist, in der die Verfolgung der Regierungskriminalität des untergegangenen deutschen Staates abgeschlossen sein sollte, schon zum wiederholten Male verlängert. Ihr war aber auch bewusst, dass sie zu keiner umfassenden Aufarbeitung fähig sein würden, egal wie oft der Gesetzgeber die Frist verlängern würden. Zumindest der Bereich der Regierungskriminalität der DDR würde unaufgeklärt bleiben.

Die Anspannung wich aus ihrem Körper. Niemals heilende Wunden, so viel blankes Entsetzen und abgrundtiefe Enttäuschung von Sportlern über das Ungeheuerliche, was sie in ihren Stasiakten vorgefunden hatten, kamen ihr in den Sinn. Gründe, alles unaufgefordert zu erzählen und damit geheimes Wissen preiszugeben, gab es für sie mehr als genug. Doch dann wäre sie auch nicht besser als diejenigen, die sie denunziert und erpresst hatten. Davon gab es in ihrem Leben schon genug. Sie lehnte sich nun zurück und zwang sich zu entspannen. Das Universum war zwar unendlich, aber dennoch würden weder ein Gedanke noch eine Tat verlorengehen. Unsichtbare Fäden verbanden alles miteinander. Sie war sich sicher. Wenn auch nicht von ihr, doch jeder einzelne ihrer Peiniger würde seine gerechte Strafe erhalten. Für sie war ein Vergessen unmöglich, aber zumindest hatte sie vergeben. Sie dachte ohne jegliche Bitterkeit, dass die Schlimmsten nicht etwa die Mitarbeiter der Staatssicherheit gewesen waren. Ihre volle Verachtung galt den Stasispitzeln. Vermutlich würde sie gar nicht hier sitzen, wenn die Stasibeamten ihrer Ausreise nicht zugestimmt hätte.

In diesem Moment wurde der Anwältin bewusst, dass sie allen Grund hatte, ihnen für ihre gründliche Arbeit und für ihre objektive Einschätzung der Situation zu danken. Sie bedauerte, dass sie niemals die Gelegenheit haben würde, ihnen dafür zu danken, dass sie hatte zu Wettkämpfen in kapitalistische Länder ausreisen dürfen. Die Stasimitarbeiter schienen ihr eigenartig vertraut, obwohl sie sie nicht einmal kannte.
„Haben Sie auch an Olympischen Spielen teilgenommen?", fragte sie Kendzia und unterbrach so ihre Erinnerungen.
Die Anwältin lächelte, bevor sie antwortete: „Natürlich nicht. Wie Sie bestimmt wissen, hatte sich die DDR gemeinsam mit den anderen sozialistischen Staaten zum Boykott der Spiele in Los Angeles 1984 entschlossen und stattdessen die Wettkämpfe der Freundschaft organisiert."
„Nun, es hätte ja durchaus sein können, dass Sie an den Olympischen Spielen davor, also 1980, teilgenommen hatten", versuchte Kendzia schnell seine Unwissenheit zu überspielen.
„Nein, das habe ich nicht. Dazu war ich noch zu jung. Im Leistungssport der DDR war in diesen Jahren immer ein Generationswechsel zu beobachten."
„So? Was heißt das?"
„Erst dann, wenn die Älteren ihre sportliche Karriere beendet hatten, machten sie Platz für Jüngere. Die konnten also erst dann nachrücken. Selbstverständlich gab es auch Ausnahmen", gab die Anwältin bereitwillig Auskunft.
Als Kendzia nickte und sich ohne weitere Frage erneut der Protokollantin zuwandte, konnte sie ihren Gedankenfaden wieder aufnehmen. Damals waren die informellen Mitarbeiter die Schlimmsten von allen. Die Stasi hatte ein undurchdringliches Netz gewoben. Jeder konnte ein Spitzel sein: der Sportreporter bei der Lokalpresse, der Physiotherapeut oder einer der Personen, die für die Wartung der Trainingsgeräte zuständig waren, es gab sie dort genauso wie unter den Ärzten, Trainern,

Sportlern und erst recht unter den Funktionären, die sich um die Ausbildung der Sportler kümmern sollten.

Was mag diese Menschen wohl angetrieben haben, fragte sich die Anwältin. War es Neid oder Profilsucht, das Streben nach materiellen oder anderen persönlichen Vorteilen, vielleicht aber auch alles zusammen?

Auch das würde nie aufgeklärt werden, dessen war sich die Anwältin sicher.

Das nie enden wollende Misstrauen von Partei und Regierung hatte jegliches Vertrauen zu den Sportlern ausgeschlossen, obwohl gerade sie die DDR überall in der Welt repräsentiert hatten. Noch immer konnte sie den Schmerz und die traurige Ohnmacht, die sie darüber immer empfunden hatte, fühlen.

Die Anwältin musterte den Vernehmer. Für sie war er ein kleiner, drahtiger Mann, der seine geringe Körpergröße mit einem Übermaß an Selbstbewusstsein bis hin zur Arroganz kaschierte.

Kendzia schien ihren Blick gespürt zu haben. Ruckartig sah er vom Computerbildschirm auf und wandte sich ihr zu: „Wie viele Sportler waren denn durchschnittlich in der Nationalmannschaft?"

„Keine Ahnung. Offensichtlich liegt es daran, dass wir immer in einer Reihe antreten und nach vorne sehen mussten. Das war ein ehernes Gesetz, denn es half Ablenkung zu vermeiden, sich auf das, was vor einem geschah, zu konzentrieren und Disziplin zu üben. Ich erinnere mich zum Beispiel noch genau an meinen 18. Geburtstag, den ich in einem Trainingslager verbracht habe. Zum morgendlichen Apell hat mir ein Funktionär ein Gedicht, das er extra für mich gedichtet hatte, vorgetragen. Aber so wie das ist mit dem Gedächtnis: Seinen Namen habe ich vergessen, aber nicht den Text. Soll ich es Ihnen einmal aufsagen?" Die Anwältin hätte nicht fragen brauchen. Sie konnte es an seinem Gesicht sehen. „Ich habe die Anzahl der Mitglieder der Nationalmannschaft niemals gezählt", beeilte sie sich zu sagen.

„Und das soll ich Ihnen glauben?", fragte Kendzia lauernd.

„Warum hätte ich sie zählen sollen?", gab sie spöttisch die Frage zurück.

„Wie Sie sich vielleicht denken können, sind Sie nicht die erste Zeugin, die ich befrage", überspielte Kendzia den kurzen Moment seiner Fassungslosigkeit. „Ich habe schon Sportler der unterschiedlichsten Sportarten befragt. Es saßen Schwimmer, Leichtathleten und Turner vor Ihnen auf Ihrem Stuhl. Deshalb dürfen Sie getrost davon ausgehen, mir ist bekannt, dass die Anzahl der Sportler immer sehr genau kontrolliert worden ist." Sein belehrender Ton gewann die Oberhand.

„Das steht außer Frage", erwiderte die Anwältin gleichmütig. „Allerdings waren es in unserer Nationalmannschaft immer irgendwelche Funktionäre, die die Vollständigkeit der Mannschaft überprüft und kontrolliert haben."

„Da geben Sie mir das Stichwort." Kendzia starrte die Anwältin boshaft an. „Haben Sie noch Erinnerung daran, welche Funktionäre die Nationalmannschaft begleiteten?"

„Ja, sicher." Hinter ihrer Stirn arbeitete es und sie zog die Augenbrauen zusammen. „Der Generalsekretär, der Verbandstrainer, der Chefverbandstrainer und teilweise auch andere Personen aus der Forschung oder Wissenschaft. Ich erinnere mich daran, weil einer von ihnen abgehauen ..." Sie räusperte sich. „... ich meine, die DDR illegal verlassen hat. Er ist von einem Stadtrundgang nicht mehr zurückgekommen."

„An diese Herrschaften dachte ich weniger."

„Sondern?"

„Eher Personen, die die DDR-Sportler bei ihren Auslandsaufenthalten noch so begleitet haben, also genau genommen die Trainer und das medizinische Personal."

„Ach so." Die Anwältin nickte und fragte sich, ob die Menschen von Ost und West zwei unterschiedlich deutsche Sprachen sprechen würden.
„Selbstverständlich erinnere ich mich an diese Personen und deren Namen."
„Sehr schön. Dann legen Sie mal los", lobte sie der Kriminalbeamte zynisch. „Wie hieß denn der Mannschaftsarzt, der die Nationalmannschaft betreute?"
Wie hätte sie seinen Allerweltsnamen jemals vergessen können, dachte die Anwältin und antwortet ohne Zögern: „Er hieß Dr. Müller."
„Soso, Frau Anwältin. Dann kommen wir jetzt mal zur Kernfrage." Der Vernehmer legte eine bedeutungsschwere Pause ein und lauschte anscheinend andächtig dem Widerhall seiner Stimme. „Hat Ihnen der Dr. Müller jemals Dopingmittel verabreicht?"
„Nein." Sie schüttelte ihren Kopf und sah dem Beamten fest in die Augen. „Nein, das hat er nicht."
„Wirklich nicht?" Sein Blick schien sie durchbohren zu wollen.
„Nein."
„Gerade Ihnen als Anwältin brauche ich wohl nicht die Bedeutung einer Zeugenaussage zu erläutern, oder?"
„Ich bin mir dessen und auch der Konsequenz einer falschen uneidlichen Aussage sehr bewusst. Nur, wenn er mir niemals Dopingmittel, die im Sprachgebrauch der DDR ‚UM' hießen, verabreicht hat, kann ich ihn wohl kaum dessen bezichtigen", konterte sie ärgerlich und fügte hinzu: „Oder?"
„Dass leistungsstimulierende Mittel ‚UM' genannt wurden, ist mir sehr wohl bekannt. Darüber müssen Sie mich weiß Gott nicht belehren", schnaufte Kendzia und wandte sich kopfschüttelnd wieder dem Bildschirm zu.
„Das war mitnichten meine Absicht", antwortete sie mit süffisantem Unterton, denn dass er wenig über den Dopingein-

satz wusste, war sonnenklar. Wenn er nämlich Ahnung gehabt hätte, würde er auch die Rolle des Mannschaftsarztes kennen. Dessen Aufgabe war es gewesen, die Sportler vor der Ausreise zu internationalen Wettkämpfen zu überwachen, damit keinerlei derartige Substanzen in ihren Körpern nachgewiesen werden konnten.

Doch dann fuhr ihr der Schreck durch die Glieder. Sie fragte sich, was sie antworten sollte, wenn jetzt die naheliegendste aller Fragen käme. Die Anwältin warf ihrem Vernehmer einen unsicheren Bick zu und verschränkte die Arme vor der Brust.

„Ist Ihnen das Medikament Oral-Turinabol bekannt?"

„Ja."

„Ist Ihnen die Wirkungsweise von Oral-Turinabol bekannt?"

„Ja."

„Die da wäre?"

„Es bewirkt ein schnelles Muskelwachstum."

„Kennen Sie auch die Nebenwirkung dieses Medikamentes?"

„Ja."

„Nun lassen Sie sich doch nicht alles wie Würmer aus der Nase ziehen", blaffte der Vernehmer die Anwältin an. „Also, welche Nebenwirkungen des Medikamentes sind Ihnen bekannt?"

„Als Nebenwirkung bei Frauen ist mir bekannt, dass es zu Akne, Bartwuchs und einer tieferen Stimme, zu einer Steigerung der Libido, zur Unfruchtbarkeit und Menstruationsstörungen kommen kann. Bei Männern hingegen können Potenzstörungen und Prostataerkrankungen als Nebenwirkung der Medikamenteneinnahme auftreten."

„Fällt Ihnen sonst noch was zu diesem Medikament ein?"

Was für eine Frage! Natürlich fiel ihr noch vieles dazu ein. Sie musste achtzehn gewesen sein, als sie zum ersten Mal mit diesem Medikament in Berührung kam. Gerade hatte sie ihre ersten internationalen Lorbeeren eingeheimst und sollte nun für den Anschluss an die Seniorennationalmannschaft vorbe-

reitet werden. Leider ging das Vorhaben gründlich daneben. Sie hatte fast zwanzig Kilo Gewicht zugelegt. Ihr Körper hatte protestiert und sie mit einer schmerzhaften Entzündung des Ellbogens aus dem Verkehr gezogen. Ihr Blick fiel auf den Vernehmer und sie antwortete monoton: „Ja, bei Kindern angewendet kann es zu Wachstumsstörungen führen."
Er nickte zufrieden und vertiefte sich wieder in die Mitschrift der Protokollantin.
Sie war damals zu einer Pause gezwungen gewesen: Ende der Saison, aus der Traum, keine Olympischen Spiele. Das war der Preis, den sie für dieses Medikament zu bezahlen hatte. Und doch war dieses Lehrgeld für etwas gut gewesen. Sie hatte diese Tabletten niemals wieder angerührt. So konnte sie heute jeden Eid darauf schwören, dass sie ihre Erfolge ohne leistungsstimulierende Medikamente erzielt hatte. Doch sicher würde ihr das niemand glauben.
„Haben Sie sich während Ihrer sportliche Karriere Dopingkontrollen unterziehen müssen?"
„Ja, das habe ich." Ein leichtes Grinsen überzog das Gesicht der Anwältin.
„Auch bei internationalen Wettkämpfen?"
„Ja, gerade bei internationalen Wettkämpfen."
„Gab es irgendwelche Beanstandungen?"
„Ja. Ich war damals außer Stande, Urin abzugeben. Die Mannschaft musste stundenlang auf mich warten, ehe sie ins Hotel zurückkehren konnte." Die Anwältin stockte unter dem vernichtenden Blick des Vernehmers. Dann lächelte sie und sagte: „Nein, zu keinem Zeitpunkt."
„Möchten Sie Ihrer Aussage sonst noch etwas hinzufügen?" Der Vernehmer sah demonstrativ auf seine Armbanduhr.
Das hätte sie nur zu gern! Ihr wäre zum Umgang des wiedervereinigten Staates mit der sogenannten Dopingkriminalität der DDR noch einiges eingefallen. Die Aufarbeitung der Sport-

geschichte der DDR im Allgemeinen und im Speziellen würde immer eine Frage der Betrachtung bleiben. Sie würde niemals verleugnen, dass es sowohl Täter als auch Opfer gab. Doch auch hier galt: Die Sicht auf die Dinge liegt immer im Auge des Betrachters.

Als die Anwältin Kendzias ungeduldigen Blick bemerkte, schüttelte sie den Kopf.

„Gut, dann wären wir jetzt am Ende. Ich habe keine weiteren Fragen an Sie." Wieder sah der Vernehmer auf seine Uhr, aber dieses Mal, um der Protokollantin das Ende der Vernehmung mitzuteilen.

17
KAPITEL

Jahr 2007

Christine Eiselt rutschte unruhig auf ihrem Stuhl hin und her. Insgesamt verriet ihre Körpersprache deutlich ihr Unbehagen. In regelmäßigen Abständen wechselte sie ihre Körperhaltung. Eben noch hatte sie mit lässig auf die Verteidigerbank gestützten Armen aufmerksam eine Zeugenaussage verfolgt, doch nun lehnte sie den Oberkörper an ihre Stuhllehne, taxierte mit verschränkten Armen und verkniffenem Gesichtsausdruck den Richter. Der zeigte sich jedoch gänzlich unbeeindruckt von ihrer unverhohlenen Ablehnung.
Beide hatten vor langer Zeit ihre gegenseitige Antipathie festgestellt und pflegten diese mit dem Austausch von bissigen Höflichkeiten. Auch die heutige Verhandlung stand ganz unter diesem Zeichen. Zwar gehörte eine gehörige Portion Gutmütigkeit zu den herausragenden Charaktereigenschaften von Christine Eiselt, die es ihr erlaubt hätte, die gegenseitige Abneigung in eine Art von friedlicher Koexistenz umzuwandeln, aber dazu fehlte die Bereitschaft des Richters. Der dachte nicht im Traum daran, seine Geringschätzung gegenüber Christine Eiselt aufzugeben, und setzte immer subtilere Mittel ein, um seiner beruflichen Macht Ausdruck zu verleihen. Wieder einmal benutzte er seinen Verhandlungssaal als Bühne, auf der er ungehindert seine Eitelkeiten präsentieren konnte. Für die heutige Verhandlung hatte er sich eine Klasse von jungen Berufsschülerinnen mit ihren Lehrerinnen eingeladen. So konnte er sich ihrer uneingeschränkten Sympathie sowohl für das Opfer der Vergewaltigung als auch für sich, den Richter, der die-

se schlimme Tat entsprechend ahnden würde, sicher sein. Er schien alles bis in das letzte Detail geplant zu haben. Selbst die Auswahl seiner Schöffen, denen die Funktion eines ehrenamtlichen Richters zuteilwurde, hatte der Richter nicht dem Zufall überlassen. Als sich die Tür geöffnet hatte und zwei Männer an der Seite des selbstherrlichen Richters den Saal betraten, genügte Christine Eiselt ein Blick in deren Gesichter und sie wusste, dass die Vorverurteilung ihres Mandanten längst beschlossene Sache war. Damit befand sie sich wieder einmal genau in der Situation, die sie so hasste.

Während der Richter sein überhebliches Kokettieren mit den Damen im Zuschauerraum fortsetzte, verspürte sie den faden metallischen Geschmack im Mund, den ihr das Gefühl ihrer Handlungsunfähigkeit jedes Mal verursachte. Erneut wurde sie sich der ohnmächtigen Situation bewusst, in die sie die Stellung ihres Berufes versetzte.

Gleich nach seinem Erscheinen hatte sich der Richter mit marktschreierischer Unsensibilität in der Pflicht gefühlt, den aufmerksamen Zuhörerinnen eine Zusammenfassung dessen zu liefern, was sie gleich nach Beginn der Verhandlung erwarten würde. Damit nahm er gegenüber dem unmittelbar darauf anklagevortragenden jungen Staatsanwalt die Rolle einer Souffleuse ein. Zu oft hatte die narzisstische Ader des Richters die Oberhand gewonnen. Zu oft schon war sie Zeugin dafür geworden, dass er im Rausch seiner Macht um Längen über das Ziel hinausgeschossen war, ohne dass er eine Disziplinierung befürchten musste.

In diesem Wissen und im Glauben seiner Unfehlbarkeit vernahm er nun die Frau, die Christine Eiselts Mandanten als ihren Vergewaltiger anklagte. Während aus der Stimme des Richters bei jeder Frage unendlich falsches Mitgefühl troff, nutzte die Verteidigerin die Zeit, die Zeugin einer näheren Betrachtung zu unterziehen. Schon als die knabenhaft anmutende Frau den Saal betreten hatte, schlugen die Glocken in ihrem Inneren Alarm. Doch was war es, was an dieser Person nicht stimmte? Sie musterte die junge Frau. Die fettigen, schulterlangen Haare zeigten, dass sie der untersten sozialen Schicht angehörte. Hinzu kam die unreine, picklige Gesichtshaut. Christine Eiselts Blick wanderte zu den Händen der Zeugin, die sie unablässig knetete. Der abgeblätterte Nagellack und die abgekauten Fingernägel verstärkten noch zusätzlich den ungepflegten Eindruck. Auch ihre Kleidung schien schon bessere Zeiten hinter sich zu haben. Der Jogginganzug hing an der mageren Gestalt ausgebeult herunter und faltete sich über den abgetragenen Turnschuhen wie eine Ziehharmonika.

Christine Eiselt hatte genug gesehen und beugte sich zu ihrem Mandanten hinüber. Dabei stieg ihr der saubere Geruch in die Nase, den seine Kleidung verströmte.

„Herr Pittich, noch ist Zeit, Farbe zu bekennen."

„Ich habe es nicht getan", zischte Norman Pittich zurück.

„Seine Anwältin zu belügen, ist genauso tödlich, wie seinen Arzt zu belügen", fauchte Christine Eiselt.

„Mensch, Frau Eiselt, sehen Sie sich die Alte doch einmal genau an." Norman Pittich grinste seiner Anwältin unverhohlen ins Gesicht. „Meinen Sie ernsthaft, dass die Alte mich antörnt?"

„Was ich meine, ist völlig wurscht. Entscheidend ist, wer hier lügt, Sie oder die Dame da", ignorierte Christine Eiselt die Frage ihres Mandanten.

„Was ist denn los mit Ihnen? Ich war es nicht." Die Stimme von Norman Pittich steigerte sich in seiner Entrüstung. „Ist bei Ihnen noch alles in Ordnung? Wieso sollte ich Sie denn anlügen? Ich bin am ganzen Körper tätowiert. Fragen Sie die blöde Schlampe doch einmal, welches Tattoo ich auf dem Bauch trage. Wenn ich sie wirklich gepoppt hätte, würde sie es wissen. Es ist sehr auffällig." Der Kopf von Norman Pittich beschrieb eine Pendelbewegung in Richtung der Zeugin, die inzwischen völlig in sich zusammengesunken war. „Sehen Sie sich die Drecksau doch mal genauer an. An der bleibt man doch kleben. Meinen Sie ernsthaft, so etwas würde ich vögeln? Ganz gewiss nicht. Das Miststück wollte mit mir pimpern, nur ich wollte nicht. Deshalb will sie mir auf diese Art einen reinwürgen. Die blöde Fotze lügt." Ohne eine weitere Erklärung wandte er sich ab, verschränkte gelassen seine Arme und starrte provokant zu der Zeugin hinüber. Es war unverkennbar, dass diese sich sichtlich unwohl fühlte.

Gedankenverloren betrachtete Christine Eiselt ihren Mandanten. Norman Pittich war von muskulöser Statur. Er trug seine bunten Tattoos gerne zur Schau. Sie verzierten seine Arme und sogar den Hals hoch bis an die vielfach gepiercten Ohren. Er hatte seinen Kopf sorgfältig zur Glatze rasiert. Seine Nägel waren manikürt und sauber. Der dezente Duft seines Rasierwassers hüllte ihn ein. Würde ein solcher Mensch zur Befriedigung seiner sexuellen Lust eine Frau wie diese dort vergewaltigen? Christine Eiselts nachdenklicher Blick wanderte in den Zuschauerraum, in dem auch die Lebensgefährtin ihres Mandanten Platz genommen hatte. Wenn er lediglich auf Frauen wie seine Lebensgefährtin steht, hätte er diese ungepflegte Person ganz gewiss nicht vergewaltigt, dachte sie und löste ihren Blick von der jungen, etwas fülligen, aber dennoch gutaussehenden Frau. Allerdings waren Christine Eiselt in ihrer beruflichen Tätigkeit aber auch Geschehnisse begegnet, die sie zuvor für undenkbar gehalten hatte. Grundsätzlich, disziplinierte sie sich, kann man vom äußeren Erscheinungsbild nichts ableiten. Es bleiben letztendlich immer Restzweifel offen, denn dabei waren nur die Beteiligten selbst. In diesem Falle aber schlug sie sich intuitiv auf die Seite ihres Mandanten.

„Seit Herbst lebe ich in einer festen Beziehung", beantwortete die Zeugin mit einem gewissen Stolz in der Stimme gerade

die Frage des Staatsanwaltes. „Wir sind uns im Keller nähergekommen."
Was? Im Keller? Wie kommt man sich denn im Keller näher?, fragte sich Christine Eiselts irritiert und blätterte geschwind in ihrer Akte. Als sie zu den Angaben der Zeugin kam, konnte sie sich einen Reim darauf machen: Das Haus befand sich in einer Plattenbausiedlung. Die Beziehung der Zeugin und ihres Geliebten hatte also in dem dunklen, miefigen Bretterverschlag eines Wohnhauses begonnen.
Als könnte der Richter ihre Gedanken lesen, stellte er der Zeugin genau in diesem Moment die Frage, die auch Christine Eiselt auf der Zunge lag.
„Mein Freund lebte zu dieser Zeit im Keller. Seine Lebensgefährtin hatte ihn rausgeschmissen und er wusste nicht wohin. Da ist er eben in den Keller gezogen", antwortete die Zeugin mit einer Selbstverständlichkeit, die alle im Saal verblüffte.
„Die Olle meint meine Schwester", flüsterte Norman Pittich Christine Eiselt ins Ohr.
„Ich erinnere mich", antwortete Christine Eiselts leise.
„Soso …", der Richter rückte die Lesebrille auf seiner Nase zurecht. „… und Sie sind zu ihm gezogen?"
„Ja."
„Verstehe ich Sie richtig? Sie haben also mit ihrem Freund im Keller gewohnt?", fragte der Richter ziemlich befremdet noch einmal nach. „Sie haben dort gegessen und geschlafen?" Er schien es nicht glauben zu können.
„Ja."
Während sich der Richter die Brille von der Nase nahm, legte er eine bedeutsame Pause ein. Im Vorgefühl der jetzt kommenden Fragen sprach Lüsternheit aus seinem Blick.
Jetzt beginnt sein Auftritt, dachte Christine Eiselt. Sie verkniff sich ein zynisches Grinsen, indem sie an ihrer Unterlippe nagte.

„Also, ich weiß genau, wie schwer es Ihnen in Gegenwart der vielen Menschen hier im Saal fallen wird, die folgenden Fragen zu beantworten. Aber der Staatsanwalt muss sie dennoch stellen."

Christine Eiselt hatte angesichts dieser unübertroffenen Scheinheiligkeit des Richters Mühe, ein lautes Lachen zu unterdrücken.

Der Staatsanwalt räusperte sich leicht verlegen und sah die Zeugin nicht direkt an, als er mit der Befragung fortfuhr: „Hatten Sie mit ihrem Freund da unten im Keller auch Geschlechtsverkehr?"

„Nein", stammelte die Zeugin wie auf Knopfdruck. „Ich hatte vor dieser Nacht …", sie schluckte, „… noch nie Geschlechtsverkehr."

„Oh, die Alte lügt auf Kommando. Die ist immer auf die Müllmänner abgefahren, die die Tonnen bei uns im Viertel abgeholt haben", flüsterte Norman Pittich Christine Eiselt ins Ohr. „Als die nichts von ihr wollten, hat sie sich an die Busfahrer rangemacht. Aber auch die ignorierten sie glatt."

„Also hatten Sie das erste Mal Intimverkehr mit dem Angeklagten?"

„Ja, er war mein erster Freund", erwiderte die Zeugin mit piepsiger Stimme.

„Dann erzählen Sie uns mal, was in der besagten Nacht geschehen ist."

„Na ja, mein Freund war an diesem Tag ganz schön angetrunken, aber voll war er nicht. Ich selbst hatte an diesem Abend nur ein Glas Orangensaft mit etwas Klarem darin getrunken. Ungefähr um Mitternacht hat mir mein Freund gesagt, dass er den Schlüssel für eine Wohnung hätte, in der wir uns aufhalten können."

„Wo haben Sie in der Zeit gewohnt?", unterbrach der Richter die Zeugin und bedachte den Staatsanwalt mit einem verächtlichen Blick.

„Noch bei meiner Mutter. Darum wollte ich mit ihm auch nicht in ihre Wohnung gehen. Sie hätte sonst was mitbekommen."

„Das klingt logisch", warf der Staatsanwalt schnell ein, um die Befragung wieder an sich zu reißen. „Und wie ging es an diesem Abend weiter?"

„Auf dem Weg in diese Wohnung kam mir mein Freund gar nicht so betrunken vor. Aber als wir in der Wohnung angekommen waren, haben wir uns sofort schlafen gelegt. Wir waren beide sehr müde. Ich bin dann auch gleich fest eingeschlafen." Die Zeugin warf dem Richter einen hilfesuchenden Blick zu.

In seinem männlichen Beschützerinstinkt angesprochen reagierte der sofort: „Nachdem Sie sich zuvor gewaschen und ausgezogen hatten?"

Die Zeugin wurde darauf puterrot und senkte den Kopf.

„Nein, ausgezogen habe ich mich nicht", sagte sie so leise, dass Christine Eiselt sie kaum hören konnte.

„Wie ging es dann weiter?", überspielte der Richter gekonnt sein Befremden.

„Wach geworden bin ich durch eine Stimme, die zu mir sagte: ‚Komm, du willst es doch auch.' An der Stimme bemerkte ich, dass es nicht mein Freund war, sondern er da." Der Kopf der Zeugin wies in die Richtung von Norman Pittich. „Ich merkte, dass ich nur noch meine Socken, meinen BH und meinen Slip anhatte, der war aber schon etwas heruntergezogen." Die Zeugin senkte ihren Kopf noch mehr. „Ich lag unten und der Norman lag oben drauf." Ihre Stimme wurde wieder lauter. „Ich wehrte mich, so gut ich konnte, und sagte ständig: ‚Hör auf damit!' Aber er hat meine Arme festgehalten und ich konnte mich kaum bewegen. Ich versuchte aber trotzdem, ihn von mir runterzuschubsen. Es gelang mir aber nicht."

Genau jetzt ist der Augenblick gekommen, auf die Tränendrüse zu drücken, ärgerte sich Christine Eiselt und beobachtete, wie die Anwältin der Zeugin ihrer Mandantin ermunternd zunickte. Sie müht sich wirklich redlich, aber mich führt sie nicht aufs Glatteis. Ich denke, dass ihre Mandantin lügt, dachte sie erbost und kniff die Augen zum Schlitz zusammen.

„Ich schrie, dass er aufhören soll. Aber ihm ist es gelungen, meine Beine auseinander zu drücken und seinen Penis in meine Scheide einzuführen", hauchte die Zeugin mit erstickter Stimme.

Diese Scharade machte Christine Eiselt so wütend, dass sie dachte: Dazu hätte er mindestens drei Hände haben müssen. Also, nun erklär' uns mal, wie das gehen soll. Mit seinen Händen hält er deine Arme fest. Aber wie zieht er dich dann aus? Demonstrativ drehte sie sich mit einem fragenden Blick zu Richterbank, doch der Richter wollte nicht eingreifen.

„Aber auch das ließ ich nicht mit mir machen. Ich versuchte immer noch mich zu wehren. Aber irgendwann ließ meine Kraft nach und dann ist er in mich richtig eingedrungen."

Oho, ich denke, er war schon drin?, ätzte Christine Eiselt innerlich.

„Die ganze Sache ging so eine Stunde."

„Donnerwetter", empörte sich Christine Eiselt erbost darüber, dass der Richter die Zeugin weiter gewähren ließ. Sie riskierte damit einen vernichtenden Blick des Richters, der auch prompt kam, aber sie kaum überraschte.

„Es war für mich ein richtiger Kampf, weil ich es nicht zulassen wollte. Letztendlich hat er es aber trotzdem geschafft." Die Zeugin unterbrach sich, um sich einem lautlosen Weinkrampf hinzugeben. Als ihre Anwaltskollegin eine Unterbrechung beantragte, aufstand und tröstend den Arm um ihre Mandantin legte, wandte sich Christine Eiselt genervt ab. Mit verschränkten Armen lehnte sie sich in ihren Sitz zurück. Jedoch musste

sie sich nicht lange gedulden. Schon kurze Zeit später hatte sich die Zeugin wieder unter Kontrolle und der Staatsanwalt bat sie fortzufahren.
„Er nahm zuerst auch die Finger und später seinen Penis."
Die Finger welcher Hand, die der vierten oder der fünften?, grinste Christine Eiselt in sich hinein.
„Als er dann fertig war, sagte er zu mir, dass doch nichts passiert sei."
„Das hat er gesagt?", hakte der Richter plötzlich wieder hellwach nach.
„Ja", bekräftigte die Zeugin unter heftigem Nicken. „Ich habe geweint und war wie gelähmt."
„Und dann?" Der Richter sah die Zeugin mitleidsvoll an. Dem Staatsanwalt blieb nur die Möglichkeit, sein Interesse mit einem Nicken zu bekunden.
Unterdessen ärgerte sich Christine Eiselt im Stillen erneut über dieses heuchlerische Gehabe.
„Dann habe ich mich angezogen. Kurze Zeit später gab er mir sein Telefon und meinte, dass ich doch die Polizei rufen sollte, wenn es so schlimm gewesen sei." Die Zeugin wischte sich mit dem Handrücken die Tränen aus dem Gesicht. „Aber dazu war ich nicht in der Lage. Ich hatte Angst und wusste nicht, wie er sich verhalten würde, wenn ich wirklich die Polizei gerufen hätte. Ich saß noch lange auf seinem Bett. Ich habe auch festgestellt, dass die Wohnungstür verschlossen war."
So, wie das denn? Mit Röntgenblick?, empörte sich Christine Eiselt in ihrem tiefsten Innern, als der Richter wiederum nicht eingriff.
„Er machte dann das Licht an und aß etwas."
„Was machten Sie in der Zeit?" Die Frage aus dem Munde des Richters klang angespannt.
„Ich saß immer noch wie gelähmt auf seinem Bett. Er schloss dann die Wohnungstür auf und sagte mir, dass ich jetzt gehen

könne, aber ich könne auch bleiben." Die Zeugin blinzelte. „Ich bin dann gegangen und habe mich fortlaufend umgesehen, ob er auch wirklich nicht hinterherkommt."

„Wann ist Ihnen denn aufgefallen, dass Ihr Freund nicht mehr in der Wohnung war?", fragte der Staatsanwalt mit deutlicher Zufriedenheit, dass er dem Richter zuvorgekommen war.

Die erste sinnvolle Frage, konstatierte Christine Eiselt für sich.

„Als Norman mich vergewaltigt hat, habe ich ständig nach ihm geschrien. Aber er hat sich nicht gemeldet. Da wusste ich, dass er abgehauen war, als ich geschlafen habe."

Die Zeugin warf einen Blick auf den Richter. Als sie seine zusammengezogenen Augenbrauen bemerkte, fügte sie schnell hinzu: „Ich es bin nicht gewohnt, so lange aufzubleiben. Um Mitternacht war ich so müde, dass ich gleich fest eingeschlafen war. Mein Freund hat mir später erzählt, dass der Norman ihn nicht nach Hause geschafft hat, sondern in einen Hobbyraum."

Ein unsicherer Blick auf die noch immer gerunzelte Stirn des Richters verriet ihr, dass sie besser noch eine weitere Erklärung liefern sollte. „In dem Aufgang, in dem meine Mutter und die Ex-Freundin von meinem Freund wohnen, haben wir einen Hobbyraum. Da haben mein Freund und ich uns kennengelernt, weil wir beide dort Holzarbeiten gemacht haben."

Der Richter schien zufriedengestellt zu sein. Seine Stirn hatte sich geglättet.

„Als ich von Norman weggegangen bin, habe ich mich in dem Hobbyraum umgeschaut. Mein Freund saß da und schlief ganz fest. Ich fragte ihn, wie er hierhergekommen ist, aber er konnte sich an nichts mehr erinnern."

„Wie ging es dann weiter?", fragte der Richter und griff dem Staatsanwalt schon wieder vor.

„Mein Freund bemerkte noch am gleichen Tag, dass ich verändert war. Ich musste ständig weinen und habe mich immer erschrocken, wenn er mich anfasste. Ich fiel immer wieder um. Das passierte mir auch auf der Arbeit."

„Auf der Arbeit?" Um seine deutliche Ungläubigkeit zu überspielen, senkte der Richter den Blick und begann geschäftig in seiner Akte zu blättern.

„Ich war bei einem Möbelgeschäft in einer berufsvorbereitenden Ausbildung beschäftigt. Wegen meiner Krankheit bin ich dann gekündigt worden."

„Ach so, verstehe." Der Richter war wieder ganz bei der Sache.

„Ich habe dann meinen Hausarzt aufgesucht. Der überwies mich zum Neurologen. Mit dem habe ich aber über die Vergewaltigung nicht gesprochen. Ich sollte erst von einer Frauenärztin untersucht werden. Die habe ich aber noch nicht aufgesucht. Ich werde das noch nachholen." Die Zeugin lehnte sich zurück, sank in sich zusammen und senkte ihren Kopf.

Während sie für alle sichtbar ihre Hände knetete, gab der Richter bekannt, dass ihre Befragung beendet sei. Erwartungsgemäß hatten auch die Schöffen keine Fragen. Der Form halber wendete er sich auch an den Staatsanwalt. „Herr Staatsanwalt, wie sieht es mit Ihnen aus?"

Da der Staatsanwalt gerade noch zu einer Frage ansetzen wollte, schüttelte er nun unter dem strengen Blick des Richters sein Haupt. „Frau Eiselt, haben Sie noch Fragen an die Zeugin?"

Oh, ja. Christine Eiselt hatte viele Fragen. „Wenn es genehm ist."

„Es ist." Sein genervter Blick auf die Uhr an der ihm gegenüberliegenden Seite des Verhandlungssaales sprach Bände.

Christine Eiselt überging sein Gehabe und wandte sich mit regungslosem Gesichtsausdruck an die Zeugin. „Warum haben Sie denn erst so spät Anzeige gegen Herrn Pittich erstattet?"

„Ich bin mehrfach durch ihn bedroht worden."

„Sie sind was?" Christine Eiselts Augen weiteten sich in ungläubigem Staunen.

„Ja, er hat mehrmals zu mir gesagt: ‚Wehe, du gehst zur Polizei.' Ich habe große Angst vor ihm, denn ich weiß, dass er das nicht nur aus Spaß sagt, sondern, dass er wirklich gewalttätig ist. Er hat uns ausrichten lassen, dass er uns eine auf die Backe gibt oder eine aufs Maul." Mitleidheischend sah die Zeugin zur Richterbank. „Ich habe festgestellt, dass der Norman einfach nicht aufhört. Er jagt uns immer wieder Angst ein. Ich traue ihm wirklich zu, dass er unsere Wohnungstür einschlagen wird."

„Jaja", unterbrach Christine Eiselt die Zeugin. „Während Ihrer Vernehmung bei der Polizei haben Sie angegeben, dass Herr Pittich sehr brutal zu Ihnen war und Sie Verletzungen hatten."

„Ich hatte blaue Flecken an der Innenseite meiner Oberschenkel und ich hatte Schmerzen im Scheidenbereich über mehrere Tage."

„Aber warum sind Sie denn nicht zum Arzt gegangen oder zur Polizei?"

„Frau Eiselt", fiel der Richter der Anwältin warnend ins Wort. „Die Zeugin hatte sich dazu schon geäußert. Sie hatte Angst vor Ihrem Mandanten." Der Richter lächelte charmant in die Richtung der Zuhörerinnen. „Sicher haben Sie noch weitere Fragen."

Christine Eiselt bejahte konsterniert.

„Dann würde ich vorschlagen, wir machen jetzt eine Mittagspause." Ohne eine weitere Reaktion der Anwesenden abzuwarten, erhob sich der Richter. „Ach, Frau Eiselt, auf ein Wort." Er war sich der Wirkung seines Rufes in den allgemeinen Aufbruch hinein sehr wohl bewusst. Ein breites Grinsen überzog sein Gesicht, als er das Verharren seines Publikums bemerkte. „Wenn Sie einmal Schulung im Fach weibliche Psychologie benötigen, dann melden Sie sich. Ich stehe Ihnen gerne zur Verfügung."

Christine Eiselt stockte für den Bruchteil einer Sekunde der Atem. Doch dann hatte sie sich wieder unter Kontrolle. „Die Frage ist nur, wer von uns beiden die Rolle des Lehrers übernehmen sollte."
„Ganz klar ich", erwiderte der Richter mit einem süffisanten Lächeln.
Ihr spöttisches „Da wäre ich mir aber nicht so sicher!" ging im endgültigen Aufbruch der Menschenmasse im Saal unter.

18
KAPITEL

Jahr 2007

Mit großer Spannung verfolgte Thea Daduna die Handlung des Krimis.
Eher widerwillig war der erfolgreiche Protagonist der Handlung, ein Journalist, in die winterliche Eifel zurückgekehrt. Er wollte sein Elternhaus verkaufen und mit seinem verhassten Vater abschließen, den ein Infarkt ins Pflegeheim gebracht hatte. Doch kaum war er in dem kleinen Dorf angelangt, wurde er Zeuge eines grausamen Vorfalls.
Dass ein junger Fixer in einer Scheune verbrennt, die er mit seiner großen Liebe bewohnte, hatte Thea noch mit Gelassenheit ertragen können. Selbst als sich herausstellte, dass es sich um Mord handelte und die Freundin des Opfers verschwunden war, fühlte sie sich noch gut unterhalten. Sie liebte Krimis. So fieberte sie mit, dass es dem Bruder gelingen möge, das Herz des Journalisten zu erweichen, um zusammen mit ihm den Mord aufzuklären.
Doch je länger der Film lief, umso ungeeigneter erwies sich sein Stoff für die Psyche von Thea. Hatte sie es sich zu Beginn des Fernsehabends noch auf ihrem Sofa bequem gemacht, hätte ein stiller Beobachter im Laufe des Films zunehmend ihre Verhaltensveränderungen beobachten können.
Eben noch entspannt in einen wärmenden Umhang gehüllt und sich selbst mit einem Glas Rotwein zuprostend, machte sie sich gemeinsam mit dem pensionierten Polizisten, dem undurchsichtigen örtlichen Polizeichef und dem Journalisten auf die Suche nach den Hintergründen des Mordfalls.

Doch nur Minuten später lag die Decke zusammengeknüllt neben der kerzengerade aufgerichteten Thea auf dem Boden. Sie hielt die Arme vor ihrer Brust verschränkt, hatte die Hände zur Faust geballt und starrte auf den Tisch. Die Macht der Fernsehbilder und der Töne war stärker als ihr Wille, sich abzuschotten und einzuigeln. Fast zwanghaft hob sie ihren Blick und erlebte die Rache der jungen Frau an ihrem Peiniger fast körperlich mit. Während das beschauliche Eifeldorf einen handfesten Skandal erlebte, fiel Thea in eine tiefe innere Leere. Auch später, als schon längst die Nachrichten liefen, saß sie steif und verkrampft in der äußersten Ecke ihres Sofas, außer Stande, sich von ihrem inneren Krieg abzuwenden. Fast schien es ihr, als ob ihre geschundene Seele und die gequälte der jungen Frau in dem Moment miteinander verschmolzen waren, als die auf ihren Peiniger schoss. Doch dann rissen Theas Erinnerungen an die Großeinstellungen der Kamera auf das Gesicht ihrer Leidensgefährtin, sie wieder jäh in die Wirklichkeit zurück. Nein, das war nicht sie, nicht ihr Empfinden. Thea schüttelte heftig ihren Kopf. Niemals mehr würde sie so unbeschwert tanzen. Niemals mehr würden ihre Augen so voller Lebensfreude strahlen und niemals mehr würde sie so fühlen können wie diese Frau.
Sie gab sie sich einen Ruck, erhob sich und schaltete den Fernseher aus. Mit müden Schritten kehrte sie zurück zum Tisch und ergriff ihr Glas.
Sie trank es in einem Zug leer und schlurfte dann in Richtung der Küche, um den Abwasch zu beenden, als plötzlich eine Hitzewelle Theas Körper durchströmte.
Sie hielt inne. In ihr ertönten Hilferufe. Eine Stimme schrie ihren Namen.
„Wem soll ich helfen?", murmelte sie. „Ich kenne dich nicht. Wer bist du?" Eine unbestimmte Angst ergriff von ihr Besitz.

„Ich bin du", antwortete ihr die Stimme. „Ich bin die jetzige Thea."

Ein Schreck fuhr ihr in die Glieder. „Ich habe Angst, dass mich die anderen Theas kaputt machen, dass sie mich zerstören", antwortete sie zaghaft.

„Wie sollten sie dich denn zerstören?", fragte die innere Stimme sanft. „Sie haben doch gar keine Macht."

„Doch, haben sie", erwiderte Thea schroff. „Sie veranlassen mich, Dinge zu tun."

„Was für Dinge?", wunderte sich die innere Stimme.

„Sie verlangen, dass ich esse oder einfach untätig herumsitze."

„Das ist doch nicht schlimm", tröstete sie die innere Stimme.

„Das denkst du", empörte sich Thea. „Sie zwingen mich, Wein zu trinken und sexuelle Perversionen auszuleben, von denen du keine Ahnung hast." Ihre Augen füllten sich mit Tränen. „Alles geht durcheinander bis hin zum Erbrechen oder zur Übelkeit und zu Bauchschmerzen." Thea leckte sich das Salz ihrer Tränen von den Lippen. „Und doch tue ich alles für sie. Aber sie? Sie denken nur an sich", sagte sie mit brechender Stimme. Sie sank in sich zusammen.

„Das ist krass. Wie können sie dir helfen? Wie kann ich dir helfen?"

„Sprich mit ihnen. Sie müssen lernen, mir zu helfen. Wir werden sonst nicht glücklich. Habt ihr alle zugehört?" Sie richtete sich wieder auf. „Ich liebe euch so sehr. Ich will euch und mir helfen, gesund zu werden. Bitte, bitte helft mir. Ich schaffe es nicht alleine."

Thea horchte in die Stille ihrer Wohnung. Doch sosehr sie sich auch anstrengte, sie erhielt keine Antwort. „Warum lasst ihr mich allein?", fragte sie verzweifelt. „Sicher, ihr seid noch sehr jung, Säugling, Kleinstkind und junges Mädchen. Aber ihr seid schon alt genug, um zu wissen, worum es geht." Sie verstummte erneut und lauschte. Doch wieder blieb alles in ihr und um sie herum still.

„Es geht um euer, es geht um unser, es geht um mein Leben", sagte sie trotzig. „Es geht nicht um euer und unser und mein Überleben. Das haben wir geschafft. Es geht darum, dass wir lernen, ein menschenwürdiges Leben zu führen. Ich liebe mich und ich liebe euch. Ich fühle mich innerlich schon so wunderbar sauber und freue mich, dass ich innerlich keinen Hass und keine Rachegedanken mehr verspüre. Ich bin so glücklich, dass ich lebe, dass ich all diese Grausamkeiten überlebt habe und so stark und mutig war, mir nicht das Leben zu nehmen", jubilierte Thea vor Freude und wischte sich die Nässe von den Wangen. „Ich bin sehr stolz auf mich, auf mein Selbstvertrauen, mein gefestigtes Selbstwertgefühl, aber das funktioniert nicht ohne euch, das geht nur gemeinsam."

Ihre Stimme begann zu zittern. „Warum bin ich trotz dieser lebensbejahenden Einstellung noch immer arbeitsunfähig, wollt ihr wissen?"

Sie taumelte und hielt sich an dem Rahmen der Küchentür fest. „Das kann ich euch genau sagen: Es fühlt sich an, als stünde ich hinter einer riesengroßen dicken Glaswand und beobachte aufmerksam, was dahinter passiert. Ich verspüre kein Interesse, mit anderen zu kommunizieren. Sicher, ich bin gern dabei, wenn andere reden. Ich mag es, ihnen zuzuhören, habe selbst aber selten etwas zu sagen. Wenn sie mich fragen, was los ist und wie es mir geht, merke ich, dass sie es überhaupt nicht interessiert."

Sie löste ihren Griff und schwankte in die Küche. Erschöpft stellte sie ihr Glas ab und ließ sich auf ihrem Küchenhocker nieder. „Ich ertrage Kinder nicht mehr. Ich halte sie nicht aus. Sie sind Quälgeister, sie quälen mich, sie nehmen mir jegliche Energie."

Völlig abgekämpft stützte sie ihre Ellbogen auf den Tisch und legte die Stirn in ihre Hände. „Ich fühle mich zurzeit außer Stande, irgendwelche an mich gestellte Anforderungen zu erfüllen. Den Alltag bewältige ich nur mit einem außergewöhnlich hohen Kraftaufwand. Ich bin zurzeit nicht den geringsten Anforderungen an mich gewachsen."
Sie stöhnte auf. „Statt vor Lebensfreude zu sprühen, leide ich an Schlaflosigkeit, nässe ein und wackele nervös mit den Beinen."
Ein gequältes Gurgeln entrang sich ihrer Kehle. „Und ihr, ihr beiden großen Theas, was ist mit euch? Warum helft ihr mir nicht?" Sie hob ihren Kopf und stieß einen animalischen Laut aus. „Wie ihr mir helfen könnt, fragt ihr?" Ihre Mundwinkel wanderten nach unten. „Tut doch nicht so, als ob ihr das nicht wüsstet." Thea lachte ein keckerndes Lachen. „Helft mir mit den Kleinen. Das wäre eine große Entlastung für mich." Sie nickte heftig. „Ihr habt einen ständigen Kontakt untereinander. Nehmt Einfluss auf die Winzlinge. Ihr konntet doch schon immer gut mit Kindern umgehen." Die Stimme von Thea nahm einen schrillen Klang an. „Ihr fragt mich, ob ich das verlernt habe? Nein, das habe ich nicht. Nur ich kann nicht mehr. Es fiel mir schon so schwer, mich um fremde Kinder kümmern zu müssen. Und jetzt kann ich nicht mehr, jetzt müsst ihr mich unterstützen."
Sie hielt inne, um die Antwort zu hören.
„Papperlapapp, es gibt keine Ausrede. Ihr werdet euch um unsere Theas kümmern. Es geht schließlich nicht um fremde Kinder, sondern ausschließlich um die, die in uns wohnen, in mir."
Sie erhob sich ruckartig und ging zum Kühlschrank.
„Ich weiß nicht, was die Ärzte feststellen. Ich weiß auch nicht, was Gutachter sagen werden", sagte sie flüsternd und zuckte gleichgültig mit den Schultern. „Ich will lernen über das Ge-

schehene zu sprechen und üben, damit ich die Ärzte überzeugen kann."
Energisch öffnete sie die Klappe des Gefrierfachs. „Sie werden verstehen, dass ich keine Kinder fremder Leute mehr erziehen kann."
Thea griff eine Familienpackung Eiscreme. „Ich ertrage fremde Kinder nicht mehr." Krachend fiel die Klappe des Gefrierfachs zu.
„Niemand kann mich dazu zwingen, für die kleinen Scheusale anderer Leute da zu sein. Ich will nicht, dass ein Unglück passiert."
Sie warf die Kühlschranktür ins Schloss.
„Reicht euch mein Versprechen?", fragte sie mit spitzer Stimme und nahm den Deckel von der Packung. „Ich brauche von euch allen ein Ja."
Thea zog eine Schublade auf. „Also, was ist?" Ihre Stimme wurde ungeduldig. Barsch griff sie in den Besteckkasten und nahm einen Esslöffel.
„Ja?" Ihre Ungeduld steigerte sich. Die Lade fiel mit einem lauten Knall zurück in den Küchenschrank.
„Na, also, dann sind wir uns ja einig."
Zufrieden setzte sich Thea an den Tisch.
„Ich glaube, dass jetzt auch der Zeitpunkt für eine grundsätzliche Aussprache zwischen uns gekommen ist." Sie legte den Löffel neben das Eis und hob den Zeigefinger.
„Es geht darum, dass mich die anderen Theas, die in mir wohnen, oft nicht zur Ruhe kommen lassen. Ich habe schon das Gefühl, dass sie mich tagsüber schonen. Allerdings bestehen sie aber in der Nacht auf diversen individuellen Getränken und Speisen, so wie die Thea, die jetzt unbedingt ein Banana-Chocholate-Brownie-Eis haben muss."
Thea schüttelte den Kopf. Unverständnis stand ihr deutlich ins Gesicht geschrieben.

„Selbstverständlich habe ich ihr dieses Eis gekauft. Sie wollte es und bekam es. Sie hatte es sich verdient", rechtfertigte sich Thea bockig und griff nach dem Eisbecher. „Die Rezeptur hatte es ihr angetan: Bananen-Eiscreme durchzogen mit leckerer Schokoladensauce und Schokoladenkuchenstückchen."
Sie stellte den Becher wieder ab.
„An dem Tag, als ich ihr das Eis gekauft habe, hat sie hart gearbeitet. Sie war mit mir zur Therapie bei einer Psychologin. Ich konnte ihr nicht sagen, was ich fühlte, was ich spürte." Die Lautstärke in Theas Stimme steigerte sich. „Rrrrr, rrch, chch." Das Gurgeln in ihrer Kehle verwandelte sich in ein böses Fauchen. „Als ich endlich aufstehen konnte, wusste ich es. Ich hatte Todesangst", schrie sie.
„Danach waren wir völlig abgekämpft und unglaublich müde, denn wir konnten uns wieder an das Geschehen von damals erinnern. Wir fühlten uns wie ein geprügelter Hund."
Sie schluckte. Ihr Mund war ganz trocken.
„Selbstverständlich konnten wir in diesem Zustand nicht am Straßenverkehr teilnehmen. Deshalb haben wir das Fahrrad geschoben, vorbei durch den Park bis hinunter an den See. Dort feierten hunderte junge Leute ihren letzten Schultag."
Sie sah aus ihrem Küchenfenster in die dunkle Nacht.
„Es fiel ein warmer, beruhigender Regen, der der Thea von damals das Gefühl gab, dass sie nun von allem Schmutzigen reingewaschen wäre. Sie fühlte sich mit einem Mal so sauber und so stark. Sie begann mich zu trösten. Wir konnten wieder die Liebe in uns fühlen. Sie hat mich aufgerichtet." Bei diesen Worten schien ihre Stimme zu ersticken.
Thea ergriff den Löffel und zog den Eisbecher zu sich heran. „Zum Dank dafür habe ich sie gefragt, ob ich ihr einen Wunsch erfüllen kann."
Vorsichtig fuhr sie mit der Löffelspitze in das Eis, löste eine winzige Portion heraus und schob sie sich in den Mund.

„Sie hat sich dieses Eis gewünscht und ich habe es ihr gekauft. Aber dann hatte sie mit einem Male keinen Appetit mehr. Wir haben beschlossen, das Eis später zu essen. Warum sie keinen Appetit mehr hatte, wollt ihr wissen?"
Sie schmatzte und schluckte.
„Als wir zu Hause ankamen, warteten die anderen Theas schon auf uns und die hatten keine Lust, Eis zu essen. Einige von ihnen wollten lieber fernsehen, andere Radio hören oder lesen und nebenher naschen. Sie hatten mich wieder die ganze Nacht beschäftigt."
Thea bohrte den Löffel in das Eis.
„Bis zum Frühstück haben sie mich wachgehalten. Ich habe noch Zeitung gelesen und bin danach ins Bett gegangen, um wenigsten ein bisschen Schlaf nachzuholen."
Sie schob sich einen großen Löffel Eiscreme in den Mund.
„Seht ihr und das wiederholt sich nun schon seit unzähligen Tagen und Nächten so und zehrt an meinen Kräften. Ich bin einfach immer und immer wieder über meine Grenzen gegangen und nun will ich nur noch leben, für mich und vielleicht auch mit einem liebenswerten Partner. Das wäre mein Traum", murmelte sie, während sie sich das Eis auf der Zunge zergehen ließ. „Darum möchte ich auch wieder gesund werden", sprach sie mit klarer Stimme, als sie das Eis heruntergeschluckt hatte. „Ich will niemals mehr jemandem beweisen müssen, dass ich ein Recht auf ein menschenwürdiges Leben habe. Ich nehme mir das Recht. Es steht mir zu und ich verdiene es."
Böse fuhr sie mit dem Löffel tief in das Eis hinein.
„In den nächsten Tagen fülle ich einen Kurantrag aus. Ich werde auch unmissverständlich meine Erwartungen darüber formulieren, wie die Kur mir helfen soll."
Wieder schob sie sich eine große Portion Eis in den Mund.
„Nicht dass ihr denkt, dass ich die Kur antrete, um wieder in den Arbeitsprozess integriert zu werden", sagte sie mit vollem

Mund und schüttelte heftig ihren Kopf. „Oh nein. Die Kur soll einfach dazu dienen, dass ich Kraft finde, die alltäglichen Dinge meines Lebens zu bewältigen. Wer, wenn nicht ich, hat ein Recht darauf." Theas Augenbrauen zogen sich zusammen.
Sie kaute das Eis und schluckte es schnell herunter. Wieder und wieder fuhr sie mit dem Löffel in die Eiscreme, kaute und schluckte.
Mit einem Mal hielt sie unschlüssig inne. „Ich habe das Recht, auch einmal klein zu sein", sagte sie trotzig. „Mit Kleinsein meine ich, dass ich niemandem mehr etwas beweisen muss. Niemandem. Ich will es nicht mehr. Ich bin sehr stolz auf mich, denn jetzt weiß ich, was der Arzt meinte, als er während meiner Therapie zu mir sagte, dass ich eine unwahrscheinlich große Frau, ja für ihn zu groß sei. Ich will nun mit dem Thema Vergangenheit abschließen. Ich befreie mich davon. Ich lasse nicht zu, dass die Vergangenheit, die mich fast zerstörte, heute wieder Macht über mich erlangt. Das würde bedeuten, mich selbst zu zerstören."
Sie sah auf den halbgeleerten Eisbecher in ihrer Hand, ohne ihn wahrzunehmen. „Es sei denn, das Glück klopft an meine Tür. Dann werde ich sicher mit euch noch einmal darüber reden. Wann das so weit sein wird? Seid nicht ungeduldig. Sicher bald. Der Geist meines Therapeuten hat sich schon gemeldet. Er ist sehr glücklich über meinen Brief und beteuert immer wieder, wie sehr er mich liebt. Ich fühle mich sehr glücklich und übermütig. Er ist nämlich immerzu da und schickt mir ständig eine wunderschöne Wärme. Ich weiß, dass es nicht Wirklichkeit wird, trotzdem glaube ich ihm. Jetzt kann unsere Liebe wahr werden. Erst seit meiner Befreiung von ihm, als meinen Therapeuten."
Die Konsistenz der Eiscreme hatte sich verändert.
Langsam und nachdenklich schabte Thea mit ihrem Löffel den weichen Schmelz von ihrer Oberfläche. Plötzlich fuhr sie auf.

„Was sagt ihr? Ich werde nicht eher Ruhe finden, bis ich Genugtuung erlangt habe für das, was in meiner Vergangenheit geschehen ist?" Sie bohrte den Löffel mit brachialer Gewalt in den Rest Eiscreme. „Was habe ich euch getan? Warum quält ihr mich?", schimpfte sie wütend. „Lasst mich gefälligst in Ruhe. Ich habe mit diesen Menschen meinen Frieden geschlossen. Wie das geht, wollt ihr wissen? Ganz einfach." Thea schob den Eisbecher von sich und stützte sich mit verschränkten Armen auf die Tischplatte. „Ich wurde zur Sklavin, sonst hätte ich nicht überlebt. Es wäre mir ergangen wie anderen geschundenen Kreaturen: Zerdrückt, zertreten, zerschmettert, lebendig eingescharrt, erwürgt, erstickt oder ersäuft." Sie nickte. „Aber das ist jetzt dem Himmel sei Dank vorbei. Ich habe meinen Frieden."
Sie nickte wieder.
„Nein Thea, nein, nein und nochmals nein. Sei still. Ich befehle es dir."
Theas Oberkörper pendelte zurück. Sie hielt sich mit beiden Händen an der Tischplatte fest. „Was heißt hier, ich sei schon wieder ein Opfer? Wessen Opfer? Opfer der Justiz?"
Sie ballte ihre rechte Hand zur Faust und schlug auf den Tisch. „Ich weiß, dass meine Peiniger wohl nie vor Gericht gestellt werden. Ich habe mir Rechtsrat eingeholt und weiß, dass mich die Gesetze nicht schützen können. Doch deine Ratschläge sind schlecht. Wieso?" Thea klammerte sich so fest an die Tischplatte, dass ihre Fingerknöchel weiß hervortraten. „Ich beantworte deine Frage mit einer Gegenfrage: Was passiert, wenn sie mich erwischen, wie ich Selbstjustiz übe und meine Peiniger richte?"
Sie lachte bitter auf. „Die Frage kannst du dir selbst beantworten: Sie werden mich verurteilen. Sicher, vielleicht gibt es mildernde Umstände, aber ich werde ins Gefängnis wandern oder zeitlebens in der Psychiatrie bleiben. Ist es das, was ihr

wollt? Das Gefühl der Rache auskosten und dafür dann hinter Gitter?"

Als Thea ein Kribbeln in ihren Fingern bemerkte, löste sie ihre Hände vom Tisch.

„Der Schöpfer hat mich zwar am Leben gelassen, aber der Preis dafür ist, dass ich es ertragen muss, zuzusehen, dass meine Peiniger ungestraft ihr Leben weiterleben durften. Sicher, jeder von ihnen hatte ein Alkoholproblem, nur habe ich das nicht auch?"

Ihre Augen weiteten sich.

„Was sagst du dazu, Holger Biege, du kluger Weltenwanderer, du Genius, du treuster Begleiter meiner Seele?"

Während sie ihre Hände von außen nach innen und wieder nach außen drehte, begann sie zu singen: *„Und es bleibt die Angst vorm Ende – Nein, enden kann es nicht. Und wir schau'n auf unsere Hände – Nein, enden kann es nicht."* Die Lautstärke schwoll an. *„Und das Licht in deinen Augen lässt mich niemals ruh'n. Und es bleibt die Angst vorm Ende …"*

Abrupt brach sie ab.

„Nein, enden kann es nicht, kann es nicht und darf es nicht."

Sie kniff ihre Augen zusammen.

„Entsteht ein dauernder Schaden, so sollst du geben Leben um Leben, Auge um Auge, Zahn um Zahn, Hand um Hand, Fuß um Fuß, Brandmal um Brandmal, Beule um Beule, Wunde um Wunde", zitierte sie aus ihrem Gedächtnis im pastoralen Ton aus dem zweiten Buch Mose.

„… Schuld sind die anderen, stell uns keine Fragen, denn wir haben gar nichts getan, oho schuld sind die anderen, mehr ist nicht zu sagen. Es tut uns zwar leid, doch es geht uns nichts an. Wer ist schuld am Tod des vergifteten Baums, ich nicht, dröhnt das Flugzeug im Blau. Ich nicht, ruft die neue Chemiefabrik. Ich nicht, brummt das Auto im Stau. Schuld sind die anderen, stell uns keine Fragen, denn wir haben gar nichts getan, oho schuld sind die anderen, mehr ist

nicht zu sagen. Es tut uns zwar leid, doch es geht uns nichts an. hmm, hmm, hmm ..." Während sie hingebungsvoll auf der imaginären Tastatur eines Flügels das Lied ihres Lieblingssängers spielte, ging Theas Singen über in melodisches Summen. Weltentrückt spielte sie das Lied mit geschlossenen Augen und der wippenden Bewegung einer Konzertpianistin wieder und wieder. Erst als sich kleine Schweißperlen auf ihrer Stirn bildeten, öffnete sie die Augen.

Dann ließ Thea ein letztes Mal ihre Finger auf die Tasten niedersausen. *„Und wer sind die anderen, die schuld sind an allem? Die anderen geben nichts zu. Sie lassen sich treiben und alles gefallen. Die anderen sind wir – ich und du"*, beendete sie das Lied.

Als der letzte Ton in ihr verstummte, hob sie die Hände mit stoischer Ruhe vor ihr Gesicht und drehte sie wiederum langsam nach innen.

In ihrem Blick lag etwas, was einem Außenstehenden Angst eingeflößt hätte.

19
KAPITEL

Jahr 2006

Hanne bot sich ein Bild von verschlissener Ärmlichkeit und Unordnung. Nonchalant ignorierte sie das Abstoßende rings umher und lehnte sich anscheinend entspannt in den Sessel. Sie schlug züchtig ihre Beine übereinander und legte die Hände sittsam in den Schoss.

„Mensch, Onkel Eugen, dass wir beide hier einmal so gemütlich zusammensitzen würden, hätte ich mir nicht träumen lassen. Du rufst mich an, lädst mich ein und hier bin ich. Ich freue mich wirklich."

Sie klatschte sich burschikos auf ihren Oberschenkel und betrachtete ihren Onkel. Die Brüder sahen sich unverkennbar ähnlich, wenngleich die Gesichtszüge ihres Vaters dennoch feiner geschnitten waren.

Hanne wusste nicht, ob es an der Art, wie sich beide bewegten, oder an der kristallblauen Augenfarbe der beiden lag, aber kaum sah sie in das Gesicht ihres Onkels, drängte sich das Bild ihres Vaters in ihr Bewusstsein.

Für den Bruchteil einer Sekunde verdunkelte sich ihr Gesicht. Doch genauso schnell, wie der Schatten gekommen war, verflog er auch wieder und wich einem freudigen Strahlen.

„Soll ich dir mal was verraten?" Hanne wartete die Antwort ihres Onkels gar nicht erst ab. „Von allen Onkeln, die ich hatte, warst du mir immer der liebste."

Sie tastete mit ihrem Blick jede noch so kleine Falte seines Gesichts ab. Ihr sollte auch nicht die kleinste Regung entgehen.

„Es ist wahr, dich mochte ich immer am liebsten", setzte sie lauernd hinzu. „Komisch, nicht?"
Sie versuchte seinen Blick zu bannen, doch es gelang ihr nicht. Mit emsiger Geschäftigkeit fegte er kleine Tabakkrümel vom Tisch.
Hanne spürte seine Verlegenheit fast körperlich. Sie betrachtete ihren Onkel mit dem Blick einer Käferhasserin kurz vor dem Zertreten einer Küchenschabe.
„Willst du mir nichts anbieten, wenn ich dich schon hier in deiner Wohnung besuche?", provozierte sie.
„Entschuldige, was möchtest du?" Er stand auf, aber hielt seinen Blick immer noch betreten gesenkt.
„Was hast du denn anzubieten?"
„Ich habe extra Apfelkorn besorgt. Ich dachte, dass du vielleicht einen möchtest?" Zaghaft hob er seinen Kopf.
„Aber Onkel Eugen. Die Zeit, in der mir Apfelkorn geschmeckt hat, ist doch schon über dreißig Jahre her. Außerdem trinke ich lange keinen Alkohol mehr."
„Tut mir leid."
„Nicht so schlimm. Das kannst du nicht wissen. Mit Ausnahme der unvermeidlichen Familienfeiern und flüchtiger Begegnungen haben uns ja auch fast Ewigkeiten nicht mehr gesehen." Hanne wandte ihren Blick ab und faltete die Hände wie zum Gebet über ihrem Knie.
„Trotzdem war ich über deine Entwicklung und dein Leben immer im Bilde."
„So?" Einigermaßen überrascht sah Hanne auf und begann ihren Onkel genauer zu betrachten.
Die feinen blonden Haare auf seinem Kopf waren im Laufe seines Lebens einer Glatze gewichen. Zurückgeblieben waren nur noch ein Haarkranz und wenige Haare auf dem Oberhaupt. Die allerdings hingen dem Onkel jetzt ungewaschen bis auf die Schultern. Ungesunde, dunkelrote Haut, der gelb-braune

Zeige- und Mittelfinger seiner rechten Hand und ein dünner ausgemergelter Körper brandmarken den Onkel als starken Raucher und Trinker. Hanne nickte. Ein unkontrolliertes Strahlen trat in ihre Augen.

„Unsere Familie kann stolz auf dich sein."

„So?", fragte Hanne nach.

„Ja, du hast studiert, bist eine Lehrerin geworden." Noch immer stand der Onkel abwartend vor Hanne. „Also, wenn du keinen Alkohol mehr trinkst, möchtest du vielleicht einen Kaffee?" Um seine Aufregung zu verbergen, knetete er mit seiner rechten Hand die linke.

„Nein, so spät am Abend bekommt mir kein Kaffee. Ich kann dann nicht einschlafen. Aber einen Tee oder ein Wasser würde ich gerne trinken."

„Entschuldige, aber beides habe ich leider nicht im Haus."

Hanne schürzte ihre Lippen. „Dann geh doch zu deinen Nachbarn und borge dir etwas."

„In diesem Haus borgt mir keiner etwas. Hier wohnen nur komische Leute. Die können mich nicht leiden."

„Habe ich mir gedacht." Hanne grinste verschmitzt.

„Ein Glas Leitungswasser könnte ich dir anbieten."

„Nein, nein, lass mal. Ich bin ja nicht hier, um mich von dir bewirten zu lassen. Wir wollten reden", sagte Hanne und wies mit ihrer Hand auf die Couch, vor der der Onkel noch immer unschlüssig stand. „Setz dich. Du sagtest am Telefon etwas von einem Problem, dass du ohne meine Hilfe nicht lösen kannst." Sie breitete ihre Arme aus. „Da bin ich. Also, was gibt es?"

„Es geht um meine Enkeltochter." Der Onkel ließ sich schwer auf seinen Sitz fallen.

„Um deine Enkeltochter?" Hanne rang um Fassung. „Was ist mit ihr?"

„Eigentlich geht es mehr um meine Urenkel."

„Oh, ich wusste gar nicht …"

„… dass ich schon Uropa bin?", ergänzte der Onkel Hannes Satz. „Bin ich." Er nickte.
„Wie kann ich helfen? Was ist mit deiner Enkeltochter beziehungsweise mit deinen Urenkeln?"
„Meine Enkelin heißt Anuok. Die Urenkel sind sieben und fünf Jahre. Sie heißen Joeycelyn und Jaques. Das Jugendamt hat ihr die Kinder weggenommen."
„Und was erwartest du von mir?", fragte Hanne zugleich erstaunt und bemüht ihre Enttäuschung zu verbergen.
„Ich dachte, dass du dich auskennst im Umgang mit den Behörden." Der Onkel knetete seine Hände. „Schließlich bist du ja eine Pädagogin."
„Vielleicht braucht deine Enkeltochter doch eher einen Rechtsanwalt als den Rat einer Pädagogin", entgegnete Hanne ausweichend, um sich einer Antwort zu entledigen.
„Darüber habe ich nachgedacht, aber erstens haben wir kein Geld, um einen Anwalt zu bezahlen, und zweitens laufen wir dann sofort Gefahr, dass das Jugendamt auf stur schaltet und uns seinen starken Arm zeigt."
Das Jugendamt kann euch bestimmt nicht seine Macht zeigen. Das ist nur eine leere Hülle. Entscheidend sind die Personen, die kraft ihres Berufes die Möglichkeit erhalten, vor Gericht ihre Meinung zu äußern, korrigierte Hanne in Gedanken.
„Geht deine Enkeltochter arbeiten?"
„Nein, sie ist arbeitslos."
„… und lebt wahrscheinlich von Sozialleistungen, oder?"
Der Onkel nickte wortlos und wischte sich seine schweißfeuchten Hände an der Hose seines Jogginganzuges ab.
„Dann kann sie sich einen Rechtsanwalt nehmen. Es gibt für Bedürftige auch für Prozesse staatliche Unterstützung", fuhr Hanne in gleichmütigem Ton fort.
Der Onkel runzelte die Stirn. „Ich glaube aber immer noch nicht, dass sie das Jugendamt verklagen sollte."

„Wer nicht wagt, der nicht gewinnt", erwiderte Hanne spitz.
Er schüttelte seinen Kopf. „Hast du keinen anderen Rat für mich?"
Hanne starrte ihn an. Er bot einen erbärmlichen Anblick, wie er so zusammengesackt dasaß. Dabei hatte er sich extra für dieses Treffen herausgeputzt. Der billige Stoff seines glänzenden Jogginganzuges schlotterte um seinen ausgemergelten Körper. Er knetete noch immer seine Hände. Obwohl schon Schweißtropfen auf seine Stirn getreten waren, hielt er den Reißverschluss seiner Jacke bis oben geschlossen.
Ungewollt erfasste Hanne eine Welle von Mitleid. Sie holte tief Luft.
„Wie kam es denn überhaupt dazu, dass sie ihr die Kinder weggenommen haben?"
„Sie hat mit einem jungen Mann zusammengelebt. Der war nicht gut für sie und die Kinder. Sie haben sich andauernd gestritten ..."
„Wahrscheinlich lautstark", fiel Hanne ihrem Onkel ins Wort.
Schuldbewusst sah er zu ihr herüber und nickte. „Nachbarn haben sie mehrfach beim Jugendamt angezeigt. Die Familie war dort schon bekannt."
„Sind die Kinder von ihm?"
„Nein, die haben andere Väter."
„Also, deine Enkelin hat zwei Kinder von zwei Vätern", wollte Hanne wissen.
„Ja."
„Wie alt ist sie denn überhaupt?"
„Dreiundzwanzig."
„Moment mal. Dann war sie ja schon mit fünfzehn oder sechzehn schwanger."
„Ja, das war, als sie im Kinderheim war. Da ist sie mit Joeycelyn schwanger geworden."
„Was ist mit ihren Eltern?"

„Beide tot."

„Oh, das tut mir aber leid." Hanne schürzte ihre Lippen. „Mit Ausnahme einiger sporadischer Kontakte habe ich nach meiner Hochzeit den Kontakt zu meinen Eltern abgebrochen. Wir hatten uns überworfen. Ich hatte also keine Ahnung, was so innerhalb der Familie geschehen ist. Sind sie verunfallt?", fragte Hanne neugierig.

„Nein, sie hatten beide ein Alkoholproblem."

„Ja", brach es aus Hanne heraus, „das wundert mich nicht. Das haben und hatten wohl mehrere in unserer Familie."

Der Onkel schien noch tiefer in sich zusammenzusinken.

„Mein Vater, mein geschiedener Mann, ich vielleicht auch, du, dein Sohn …" Während ihrer Aufzählung hatte Hanne ihre rechte Hand erhoben und mit dem Zeigefinger jeweils an einen Finger ihrer linken getippt. „Woran das wohl liegt?" Abrupt unterbrach sie sich und sah abwartend zu ihrem Onkel.

Der schien ihren bohrenden Blick zu spüren. „Ich habe eine Entziehungskur hinter mir."

„Na, herzlichen Glückwunsch", provozierte Hanne.

Der Onkel ignorierte ihren sarkastischen Ton. „Ich trinke nur noch ab und zu, vor allem dann, wenn ich nicht mehr weiterweiß. Ich wollte für Anouk und ihre Kinder da sein."

„Wie lobenswert."

Wieder überhörte der Onkel Hannes spöttischen Ton. „Ich gebe mir die Schuld an ihrer Misere."

„Wahrscheinlich zu Recht", erwiderte Hanne kalt.

„Der letzte Freund, mit dem sie zusammengelebt hat, hat sie regelmäßig aufs Übelste beschimpft und geschlagen. Auch in die Kindererziehung hat er sich eingemischt, obwohl es nicht seine waren. Einmal hat er Jaques sogar in den Schrank eingesperrt und über mehrere Minuten nicht mehr herausgelassen, weil er so geschrien hat."

Hanne stockte der Atem.

„Um von ihm loszukommen, habe ich ihr geraten, dass sie mit den Kindern in ein betreutes Wohnen geht. Sie sollte sich dort Hilfe holen."

„Was für Hilfe denn?"

„Na, zum Beispiel eine Betreuerin, die ihr beibringt, wie sie mit Geld umgeht."

„Bitte was?"

„Ja, das kann sie nicht. Wenn sie ihr Geld vom Amt kriegt und da kommt einer, der ihr sagt, dass sie Kinderbücher kaufen soll, weil die gut sind für die Bildung der Kinder, dann tut sie es." Der Onkel schluckte und wischte sich über die Stirn. „Obwohl ihr Geld dann für den Rest des Monats hinten und vorne nicht reicht, denkt sie in dem Moment nur an die Kinder. Sie will, dass es ihnen besser geht."

Das Amt zahlt ihr kein Geld, das sind die deutschen Steuerzahler, ätze Hanne innerlich. Sie befand sich im Wechselbad ihrer Gefühle. Kälte wechselte sich ab mit Mitleid und Betroffenheit. „Hast du eine Zigarette?", fragte sie.

„Das sind meine letzten." Der Onkel beugte sich nach vorne, angelte eine zerknitterte Packung vom Tisch und fingerte an ihr herum. „Ich habe Anouk schon immer was von meiner Rente abgegeben, aber die reicht auch hinten und vorne nicht. Ich muss jetzt bis zum Monatsende mit einem Zehner auskommen. Mehr habe ich auch nicht."

„Und dann kaufst du noch eine Flasche Apfelkorn für mich?" Hanne sah ungläubig in das Gesicht ihres Onkels.

„Ich dachte, dass ich dir damit eine Freude machen kann. Ich wusste ja nicht ...", er unterbrach sich und reichte ihr die geöffnete Packung hinüber.

Hanne warf einen flüchtigen Blick hinein. „Die letzten drei und noch eine Woche bis zum Monatsersten, wenn deine Rente kommt?" Sie schüttelte ihren Kopf. „Die werde ich dir ganz bestimmt nicht wegrauchen."

„Tut mir leid. Hätte ich gewusst, dass du rauchst, hätte ich anstelle der Flasche Apfelkorn lieber Zigaretten gekauft. Aber du hattest mir auf der Silberhochzeitsfeier deiner Eltern erklärt, dass du aufhörst, wenn du schwanger werden würdest." Er behielt die Packung in der Hand.
„Das hatte ich auch vor, aber die Sucht war stärker."
„Aber du warst immer so eine starke Person."
„Das bin ich auch immer noch, doch gegen das Verlangen bin selbst ich machtlos und werde es immer bleiben."
„Nicht, wenn du es aufgeben willst."
„Ach, Onkel Eugen. Bereits Anfang des 16. Jahrhunderts wurde das Rauchen von Tabak gezielt gesellschaftsfähig gemacht. Eine gepflegte Herrenrunde ohne Zigarre und Scotch war damals undenkbar. Nach den Zigarren kamen Zigaretten, schließlich wollte man auch der Damenwelt das neue Genussmittel nicht vorenthalten", dozierte Hanne. „Auch Kriege eigneten sich bestens, viele Menschen auf einen Schlag nikotinsüchtig zu machen. Ein Soldat raucht. Selbst als es logistische Probleme bei der Essensverteilung gab, Zigaretten waren seltsamerweise immer parat. Herren, Damen, Soldaten, wer fehlte da noch? Richtig, die Kinder beziehungsweise Schüler. Das durchschnittliche Einstiegsalter ist binnen der letzten zwanzig Jahre von siebzehn auf fünfzehn Jahre gefallen. Tendenz sinkend. Wie ist es mit deiner Enkelin?"
Der Onkel nickte schicksalsergeben. „Sie raucht auch."
„Na siehst du. Rauchen findet wie alle Süchte und Leidenschaften im Gehirn statt." Hanne richtete sich auf. „Damit meine ich nicht die kurze Zeitspanne von sieben Sekunden, bis sich die Nikotinmoleküle ihren Weg ins Gehirn gebahnt haben." Sie versenkte ihre Hände in die Taschen ihrer Lederjacke. „Ich meine vielmehr die schleichende Gehirnwäsche, der man sich jahrzehntelang aussetzt. Die Wissenschaft behauptet, dass der, der seine Sucht ausschließlich durch Willenskraft

bekämpft und auf diese Weise aufhört zu rauchen, weiterhin gefährdet bleibe. Soll heißen, die Rückfallquote bei der Methode ‚Willenskraft' ist außerordentlich hoch." Ihre Hände kamen wieder zum Vorschein. Triumphierend hielt sie eine Schachtel Zigaretten in die Höhe. „Siehst du? Ich wusste es." Sie öffnete den Deckel. „Und noch dreiviertel voll und genau die, die du auch rauchst. Welch ein Zufall", freute sich Hanne. „Ich werde sie dir dalassen, dann kommst du besser über den Monat. Also lass uns eine rauchen." Sie zog eine Zigarette aus der Packung und steckte sie sich zwischen die Lippen. Ohne ihrem Onkel eine anzubieten und ohne die Packung aus der Hand zu legen, sah sie ihren Onkel wartend an.

Mit einem müden Lächeln fingerte der Onkel eine Zigarette aus seiner eigenen Schachtel und griff nach dem Feuerzeug, das vor ihm auf dem Tisch lag. Die Packung legte er sorgfältig neben sich.

Als Hanne das Klicken vernahm und sah, wie die Flamme aus dem Feuerzeug schoss, trat ein Strahlen in ihr Gesicht. „Hmm, das tut gut", kam es wohlig aus ihrer Kehle heraus, nachdem sie den ersten Zug getan hatte.

Nachdem sich der Onkel ebenfalls seine Zigarette angezündet hatte, zog er den Aschenbecher zu sich heran und stellte ihn zwischen sich und Hanne.

Dann rauchten beide schweigend und in Gedanken versunken ihre Zigaretten.

Der Onkel drückte als Erster seine aus.

Als Hanne fast aufgeraucht hatte und die Glut sich dem Filter näherte, schüttete sie den Inhalt ihrer Schachtel übergangslos auf den Tisch. „Jetzt können wir ein bisschen Mikado spielen", sagte sie, ohne eine Miene zu verziehen.

Sichtlich irritiert sah der Onkel Hanne bei ihrem Treiben zu.

„Ich sammle die Stummel."

„Wozu?", fragte der Onkel verwundert.

„Ich habe Blattläuse an meinen Grünpflanzen", antwortete Hanne ungerührt. „Um sie zu bekämpfen, stelle ich einen Sud aus Nikotin her und übersprühe die Pflanzen damit. Das vertreibt die Läuse." Sie stopfte den Zigarettenstummel in ihre Schachtel.

„Aha, wenn du willst, kannst du meine Kippen auch mitnehmen."

„Das ist nett gemeint, Onkel Eugen, aber nein, danke. Meine Sammelaktion hat noch einen anderen Grund." Hanne musterte die auf dem Tisch liegenden Zigaretten und wählte zielsicher die, die an den äußersten Rand des Tisches gerollt war.

„Ja, welchen denn?"

Hanne steckte sich die Zigarette zwischen die Lippen und bedeute ihrem Onkel, ihr Feuer zu geben. „Ich habe ein Wette laufen."

„So, was denn für eine Wette?", erkundigte sich der Onkel höflich.

„Ach, die Wette an sich ist bedeutungslos", presste sie hervor und lehnte sich zurück. „Bitte, bediene dich." Ihre Hand, mit der sie ihre Zigarette hielt, wies auf das Chaos auf dem Tisch, das der Inhalt ihrer Schachtel hinterlassen hatte.

„Danke, ich rauche zuerst meine auf und dann nehme ich davon."

„Soll mir auch recht sein." Hanne nickte beiläufig. „Wo waren wir gerade stehengeblieben?" Sie sog einen tiefen Zug ein. „Ach, ja, ich soll dir und deiner Enkelin helfen, deine Urenkel aus den Klauen der Behörde zu befreien." Sie blies den Rauch aus und sah den Schwaden hinterher. „Und was hätte ich davon, wenn ich dir helfe?" Ungerührt sah sie ihm ins Gesicht.

„Ich, ich weiß nicht …" Der Onkel geriet ins Stottern. „Geld kann ich dir leider nicht bezahlen." Fahrig griff er nach seiner Zigarettenpackung und entnahm ihr die vorletzte Zigarette. Mit zitternden Fingern zündete er sie an.

„Das meinte ich auch nicht. Geld habe ich selbst. Es geht darum, dass du mir sagst, was dir meine Hilfe wert ist? Was gibst du mir?"
„Ich verstehe nicht. Was meinst du?"
„Du verstehst nicht? Dann will ich dir mal kurz auf die Sprünge helfen." Hanne schnaufte böse. „Ich war nur bisschen älter als deine Urenkelin heute. Ich erinnere mich noch genau an das Haus und an Ausschnitte aus dem Zimmer. Ich war mit meinem Vater da. Wir haben ferngesehen: Boxen. Wir hatten damals nämlich noch keinen Fernseher. Macht es bei dir: Klick?"
„Nein." Die Mundwinkel des Onkels zogen sich nach unten. Er presste seine Lippen zusammen.
„Nein?", wiederholte Hanne und dehnte das Wort. „Dann will ich dir helfen." Sie streifte die Asche ihrer Zigarette in den Aschenbecher. „Irgendwann ging die Frau zu Bett. Ich war auch müde. Doch dann gaben mir die Männer Alkohol mit Limonade." Sie inhalierte wieder einen tiefen Zug und blies geräuschvoll den Rauch aus. „Die Brause schmeckte zuckersüß, so, wie Kinder sie lieben." Hanne warf einen Blick auf ihren Onkel.
Den linken Arm über seine Knie gelegt und den rechten Ellbogen auf seine Hand gestützt, zog er an seiner Zigarette, sobald er den Rauch ausgeblasen hatte.
„Mit einem Male wandten sich die Männer mir zu. Sie berührten mich überall. Sie zogen mich aus und streichelten und küssten mein Geschlechtsteil. Es fühlte sich wundervoll an und Laute der Wollust entwichen meinem Mund. Dann steckten sie ihr Glied in meine Vagina. Nicht ganz, immer nur etwas."
Der Onkel sank immer tiefer in sich zusammen.
„Ich wollte nicht, dass die Männer aufhören, denn sie machten es nur halb, nicht so, wie ich es sonst von meinem Vater gewohnt war", fuhr Hanne erbarmungslos fort und beobachtete

genüsslich, wie jedes ihrer Worte den Onkel wie ein Peitschenhieb traf. „Es passierte so ungefähr drei oder vier Mal."
Der Onkel drückte seine Zigarette aus und griff nach der letzten in seiner Packung.
Hanne beobachtete mit einem teuflischen Strahlen in den Augen, wie er die Schachtel zusammenknüllte und achtlos auf den Tisch warf.
„Mir hat keiner geholfen, auch nicht meine Mutter. Sie hat mich zur Rede gestellt und mir gesagt, dass sie mich nicht mehr liebt." Mit stoischer Ruhe drückte Hanne die Zigarette aus. „Dabei hätte mir ein einfaches Wort ehrlichen Bedauerns genügt", sagte sie nach einem Seitenblick auf ihren Onkel, der starr vor sich hin auf die Tischplatte starrte. „Aber wahrscheinlich bin ich nicht einmal das wert." Sie verstaute den Zigarettenstummel sorgfältig in ihrer Schachtel. Dann stand sie auf. „Denk' ja nicht, dass ich das, was ich tue, für dich tue. Ich tue es für deine Enkelin und deren Kinder." Sie schob die Zigarettenschachtel in ihre Tasche. „Deinen Dank dafür erwarte ich nicht und meine Wette habe ich gewonnen."
Nach einem letzten prüfenden Blick auf ihren wie versteinert dasitzenden Onkel und das Durcheinander von Zigaretten vor ihm auf dem Tisch und verließ sie ohne ein weiteres Wort die Wohnung.

20
KAPITEL

Jahr 2007

Vor Christine Eiselt stapelte sich ein Berg von Akten, als der unvermeidliche Moment gekommen war, den Tatsachen ins Auge zu sehen. Schon während der flüchtigen Kontrolle des Aktenstapels war sie von einer Beklommenheit ergriffen worden, die sie immer dann befiel, wenn Unheil nahte. Deshalb zog sie mit einem gewissen Widerwillen die letzte Akte, die darauf wartete, von ihr bearbeitet zu werden, vom Rande ihres Schreibtisches zu sich heran.

Christine Eiselt wusste, was sie erwartete, wenn sie diese Akte öffnen und hineinsehen würde. Deshalb hielt sie sie geschlossen in beiden Händen und ließ den Prozess noch einmal in ihren Gedanken Revue passieren. Wie von ihr vorhergesehen, hatte das Amtsgericht ihre Beweisanträge abgelehnt und Norman Pittich der Vergewaltigung schuldig gesprochen. Dabei waren die Widersprüche in dieser Sache so offensichtlich, dass sie einem unvoreingenommenen Betrachter förmlich ins Auge springen mussten.

Christine Eiselt kamen die Aussagen der Nachbarin ihres Mandanten in den Sinn. Wenn sie das Eintreffen von Norman Pittich und das des Paares, nicht aber die Schreie des vermeintlichen Opfers gehört hatte, gab es sie nicht oder die Zeugin hatte geschlafen. Doch genau das hat die Nachbarin ausgeschlossen, überlegte Christine Eiselt angestrengt. Sie hat ausgesagt, dass sie seit der Geburt ihres Sohnes einen sehr leichten Schlaf habe und durch jegliche Geräusche aufgeweckt werde. Hilferufe oder Schreie hätte sie bestimmt gehört.

Zweifel daran, dass diese Frau, deren Wohnung sich unmittelbar neben der von Norman Pittich befand, die Wahrheit gesagt hatte, hegte die Anwältin nicht.
Wenn tatsächlich eine Vergewaltigung stattgefunden hat, warum erzählt die Frau dann ihrem Freund unmittelbar danach, sie wisse nicht hundertprozentig, ob Norman Pittich in ihr drin gewesen sei, oder nicht? Wenn sie es nicht wusste, warum suchte sie dann keinen Arzt auf? Warum benutzte sie ein ihr angebotenes Telefon nicht?, grübelte Christine Eiselt weiter. Wenn sie schon in der Wohnung nicht die Polizei gerufen hat, warum dann nicht später? Warum konnte sie nicht sagen, wer Norman Pittich in die Wohnung gelassen hat? Er besaß keinen weiteren Schlüssel als den, den er ihrem Freund gegeben hatte. Warum ist sie nicht gegangen, als Norman Pittich ihren Freund aus der Wohnung gebracht hat? Der Freund muss sich im Vollrausch befunden haben. Also muss sie Norman Pittich hereingelassen haben. Doch warum hat sie dann behauptet, erst wachgeworden zu sein, als er ihr den Schlüpfer heruntergezogen hat? Warum hat sie behauptet, eine Stunde lang vergewaltigt worden zu sein? Es hätte doch nahegelegen, zumindest ihrem Freund die Hämatome zu zeigen. Die Anwältin schüttelte den Kopf. Es gab einfach zu vieles, was keinen Sinn machte. Es gab viel zu viele Widersprüche in ihrem Verhalten. Dennoch hatten die Amtsrichter ein Urteil über Norman Pittich gesprochen und ihn der Vergewaltigung schuldig gesprochen. Doch noch war nicht alles verloren, denn das nächsthöhere Gericht schien die Auffassung der Anwältin zu teilen. Warum sonst hätte es einen Sachverständigen beauftragen sollen, um die Glaubwürdigkeit des Opfers zu beurteilen? Zu viele Fragen waren offengeblieben.
Norman Pittich behauptete steif und fest, genauso betrunken gewesen zu sein wie der Freund der Zeugin. Er hatte seiner

Anwältin sogar angeboten einen Eid darauf zu schwören, dass er sie niemals auch nur angerührt hatte.

Wenn Christine Eiselt an das Äußere der Zeugin dachte und ihr der imaginäre Geruch von Schweiß und Urin einer seit Tagen ungewaschenen Person in die Nase stieg, geriet sie in Versuchung, ihm uneingeschränkt zu glauben.

Da ein Gutachten die Wahrheit ans Licht bringen würde, hätte Christine Eiselt an sich zufrieden sein können. Doch das mulmige Gefühl in ihrem Bauch, das immer dann einsetzte, wenn Unbill drohte, schien ihre beunruhigenden Gedanken noch zu verstärken, seit die Akte auf ihrem Schreibtisch lag. So konnte sie sich nun, als sie zögerlich die Akte von Normen Pittich aufschlug, einer düsteren Vorahnung nicht erwehren.

Und wieder hatte sie ihre Intuition nicht getäuscht. Statt des erwarteten Gutachtens fand sich nur die Mitschrift eines Gesprächs, das der Sachverständige mit der Zeugin geführt hatte. Er hatte die Aussagen der Zeugin vor der Polizei, dem Amtsgericht und bei ihm in einem Vergleich gegenübergestellt. Sichtlich entgeistert durchwühlte die Anwältin die Unterlagen. Doch ein Ergebnis des Sachverständigen fand sie nicht.

„Frau Brückstein", rief Christine Eiselt durch die halbgeöffnete Tür. „Ist das alles, was zum Fall Norman Pittich gekommen ist?"

„Ja, ich habe alles einsortiert. Mehr war nicht", bestätigte die Sekretärin, als sie kurz darauf im Türrahmen erschien. „Stimmt irgendwas nicht?", fragte sie, als sie ihre Chefin mit bestürztem Gesicht vorfand.

„Das können Sie laut sagen." Christine Eiselt kaute auf ihrer Lippe. Die wildesten Gedanken schossen ihr durch den Kopf. In wenigen Tagen sollte der Prozess vor dem Landgericht gegen Norman Pittich fortgesetzt werden.

Gab es eine Absprache, nach der der Sachverständige seine Ergebnisse nur mündlich präsentieren sollte? Wenn ja, wer hatte sie getroffen und was sollte damit bezweckt werden?

Eine erneute Verurteilung des Angeklagten würde der Justiz helfen, ihr Gesicht zu wahren. Gestand sie doch nur ungern Fehler ein. Der Staatsanwaltschaft würde die weitere Verurteilung des Angeklagten mehr als gelegen kommen. Auch deren Vertreter hatte medienwirksam Berufung gegen das Urteil von Norman Pittich eingelegt. Schließlich hatte der bis zum Prozessende seine Unschuld beteuert und die behauptete Vergewaltigung nicht eingestanden. Nun war es zum erklärten Ziel des fanatisch agierenden Staatsanwaltes geworden, das gegen Norman Pittich verhängte Urteil nicht nur aufrechtzuerhalten, sondern die ausgesprochene Gefängnisstrafe noch drastisch zu erhöhen.

Die Inquisition lässt grüßen. Das System funktioniert noch heute wie in mittelalterlichen Zeiten, nur subtiler. Gestehe und es gibt einen Pluspunkt, anderenfalls verschärft sich das Strafmaß, kam es Christine Eiselt in den Sinn. Wahrscheinlich wirkt jeder Freispruch auf die Staatsanwaltschaft so beschämend, wie eine Klageabweisung auf uns Rechtsanwälte. Bescheinigt ein Freispruch doch ihren Irrtum und offenbart Ermittlungsfehler, schlussfolgerte sie für sich und klopfte nervös mit dem Ende ihres Kugelschreibers auf den Tisch.

„Kann ich helfen?", unterbrach die Sekretärin den Gedankenstrom ihrer Chefin.

„Was?", fuhr Christine Eiselt hoch.

„Ich habe gefragt, ob ich irgendetwas für Sie tun kann."

„Verzeihung, Frau Brückstein, ich war in Gedanken", entschuldigte sich die Anwältin. „Nein, können Sie nicht. Im Moment kann mir niemand helfen, nicht mal ich mir selbst. Aber vielleicht doch. Sie könnten mir die Akten abnehmen, dann könnte ich mich ausbreiten."

Die Sekretärin nickte.

„Danke, Frau Brückstein, Sie sind mir eine große Hilfe."

„Gerne."

Es gibt nur zwei Möglichkeiten, dachte Christine Eiselt, während sie beobachtete, wie sich ihre Sekretärin mit dem Stapel Akten unter dem Arm zurückzog. Entweder er bescheinigt ihr Glaubwürdigkeit oder er überführt sie der Unwahrheit.

Sie beschloss sich für den ungünstigsten Fall zu wappnen.

Noch heute war sie in der Lage das Bild, welches ihr unmissverständlich die Haltung des Anklägers zeigte, jederzeit vor ihrem inneren Auge abzurufen.

Als sich die Gelegenheit bot, sich mit seinem Plädoyer medienwirksam in Szene zu setzen, hatte der Staatsanwalt eindrucksvoll seine Rolle als Opfervertreter gespielt.

Christine Eiselt kam nicht umhin, seinem schauspielerischem Können Respekt zu zollen. Nahezu mitleidheischend hatte er mit stetigem Blick auf die eingeladenen Reportern die Gräueltat des Norman Pittich geschildert, sich dabei selbst mit dem Opfer solidarisiert und zugleich das Bild eines kaltblütigen, herzlosen Vergewaltigers gezeichnet.

Während er in Richtung des anwesenden Publikums in Ausübung seines Amtes mit seiner rechten Körperseite den staatstreuen Diener spielte, gab es für die ihm genau vis-à-vis sitzende Christine Eiselt kein Entrinnen. Die unbeabsichtigten Reaktionen der anderen von ihm nicht kontrollierten Körperhälfte sprangen ihr förmlich ins Auge. Hatte er sich doch die Nase auffallend mehrfach mit dem Mittelfinger seiner linken Hand gerieben, nachdem er zuvor hingebungsvoll in ihr zu popeln schien.

Mit dem Ergebnis kann er zufrieden sein, dachte Christine Eiselt. Mit seiner namentlichen Erwähnung in den Medien hat er sich aus der Masse der unbekannten Staatsanwälte abgehoben und mir gleichzeitig durch seine unbewusste Körpersprache

nur allzu deutlich verraten, was er wirklich von diesem Prozess und damit wahrscheinlich auch von mir selbst hält.
Christine Eiselt presste ihre Lippen zusammen und begann in den Unterlagen zu lesen.
Doch je länger sie sich in die Schriftstücke vertiefte, umso unruhiger wurde sie. „Das ist ja ungeheuerlich", murmelte sie leise vor sich hin und schüttelte den Kopf.
Mit einem Mal löste sie ihren Blick abrupt von den Blättern, lehnte sich zurück in ihren bequemen Bürostuhl, beugte den Kopf in den Nacken und begann nervös zu wippen. „Ich glaub das nicht", flüsterte sie in Richtung der Decke ihres Büros. „Nun hängt das Schicksal von Norman Pittich allein von der Meinung eines Einzelnen ab. Das Gericht hat seiner Pflicht und Schuldigkeit durch die Anordnung der Begutachtung Genüge getan. Indem es sich nun auf die Aussage eines Gutachters stützt, ist es von jeglicher Verantwortung enthoben. Aber was ist, wenn der Gutachter sich irrt und das Opfer gar kein Opfer, sondern Täter ist?"
Christine Eiselt kannte den Gutachter schon aus einem anderen Prozess. Wie alle Psychiater war er sich damals seiner Macht, an der Schicksalsschraube eines Menschen drehen zu dürfen, bewusst gewesen. Seine fachliche Meinung hatte er auf vier Hypothesen gestützt und jeglichen Zweifel daran, dass er eine andere Meinung als seine eigene akzeptieren würde, gleich von vorneherein ausgeschlossen, erinnerte sich Christine Eiselt. Seine Ausführungen hatte er mit der Nullhypothese begonnen, womit er die reine Fantasie eines Probanden bezeichnete.
Sie brachte ihren Stuhl wieder zurück in die Ausgangsposition und begann fieberhaft zu blättern. „Dann wollen wir doch mal sehen, was das mutmaßliche Opfer ihm so erzählt hat", sagte sie zu sich selbst. Der Finger der Anwältin fuhr in Windeseile über das Papier. „Aha, da haben wir es." Christine Eiselt beugte sich tiefer über die Schriftstücke und begann laut zu lesen:

„Als sie aufgewacht war, will sie mitgekriegt haben, dass einer bei ihr beim Ausziehen war." Sie stockte. „Was ist das denn für ein schreckliches Deutsch? Na dann, mal schauen, wie es weitergeht", entfuhr es ihr. „Sie hat gedacht, dass es ihr Freund sei, und ihm gesagt, dass er aufhören solle."
Die Anwältin nickte. Das Gleiche hatte sie auch in der Verhandlung gesagt. Aber eigentlich war sie doch mit ihm in die Wohnung gegangen, um mit ihm dort Sex zu haben. Die Frage nach dem Warum hätte auch dem Gutachter einfallen müssen. Ihr hatte sie im Gerichtssaal die Frage nicht beantwortet, sondern so lange beharrlich geschwiegen, bis sie vom Richter erlöst worden war. Christine Eiselt runzelte die Stirn, denn nun hatte der Gutachter die Zeugin ganz einfallsreich gefragt, wie es weiterging. Sie fluchte innerlich.
Doch dann las sie die wörtliche Antwort der Zeugin: „Da hat er, da hat er halt gesagt, wenn ich solche Angst davor hab', könnte ich es ihm auch mit dem Mund machen." Die Neugier der Anwältin war geweckt. „Sie wiederholt sich, und dann erzählt sie etwas ganz Neues. Soso. Auch das, was sie ihm jetzt erzählt hat, kommt mir bekannt vor. Doch hier. Sie sagt, er sei in sie eingedrungen. Mit seinem Unterleib? Wie geht das denn? Und hier berichtet sie von ihren Schreien. Aber dann will sie nicht mehr wissen, wie laut sie geschrien hat. Sehr merkwürdig", murmelte sie vor sich hin.
Christine Eiselt stutzte, denn dass die Zeugin auch behaupte, dass sie dann, als er das Licht angemacht hat, nicht darauf geachtet habe, ob sein Penis erigiert war oder schlaff herunterhing, klang so gar nicht nach einem angstvollen Vergewaltigungsopfer.
Sie stützte ihren Ellbogen auf den Tisch, legte ihr Kinn in die Handfläche und las weiter, davon, dass die Zeugin zu Protokoll gegeben hatte, dass sie Angst gehabt habe, dass der Angeklagte sie umbringen wollte. Wenn sie aber Angst hatte, umge-

bracht zu werden, warum bleibt sie dann nackt auf dem Bett sitzen, wenn ihr angeboten wird, dass sie gehen kann?, fragte sich Christine Eiselt nicht zum ersten Mal.
Als sie ihren Kopf senkte, um sich erneut in das Schreiben des Gutachters zu vertiefen, zogen sich die Augenbrauen der Anwältin merklich zusammen. Das Unverständnis über das Gelesene stand ihr ins Gesicht geschrieben. Selbst, als er schon gegessen und ihr angeboten hatte, zu telefonieren, hätte sie immer noch wie zur Salzsäule erstarrt auf dem Bett gesessen und sich auch dann nicht gerührt, als Norman Pittich schon fernsah? Im nächsten Moment verfiel sie in ein boshaftes Gelächter:
„Das muss man sich jetzt mal auf der Zunge zergehen lassen", redete sie mit sich selbst, als ihr die Erklärung von dem angeblichen Opfer ins Auge stach: „Ich wusste nicht, was er sonst noch machen könnte. Ich hatte Angst."
Christine Eiselt nickte einem nicht vorhandenen Gegenüber zu, denn völlig zu Recht hatte ihr der Gutachter vorgehalten, dass sich Norman Pittich in diesem Augenblick doch überhaupt nicht um sie gekümmert hätte. „Und was antwortet sie?", empörte sie sich laut und ihre Stimme nahm einen schrillen Klang an: „Sie erzählt dem Gutachter: Er ist halt aufgestanden und zum Bett gegangen. Er hatte mitgekriegt, dass der Fußboden nass war. Dann hat er die Decke abgezogen und mitgekriegt, dass das Bett nass war." Sie fuchtelte mit ihrer Hand in der Luft herum. „Als er sie fragte, was das für Nässe gewesen sei, erklärt die Zeugin, dass sie das nicht wisse. Das alles ergibt überhaupt keinen Sinn."
Doch ausschließen, dass der Gutachter in der Verhandlung behauptete, so etwas würde sich die Zeugin nicht ausdenken, konnte die Anwältin nicht. Ihre Hand sauste auf die Tischplatte und wischte energisch die losen Blätter zur Seite.

Vielleicht konnte die Glaubwürdigkeit der Zeugin durch die zweite Hypothese erschüttert werden. Christine Eiselt stützte jetzt beide Ellbogen auf den Tisch, formte aus ihren Händen eine Muschel und legte ihr Kinn hinein. Wie hatte der Gutachter sie genannt? Personenhypothese? Sie war sich nicht mehr sicher.

Auch wenn ihr das Fachgebiet der Psychologie zu abstrakt, zu wenig greifbar erschien, versuchte sie sich zu erinnern. Zu viel stand für Norman Pittich auf dem Spiel. Was also verbarg sich hinter dem Wort Personenhypothese? Christine Eiselt riss sich aus ihrer Haltung und schaltete ihren Computer an. Während sie wieder auf der Unterlippe kauend den Bildschirm beobachtete, arbeitete ihr Gehirn auf Hochtouren.

Das war es, was Norman Pittich behauptete. Die junge Frau wollte ihn, doch er hatte kein Interesse an ihr. Rache lautete eine weitere Hypothese, auf die der Gutachter sein Ergebnis im vergangenen Prozess gestützt hatte.

Doch wie konnte ein Psychiater feststellen, dass eine Zeugin Rache übte, wenn schon das Amtsgericht in seinen Urteilsgründen ein Rachemotiv ausgeschlossen hatte?

Schon als er mündlich das verkündete Urteil begründete, war für Christine Eiselt die Häme im Gesicht des Richters unübersehbar gewesen. Er schien zu ahnen, mit welcher Argumentation sie sein Urteil angreifen würde. Aber in diesem Moment, als er verkündete, dass ein Rachemotiv generell keine taugliche Hypothese für eine Falschaussage sei, gehörten die Bühne und die Sympathie des Publikums ihm. Welche Freude musste in ihm da noch bei der schriftlichen Abfassung seines Urteils mitgeschwungen haben?

Dass sie das Gericht von der Rachsucht der Zeugin als mögliches Motiv ihrer Falschaussage nicht überzeugen konnte, stand in dem Urteil und damit als Vorgabe für den Sachverständigen bereits fest. Wenn es darauf ankomme, ob Rache für eine Falschbezichtigung von Norman Pittich ausgeschlossen oder zumindest für wenig wahrscheinlich erachtet werden könne, dann hätte sich das Amtsgericht über gesicherte wissenschaftliche Erkenntnisse hinweggesetzt. Rache ist sehr wohl ein Beweggrund für eine unwahre Anschuldigung, sann Christine Eiselt vor sich hin. Dass ein Vergewaltigungsopfer in berechtigtem Zorn auf den Vergewaltiger auch durch eine wahre Aussage dessen Bestrafung erstreben kann, musste sie kleinlaut innerlich einräumen. Was also ist ihre Motivation? Christine Eiselt marterte ihr Hirn. Was ist, wenn ihre Aussage nach der Vorstellung der Zeugin wahr ist? Und was, wenn sie bewusst falsch ist?

Als Christine Eiselt keine Antwort auf ihre Fragen fand, widmete sie sich ihrem Computer. „Aha, da ist sie, die Erklärung zur Personenhypothese. Nur anfangen kann ich damit leider gar nichts." Die Anwältin ließ den Text über den Bildschirm rollen und seufzte.

„Also wir ordnen diese Hypothese dem Einfluss Dritter auf das Aussageverhalten des Zeugen zu und haken sie für heute erst mal ab."

Mit einem Klick auf die Maus beendete die Anwältin das Programm.

Unzufrieden mit sich selbst und dem Verlauf des Tages zog sie die Akte von Norman Pittich zu sich heran und begann wiederum darin zu blättern. Während die Aussage der Zeugin viele Fragen aufwarf, klang die von Norman Pittich logisch. Breit grinsend und mit einem gewissen verschwörerischen Ton in der der Stimme hatte er ihr gegenüber beteuert, sich noch genau an jenen Abend erinnern zu können. Er habe dem Freund seinen Wohnungsschlüssel überlassen, weil der mit der blöden Schlampe *bumsen* wollte. Dieser hätte ihm versichert, dass sie das unbedingt wolle. Es wäre ausgemacht gewesen, dass sie verschwinden, wenn er dort auftauchte.

Christine Eiselt erinnerte sich noch an jedes einzelne Wort ihres Mandanten:
„Als ich dann ankam, habe ich an der Haustür geklingelt. Keine Ahnung, wer mir die Tür öffnete. Ich bin dann die Treppe hoch. Meine Wohnungstür stand offen. Ich konnte sehen, dass die Alte vor meiner Sitzecke lag und schlief. Sie hatte alles an, auch ihre Schuhe. Ihr Stecher kniete vor meinem Bett und schlief auch. Ich wollte ihm hoch helfen. Als ich mein Bett berührte, merkte ich, dass es nass war."
Die Anwältin glaubte Norman Pittich. Obwohl das Geschehene schon Monate zurücklag, war ihm bei diesen Worten der Ärger darüber anzumerken.
„Es roch nach Urin. Ich zog ihn hoch, um ihn nach Hause zu schaffen. Er war total voll und reagierte praktisch nicht. Ich stieß die Alte mit dem Fuß an, damit sie wach wurde und mitkäme." Norman Pittichs Körpersprache verlieh seinen Worten Glaubwürdigkeit. Allzu eindrucksvoll hatte sein Bein an dieser Stelle die Schüsse von Bällen auf ein Tor demonstriert. „Ich hatte ihren Freund schon gepackt und habe ihr gesagt, dass ich mit ihm losgehe. Den Typen habe ich an seiner Haustür abgeladen und bin dann sofort zurück in meine Wohnung gegangen, den Schlüssel hatte ich ja jetzt."
Christine Eiselt fand, wonach sie gesucht hatte. Sie hielt inne und las: „Meine Wohnungstür stand offen. Ich sah sie dann schlafend auf dem Bett liegen. Sie war bekleidet und hatte auch ihre Schuhe noch an", hatte Norman Pittich dem Polizeibeamten erzählt. „Ich wollte selbst schlafen. Deshalb packte ich sie an der Schulter ihrer Jacke und brachte sie zur Tür. Ich habe dann noch was gegessen, mein Bett hergerichtet, Zeitungen über den nassen Fleck gebreitet und mich dann schlafen gelegt."
Schon damals, als der Polizeibeamte ihm die Aussage der Zeugin vorgelesen hatte, stritt er alles ab und sagte aus, dass die

Zeugin immer dann, wenn sie sich mit ihrem Freund küsste, zu ihm hinüber und ihm dabei in die Augen sah, dachte Christine Eiselt. Daraus schlussfolgerte sie: Wenn er im gleichen Atemzug noch einmal nachsetzt und seine Ablehnung damit begründet hatte, dass ihn dieses Verhalten aber nicht angetörnt habe, spricht einiges dafür, dass er sie wirklich verschmäht hat.
„Ich unterstelle ihr, dass sie das behauptet, weil sie bei mir nicht landen kann. Aber ich stehe nicht auf sie. Sie imponiert mir nicht", hatte Norman Pittich mit stoischer Gleichmütigkeit von dem Polizeibeamten protokollieren lassen und später auch gegenüber seiner Anwältin erklärt.
Christine Eiselt war mit ihren Gedanken genau da wieder angelangt, wo ihre Überlegungen begonnen hatten. Wenn es der Zeugin gelungen war, auch den Gutachter zu täuschen, und sie Norman Pittich nur belastete, weil er ihr Begehren nicht erwidert hatte, sah seine Zukunft düster aus. Deutlich hörbar blies die Anwältin ihren Atem aus, denn damit hatte sich der Teufelskreis geschlossen.

21
KAPITEL

Jahr 2007

„Komm schnell", befahl Joey, ergriff die Hand ihrer Tochter und beschleunigte ihr Tempo.
„Warum rennst du denn mit einem Mal so?"
„Ich habe eine Bekannte entdeckt und verspüre gerade überhaupt keine Lust, mich mit ihr zu unterhalten." Joey zerrte ihre Tochter in die Drehtür des Einkaufszentrums.
„Was hat sie dir denn getan, dass du vor ihr davonrennst?"
„Sie hat mir gar nichts getan. Ich habe eben keine Lust, mit ihr zu reden", wiederholte Joey schroff, in der Hoffnung, dass sich ihre Tochter mit dieser Antwort zufriedengeben würde. Doch weit gefehlt.
„Aber du bist doch sonst nicht so unhöflich. Also raus mit der Sprache, was ist los?"
Die Frauen verließen die Drehtür.
„Nichts. Das sagte ich doch." Joey hakte ihre Tochter unter und beschleunigte ihre Schritte erneut.
„Du, wenn du mir nicht sagst, warum du nicht mit ihr reden willst, bleibe ich einfach stehen."
Joey wollte ihrer Tochter gerade eine patzige Antwort geben, als sie hörte, wie hinter ihr jemand ihren Namen rief.
„Oh, oh, ich verdünnisiere mich. Du findest mich bei den Schuhen."
„Also gut, du hast gewonnen", presste Joey hervor und sah ihrer davoneilenden Tochter nach. Doch dann besann sie sich, stoppte ihren Lauf und drehte sich mit einem charmanten Lä-

cheln um. „Na so etwas, T. T. Ich glaube es nicht. Wir haben uns ja ewig nicht gesehen. Wie geht es dir?"
Joey umarmte die Frau wie eine alte Bekannte. Beide Frauen taten, als wollten sie sich auf jede ihrer Wangen küssen. Tatsächlich aber küssten sie in die Luft.
„Lass dich ansehen." Joey packte ihre Bekannte an beiden Schultern und hielt sie mit ausgestreckten Armen fest. „T. T., du hast dich überhaupt nicht verändert. Keinen Tag älter bist du geworden."
„Joey, du lügst. Sieh mich an, jeder einzelne Tag meines Lebens hat sich in mein Gesicht gegraben. Ich habe Falten ohne Ende."
„Na gut, tröste dich. Die habe ich auch." Joey rollte mit den Augen. „Erzähl mir lieber, wie es dir ergangen ist." Sie betrachtete die tiefen Furchen, die sich unauslöschlich in das Gesicht der alten Frau gegraben hatten.
„A. T. und ich sind geschieden. Ja, ich bin Hals über Kopf aus unserer Wohnung ausgezogen und habe mich von ihm scheiden lassen." Es klang nach Befreiung.
„Nein, so etwas? Wieso das denn?", fragte Joey verwundert. „Ich hatte immer den Eindruck, dass nicht einmal ein Löschblatt zwischen euch passt."
„Das ist wahr. Aber später, nachdem wir beide uns aus den Augen verloren hatten, hat sich das geändert."
„Sag nur. Was ist passiert?", fragte Joey höflich, mit wachsendem Interesse.
„Es hat sich jemand in unsere Ehe gedrängt, gegen den ich leider keine Chance hatte."
„So? Möchtest du darüber reden?"
„Eigentlich wollte ich nie wieder darüber sprechen."
„Wenn du nicht möchtest, dann eben nicht. Es ist in Ordnung."
„Es war der Alkohol", brach es aus T. T. heraus. „Erst hielt es sich in Maßen, doch dann wurde es immer schlimmer. Zum Schluss hat er schon morgens seine Bierflasche am Wickel ge-

habt und dazu noch die harten Sachen. Stell dir vor ...", sie beugte sich vor. „Er hat zuletzt sogar schon unter sich gemacht. Klein ging noch, aber groß war immer eine Tortur für mich. Ich musste das dann immer wegmachen." Sie trat wieder einen Schritt zurück. „Du kannst dir gar nicht vorstellen, wie eklig dieser permanente Bier-Schnaps-Atemgeruch ist. Zum Schluss konnte ich ihn weder hören noch sehen und schon gar nicht mehr riechen. Die Scheidung war eine Erlösung." Sie hielt inne. „Aber wem sage ich das. Du kennst das ja auch, oder?"
„Ach weißt du, wenn du mittrinkst, empfindest du diesen Geruch nicht so schlimm." Joey sah lächelnd in das fassungslose Gesicht ihrer Bekannten.
„Und so degeneriert wie dein Mann war meiner noch nicht, als ich mich getrennt habe."
Joeys Gegenüber schluckte.
„Willst du damit sagen, dass ihr beide getrunken habt?"
„Genau das will ich sagen." Joey griente. „Aber während mein holder Geschiedener immer noch säuft, bin ich so gut wie trocken. Wahrscheinlich war ich nie abhängig, sondern habe immer nur aus Kummer mitgemacht, denn nach unserer Trennung habe ich wenig bis gar keinen Alkohol mehr getrunken."
„Das ... das gibst du so einfach zu?" T. T. rang um Worte.
„Ja, selbstverständlich. Warum sollte ich lügen? Es ist die Wahrheit."
„Ihr hattet die gleichen Probleme und trotzdem habt ihr euch scheiden lassen."
„Nun ja, meine Liebe, man muss kein Prophet sein, um daraus zu schlussfolgern, dass es weitere unüberwindliche Probleme gab."
„Ich bin baff. Auch ich dachte immer, dass ihr beide sehr glücklich miteinander wart."
„Ach was. Sieh dir die Menschen an, die hier an uns vorbeihasten." Joey drehte sich um und beschrieb mit ihrem Arm einen

Bogen. „Bei Licht besehen, hat hier mindestens jeder Fünfte ein Alkoholproblem und bestimmt jeder Zweite ein Beziehungsproblem. Aber sieht man es ihnen an?" Entspannt wandte sie sich wieder ihrer Bekannten zu. „Nein."

„Sicher ist es so wie bei mir. Ich hatte immer noch die Hoffnung, dass er das Saufen wieder lässt. Dann wäre alles wieder gut geworden."

„So, meinst du?" Joey betrachtete ihre Bekannte mit einem mitleidigen Blick. „Ich denke, dass dein Schritt völlig richtig war. Es hätte sich niemals etwas geändert. Weder bei euch noch bei uns."

„Das sage ich mir auch immer wieder, um mich zu beruhigen. Aber ehrlich gesagt, wenn ich nachts aufwache, kommen mir Zweifel, ob dieser Schritt richtig war. Vielleicht hätte ich mehr kämpfen sollen? Es ist schließlich eine Krankheit. Er ist alkoholkrank."

„Was die Krankheit angeht, gebe ich dir recht. Was allerdings seine Heilungschance angeht, teile ich deine Vorstellungen nicht."

„Wenn ich bedenke, was wir uns für unser Rentnerdasein alles vorgenommen hatten. Wir wollten reisen, Zeit mit unserem Enkelkind verbringen, unseren Bungalow am Wasser genießen ... Trotzdem wir geschieden sind, tut er mir leid. Wir hatten so viele schöne Jahre."

„Er braucht dir nicht leidtun. Mein Geschiedener tut mir auch nicht leid. Jeder ist für sich selbst verantwortlich. Man kann etwas gegen seine Krankheit tun", brach es aus Joey heraus. Es war ihr egal, dass ihre Lautstärke bei den vorüberziehenden Besuchern des Einkaufszentrums derartiges Aufsehen erregte, dass sie sich umdrehten. „Doch dazu bedarf es zunächst einmal der Krankheitseinsicht. Dann erst kann eine Behandlung erfolgreich sein. Ist er krankheitseinsichtig?"

„Nein." T. T. schüttelte traurig ihren Kopf. „Du müsstest ihn mal sehen. Du würdest ihn nicht wiedererkennen, so heruntergewirtschaftet, wie er jetzt aussieht."

„Ehrlich gesagt, verspüre ich weniger das Bedürfnis, auf deinen alkoholabhängigen Mann zu treffen." Kaum ausgesprochen, bereute Joey ihre harten Worte. „Mir reicht schon, was ich immer von meinem zu hören bekomme", setzte sie schnell hinzu. Das unbewusste Zusammenzucken ihrer Bekannten stimmte sie milder. „Hast du eine Vorstellung davon, was den Alkoholmissbrauch bei deinem Mann ausgelöst hat?"

„Nein, auch darüber denke ich immer nach, wenn ich nachts wach daliege. Ich habe so oft gefragt. Aber eine Antwort habe ich nie erhalten." Die Augen von T. T. füllten sich mit Tränen. „Ich habe immer wieder gebettelt, dass er die Finger vom Alkohol lassen soll. Aber nein! Ich habe ihm eine Entziehungskur vorgeschlagen. Aber nein! Er hat mir immer wieder versichert, dass er jederzeit aufhören könne, wenn er es nur wolle. Ich habe ihn so geliebt." Ihre Worte gingen über in leise quiekendes Weinen.

„Mir scheint, dass das immer noch der Fall ist", bemerkte Joey mit einem lauernden Unterton in der Stimme.

„Wahrscheinlich ist es die Macht der Gewohnheit", antwortete T. T. und begann in der Tiefe ihrer Tasche zu wühlen. „Wir waren schließlich mehr als vierzig Jahre verheiratet." Sie hängte sich die Tasche über die Schulter, denn sie hatte gefunden, wonach sie gesucht hatte.

„Aber wie kam es, dass er mit dem Trinken begann? Sein Alkoholgenuss hielt sich doch immer in Grenzen, zumindest so lange, wie ich es beurteilen kann."

„Genau das ist die Frage, auf die auch ich keine Antwort finde." Joeys Bekannte zog ein Papiertaschentuch aus der Packung und tupfte sich Wangen und Augen. „Manchmal denke ich, dass er nicht verkraftet hat, dass ihr euch zurückgezogen

habt." Sie schluckte. „Das war sowieso der Beginn davon, dass nichts mehr so war wie zuvor."
„Wieso das denn?"
„Der ganze Freundeskreis hat sich so nach und nach aufgelöst." T. T. schnaubte kräftig aus. „Und ich weiß nicht einmal warum?"
„Neeeiiin?"
„Nein. Sag du es mir."
Joey schürzte die Lippen. „Ach, weißt du, ich habe mein ganzes Leben lang unter psychosomatischen Beschwerden gelitten. Die sind irgendwann eskaliert. Ich musste mich in neurologische und therapeutische Behandlung begeben. Mein Leben war in Gefahr, so dass ich mich in eine Klinik begeben habe."
„Oh, Joey, ich wusste nicht …"
„Ist schon gut. Nicht so schlimm. Ich bin ja gesund geworden."
„Oh, wie schön, dass die Pharmazie so weit ist und es für fast alles Medikamente gibt. Erzähle mal."
„Ich war zwölf Wochen in der Klinik, zehn davon in einer geschlossenen Gruppe. In dieser Zeit kamen meine Erinnerungen. Alle Gruppenmitglieder, die Ärzte und Therapeuten sind meine Zeugen, dass ich weder mit Tabletten behandelt wurde, noch Hypnose oder Einzelgespräche stattgefunden haben."
„Und trotzdem bist du jetzt gesund?" Ungläubigkeit über das Gehörte stand T. T. ins Gesicht geschrieben.
„So ist es. Auf der Grundlage meines erworbenen Wissens habe ich gelernt an meinen jahrelang antrainierten falschen Verhaltensmustern zu arbeiten und diese durch gesunde Verhaltensweisen zu ersetzen."
„Dann warst du nach deiner Kur geheilt."
„Nein. Ich habe einen schweren Rückfall erlitten."
„Oh, Joey, du Arme", entfuhr es T. T. Sie umarmte Joey spontan, ohne dass die sich wehren konnte. „Magst du darüber re-

den? Wenn du willst, können wir uns auch ein ruhiges Plätzchen suchen. Wir stehen hier so wie auf einem Bahnsteig."
„Nein, nein, lass mal", wehrte Joey – kerzengerade aufgerichtet – ab. „Mein Kind wartet auf mich. Hast du es nicht gesehen, wie es schon vorgegangen ist?" Ihre Hand wies in die Mitte des Einkaufcenters.
„Nein. Ich habe nur dich gesehen", antwortete T. T. verunsichert. „Aber ich habe wohl auch nicht so genau darauf geachtet. Ich hatte ausschließlich dich im Blick. Schade, denn ich hätte gerne mit dir einen Kaffee getrunken. Aber ich will dich nicht aufhalten. Vielleicht ein anderes Mal?"
Der traurige Blick ihrer Bekannten war für Joey unübersehbar.
„Nun, ich hatte zwar versprochen gleich nachzukommen, aber mein Kind kauft Schuhe. Ich schätze, das dauert." Sie sah auf ihre Uhr. „Ich denke, ein bisschen Zeit habe ich noch."
„Schön, dann erzähl mir von deinem Rückfall. Auf mich wartet zu Hause sowieso keiner."
Joey atmete tief ein und hörbar wieder aus.
„Meine Vergangenheit holte mich wieder ein", sagte leise. „Mit einem Male kamen mir Erinnerungen. Ich konnte mich nicht wehren. Du musst dir dich vorstellen wie ein Diaprojektor, den man mit unzähligen Dias bestückt hat." Ihre Stimme wurde fester. „Ein Dia nach dem anderen, zack, zack, zack …"
„Oh, Liebes, du tust mir so leid. Es muss schrecklich gewesen sein."
„Ich habe mich einweisen lassen, eine Woche in die Geschlossene. Der Boden unter meinen Füßen wurde weggerissen. Ein Abgrund tat sich auf. Mein Glaube an Menschlichkeit und Wärme war zutiefst erschüttert. Danach war nichts mehr so, wie es war." Joey grinste, als ihr bewusst wurde, dass sie die Worte von T. T. wiederholt hatte.
„Ach, hättest du dich doch bloß gemeldet! Wir hätten reden können."

Joey schüttelte energisch ihren Kopf. „Worüber hätten wir beide denn reden sollen?" Bewusst hatte sie das Wort *wir* gedehnt ausgesprochen.

„Manchmal hilft es, wenn man jemand hat, der einem nur zuhört", lautete die arglose Antwort ihrer Bekannten, von einem unschuldigen Blick begleitet.

„Weißt du T. T., nimm es mir bitte nicht übel, dein Angebot ist ja lieb gemeint, aber mir hätte es nicht geholfen."

„Und wieso nicht? Nicht umsonst heißt es doch: Geteiltes Leid ist halbes Leid."

Joey öffnete ihren Mund und verschloss ihn wieder, ohne etwas gesagt zu haben. Wer sagt dir eigentlich, dass ich ausgerechnet mit dir mein Leid teilen wollte?, hatte ihr auf der Zunge gelegen. Doch das besorgte, ihr zugewandte, freundliche Gesicht von T. T. hielt sie davon ab, es auszusprechen. Sie verzog ihre Lippen zu einem künstlichen Lächeln.

„Mir wurde eine vierwöchige Erholungskur zugesprochen. Einen Tag vor Ablauf der Kur verstarb mein Vater."

„Du hast aber auch ein Pech", entfuhr es Joeys Bekannter spontan.

„Das kommt immer auf die Betrachtungsweise an", entgegnete Joey undurchsichtig.

„Wie meinst du das?"

„Nun, er war alt und krank. Er hat sein Leben gelebt. Ich denke, dass es besser ..." Sie stockte. „... so war."

„Vielleicht hast du recht."

„Ganz sicher habe ich recht. Sieh dir A. T. an. Empfindest du, das Leben, das er führt, als ein lebenswertes Leben?"

„Ich weiß nicht so recht?", entgegnete T. T. unsicher.

„Also wirklich", empörte sich Joey. „Du erzählst mir, dass er von morgens bis abends blau war, unter sich gemacht hat. Wahrscheinlich ist seine Wohnung total verdreckt oder irre ich mich?"

„Nein, du hast recht. Unsere Kinder haben zu Weihnachten mal nach ihm gesehen. Schließlich ist er ihr Vater und die Wohnung war ja mal ihr Elternhaus. Was sie vorgefunden haben, kann man kaum glauben."

„So, was denn?", fragte Joey mit einem Male sichtlich interessiert.

„Er hat, seit ich vor mehr als zwei Jahren ausgezogen bin, nicht mehr die Bettbezüge gewechselt. Seine Kleidung steht auch schon vor Dreck. Das Bad ist mit angetrocknetem Kot verschmiert. Das Klo schwarz."

„Igittigitt."

„Im Flur stehen Batterien leerer Rotweinflaschen."

„Ach, ich dachte, er trinkt Bier und harte Sachen?"

„Nein, nein. Die kann er schon nicht mehr vertragen. Er isst ja nicht mehr viel, allenfalls lässt er sich mal eine Pizza kommen. Er bestellt sich alles telefonisch oder über das Internet."

„Das kann er noch?", wollte Joey wissen.

„Na ja, blöd war er nie. Zu helfen wusste er sich immer noch."

„Aber. Das muss doch stinken."

„Das tut es auch, der Geruch sei unerträglich, sagen die Kinder. In der Küche stapele sich das ungewaschene Geschirr."

„Aber was ist mit den Nachbarn? Fühlen die sich nicht von dem Geruch belästigt?"

„Ach was, er öffnet die Tür doch so gut wie nie. Außerdem, wer soll sich denn in der vierzehnten Etage eines Hochhauses über eine Geruchsbelästigung beschweren? Du weißt doch, wo wir wohnten, war immer Wind."

„Ich erinnere mich vage." Joey trat von einem Bein auf ihr anderes. „Wo wohnst du jetzt? Vielleicht kann ich dich ja mal besuchen, wenn ich Zeit habe."

„Ich würde mich sehr freuen." T. T. nestelte wieder in ihrer Tasche. Sie zog aus der Seitentasche ein kleines Kärtchen. „Nimm es mit. Dann weißt du, wo ich zu finden bin. Meine Telefonnummer steht auch mit drauf."

„Ich sehe schon. Es ist nicht mehr die gleiche von früher. Die habe ich nämlich immer noch im Kopf.", erwiderte Joey. „Sie war so einprägsam."

„Die habe ich A. T. gelassen. Schließlich hatten wir ja mal den Telefonanschluss über die Firma bekommen."

Joey wirkte jetzt sichtlich überrascht. „Sag nicht, dass die Telefonnummer immer noch die gleiche ist." Sie lächelte beherrscht, denn sie hatte es mit einem Male eilig.

„Doch, er hat sie behalten."

„Ja, manche Dinge ändern sich wirklich nie." Joey warf einen letzten Blick auf das Kärtchen und schob es sich in die Jackentasche. Dann beugte sie sich vor. „Also T. T. lass es dir gut gehen."

„Du dir auch. Ich würde mich freuen, wenn du dich bei mir meldest und wir unsere alte Freundschaft wieder aufleben lassen könnten."

„Wir werden sehen", murmelte Joey.

Die beiden Frauen verabschiedeten sich so, wie sie sich begrüßt hatten.

Während Joey sich umwandte und sich mit großen Schritten ihren Weg an den Geschäften vorbei in das Innere des Einkaufscenters bahnte, verharrte T. T. und sah ihr so lange hinterher, bis der Strom von Menschen ihre schlanke Gestalt verschluckt hatte.

„So, da bin ich wieder." Joey atmete auf, als sie ihre Tochter entdeckte, die inmitten des Schuhladens saß und in aller Seelenruhe Schuhe anprobierte.

„Dafür, dass du erst überhaupt keine Lust verspürt hattest mit ihr zu reden, ist eure Unterhaltung aber lange gewesen", maulte Joeys Tochter. „Wer war das überhaupt?"

„Eine alte Bekannte von früher."

„Ist sie dir wichtiger als ich?"
„Quatsch, wie kommst du denn darauf?"
„Na, ich sitz hier alleine und du kommst nicht."
„Entschuldige, Kleines."
„Woher kennst du sie?" Die Stimme von Joeys Tochter klang ein wenig versöhnlicher.
„Als wir jung waren, haben wir uns zu bestimmten Anlässen getroffen. Wir waren mehrere Ehepaare. Als die ersten dann Kinder bekamen, war es vorbei. Ich kann dir nicht so genau sagen, wann und warum die Treffen aufhörten."
„Wirklich nicht?" Joeys Tochter sah ihrer Mutter prüfend ins Gesicht. „Für Veränderungen gibt es immer Ursachen."
„Die Ursachen, mein kluges Kind, kann ich nur vermuten."
„Dann vermute mal." Ohne ihre Mutter anzusehen, stellte Joeys Tochter die Schuhe zurück ins Regal.
„Es waren und sind immer die unerfüllten Begehrlichkeiten."
„Was meinst du?" Joeys Tochter griff nach einem weiteren Schuh und besah ihn sich von allen Seiten.
„Ich meine diese asozialen, ethisch verwerflichen Missgönner …" Wie unter körperlichen Qualen spie Joey die Worte aus. „… mit ihren einhergehenden Taten, die da sind: Verrat, Denunziation, üble Nachrede und was weiß ich noch."
„Mama, was ist denn mit dir los?" Joeys Tochter hielt inne, stellte den Schuh zurück ins Regal und sah ihre Mutter erstaunt an.
„Mit mir?" Joey schüttelte ihren Kopf. „Gar nichts." Unter dem erschrockenen Blick ihrer Tochter wandte sie sich anscheinend gleichgültig nun ebenfalls dem Regal zu. „Selbst wenn die Missgunst tatenlos bleiben sollte, ist und bleibt sie ein solch sinnloses Gefühl."
„Ach Mama. Dafür liebe ich dich so sehr. Du bist ein so guter Mensch. Komm her und lass dich drücken!" Joeys Tochter breitete ihre Arme aus.

„Habe ich unrecht?", fragte Joey und begab sich freudig in die Arme ihrer Tochter.
„Wie man es nimmt." Joeys Tochter drückte ihrer Mutter einen schmatzenden Kuss auf die Wange. „Missgönner möchten aufgrund von gefühltem Neid jemandem etwas beschädigen, zerstören oder wegnehmen. Wo sich seine gefühlte Ungerechtigkeit auf etwas nicht Materielles bezieht, wird er dem Missgönnten auf andere Weise schaden wollen. Seine Gedanken sind also negativ. Das ist karmisch, lehrt der Hinduismus."
„Was habe ich nur für eine kluge Tochter", stellte Joey zufrieden fest und betrachtete ihre Tochter mit dem ganzen Stolz, zu dem nur eine Mutter fähig ist.
Doch dann bewölkte sich plötzlich ihre Stirn. „Auch in der Bibel wird der Neid an mehreren Stellen thematisiert. Denk an die Erzählung von Kain und Abel. In dieser Geschichte stellt der Neid ein Mordmotiv dar", sagte sie nachdenklich, wie zu sich selbst. „Auch im Islam wird der Neid im Koran erwähnt. Laut dem Propheten Mohammed kann Neid zu Unheil und sogar zum Tode führen."
„Zum Glück existieren Schutzverse und Bittgebete, die mit Gottes Hilfe vor Neidern schützen", entgegnete Joeys Tochter prompt. Allerdings war sie sich nicht sicher, ob ihr Einwurf ihre Mutter erreichte.
Joey stand wie weltentrückt mitten im Schuhgeschäft und hing ihren Gedanken nach.

22
KAPITEL

Jahr 2007

Als die Klingel an ihrer Wohnungstür schellte, fuhr Thea Daduna intuitiv zusammen. Doch ihr Erschrecken dauerte nur einen winzigen Augenblick.
Schnell hatte sie sich wieder unter Kontrolle, griff nach dem bereitgelegten Feuerzeug und zündete die beiden Kerzen an. Dann zupfte sie an der Ecke der Tischdecke eine Falte glatt. Mit einem letzten prüfenden Blick befand sie den Tisch bestens für das bevorstehende Abendessen gedeckt.
Sie machte auf ihrem Absatz kehrt und bewegte sich schnellen Schrittes zur Tür.
„Wenn mir einer prophezeit hätte, dass ich jemals wieder mit meinem geschiedenen Mann ein Candle-Light Dinner haben würde, den hätte ich für verrückt erklärt. Ich hätte jede Wette dagegen gehalten." Thea breitete ihre Arme aus.
„Ich kann Gleiches von mir behaupten", murmelte Lothar Daduna verlegen, schwenkte den riesigen Blumenstrauß an Thea vorbei und nahm sie in die Arme.
Ein kurzes Innehalten ließ sogleich alte Vertrautheit aufkommen.
„Du hast tatsächlich noch immer den gleichen anziehenden Geruch an dir, den ich immer so mochte", stellte Thea zufrieden, wie zu sich selbst, fest, als sie sich aus Lothar Dadunas Armen löste und einen Schritt zurück in die Wohnung tat.
„Das Kompliment kann ich zurückgeben. Aber etwas ist neu, und das ist dein Parfüm."

„Du hattest sicher ‚Magie Noire' erwartet?" Thea wies mit ihrem Arm in die Wohnung. „Komm rein."
„Ja, ich mochte es, wenn du diesen würzig-orientalischen Duft benutzt hast. Er war außergewöhnlich, so wie du." Lothar Daduna stand noch immer unschlüssig im Türrahmen. Zaghaft streckte er Thea die Blumen entgegen.
„Oh ja, ich besaß damals das Parfum und die Körpercreme in einem schwarzen Tiegel. Weißt du noch?" Thea nahm Lothar Daduna die Blumen ab. „Der Duft war meine Jugendliebe, genau wie du."
Sie lächelte geheimnisvoll, als sie in das betretene Gesicht des Mannes sah, an dessen Seite sie Jahrzehnte ihr Leben verbracht hatte. „Noch heute kaufe ich mir immer wieder mal Abfüllungen, in der Hoffnung auf mein geliebtes ‚Magie Noire'", fuhr Thea unbeirrt fort. „Aber leider ist die Jugendliebe vergangen." Wieder schwang ein vieldeutiger Unterton in ihrer Stimme mit. „Das heutige ‚Magie Noire' ist nur noch ein Abklatsch dessen, was es einmal war, viel leichter und süffisanter, schade, schade, der opulente Tiefgang mit all seiner orientalischen Würze fehlt total", setzte sie schnell hinzu und sah auf die Blumen in ihrer Hand. „Riecht nur noch nett und beliebig. Ich trauere diesem Duft sooo nach ..." Thea seufzte.
Dann entfernte sie, ohne ein weiteres Wort zu verlieren, das um die Blumen gewickelte Papier und verschwand in ihrer Küche. Als sie wieder auftauchte, hielt sie eine edle, mit Wasser gefüllte Kristallvase in der einen und die Blumen in der anderen Hand. „Oh, ich dachte, dass du es dir doch schon gemütlich gemacht hättest. Entschuldige bitte, das ist die Macht der Gewohnheit. Ich bin eine schlechte Gastgeberin." Sie wies mit dem Kopf in Richtung des Wohnzimmerinneren. „Also, mein lieber Lothar, immer hereinspaziert in die gute Stube."
„Danke. Ich freue mich über deine Einladung", nuschelte Lothar Daduna leise und setzte sich in Bewegung. „Deine Woh-

nung ist toll." Er drehte sich einmal um sich selbst, ehe er sich schwerfällig auf einem am gedeckten Tisch stehenden Stuhl niederließ.

„Ich freue mich, dass du meiner Einladung gefolgt bist." Thea platzierte die Vase am Rand des Tisches und arrangierte die Blumen. „Hast du schon großen Hunger?", fragte sie in gedämpftem Tonfall.

„Nein, Ich esse nicht mehr so viel wie früher", entgegnete Lothar Daduna.

„Das sehe ich. Du hast bestimmt zwanzig Kilo verloren seit der Scheidung, stimmt's?" Thea stemmte ihre Arme in die Hüften und unterzog Lothar Daduna einer gründlichen Musterung.

„Wenn du die siebzehn von davor mitzählst, sind es fünfunddreißig."

„Man könnte dich fast als ‚dürr' bezeichnen."

Lothar Daduna nickte. Sein Unwohlsein war ihm deutlich anzumerken. Er schlug die Beine übereinander, verschränkte die Arme und senkte den Blick.

„Also, dann will ich mal loslegen. Ich denke, bei dem, was ich uns auftische, wirst du schon hungrig werden."

Theas Stimmfall ließ Lothar Daduna erstaunt zu ihr aufsehen. Er lächelte und nickte.

Thea erwiderte sein Lächeln mit einem strahlenden Augenzwinkern, drehte sich um und verschwand erneut in ihrer Küche.

„Passend zum Herbst beginnt unser gemeinsames Essen mit einem samtigen Süppchen vom Hokaido-Kürbis. Hier ist die exzentrische Schärfe roter Currypaste von exotischer Kokosmilch gebändigt und beides mit dem besten Kernöl aus der Steiermark vereinigt", kommentierte Thea, als sie kurze Zeit später den Suppenteller aus edlem weißen Porzellan vor Lothar Daduna abstellte.

„Hmm, das sieht aber gut aus …" Er beugte sich vor und schnupperte. „… und riecht noch besser."
„Ich habe mir auch alle Mühe gegeben, dich zu überraschen", antwortete Thea und stellte ihren eigenen Teller ab.
„Ein Bild wie aus einem Kochbuch", fuhr Lothar Daduna bewundernd fort. „Die gelbe Suppe mit den grünen Kürbiskernen und der kreative Kringel ist sicher aus Kürbiskernöl, oder?"
„Du sagst es." Thea griff nach einer geöffneten Weinflasche. „Dazu serviere ich uns einen kräftigen Grauburgunder von einem Weingut an der Obermosel. Ich finde, dass der ganz gut passt. Die Frucht des Weines wird den Ingwer gut zur Geltung bringen."
Sie füllte die Gläser, zupfte die Serviette, die sie um den Hals der Weinflasche gelegt hatte, zurecht und stellte sie zurück auf den Tisch. Dann ergriff sie ihr Glas.
„Auf einen schönen Abend", sagte sie in den Klang der Gläser. „Durch die moderate Säure des Weines wird die Schärfe des Süppchens nicht aufdringlich." Sie nippte nur wenig an ihrem Glas. „Trink ruhig", ermunterte Thea ihren Exmann, als er bemerkte, dass sie ihn beobachtet hatte. „Ich schenke gerne nach."
Lothar Daduna stellte sein halb geleertes Glas ab und begann vorsichtig die dampfende Suppe zu löffeln. „Schmeckt ausgezeichnet", überspielte er seine Betretenheit, über die ungewohnte Situation einer trauten Atmosphäre.
„Danke", erwiderte Thea artig.
Sie aßen einsilbig ihre Teller leer und tauschten nur ab und an einen unsicheren Blick.
Thea nahm als Erste das Gespräch wieder auf. „Ich schenke dir jetzt noch einmal nach, denn ich benötige für die Hauptspeise noch ein paar Minütchen."

„Kein Problem. Ich habe Zeit", antwortete Lothar Daduna, leerte sein Glas und hielt es Thea hin. „Ich laufe dir nicht weg", setzte er hinzu, als er sein volles Glas abstellte.
Thea griff nach den Tellern. „Bin gleich wieder da. Mach du es dir in der Zwischenzeit gemütlich."
„Was gibt es denn?", rief Lothar Daduna Thea hinterher. Der Wein zeigte schon Wirkung.
„Perlhuhn mit Pfifferlingsrisotto", schallte es aus der Küche.
„Schon die alten Ägypter hielten sich Perlhühner und wussten um deren besonderen Geschmack", sagte Thea mit einem undurchsichtigen Lächeln, als das Essen vor ihnen auf den Tellern dampfte und einen Wohlgeruch verbreitete.
Sie erhob ihr Glas. „Dazu habe ich uns einen Chardonnay geöffnet."
„Das wäre doch nicht notwendig gewesen", wandte Lothar Daduna ein. „Wir hätten doch auch bei einer Weinsorte bleiben können."
„Hätten wir, aber zu Perlhuhn mit Pfifferlingsrisotto passt nun mal besser ein Chardonnay von kräftiger, feiner, eleganter Art", erklärte Thea, ohne belehrend zu wirken. „Riech mal. Feine reife exotische Aromen werden deine Nase umschmeicheln." Sie betrachtete den Inhalt ihres Glases. Dann ließ sie ihn kreisen, bevor sie den Wein selbst einer Geruchsprobe unterzog. „Dezente Aromen nach Mandarine – vielleicht etwas nach dem Duft einer frisch gemähten Heuwiese – verlassen das Glas." Sie nippte an ihrem Glas. „Ich finde, dass er im Geschmack sehr kraftvoll ist, ohne plump und aufdringlich zu sein, und einen langen Nachhall im Gaumen hinterlässt", fuhr sie fort, als sie den Wein zunächst durch ihren Mund gerollt und dann heruntergeschluckt hatte.
Für einen Moment betrachtete sie Lothar Dadunas fahle Gesichtshaut, die sich, leicht gerötet, mit einer unmerklichen Schweißschicht überzog. „Sein würziger Geschmack und seine

feine Frucht machen den Chardonnay zu einem Wein für viele Gelegenheiten", Thea nippte noch einmal. Dann stellte sie ihr Glas vorsichtig ab. „… zum Essen oder auch einfach nur so zum Genießen." Sie ergriff ihr Besteck. „Guten Appetit."
„Danke gleichfalls", erwiderte Lothar Daduna höflich und begann mit gesundem Appetit zu essen.
„Ich sehe, es schmeckt dir", stellte Thea, die selbst nur ein wenig in ihrem Essen stocherte, nach einer kleinen Weile fest.
„Ausgezeichnet", antwortete Lothar Daduna mit vollem Mund. „Ich fühle mich wie in die Vergangenheit zurückversetzt. Ich habe es immer sehr genossen, wenn ich ausgelaugt vom Dienst kam und du mich mit einem schönen Essen überrascht hast. Es ist fast wie früher."
„Stimmt, es ist wirklich fast wie früher."
Der eigenartige Unterton in Theas Stimme ließ Lothar Daduna aufhorchen. Er legte Besteck auf den Tellerrand und tupfte sich den Mund ab. „Vielleicht verrätst du mir mal, wie es überhaupt zu dieser Einladung kam." Er legte sich seine Serviette wieder auf den Schoß und griff nach seinem Glas.
„Hast du eine Ahnung?", fragte Thea keck und griff ebenfalls nach ihrem Glas.
Lothar Daduna überlegte einen Augenblick. Dann schüttelte er seinen Kopf. „Nein, mir fällt nichts ein."
„Habe ich mir gedacht", erwiderte Thea fröhlich und prostete ihm zu.
Beide sahen sich während des Trinkens über den Glasrand in die Augen.
„Es war ein Anflug von Rührseligkeit, der mich ergriffen hat."
„Na, dann kläre mich mal auf."
„Du hast wirklich keine Ahnung, oder?"
„Nein."
„Erinnerst du dich noch an den Tag, an dem wir telefoniert hatten?"

„Ja."
„Fällt dir jetzt was ein?"
„Nein."
„Es war das Datum, an dem wir unseren 33. Hochzeitstag gehabt hätten", sagte Thea mit einem unüberhörbaren Anflug von Enttäuschung und nahm einen tiefen Zug aus ihrem Glas. „Anders gesagt, wenn wir noch verheiratet gewesen wären, hätten wir an diesem Tag unsere Zinnhochzeit gefeiert."
„Entschuldige bitte, daran habe ich gar nicht gedacht." Um von seiner Bedrängnis abzulenken, ergriff Lothar Daduna sein Besteck und setzte seine Mahlzeit fort.
„Nicht so schlimm, erstens sind wir ja nicht mehr verheiratet und zweitens habe ich mir eben nur einmal so ein bisschen Sentimentalität gegönnt, um dem grauen Alltag zu entkommen."
„Zinnhochzeit feiert man doch, weil die Ehe von Zeit zu Zeit wieder aufpoliert werden sollte, oder?" Lothar Daduna schob sich den letzten Bissen in den Mund und legte sein Besteck ab.
„Ich denke, dass ich dir zum Andenken an diesen Abend einen schönen Gegenstand aus Zinn schenken werde."
„Lieb von dir, aber nicht nötig. Zum Wohl." Thea leerte ihr Glas mit einem Zug. Ihre Enttäuschung war einer gewissen Bockigkeit gewichen.
Wortlos erhob nun auch Lothar Daduna sein Glas.
Spannung, fast körperlich spürbar, lag in der Luft. Die Stimmung drohte zu kippen.
Schnell verteilte Thea den Inhalt der Flasche in ihre Gläser. „Du kennst mich. Ab und an gewinnt meine larmoyante Seite die Oberhand."
„Deine was ...?"
„Meine sentimentale, weinerliche und voller Selbstmitleid und Wehleidigkeit geprägte Seite", antwortete Thea und brach in Lachen aus. „Entschuldige bitte, ich bin eine Idiotin, mit allzu

viel Gefühl." Sie wischte sich die Tränen aus den Augen und erhob sich. „Ich hole jetzt unsere Nachspeise." Mit geübten Händen griff sie nach den Tellern und der leeren Flasche.

„So, bitte schön." Mit einem strahlenden Lächeln, als wäre nichts gewesen, trat Thea kurze Zeit später zurück in ihr Wohnzimmer. „Hier, mein sehr verehrter Herr Daduna, präsentiere ich Ihnen Mousse au Chocolat à la Thea."

Vorsichtig arrangierte sie die Teller. „Moment, ich muss noch schnell den Wein eingießen."

„Das ist aber eine hübsche Flasche", lobte Lothar Daduna artig.

„Warte nur, bis der Flascheninhalt in deinem Mund gelandet ist", murmelte Thea und stellte die Flasche ab. Dann stellte sie sich in vollendeter Haltung neben Lothar Daduna. „So, was haben wir hier?" Ihre Hand wies auf seinen Teller. „Mousse au Chocolat à la Thea ist die Ihnen bekannt französische Schaumspeise in drei Geschmacksrichtungen, einmal in gewohnter zartbitter Art, einmal mit einem Hauch von Zimt und einmal mit einer Spur Kardamom. Dazu reiche ich Ihnen einen deutschen Eiswein des Jahrgangs 1998. Und nun, Herr Daduna, lassen Sie es sich schmecken." Wieder hatte ein unergründliches Lächeln Theas Gesicht überzogen, als sie sich langsam, Lothar Daduna nicht aus den Augen lassend, zwischen Tisch und Stuhl schob.

„Jetzt klingeln bei mir die Alarmglocken."

„Wieso?", fragte Thea scheinheilig.

„Der Jahrgang der Weinherstellung ist identisch mit dem Jahr unseres Scheidungsprozesses."

„Das ist der Mann, in den ich mich verliebt hatte, der Vater meiner Kinder. Sehr zum Wohl." Thea erhob lächelnd ihr Glas. Sie wartete, bis Lothar Daduna den Wein probiert hatte, ehe sie selbst ein Schlückchen zu sich nahm. „Und wie schmeckt er dir?"

„Süffig. Er läuft einem die Kehle runter wie Öl. Ich habe so einen Wein noch nie zuvor getrunken", gestand Lothar Daduna, ehe er seinen Löffel in der Nachspeise versenkte.
„Eisweine sind hochwertige, natursüße Weine. Das in den Beeren enthaltene Wasser kristallisiert bei anhaltenden Minusgraden unter -7 °C größtenteils aus. Nur der in den Trauben enthaltene Zucker bindet nicht kristallisiertes Wasser und Fruchtsäuren. Resultat sind hoch konzentrierte, sehr süße Weine. Sie besitzen in der Regel eine kräftige Säure, die ein Gegengewicht zur intensiven natürlichen Süße dieser Weine bildet", zitierte Thea enzyklopädisches Wissen aus ihrem Gedächtnis.
„Du bist ja eine richtige Weinkennerin geworden, eine Spitzenköchin warst du ja schon immer", bemerkte Lothar Daduna und schaufelte die Nachspeise in sich hinein, ohne zu bemerken, dass Thea die ihre noch nicht einmal angerührt hatte.
„Woher weißt du das denn eigentlich alles?"
„Von meinen Reisen nach Süddeutschland und Österreich", erwiderte Thea bescheiden und senkte die Augen.
„Du hast dich ganz schön rausgemacht", sagte Lothar Daduna, als er seine Mahlzeit beendete. Er blickte sich anerkennend im Zimmer um. „Die Scheidung ist dir gut bekommen." Er sank mit einem Male wie ein Häufchen Elend in sich zusammen.
„Das hat mit unserer Scheidung wenig zu tun."
„Nein, womit denn?", fragte Lothar Daduna überrascht.
„Willst du es wirklich hören?"
„Ja, gerne."
„Ich habe nie gewusst, wie sich ein Mensch wie ich mich in mir und mit mir fühlen kann."
„Ich verstehe nicht."
„Es ist wunderschön. Ich danke meinem Schöpfer für mein Leben."
„Deinem Schöpfer?"

„Meinem Schöpfer!" Theas Ton duldete keinen Widerspruch. „Ich bin sehr stolz auf mich. Mein Wille, endlich ein menschenwürdiges Leben frei von Todesangst und Lügen führen zu können, gab mir die Kraft und den Mut, fast Übermenschliches zu leisten, um meine Persönlichkeitsstörung zu überwinden."
„Ich wusste ja nicht ...", stammelte Lothar Daduna. Entsetzen, aber auch Mitgefühl stand in seinem Gesicht geschrieben.
„Ja, ich habe meine Krankheit überwunden und lerne nun mit den Folgen zu leben, denn ich weiß, dass das Leben viel zu schön ist, um es aufzugeben." Thea probierte eine Löffelspitze von ihrer Nachspeise. „Ich hoffe, dass mir noch viel vom Leben bleibt, denn ich habe viel versäumt."
„Aber einiges hast du doch schon nachgeholt", wagte Lothar Daduna einen zaghaften Einwurf. Unter Theas vernichtendem Blick griff er nach seinem Glas und leerte es mit einem Zug.
„Was ich in all den Jahren vermisst habe, sind Wärme und Menschlichkeit, Güte und Barmherzigkeit und vor allem Ehrlichkeit." Sie rührte lustlos in ihrer Nachspeise. „Soll ich dir sagen, warum ich die Scheidung eingereicht habe?"
„Ja, bitte."
„Mit Ausnahme unserer Kinder hatte ich das Gefühl, nur noch von Menschen umgeben zu sein, die den drei Affen glichen: nichts hören, nichts sehen und nichts sagen", erwiderte Thea böse und legte ihren Löffel mit einem klirrenden Geräusch auf den Teller.
„Es tut mir leid." Lothar Daduna schob seinen Stuhl zurück und erhob sich. Langsam und unsicher näherte er sich Thea. „Es tut mir wirklich leid, denn ich liebe dich heute noch genauso wie an dem Tag, an dem ich erkannte: Das ist die Frau, mit der ich mein Leben teilen will ..." Er fiel vor Thea auf die Knie, zog sie zu sich herum und umschlang ihren Unterkörper mit seinen Armen. „... denn ich empfand eine Liebe zu dir, die niemals enden wird."

„Und trotzdem hast du zugelassen, dass all das, was geschehen ist, passiert ist?"
Theas Stirn legte sich in Falten. Noch immer saß sie kerzengerade und starr auf ihrem Stuhl.
„Ja, denn ich bin ein selbstzerstörerischer Versager." Die Augen von Lothar Daduna füllten sich mit Tränen. „Du hast es wahrscheinlich nie wahrhaben wollen, aber auch ich bin nie mit meinem Leben klargekommen, weder vor noch nach der Wende. Du warst und bist eine außergewöhnliche Frau. Ich selbst habe mich neben dir immer klein und nutzlos gefühlt. Deshalb habe ich dich oft nicht nur mies behandelt, sondern ich hatte das Gefühl, dich bestrafen zu müssen. Um dir deine Stärke zu nehmen, habe ich dir regelrecht Leid zugefügt. Dafür wiederum habe ich mich gehasst. Es war ein Teufelskreis, den nur unsere Scheidung durchbrechen konnte. Ich hatte erkannt, dass das Letzte, was ich dir noch als Zeichen meiner Liebe geben konnte, die Freiheit und damit die Chance auf eine neue Liebe war." Lothar Dadunas letzte Worte waren in Schluchzen übergegangen. Laut weinend versenkte er seinen Kopf in Theas Schoß und drückte sich an sie.
„Wenigstens bist du ehrlich." Sie legte ihre Hände auf seinen Kopf und begann ihn tröstend zu streicheln. „Dafür bin ich dir dankbar und werde es immer sein, denn ohne Ehrlichkeit wird das Leben zur Lüge."
„Was würde ich darum geben, wenn ich das Geschehene rückgängig machen könnte!" Lothar Daduna richtete sich auf und sah Thea mit tränenüberströmtem Gesicht an.
„Schon gut", sie legte ihre Hände um sein Gesicht und wischte mit ihren Daumen seine Tränen von den Wangen. „Es wäre nicht nötig gewesen. Ich weiß gar nicht, ob ich im Stande wäre, mich auf eine neue Intimbeziehung einzulassen." Ich habe Angst, dass dadurch weitere Erinnerungen in mir aufsteigen, und ich zu einer wirklich beglückenden Intimbeziehung wahr-

scheinlich gar nicht fähig wäre, wollte Thea noch hinzufügen. Doch sie kam nicht mehr dazu.

Lothar Daduna verschloss ihren Mund mit einem tiefen, saugenden Kuss, der sie wie ein Strom in die Vergangenheit mitriss. Thea wehrte sich nicht. Sie ließ es zu, dass er sie zu sich hinunterzog. „Hast du dir das auch gut überlegt?", fragte sie atemlos.

„Ja, wieso?", stöhnte er auf, als sie seinen Gürtel löste und mit ihrer Hand in seine Hose fuhr.

„Weil ich nach meiner Unterleibsoperation nicht mehr den gleichen Körper wie früher besitze."

Lothar Daduna zog sich Hose und Slip herunter. „Das ist mir egal. Zieh dein Kleid aus, ich will ... möchte mit dir schlafen", berichtigte er sich. Keuchend vor Erregung streifte er sein Hemd und sein Unterhemd im gleichen Atemzug über den Kopf und saß nun nackt, mit hoch aufgerichtetem Phallus, auf dem Teppich.

Thea reagierte widerspruchslos. Während sie sich mit stoischer Gelassenheit ihr Kleid aufknöpfte, ließ sie ihn nicht aus den Augen.

Nachdem die Kerzen schon lange heruntergebrannt waren und beide eng aneinandergeschmiegt, nackt in eine Decke gehüllt, auf der Couch lagen, fragte Lothar Daduna mit einem Male. „Was sind die Folgen deiner Krankheit, von denen du sprachst?"

„Meine hochgradige Erschöpfung ...", antwortete Thea leise.

„Davon habe ich heute Abend aber gar nichts mitbekommen", wunderte sich Lothar Daduna und küsste Thea auf Haar.

Thea antwortete nicht.

„Wird es eine Wiederholung des heutigen Abends geben?", fragte Lothar Daduna atemlos in die Dunkelheit.

„Vielleicht, aber ich denke eher nicht", erwiderte Thea und löste sich aus seinen Armen.

„Dann hast du mich also nur benutzt?" Empört richtete sich Lothar Daduna auf.
Thea schwieg und knipste eine kleine Lampe an.
„Wahrscheinlich hast du mich nur bestellt, weil du mal wieder einen Schwanz brauchtest, der es dir ordentlich besorgt."
Thea zuckte unmerklich zusammen. „Ja, wahrscheinlich."
„Dann gehe ich jetzt noch einmal pissen und danach verschwinde ich." Lothar Daduna sammelte in Windeseile seine über den Boden verstreuten Sachen zusammen und stürmte wütend in Theas Bad.
Als die Badtür mit einem Knall ins Schloss fiel, löste sich Thea aus ihrer Erstarrung, trat an ihren Sekretär, öffnete ihn und griff zielsicher hinein.

23
KAPITEL

Jahr 2007

Er hatte sie gefragt. Sie hatte ihm schulterzuckend geantwortet.

Wie immer wenn Ratlosigkeit Besitz von ihr ergriff, fühlte Christine Eiselt sich mies.

Mitleidsvoll betrachtete sie Björn Kischkies, ihren Mandanten, der neben ihr in der Stuhlreihe auf dem Gerichtsflur Platz genommen hatte und nun schon eine geraume Zeit in der weltberühmten Denkerpose verharrte.

Daran, dass er ab und an schnaufte oder seinen Kopf schüttelte, war für Christine Eiselt ersichtlich, dass er, in höchstem Maße erregt, den inneren Kampf seines Lebens kämpfte.

Die Zeit, in der die Anwältin auf die Entscheidung ihres Mandanten warten musste, gab ihr Gelegenheit, das Geschehene zu überdenken.

Strafe setzt Schuldfeststellung voraus, dachte Christine Eiselt und fühlte allmählich Ärger in sich aufsteigen. Damit einher geht die Verpflichtung des Gerichtes, den wahren Sachverhalt zu ermitteln, aus dem die Strafe hergeleitet wird. Dieser Grundsatz besitzt Verfassungsrang.

Doch das schien dem Richter unbekannt oder ganz einfach egal zu sein. Statt ein transparentes Rechtsgespräch zu führen, hatte er die Staatsanwältin und Christine Eiselt unmittelbar nach dem Prozessauftakt zu sich in den Beratungsraum des Gerichts bestellt, um mit beiden einen „Deal" für den Angeklagten zu besprechen.

In freudiger Erwartung, auf diese Weise den Mühen eines zähen Strafprozesses zu entgehen, hatte der Richter Björn Kischkies diesen sogleich bei Wiedereintritt in die Verhandlung eindringlich nahegelegt und an diesem Tag gezeigt, dass offenes Prozedieren keineswegs zu seinen Stärken gehörte.

Mit grimmigem Gesicht, verschränkten Armen und übereinandergeschlagenen Beinen begann nun auch Christine Eiselt intensiv über die Konsequenzen, die das Angebot für ihren Mandanten nach sich ziehen würde, nachzudenken.

Doch sosehr sie sich auch anstrengte, sie kam immer wieder zu dem gleichen Ergebnis.

Wenn sich für Björn Kischkies der Ausgang des Prozesses überhaupt berechenbar gestalten sollte, dann musste er, wie vom Richter gewollt, gestehen. Im Gegenzug konnte er dann eine Bewährungsstrafe erwarten.

Zwar hatte der Richter die Möglichkeit eines Freispruchs für Björn Kischkies nicht ganz ausgeschlossen, doch dass die Nonchalance, mit der er im gleichen Atemzug eine Freiheitsstrafe in Erwägung gezogen hatte, bei diesem Ungewissheit und Furcht erzeugen würde, schien Absicht und zeigte Christine Eiselt überdeutlich, dass der Richter Versteckspiel und Geheimnistuerei als ein probates Mittel seiner Machtausübung verstand, ihrem Mandanten ein Geständnis abzuringen.

Die Faulheit des Richters und seinen unverkennbar vorhandenen Hang zum raschen, wohlfeilen Verurteilen hatte Christine Eiselt in vielen Prozessen zuvor erlebt. So bestand auch jetzt die akute Gefahr, dass der anstehende Strafprozess zur Farce geraten würde, wenn Björn Kischkies weiter seine Unschuld beteuern würde.

„Möglich, dass wir uns dem Urteil der Kollegin anschließen, wenn die Argumente, die uns von Ihrer Unschuld überzeugen, nicht ausreichen." Die Worte des Richters klangen wie eine

Drohung an Björn Kischkies und waren wohl auch als eine solche gemeint.

Was blieb, um den Kopf aus der Schlinge zu ziehen, war sein Geständnis, denn es stand Aussage gegen Aussage. Doch für eine Tat, die er nicht begangen hatte, wollte Björn Kischkies nicht büßen.

Wenn er wenigstens gezwungen wäre, ein Glaubwürdigkeitsgutachten in Auftrag zu geben, barmte Christine Eiselt innerlich. Aber nicht einmal das ist gewährleistet, erboste sie sich über den Richter.

Zu erdrückend wirkten die Beweise, mit denen die Justiz ihren Mandanten umklammert hielt und nicht mehr aus ihren Klauen lassen wollte.

Und dennoch, weder konnte Marina Kischkies das Datum benennen, noch hatte ihr ein Arzt Verletzungen, die aus der von ihr behaupteten Vergewaltigung ihres Ehemannes herrühren konnten, bestätigt.

Warum wohl hat sie ihren Mann denn erst monatelang später einer Vergewaltigung bezichtigt und angezeigt, wenn nicht aus Gründen, die ihr zu einem Vorteil verhelfen?

Christine Eiselt überlegte angestrengt. Wie immer war sie bestens vorbereitet, sodass es ihr mühelos gelang den Akteninhalt aus ihrem Gedächtnis abzurufen.

Motive für eine Falschaussage hatte Marina Kischkies genügend. Das Kind, das sie erwartete, stammte nicht von Björn Kischkies, sondern von ihrem Liebhaber, den sie während eines Kuraufenthaltes kennen- und lieben gelernt hatte. Bedenkenlos war ihr vom Familiengericht die Wohnung zugewiesen worden, denn das Haus, welches sie mit ihrem Ehemann erbaut hatte, gehörte ohnehin ihr.

Und dennoch war es gerade den widersprüchlichen Aussagen von Marina Kischkies vor Polizei und Gericht geschuldet, dass Christine Eiselt ihren Mandanten für unschuldig hielt.

Eine Antwort auf die Frage, warum Marina Kischkies in ihrer Vernehmung durch eine Staatsanwältin erklärt hatte, zum Zeitpunkt ihrer Vergewaltigung mit T-Shirt und Slip bekleidet gewesen zu sein, fand die Anwältin nicht. Darüber, dass Marina Kischkies viel früher gegenüber der vernehmenden Polizeibeamtin berichtet hatte, nur ein T-Shirt angehabt zu haben, war die Amtsrichterin ohne Bedeutung geblieben.
Als sei sie dabei gewesen, wählte sie zur Begründung ihres Urteils eine bildhafte Darstellung, in welcher Weise Björn Kischkies seiner Ehefrau den Slip ausgezogen hatte, befand damit die Aussage von Marina Kischkies für wahr, strafte die des angeklagten Ehemannes der Lüge und verurteilte ihn.
„Nein, Frau Eiselt", unterbrach Björn Kischkies die Überlegungen der Anwältin, „Ich kann nicht zugeben, was ich nicht getan habe. Bis zum Kurantritt meiner Frau war unsere Ehe in Ordnung." Er richtete sich auf und wandte sich seiner Anwältin zu. „Sicher, zum Ende hin ist es schlechter geworden. Das lag an den gesundheitlichen Problemen meiner Frau." Er nickte mit dem Kopf. „Klar, dass darunter auch unser Sexualleben gelitten hat. Soll heißen, dass es bei uns im Bett etwas ruhiger zugegangen ist. Aber unser Sex war immer einvernehmlich." Björn Kischkies sah seiner Anwältin prüfend ins Gesicht. „Sie glauben mir doch, oder?" Er zwinkerte nicht einmal.
„Ich ja, aber ich bin mir nicht absolut sicher, dass auch dieser Richter Ihnen Glauben schenken wird."
„Bis dieser Arsch in unser Leben kam, gab es keinen nennenswerten Streit. Ich habe sie auf Händen getragen und immer akzeptiert, wenn meine Frau mal keine Lust hatte. Den ersten großen Streit gab es, als sie mir erzählte, dass sie ein Verhältnis hat. Aber selbst da habe ich sie nicht angefasst. Wir haben uns nur angebrüllt, und ich habe sie am Verlassen unseres Wohnzimmers gehindert. Ich hatte mich im Türrahmen postiert."
Björn Kischkies bemerkte die sorgenvoll in Falten gelegte Stirn

seiner Anwältin. „Meine Wut habe ich an einer Pflanze ausgelassen. Die habe ich zerlegt, denn sie hat auch meiner Frau gefallen. Eigentlich Blödsinn, denn erstens konnte sie gar nichts dafür und zweitens war es meine Lieblingspalme."
„Und dann haben Sie aus Frust in der Nacht noch zwei SMS verschickt."
„Richtig, ich habe den Blödmann in meinem Haus aufgesucht und dazu beglückwünscht, dass er ein Held ist."
„Wenn ich mich richtig erinnere, haben Sie auch noch geschrieben, dass Sie zu randalieren begonnen haben."
„Das habe ich." Schicksalsergeben senkte Björn Kischkies seinen Blick. „Aber ich habe auch geschrieben, dass ich Marina niemals etwas antun würde."
„Stimmt", bestätigte Christine Eiselt die Worte ihres Mandanten, „und ich denke, dass das, was Sie sagen, auch die Wahrheit ist. Aber die Amtsrichterin dachte nicht daran, Ihnen zu glauben. Deshalb sind Sie verurteilt worden." Sie begann nervös, mit ihrem Bein zu wippen. „Die Frage, der wir beide uns jetzt stellen müssen, ist doch: Was geschieht, wenn auch dieses Gericht Ihrer Frau glaubt und Sie verurteilt?"
„Halten Sie das wirklich für möglich?" Björn Kischkies wasserblaue Augen hinter den dicken Brillengläsern hielten dem Blick von Christine Eiselt unbeirrt stand.
„Ja", seufzte sie und dachte an Norman Pittich, der schon seit Monaten eine Freiheitsstrafe im Gefängnis absaß.
„Aber die müssen doch erkennen, dass Marina sich das alles nur ausgedacht hat, um mich so schnell wie möglich aus dem Haus zu bekommen und mit ihrem Freund zusammenziehen zu können" entgegnete Björn Kischkies fassungslos.
„Das Gericht hat ein Argument, worauf es seine Verurteilung stützen kann", antwortete Christine Eiselt mit sorgenvollem Gesicht.
„Versteh' ich nicht."

„Ich meine das Verfahren vor dem Familiengericht. Dort haben Sie versichert, dass Sie einmal mit Ihrer Frau Geschlechtsverkehr hatten."

„Hatte ich aber nicht. Nach Marinas Kur hatten wir überhaupt keinen Geschlechtsverkehr mehr. Ich habe zwar immer mal wieder versucht, sie in meinen Arm zu nehmen und ihr einen Kuss zu geben, aber sie wollte nicht. Darum ist dann auch nichts passiert."

„Das glaube ich Ihnen auch, aber ich hatte Sie damals gefragt und Sie haben mir erzählt, dass Sie einmal was mit Ihrer Frau gehabt haben."

„Das stimmt ja auch. Marina hat neben mir im Bett gelegen und rübergefasst. Das war, als sie von der Kur kam. Zeigen Sie mir den Mann, der nach Wochen der Abstinenz nicht glücklich über die Annäherungsversuche seiner Frau gewesen wäre! Allerdings ist es beim Schmusen geblieben. Mittendrin hat sie es sich dann doch anders überlegt. Wahrscheinlich hat ihr Macker ihr schon im Kopf herumgespukt." Björn Kischkies Worte klangen bitter. „Sagen Sie es mir, wie hätte ich es denn besser sagen sollen? Sollte ich sagen, dass wir nur gefummelt haben?"

„So bescheuert, wie sich das anhört, ja", brach es aus Christine Eiselt heraus.

„Gut, dann hätte da gestanden: Wir hatten nur einmal Fummeln", ätzte Björn Kischkies. „Man hätte mich doch für ein bisschen plemplem gehalten." Er tippte sich an die Stirn.

„Vom Prinzip her haben Sie völlig recht. Es klingt bescheuert. Zudem hat auch die Staatsanwältin bei der Vernehmung Ihrer Frau den Begriff Geschlechtsverkehr verwendet."

„Na, was denn sonst? Alles andere wäre doch auch Unsinn", empörte sich Björn Kischkies. „In welchem Zusammenhang hat die Staatsanwältin das Wort Geschlechtsverkehr benutzt?", wollte er mit einem Mal interessiert von seiner Anwältin wissen.

„Sie hat Ihre Frau gebeten, den letzten Sex mit Ihnen so genau wie möglich zu beschreiben, und hat dabei ebenfalls das Wort Geschlechtsverkehr benutzt."

„Ach ja, jetzt erinnere ich mich", sagte Björn Kischkies nachdenklich wie zu sich selbst. „Wir hatten in Vorbereitung auf diesen Prozess darüber gesprochen."

„Trotzdem hat die Amtsrichterin Ihre Aussage als unglaubhaft abgetan."

„Aber es heißt doch immer gleiches Recht für alle. Wenn meine Frau in ihrer Vernehmung bei der Polizeibeamtin, bei der Staatsanwältin und vor Gericht immer wieder etwas anderes erzählt, liegt es doch nahe, auch mal darüber nachzudenken, dass sie es ist, die lügt."

„Das ist richtig, aber es gibt mehrere Faktoren, die für die Staatsmacht die Glaubwürdigkeit Ihrer Frau bestätigen und die Ihre in Frage stellen", antwortete Christine Eiselt

„Na, da bin ich aber mal gespannt."

„Sie hatte auf alle Fragen eine plausible Antwort parat."

„Kein Wunder", tönte Björn Kischkies. „Schließlich hat sie sich ja gut beraten lassen. Die Mitarbeiter von Frauenhäusern und dort angegliederten Organisationen verfügen ganz sicher über einen riesigen Fundus von Erfahrungen, wie man einen gutgläubigen Ehemann reinlegt."

„Das kann ich mir sehr gut vorstellen. Dazu noch eine dort regelmäßig beschäftigte Anwältin, ein dickes Fell und keine Skrupel zu lügen." Christine Eiselt verzog abschätzig den Mund und hob beide Daumen. „Perfekt."

„Und glauben Sie mir, genau dort hat sie sich das Wissen über all das geholt. Die haben Marina auch noch die letzten Schweinereien verraten, damit sie mich fertigmachen kann."

„Könnte sein. Auch ich verfüge zwischenzeitlich über so viel Wissen, dass ich ganz locker einen Sachverständigen austricksen könnte. Bloß hilft uns das im Augenblick auch nicht wei-

ter." In Christine Eiselts Kopf rasten die Gedanken. Sie begann aufgeregt mit ihrem Fuß wippen. „Herr Kischkies, ich will ehrlich zu Ihnen sein. Ihre Chance, verurteilt oder freigesprochen zu werden, stehen 50:50, vielleicht auch nur 49:51."
„Wie meinen Sie das?"
„Es gibt in unserem Strafrecht einen Paragrafen, mit dem Rechtsbeugung geahndet wird. Sie wissen, was Rechtsbeugung bedeutet?"
„Wenn es das ist, was das Wort aussagt, dann schon."
„Rechtsbeugung würde ein Richter begehen, welcher sich bei der Entscheidung einer Rechtssache zugunsten oder zum Nachteil einer Partei einer Beugung des Rechts schuldig macht."
„Na, bitte", fiel Björn Kischkies seiner Anwältin ins Wort. „Passt doch. Wenn dem Gericht zum gleichen Sachverhalt zwei völlig gegensätzliche Aussagen vorliegen, ist doch klar, dass einer lügt. Und dass das meine Frau ist, müsste doch auch klar sein. Warum sonst hätte ich ihr denn noch einen Brief schreiben sollen?" Björn Kischkies schnaufte böse. „Überlegen Sie mal. Sie bringt mich zum Bahnhof, bezahlt sogar noch meine Fahrkarte, wir verabschieden uns mit Küsschen, ich schreibe ihr einen Liebesbrief, damit ihr die Woche bis zu meiner Rückkehr nicht so lange vorkommt, und sie nutzt meine Abwesenheit, um mich anzuzeigen." Er knetete seine Hände. „Dann sehe ich in München in meiner Eigentumswohnung nach dem Rechten und mit einem Male erhalte ich die Information, dass ich nicht mehr nach Hause kommen darf, weil unsere Wohnung allein meiner Frau zugewiesen wurde. Den Rest kennen Sie ja."
Anklagend sah Björn Kischkies seiner Anwältin ins Gesicht.
Und ob Christine Eiselt das weitere Geschehen kannte! Sie hatte ihren Mandanten begleitet, als es um die Verteilung der Haushaltsgegenstände der Eheleute Kischkies ging. Die Möbel ihres Mannes hatte Marina Kischkies unmittelbar, nachdem

ihr die Wohnung zugewiesen wurde, aus ihrem Haus entfernt und, ohne ihren Mann darüber zu informieren, unter dem Carport abgestellt. Dort standen sie über Monate Wind und Wetter ausgesetzt, noch zu dem Zeitpunkt, als Björn Kischkies, um an sein Eigentum zu kommen, das Gericht bemühte.

„Wenn das Gericht all das, was für-, und das, was gegen mich spricht, auflistet, müsste es eigentlich dann doch im Zweifel zu Gunsten des Angeklagten entscheiden", klagte Björn Kischkies.

„Nur dann, wenn es sonst keine objektiven Gründe hat, die die Aussage eines Angeklagten der Lüge straft", bestätigte Christine Eiselt.

„Wie meinen Sie das?"

„Im Strafprozess steht es einem Angeklagten frei, zu lügen."

„Ja, dann sind die Gesetze zu ändern und der Angeklagte ist noch härter zu bestrafen, wenn es rauskommt, dass er lügt. Ich jedenfalls lüge nicht, deshalb müssen die mich auch freisprechen."

„Sie wissen, dass ich Ihnen vertraue, und denke, dass Sie die Wahrheit gesagt haben. Auch Ihre Vorstellungen in allen Ehren. Allerdings ist das Zukunftsmusik, denn die jetzige Rechtslage ist eine andere. Heute steht es dem Gericht frei, zu glauben, was es will", sprach Christine Eiselt in das entsetzte Gesicht ihres Mandanten.

„Aber ich dachte, dass alle Menschen vor dem Gesetz gleich sind."

„So steht es im Grundgesetz", bestätigte Christine Eiselt.

„Nun aber Moment mal, das nenne ich Willkür", pumpte Björn Kischkies. „Verstehe ich Sie richtig? Angenommen: Dieses Gericht verurteilt mich zu Unrecht. Da ich unschuldig bin, verstößt es mit dieser Verurteilung gegen geltendes Recht. Damit wird das Recht gebeugt und diese Rechtsverletzung muss geahndet werden."

„Genau, da drehen wir uns im Kreise. Als Rechtsbeugung gilt die Tat nur dann, wenn sich der Täter bewusst und in schwerwiegender Weise von Recht und Gesetz entfernt hat."

„Ich verstehe, was Sie meinen", antwortete Björn Kischkies niedergeschlagen. „So hat man also das bestehende Gesetz bewusst sehr schwammig und einschränkend formuliert. Willkür wird damit aber nicht verhindert, sondern sogar noch gefördert, denn sie bleibt straffrei", erregte er sich. „Das geltende Gesetz schützt quasi einen rechtsleeren Raum, da alle Gesetze immer straffrei verletzt werden können. Für mich ist jede Form von straffreier staatlicher Willkür ein Anzeichen einer Diktatur." Seine Stimme zitterte nun vor Wut.

In diesem Augenblick öffnete sich die Saaltür und der vorsitzende Richter steckte seinen Kopf heraus. „Dauert es noch lange?", fragte er Christine Eiselt, während seine Augenpartie nervös zuckte.

„Hoch lebe die Demokratie!", bellte Björn Kischkies in seine Richtung.

„Wir melden uns", versuchte Christine Eiselt die Reaktion ihres Mandanten mit gleichmütiger Stimme abzuschwächen.

„Wir melden uns, wenn wir entschieden haben, dass ein Unschuldiger eine Tat gesteht, die er nicht begangen hat", schäumte Björn Kischkies vor Empörung.

Der Richter verschwand ohne ein weiteres Wort zurück in den Saal.

„Fanden Sie Ihre Reaktion eben klug?", fragte Christine Eiselt.

„Was habe ich denn zu verlieren? Der Ausgang dieser Schmierenposse steht doch fest. Die verurteilen mich für etwas, was ich nicht begangen habe, und wenn ich mithelfe und der armen, nicht vergewaltigten Marina das weitere Lügen erspare, werde ich honoriert. Dann wird es nicht so schlimm." Björn Kischkies nahm die Brille ab und legte sie auf den Stuhl neben sich. Dann rieb er sich mit beiden Händen das Gesicht.

Christines Eiselt war sich nicht sicher, ob er auf diese Weise seine Tränen verbergen wollte.
„Wir können in den Saal zurückgehen. Gründe, den Prozess zu führen, gibt es genug."
Björn Kischkies antwortete nicht. Er stützte seine Ellbogen auf die Knie und verbarg sein Gesicht in seinen Händen.
„Die Amtsrichterin hat eindeutig ihre Aufklärungspflicht verletzt. Die widersprüchlichen Aussagen sind dokumentiert. Sie hätte ein Sachverständigengutachten einholen müssen, denn sie konnte aus eigener Sachkunde kaum feststellen, ob Frau Kischkies lügt oder nicht", sagte Christine Eiselt und beugte sich nach vorne zu ihrem Mandanten.
„Und wenn doch?", antwortete Björn Kischkies, ohne seine Haltung zu verändern.
„Denken Sie an das Urteil der Richterin. Darin steht, dass es nach der Beendigung des Kuraufenthaltes Ihrer Frau zu keinem einvernehmlichen Geschlechtsverkehr mehr kam. Sie hat eine Aussage Ihrer Frau unberücksichtigt gelassen. Ihre Frau selbst hat erklärt, dass sie noch nach der Kur freiwillig in Ihrer beider Ehebett zurückgekehrt ist. Also war da von einer Trennungsabsicht überhaupt nicht die Rede. Wer würde sich ansonsten auch noch ein neues Ehebett kaufen? Auch das haben Sie gemacht."
Björn Kischkies einzige Reaktion war ein leichtes Schulterzucken.
„Dann gibt es da noch die Aussage der Ärztin, bei der sich Ihre Frau erst zirka einen Monat nach der angeblichen Körperverletzung vorgestellt hat. Sie hat bei Frau Kischkies keine blauen Flecke feststellen können. Damit ist die Aussage des Lebensgefährten Ihrer Frau entkräftet, der behauptet hat, im Schulter-Halsbereich Ihrer Frau blaue Flecken gesehen zu haben, die klar und deutlich drei Fingerabdrücke dargestellt hätten."

„Wenn der Stecher meiner Frau das sagt, wird es so gewesen sein", erwiderte Björn Kischkies, ohne seine Sitzhaltung zu verändern.

„Und dann liegen in der Person Ihrer Frau selbst Gründe, die für die Einholung eines Gutachtens sprechen." Christine Eiselt legte ihre Hand auf den Arm ihres Mandanten.

„Sie litt offensichtlich schon länger unter einer starken psychischen Belastung. Ihre Anwältin hat in der Ehesache vorgetragen, dass sie sich seit Beendigung ihrer Kur in ständiger ärztlicher Behandlung befindet und ihr psychophysischer Zustand stark reduziert ist. Es ist also noch nichts verloren, es gibt Hoffnung."

„Alles, was Sie gesagt haben, ist richtig." Björn Kischkies richtete sich auf und griff nach seiner Brille. „Ich hätte auch kein Problem damit das Ding durchzuziehen und um mein Recht und die Wahrheit zu kämpfen. Aber, als ich von München hierher in den Osten gezogen bin, habe ich auch meine Mutter mitgebracht." Er setzte sich die Brille auf die Nase. „Ich bin ihr einziges Kind und auch ihr einziger Verwandter. Sie hat sonst niemanden mehr. Durch den Umzug hat sie nun nicht einmal Bekannte. Schwer herzkrank ist sie auch noch."

Björn Kischkies erhob sich und zwang damit zugleich auch Christine Eiselt zum Aufstehen.

„Stellen Sie sich vor, was passiert, wenn die Typen mich einlochen?" Er wartete eine Antwort seiner Anwältin gar nicht erst ab und hatte wohl auch keine Antwort erwartet. „Das übersteht sie nicht. Es würde sie umbringen, ihren einzigen Sohn im Knast besuchen zu müssen, und das kann ich nicht zulassen. Also nehme ich den schmutzigen Deal an. Marina hat gewonnen." Er lächelte seine Anwältin traurig an. „Gehen wir rein, bringen wir es hinter uns?"

„Sind Sie sich auch ganz sicher?", fragte Christine Eiselt.

„Würden Sie in meiner Situation anders entscheiden?"

„Ich denke nicht", entgegnete Christine Eiselt ratlos.
„Ich bitte Sie nur, dass Sie es den hohen Herrschaften sagen, denn mir kommt eine Lüge so schlecht über die Lippen."
Christine Eiselt nickte und kehrte schicksalsergeben mit gesenktem Kopf zurück in den Verhandlungssaal.

24
KAPITEL

Jahr 2007

Seit mehreren Stunden bangen Wartens und Hoffens lief Polly in ihrer Wohnung unruhig auf und ab. Dann endlich die Erlösung. Der Schlüssel drehte sich im Schloss ihrer Wohnungstür und öffnete sie mit einem knackenden Geräusch.

Mit dem unschuldigsten Gesichtsausdruck, zu dem sie fähig war, erschien Hanne im Flur und stürzte, kaum dass sie die Tür wieder sorgfältig geschlossen hatte, auf Polly zu, um sie stürmisch zu umarmen und abzuküssen.

„Oh, wie habe ich dich vermisst." Hanne drückte sich an Polly, von Unrechtsbewusstsein über ihr Zupätkommen keine Spur.

„Du sagst ja nichts." Erst jetzt schien sie zu bemerken, dass Polly, steif wie ein Brett, in ihren Armen verharrte.

Hanne löste sich langsam und sah Polly tief in die Augen.

„Was ist los?"

„Das fragst ausgerechnet du?"

„Wieso sprichst du mit mir in diesem verächtlichen Ton? Was habe ich dir getan?"

„Sag du es mir."

„Nein, so haben wir nicht gespielt. Wenn dir etwas nicht passt, musst du mir schon sagen, was es ist, sonst kann ich es nicht verändern", sagte Hanne trotzig.

„Na, dann überlege mal, wie spät es ist. Ich warte seit Stunden auf dich." Aus Polly Stimme klangen Wut und Verzweiflung.

„Hättest du mich nicht wenigstens informieren können, dass du später kommen wirst?"

„Wir hatten eine Abmachung", entgegnete Hanne kalt, „und die lautet: Du lässt mir mein Leben und ich lasse dir das deine. Keine Fragen, keine Antworten, keine Vorhaltungen."
„Richtig, Vertrauen gegen Vertrauen." Polly nickte. „Daran habe ich mich gehalten, bis zum jetzigen Zeitpunkt. Gilt das Gleiche auch für dich?", fragte sie lauernd.
„Also, was soll das jetzt? Willst du mich loswerden?" Hanne plinkerte mit ihren Augenlidern. „Willst du streiten?"
„Nichts von allem. Du bist meine Frau und ich verlange von dir die gleiche Ehrlichkeit, wie ich bereit bin, sie dir gegenüber entgegenzubringen, nicht mehr und nicht weniger." Es klang böse.
„Sag mal, kann ich reinkommen oder soll ich wieder gehen?" Hanne verharrte in der Position eines zum Angriff bereiten Tieres unschlüssig vor Polly.
„Manchmal denke ich, dass dir meine Gefühle völlig egal sind." Polly verzog schmerzlich ihren Mund, trat einen Schritt beiseite und wies mit der Hand in das Wohnungsinnere. „Du hättest dir denken können, dass ich mir Sorgen um dich mache, wenn du für mich nicht erreichbar bist", sagte sie traurig, als Hanne an ihr vorbeiging.
Wortlos stellte Hanne ihre Tasche auf die Garderobe, zog ihren Mantel aus, hängte ihn an den Haken und rauschte an Polly vorbei in das Wohnzimmer. Dort ließ sie sich erschöpft auf die weiche Ledercouch fallen und fächelte sich mit der Hand Kühlung zu. Auf ihrer Stirn hatten sich kleine Schweißtropfen gebildet.
„Möchtest du etwas trinken?", fragte Polly mit einem bekümmerten Blick auf Hanne.
„Nein, möchte ich nicht", zickte die mit barschem Ton zurück. „Ich möchte erst mal ankommen, wenn es dir genehm ist."
„Eigentlich bin ich diejenige von uns beiden, die sauer sein müsste. Schließlich habe ich mir Sorgen um dich gemacht.

Kein Anruf, keine Entschuldigung über deine Verspätung, nichts. Als ob ich dir meine Gefühle egal sind."
„Sind sie nicht", schimpfte Hanne. „Außerdem haben wir uns geschworen, aus Kleinigkeiten nichts Grundsätzliches zu machen. Wie soll denn unsere Beziehung halten, wenn du aus jeder Mücke einen Elefanten machst?"
„Du hast eine treffliche Art, deine Fehler in Vorzüge zu verwandeln. Respekt, du bist die Meisterin der Worte", ätzte Polly und nahm rittlings auf der Sofalehne Platz. Sie hatte damit Hanne genau im Visier.
„Was fällt dir ein, mich so fertigzumachen?" Hanne fuhr auf. „Was willst du denn überhaupt von mir?"
„Erstens mache ich dich nicht fertig, sondern du mich", antwortete Polly leise. Sie hatte sich wieder in der Gewalt. „Zweitens will ich überhaupt nichts von dir, außer dass du mir sagst, warum du mich nicht informierst, wenn wir verabredet sind und du dich verspätest. Du weißt, dass ich dich über alles liebe und mir Sorgen mache, wenn ich nicht weiß, wo du bist und wie es dir geht."
„Entschuldige, ich habe Zeit und Raum vergessen. Ich habe mich schlicht und einfach verquatscht."
„Das soll ich dir glauben?"
„Glaub es oder glaub es nicht. Es ist so."
„Wo und mit wem hast du dich verquatscht?"
„Soll das hier ein Verhör werden?"
„Nein, soll es nicht." Polly verstummte und sah Hanne direkt in die Augen.
„Ich habe mich einer Selbsthilfegruppe angeschlossen."
Polly antwortete nicht.
„Ich arbeite dort ehrenamtlich mit", fuhr Hanne zögerlich fort.
„Und das konntest du mir nicht vorher sagen? Das erfahre ich erst nach einem hässlichen Streit?" Pollys Augenbrauen wan-

derten nach oben. „Was ist das für eine Selbsthilfegruppe?" Ihr Blick wurde durchdringend.

„Eine Gruppe, in der sich Missbrauchsopfer treffen. Ich helfe betroffenen Frauen, Mut und Vertrauen zu sich selbst zu finden."

„Dazu fühlst ausgerechnet *du* dich prädestiniert?", fragte Polly entgeistert.

„Ja", lautete Hannes knappe Antwort.

„Soso." Polly kaute auf ihrer Unterlippe, ohne Hanne aus ihren Augen zu lassen. „Könnte es sein, dass du mir etwas aus deinem Leben bisher noch nicht erzählt hast?"

„Es gibt sicher Dinge, die ich dir noch nicht erzählt habe." Hanne lachte gekünstelt. „Schließlich habe ich mehr als ein halbes Jahrhundert auf dem Buckel."

„Verkauf mich nicht für dumm. Ich meine etwas Wesentliches, etwas, was ich besser wissen sollte", entgegnete Polly lauernd.

„Was könnte das deiner Meinung nach sein?", fragte Hanne mit einer augenfälligen Unschuldsmiene.

„Wenn ich es so recht bedenke, kenne ich die Auffassung deiner Mutter und die der dich behandelnden Ärzte zu den Ursachen deiner Erkrankung nicht", reagierte Polly prompt. „Wie wäre es also beispielsweise, wenn du mir mal deine Ansicht dazu mitteilen würdest?"

„Ach, ich denke, das wäre ein abendfüllendes Programm." Hanne richtete sich auf und ergriff Pollys Hände. „Außerdem, was soll das? Es würde an meiner Situation nichts ändern. Im Gegenteil, es würde alles bei mir wieder aufwühlen und ändern würde sich ja doch nichts."

„Sag das nicht", Polly drückte die Hände von Hanne. „Darüber reden hilft. Wie willst du denn etwas verarbeiten, worüber du mit niemandem reden willst?"

„Ach, was. Wenn du in deinem Leid wühlst, vervielfachst du es. Ich denk', Gandhi hat recht. Lassen wir die alten Sachen ruhen."
„Du kannst doch nicht alles mit dir ausmachen wollen?"
„Oh doch, denn es ist mein Leben, das ein für alle Male zerstört ist. Es gibt keine ausgleichende Gerechtigkeit dafür, allenfalls Genugtuung."
„Das sagt die Frau, für die ich alles zu geben bereit bin, für die ich mein Innerstes nach außen gekehrt habe, mit der ich mein Leben teile?" Polly entriss Hanne ihre Hände. „Das kann es nicht sein!" Sie schüttelte heftig den Kopf. „Wie weit du von mir entfernt bist. Mir scheint, dass sich zwischen uns das Verhältnis zwischen Geben und Nehmen erheblich verschoben hat", sagte sie staunend und erhob sich. „Nein meine Liebe, so funktioniert das nicht."
Hanne erbleichte. „Ich werde dir erzählen, was du wissen willst. Nur, bleib sitzen", befahl sie Polly panisch vor Angst. Mit schreckgeweiteten Augen beobachtete sie, wie sich Polly wieder auf die Sofakante setzte. „Es gibt nur eine Bedingung dabei."
„Und die wäre?"
„Du fragst und ich antworte." Hanne griff wieder nach Pollys Händen.
„Warum kannst du mir das, was zu sagen ist, nicht erzählen?"
Hannes Augen wurden feucht. „So lächerlich es sich anhört: Ich kriege es nicht über die Lippen. Ich schäme mich so sehr, das auszusprechen, was mir geschehen ist." Dicke Tränen rollten ihr nun über die Wangen. Sie ließ Pollys Hände los und wischte sich mit den Handrücken über die Augen.
„Komm her."
Nur zu gerne legte sich Hanne in Pollys tröstend ausgebreitete Arme.

„Du arbeitest also in einer Selbsthilfegruppe von Missbrauchsopfern", flüsterte Polly leise in Hannes Ohr.
Hanne nickte.
„Bedeutet das, dass du selbst missbraucht wurdest."
„Ja, man hat mich vergewaltigt, als ich noch sehr jung war."
Hanne hatte ebenfalls einen Flüsterton angenommen.
„Wer ist *man*?"
„Kennst du nicht."
„Wer ist *man*?" Pollys Ton wurde fordernder.
„Man ist ein Arbeitskollege meines geschiedenen Mannes."
„Wie konnte denn das passieren?"
„Vielleicht habe ich mich zu aufreizend bewegt? Vielleicht war er in mich verliebt? Ich habe keine Ahnung."
„Hast du ihn angezeigt?"
„Ach wo. Ich habe mich selbst schuldig gefühlt und vor allem sehr, sehr besudelt. Es hat Jahre gedauert, bis ich mich wieder selbst annehmen konnte."
„Wusste dein Mann davon?"
„Ja." Hanne brach in lautes Weinen aus.
„Oh, mein armer Liebling." Polly presste sich Hannes Kopf sanft an die Brust und streichelte ihr über das Haar. „Hat er nichts unternommen?"
„Nein", weinte Hanne schluchzend. „Hast du ein Taschentuch für mich?" Sie zog schnüffelnd hoch.
„Aber warum nicht?", fragte Polly fassungslos. „Er hätte dich schützen müssen! Es ist eine schwere Straftat, eine Frau zu vergewaltigen." Sie zog ein Taschentuch aus ihrer Hose und reichte es Hanne.
„Seine Karriere war ihm wichtiger." Hanne faltete das Taschentuch auseinander und schnaubte kräftig hinein. „Er wollte damals nicht als der Ehemann einer Vergewaltigten dastehen und hat mir mit Scheidung gedroht, falls ich jemals mein Schweigen über die Sache brechen würde." Sie hatte sich

wieder unter Kontrolle. „Leider war ich damals noch nicht so weit, selbst die Scheidung einzureichen."
„Karriere hin oder her, diese Tat hätte gesühnt werden müssen. Er hatte Verantwortung für dich."
„Er war zu schwach", wandte Hanne zaghaft ein. „Er wollte nicht Gesprächsgrundlage für den Stadttratsch sein. Ich wollte im Übrigen auch nicht, dass die Leute hinter mir her reden."
„Quatsch, versuche erst gar nicht, deinen früheren Mann zu verteidigen. Für sein Versagen gibt es keine Entschuldigung." Polly streichelte und küsste ihrer Gefährtin die Nässe von der Wange. „Möchtest du mir von der Vergewaltigung berichten?"
„Ich habe mit noch keinem Menschen darüber geredet."
„Versuch es mal. Es wird an der Zeit, dass du diesen Ballast von dir abwirfst."
Hanne verschränkte ihre Arme. „Ehrlich gesagt, mag ich nicht darüber reden. Es ist mir nach so langen Jahren noch peinlich. Ich fühle mich so schmutzig."
„Nicht vor mir. Was ist geschehen? Ich möchte alles wissen", forderte Polly. „Zu zweit trägt sich die Last leichter." Sie fasste nach Hannes Schultern und hielt sie fest.
Hanne senkte ihren Kopf. „Also gut. Wir hatten gefeiert ..." Sie schüttelte ihren gesenkten Kopf. „Nein, ich kann nicht."
„Doch du kannst." Polly fasste Hanne unter das Kinn und bog den Kopf ihrer Liebsten nach oben.
„Natürlich war der Alkohol vorher in Strömen geflossen." Hanne löste sich bestimmend aus den Händen ihrer Gefährtin und wich deren Blick aus. „Ich denke, dass ich ihn provoziert habe."
„Auf welche Weise meinst du denn ihn provoziert zu haben?"
„Was weiß ich? Vielleicht habe ich zu aufreizend getanzt? Vielleicht wollte er mich auch nur besitzen, um eine weitere Kerbe in seinen Wanderstock einzuritzen. Ich habe keine Ahnung."
„Hast du mit ihm geflirtet?"

Wieder schüttelte Hanne heftig ihren Kopf. „Nein, das habe ich nicht. Ich habe den ganzen Abend mit meinem Mann verbracht."

„Dann wirst du ihn auch nicht provoziert haben", stellte Polly sachlich fest.

„Aber warum hat er sich dann ausgerechnet an mir vergangen? Warum war ich sein Opfer? So sehr ich mich auch anstrenge. Ich finde darauf keine Antwort."

„Wahrscheinlich warst du nur zur falschen Zeit am falschen Ort."

„Kann sein."

„Apropos Ort, wo ist es denn geschehen?"

„Hinter der Gaststätte, im Freien. Es war dunkel …", stammelte Hanne. Sie stockte.

„Sicher wolltest du nur eine rauchen …"

„Er hat mich zu Boden gezogen", fiel Hanne ihrer Gefährtin ins Wort. „Er war wie im Rausch …" Sie schluckte. „… wie von Sinnen." Sie richtete sich auf. „Ich kann nicht. Es fällt mir sehr schwer."

„Ich bitte dich, rede mit mir."

„Polly, ich kann nicht. Ich schäme mich so sehr. Es war so abartig."

„Es gibt nichts, was ich nicht verstehen würde."

„Es hängt mit mir …", Hanne stockte, „… mit der Anatomie meines Körpers zusammen. Mir ist der Hals wie zugeschnürt."

„Ach, mein armer Liebling." Polly nahm Hanne sanft in ihre Arme und barg den Kopf ihrer Liebsten an ihrer Brust. „Was könnte es sein, was ich nicht verstehe oder ertragen kann, wenn es dich angeht? Die ganze Zeit, in der wir zusammen sind, habe ich deinen Körper genauestens studiert. Ich glaube, ich kenne ihn besser als du selbst. Und lass es dir gesagt sein. Ich liebe jeden Zentimeter deines Körpers. Also raus mit der Sprache. Was hat er dir angetan?"

„Zum Zeitpunkt der Vergewaltigung war ich in einem Alter, in dem ich noch hätte schwanger werden können. Das war wohl auch meinem Peiniger klar", begann Hanne zaghaft. „Möglicherweise hat er auch mit meinem Schamgefühl spekuliert."
„Mit deinem Schamgefühl?"
Noch immer verharrten die beiden Frauen in gleicher Stellung.
„Du wirst bemerkt haben, dass ich an Hämorrhoiden leide", sagte Hanne leise.
„Habe ich", antwortete Polly einfühlsam.
„Mit dieser Krankheit, an der schon meine Vorfahren litten, habe ich seit frühester Jugend zu tun. Später verschlechterte sich mein Leiden. Mit der Zunahme der Hämorrhoidalgröße gingen auch Juckreiz, Brennen und Blutungen einher", flüsterte Hanne. „Bereits nach den geringsten körperlichen Belastungen treten die Hämorrhoidalknoten nach außen und sind tastbar. Sie ziehen sich nicht mehr selbstständig zurück, können aber noch zurückgedrückt werden ..." Sie schien unter Pollys Achsel verschwinden zu wollen. „Nein, ich kann nicht weiterreden."
„Es hat mich nie gestört, dass sich dein Zustand noch mehr verschlechtert hat." Behutsam richtete Polly Hanne wieder auf. „Meinst du, dass ich nicht bemerkt habe, dass deine Quälgeister nun dauernd außerhalb des Analkanals liegen und sich nicht mehr hineinschieben lassen?"
„Oh, wie peinlich." Hanne fiel wieder in sich zusammen.
„Nichts da. Du bleibst schön aufrecht." Wieder zog Polly Hanne vorsichtig hoch. „Es gibt nichts an dir, was ich nicht akzeptieren würde. Ich liebe dich so, wie du bist und jetzt erzählst mir alles, was es noch zu erzählen gibt." Sie beugte sich zu Hanne und zwang sie so ihr direkt in die Augen zu sehen. „In Ordnung?"
„Erst hat er mich umgeworfen." Hanne kaute auf ihrer Lippe. „Dann hat er mir den Rock hochgeschoben. Während er

mir mit seiner einen Hand meine Hände festhielt ... hat er mit der anderen Hand meinen Schlüpfer heruntergezogen." Hanne kullerten erneut dicke Tränen über die Wangen. „Ich werde dieses Stöhnen und Keuchen über mir niemals loswerden ..." Sie stockte, senkte ihren Blick und sah auf ihre Hände. „Dann habe ich aufgehört, mich zu wehren. Ich dachte, dass es dann schneller vorbeigehen würde." Sie hob die Hand, in der sie noch immer Pollys Taschentuch hielt, und wischte sich ihr Gesicht. „Es war auch so", fuhr sie dann mit fester entschlossener Stimme fort. „Erst hat er seinen Penis vorne bei mir eingeführt und dann setzte wohl für den Bruchteil einer Sekunde sein Hirn ein. Als ihm bewusst wurde, dass ich vielleicht schwanger werden könnte, hat er mich brutal anal vergewaltigt." Sie lächelte Polly unter Tränen zu. „So, jetzt weißt du alles."
„Du irrst." Polly schüttelte heftig ihren Kopf. „Ich weiß noch lange nicht alles."
„Mehr gibt es aber nicht zu sagen."
„Oh doch." Polly sah Hanne prüfend an. „Mich würde interessieren, was dein Mann dazu gesagt hat."
„Nichts. Er hat mich auf dem Boden liegen sehen und hat sich schweigend aus dem Staub gemacht. Den Rest kennst du ja."
„Hat er nie das Bedürfnis verspürt, dich zu rächen?"
„Nein."
„Du auch nicht?"
„Doch, ich ja."
„Aber warum hast du dann nichts unternommen?"
„Ich habe etwas unternommen."
„So, was denn?"
„Ich habe ihn getötet."
„Du hast was?" Pollys Worte glichen einem Aufschrei.
„Ich habe ihn getötet", wiederholte Hanne gleichmütig.
„Hast du nicht."

„Doch, ich habe ihn getötet", sagte Hanne zum dritten Mal. „Es war ganz leicht. Er war ein Alkoholiker, wie viele Männer, denen ich in meinem Leben begegnete." Sie lachte ein höhnisch-gekünsteltes Lachen. „Mein Vater war ein Alkoholiker, seine Brüder ebenso, mein Mann ...", sie verstummte und knetete das Taschentuch.
„Erzähl weiter", forderte Polly sichtlich schockiert.
„Nachdem ich ihm einmal auf meinen rastlosen Streifzügen durch die Natur begegnet bin, wusste ich, wo ich ihn antreffen kann. Ich musste also nur noch herausfinden, wann und mit wem er sich dort aufhält und wohin er sich dann bewegt. Als das geschehen war, musste ich nur noch auf den richtigen Moment warten."
Hanne übersah das blanke Entsetzen in Pollys Gesicht und redete wie entfesselt weiter. „Dann kam der Tag, an dem ich meine Rache erhalten sollte. Er hat mir mein Leben genommen, also fühlte ich mich berechtigt, ihm sein Leben zu nehmen: Das Schicksal hatte eine gute Fügung genommen. Er saß vollkommen betrunken allein auf einer Bank am See, verdeckt durch einen Busch. Keine Menschenseele war weit und breit zu sehen. Also setzte ich mich wie unbeteiligt neben ihn."
Hanne stand auf und trat einen Schritt zurück. „Etwa in diesem Abstand."
Sie musterte Polly, die noch immer wie erstarrt im Reitersitz auf der Sofalehne saß, mit einem durchdringenden Blick.
„Ich habe ihn angesprochen. Entweder er hat mich nicht erkannt oder er wollte mich nicht erkennen. Dann habe ich mich ihm zu erkennen gegeben und ihn zur Rede gestellt. Er murmelte etwas von blöder Fotze und davon, dass ich es verdient habe. Kurz darauf ist er eingeschlafen. Darauf hatte ich gewartet." Hanne stand nun wie ein Racheengel vor Polly. „Ich habe meine Latexhandschuhe ausgepackt und die Spritze, die ich immer dabeihatte, wenn ich auf meine Gelegenheit gewartet

habe. Ich habe sie aus der Packung entfernt und Luft aufgezogen. Die habe ich ihm in seinen Körper gespritzt. Er ist also an einer Embolie gestorben. Ich hatte mal in jungen Jahren in einem Film gesehen, wie sich auf diese Weise jemand ums Leben gebracht habe. Einfach Luft in die Spritze, ein Piks von hinten in die Achselhöhle und das war es. Ich war schwer beeindruckt."

„Hattest du gar keine Angst, dass ein Arzt den Einstich bemerken, die Polizei informieren würde und die Beamten die Ermittlungen aufnehmen würden?" Polly hatte ihre Fassung wiedergefunden.

„Du glaubst doch nicht im Ernst, dass ein Arzt auf die Idee kommen würde, einen augenscheinlichen Trinker, der eine Embolie erleidet, nach einem Einstich abzusuchen."

„Weiß man das?", wandte Polly besorgt ein.

„Mach dich nicht lächerlich!" Hanne hielt inne. „Selbst wenn, dann wird er den Einstich wohl nicht im Innenohr suchen, und genau da habe ich den Einstich gesetzt", kam es böse aus ihrem Munde. „Ich habe ihm noch einen Gefallen getan. Im Gegensatz zu mir hatte er nicht lange zu leiden. Obwohl er ein abscheulicher Mensch war, hatte er einen gnadenvollen Tod."

„Er ist erstickt! Das nennst du gnadenvoll?"

„Und wenn schon. Der Kreis hatte sich geschlossen: Leben für Leben", erwiderte Hanne mit Eiseskälte in der Stimme.

25
KAPITEL

Jahr 2008

„Ännchen, auf geht es, kleine Schwester." Joey schwang sich auf ihr Fahrrad. „Schön, dass du meinem Rat gefolgt bist und dir deinen Helm aufgesetzt hast. Heute, am Herrentag, werden bestimmt viele Menschen auf die gleiche Idee kommen und eine Fahrradtour machen wollen."
„Da gab es nichts lange zu überlegen. Sicherheit geht vor", rief Joeys Schwester von hinten nach vorne. „Aber sag mal, welche Route hast du eigentlich für uns vorgesehen?"
„Ich habe einer lieben Freundin ein paar nette Kartengrüße geschrieben. Wir fahren zuerst bei ihr vorbei und stecken die in den Briefkasten. Dann geht es los. Du fährst am besten immer hinter mir her", rief Joey über ihre Schulter.
Die Frauen radelten schweigend, eine jede von ihnen in Gedanken versunken, hintereinander, bis Joey vor dem Briefkasten ihrer Bekannten anhielt. Ein Außenstehender hätte die Frauen für Zwillingsschwestern halten können, so ähnlich sahen sich beide. Beide trugen dieselbe Kurzhaarfrisur, beide hatten die gleiche Figur. Selbst ihre Gesichtszüge wiesen eine frappierende Ähnlichkeit auf.
„So, das wäre auch erledigt", sagte Joey zufrieden, als sie ihre Postkarte durch den Briefschlitz geschoben hatte. „Nun können wir starten." Sie nickte ihrer Schwester lächelnd zu.
„Ja, jetzt sollten wir starten", stimmte diese Joey zu, während sich die Frauen wieder auf ihre Räder setzten. „Sonst geraten wir noch in einen Pulk von Ausflüglern und dazu habe ich

auch wenig Lust. Wenn ich schon einmal mit dir alleine sein kann, dann genieße ich es auch."

„Merkst du, wie der Strom der Ausflügler zunimmt?", fragte Joey, als sie die Straße, die an einem großen Park vorbeiführte, erreichten und abgestiegen waren.

Joeys Schwester nickte.

In diesem Augenblick fuhren zwei Männer in einem uralten, offenen Jeep, hupend und fröhlich lachend an den Frauen vorbei. Die beiden Frauen winkten zurück.

„Die Typen sahen sympathisch aus, findest du nicht auch?", fragte Joeys Schwester, als der himmelblau-weiß gespritzte Jeep vorüber war.

„Ja, das fand ich auch. Mir hat auch ihr hübsch geschmücktes Auto gefallen, deshalb habe ich ihnen zurückgewinkt."

„Diese Begegnung macht mir richtig gute Laune", konstatierte Joeys Schwester für sich, als die Frauen die Straße überquert hatten und wieder auf ihrer Räder stiegen.

„Geht mir genauso", antwortete Joey mit einem stillen Lächeln im Gesicht und trat kräftig in die Pedalen. „Sieh mal, wer da auf uns wartet", rief sie ihrer Schwester zu, als die Frauen am Beginn der Wanderstraße angelangt waren. „Meinst du, dass die auf uns warten?"

„Keine Ahnung. Man könnte es vermuten."

„Lass es uns annehmen, sonst werden wir es nicht erfahren. Wir biegen hier ab."

„Aber die Begegnung wird uns den ganzen Tag begleiten", setzte Joeys Schwester nach. „Sie versetzt mich in so ein wohliges Gefühl."

„Mir geht es genauso. Ich freue mich, dass wir diesem Auto mit den netten Männern begegnet sind. Diese Begegnung hinterlässt in mir das Gefühl innerer Freude und Zuversicht, als wenn sie mir etwas zurückgeben würden, was ich schon vor Jahren verloren geglaubt hätte."

„Joey, bist du krank?"
„Schlimmer, als du es dir überhaupt vorstellen kannst. Seit ein paar Wochen verspüre ich so ein sehr starkes inneres Zittern in mir."
„Ununterbrochen?"
„Nein, aber immer in Momenten, in denen ich zur Ruhe komme. Manchmal spüre ich es schon, wenn ich aufwache."
„Aber was ist die Ursache?"
„Mein Neurologe sagt, dass es meine Depression ist und ich abends eine der von ihm verordneten Tabletten einnehmen soll."
„Machst du das?" Joeys Schwester fuhr nun wieder auf gleicher Höhe wie Joey.
Die beiden Frauen radelten nebeneinander her.
„Ich denke, dass mein Zittern die Folge der immensen Belastung meines Geistes ist, entstanden durch die anderen Persönlichkeiten in mir und die intensive Arbeit mit ihnen", wich Joey der Frage ihrer Schwester aus. „Auch leide ich zusehends unter der riesigen Aktivität meines Geistes. Es kostet mich viel Kraft, ihn zu mäßigen."
„Alle beschweren sich über ihr Gedächtnis, nur meine Schwester beschwert sich über ihren Verstand." Joeys Schwester fing an zu lachen.
„Na ja, als wir noch viele waren, war die Aktivität meines Geistes lebensnotwendig. Heute nun ist sie überflüssig, zumindest ein sehr großer Energieverbraucher."
„Du solltest es vielleicht mal wieder mit Yoga versuchen", empfahl Joeys Schwester nun wieder mitfühlend. „Dein Geist wird dann über Atemübungen wieder lernen, zur Ruhe zu kommen. Irgendwann wirst du dein Leben dann auch wieder genießen können."
„Zurzeit habe ich eher das Bedürfnis, meinen Kopf mit Tabletten zuzudröhnen."

„Fühlst du dich stark genug, diesem Bedürfnis zu widerstehen?"

„Klar. Ich mache es nicht, denn es hilft ja nicht wirklich, solange die Ursachen nicht bekämpft sind. Ich werde deinen Rat annehmen und versuchen, durch Atemübungen zur Ruhe zu kommen. Ich hoffe, dass ich dabei so geduldig bin wie bei den anderen."

„Hast du eigentlich mitbekommen, dass vor einer Woche eine deutschlandweite Meditation aller Yogi gestartet ist?"

„Habe ich", entgegnete Joey. „Ich hätte gerne daran teilgenommen, aber meine große Angst hinderte mich und hielt mich davon ab."

„Wovor hattest du denn Angst?"

„Meine Angst war schon fast unheimlich und keiner konnte mir sagen, wovor ich mich fürchtete. Ich war völlig verzweifelt, bis ich begriff: Joey, Liebes!", es klang wie ein kleiner Freudenschrei, „Aber jetzt ist keiner mehr da, der dir den Grund deiner riesigen Angst nennen kann. Die Einzige, die noch da ist, bist du. Die Antwort findest du nur in dir selbst."

„Du Arme, ich habe ja nicht gewusst, wie schlecht es um dich bestellt ist." Joeys Schwester steuerte ihr Fahrrad näher an Joey heran. Dann löste sie ihre Hand vom Lenker und legte sie auf Joeys Arm. „Hast du denn wenigstens den Grund für deine Angst gefunden?" Sie griff wieder nach ihrem Lenker.

„Ja. Ich hatte Angst vor der doppelten Meditationslänge, Angst, mich so tief darauf einzulassen. Ich hatte die Befürchtung, es könnten sich, wenn ich mich so lange und so tief darauf einlasse, wieder Erinnerungen herausschleichen."

„Du hast Angst vor Erinnerungen?", fragte Joeys Schwester erstaunt.

„Wie man es nimmt", antwortete Joey ausweichend. „Ein paar Tage später wurde mir bewusst, dass mein Hauptproblem nicht die Angst vor neuen Erinnerungen ist."

„Nein? Aber wovor fürchtest du dich?"
„Mein Problem ist, dass ich mir oder besser gesagt den in mir wohnenden ehemaligen Mitbewohnerinnen nicht traue."
„Auch dagegen kannst du etwas unternehmen."
„Ich weiß, dass keine Erinnerungen mehr kommen", reagierte Joey trotzig.
„Du solltest es lernen, dich fallenzulassen. Ich weiß, dass es dich Kraft kosten wird. Sicher wirst du oft weinen. Aber du solltest nicht aufgeben. Übe, entspanne dich und deine Tränen dürfen fließen", sprach Joeys Schwester in tröstenden Worten weiter. „Sie schwemmen den inneren Druck weg und befreien dich von deinen unsäglichen Verkrampfungen."
Wieder radelten die Frauen schweigend nebeneinander her. Die Schönheit der im Aufbruch begriffenen Natur blieb ihnen verborgen. Sie hielten den Blick starr geradeaus auf den Waldweg gerichtet.
„Ein weiterer Grund meiner unendlichen Angst ist meine innere Einsamkeit", nahm Joey das Gespräch nach einer Weile wieder auf. „Ich fühle mich allein, hilflos. Es ist niemand mehr da, der mir hilft."
Sie drehte den Kopf ein wenig zur Seite, um ihren Blick scheinbar aus dem Wald heraus auf das Wasser des angrenzenden Sees zu lenken, tatsächlich jedoch, um aus den Augenwinkeln ihre Schwester zu beobachten. „Ich kann mit niemandem mehr meine Probleme besprechen. Keiner kuschelt mit mir und keiner wendet sich mir liebevoll zu", beklagte sie sich, nachdem sie sich vergewissert hatte, dass ihre Schwester entspannt neben ihr radelte und ihr aufmerksam zuhörte. „Mir würde es schon reichen, wenn ich wüsste, dass jemand da ist, der mir dann eine Aufgabe abnimmt, wenn es mir zu stressig wird."
„Bist du nicht ein wenig ungerecht?"
„Ich habe mir nach der Kur so sehr gewünscht, ein menschenwürdiges Leben führen zu können …", ignorierte Joey den

Einwurf ihrer Schwester, „und jetzt, wo die Möglichkeit da ist, habe ich Angst davor selbstbestimmt zu handeln."

„Was ist denn jetzt mit deinen Wünschen und mit deinen Zielen geworden?"

„Du willst wissen, ob ich es alleine schaffen werde?" Nun sah Joey zu ihrer Schwester hinüber und ihr direkt in die Augen. Die Frauen lächelten einander wissend zu.

„Wollen wir am Berg kurz absteigen und die Fahrräder hochschieben? Oben steht eine Bank. Wir könnten uns ein wenig ausruhen und auf das Wasser sehen."

Joey nickte. „Ganz tief in meinem Inneren weiß ich es: Ich kann es! Ich schaffe es!", sprach sie sich selbst Mut zu. „Es gelingt mir nicht nur, weil ich es will, sondern es gelingt mir, weil ich ein gutes Fundament besitze", sagte sie entschlossen.

„Oh, ja, das hast du", bestätigte Joeys Schwester und sprang vom Rad. Sie wartete, bis ihre Schwester ebenfalls vom Rad abgestiegen war, und setzte sich dann hinzu. „Auf mich kannst du jedenfalls immer bauen."

„Ännchen, das weiß ich doch. Alles Wissen, alle Fähigkeiten und Fertigkeiten meiner ehemaligen Mitbewohner sind tief in mir verankert und mir daher zugänglich. Dazu fühle ich noch die tiefe Wärme und Menschlichkeit in mir", entgegnete Joey. „Da werde und will ich doch wohl in der Lage sein, liebevoll, einfühlsam und zärtlich zu mir zu sein?"

„Betrachte dein vor dir liegendes Leben doch einfach als eine Herausforderung, die du annehmen kannst. Welche Möglichkeit! Du kannst dich doch freuen, dass noch so viel selbstbestimmtes Leben vor dir liegt", rief Joeys Schwester aus. „Du hast es selbst in der Hand, deine Erschöpfung zu überwinden. Erlaube deinem Geist sich zu entspannen. Er muss die Notwendigkeit der Entspannung begreifen und zulassen."

Die Frauen standen nun an der Bergkuppe.

„Wollen wir uns ein bisschen hinsetzen?", fragte Joeys Schwester und zeigte auf eine Bank.
„Gerne", antwortete Joey, „jetzt nach unserem Gespräch fühle ich mich sehr gut. Mein Kopf fühlt sich frei an. Ich habe keinen Stress, keinen Druck. Komm, wir erholen uns jetzt ein bisschen."
Die Frauen lehnten ihre Fahrräder an die Rückenlehne der Bank und traten ein paar Schritte davor. Zu ihren Füßen lag mit leicht gekräuselter Oberfläche der See.
„Schau dir diese Weite an." Der Arm von Joeys Schwester beschrieb einen Halbkreis. „Wie gut wir es haben, dass wir in dieser wunderschönen Landschaft leben dürfen. Findest du nicht auch?" Mit einem erwartungsvollen Blick sah sie Joey fragend an.
Joey starrte nachdenklich auf das Wasser.
„Wir haben eine gesicherte Existenz. Uns geht es doch gut."
Joey wiegte ihren Kopf. „Ich wünsche mir sehr, dass wir alle an einem Strang ziehen können."
„Wie meinst du das? Wen meinst du, wenn du *wir* sagst?"
„Eigentlich meine ich nur mich."
„Aber warum sprichst du dann von dir in der Mehrzahl?"
„Kann ich dir vertrauen?" Joey sah ihre Schwester prüfend an.
„Ich bin deine Schwester. Ich bitte dich! Selbstverständlich kannst du mir vertrauen. Wir sind eine Familie." Sichtliche Empörung sprühte aus den Augen von Joeys Schwester.
„Schon gut. Natürlich vertraue ich dir." Joey legte beschwichtigend ihre Hand auf den Arm ihrer Schwester. „Ich habe eine gespaltene Persönlichkeit."
„Du hast was?" Die Augen von Joey Schwester weiteten sich vor Entsetzen. Sie ahnte Schreckliches. „Was bedeutet das?"
„Ich habe gelesen, dass multiple Persönlichkeiten in solchen Menschen vorkommen können, die als Kinder über längere

Zeit wiederholt und schwer sexuell missbraucht oder körperlich misshandelt worden sind."

„Ich glaube das nicht", stammelte Joeys Schwester bestürzt, „ich kenne dich mein Leben lang und habe nie etwas bemerkt."

„Ein kindliches Opfer kann mit der Erfahrung schweren und wiederholten Missbrauchs fertig werden. Es kann vorkommen, dass mehrere multiple Persönlichkeiten entwickelt werden und es so ein funktionierendes Mittel, um zu überleben."

„Aber wie funktioniert das?", fragte Joeys Schwester noch immer fassungslos.

„Statt Selbstmord zu begehen oder psychotisch zu werden, überleben die Kinder, weil es ihnen gelingt, in ihrer Seele zu verschwinden. Sie erfinden einfach andere, die an ihrer Stelle das Trauma bewältigen sollen. So werden aus dem Opfer viele Personen in einem Körper."

„Das ist ja entsetzlich, was du mir da erzählst." Joeys Schwester packt Joey an den Schultern. „Ich ahnte ja nicht, dass du so eine Kindheit erdulden musstest. Wer war es, der dich missbraucht hat? Sag es mir!", forderte sie.

„In einer signifikanten Zahl von Fällen berichten Opfer auch vom nichtsexuellen, körperlichen Missbrauch, der ebenso schwere emotionale Folgen hat. So ein Missbrauch kann begleitet sein vom seelischen Missbrauch, einem Missbrauch nicht nur durch den sexuell missbrauchenden Elternteil, sondern auch vom anderen, der das Opfer nicht schützt und verteidigt", reagierte Joey ausweichend und sah an ihrer Schwester vorbei.

„Wer was es? Was haben sie dir angetan?"

„Es ist nicht mehr wichtig. Behalte unsere Eltern so in Erinnerung, wie du sie erlebt hast."

„Du irrst. Unsere Eltern sind zwar tot, aber ich muss es wissen, denn du lebst und du bist mir wichtig."

„Multiple Persönlichkeiten können schweren andauernden Missbrauch erlitten haben", wich Joey erneut aus. „Die mit solchen Erfahrungen verbundenen Gefühle und Empfindungen sind mehr, als die sich erst entwickelnde Persönlichkeit eines Kindes verkraften kann."

„Aber das ist doch normal. Wie soll die zarte Seele eines Kindes etwas so Ungeheuerliches wie einen Missbrauch aufnehmen und verstehen?", rief Joeys Schwester aus. „Die Gefühle sind so intensiv und so bestürzend …" Sie ließ Joeys Schultern los und legte ihre Hände auf ihre eigenen Schultern.

„Vor allem, wenn der missbrauchende Elternteil dem Kind noch untersagt, sich einem anderen Menschen anzuvertrauen", unterbrach Joey ihre Schwester. „Um diese enorm emotionale Belastung überhaupt bewältigen zu können, bleibt nur die Flucht nach vorne. Eine multiple Persönlichkeit ist also das Ergebnis der Reaktion eines kreativen Geistes, der einer Kindheit voller Schmerz und Entsetzen zu entkommen versucht."

„Wie viele Personen leben in dir? Und was stellen sie mir dir an?"

„Es sind viele. Wie viele genau, weiß ich nicht." Joey zuckte gleichgültig mit ihren Schultern. „Es sind so viele, dass ich sie nicht zählen konnte und auch nicht wollte. Es ist zu anstrengend. Von vielen weiß ich nichts, gar nichts."

„Und von den anderen?" Joeys Schwester zitterte, als fröstelte sie es.

„Von denen, die aktiv in mein Leben eingriffen, es beeinflussten und mein Wohlbefinden erheblich störten, weiß ich alles."

„Was weißt du von ihnen?", fragte Joeys Schwester neugierig.

„Ich habe konsequent und liebevoll mit ihnen gearbeitet, jahrelang, bis sie mir trauten und bereit waren, vertrauensvoll mit mir zusammenzuarbeiten. Lass uns hinsetzen und ein wenig die Aussicht genießen." Joey umarmte ihre Schwester und führte sie mit sanftem Druck zurück zur Bank. „Seit vorigem

Monat haben sich alle in mir existierenden Personen zurückgezogen. Sie sind froh, sich von ihrer Last und ihrer Verantwortung befreit zu haben. Alle sind glücklich, dass sie sich nun ausruhen können." Joey setzte sich, zog ihre Schwester zu sich auf die Bank und griff nach ihrer Hand. „Sie können sich jetzt ausruhen, weil es mir gelungen ist, durch Achtung, Verständnis und Liebe ihr Vertrauen zu gewinnen. Ich habe ihre Zustimmung und ihre Erlaubnis, die künftigen Geschicke in die Hand zu nehmen."

„Heißt das, sie werden nicht mehr gebraucht?", staunte Joeys Schwester.

„Ja. Sie haben sich für immer zurückgezogen. Sie werden nicht mehr gebraucht. Ich bin stolz, froh und glücklich, denn nun kann ich ein selbstbestimmtes glückliches Leben führen. Ich habe etwas erreicht, von dem ich vorher nicht einmal zu träumen wagte."

„Wo sind sie hin, deine anderen Persönlichkeiten?"

„Sie sind unter meinen Füßen. Es besteht daher noch ein leiser Kontakt zu ihnen. Ich gehe mit meinen Füßen jetzt noch liebevoller und zärtlicher um. Sie haben es verdient und ich habe es verdient, dass ich jetzt dieses unselige Kapitel auch abschließen kann. Deshalb möchte ich dir auch Einzelheiten ersparen. Unsere Eltern sind tot, und ich bin genesen, zumindest fast." Es klang endgültig.

„Das akzeptiere ich, denn ich liebe dich, so wie du mich." Joeys Schwester legte ihren Arm um Joeys Schulter, zog sie zu sich heran und küsste sie aufs Haar.

„Ich danke dir für dein Verständnis und deine Liebe."

Joeys Schwester lächelte still. Dann sagte sie: „Ich möchte, dass du ganz gesund wirst. Was kann ich dafür tun? Wie kann ich dir helfen?"

„Ich fürchte, da muss ich alleine durch. Da kann mir niemand helfen." Joey löste sich sanft und sah ihrer Schwester mit erns-

tem Blick in die Augen. „Unlängst habe ich auf meinem Balkon gestanden. Mein Herz war tränenschwer und ich habe mich untröstlich gefühlt. Genau in diesem Moment fiel eine Sternschnuppe vom Himmel. Es war schon verwunderlich, denn ich hatte das Firmament nicht nach Sternschnuppen abgesucht, sondern Zwiesprache mit unserem Schöpfer gehalten."
„Aber was hatte dich denn bedrückt?"
„Ich habe mich nach dem Sinn der Liebe gefragt. Ich frage dich …" Joey rüttelte sanft am Arm ihrer Schwester, „ist es der Sinn der Liebe zu foltern, zu quälen, oder wie darf ich ihn verstehen?"
„Wie kommst du denn darauf?" Unverständnis sprach aus dem Blick von Joeys Schwester.
„Es gibt einen Mann, den ich so sehr liebe wie mich selbst. Ich hatte das Gefühl, dass auch er mich liebt, dass er meine Gefühle für ihn erwidert."
„Und?" Joeys Schwester dehnte das Wort.
„Er war mein Therapeut."
„Was ist passiert?"
„Auch er hat mir wehgetan." Joey kämpfte mit dem Tränen. „Ich habe ihm gestanden, dass ich ihn brauche. Seine Antwort war: ‚Aber natürlich brauchen Sie mich, als Ihren Therapeuten.' Alles in mir schrie: Was, ist der verrückt? Ich schüttelte nur den Kopf und sagte: Nein." Ein gequälter Schrei entrang sich ihrer Kehle. „Dann hat er mich ermutigt, es laut zu sagen."
„Du hast es getan?"
Joey nickte. „Ich habe ihm gesagt: Ich liebe dich."
„Und wie hat er reagiert?"
„All die Jahre hatte ich gehofft, war mir sicher und nun? Meine Empfindungen brachen zusammen wie ein Kartenhaus." Joey fuhr sich mit der Zunge über die Lippen, um sie zu benetzen. „Und nun frage ich mich: Geht es die nächsten Jahre so weiter,

zu lieben und nicht wirklich zu wissen wiedergeliebt zu werden?"
„Du meinst auch körperlich?"
Joey antwortete nicht. Wie weltentrückt sah sie minutenlang auf den See. Ihre Schwester ließ sie gewähren.
„Ich empfinde es als eine große Grausamkeit. Warum geht meine Liebe nicht in Erfüllung? Und dann sehe ich eine Sternschnuppe, die fast senkrecht zu Boden schwebt. Will sie mir etwas sagen? War das ein Zeichen?" Joey hatte wie zu sich selbst gesprochen. Sie erwartete keine Antwort ihrer Schwester, denn schon murmelte sie leise vor sich hin: „Möglich. Vielleicht. Liebe will gelebt sein. Ich will meine Liebe leben. Ich brauche keine platonische Liebe."
„Du kannst sie aber nicht erzwingen", wagte Joeys Schwester einen zaghaften Einwurf. „Vielleicht ist er gebunden? Vielleicht liebt er eine andere Frau."
„Möglich, aber Liebe ist nichts Endgültiges, nichts Starres. Liebe ist veränderlich."
„Ich wünsche es dir so sehr."
Wieder ergriffen die Schwestern ihre Hände.
„Ich wünsche dir, die du von allen Joeys übrig geblieben bist, dass du das fröhliche Lachen wieder entdeckst." Joeys Schwester drückte Joey ganz fest die Hände. „Ich wünsche dir, dass du eines schönen Tages die Leichtigkeit des Lebens spüren wirst. Ich wünsche dir, dass du, meine liebe Schwester Joey, imstande bist, das Alte endgültig loszulassen, damit du das Neue beginnen kannst." Sie holte tief Luft. „Im Loslassen ereignen sich Wunder. Gib ihn frei, denn im Freigeben erweist sich die wahre Liebe. Nur so kannst du auf die eine, die große, die alles andere auslöschende Liebe hoffen und darauf warten, dass sie dir begegnet."
Die beiden Frauen umarmten sich ganz fest.

„Ich bin so froh, dass du für mich da bist, kleine Schwester. Ich liebe dich so sehr", flüsterte Joey in das Ohr ihrer Schwester, bevor sie sich abrupt erhob und zu ihrem Fahrrad strebte.

26
KAPITEL

Jahr 2008

„Hier Chris, für dich." Sichtlich genervt reichte Pitt Eiselt seiner Frau das Handy. „Deine Kollegin. Mach's kurz." Als er bemerkte, wie seine Frau schlagartig erblasste, wandelte sich sein Missmut. Während er seinen Golfschläger ins Gepäck steckte, bedachte er sie mit einem besorgten Blick.
„Grüß dich." Das Handy am Ohr und ihren Golfwagen hinter sich herziehend, setzte sich Christine Eiselt in Bewegung. „Erzähl, wie war es."
Schweigend lief Pitt Eiselt neben seiner einsilbig telefonierenden Frau über den gepflegten Golfplatz. Ebenso schweigend zog er am Abschlag des nächsten Loches einen Schläger aus seiner Tasche.
Kreidebleich stand Christine Eiselt daneben und beobachtete ihren Mann beim Abschlag seines Balls. „Nein, daran darfst du nicht einmal denken", murmelte sie. „Was?"
Ihr Aufschrei ließ Pitt Eiselt beim Sortieren seiner Golfschläger innehalten und bestürzt zu seiner Frau hinübersehen.
„Ich kann es nicht glauben. Sag, dass das nicht wahr ist." Angestrengt lauschte sie in das Telefon. „Es ist wahr", flüsterte sie tonlos mit vor Schreck geweiteten Augen. „Entschuldige, aber du bist ihre Anwältin. Du hättest ihr davon abraten müssen, egal, was kommt."
Wortlos setzten sich die Eheleute in Bewegung. Ein Blick der Verständigung hatte genügt.
„Kannst du die Vereinbarung noch widerrufen?"

Ohne dass Christine Eiselt Anstalten machte, ihr Telefonat zu beenden und einen Schläger aus ihrer Golftasche zu ziehen, zogen die Eheleute ihre Wagen am Damenabschlag vorbei.

„Warum hast du mich denn nicht vorher informiert? Du hättest mich vorher anrufen sollen. Es war so zwischen uns abgesprochen."

In diesem Moment hatten die Eheleute den abgespielten Ball erreicht und stellten ihre Wagen ab.

„Egal, was das Gericht gesagt hat: Sie hätte es darauf ankommen lassen müssen."

Christine Eiselt entfernte sich ein Stück vom Wagen.

„Wir hatten besprochen, dass sie die Pässe der Kinder zu Hause lässt. Das hätte ihr in jedem Fall Vorsprung verschafft", sagte sie leise. „Na, fantastisch. Die armen Kinder." Ihre Stimme hatte wieder die normale Lautstärke angenommen. „Ehrlich gesagt, ich finde es schrecklich, wie es gelaufen ist. Wenn ich auch nur geahnt hätte, wie der Prozess läuft, wäre ich wahrscheinlich nicht gefahren. Aber nun ist es nicht zu ändern. Bitte besprich mit ihr, dass sie sich umgehend bei mir meldet. Wir müssen absprechen, wie es weitergeht." Erst jetzt drehte sich Christine Eiselt wieder zu ihrem Mann.

Pitt Eiselt stand mit einem Schläger vor seinem Golfball und wartete darauf, abspielen zu können.

„Also, ich muss jetzt Schluss machen. Zu ändern ist ohnehin nichts mehr. Wir sehen uns Montag." Christine Eiselt nickte ihrem Mann zu. „Ja, bis dann." Sie nahm das Handy vom Ohr und schaltete es aus.

„Schöner Schlag", beglückwünschte sie ihren Mann und reichte ihm das Handy zurück.

„Was ist so wichtig, dass sie unbedingt stören musste?"

„Das willst du nicht wissen", antwortete Christine Eiselt geknickt.

„Doch will ich. Unser Spiel ist sowieso kaputt." Er schob das Telefon zurück in seine Golftasche. „Oder ruft dich heute noch jemand an?", fragte er, während er sorgfältig den Reißverschluss zuzog.
„Nö, glaub ich nicht." Christine Eiselt schüttelte ihren Kopf.
„Na, dann leg mal los. Was ist passiert?"
Wieder setzten sich beide in Bewegung.
„Erinnerst du dich an den Prozess, in dem es um den Aufenthalt der Kinder ging, die ihre Mutter aus Amerika zurück mit nach Deutschland gebracht hat?"
„Ja, klar doch. Ich habe dich zum Gericht gefahren. Aber Moment mal." Pitt Eiselt stoppte seinen Lauf und blieb wie angewurzelt stehen. „Du hast mir doch erzählt, dass die Kinder bei ihrer Mutter bleiben dürfen."
„Das ist auch richtig. Aber der Vater hat gegen die Entscheidung der Amtsrichterin Beschwerde eingelegt und heute war die Verhandlung vor dem Oberlandesgericht. Sie haben die Kinder dem Vater zugesprochen."
„Kannst du dagegen noch was machen?"
„Nein, der Prozess ist mit einem Vergleich beendet worden. Dagegen gibt es kein Rechtsmittel", sagte Christine Eiselt traurig.
„Sag mal Chris, hättest du auch einen Vergleich abgeschlossen?", wollte Pitt Eiselt von seiner Frau wissen.
„Auf keinen Fall", empörte sich Christine Eiselt und setzte sich wieder in Bewegung.
„Sag nicht, dass die Mutter ihrem Mann die Kinder freiwillig rausgegeben hat", fragte Pitt Eiselt, als er seine Frau eingeholt hatte.
„Das Gericht bestand aus einer Richterin und zwei Richtern. Die haben der Mutter gedroht, dass sie die Akte zumachen und zur Staatsanwaltschaft geben."
„Was? Wieso das denn?"

„Es gibt das Haager Kindesentführungsübereinkommen."
„Die Mutter hat ihre Kinder doch nicht entführt, oder?"
„Nein, natürlich nicht. Aber ihr Ehemann hat sie ausgetrickst und damit das Recht auf seine Seite gezogen."
„Wie geht das denn?"
„Eines der wesentlichen Ziele dieses Gesetzes ist es, den vorherigen Status umgehend wieder herzustellen, damit eine Sorgerechtsentscheidung von den Gerichten des Staates, in dem sich die Kinder gewöhnlich aufhalten, getroffen werden kann."
„Aber die Mutter ist doch Deutsche, und wenn sie mit ihren Kindern nach Deutschland geht, ist das doch ihr gutes Recht, oder was bezweckt dieses Gesetz?"
„Dem Gesetz liegt der Gedanke zugrunde, dass die Gerichte dieses Staates wegen ihrer Sachnähe am besten in der Lage sind, sich von den sozialen Verhältnissen ein Bild zu machen, um zum Wohle der Kinder entscheiden zu können."
„So ein Quatsch, wie soll sich denn ein amerikanisches Gericht ein Bild von den Perspektiven deutscher Kinder machen?"
„Das frage ich mich auch. Aber wir reagieren, seitdem wir Eltern sind, sowieso nur noch emotional." Christine Eiselt gab ihrem Mann einen Kuss. „Spiel deinen Ball. Wir reden danach weiter. Am nächsten Abschlag steige ich auch wieder ein."
Pitt Eiselt nickte. Dann wählte er sorgfältig einen Schläger aus seinem Gepäck aus und spielte nach einem Augenblick des Innehaltens seinen Ball.
„Na ja, mit dem Schlag ist nichts kaputt", stellte Christine Eiselt fachmännisch fest.
„Ich habe zwar gar nichts mit dem Fall zu tun, aber er geht mir nicht mehr aus dem Kopf. Ich muss unentwegt an die armen Kinder denken, der die Justiz jetzt die Mutter genommen hat."
Pitt schien betroffen.
„Pah, was erzählst du da? Unsere verehrte Kollegin hat für die Mutter eine Umgangsvereinbarung ausgehandelt", sagte

Christine Eiselt böse. „Ich kann dir jetzt schon sagen, wie die Geschichte endet. Der Vater wird natürlich nicht einmal im Traum daran denken, seine Kinder nach Deutschland zu bringen, damit die Mutter Umgang mit ihnen haben kann. Warum sollte er auch? Er müsste dieses auf seine Kosten tun, es würde seine Zeit kosten und ihm Umstände bereiten, die er auf sich nehmen müsste, nur um seiner Frau einen Gefallen zu tun."
„Das ist wahr. Er wird das Gegenteil tun und es ihr schwermachen. Also muss sie wieder nach Amerika." Pitt Eiselt verstaute seine Schläger.
Mit dem wortlosen Verständnis eines harmonischen Paares ergriffen die Eheleute ihre Golfwagen und setzten sich ein weiteres Mal in Bewegung.
„Dazu ist sie zu schwach", setzte Christine Eiselt ihr Gespräch fort. „Das würde sie nie tun." Sie schüttelte den Kopf. „Was hat sie gemacht! Ich fasse es noch immer nicht. Niemals hätte es mit mir einen Vergleich gegeben."
„Dann hättest du dahinfahren müssen und nicht deine Mitarbeiterin dorthin schicken sollen."
„Wir hatten wir das Wochenende schon gebucht, als der Termin kam", entgegnete Christine Eiselt kleinlaut.
„Dann hätten wir eben abgesagt."
„Ich konnte doch nicht ahnen, dass sie so schwach ist und sich von der Macht dieses Gerichtes derartig beeindrucken lässt. Schließlich hatte die Amtsrichterin einen sehr guten Beschluss gefasst, nachdem die Kinder bei der Mutter bleiben dürfen. Ich fand die Begründung wasserdicht. Schließlich war sie es, die die Kinder in großem Umfang alleine betreuen musste, wenn er gearbeitet hat", ärgerte sich Christine Eiselt. Ihre Stirn legte sich in Falten. „Aber wenn gerade du jetzt noch sagst, ich hätte dorthin gemusst, bekomme ich ein richtig schlechtes Gewissen."

„Ach was", fiel der pragmatischere Pitt Eiselt seiner Frau ins Wort. „Du rätst der Mutter, zu ihrem Mann zurückzugehen. Der wird sie sicher wieder aufnehmen. Sie soll ihn verführen und hinterher behaupten, er habe sie vergewaltigt. Dann wird man ihr die Kinder schon zusprechen. Du hast mir doch selbst erzählt, wie leicht es ist, seinen Mann in den Knast zu bringen."
„Ich fürchte, dass sie dazu zu ehrlich ist. Das kann sie nicht. Sie hat panische Angst etwas zu tun, wofür sie bestraft werden kann."
„Sie hat sich getraut die Kinder mit nach Deutschland zu nehmen", warf Pitt Eiselt ein.
„Ja, aber sie hat ihre Aktion legalisiert und gleich nach der Ankunft in ihrer früheren Heimat eine Sorgerechtsentscheidung beantragt. Es war ihr Ehemann, der sie angeschmiert hat."
„Wie das denn?"
„Nachdem sie in Deutschland ankam, hatte sie beim Amtsgericht einen Antrag auf Übertragung der alleinigen elterlichen Sorge gestellt. Das war dem Ehemann bekannt, denn der Richter hatte toll reagiert. Ruckzuck hatte er den Mädchen einen Anwalt als Verfahrensbeistand bestellt."
„Ach so, weil die Kinder unparteiisch einbezogen werden sollen?"
„Hmm." Christine Eiselt nickte. „Der Kollege hat genauso unkompliziert wie der Richter reagiert." Sie lächelte bitter und stieß einen hörbaren Atemzug aus.
„Was meinst du mit *unkompliziert*?", wollte Pitt Eiselt wissen.
„Normalerweise müssen Verfahren mit Beteiligten aus dem Ausland den diplomatischen Weg durchlaufen. Du kannst dir vorstellen, wie lange es dauert, wenn die Post von Gericht zu Gericht und dann zu den Ministerien der Länder und des Bundes geschickt wird."
„So kompliziert und bürokratisch läuft das?", fragte Pitt Eiselt ungläubig.

„Ja, nur nicht in diesem Fall. Der Kollege war clever. Er hat die Mutter nach der E-Mailadresse ihres Mannes gefragt und sich dann per E-Mail mit dem Vater in Verbindung gesetzt …"
„… und damit den Mann über alles informiert", vervollständigte Pitt Eiselt den angefangenen Satz seiner Frau.
„Du sagst es. Der Vater konnte damit nicht mehr behaupten, nichts von dem Sorgerechtsverfahren gewusst zu haben. Also, was tat er, er hat ihr mehrfach zu erkennen gegeben. Er tat, als wenn er seiner Frau keine Steine in den Weg legen wolle und versicherte, dass er sie unterstützen und ihr helfen werde. Dass es ihm damit ernst ist, hat seine Frau ihm abgenommen, als er ihr versicherte, dass er den Kindern gut zureden werde, sich auf ihre neue Heimat einzulassen, sie ab und zu sehen und mit ihnen einen Teil ihrer Ferien verbringen zu wollen. Nach diesen Zusicherungen hat sie das eingeleitete Verfahren zurückgenommen und er hatte freie Bahn, sein Rückführungsverfahren zu betreiben."
Die Eheleute blieben in dichtem Abstand vor dem von Pitt Eiselt abgespielten Ball stehen.
„So hat er eine Möglichkeit gefunden, um sie zu linken", stellte Pitt Eiselt, wie zu sich selbst, fest und verstummte.
Die Zeit, die er benötigte, um sich zu konzentrieren, seinen Ball abzuschlagen, den Schläger wieder zu verstauen und sich mit seinem Wagen zu seiner Frau zu gesellen, nutzten die Eheleute, um ihren eigenen Gedanken nachzuhängen.
„Weißt du Chris, was mich entsetzt?", fragte Pitt Eiselt auf dem Weg zum Grün: Er wartete eine Antwort seiner Frau erst gar nicht ab, sondern verlieh seiner Hilflosigkeit im selben Atemzug Ausdruck: „Die Gesetze in diesem Lande. Ich frage mich manchmal wirklich, wer die macht und für wen." Er zerrte an seinem Golfwagen, als könne er dadurch eine Veränderung herbeiführen. „Die müssen sich doch mal fragen, was sie den Kindern antun, wenn sie denen die Mutter nehmen."

„Nein, ich will nicht ungerecht sein, aber in diesem speziellen Fall sind das Wohl und die Interessen der Kinder unberücksichtigt geblieben", sagte Christine Eiselt mutlos. „Sie haben sich nicht einmal an geltendes Recht gehalten."

„Dann solltest du dagegen angehen", forderte Pitt Eiselt von seiner Frau.

„Wie denn, bei einem Vergleich? Bei einer Entscheidung wäre das kein Problem. Das ist es ja, was ich ihr vorwerfen muss. Nicht nur das Gericht hat auf ganzer Linie versagt ...", Christine Eiselt schossen die Tränen der Wut und der Ohnmacht zugleich in die Augen; schnell strich sie sich mit dem Handrücken das Wasser aus den Augenwinkeln, „... sondern in erster Linie sie. Schließlich heißt es im Gesetz, dass der Rückführungsantrag abzuweisen ist, wenn der zurückgebliebene Elternteil dem Verbringen oder Zurückhalten zugestimmt oder dieses nachträglich gebilligt hat oder das einsichtsfähige Kind sich der Rückkehr ernsthaft widersetzt. Beides war der Fall." Sie schniefte hörbar. „Auch der weitere Grund, die Rückführung abzulehnen, war wegen einer schwerwiegenden Gefahr eines seelischen Schadens für die Kinder gegeben. Sein Erziehungsstil bringt die Kinder in eine unzumutbare Lage. Beide Kinder haben sowohl der Mitarbeiterin vom Jugendamt als auch der Amtsrichterin gesagt, dass sie bei ihrer Mutter bleiben wollen." Sie wedelte mit ihrer Hand.

„Aber spiel erst mal." Christines Eiselt bedeutete ihrem Mann, das Grün zu betreten und dieses Loch zu Ende zu spielen. Auf diese Wiese konnte sie den Kloß in ihrem Hals und das Korsett, das sie plötzlich einengte und ihr die Luft abschnürte, verbergen.

Christine Eiselt erweckte den Eindruck, als beobachte sie das Spiel ihres Mannes. Doch in Wirklichkeit sah sie mit starrem Blick durch ihn hindurch.

Vor ihrem inneren Auge entstand das Bild des ihr bestens bekannten Sitzungssaals, in dem hinter einer altehrwürdigen Eichenholzbalustrade die hohen Herrschaften wie weltentrückt thronten und, von ihrer eigenen Macht berauscht, gefühllos an der Schicksalsschraube von zwei kleinen Kindern drehten.
Christine Eiselt musterte nun jeden Einzelnen von ihnen genau.
In der Mitte saß eine Endfünfzigerin mit einem starren maskenhaften Gesichtsausdruck, die jedem, der sie ansah, das Gefühl vermittelte, im Leben zu kurz gekommen zu sein. Jedes gelebte Jahr hatte in ihrem Gesicht eine unauslöschliche Kerbe hinterlassen. Da sie sich aus Schminke, die ihrem Antlitz Farbe und Frische verleihen konnte, überhaupt nichts zu machen schien, wirkte sie mit ihren undurchsichtigen Augen, deren Grau durch die Haare im gleichen Farbton um mehrere Nuancen verstärkt wurden, wie ein ungepflegtes, altes Mütterchen. Sicher hat sie sich längst aufgegeben, dachte Christine Eiselt, und Kinder hat sie bestimmt auch nicht, denn wie sonst sollte eine Mutter einer Mutter die Kinder wegnehmen wollen. Sie pustete. Dabei könnte sie doch mit dem Leben zufrieden sein, bei dem, was sie beruflich erreicht hat. Den wenigsten Ostjuristen ist das vergönnt, was sie erreicht hat: Richterin am Oberlandesgericht, Vorsitzende eines Senates.
Christine Eiselt verfügte über eine ausgezeichnete Vorstellungskraft. So wandte sie sich nun dem zweiten Richter zu. Dieser schien genau das männliche Pendant seiner Vorsitzenden zu sein. Seine krausen, ehemals rötlichen Haare umhüllten seine Halbglatze wie eine dünne Filzmatte. Mit seinem Gesicht hatte die Natur Schabernack gespielt. Seinen Augen in der Farbe von verwaschenem Blau entging nicht das Geringste, was in dem Gerichtssaal vor sich ging. Unermüdlich huschten sie hinter der dicken randlosen Brille, die auf einer Nase, einem Vogelschnabel gleich, hin und her. Die Wichtigkeit seiner Person

unterstrich er, indem er, kaum dass seine Vorsitzende geendet hatte, seine Sicht der Dinge offenbarte. Die Erkenntnis, dass er sich regelmäßig von der Verhandlung genervt fühlte, konnte auch sein höflich-überlegenes Grinsen nicht wettmachen. Im Gegenteil, sein grimmiger Blick und seine weit auseinander nach außen gewachsenen vorderen Schneidezähne vermittelten zumeist der unterlegenen Partei und deren Anwalt das Gefühl der Nichtsnutzigkeit.

Wahrscheinlich hat sie sich wie das Rotkäppchen gefühlt, kam es Christine Eiselt in den Sinn. Nur wenn man ständig mit dem Gefühl lebt, entweder sofort fliehen zu müssen oder sogleich von dem bösen Wolf gebissen zu werden, sollte man sich davor hüten Anwalt zu werden. Der aufsteigende Ärger über das Versagen ihrer Kollegin schnürte ihr die Kehle zu.

Während ihr Mann die Fahne aus dem Loch nahm, wandte sie sich dem dritten Richter zu.

Er war der Jüngste im Bunde, doch seine vom Rauchen gelblich-graue Gesichtshaut, von der sein stumpfes Gesicht überzogen war, ließ ihn deutlich älter erscheinen.

Damit übte bereits die Macht des Alters dieses Gerichts und dessen Gehabe eine unübersehbare Wirkung auf die an der Verhandlung Beteiligten aus, deren spürbarem Druck nun auch offensichtlich weder Christine Eiselts Kollegin noch die Mutter selbst gewachsen waren.

„Wir haben Glück, dass heute niemand hinter uns spielt", unterbrach Pitt Eiselt die gedankliche Abwesenheit seiner Frau.

Er stand, nachdem er das Loch zu Ende gespielt und seinen Schläger wieder im Gepäck verstaut hatte, bereit, gemeinsam mit seiner Frau zum nächsten Abschlag zu wechseln. „So hetzt uns keiner", sagte er und warf einen ergründenden Blick hinter sich auf das gespielte Grün. „Möchtest du was trinken?" Er zog eine Wasserflasche aus seinem Golfgepäck.

„Am liebsten einen großen Schnaps", antwortete Christine Eiselt und nickte. „Aber Wasser nicht. Nein, danke, ich habe keinen Durst."
„Eines verstehe ich nicht." Pitt Eiselt hatte die Wasserflasche aufgeschraubt und nahm einen tiefen Zug. „Ich weiß noch, wie froh du warst, als die Richterin am Amtsgericht einen Beschluss gemacht und die Handlung der Mutter damit befürwortet hat. Stimmt doch, oder?"
„Ja."
„Da auch sie sich an das Gesetz halten muss, wird sie wohl genug Gründe für ihre Entscheidung gehabt haben, oder?"
„Mehr als einen", sprudelte es aus Christine Eiselt heraus. „Abgesehen davon, dass er seiner Frau E-Mails geschrieben hat, mit denen er ihre Handlung nachträglich genehmigte, hat auch sie erkannt, dass eine Rückführung zumindest des älteren Kindes dessen Wohl gefährdet."
„Das verstehe ich jetzt aber auch nicht, er ist doch der Vater, der wird seinem Kind wohl nichts tun." Wieder nahm Pitt Eiselt einen Schluck aus der Wasserflasche.
„Wenn du mit Nichtstun im herkömmlichen Sinne eine körperliche Verletzung meinst, dann sicher nicht. Dieser Mensch hat eine deutlich subtilere Art, das Wohl seiner Kinder zu verletzen."
„Ach, ja?"
„Klar, beginnend damit, dass er ihren Kontakt zur Mutter verhindert, um seine verletzte Eitelkeit zu befriedigen, zeigt er sich auch, was die Kinder angeht, äußerst kreativ. Stell dir nur Folgendes vor: Das ältere der beiden Kinder hat ein Problem mit dem Bettnässen. Darauf reagierte der Vater schon unangemessen, als die Mutter noch da war."
„Was, so etwas macht ein Kind doch nicht mit Absicht", fiel Pitt Eiselt seiner Frau ins Wort.

„Ganz sicher nicht. Aber dennoch drohte der Vater dem Kind, hervorgebracht in verärgerter Form und begleitet durch ein festes Armpacken, dass er es ins Krankenhaus zum Abklären der Ursachen schicken werde, wenn das Einnässen nicht aufhören würde."

„Das gibt es doch gar nicht."

„Es kommt noch schlimmer", sagte Christine Eiselt bitter. „Er beschämte das Kind mit Bemerkungen, wie: Willst du noch ins Bett machen, wenn du schon erwachsen bist? Auch mit einem Leseverbot hat er das Kind bereits bestraft. Aber das Allerschlimmste, was er in diesem Zusammenhang getan hat, ist dem Kind als Aufgabe zu stellen, einen Aufsatz darüber zu schreiben." Sie fingerte an ihrem Lederhandschuh. „Aber denk ja nicht, dass da nur Blabla drinstand. Ich habe den Aufsatz gelesen. Ich weiß nicht, ob ich über dieses Thema einen Aufsatz in der Qualität abgeliefert hätte. Er hat mir fast das Herz zerrissen, denn das Kind ist erst zehn Jahre."

„Der Typ hat doch ein volles Ding am Ballon. Aber dennoch glauben die Richter, ihm das Kind zusprechen zu müssen? Wieso hat sie das zugelassen? Hat sie die Akte vorher nicht gelesen?"

„Doch, ganz sicher hat sie das. Aber ich denke, sie ist eine schwache Person. Sie ist dem Druck, den das Gericht ausgeübt hat, nicht gewachsen. Sie haben sie ausgeknockt."

„Dann ist sie eine schlechte Anwältin, und wir müssen uns Gedanken machen. Aber nicht jetzt." Er schraubte die Wasserflasche zu und verstaute sie wieder in seinem Golfgepäck. „Jetzt lass uns spielen."

27
KAPITEL

Jahr 2008

Als Christine Eiselt die Tür öffnete und sie ihre Besucherin verschüchtert und zusammengekauert wie einen kleinen verängstigten Vogel in der äußersten Ecke des Besucherraumes sitzen sah, überzog sich ihr Gesicht mit einem strahlenden, warmen Lächeln. „Guten Tag, Frau Daduna."
„Thea. Wir hatten uns entschieden, uns beim Vornamen zu nennen", korrigierte Thea Daduna ihre Anwältin und erhob sich von ihrem Platz.
„Ach, verzeihen Sie mir bitte, das hatte ich schon wieder vergessen. Aber wir haben uns auch lange nicht mehr gesehen. Bitte treten Sie näher." Christine Eiselt wies mit der Hand in das Innere ihres Büros.
„Schön, dass Sie so schnell Zeit für mich gefunden haben!" Thea Daduna lächelte ein erschöpftes Lächeln und reichte ihrer Anwältin zur Begrüßung die Hand.
„Ich war mir sicher, dass es eilt. Schließlich hatten Sie ja bei unserem letzten Gespräch die Hoffnung, dass Sie meiner Hilfe nicht mehr bedürfen müssen", erwiderte Christine Eiselt.
„Also, erzählen Sie mal, was ist passiert?", fragte sie, als die Frauen Platz genommen hatten.
„Mein Mann … mein geschiedener Mann", berichtigte sich Thea Daduna, „hat sich aus dem Staub gemacht. Er ist gestorben."
„So?"
„Sicher erinnern Sie sich, dass ihm das Gericht einen Teil meiner Rentenbezüge zugesprochen hatte?" Aus dem Munde von

Thea Daduna klang das, was wie eine Frage klingen sollte, wie eine Feststellung.

„Ja, das tue ich."

„Da ich zwischenzeitlich Rentenbezieherin bin, möchte ich meine Rente jetzt zurückhaben."

„Sie erhalten eine Rente?", fragte Christine Eiselt erstaunt.

„Nicht wegen meines Alters, sondern wegen meiner Krankheit", antwortete Thea Daduna mit einem bemitleidenswerten Lächeln.

„Mit Verlaub gesagt, mir ist schon klar, dass Sie keine Altersrentnerin sind. Ich bin gelinde gesagt schockiert, dass man Ihnen eine Rente wegen Erwerbsunfähigkeit zugesprochen hat", konterte Christine Eiselt. „Man sieht Ihnen so gar nichts an."

„Es ist meine Seele, die so krank ist, dass ich nicht mehr in der Lage bin zu arbeiten."

„Das tut mir ehrlichen Herzens leid."

„Das glaube ich Ihnen."

„Möchten Sie über die Ursache Ihrer Erkrankung reden?"

Als Thea Daduna ehrliche Anteilnahme im Gesicht ihrer Anwältin erkennen konnte, überwand sie ihre Zurückhaltung.

„Na gut." Sie nickte. „Ich habe genaue Vorstellungen über einen guten Vater. Er sorgt gemeinsam mit der Mutter für das Wohl seines Kindes." Sie schlug die Augen nieder und wischte mit einer fahrigen Bewegung nicht vorhandene Staubkörnchen von dem Schreibtisch ihrer Anwältin. „Mein Vater hat nicht für sein leibliches Kind gesorgt. Mein Leben war ihm gleichgültig. Er missbrauchte mich sexuell und folterte mich physisch und psychisch. Ich habe also nie erlebt, was eine gesunde Vater-Kind-Beziehung ausmacht. Es tut mir leid. Ich trauere darum." Wieder wischte ihre Hand über Christine Eiselt Schreibtisch. „Ich habe auch nie erlebt, was wirkliche Mutterliebe bedeutet. Meine Mutter hat mich vor dem Vaterverbrecher niemals beschützt. Sie sprach mich, das Kind, schuldig. Ich bin

also ohne Vater- und Mutterliebe aufgewachsen." Thea Daduna blies hörbar die Luft aus der Nase. „Mein Vaterverbrecher dachte nur an die Befriedigung seiner sexuellen Bedürfnisse. Die andere selbstsüchtige Verbrecherin vertuschte die Verbrechen, vermutlich aus Angst, Scham und Verzweiflung."
Thea Daduna hob den Blick und sah ihrer Anwältin geradewegs in die Augen. „Sie sehen, was diese Verbrecher aus mir gemacht haben: Eine Frührentnerin." Sie setzte ein breites Grinsen auf. „Aber ich habe den Missbrauch überlebt und aufgearbeitet. Ich bemühe mich nun, ein Leben mit gesünderen Verhaltensweisen zu führen."
„Wie muss ich mir das vorstellen?", beendete Christine Eiselt ihr atemloses Erschrecken.
„Es ist ein Ringen, das bis zu meinem Tod wahrscheinlich nie aufhören wird. Ich will es Ihnen an einem Beispiel erklären", erwiderte Thea Daduna. „Am Sonntag nach dem Frühstück saß ich auf meinem Balkon, trank eine Tasse Kaffee und rauchte eine Zigarette. Mit einem Mal fühlte ich eine unerklärliche Unruhe in mir. Noch während ich darüber nachdenke, ekelt es mich plötzlich. Ich fühlte einen Knabenpenis in meinem Mund", fuhr sie ungerührt fort. „Ich will die Erinnerung zulassen. Doch es kommt keine Erinnerung. Meine Gedanken jagen. Ich frage mich, ob ich einen kleinen Jungen sexuell missbraucht habe. Wen? Vielleicht meinen Sohn? Habe ich vielleicht meinen Sohn als Säugling missbraucht? Wann habe ich es getan und warum? Ich weiß es nicht! Es ist vielleicht geschehen, vielleicht aber auch nur die Fantasie eines kranken Hirns. Wer weiß das schon?" Thea Daduna hob ihre Hände zur Abwehrhaltung. Dann ließ sie sie wieder sinken. „Es ist ungewöhnlich, dass ich keine Angst, Scham oder Verzweiflung spüre. Sicher wollen Sie wissen, was mit mir los ist. Was ist, wenn es die Wahrheit ist und sich alles bestätigt?" Sie richtete sich auf in ihrem Stuhl. „Dann stehe ich dazu. Ich stehe dazu, um meinem

Sohn zu helfen." Sie lehnte sich nun entspannt zurück. „Auch wenn ich mich nicht erinnere." Sie faltete ihre Hände und legte sie in ihren Schoß.

„Wie geht es Ihnen, wenn so etwas mit Ihnen passiert", wollte Christine Eiselt wissen.

„Bevor ich Ihnen diese Begebenheit erzählt habe, war mein Herz schwer. Jetzt fühlte sich es sich wie immer an. Aber ich bin durch diese Vermutung nicht wirklich belastet. Ich habe nämlich das Gefühl, dass diese Begebenheit auf einem anderen wahren Erlebnis beruht." Thea Daduna hob ihre gefalteten Hände und stützte für einen Moment ihr Kinn darauf. Dann ließ sie die Hände wieder sinken. „Ich vermute, dass die Erinnerung auf einem Erlebnis basiert, welches ich mit meinem Vater und meinem Bruder hatte. Mein Verbrechervater wollte mich zur Täterin machen."

Thea Daduna sah in das fassungslos entsetzte Gesicht ihrer Anwältin, aus dem doch gleichzeitig so viel Anteilnahme und Mitempfindung sprachen. „Ich habe mit meinen Zähnen erst später zugebissen. Da hatte ich dieses weiche, wabbernde, eklige Ding bereits in meinen Mund gefühlt." Sie fuhr mit ihrer Zunge über ihre Zähne, als wolle sie sie von Schmutz reinigen. „Sicher werden Sie sich fragen, warum mein Bruder …" Sie lächelte kalt. „Mein Verbrechervater wusste, dass ich ihn gesehen habe, wie er sich an meinem kleinen Bruder vergangen hat. Ich war aus der Schule gekommen, als es geschah."

Thea Daduna wandte ihren Blick ab und sah an ihrer Anwältin vorbei. „Es passierte in meinem ersten Yogatraining nach einer längeren Pause. Während der Entspannung bekam ich wieder das mir schon bekannte starke Halskratzen. Ich will durch diese Dunkelheit. Mit diesen mir vertrauten Worten bereitete ich mich innerlich auf neue Erinnerungen vor", sagte sie wie zu sich selbst.

Der in sich gekehrte Blick und die leise belegte Stimme von Thea Daduna wiesen darauf hin, dass sie wie zu sich selbst sprach. „Plötzlich sehe ich Bilder und höre Geräusche. Ich bin entsetzt." Thea Dadunas Augen weiteten sich. „Aber es betrifft nicht mich." Sie kniff ihre Augen zusammen und hielt sich die Ohren zu. „Ich will nicht mehr. Ich will nichts mehr sehen und ich will nichts mehr hören. Ich ertrage es nicht mehr! ‚Es ist zu viel', schreit es aus mir heraus." Thea Daduna öffnete ihre Augen und ließ ihre Hände wieder sinken. „Ich stand am Fenster und trank ein Glas Milch, als mein Blick wie zufällig in den Hof unseres Hauses fiel. Dort stand ein Schuppen, in dem sich das Holz für den Winter, Gartengeräte und anderes befand. In diesem Augenblick habe ich gesehen, wie mein Vater meinen Bruder missbraucht hat", fuhr sie mit tonloser Stimme fort und beobachtete sich, wie sie mit ihren Fingern auf die Armlehne ihres Stuhls trommelte.

„So öffentlich, dass es jeder sehen konnte?", entfuhr es Christine Eiselt.

„In dem Haus wohnte damals nur in der ersten Etage eine andere Familie. Die hatten keine Einsicht und keinen Zugang zu diesem Schuppen. Den Missbrauch meines Vaters an meinem Bruder hätten also allenfalls meine Großeltern, die über uns wohnten, sehen können. Aber da bestand wohl kaum Gefahr. Mein Großvater war arbeiten und meine Großmutter hat, soviel wie mir bekannt ist, niemals aus ihrem Schlafzimmerfenster gesehen, es sei denn, sie hat es geputzt."

„Er hat ihn unter freiem Himmel missbraucht?"

„So ist es. Mein Bruder lag bäuchlings über dem Baumstamm, den mein Erzeuger nutzte, wenn er Holz spaltete, mein Vater über ihm. Der Verbrecher schnaufte und stöhnte. Er hatte meinem Bruder die Hose heruntergezogen und bohrte nun seinen riesigen Penis in den kleinen Kinderafter."

„Wie alt war ihr Bruder damals?"

„Zu klein, um sich gegen seinen Vergewaltiger zu wehren, allenfalls sechs oder sieben Jahre alt. Ich kann dieses Bild, bei dem dieser kleine Junge wimmerte und zum Gotterbarmen jammerte, jederzeit abrufen. Es hat sich für immer unauslöschlich in mein Gedächtnis eingegraben. Ich kann es kaum ertragen! Was das Untier uns angetan hat, zerbricht mir das Herz!"
„Wie alt waren Sie damals?"
„Ich bin drei Jahre älter als er."
„Also auch noch ein kleines Mädchen."
Thea Daduna sah auf und nickte.
„Und wie sind Sie damit umgegangen?"
„Ich habe die andere Verbrecherin informiert." Obwohl Thea Dadunas Lächeln ein trauriges war, trat ein undefinierbares Strahlen in ihre blauen Augen. „Die hatte, nach einem kurzen Blick aus dem Fenster, die Lage sofort erfasst. Sie zog mich an meinem Arm aus der Küche und verpflichtete mich zum Schweigen, wie sie es danach immer wieder getan hat, wenn ich ihr von dem Missbrauch meines Vaters berichtete: ‚Du darfst das außer mir keinem einzigen Menschen auf dieser Welt sagen', waren ihre Worte. ‚Wenn du es doch tust, kommen der Papa und ich in ein Gefängnis. Du weißt, was ein Gefängnis ist? Na, bitte. Dann weißt du auch, wie schrecklich es darin ist. Wir werden uns dann nie wieder sehen. Ihr kommt dann alle in ein Heim.'"
„Wen meinte sie? Wer ist alle?"
„Wir Geschwister."
„Wie viele Kinder waren Sie zu Hause?"
„Vier", beantwortete Thea Daduna die Frage ihrer Anwältin mit einem Wort.
„Und wie viele Ihrer Geschwister sind Mädchen?"
„Keines, ich bin die einzige Tochter. Damit erklärt sich für mich, warum er sich auch an meinen Brüdern vergangen hat.

Ganz offensichtlich hat er sich immer das kleinste Kind ausgesucht. Das war am schutzlosesten."

„Wie lange haben Sie dieses schreckliche Wissen allein tragen müssen?", wollte Christine Eiselt wissen.

„Durch meinen Aufenthalt im Frauenhaus nach der Trennung von meinem Mann, die sich anschließende Scheidungsphase und meine Arbeit mit Kindern war ich nach der Scheidung so erschöpft, dass ich mich entschloss, in der Zeit der Sommerferien eine psychosomatische Kur anzutreten. In dieser Zeit wurde mir bewusst, was ich alles erreicht hatte. Ich übte weiterhin gesündere Verhaltensweisen ein, erkannte aber auch, dass ich noch immer gegen etwas ankämpfte. Ich konnte aber noch nicht herausfinden, was es war." Thea Daduna schürzte ihre Lippen. „Dann gelang es mir zum ersten Mal, meinen geschiedenen Mann als Tier darzustellen. Er war eine Ratte." Sie lachte ein kurzes verächtliches Lachen. „Am Ende der Kur fühlte ich mich wunderbar erholt. Ich hatte Mut und Kraft geschöpft und konnte meine Arbeit wieder aufnehmen. So dachte ich zumindest", fuhr sie schlagartig wieder ernst fort. „Schon kurze Zeit später bemerkte ich meinen fatalen Irrtum." Sie schüttelte heftig ihren Kopf. „Ich fühlte mich erschöpfter als vor der Kur und habe mich danach nur noch von Wochenende zu Wochenende gehangelt. Ostern des darauffolgenden Jahres brach ich dann zusammen, wurde krankgeschrieben und trat meinen Klinikaufenthalt an." Thea Dadunas Lächeln kam nun von innen heraus. „Danach habe ich bei Ihnen mein Scheidungsurteil abgeholt. Erinnern Sie sich?"

Christine Eiselt nickte. „Allerdings erschienen Sie mir damals nicht so krank, dass Sie sogar Ihren Beruf aufgeben mussten."

„Das ist ja gerade das Heimtückische. Ein gesunder Mensch hat sicher Schwierigkeiten, eine Krankheit, die nur im Kopf abläuft, nachzuvollziehen", räumte Thea Daduna nachdenklich ein. „Ich will es Ihnen erklären: In der letzten Therapiesitzung fragte mich der Therapeut, wie es bei mir mit einer Beziehung aussehe. Ich antwortete ihm darauf, dass ich keine hätte. Er fragte mich darauf: Warum nicht? Aber ich war außer Stande, meine Gefühle so in Worte zu fassen, dass die anderen mich verstanden hätten."

„Nun ja, ich vermute, dass Sie von einer Gruppentherapie sprechen." Christine Eiselt wartete das Nicken von Thea Daduna ab, bevor sie hinzufügte: „Ehrlich gesagt, würde es mir auch schwerfallen, öffentlich über so intime Dinge zu reden."

„Damit habe ich weniger Probleme. Ich kann auch mit einem Mann flirten. Das schmeichelt mir und ich genieße es. Aber mehr auch nicht. Ich fühle in mir kein Bedürfnis nach näheren Kontakten. Sehen Sie mich an." Thea Daduna wies auf ihr ungeschminktes Gesicht, breitete dann ihre Arme aus und sah an sich herunter. „Ich führe ein gutes, ausgefülltes Leben. Deshalb habe ich auch nicht das Bedürfnis, mit äußeren Reizen auf mich aufmerksam zu machen."

Nachdem Christine Eiselt weisungsgemäß das saubere, aber schlichte Äußere ihrer Mandantin begutachtet hatte, sagte sie: „Aber haben Sie niemals das Bedürfnis, sich an eine starke Schulter anzulehnen?"

„Sicher wünsche ich mir einen Partner an meiner Seite. Aber ich werde mich auf gar keinen Fall verbiegen. Es gab da einen Mitpatienten, der eine Beziehung mit mir eingehen wollte. Ich habe mich während unserer Telefonate und der Vorstellung, mich mit ihm treffen zu müssen, äußerst unwohl gefühlt." Thea Daduna schüttelte sich. „Ich werde gewiss nie wieder zulassen, dass mich ein Mann verletzt. Ich will auch nie wieder von einem Mann zur Befriedigung seiner sexuellen Bedürfnisse missbraucht werden. Erst dann, wenn mir ein Mann seine Wärme und seine Menschlichkeit zeigt, hat er eine Chance. Erst dann kann ich mir sicher sein, dass er mich nicht absichtlich verletzt. Nur leider bin ich so einem Mann noch nicht begegnet."

„Erzählten Sie mir in unserem letzten Gespräch nicht davon, dass Sie sich verliebt hätten? Ich nahm an, dass Sie sich in Ihren Therapeuten verliebt haben."

„Ooh, jaa", dehnte Thea Daduna ihre Worte. Sie nickte hastig. „Das war der Fall."

„Was ist passiert?"

„Ich habe darüber gesprochen, wie gut mir gesunde Vater-Töchter-Beziehungen anderer Leute tun. Auf die Frage meines Sohnes, warum eine Mutter wie meine gehandelt hat, mit ihm besprochen, habe ihm anvertraut, wie wütend und verzweifelt mein jüngster Bruder über den Missbrauch seines Erzeugers ist… und nicht zuletzt sprach ich mit ihm darüber, dass ich trotz aller Rückschläge immer mehr zu mir selbst finde", antwortete Thea Daduna leise. „Er wusste alles von mir, auch wie glücklich ich mich dadurch gefühlt habe, dass ich immer mehr ich war. Aber auch er hat mich benutzt. Nicht im sexuellen Sinne. Er hat mich benutzt, um sich zu profilieren, um seine Quote zu erfüllen und gut vor der Klinikleitung dazustehen." Das Gesicht von Thea Daduna wurde mit einem Male aschfahl.

„Von welchen Rückschlägen sprechen Sie?", wechselte Christine Eiselt geschickt das Thema.

„Zum Beispiel von meiner tiefen Betroffenheit über die oberflächliche Äußerung meiner Schwägerin. Ich hatte an alle meine Brüder einen Brief geschrieben, um ihnen meine Situation zu schildern und zu erklären, warum ich den Kontakt zu unseren Eltern abgebrochen habe. Dieser Brief war für meine Schwägerin Anlass, mir mitzuteilen, dass ich endlich darüber hinwegkommen und in Ruhe mein Leben leben solle."

Thea Daduna musterte ihre Anwältin mit einem durchdringenden Blick. „Können Sie mir verraten, wie ich in Ruhe leben kann, wenn mich ständig Erinnerungen einholen, kein Gespräch mit dem Täter möglich war, er niemals mit seiner Schuld konfrontiert worden ist und daher auch niemals dafür büßen musste."

„Nein."

„Ich auch nicht, und das habe ich ihr direkt ins Gesicht gesagt. Ihre Familie pflegt seit dem Wissen um den sexuellen Missbrauch an uns Geschwistern keinen Kontakt mehr zu mir. Ich frage mich wirklich, was ich ihnen getan habe", flüsterte Thea Daduna leise.

„Ich verstehe die Reaktion dieser Menschen auch nicht." Ratlosigkeit stand Christine Eiselts ins Gesicht geschrieben.

„Sie würden die Verbrechen gerne unter den Teppich kehren. Aber ich kann das nicht zulassen. Sie stellen sich nicht, weil sie Angst haben. Täter kommen ungestraft davon, Opfer bleiben zeitlebens geschädigt. Haben Sie eine Idee, wie eine Auflösung der daraus resultierenden Dissonanz erfolgen kann?"

„Nein, das habe ich nicht. Es scheint, dass in manchen Fällen die irdische Gerechtigkeit versagt. Ich denke, dass das auch in Ihren Fall geschehen könnte."

„Ach, machen Sie sich um mich keine Sorgen. Ich bin frohen Mutes", strahlte Thea Daduna ihre Anwältin an. „Mein Vater ist tot. Ich hoffe, dass er in der Hölle schmort."

Christine Eiselt ignorierte den Ausspruch ihrer Mandantin. „Was Ihre Mutter angeht, stehen einer Strafverfolgung sowohl die Verjährung der Taten als auch deren Möglichkeit, als Beschuldigte alles abstreiten zu können, im Wege."

„Auch über diese Verbrecherin müssen Sie sich keine Gedanken mehr machen. Wenn die stirbt, wird hoffentlich im gleichen Kessel wie mein Verbrechervater geröstet", feixte Thea Daduna. „Zum Teufel mit ihren rabenschwarzen Seelen."

„Thea, ich habe Sie als eine sehr starke Frau kennengelernt. Gibt es etwas, was Ihnen eine Aussöhnung mit Ihrer Vergangenheit ermöglicht?"
„Nichts", brach es aus Thea Daduna heraus. „Diesen amoralischen Akt kann nichts, keine Beichte und auch sonst nichts auflösen. Es gibt keine Vergebung. Und selbst wenn eine Tat vergeben werden könnte, niemand könnte die Verantwortung für die Taten der Toten tragen. Kein Akt von Gewalt wird sich jemals auflösen. Es gibt allenfalls ein Verstehen, doch davor steht ein Schuldeingeständnis."
„Glauben Sie an die Unsterblichkeit der Seele?"
„Ja", erwiderte Thea Daduna.
„Haben Sie denn keine Angst, dass die Seele zur Wiederholung verdammt ist, bis sie gelernt hat?"
„Wenn eine böse Tat nicht ausgelöscht wird, dann eine gute ebenso wenig", reagierte Thea Daduna ausweichend.
„Wollen Sie damit sagen, dass der Mensch zwar schlimme Taten begehen kann, einen Ausgleich aber dann durch entsprechend gute Taten erfährt, sich quasi mit guten Taten reinwaschen kann?"
Thea Daduna musterte lange Zeit schweigend das kluge Gesicht ihrer Anwältin, bevor sie antwortete. „Es gibt einen genauen Zeitpunkt, wann wir Widersprüche von uns weisen. Dieser Augenblick der Entscheidung ist unsere Lebenslüge. Was uns am wichtigsten ist, ist oft wichtiger als die Wahrheit." Sie runzelte die Stirn. „Ob wir mit der Wahrheit leben oder mit der Lüge, ist gleichgültig. Manche sind von der Liebe angetrieben, manche durch Hass. Ich denke, dass die, die zwischen beidem nicht wählen können, von der Angst, sich entscheiden zu müssen, angetrieben werden. Aber welche Verschwendung von Lebensenergie das bedeutet, ist ihnen sicher nicht bewusst, denn sind nicht gewisse schlimme Taten bereits durch die Bibel legitimiert?"

„Sie sprechen von den im Zweiten Buch Mose beschriebenen Rechtsordnungen?"

„Ebendiese meine ich", antwortete Thea Daduna und sah ihrer Anwältin fest in die Augen.

„Ich kenne mich zu wenig aus, als dass ich darauf eine Antwort gefunden hätte. Ich wüsste nicht einmal, ob das weltliche oder das Kirchenrecht dem Opfer mehr Genüge tut", entgegnete Christine Eiselt ratlos.

„Denken Sie nicht weiter darüber nach", empfahl Thea Daduna mit sichtlich gerührtem Ton, weil sie die Ratlosigkeit in der Stimme ihrer Anwältin bemerkt hatte. „Selbst wenn Sie für sich zu einem Ergebnis kommen würden, will das noch lange nicht heißen, dass das auch das Richtige ist. Außerdem dürfte sich das Recht in erster Linie auf die Bestrafung der Täter und nicht auf die Wiedergutmachung der Tat am Opfer konzentrieren oder irre ich?"

„Was das Materielle angeht, teile ich Ihre Meinung weniger. Was hingegen die seelische Belastung und den Versuch angeht, zum Seelenfrieden zurückzufinden, gebe ich Ihnen recht. Das müssen die Opfer in vielerlei Hinsicht mit sich selbst ausmachen", räumte Christine Eiselt kopfnickend ein.

„Sehen Sie, und ich bin auf einem guten Weg, mein inneres Gleichgewicht wieder zu erhalten. Doch so ganz ohne Geld geht das auch nicht. Deshalb bin ich hier und will meine Rente zurück. Die Mitarbeiterin der Rentenversicherung hat mir empfohlen, eine gerichtliche Entscheidung zu erwirken, damit ich meine Renten ungekürzt beziehen kann." Thea Daduna nestelte an ihrer Tasche, die sie auf dem Stuhl neben sich abgestellt hatte, zog ein Blatt Papier heraus und reichte es ihrer Anwältin.

Christine Eiselt warf einen Blick auf die Sterbeurkunde von Lothar Daduna und schüttelte irritiert den Kopf.

„Was ist?", wollte Thea Daduna wissen.

„Er ist genau am Tag der Deutschen Einheit gestorben. Es ist so eigenartig, als wenn er ein Zeichen setzten wollte."
„Finden Sie?"
„Ja, er hätte sich auch einen anderen Tag aussuchen können. Vielleicht den 4. Oktober, den Tag der Heiligsprechung des Franz von Assisi", überlegte Christine Eiselt und schüttelte ihren Kopf. Sie konnte ihren Blick von der Sterbeurkunde nicht lösen. „Für mich sieht das aus wie Protest."
„Kann sein, er ist mit dem alten System nicht klargekommen und mit dem neuen auch nicht."
„Üblicherweise ist ein Gerichtsverfahren überhaupt nicht erforderlich." Christine Eiselt sah auf. „Haben Sie einen schriftlichen Antrag bei Ihrer Rentenversicherung gestellt?"
„Nein."
„Das sollten Sie aber unbedingt tun. Ich denke, dass Ihnen die Mitarbeiterin eine falsche Auskunft erteilt hat." Nach einem letzten Blick auf das Sterbedatum von Lothar Daduna reichte Christine Eiselt die Sterbeurkunde an Thea Daduna zurück.

28
KAPITEL

Jahr 2009

Interessiert saßen die beiden Frauen vor dem Fernseher und verfolgten aufmerksam die Übertragung des Gottesdienstes aus Hamburg Sankt Pauli.
Als am Ende der Predigt der Fernsehpfarrer und die jungen Pastorin Anstalten machten zwei Frauen die Füße zu waschen, unterbrach die verdutzte Polly die andächtige Schweigsamkeit der Frauen. „Wenn ich das jetzt nicht mit eigenen Augen sehen würde, würde ich es nicht glauben. Das ist doch eine Hure."
„Na und", entrüstete sich Hanne. „Wie verächtlich du das eben gesagt hast." Sie schüttelte missbilligend ihren Kopf.
„Also hör mal. Ich darf doch wohl ein bisschen verwundert sein, dass ein Fernsehpfarrer einer Prostituierten die Füße wäscht."
„Kannst du mir bitte mal erklären, was daran denn so besonders sein soll?", fauchte Hanne deutlich genervt und starrte auf den Bildschirm. „Da bitte schön, jetzt krempelt auch die Pastorin der alten Dame die Hose hoch, um ihr die Füße zu waschen."
„Das ist ja wohl auch was anderes."
„Wo siehst du den Unterschied?" Hanne Stimme nahm einen hellen Klang an.
„Na höre mal", empörte sich Polly, „Du willst doch nicht ernsthaft die alte Dame mit einer Nutte vergleichen."
„Wo soll der Unterschied sein?" Hanne zog empört ihre Augenbrauen in die Höhe und sah Polly strafend an.
„Zum Beispiel in der Lebensleistung."

„Sag mal, wie bist du denn heute drauf?"
„Wie soll ich denn drauf sein?", fragte Polly sichtlich genervt. „Sicherlich mag es an meinem schlichten Gemüt liegen, aber ich finde, dass es schon einen Unterschied macht, ob du für Geld die Beine breit machst oder ob du neben deinen eigenen auch noch Pflegekinder aufziehst und nebenher noch berufstätig bist."
„Was ist?", provozierte Hanne in bösem Ton. „Sieh dich um in der Kirchgemeinde. Sieh dir vor allem die Männer an." Ihre Hand zeigte auf den Bildschirm. Die Kamera schwenkte gerade über die Sitzreihen. „Und jetzt stell dir vor, du seiest gezwungen der Prostitution nachzugehen. Stell dir vor, du stündest an der Straße und wartest auf Kundschaft. Auf wie viele von diesen Männern, die du da siehst, hättest du Lust? Sag es mir ehrlich: Wärst du in der Lage, jeden von ihnen zu bedienen?"
„Die Frage stellt sich mir nicht", wich Polly aus.
„Wie viele von ihnen hältst du für deinen Traumprinzen? Mit wem von ihnen würdest du in körperlichen Kontakt treten?", bohrte Hanne weiter. „Gib es ehrlich zu."
„Mit keinem von denen."
„Also bitte. Du sagst es. Du kannst es nicht! Ich glaube nicht, dass du berechtigt bist, über eine Frau, die sich aus einer Zwangslage heraus prostituiert, den Stab zu brechen."
„Es gibt andere ehrbare Berufe, mit denen man sein Geld verdienen kann. Außerdem halte ich es für verlogen, dass er sie fragte, ob sich jemals schon mal ein Mann vor ihr hingekniet und ihr aus Dankbarkeit die Füße gewaschen hat. Als ob er das nicht nur macht, um sich selbst ins rechte Licht zu rücken."
„Was erzählst du heute nur für einen Blödsinn?" Hanne schüttelte wieder ihren Kopf und erhob sich abrupt.
„Wo willst du hin?"

„Ich will mir ein Glas von deinem Selbstgemachten eingießen." Hanne bewegte sich zum Schrank. „Anders halte ich das hier nicht mehr aus."

„Du weißt, dass du nichts trinken sollst."

„Wer sagt das?", fragte Hanne, machte kehrt und baute sich vor Polly auf.

„Ich sage das."

„Wer bist du, dass du dir anmaßt, mich herumkommandieren zu können?" Hanne stemmte ihre Arme in die Hüften.

„Du bist Alkoholikerin."

„Das nimmst du sofort zurück, sonst gehe ich." Hannes Ton ließ keinen Widerspruch zu.

„Also gut. Ich entschuldige mich bei dir und nehme es zurück."

„Das reicht mir nicht."

„Was willst du denn noch von mir?"

„Du wirst mir jetzt auf der Stelle einen Aufgesetzten anbieten."

„In Ordnung." Widerstrebend schälte sich Polly von der Couch. „Zur Feier des Tages werde ich einen mittrinken." Als sie sich an Hanne vorbeischob, berührten sich die Arme der Frauen unsanft.

„Was rempelst du mich an? Kannst du dich nicht vorsehen?", schimpfte Hanne.

„Du hast doch gesehen, dass ich aufgestanden bin. Du musst dich doch nicht so dahin stellen wie ein Racheengel." Polly öffnete die Schranktür. „Was willst du für einen?"

„Was hast du für einen?"

„Honiglikör, Bananenlikör, Basilikumschnaps, Brombeerlikör, Hagebuttenlikör, Ingwerlikör ..."

„Ich will, dass du uns einen Elfentraum zubereitest", unterbrach Hanne Pollys Aufzählung und trat heran. „Dann wachsen uns spitze Öhrchen und Flügel", ätzte sie. „Dann kann ich dir aus dem Weg flattern, dann musst du mich nicht anrempeln."

„Ich kann uns keinen Elfentraum zubereiten. Dazu fehlt mir die frische Minze."

„Du hast bloß keine Lust", stänkerte Hanne, „denn hättest du Lust, würdest du anstelle der frischen eben trockene Minze nehmen."

„Nein, das mache ich nicht, denn das schmeckt nicht so gut wie mit frischer Minze", protestierte Polly.

„Das ist doch egal."

„Nein, das ist nicht egal. Es schmeckt nicht."

„Papperlapapp. Du bist nur zu faul."

Die Schranktür flog mit lautem Knall ins Schloss.

„Jetzt reicht es mir. Ich muss mich von dir bestimmt nicht als faul beschimpfen lassen", ärgerte sich Polly und schob die hinter ihr stehende Hanne unsanft beiseite. Dann steuerte sie auf dem kürzesten Weg zurück die Couch an und ließ sich hineinplumpsen. „Ich verdiene meinen Lebensunterhalt wenigstens durch Arbeit", sagte sie bockig und blickte starr auf den Bildschirm.

„Willst du mir damit vorhalten, dass ich auf deine Kosten lebe?" Hanne trat bedrohlich näher.

„Ich will gar nichts sagen, sondern jetzt einfach die Nabelschau des Priesters verfolgen."

„Wie ignorant du bist. Er ist kein Priester. Er ist Pfarrer."

„Wen stört das schon?" Polly winkte ab. „Sieh dir das doch an, wie er sich vor ihr niedergekniet hat. Wie er ihr behutsam Schuhe und Strümpfe ausgezogen und ihr die Hosen hochgekrempelt hat. Verlogen ist verlogen, oder glaubst du im Ernst, dass so einer freiwillig so ehrfurchtsvoll, so zärtlich und behutsam einer Hure die Füße waschen würde?" Ohne Hannes Antwort abzuwarten, beantwortete Polly die Frage gleich selbst: „Was der da tut, ist pure Selbstdarstellung. So, wie der fast liebkosend den Fuß der Nutte wäscht, hat der ganz andere Sachen im Sinn!"

„Du bist ein Scheusal", brach es aus Hanne heraus. „Für dich zählt doch nur deine eigene Meinung. Eine andere lässt du gar nicht gelten."

„Selbstverständlich lasse ich anderen ihre eigene Meinung", erwiderte Polly, ohne Hanne anzusehen. „Sag mir, was du davon hältst?" Sie nickte mit dem Kopf in Richtung des Fernsehers.

„Ich bin von dieser Geste total berührt. Ich finde sie wundervoll."

„Wundervoll eigennützig", äffte Polly den Tonfall von Hanne nach. „Die Pastorin bringt es ja noch einigermaßen glaubhaft rüber, aber er? Der macht das nur für seine Einschaltquote." Ihre Stimme hatte wieder den normalen Klang angenommen.

„Du bist doch nur neidisch, weil dir sicher niemals ein Mann die Füße waschen wird."

„Wenn du meinst?", entgegnete Polly gleichmütig, ohne ihren Blick abzuwenden.

„Die Einzige, deren Meinung für dich zählt, bist du selbst."
Polly reagierte nicht.

„Würdest du mich wenigstens ansehen, wenn ich mit dir rede?" Hannes Stimme gewann an Lautstärke. „Oder bin ich für dich Luft?"

Polly kaute an der Innenseite ihrer Wange und schwieg weiter.

„Sieh mich gefälligst an", keifte Hanne, griff an das Kinn ihrer Gefährtin und drehte Pollys Kopf gegen deren Widerstand unsanft zu sich.

Sichtlich erregt hob Polly ihre zur Faust geballte Hand und boxte mit Wucht Hannes Arm zur Seite.

„Das hast du nicht umsonst gemacht." Hanne rieb sich die schmerzende Stelle. „Ich habe mir geschworen, dass mich nie wieder jemand verletzen würde." Tränen der Entrüstung kullerten ihr über die Wangen. „Ich verlasse dich. Es ist aus zwischen uns." Sie wischte sich die Tränen aus dem Gesicht und setzte zum Gehen an.

„Nein", schrie Polly, sprang auf und umklammerte Hanne. „Bitte nicht. Ich liebe dich so sehr", weinte sie.

Jetzt war es Hanne, die nicht antwortete. Sie stand stocksteif, von Polly umklammert, und rührte sich nicht.

„Verzeih mir, mein Liebes, ich wusste nicht, was ich tat." Polly überhäufte Hanne mit Küssen. „Ich will alles wiedergutmachen. Ich will dich nicht verlieren. Ich liebe dich doch, ich liebe dich so sehr …", greinte Polly.

„Wenn du mich liebst, warum schlägst du mich dann?"

„Ich war so wütend auf dich. Du hast mich so doll provoziert. Ich hatte einen Aussetzer."

„Nein, ich gehe", erklärte Hanne fest entschlossen und löste sich aus ihrer Erstarrung.

„Bitte, bitte tu das nicht! Ich mach alles wieder gut."

„Wie denn? Geschlagen ist geschlagen. Das kann man nicht so einfach wiedergutmachen."

„Doch, ich kann es", jammerte Polly. „Sag mir, was ich tun soll, ich tue es. Hauptsache, du bleibst bei mir."

„Ach was! Du hast mir schon so viel versprochen. Nur gehalten hast du es nicht." Hanne versuchte, sich aus Polly Umklammerung zu lösen.

„Was denn Liebes? Was habe ich dir versprochen und nicht gehalten?"

„Du hast mir erklärt, das komme, was wolle, du würdest mich niemals verletzen. Du hast mir versprochen, dass ich niemals dem Wohlgefallen fremder Leute ausgesetzt werde, dass ich selbstbestimmt gehen kann, wenn es mir beliebt." Hanne zuckte mit der rechten Schulter. „Frag dich, was du davon gehalten hast."

Pollys Weinen und ihre Umklammerung verstärkten sich.

„Lass mich los. Du tust mir weh!"

„Ich will, dass du bei mir bleibst", heulte Polly. „Sag es, dann lass ich dich los."

„Nein, ich gehe. Du hast dein Wort gebrochen und das nicht nur einmal."

„Ich werde dich nie wieder hauen. Ich schwöre es auf mein Leben."

„Angenommen, ich würde dir glauben. Was ist mit deinem anderen Versprechen, das du mir gegeben hast?"

„Ich habe Angst, dass du dich umbringst, wenn dich deine Dämonen plagen."

„Deshalb hast du dein Versprechen noch nicht eingelöst?", fragte Hanne überrascht.

„Ja, nur deswegen", brüllte Polly. „Du bist mein Leben. Was soll ich ohne dich? Dann hat auch mein Leben keinen Sinn mehr."

„Was tust du, wenn ich dich nicht verlasse und dir noch einmal glaube?"

„Ich werde dich nie wieder verletzen." Dicke Tränen rollten aus Pollys Augen.

„Was ist mit dem Rest?", wollte Hanne wissen. „Die Paternosterbohnensamen hast du hoffentlich noch?"

„Nein, die habe ich vernichtet. Ich wollte nicht in Versuchung geraten. Außerdem hatte ich Angst nach dem, was du mir erzählt hast."

„Was habe ich dir denn erzählt?" Hannes Stimme hatte einen lauernden Ton angenommen. Sie starrte ihre Gefährtin böse an. Polly senkte den Blick. „Du weißt schon", schluchzte sie und löste ihre Umklammerung.

„Nein, weiß ich nicht!"

„Na, das mit deinem Peiniger ..."

„Was ist mit ihm?"

„Er ist tot, und du bist dafür verantwortlich." Polly wischte sich mit dem Handrücken die Tränen aus dem Gesicht und schniefte.
„Dass er tot ist, stimmt. Er hatte es verdient, wie auch andere." Die bedrohliche Haltung, die Hanne jetzt gegenüber Polly einnahm, ließ die Ungeheuerlichkeit ihrer Worte verblassen. „Aber raus mit der Sprache: Was willst du mir damit jetzt sagen?"
„Nichts, ich hatte nur Angst um dich. Außerdem warst du bis jetzt nicht in der Situation, dass du oder ich darüber nachdenken mussten, unser Leben zu beenden."
„Nein, unser Leben nicht, da gebe ich dir recht."
„Warum klingt das aus deinem Munde so sarkastisch?" Polly schniefte mehrmals.
„Weil es mindestens zwei Gründe gibt, dass du dein Versprechen einlöst." Hanne zog verächtlich ihre Mundwinkel herunter. „Tja, was soll ich noch sagen? Das Urvertrauen ist weg. Kannst du mir sagen, wie es wiederhergestellt werden kann?" Sie wartete Pollys Antwort nicht ab. „Kannst du wahrscheinlich genauso wenig wie die anderen Menschen, denen ich die gleiche Frage gestellt habe. Ich denke, dass es besser ist, wenn du mich aus deinem Gedächtnis streichst." Sie setzte erneut zum Gehen an.
„Oh doch, ich kann dein Vertrauen wiedergewinnen."
Pollys Worte klangen wie ein Aufschrei und ließen Hanne innehalten.
„Wie?", fragte sie, ohne sich umzudrehen.
„Mir ist klargeworden, dass mir mein Leben ohne dich nichts bedeutet. Deshalb werde ich dir jetzt deinen langgehegten Wunsch erfüllen."
„Mit vernichteten Paternosterbohnensamen?" Hanne stand noch immer, ohne sich umzudrehen, im Türrahmen.

„Natürlich nicht. Ich werde weder Albrin noch Rizin herstellen."

„Sondern?"

„Ich werde es mit Nikotin versuchen."

„Sag mir, wann du das machen willst." Hanne drehte sich langsam um.

„Bald."

„Und wie?" Hanne kam gemächlich in das Zimmer zurück.

„In einer Apparatur für Wasserdampfdestillationen muss man 100 g Tabak, oder es gehen auch Tabakabfälle zusammen mit 500 ml 5%iger Natriumhydroxid-Lösung bis zum Sieden erhitzen und der Wasserdampfdestillation unterwerfen." Polly schniefte noch ein letztes, tiefes Mal und wischte ihre nassen Hände an der Hose ab. „Dabei werden etwa 1.5 l Wasser abdestilliert, wobei die im Tabak enthaltenen flüchtigen Basen übergehen. Anschließend gibt man spatelweise so viel festes Oxalsäure-Dihydrat hinzu, bis der Farbumschlag bei Kongorot eintritt." Sie breitete ihre Arme aus und trat Hanne entgegen. „Den Verbrauch an Oxalsäure muss ich notieren, da dies für den weiteren Verlauf der Extraktion notwendig ist. Danach werde ich die schwach saure Lösung bis zur sirupösen Konsistenz eindampfen."

Die Frauen standen sich nun in etwa einem halben Meter Entfernung gegenüber. Hanne musterte Polly skeptisch.

„Komm her zu mir!"

„Nein, komm du her zu mir", forderte Hanne. „Ich bin mir immer noch nicht sicher, dass du in der Lage bist dein Versprechen einzulösen."

„Phh", pustete Polly geringschätzig und verharrt in ihrer Position. „Das durch kleine Mengen Ammoniumoxalat verunreinigte Nikotinoxalat kristallisiert beim Abkühlen der Lösung aus. Ich sauge die Kristalle ab und versetze sie mit einigen Tropfen mehr als der dem Oxalsäure-Dihydrat äquivalenten

Menge an 25%iger Kaliumhydroxid-Lösung in einem Scheidetrichter."

„Was passiert dann?" Hannes Augen glänzten vor Erregung. Sie ging auf ihre Gefährtin zu und fuhr mit ihren Händen unter Pollys Pullover.

„Die rohe Nikotinbase scheidet sich nach kurzer Zeit als braunes Öl auf der Oberfläche ab."

Hannes Hände hatten den BH ertastet und öffneten gekonnt den Verschluss.

„Der Gefäßinhalt wird dreimal mit je 25 ml Diethylether ausgeschüttelt. Dann werde ich die vereinigten Etherphasen auf ein Volumen von etwa 25 ml einengen und mit Kaliumhydroxid über Nacht trocknen."

„Ich verstehe nur Bahnhof ...", murmelte Hanne. Ihre Hände streichelten nun Pollys Brüste mit den hoch aufgerichteten Brustwarzen.

„Nach dem Abfiltrieren des Kaliumhydroxids ziehe ich den Ether aus dem Extrakt im Wasserbad ab." Polly atmete schwer. „Den verbleibenden öligen Rückstand destilliere ich in einer kleinen Schliffapparatur im Vakuum. Die Ausbeute beträgt je nach Tabaksorte 2 bis 3 g Nikotin."

„Hast du dabei im Auge, dass das gefährlich ist?" Hanne schob Pollys Pullover und ihren Sport-BH hoch. Mit einem lächelnd-besitzergreifenden Blick betrachtete sie für einen Augenblick Pollys Brüste, ehe sie sich nach vorne beugte und begann, fordernd an den Brustwarzen zu saugen.

„Rein wissenschaftlich betrachtet, ist Nikotin das hinterlistigste und gefährlichste Gift, das wir kennen", keuchte Polly und streichelte Hannes Rücken. „Bereits 0,05 Gramm führen zum sofortigen Tod. Nikotin vergiftet das Nervensystem, lähmt lebenswichtige Funktionen, beendet dann das Leben."

„Gut zu wissen", erklärte Hanne mit gedämpfter Stimme und richtete sich auf. „Ich vertraue dir noch ein allerletztes Mal.

Enttäusche mich ja nie, nie wieder." Es klang wie eine Drohung und war wohl auch als eine solche gemeint.

„Ich verspreche es." Erleichtert nahm Polly Hannes Gesicht in beide Hände und überdeckte es mit Küssen.

„Gut, ich glaube dir", sagte Hanne gnädig und zog vorsichtig, aber bestimmt Pollys BH und Pullover wieder herunter. „Dann bereite uns jetzt mal einen Elfentraum mit getrockneter Minze zu." Als Hanne in das enttäuschte Gesicht ihrer Freundin sah, fügte sie schnell hinzu. „So wie beim letzten Mal, als wir deine Köstlichkeit genossen haben." Sie grinste verschmitzt. „Danach werden wir so richtig fliegen." Sie gab ihrer Gefährtin einen anzüglichen Klaps auf den Po.

„Aber der Sud soll doch mindestens drei Stunden ziehen."

„Dann verkürzen wir eben den Prozess."

„Abkühlen muss das Ganze aber auch noch", wagte Polly einen letzten Einwand.

„Wir müssen ihn ja nicht gleich trinken. Wenn du ihn jetzt aufsetzt, können wir ihn spätestens heute Abend genießen. Ich habe sowieso keine Lust nach unserem Elfenflug noch mal aufzustehen." Hanne warf ihrer Freundin einen Luftkuss zu und zwinkerte ihr schlüpfrig zu.

„Heißt das, dass du heute Nacht bei mir bleibst?"

„Genau das wollte ich dir damit sagen."

„Dann ist zwischen uns alles wieder gut?"

„Ist es, du Dummchen." Hanne fasste Polly an den Schultern und schob sie sanft aus der Tür.

Dann wandte sie sich mit eisiger Miene wieder dem Bildschirm zu.

„Und wer wäscht mir die Füße?", flüsterte sie leise und ließ sich auf die Couch fallen. „Ich habe es verdient. Ja, ich habe es mehr als verdient. Aber es ist niemand da, der sie mir wäscht." Hannes Augen füllten sich mit Tränen. „Stimmt nicht. Ich bin da." Sie richtete sich auf und rieb sich die Augen. „Ich bin da und werde mir selbst die Füße waschen." Sie zog ihre Beine an den Körper und umfasste mit ihren Händen beide Füße. „Ganz zärtlich liebkosend werde ich es tun. Es ist mehr als niemand. Ich bin mehr, viel mehr ..." Hanne streichelte ihre Füße. „... und ich bin frei. Es hat sich gelohnt. Ich fühle mich befreit! Ich hätte womöglich nie erfahren, wie schön es in mir ist und wie sehr ich mich liebe." Sie hielt inne.

Als sie Polly in der Küche hantieren hörte, ließ sie ihre Hände wandern. „Diese Liebe ist wunderschön, so tief und so rein", murmelte sie und liebkoste ihre Beine. „Ich muss, ich brauche nicht mehr um Liebe zu betteln. Und doch habe ich noch das Gefühl, dass ich nicht aufs Ganze gehen will. Aber in mir ist der Wunsch nach Entdeckung." Wieder lauschte sie in das Innere der Wohnung. Der Wasserkessel begann zu pfeifen.

„Ich möchte spüren, riechen, schmecken, fühlen, was es mit mir macht, was es auslöst an Gefühlen. Ich will auch lernen, diese Gefühle anzunehmen. Will lernen mir Zeit zu geben und immer auf mein Innerstes zu hören, um meine Wünsche und Gefühle zu entdecken. Vielleicht erfahre ich dadurch, wie sich wirkliche gesunde Sexualität anfühlt."

Der Wasserkessel verstummte. „Nun bleibt mir nur der Wunsch, einen Partner zu finden, der bereit ist, mit mir auf eine lange gemeinsame Entdeckungsreise zu gehen. Ich danke Gott, meinem Schöpfer für mein Leben. Ich bin sehr stolz auf mich, denn ich werde vollenden, was ich begonnen habe."

Hanne schloss die Augen und ließ sich hintenüber in die weiche Couch sinken.

29
KAPITEL

Jahr 2008

Es steht außer Frage, dachte Joey, als sie mit gleichgültigem Seitenblick die versteinerten Gesichter ihrer Geschwister betrachtete, wir alle teilen das gleiche Schicksal. Sie wandte den Kopf nach vorne und blickte auf das Foto ihrer Mutter, das vor dem braunen Eichenholzsarg aufgestellt worden war. Lautlos hielt sie Zwiesprache mit ihr: „Siehst du, hier sitzen sie alle, denen du das Leben gegeben hast und die dir nun dabei zusehen, wie dich die Erde in ihren Schoß wieder aufnehmen wird. Was würdest du wohl sagen, wenn du sehen könntest, dass nicht ein einziger deiner Abkömmlinge um dich weint?" Ihr Gesicht überzog sich mit einem leichten Grinsen. „Sicher wärst du sprachlos oder du würdest uns als undankbar bezeichnen. Natürlich würdest du uns die Schuld geben und nicht die Gründe dafür in unserer verkorksten Kindheit und unserem gefühlskalten Elternhaus sehen. Das würde zu dir so passen!" Joey blies verächtlich einen kurzen harten Atemstoß aus der Nase. „In deiner heilen Welt waren immer nur deine Kinder schuld daran, wenn etwas schieflief. Tja, Mutter, du hättest dir vieles ersparen können, wenn du uns erst gar nicht geboren hättest. Ich zum Beispiel hätte gut darauf verzichten können, auf die Welt zu kommen. Mir wäre vieles erspart geblieben, was mich zum seelischen Krüppel gemacht hat." Joey knirschte mit den Zähnen. „Ihr wolltet Kinder, du und dein geliebter Mann? Wozu? Zum Vorzeigen? Als ob ihr euch auch nur einen Bruchteil an dem zurechnen könntet, was eure Sprösslinge in ihrem hoffnungslos verhunzten Leben erreicht haben."

„Dass ich nicht lache", murmelte Joey jetzt leise vor sich hin und die Bitterkeit nahm noch mehr von ihr in Besitz. „Mein ganzes missglücktes Leben habe ich euch zu verdanken. Ihr seid es gewesen, die mich gezeugt haben. Wahrscheinlich war dein Ehemann, mein Vater, der hoffentlich gemeinsam mit dir in der Hölle schmoren wird, dabei so besoffen wie eh und je. Ihr wart es auch, die unfähig waren, mich auf ein selbstbestimmtes Leben vorzubereiten. Aber glaube mir, es ist noch nicht zu spät für mich. Ich bin wach geworden, hellwach, und das ist gefährlich."

Joey nickte dem Bild ihrer toten Mutter zu und setzte dann ihre lautlose Zwiesprache fort: „Die Klarheit, zu der ich seit meinem Erwachen gelangt bin, beunruhigt mich." Sie kniff die Augen zusammen und starrte auf den Sarg. „Habe ich darum so schlimm mit den Zähnen geknirscht, bis meine Prothese zerbrach? Ach richtig, du hättest mich verbessert. Es war mein Zahn, der der Prothese Halt geben sollte. Der war es, der kaputt ging." Joey nagte an ihrer Unterlippe. „Du hast mich immer für alles, was in meinem Leben passierte, verantwortlich gemacht, hast mir die Schuld gegeben. Habe ich deshalb so gezittert? Waren meine Hände darum immer so zur Faust geballt, dass meine Knöchel weiß hervortraten?" Sie schloss für einen Moment ihre Augen und senkte den Kopf. „War ich darum so verkrampft, dass ich dachte, ich würde meine Scheide verlieren?" Sie richtete sich wieder auf und starrte mit anzüglichem Blick auf das Blumenbukett auf dem Sarg. „Da liegst du nun mausetot, und ich denke nicht an dich, sondern an mein Geschlechtsteil. Was hättest du dazu gesagt? Du hättest bestimmt behauptet, dass ich schon immer abartig gewesen sei." Joey lächelte. „Wenn ich es bin, so bin ich es durch euch geworden. Ihr habt mich geprägt, in der Zeit, in der ich euch anvertraut und schutzlos ausgeliefert worden war. Ich bin euer Produkt. Ihr habt mich erschaffen. Aber stell dir vor, dass ich gelernt habe, mich so zu lieben und so anzunehmen, wie ich bin. Ich fühle mich gut dabei, egal für wen oder für was du mich hältst."

Das Lächeln verschwand aus Joeys Gesicht genauso schnell, wie es gekommen war. „Und glaub mir eines, Mutter, wir alle wären wohl nicht hier, wenn ihr uns nicht auch gute Eigenschaften anerzogen hättet. Sprechen wir doch mal über Anne, unser kleines Ännchen. Selbst sie ist erschienen, um dir die letzte Ehre zu erweisen." Joey drehte ihren Kopf zu Seite und musterte ihre Schwester. „Sieh sie dir an. Ist sie nicht eine wunderschöne Frau geworden? Erinnere dich, als ich sie zum ersten Mal sah. Du warst dabei. Ännchen war ein so winzig kleiner Säugling im weißen Jäckchen und Strampler. In diesem Augenblick habe ich die Verantwortung, die eigentlich deine gewesen wäre, für sie übernommen und bin daran fast zerbrochen."

Joey fasste nach der Hand ihrer Schwester und drückte sie aufmunternd. Beide sahen einander mit dem Blick der immerwährenden Verbundenheit von Geschwistern an und zwinkerten sich zu, bevor sie sich voneinander lösten und ihre Köpfe wieder pflichtschuldig dem Sarg zuwandten.

Joey sprach in Gedanken und schimpfte weiter mit ihrer toten Mutter: „Tu bitte nicht so, als wüsstest du nicht, wie drückend die Last war, die du mir aufgebürdet hast, als ich die Mutterrolle an deiner Stelle einnehmen musste. Diese Verpflichtung war für mich wie ein Überzug, von dem ich mich niemals wieder befreien kann. Diese Bürde hat mich traumatisiert und wird mich bis ans Ende meiner Tage begleiten. Alles begann mit diesem fürchterlichen Traum. Das Ännchen lag bewegungslos und mit geschlossenen Augen auf dem Rücken. Wir Geschwister haben uns alle gefreut. Oh, wie schön sie schon damals war, so ein schönes Baby!" Joey blickte sich gehetzt um. „Aber irgendetwas stimmte nicht mit ihr. Du sagtest mir, sie wäre in einen tiefen Schlaf gefallen, aus dem sie nie wieder aufwachen

würde. Dann hast du uns aufgefordert, sie zu nehmen, um sie zu halten und zu wärmen, damit sie wieder erwacht. ‚Kommt', hast du gesagt, ‚nehmen wir sie in unsere Mitte. Lasst sie uns streicheln, ihr zärtliche Küsse geben und unseren Atem spüren.'"
Joeys Augen funkelten nun vor Wut und Ohnmacht zugleich. „Natürlich sind wir deiner Aufforderung gefolgt, immer und immer wieder. Wenn ihr euch später zu Besuch angekündigt habt, habe ich dich jedes Mal gefragt, ob die Kleine dabei ist."
Ihr rollte eine einzige Träne aus dem Augenwinkel und hinterließ eine feuchte Spur auf Joeys Wange. Schnell wischte Joey sie mit dem Handrücken fort. „Später hat uns das Ännchen selbst in die Arme genommen, ganz zärtlich und ganz behutsam. Sie vermochte es, uns alle gleichzeitig zu trösten, mit uns zu schmusen und zu singen." Sie fingerte aus ihrer Tasche ein Taschentuch hervor. „Sie war ein so wundervolles Kind, das zarte unschuldige Baby. Erinnere dich, wie sie unsere Hände nahm und wir ihre Wangen streichelten, ihr Küsschen auf Stirn und Nase hauchten. Und dann ihr Geruch. Ich war es, die euch – meine Kinder und auch meine Schwestern - zuerst auf ihren sauberen Geruch aufmerksam gemacht hat. Erinnerst du dich?"
Einsetzende Orgelmusik riss Joey aus ihren Gedanken. Sie knüllte das Taschentuch in ihrer Hand und zog die Knie fest zusammen. Ihr Körper erstarrte in Reglosigkeit. Nur wer genau hinsah, konnte erkennen, dass ihre nun ineinander verschränkten Hände zitterten.
Joey hielt ihren Blick starr auf das Bild gerichtet, das ihre Mutter in freundlich lächelnder Pose zeigte. Erst als die Trauerrednerin sich an ihr vorbei ans Ende der Sitzreihe bewegte, riss Joey sich los und verfolgte die Frau, so lange mit ihren Augen, bis sie vor ihr stand und ihr die Hand zur Beileidsbekundung reichte.

Bereits, als sie einen Schritt zur Seite trat, um die Hand von Joeys Schwester zu ergreifen, hatte sich Joey wieder dem Porträt ihrer Mutter zugewandt. Sie war noch nicht fertig.

„Wo waren wir stehengeblieben? Ach ja, wir haben uns über Ännchens reinen Geruch unterhalten. Weißt du noch, wie wir alle an ihr gerochen haben und zärtlich zu ihr waren? Wahrscheinlich erinnerst du dich an gar nichts. Du hast nur immer geschimpft und uns ermahnt, ganz leise und vorsichtig mit ihr zu sein, damit sich die Kleine nicht erschreckt. Ja, Mutter, das war dir wichtig. Hingegen hat dich nie interessiert, was wir gefühlt haben. Darum sage ich es dir jetzt."

Joey wippte leicht mit der Fußspitze und beobachtete, wie sich die Rednerin hinter das Pult stellte. Als die Trauerrednerin anhob die Verdienste ihrer toten Mutter zu preisen, schaltete Joey auf Durchgang und verfiel zurück in die stumme Zwiesprache mit der Verstorbenen: „Jetzt, Mutter, bist du mausetot und kannst mir weder ins Wort fallen, noch kannst du mich ermahnen oder gar weglaufen." Sie umfasste mit den Fingerspitzen ihr erneut übergeschlagenes Knie. „Irgendwann wandelte er sich, der immerwährende Traum. Ich träumte einen anderen, aber genauso schönen Traum. Diesmal hatte er mit ihr zu tun."

Joey suchte den Blickkontakt zu ihrer großen Schwester, die inmitten ihrer Familie saß und am Ende der Sitzreihe Platz genommen hatte. Doch es wollte ihr nicht gelingen, denn ihre Schwester hielt den Kopf gesenkt und weinte lautlos vor sich hin.

Erbost riss Joey ihren Kopf zurück: „Glaub ja nicht, dass sie deinetwegen trauert. Ich weiß es besser. Sie weint um sich und ihr zerronnenes Leben. Sie war es, die in meinem Traum vorkam, nicht du."

Joey nickte zur Untersetzung ihrer Gedanken dem Bild ihrer Mutter zu.

„Sie hielt mich umarmt und hat mir die Nestwärme gegeben, die du mir immer vorenthalten hast. Ich habe sie immer genossen, die Geborgenheit, wenn sie mich umarmt hat. Sicher ging es ihr ebenso."

Bei diesen Gedanken beschrieb Joeys Kopf eine Pendelbewegung in die Richtung ihrer jüngeren Schwester.

„Jedenfalls hielt sie mich eines Tages gerade umarmt, als unsere Große sagte: ‚Sieh mal, die Kleine macht die Augen auf, sie guckt ganz munter!' Und tatsächlich schaute sie mich mit ihren großen blauen Augen an. Ich konnte die Tränen nicht zurückhalten und habe geheult wie ein Schlosshund. Ich war so überwältigt, die Kleine so zu sehen. In uns, in mir, kehrte so eine tiefe Ruhe ein, wie ich sie noch nie erlebt hatte."

Joey verzog ihr Gesicht zu einer überheblichen Fratze. „Von diesem Augenblick an waren unsere Zärtlichkeiten und Liebkosungen nicht mehr ganz so vorsichtig. Es tat gut, zu wissen, dass unsere Große das Ännchen immer und überall hin mitnahm und sie nie alleine ließ. Dafür bin ich ihr so dankbar."

Joey bedachte ihre ältere Schwester mit einem dankerfüllten Blick.

„Selbst wenn ich die Kleine gehütet habe, hat sie ständig kontrolliert und nachgefragt, wie es der ganz Kleinen geht, und auch nachgesehen. Sie hat nicht nur dafür gesorgt, dass es die Kleine mit uns gut aushielt. Sie hat auch immer dann für Ruhe und Ordnung gesorgt, wenn wir anderen dem Tod nahe waren." Joey hielt den Atem an und senkte den Kopf. Mit einem Ruck hob sie ihn Sekunden später und sog einem tiefen Zug Luft in ihre Lunge. „Als ich mir dann vor einigen Jahren professionelle Hilfe suchte, hatte ich nur ein Ziel: Ich wollte herausfinden, wieso es geschehen konnte, dass ich so krank wurde."

Joeys Blick wanderte von ihrer älteren Schwester, hin zu ihrer jüngeren Schwester und von dort zurück zu dem Bild ihrer Mutter.

„Und Mutter, findest du nicht auch, dass es an Wunder grenzt, dass das Ännchen gerade mich so liebevoll mit ihren Babyblicken bedachte? Sie konnte damals zwar hören, sehen und spüren, aber sie konnte noch nicht sprechen. Trotzdem hatte sie gerade mich auserkoren, auf eine Weise mit ihr zu kommunizieren, die nur wir beide verstehen konnten. Heute nun bin ich glücklich und betroffen zugleich, denn ich habe sie im Stich lassen müssen, als ich damals krank wurde." Joey seufzte kaum hörbar.

„Aber wem erzähle ich das überhaupt? Für Krankheiten hattest du zeitlebens kein Verständnis. Deshalb haben dich auch die Leiden deiner Enkel kaltgelassen. Jetzt bekommst du die Quittung dafür, denn meine Kinder sind deiner Beerdigung ferngeblieben."

Nach einer kurzen Pause murmelte Joey: „Geschieht dir recht, du Rabenmutter! Man erntet immer, was man sät. Und wenn man nicht gesät hat, kann man auch nicht ernten."

Ungeniert drehte sie ihren Körper herum und musterte Reihe für Reihe die Trauergäste.

Mit böser Zufriedenheit teilte sie ihrer Mutter in Gedanken mit:

„Na sieh mal an. Sonderlich beliebt warst du offensichtlich weder bei deiner Nachkommenschaft, noch haben deine sonstigen Bekannten das Bedürfnis, dich zu Grabe zu tragen. Nur einige wenige deiner Enkel sind anwesend."

Joey nahm wieder ihre ursprüngliche Sitzhaltung ein. Sie betrachtete das Bild ihrer Mutter. „Endlich ist diese Farce beendet. Endlich bin ich gesund."

Sie bedachte die Trauerrednerin mit einem gelangweilten Blick und begab sich erneut auf eine Reise durch ihr Inneres: „Ich war so entsetzlich krank, und nun habe ich mich befreit. Es ist vorbei! Es ist vorbei? Ja!"

In Joeys Innerem begann es zu jubilieren. Ihr Blick schweifte durch die bunten Glasscheiben der Trauerhalle, hinauf in die unendliche Weite des Himmels.

„Meine Aufgabe ist es jetzt nur noch, darauf aufzupassen, dass meine Gedanken nicht mehr mein Fühlen bestimmen."

Die sich erhebenden Trauergäste rissen Joey aus ihren Gedanken zurück in die Wirklichkeit.

Sie verweilte noch den Bruchteil einer Sekunde, um sich zu sammeln. Dann erhob sie sich ebenfalls. Als sie sich unaufgefordert bei ihrer Schwester einhakte, lächelte die sie dankbar an und schmiegte sich an sie.

Als sie die Mattheit und die Mutlosigkeit ihrer Schwester spürte, zitierte Joey leise aus ihrem Gedächtnis: „Die Gedanken wollen, dass ich etwas mache, das Fühlen leitet sich ab. Wenn aber das Denken das Fühlen machen will, verdunkelt sich mein Sein. Wenn das Denken das Fühlen machen will, wirst du krank", setzte sie hinzu. „So krank wie ich. Aber du bist stark und gesund, allenfalls ein bisschen erschöpft."

Sie drückte den Arm ihrer Schwester. „Wenn der heutige Tag überstanden ist, ruhst du dich aus. Du erholst dich, denn du musst zur Stelle sein, wenn du gebraucht wirst. Du weißt, dich brauchen viele. Denk an deine Kinder und deine Geschwister. Für alle musst du stark sein. Sie alle brauchen dich", raunte Joey ihrer Schwester zu, als sich der Trauerzug in Bewegung setzte.

Für eine Weile liefen die Frauen schweigend nebeneinander her. Während sie ihre Schritte dem Tempo anpassten, das ihnen die Sargträger vorgaben, hing jede von ihnen ihren Gedanken nach und bemerkte nicht, dass der Trauerzug auseinanderriss.

„Ich bin so glücklich, dass ich deine Schwester bin. Du gibst mir so viel Kraft und Mut", flüsterte ihre Schwester Joey leise zu.

„Um zu überleben, musste ich mein Fühlen ausblenden. Es ging darum am Leben zu bleiben", antwortete Joey bescheiden.

„Woher hast du deine Erkenntnisse? Es ist so viel Weisheit in dir."

„Ich habe all meine Gedanken darauf konzentriert, nach Techniken des Überlebens zu suchen."

„Oh Joey, du bist eine so starke Frau. Woher nimmst du nur diese nie versiegende Kraft?"

„Ich lernte Gefühle zu unterdrücken, um keine Angriffsfläche zu bieten."

„Aber hast du nicht einen hohen Preis dafür zahlen müssen? Hat dich das nicht deine Ehe gekostet?"

„Kann sein, kann aber auch nicht sein. Ich habe nie darüber nachgedacht. Ich lernte sofort zu vergessen, tief durchzuatmen, im Wissen, dass das Leben immer weitergeht."

„Aber du musstest doch auch körperliche Übergriffe aushalten. Die haben doch Spuren hinterlassen."

„Ich war gewappnet und immer auf der Hut." Joey schlug die Augen nieder.

„Wie aber kann man sich denn vor Übergriffen schützen?", fragte Joeys Schwester erstaunt und beugte sich ein wenig vor, um in Joeys Augen sehen zu können.

„Es ist eine Lernaufgabe, ständig wachsam zu sein, um sich vor Tätern und möglichen Situationen zu schützen." Joey erwiderte den Blick ihrer Schwester nicht. Sie hob ihren Kopf und sah starr geradeaus.

„An deiner Reaktion sehe ich, dass es dir trotzdem nicht immer geglückt ist."

„Ich lernte, übte und trainierte, ein guter Mensch zu sein, ein Mensch ohne Fehl und Tadel", entgegnete Joey ausweichend. „Ich lernte so zu sein, wie andere Menschen es von mir erwarteten, erhofften, wünschten, verlangten."
„Aber das ist ja fast übernatürlich."
Joey nickte und lächelte ihrer Schwester zu. „Deshalb habe ich mich ja auch mein ganzes Leben krank gefühlt."
„Du Arme, und du hast dir nichts anmerken lassen." Joeys Schwester umschlang Joeys Hüfte mit ihrem Arm. „Welche Schmerzen hast du denn erdulden müssen?"
„Ich litt unter starken Nacken- und Schulterverspannungen. Ich war überaus reizempfindlich und fühlte mich schmutzig. Ich hatte immer Angst vor Menschen."
„Aber wieso denn? Es gibt doch auch sehr liebvolle, gütige Menschen, die dir wohlgesonnen sind."
„Du hast recht", gab Joey unumwunden zu. „Aber ich hatte immer Angst, dass sie an mir etwas Schreckliches entdecken könnten. Darum war ich überaus korrekt in allen Lebensbereichen, in allen!"
„Das ist übermenschlich."
„Du siehst, es ist mir gelungen", schwächte Joey die Bewunderung ihrer Schwester ab.
„Ja, aber um welchen Preis?"
„Oh ja, der Preis war hoch", räumte Joey zögerlich ein. „Ich war ständig bis zum Äußersten angespannt und darauf bedacht, keine Fehler zu machen. Ich wollte niemanden enttäuschen."
„Das ist unmöglich, das schafft keiner", brach es spontan aus Joeys Schwester heraus.
„Der Sinn meines Lebens lautete: Beweise täglich, dass du ein guter Mensch bist, eine fleißige, hilfsbereite, artige Tochter, eine liebevolle und beschützende Ersatzmutter für meine Geschwister, eine ausgezeichnete Schülerin und später Studentin,

eine zupackende und hilfsbereite Freundin, eine aufopferungsvolle Ehefrau und Mutter", entgegnete Joey ausweichend. „Ich dachte: Ein guter Mensch muss ohne Fehl und Tadel sein."
„Aber dann hast du zeitlebens unter Druck gelebt!"
„Das kannst du laut sagen. Ich lebte mit einem hochexplosiven Inneren und in einer friedvollen, aufgeschlossenen und verständnisvollen Außenwelt", gestand Joey. „Mir war nie bewusst, dass ich keine Dienerin und Sklavin sein muss, dass ich auch Rechte habe." Sie stieß einen kurzen, bitteren Lacher in Richtung des Sarges aus.
„Was geschah, als dir diese Erkenntnis bewusst wurde?", fragte Joeys Schwester interessiert. Sie löste ihren Arm von Joeys Hüfte und hakte sich wieder bei ihr ein.
„Mein Verstand fasste es erst nicht. Es fühlte sich an wie ein Messerstich ins Herz." Joey klemmte den Arm ihrer Schwester an sich und streichelte ihre Hand. „Glaub mir, das Messer bohrte sich tief hinein. Der Schmerz war so groß, dass ich ihn am liebsten in die ganze Welt hinausschreien wollte. Sie sollte anhalten und sagen: Seht alle her, seht, was ihr angetan wurde."
„Stattdessen drehte sich die Welt einfach weiter." Nun begann Joeys Schwester ihrerseits die Hände von Joey zu streicheln. „Du Arme, die Welt ging weiter, als wäre nichts geschehen."
„Es ergriff mich eine große Scham, aber auch tiefe Wut und Verzweiflung. Plötzlich war mein ganzes Leben in Frage gestellt und ich begriff, dass ich bisher gelogen hatte, denn auch schweigen heißt lügen."
„Aber du wärst nicht meine kluge, starke Schwester Joey, wenn du nicht versucht hättest, gegen die falschen, jahrelang antrainierten Verhaltensmuster anzukämpfen und sie dir wieder abzuerziehen."
„Die Vergangenheit holt dich immer wieder ein", erklärte Joey ausweichend. „Es war mir schon bewusst, dass ich ler-

nen muss, mit meinen Erinnerungen zu leben. Aber dass es so schwer ist, hatte ich nicht für möglich gehalten."

„Was wäre gewesen, wenn du nicht herausgefunden hättest, was dich krank macht? Wäre es dir dann besser gegangen?"

„Es hat den Anschein, dass ich alles verloren habe."

„Joey, was sagst du da?" Es klang wie ein Aufschrei. „Aber nein! Das stimmt nicht. Was sagst du da nur?"

„Sieh der Realität ins Auge. Es ist nun einmal so. Ich bin weiterhin krank. Ich habe keinen Halt, weder im Beruf noch in der Familie", erwiderte Joey bitter.

„Niemals, du hast deine Kinder und du hast uns." Die ehrlichen Worte aus dem Mund ihrer Schwester klangen überzeugt. Joey nickte. Es waren nur noch wenige Schritte bis hin zum offenen Grab. Die Frauen verstummten, lösten sich voneinander und beschleunigten ihre Schritte, um wieder den Anschluss zu den vor ihnen Gehenden zu erreichen. Äußerlich ungerührt verfolgten sie das Absenken des Sarges und die letzten Worte der Rednerin am Grab. Dann war es so weit. Mit maskenhaften starren Gesichtern erfüllten die Schwestern unmittelbar nacheinander die Abschiedszeremonie von ihrer ungeliebten Mutter. Sie waren pflichtbewusst genug, den üblichen Regeln zu entsprechen und die Beileidsbekundungen der restlichen Trauergäste entgegenzunehmen. Doch als der letzte Trauergast an ihnen vorbeigezogen war, hakten sie einander wortlos zum Zeichen ihrer Verbundenheit ein und entfernten sich, nach einem letzten gleichgültigen Blick, mit schnellen Schritten vom offenen Grab ihrer Mutter.

30
KAPITEL

Jahr 2008

Christine Eiselt lag auf dem Rücken, die Arme unter ihrem Kopf verschränkt und beobachtete durch das kleine dreieckige Fenster ihres Schlafzimmers den Sternenhimmel.
„Sag mal, Chris, kannst du nicht schlafen?" Pitt Eiselt drehte sich zu seiner Frau.
„Du bist wach?"
„Schon eine Weile:"
„Und woher weißt du, dass ich nicht schlafen kann?"
„Deine Unruhe hat mich geweckt." Pitt Eiselt streckte seinen Arm aus.
„Aber du lagst mit dem Rücken zu mir ..." Christine Eiselt kuschelte sich in den Arm ihres Mannes.
„Erzähl mal, meine Süße, was treibt dich denn um?"
„Alrun Ignat-Sbach."
„Hab ich mir's doch gedacht."
„Du kennst mich." Christine Eiselt rutschte noch näher an ihren Mann heran und schob ihren Kopf auf seinen Brustkorb.
„Als ich die Klamotten von der in unserem Auto gesehen habe, habe dir gleich gesagt, dass die Olle lügt. Das, was eine Bluse sein sollte, sah aus wie ein Einkaufsbeutel"
„Ja, das hast du", räumte Christine Eiselt kleinlaut ein. „Ich bin einfach zu naiv. Ich habe ihr geglaubt."
„Du bist nicht naiv, du bist gutgläubig. Wenn jemand nett zu dir ist, glaubst du, dass er es ehrlich mit dir meint."
„Da kannst du recht haben."

„Ich bin mein ganzes Leben gut damit gefahren, misstrauisch zu sein."

„Ich kann eben noch viel von dir lernen." Christine Eiselt streichelte die Schulter ihres Mannes.

„Du hast Mitleid gehabt, als sie dir sagte, dass sie vergewaltigt worden sei, und das ist doch normal."

„Aber dass sie so gelogen hat, kann ich noch immer nicht glauben. Ich hätte es wissen müssen."

„In dem Fall nicht, denn du bist eine Frau."

„Was heißt das denn jetzt?" Christine Eiselt richtete sich empört auf. „Soll das heißen, dass Frauen sich leichter übertölpeln lassen?"

„Nein, natürlich nicht." Pitt Eiselt zog seine Frau zurück an seinen Körper. „Ich will damit sagen, dass du es dann, wenn du ein Mann gewesen wärst, gewusst hättest. Kein Mann hätte Lust auf eine Frau in diesen Lumpen gehabt." Pitt Eiselt küsste seine Frau auf das Haar. „Ich will damit sagen, dass er erst gar keinen hochbekommen hätte, wenn er sie in ihrer Unterwäsche und ihrem Kittel gesehen hätte. Dieser gelblich verfärbte BH war wohl mal weiß gewesen und der bläulich-braune Schlüpfer hatte auch schon seine besseren Zeiten hinter sich."

„Es war kein Kittel", protestierte Christine Eiselt schwach. „Es war eine bunte Bluse."

„Schon klar, sah aber aus wie eine zerrissene DDR-Kittelschürze."

Christine Eiselt überlegte einen Moment. Ihr war klar, dass ihr Mann niemals über eine Frau pauschal urteilen würde und sie in diesem Augenblick nur schützen wollte.

„Hör bloß auf. Eine Vergewaltigung ist immer ein Machtübergriff, egal wen es trifft. Wenn also der Vorwurf im Raum steht, kann man nie sagen, ob es wahr oder gelogen ist. Denk nur mal an die Dunkelziffer derer, die, gleich aus welchen Gründen auch immer, nicht den Mut aufbringen, ihren Peiniger anzuzeigen, aus Angst, dass man ihnen nicht glaubt. Du hättest das Häufchen Unglück sehen sollen, als sie vor mir saß. Ich war bereit ihr zu glauben und aus diesem Grund habe ich die die Sachen dann auch der Staatsanwältin übergeben, so wie sie es wollte."

„War doch nicht schlecht, so kam wenigstens die Wahrheit ans Licht."

„Hätte ich es doch nur geahnt ..."

„Du hättest dir die Lumpen genauer ansehen müssen. Wenn sie immer wieder erklärt hat, ihr Mann hätte ihr den BH mit einem Ruck vom Leib gerissen, dann wäre dir sicher aufgefallen, dass der BH nicht durchgerissen, sondern nur eingerissen war."

„Nicht nur das. Sie hat ständig erzählt, dass sie vor dem Schlafzimmerfenster gestanden und sich überlegt habe, sich das Leben zu nehmen, indem sie sich aus dem Fenster stürzen wollte. Du hättest sie sehen müssen, wie sie in der Verhandlung mit tränenerstickter, verzweifelter Stimme geschildert hat, sich aus dem Fenster stürzen zu wollen." Christine Eiselts Ton wurde sarkastisch. „Der Kollege hat Lichtbilder der Örtlichkeit vorgelegt."

„Und?"

„Das Fenster liegt unmittelbar über einem Hallendach. Es ist unmöglich, dass sie sich aus einem halben Meter Höhe in den Tod stürzt. Aber es wäre möglich gewesen, dass sie angesichts des drohenden Unheils über das Hallendach geflohen wäre. Ich wäre also gut beraten gewesen, wenn ich mir mal die Örtlichkeit angesehen hätte", konstatierte Christine Eiselt für sich.

„Dass das mal einer tut, damit hat die Dame doch rechnen müssen. Wie hat sie darauf reagiert?"

„Sie hat ihre Aussage revidiert und erklärt, dass sie sich überlegt habe, aufs Hallendach zu springen."

„Oh, Mann, die hätte sich doch nie umgebracht", stöhnte Pitt Eiselt verächtlich und gähnte.
„Und ich? Wie habe ich mich bemüht", barmte Christine Eiselt. „Ich habe mich sogar noch bei dem Richter unbeliebt gemacht. Er wird mich sicher niemals mehr berücksichtigen, wenn er einem Beschuldigten einen Anwalt beiordnen muss. Wahrscheinlich ergeht es mir vor diesem kleinen Gericht jetzt genauso wie bei dem hier vor Ort."
„Wieso?" Pitt Eiselt war mit einem Male wieder hellwach.
„Wenn Pflichtverteidigungen zu vergeben sind, beginnt die Pflichtverteidigungsrolle bei Nummer eins und endet mit Nummer drei, um dann wieder von vorne anzufangen. Es sind leider immer die gleichen Kollegen, die berücksichtigt werden, und ich gehöre nun mal leider nicht dazu."
„Im Ernst? Kannst du dagegen nichts unternehmen?"
„Unser Herr Direktor kann mich nicht ausstehen. Was sollte ich schon dagegen unternehmen?", seufzte Christine Eiselt mutlos.
„Dich beschweren?"
„Bei wem?"
„Keine Ahnung? Aber woran liegt das?"
„Sicher an meinem Lebenslauf."
„An deinem Lebenslauf?"
„Ja."
„Wieso das denn?"
„Als er nach der Wende in den Osten kam, hatte er es sich zur Aufgabe gemacht, die DDR-Vergangenheit aufzuarbeiten. Da kam ich ihm gerade recht. Er hat vor allen Kollegen mit dem Finger auf mich gezeigt und gemeint, dass gerade ich es hätte wissen müssen."
„Was", empörte sich Pitt Eiselt, „was hättest du wissen müssen?"

„Seiner Meinung nach hätte ich wissen müssen, dass das, was historisch zusammengewachsen ist, auf Dauer nicht getrennt bleiben konnte."

„Aahhaa", Pitt Eiselt dehnte das Wort, als ob er es genüsslich zerkauen wollte. „Der Herr Oberschlau ist ein Kind der 68er."

„Keine Ahnung, was du meinst, aber ich habe darauf keine Reaktion gezeigt. Was sollte ich auch sagen, ich hatte mich ja noch nicht mal selbst mit meiner Vergangenheit auseinandergesetzt."

„Sicher hat er es dir als Arroganz ausgelegt."

„Kann sein. Seitdem pflegen wir jedenfalls gegenseitig eine herzliche Abneigung."

„Ich glaube nicht, dass das die Ursache ist."

„Und wieso nicht?"

„Ich denke, der hat seine Vorteile davon, dass es läuft, wie du es gerade beschrieben hast."

„Könnte sein", antwortete Christines Eiselt und kraulte ihrem Mann die Brust.

„Das fühlt sich mechanisch an", Pitt Eiselt nahm die Hand seiner Frau und hielt sie fest. „Woran denkst du?"

„Entschuldige Pitti, du hast recht. Ich habe darüber nachgedacht, was ich falsch mache, und ich glaube, dass ich weiß, woran es liegt."

„Schieß los."

„Ich bin einfach unbequem. Ich stelle Anträge, die anderen nicht. Also mache ich ihm das Leben schwer."

„Aber das gehört doch zur ordentlichen Strafverteidigung dazu, oder irre ich?"

„Ja, sicher gehört das dazu, aber leichter lebt es sich nun mal, wenn man dealt."

„Du meinst mit Deal einen Handel?"

„Richtig."

„Ja, Chris, dann denke ich, dass deine Selbsteinschätzung zutrifft. Du bist unbequem." Pitt Eiselt küsste die Hand seiner Frau und ließ sie los. „Aber du hattest doch erzählt, dass du den Richter aus dem Sbach-Prozess vorher noch gar nicht kanntest."

„Erinnere dich, was in der Zeitung stand. Er wollte das polygrafische Gutachten und damit den Lügendetektortest in Deutschland hoffähig machen. Ganz offensichtlich habe ich ihm seine Show verdorben."

„Also ich finde so einen Lügendetektortest ganz in Ordnung …"

„Kann sein, ich auch", präzisierte Christine Eiselt ihren Standpunkt, „aber nicht im Strafprozess, denn er verwischt die Grenzen. Selbst der Papst auf dem Gebiet der Polygrafie musste zugeben, dass der Test bei einem Opferzeugen nicht möglich ist. Also nichts ist mit Chancengleichheit, wenn Aussage gegen Aussage steht. Außerdem würde dann, wenn der Test in Deutschland als Beweismittel zugelassen werden würde, der Zwang entstehen sich diesem unterwerfen zu müssen. Also würde jeder, der den Test nicht macht, unter Generalverdacht geraten." Sie geriet in Fahrt. „Außerdem macht so ein Lügendetektortest klare Aussagen zur Schuldfrage. Ich frage dich: Welcher Richter bleibt davon unbeeindruckt?"

„Aber das alles musste dem Richter doch klargewesen sein."

„Sein Ziel war, durch seine Rechtsprechung neue Türen aufzustoßen." Christine Eiselt stöhnte auf. „Ich dummes Weib, hätte ich ihn einfach gelassen …"

„Was jammerst du denn jetzt Dingen nach, die du nicht mehr verändern kannst?", fragte Pitt Eiselt verwundert. „Wahrscheinlich wollte er auch nur auf sich aufmerksam machen. Er hat das einkalkulieren müssen."

„Aber nicht noch einen Befangenheitsantrag zusätzlich." Christine Eiselt richtete sich auf. „Herrjemine, wie blöd ich mich angestellt habe. Er brauchte noch nicht einmal ein Gutachten, um Alrun Ignat-Sbach zu durchschauen. Ich hingegen sah trotz der ganzen Widersprüche in dieser Frau immer noch ein Opfer. Wie peinlich." Sie raufte ihre Haare. „Ich habe mich schrecklich blamiert."

„Nun geh mal nicht so hart mit dir zu Gericht." Pitt Eiselt zog seine Frau wieder in seine Arme. „Es ist ihr sogar gelungen ihren Arzt zu täuschen."

„Ich hätte es wissen müssen", schalt sich Christine Eiselt. „Schließlich hat mein Bauchgefühl Alarm geschlagen, als sie bei jeder Frage des Richters immer wie auf Knopfdruck zu greinen anfing. Und was macht Frau Eiselt? Sie lehnt den Richter als befangen ab, weil er Alrun Ignat-Sbach deutlich früher als ihre eigene Anwältin durchschaut hat und ihr lauter Fangfragen stellt." Sie schnaufte böse. „Ich ärgere mich am meisten über mich."

„Ach was, du bist auch nur ein Mensch! Menschen machen eben Fehler", tröstete Pitt Eiselt seine Frau. „Sei froh, dass du auf mich gehört und der Dame das Geld quittiert hast."

„Da gab es für mich sowieso keine andere Alternative, oder meinst du, ich lass mir 1000 DM schenken und das mehrmals? Am Anfang hatte sie bei jedem Mandantengespräch einen 1000-DM-Schein dabei", schimpfte Christine Eiselt.

„Es hätte mich zumindest sehr verwundert, denn das wäre gegen dein Naturell gewesen."

„Vielleicht hat sie von Anfang an geplant, mich reinzulegen?"

„Das ist möglich", antwortete Pitt Eiselt gleichmütig, „vor allem dann, wenn der Prozessausgang nicht ihren Erwartungen entsprochen hat."

„Hältst du das wirklich für möglich?" Christine Eiselt richtete sich leicht in die Höhe, um sich auf ihren Unterarm zu stützen und in der Position zu verharren.

„Ja."

„Aber, wenn sie lügt, muss sie doch damit rechnen, dass der Prozess anders endet, als sie es sich vorgestellt hat." Christine Eiselt schüttelte im Dunklen energisch ihren Kopf. „Ich kann mir so viel Bosheit von Menschen immer schlecht vorstellen."
„Ich ja, und eines sage ich dir, damit bin ich mein ganzes Leben immer gut gefahren."
„Nein." Christine Eiselt schüttelte wieder ihren Kopf. „Ich weigere mich, nach wie vor zuerst an das Schlechte im Menschen zu glauben."
„Dann wirst du es wohl auch nicht vermeiden können, immer mal wieder auf die Nase zu fallen."
„So, wie geschehen. Schließlich musste ich die für Frau Alrun Ignat-Sbach eingelegte Berufung zurücknehmen."
„Das ist ja interessant. Davon hast du mir gar nicht berichtet."
„Ich fand das auch unspektakulär."
„Was ist passiert?"
„Das Landgericht hat zur Vorbereitung der Berufungsverhandlung ein Glaubwürdigkeitsgutachten zu Alrun Ignat-Sbach eingeholt."
„Und?"
„Vernichtend."
„Ach nee, erzähle mal."
„Die Gutachterin hat einen Vergleich der Aussagen von Alrun Ignat-Sbach in ihren verschiedenen Befragungen angestellt. Die zahlreichen Widersprüche, Abweichungen und Unstimmigkeiten waren verheerend."
„Daran siehst du, wie dumm die ist. Eine schlaue Person hätte überall das Gleiche erzählt. Ich denke, dass du aufhören kannst, dich über diese Dame zu ärgern."
„Ich hätte nur das Gleiche tun müssen wie die Gutachterin. Dann wäre mir die Schmach der Berufungsrücknahme erspart geblieben", haderte Christine Eiselt mit sich.
„Ach was, du bist ihre Anwältin gewesen."

„Das stimmt, aber ich bin noch lange kein willenloses Werkzeug."

„Vielleicht wollte sie ihre Geschichte ein weiteres Mal erzählen und es nagt noch heute an ihr, dass sie als Lügnerin dasteht? Möglicherweise hättest du den Prozess auch vor dem Berufungsgericht einfach durchführen lassen und ihr nicht davon abraten sollen?"

„Nach dem Ergebnis ihrer Begutachtung war klar, wie der Prozess enden würde. Die Richter verlassen sich auf Gutachter."

„Auch Gutachter können irren."

„Richtig. Aber die Widersprüche, in die sie sich verwickelt hat, sind zu augenfällig, als dass man das Ergebnis des Gutachtens in Frage stellen würde. Ich habe ihr nur einen weiteren peinlichen Auftritt erspart."

„Und zum Dank hat sie dich angezeigt. Jetzt bist du selbst eine Beschuldigte."

„Das hättest du mir jetzt nicht unbedingt aufs Brot schmieren müssen. Deswegen liege ich ja wach und ärgere mich."

„Kann ich einerseits gut verstehen, anderseits aber auch wieder nicht."

„Wie meinst du das?" Christine Eiselt rückte ihr Kopfkissen zurecht und legte sich mit dem Gesicht ihrem Mann zugewandt auf die Seite.

„Du hast doch nichts zu befürchten, also erklärst du dem Staatsanwalt die Abrechnung und gut ist es."

„Das habe ich schon."

„Na bitte, dann wird er seine Ermittlungen einstellen und das war's, oder nicht?"

„Im Idealfall natürlich."

„Was heißt denn bei dir Idealfall? Gibt es noch eine Alternative?"

„Natürlich, die gibt es immer. Deshalb ärgere ich mich ja auch."

„Du ziehst in Erwägung, dass du angeklagt werden kannst?" Dass sich die Augen von Pitt Eiselt bei dieser Frage weiteten, war an seinem Erstaunen in der Stimme zu erahnen.

„Eigentlich nicht, denn wenn du die Grenze zwischen Gut und Böse nicht überschreitest, musst du nicht damit rechnen."

„Aber du hörst dich zweifelnd an. Stimmt etwas an deiner Rechnung nicht?"

„Das ist es nicht. Die habe ich mehrmals überprüft. Die ist in Ordnung, das heißt, ich habe sogar festgestellt, dass ich Alrun Ignat-Sbach noch mehr berechnen kann."

„Dann tu es doch. Ich würde da nicht zögern", erklärte Pitt Eiselt im Brustton der Überzeugung.

„Nein, das werde ich nicht tun. Ich halte das für kleinlich."

„Na gut, das ist deine Entscheidung. Aber was ist es dann, was dich quält?"

„Der Gedanke daran, hilflos ausgeliefert zu sein", entgegnete Christine Eiselt leise.

„Ich glaube, dass du da zu schwarzsiehst."

„Ich hoffe, dass du recht hast."

„Sag mal Chris, was ist mit dir los? Deine Rechnung ist nicht nur in Ordnung, nein, sie ist sogar noch zugunsten dieser Dame ausgestellt. Woher also rührt dein Pessimismus?" Jetzt richtete sich Pitt Eiselt auf und beugte sich zu seiner Frau hinüber.

„Das kann ich dir sagen", brach es aus Christine Eiselt heraus. Sie richtete sich erneut auf. „Sie hat mich diesem System ausgesetzt, das ist mit mir los. Ich bin jetzt auf Gedeih und Verderb der Entscheidung eines Staatsanwaltes ausgesetzt. Ich frage dich …" Sie fuchtelte mit ihrer zur Faust geballten Hand, von der nur der Zeigefinger gerade ausgestreckt abstand, in der Luft umher. „Was passiert, wenn so einer seine Macht missbraucht, die Rechtslage verdreht und mich anklagt?"

„Chris, du fantasierst! Beruhige dich, deine Rechnung ist in Ordnung."

„Staatsanwälte und Richter haben meist keine Ahnung von Rechtsanwaltsgebühren und die Rechnung ist lang. Schließlich habe ich Alrun Ignat-Sbachs Scheidungsverfahren mit allem Drum und Dran abgerechnet, für sie Unterhalt eingeklagt, ein Darlehen von ihrem Mann zurückgefordert, sie im Strafprozess sowohl vor dem Amtsgericht als auch vor dem Landgericht vertreten, einen Zivilprozess für sie geführt, eine einstweilige Verfügung und die Zwangsversteigerung beantragt."

„Das musst du dir mal überlegen! Was du alles für sie getan hast, und zum Dank dafür zeigt sie dich an", empörte sich Pitt Eiselt. „Aber wenn deine Rechnung richtig ist, kann dir keiner was am Zeug flicken." Pitt Eiselt legte sich auf die Seite und gähnte.

„Grundsätzlich hast du recht. Aber ich habe schon so viel erlebt, dass ich erst wieder ruhig bin, wenn die gegen mich laufenden Ermittlungen eingestellt sind."

„Man kann sich auch verrückt machen ..."

„Das musst du mir nicht sagen. Das weiß ich selbst", fiel Christine Eiselt ihrem Mann ins Wort und ließ sich verdrießlich aufs Kopfkissen sinken.

„Komm her, meine Süße. Ich habe es nicht böse gemeint." Pitt Eiselt zog seine Frau sanft, aber bestimmt zu sich heran.

„Weiß ich doch. Aber du musst auch mich verstehen. Du weißt doch, wie das ist: Gib einem Macht und er wird sie missbrauchen. Ich habe schon zu viel erlebt. Angefangen bei unterdrückten Dokumenten, manipulierten Zeugenaussagen und endend bei Rechtsbeugung, die du nie beweisen kannst", lenkte Christine Eiselt in versöhnlichem Ton ein und kuschelte sich an ihren Mann. „Weiß ich, an welchen durchgeknallten Staatsanwalt ich gerate? Ich will nur sicher sein, dass alles auf dem Boden von Recht und Gesetz abläuft."

„Wird schon, wird schon", versuchte Pitt Eiselt seine Frau zu beruhigen und legte wie zum Schutz seinen Arm über sie. „Ich verstehe, dass du dir Gedanken machst. Schließlich wird man nicht jeden Tag von seiner Mandantin angezeigt. Außerdem ist es ja das erste Mal für dich. Beim nächsten Mal siehst du das hoffentlich gelassener." Er gähnte wieder. „Versuch mal zu schlafen."

„In Ordnung." Christine Eiselt hob ihren Kopf und küsste ihren Mann. Dann drehte sie ihm den Rücken zu und rutschte noch näher an ihn heran. Schon bald hörte sie ihn ruhig atmen. Aber die Gedanken, die sie beunruhigten und wach hielten, flogen weiterhin wie Geschosse durch ihren Kopf. So sehr sie sich auch mühte, der Schlaf wollte sich bei ihr nicht einstellen. Tief in ihrem Inneren tobte ein nicht enden wollender Kampf. Sicher, der Lügendetektortest war eindeutig zugunsten von Lothar Sbach ausgefallen. Er hatte sich freiwillig der Vergleichsfrage-Methode unterzogen und den Test dreimal bravourös durchlaufen. Das Testergebnis deckte sich mit seiner Aussage, hatte er die von seiner Frau behauptete Vergewaltigung doch immer abgestritten.

Einerseits konnte sie sich eines gewissen Mitleids für diese Frau, die den Makel einer Lügnerin nun zeitlebens mit sich herumtragen musste, nicht erwehren. Andererseits empfand sie eine abgrundtiefe Verachtung für Alrun Ignat-Sbach, dafür, was diese getan, und vor allem, was sie ihr selbst angetan hatte.

Bei dem Gedanken darüber, was Alrun Ignat-Sbach bewogen hatte, eine Vergewaltigung vorzutäuschen, fielen Christine Eiselt die Augen zu, und sie versank in einen unruhigen Schlaf.

31
KAPITEL

Jahr 2009

Gelockte, von Blut durchtränkte, weiße Haare umrahmten die Maske einer runden weiblichen Gestalt, die ein bis zur Unkenntlichkeit entstelltes Gesicht von verwesendem, totem Menschenfleisch präsentierte. Auch die das Gesicht der an sie geschmiegten, schmächtigen weiblichen Gestalt bedeckende Maske, ein skelettöses Dämonengesicht, war von schlohweißem, statisch geladenem Haar umsäumt.
Obwohl sich die Hitze und die Ausdünstungen der Menschenmassen in den Räumlichkeiten, wie Nebelschwaden über die Besucher gelegt hatten, dachten die beiden nicht im Entferntesten daran ihre gruseligen Masken auch nur zu lupfen oder die schwarzen Seidenhandschuhe auszuziehen. Ihre in schwarzen Schuhen steckenden Füße und die schwarzen Umhänge vollendeten die vollständige Vermummung beider.
So blieb ihre Identität verborgen, als die in Schwarz gewandeten Gestalten, eine als Mann und eine als Frau verkleidet, an diesem Abend hemmungslos durch alle Etagen, in denen die alljährliche Karnevalsparty stattfand, tanzten.
Doch dann, mitten im ausgelassenen Tanz, hielt die männliche Gestalt inne, um Sekunden später ihren weiblichen Part von der Tanzfläche weg, die Treppe hinaufzuziehen.
Kurze Zeit später hatten sich beide zur Balustrade vorgearbeitet, die ihnen die Möglichkeit eröffnete, ungehindert den lärmenden Trubel auf der Tanzfläche zu beobachten. So standen sie nun, mit vor der Brust verschränkten Armen, seltsam er-

starrt hinter dem Geländer und sahen von oben herab auf das bunte Völkchen zu ihren Füßen.

Nur dem, der die beiden beobachtete, blieb nicht verborgen, dass die beiden rege miteinander kommunizierten.

Zwar waren ihre Blicke auf die Tanzfläche gerichtet, aber dennoch verrieten die leicht zueinander gebeugten Oberkörper durch die sich ständig hebenden und senkenden Brustkörbe den intensiven Disput, den die beiden miteinander auszumachen schienen.

Doch wer aus dem Faschingsvolk, das sich, enthemmt durch den Alkohol, der an diesem Tag in Strömen floss, zügellos aneinanderrieb, hätte die beiden beobachten sollen?

Selbst wenn die dunklen Gestalten die Aufmerksamkeit eines der Narren auf sich gezogen hätten, wären beide schon kurze Zeit später wieder aus seinem Blickfeld geraten.

Denn so schnell, wie sie an der Balustrade aufgetaucht waren, so schnell waren sie im Getümmel wieder verschwunden.

Sie hatten sich zielbewusst eingereiht in die beginnende Polonaise, den Gruppentanz, ähnlich einem endlosen, langsam kriechenden Wurm, dessen Glieder aus Menschen bestanden und der sich, selbst bei Spaltung, immer wieder von neuem regenerierte.

Die unheimliche weibliche Gestalt hatte ihre schwarzen Hände auf die Schulter einer rundlichen als Burgfräulein verkleideten molligen Frau gelegt und hielt sich so an ihr fest, dass kein anderer der Karnevalisten die Möglichkeit hatte, sich einzureihen.

Die männliche Gestalt hatte sich an der Stelle in die Menschenkette gedrängelt, an der ein Ritter ein originalgetreues Ritterschwert schwang, dessen Klinge unter der schummrigen Beleuchtung wie blank geputzt erschien, obwohl es nur aus Kunststoff gefertigt war.

Da sie von der Statur ihrem Vordermann deutlich unterlegen war, hatte sie nur eine Hand auf seine Schulter gelegt. Mit der anderen Hand klammerte sie sich fest an seinen schwarz-roten Waffenrock und verhinderte so, dass der sich durch die Räume windende Tausendfüßler durch sie unterbrochen wurde.

Als sich auf den schwarzen Fantastic Suits der beiden unter ihren Achseln langsam Schweißflecken abzeichneten, endete die Polonaise. Mit der beginnenden Tanzmusik ergriff die weibliche Gestalt flugs die Gelegenheit, das Burgfräulein an die Hand zu fassen und mit ihm in dem wieder einsetzenden Chaos einer Faschingstanzfläche zu verschwinden.

Die männliche Gestalt löste ihre Hand von der Schulter des Ritters und ließ ihre beiden Hände über seinen Rücken unter seine Kettenhaube gleiten. Freudig drehte er sich um.

„Huh, du lässt mich erschauern, und das im wahrsten Sinne des Wortes", sagte er mit schwerer Zunge. Ein gespielter Anflug von Ekel und Entsetzen überzog sein Gesicht.

Die schwarze Gestalt legte ihren Kopf zur Seite und trat in lasziver Pose an ihn heran.

„He, du schöne Gestalt, was hältst du davon, wenn wir uns bekannt machen?"

„Hmm", schnurrte die Schwarze und schob sich näher an den Ritter heran.

Der als Ritter verkleidete Mann sah sich mit einem suchenden Blick um. Dann wandte er sich, leicht schwankend, mit einem zufriedenen Lächeln im Gesicht wieder der schwarzen Gestalt zu. Er zog sie zum Rand der Tanzfläche. „Du hast einen wunderschönen geschmeidigen Körper." Er senkte seinen Blick. „Diese festen Brüste." Seine Zunge schob sich zwischen seine Lippen.

„Hmm." Während sich die Unbekannte rhythmisch nach der Musik bewegte, strich sie sich mit den Daumen über ihre Brustwarzen.

„Ich bekomme eine Erregung." Es sollte scherzhaft klingen, doch der Ton verriet die Ernsthaftigkeit. „Willst du mal anfassen?"

„Aber sicher. Ich liebe Männer mit harten Eiern." Die dunkle Gestalt legte ihre Hand in den Schritt des Ritters und griff in sein Gemächt.

„Oh, ja, das macht mich total an."

„Das kann ich mir vorstellen." Die geheimnisvolle Unbekannte rieb ihr Handgelenk über den erigierten Penis des Ritters.

„Wie geht es jetzt weiter?"

„Bist du allein hier?" Die schwarze Gestalt wiegte sich hin und her. Wie zufällig berührte ihr Becken seinen Genitalbereich. Sie roch seinen Bieratem.

„Nein."

„Dann bist du mit deiner Frau hier?"

„Ja. Aber wie du siehst, ist sie zwar hier, aber doch nicht hier. Also, was machen wir nun?"

„Ich könnte dich reiben, bis du kommst oder du reibst dich an mir, bis du spritzt."

„Das würdest du tun?" Die Stimme des Ritters klang belegt.

„Ganz sicher." Die dunkle Gestalt nickte. Die Locken ihrer Maske bewegten sich im Takt.

„Und was hättest du davon?" Die Augen des Ritters begannen zu glimmen.

„Mehr als du denkst."

„Bist du eine kleine Perverse?"

„Ob ich eine kleine Perverse bin, willst du wissen?"

„Ja."

„Wer weiß das schon?" Die dunkle Unbekannte hob ihre Arme in die Höhe und drehte sich langsam tanzend einmal um sich selbst. „Wie sieht es mit dir aus? Bist du pervers?"

„Nein. Ich bin ein O t t o n o r m a l v e r b r a u c h e r", mühte sich der Ritter, das für einen Angetrunkenen schwierige Wort auszusprechen.

„Kenn ich nicht." Wieder tanzte die schwarze Gestalt mit sich selbst. „Was ist das für einer, … ein Ottonormalverbraucher?", fragte sie und legte, immer noch tanzend, dem Ritter ihre Hände auf die Schulter.

„Einer, der schon mehr als dreißig Jahre mit ein und derselben Frau zusammenlebt."

„Ach so einer ist das." Die Unbekannte nickte beifällig mit dem Kopf und verschränkte ihre Arme hinter dem Hals des Ritters. „Ist das auch einer, der in all den Jahren auch keine andere Frau gefickt hat."

Das Paar begann sich langsam zu drehen.

„Selbstverständlich. Ich habe meine Frau noch niemals betrogen."

„Ganz ehrlich? Nicht mal ein bisschen?", fragte die schwarze Gestalt mit ungläubigen Ton.

„Nicht mal ein bisschen. Ich war ihr bedingungslos treu."

„Schwörst du es?"

„Auf mein Leben."

„Donnerwetter, also so einer ist ein O t t o n o r m a l v e r b r a u c h e r", sagte die schwarz gekleidete Gestalt mit einem unüberhörbaren anerkennenden Ton in ihrer Stimme und kraulte dem Ritter liebevoll den Nacken. „Darf ich dich etwas fragen?"

„Alles, was du willst, schöne Frau."

„Und du wirst mir ehrlich antworten?"

„Ja. Meine Zunge ist heute sowieso ein bisschen locker, denn ich habe schon ein paar Gläschen Bier getrunken."

Die Unbekannte machte einen Ausfallschritt, schob ihr rechtes Bein zwischen die Beine des Ritters und blieb stehen. „Wenn du deiner Frau so treu bist, wie kommt es dann, dass du jetzt einen Steifen hast, obwohl sie gar nicht in der Nähe ist."

„Einmal ist immer das erste Mal. Du machst mich eben an. Ich stell mir dir ganze Zeit vor, wie es wäre, wenn du mich hier auf der Tanzfläche reibst, bis ich komme."

„Du bist ja ein ganz schöner Schlawiner." Die schwarze Gestalt zog ihr Bein wieder zurück und das Paar setzte seine langsame Drehung fort.

„Was ist es, das dich so erregt? Nur die Vorstellung, dass du in der Öffentlichkeit etwas Abnormales tust oder was törnt dich so an?"

„Oh ja, wenn du dir vorstellst, dass du inmitten dieses Gedränges spritzt …" Der Ritter stöhnte im Vorgefühl seiner Erwartung wollüstig auf. „Jeder kann dich sehen und du spritzt … Mann oh Mann, ein echt geiles Gefühl."

„Das heißt, dich erregt ausschließlich die Vorstellung, dass du dich exhibitionieren kannst?"

„Eshibi…exihibi…exhibi…zionieren. Du sagst es. Ja." Der Ritter verdrehte seine Augen und rülpste. Er hob seinen Zeigefinger. „Ich liebe meine Frau. Aber du kannst dir vielleicht vorstellen, dass es langweilig wird, immer dieselbe Frau zu vögeln."

„Nein, kann ich nicht", fiel ihm die schwarze Frau ins Wort und legte ihren Kopf in den Nacken. Diese Geste hatte etwas Aufreizendes an sich. Kein Beobachter hätte vermutet, dass sie den Bierausdünstungen aus dem Munde des Ritters zu entgehen versuchte.

„Gut. Dann erkläre ich es dir." Der Ritter rückte ihr näher. „Wenn du so lange Zeit wie ich verheiratet bist, dann kennst du alles." Er kicherte anzüglich. „Fast alles. Sie hat mich noch nämlich noch niemals an ihren Arsch gelassen, wenn du verstehst, was ich meine."

„Nein, ich verstehe nicht. Erkläre es mir."

„Stell dich nicht so ... an", brach es mit einem Male unwillig aus dem Ritter heraus. „Ich durfte sie noch nie in ihren Arsch ficken. Das ist es, was ich meine."

„Ach so", die dunkle Unheimliche schlug sich verstehend an die Stirn. „Dann hast du noch nie eine Frau ... Wie hast du es gleich noch gesagt? In den Arsch gefickt?" Sie kraulte dem Ritter besänftigend den Nacken.

„Jupp, du sagst es." Es klang versöhnt.

„Dann bist du also, was das angeht, noch Jungfrau?"

„Jupp, du sagst es."

„Möchtest du denn gerne einmal eine Frau in ihren Arsch ficken?"

„Du kannst Fragen stellen! Na klar möchte ich."

„Hättest du Spaß daran, mich in den Arsch zu ficken?"

„Dich?", fragte der Ritter ungläubig.

„Mich", antwortete die schwarze Gestalt und nickte zur Bestätigung bedächtig mit ihrem Kopf.

„Angenommen, ich hätte ernsthaftes Interesse. Wie und wo sollte das denn ablaufen?"

„Na hier, und zwar jetzt sofort."

„Du veralberst mich!" Es klang ein wenig nüchterner.

„Sehe ich so aus?"

„Du siehst unheimlich aus, und was du sagst, bringt mich durcheinander."

Das Paar drehte sich schneller.

„Na, wie Adonis siehst du auch gerade nicht aus", konterte die schwarze Gestalt. „Wie bist du denn überhaupt zu so einer schönen Wunde gekommen?" Sie strich mit ihrem Handrücken über die Stirn und die Wange des Ritters.

„Das sind Kampfwunden."

„Aha, mit wem oder gegen wen führst du denn Kämpfe?"

„Du kannst Fragen stellen. Das sind doch keine richtigen Wunden. Sie sind aus Latex. So etwas kann man kaufen. Die La-

texwunde besteht aus etwas Filmblut, einem dermatologisch getesteten Hautkleber, und schon ist die Wunde perfekt."
„Und ich dachte schon, du wärst richtig verletzt. Ich wollte dich gerade bedauern."
„Du wolltest mich bedauern?"
„Wegen der Schmerzen ..."
Der Ritter lachte schallend auf. „Hast du ernsthaft geglaubt, ich hätte mich verletzt?", fragte er, als er sich beruhigt hatte.
„Hmm." Die schwarze Gestalt nickte.
„Ich danke dir für dein Mitgefühl. Aber ich habe Glück gehabt in meinem Leben. Ich habe mich nämlich noch nie ernsthaft verletzt." Der Ritter lachte hämisch und starrte auf die Maske, als habe er einen Röntgenblick. „Ich glaube, dass du ein bisschen naiv bist."
„Meinst du?"
„Lass uns das Thema wechseln." Der Ritter drehte sich dreimal in schneller Abfolge. „Wir waren beim Arschficken", sagte er atemlos, als das Paar wieder langsamer tanzte.
„Du hast ernsthaftes Interesse." Die dunkle Gestalt schüttelte ihren Kopf und schlug den Ritter scherzhaft mit ihrem schwarzen Fächer, der an ihrem Handgelenk baumelte, auf den Arm.
„Aber immer."
„Du würdest also deine Frau mit mir betrügen?"
„Ja."
„Hmm." Die schwarze Gestalt nickte. „Und es wäre wirklich das erste Mal, dass du sie betrügen würdest. Das schwörst du auf dein Leben."
„Ich würde tot umfallen, wenn das nicht der Fall sein sollte", sagte der Ritter, ohne mit der Wimper zu zucken.
„Soso." Die schwarz gekleidete Frau wackelte bedächtig mit ihrem Kopf. „Klingt alles sehr interessant für mich. Die einzige Frage, die sich für mich stellt, ist: Was hab ich davon?"

„Ganz einfach", antwortete der Ritter und schwenkte die dunkle Unbekannte erneut in schneller Schrittabfolge über die Tanzfläche. „Du wirst immer das Gefühl in dir tragen, etwas Besonderes erhalten zu haben." Er sah jetzt sehr nüchtern aus. „Ich meine das Gefühl, einen Mann dazu gebracht zu haben, sich nicht mehr an seine eheliche Treuepflicht gebunden zu fühlen und seine Frau zum ersten Mal betrogen zu haben." Er musterte sie wieder. „Sag mir nicht, dass dir das keine Genugtuung bereitet! Außerdem wird es dir Spaß machen, von mir in den Arsch gevögelt zu werden. Meinen phänomenalen Schwanz wirst du nie wieder vergessen."

„Darauf kannst du wetten", entfuhr es der Unbekannten. Sie richtete sich in den Armen des Ritters auf.

„Ich habe schon wieder eine Erregung. Spür mal." Der Ritter zog seine Tanzpartnerin zu sich heran und presste seinen Unterleib an sie. „Also, wie soll es mit uns beiden laufen?", fragte er im Brustton dessen, für den das Geschäft ausgehandelt zu sein schien.

„Ich stelle die Bedingungen, und du stellst keine Fragen. Das ist der Deal", entgegnete die Unbekannte.

„Abgemacht. Sag an, wie es laufen soll. Ich bin so geil." Der Ritter stöhnte. „Fass mal unauffällig zwischen meine Beine."

Die dunkle Gestalt schlug ihren Umhang über sich und den Ritter. „Fühlst du was?"

„Einen Reißverschluss."

„So ist es."

„Du bist schon hierhergekommen, um Männer zu pimpern?"

„Nein, bin ich nicht. Hätte ich dich nicht getroffen, wäre ich ungefickt wieder nach Hause gegangen. Aber das spielt jetzt keine Rolle, oder doch?"

„Nö. Aber ich fühle mich geschmeichelt. Woran liegt es?"

„Wie du schon sagtest: Es liegt an deinem phänomenalen Schwanz, den ich nie wieder aus meinem Gedächtnis verliere."

Die schwarze Gestalt klapste den Ritter ein weiteres Mal mit ihrem Fächer. „Woran denn auch sonst?"
„Er platzt gleich", kam es heiser aus der Kehle des Ritters.
„Dann lass es uns tun." Die Unbekannte löste sich aus den Armen des Ritters. „Eine Bedingung habe ich noch."
„Welche?"
„Keine Fragen, keine Antworten und keine Küsse."
„Du bist eine Professionelle?" Der Ritter nickte überzeugt.
„Die Professionellen küssen alle nicht."
„Ich bin eine Professionelle. Deshalb werde ich dir auch die Augen verbinden, und zwar mit meinem Seidenschal." Die Unbekannte zeigte auf ihren Gürtel, den sie sich um die Hüften geschlungen hatte. „Geht das in Ordnung?"
„Klar. Wo läuft der Fick?"
„Auf dem Herrenklo."
„Auf dem …?" Der Ritter riss vor Erstaunen seine Augen weit auf.
„Ja, wo denn sonst?", fragte die Unbekannte und begann wieder mit sich selbst zu tanzen. „Die Damentoiletten sind viel zu frequentiert", sagte sie, nachdem sie sich einmal tanzend um sich selbst gedreht hatte. „Du gehst vor, und ich komme nach. Es sei denn, dass du es dir in letzter Minute doch noch anders überlegst und deiner Frau treu bleibst."
„Nein, nein. Der Deal ist perfekt. Ich gehe jetzt und du kommst nach."
Die Unbekannte nickte und zog sich, immer noch tanzend, den Fächer vom Arm. „Hier, häng' ihn von außen an die Tür und lass die Tür offen. Sehe ich ihn nicht am Türgriff hängen, werde ich umdrehen und du siehst mich nie wieder. Dann ist der … Wie sagtest du noch gleich? … der Deal geplatzt." Sie gab dem Ritter ihren Fächer. „Dann geht die schöne Frau eben ungefickt wieder nach Hause." Sie hob beide Hände in die Luft und wedelte mit ihnen.

„Musst du nicht. So, wie du es sagst, wird es laufen." Der Ritter verschwand im Gewühl der ausgelassen tanzenden Menschen.

„Bring dich schon mal in Stimmung", rief die Unbekannte dem Ritter noch nach, doch schon hatte sie ihn aus ihren Augen verloren. Kurze Zeit später bewegte sie sich langsam tanzend zielsicher in die Richtung, in die der Ritter verschwunden war. Für einen Moment beobachtete sie den Eingang der Toiletten. Dann verließ sie die Tanzfläche und ging zielstrebig in die Herrentoilette. Dort passierte sie, ohne Aufsehen zu erregen, die Pissoirs, an denen ohnehin nur Männer standen, die ihr den Rücken zugewandt hatten.

Sie nickte zufrieden, als sie den Raum betrat, in dem sich die Toiletten befanden. Sie sah ihren Fächer sofort. Noch im Gehen löste sie den Seidenschal von ihrer Hüfte. Bevor sie die Toilettentür öffnete, streifte sie ihren Fächer vom Türgriff. Dann zwängte sie sich durch die Tür.

Der Ritter erwartete sie schon.

Er saß mit heruntergelassenen Hosen auf der Toilette und zog sich die Vorhaut über die Eichel und schob sie wieder zurück. Während er beobachtete, wie sich die geheimnisvolle Unbekannte ihren Fächer wieder über ihr Handgelenk streifte, fiel sein Blick auf die um ihren Leib gegürtelte Bauchtasche. „Du bist auf so etwas vorbereitet, oder?", flüsterte er leise.

„Pst." Die dunkle Gestalt verschloss dem Ritter mit ihrem Zeigefinger den Mund. Er verstummte sofort. Sie nickte, zog sich den Schal von der Schulter und verband ihm damit die Augen. Ebenso lautlos griff sie nach seinem Penis und ließ ihn durch ihre behandschuhte Hand gleiten.

Unter ihrer geübten Hand fing sein Glied an zu ersteifen. Dann war ein leises Rascheln zu vernehmen. Der Ritter tastete nach den Brüsten der Unbekannten, knetete sie und begann schwer zu atmen. Ein wohliges Stöhnen entrang sich seiner Kehle.

Die Unbekannte hielt inne und legte dem Ritter ihre Hand über den Mund. Als er verstehend nickte, löste sie ihre Hand wieder, nahm langsam seine Hände von ihren Brüsten und legte sie ihm auf seine Oberschenkel: Der Ritter ließ es willenlos mit sich geschehen.

Als er ihre Hand wieder an seinem Penis fühlte, lehnte er sich entspannt zurück und verharrte schwer atmend in dieser Stellung.

Doch plötzlich schoss er, wie von einer Tarantel gestochen, auf und riss sich das Tuch vom Kopf und fragte mit weitaufgerissen Augen: „Du?"

Die schwarze Gestalt nickte und beobachtete mit kaltem Blick, wie der Ritter in sich zusammensank. Ohne länger zu warten, verstaute sie die Spritze wieder in ihrer Gürteltasche, zog dem Ritter den Schal aus der Hand, legte ihn sich sorgsam um und lauschte. Dann streifte sie sich langsam ihre Maske wieder über den Kopf und zog sich an der Innenwand der Toilette hoch.

Nur wenig später tauchte sie wieder auf der Tanzfläche auf, um kurze Zeit darauf endgültig im Gewühl der fröhlich ausgelassenen Menschen zu verschwinden.

32
KAPITEL

Jahr 2009

„Himmel, Arsch und Zwirn", entfuhr es Hanne, nachdem sie den Lichtschalter ihrer Wohnung betätigt hatte. Sie ließ ihre Tasche fallen und legte sich ihre rechte Hand auf ihr Brustbein, als wolle sie die nackte Haut ihres tief ausgeschnittenen Dekolletees verdecken. „Hast du mich erschreckt."
„Das war nicht meine Absicht", erklärte Polly mit schneidender Stimme, richtete sich aus ihrer Position auf und stieß sich mit ihrer Schulter vom Rahmen der Wohnzimmertür, an den sie angelehnt gestanden hatte, ab.
„Na höre mal", entrüstete sich Hanne. „Du hättest mich informieren sollen, dass du hier auf mich wartest. Es ist mitten in der Nacht, und du kauerst im Dunklen in meiner Wohnung, während ich hier nichts ahnend hereinschneie. Da ist es doch wohl normal, dass ich mich erschrecke." Sie schnaufte empört. Alles hatte sie erwartet, nur das nicht. Noch im Treppenhaus hatte sie sich den weiteren Verlauf ihres Wochenendes in den schönsten Farben ausgemalt. Mit einem entspannten Pflegebad im flackernden Licht unzähliger Kerzen, ihre Sinne berauscht von einem Glas prickelnden Champagner, ätherischen Ölen und klassischer Musik, hatte sie den Nachhall dieses exzessiven Wochenendes genießen wollen. Voller Vorfreude auf einen ihrer Lieblingsfilme, den sie – eingehüllt in eine kuschlige, weiche Decke, auf ihrer Couch liegend – hatte ansehen wollen, während sie den Rest aus der Champagnerflasche entleeren würde, war sie die Treppe hinaufgeeilt. Doch, einer eiskalten

Dusche gleich, traf sie, als sie ihre Wohnung betrat, unvorbereitet und mit voller Wucht, die Ernüchterung.

„Du willst dich erinnern, dass du diejenige warst, die schon zwei Tage ihr Handy ausgeschaltet hat. Nicht einmal die Mailbox hast du eingeschaltet. Du warst wie vom Erdboden verschwunden, hast mir nicht gesagt, wo du bist und was du machst", rüffelte Polly ihre Freundin und begann ihrem angestauten Ärger ordentlich Luft zu machen. Doch mitten in ihrer Schimpfkanonade unterbrach sie sich abrupt. „Wie siehst du überhaupt aus?"

Wenn Polly auch nur einem Augenblick die Hoffnung gehegt hatte, dass ihre Worte Hanne erreichen würden, so musste ihr in diesem Moment deutlich werden, dass sie sich geirrt hatte.

Direkt angesprochen, zuckte Hanne unmerklich zusammen. „Was heißt hier überhaupt: Wie siehst du denn aus? Ich sehe aus, wie ich nun einmal aussehe", blaffte sie Polly an.

„Verärgere mich nicht noch mehr! Du siehst aus wie eine Nutte, schlimmer noch. Mir fehlen die Worte …"

„Sag mal, spinnst du jetzt total? Du schreist hier rum, dass dich die Nachbarn hören können. Meinst du nicht, dass mir das unangenehm ist?" Hanne zog sich die blonde Perücke vom Kopf, marschierte an Polly vorbei in ihr Bad und entledigte sich mit aufreizender Pose ihrer Jacke. Die Tür hatte sie offen gelassen.

„Viel schlimmer wäre es gewesen, wenn sie dich so gesehen hätten. In deiner Lederkluft mit diesen vielen Nieten kommst du daher wie eine Sexarbeiterin. Vielleicht versetzt du dich mal für eine klitzekleine Winzigkeit in meine Situation." Polly war Hanne in das Bad gefolgt und trat nun bedrohlich nah hinter sie. „Aber ich glaube, das kannst du nicht. Du bist dir selbst am nächsten", sagte sie mit dem Blick auf Hannes Spiegelbild. Scheinbar ungerührt, entledigte sich Hanne ihres schwarzen Lederhalsbandes. Sie dachte nicht daran, sich zu Polly umzudrehen. Sie war angespannt und sehnte sich nach Ruhe.

Polly verzog angewidert ihr Gesicht. „Wie riechst du überhaupt?" Sie schnupperte über Hannes Haut.

„Ehrlich gesagt, ich habe dich nicht eingeladen, an mir herumzuschnüffeln wie ein Trüffelschwein", antwortete Hanne kalt, ergriff ein Wattepad vom Schminktisch und wischte sich, ohne Polly aus den Augen zu lassen, die knallrote Farbe des Lippenstiftes von den Lippen.

„Du riechst nach dreckigem Sex." Ein Hauch von Verzweiflung lag in Pollys Stimme.

„Und wenn es so wäre? Was willst du tun? Mich anzeigen? Mich verlassen?"

„Du gibst es also zu?", fragte Polly fassungslos.

„Was soll ich zugeben?" Hanne drehte sich langsam um ihre eigene Achse. Die Frauen standen sich nun Auge in Auge gegenüber und maßen sich mit ihren Blicken.

„Du hast fremdgevögelt!"

„Habe ich nicht", grinste Hanne provokant.

„Oh doch, hast du. So wie du aussiehst, wie du dich gibst und wie du riechst ..."

Hanne dachte nicht daran zu antworten. Mit einem überheblichen Ausdruck im Gesicht drehte sie sich zum Spiegel zurück und begann, sich erneut mit betonter Lässigkeit die Schminke aus dem Gesicht zu wischen, jedoch ohne Polly auch nur einen Wimpernschlag aus den Augen zu lassen.

„Du stinkst nach Schweiß und Sperma?"

„Ohh, woher willst du wissen, wie Sperma riecht? Hast du Erfahrungen gesammelt, von denen ich noch nichts weiß?" Hanne griente arrogant.

„Neeeiiinnn", dehnte Polly das Wort. „Ich habe geraten und ganz offensichtlich einen Volltreffer gelandet. Jetzt sagst du mir auf der Stelle, wo und mit wem du das Wochenende verbracht hast!" Sie bebte vor Entrüstung am ganzen Leib.

„Wut ist immer die Hoffnung, Vergangenes ändern zu können", sinnierte Hanne und betrachtete gedankenverloren für einen Moment das schmutzige Wattepad zwischen ihren Fingern. „Unsere Vergangenheit können wir aber nicht ändern, sosehr wir es uns auch manchmal wünschen." Nach einem jähen Ruck durch ihren Körper trat Hanne auf das Pedal des Hygieneeimers. Mit einem scheppernden Geräusch knallte der Deckel an die Fliesen. Hanne entledigte sich des Wattepads mit einer achtlosen Geste. Dennoch hatte ihre Bewegung etwas Endgültiges. „Nun schau nicht so traurig drein. Ich hatte eine Bootsfahrt auf einem Leuterumfahrdampfer gebucht", sagte sie begleitet von dem dumpfen Geräusch, das der Deckel beim Schließen verursachte. Während sie nach einem neuen Wattepad griff, beobachtete sie im Spiegel wieder aufmerksam Pollys Regungen.

„So, wie du aussiehst?", empörte sich Polly aufs Neue. „Das kannst du deiner Oma erzählen, aber nicht mir. Wer's glaubt, wird selig."

Hanne schüttelte den Kopf. „Was ist los mit dir? Erst willst du wissen, wo ich gewesen bin, dann sage ich es dir, und dann glaubst es ja doch nicht. Bist du gekommen, um mit mir zu streiten?"

„Quatsch, ich bin gekommen, weil ich mir Sorgen gemacht habe …"

„Du bist nicht für mich verantwortlich", antwortete Hanne gereizt und warf einen bösen Blick auf Polly. Es lechzte sie nach der gut gekühlten Flasche Champagner in ihrem Kühlschrank, die sie für sich bei ihrer Rückkehr vorgesehen hatte. Er hatte sie anregen sollen, Gedanken zu denken, die ihr guttaten, und verrückte Dinge zu tun, an denen sie Gefallen fand. So hatte sie nun also weder Lust, sich zu rechtfertigen, noch darauf, ihren wohlverdienten Champagner mit Polly zu teilen. Pollys Ge-

genwart begann sie zu stören. „Da du dich nun also überzeugt hast, dass es mir gutgeht, willst du jetzt sicher gehen."
„Nicht bevor du mir sagst, was und mit wem du deinen Freitagabend und deinen Samstag verbracht hast."
„Bist du taub? Ich sagte dir doch, dass ich auf einem Leuterumfahrdampfer war. Gestern Abend hat er abgelegt und heute Abend sind wir wieder angekommen." Hanne schrubbte missmutig in ihrem Gesicht herum.
„Du veralberst mich!", entrüstete sich Polly.
„Und du beginnst mich aufzuregen. Was willst du? Dieser Dampfer hatte auch Schlafkabinen. Ich habe eine eintägige Dampfertour mit Übernachtung in brandenburgischen Gewässern gebucht. Die Havel hoch, die Havel runter, in Seen hinein und wieder hinaus. Und das war es." Hanne ließ ihren Arm sinken. „Bist du nun zufrieden?", fragte sie mit weit aufgerissenen Augen.
„Warum hast du mich nicht gefragt, ob ich auch mit will?"
Hanne trat, nunmehr mit Wucht, auf das Pedal des Sanitäreimers, der unter dem Waschbecken stand. Mit einem noch lauteren Knall schlug der Deckel gegen die Wandfliesen. Sie presste ihre Lippen zu einem Strich zusammen und zuckte, ohne ein Wort zu verlieren, abfällig mit den Schultern.
„Warum hast du mich nicht gefragt, ob ich auch mit will?", wiederholte Polly hartnäckig.
„Ich dachte, dass du dich nicht wohlfühlen würdest ...", wich Hanne aus und warf ihr verschmutztes Wattepad in den Eimer. Ihr Blick war nun erfüllt von einem diabolischen Strahlen. Da war sie wieder. Die glasklare Erinnerung ließ sich weder abstreifen noch verdrängen. Oh, wie hatte sie sie genossen, jede Minute der letzten vierundzwanzig Stunden. Sicher, Hanne hätte schlafen und sich ausruhen können, doch daran hatte sie nicht im Entferntesten gedacht. Sie hatte ihre Lebenszeit einmal mehr bis zur Neige ausgekostet und sie bereute nichts.

Sie hatte es genossen. Für den Bruchteil einer Sekunde zog sie in Erwägung, Polly von der Bootsfahrt zu erzählen. Doch so schnell, wie ihr der Gedanke gekommen war, verwarf sie ihn wieder.

„Hättest du vielleicht mir die Entscheidung überlassen können?"

„Ich wollte allein sein." Wie jetzt auch, wäre es Hanne fast entfahren. Doch dann biss sie sich auf die Lippe und ließ den Deckel geräuschvoll wieder fallen.

„Ach sooo, du wolltest alleine sein." Während Polly wie zur Bestätigung nickte, zogen sich ihre Lippen abschätzig nach unten.

„Auch in den besten Beziehungen muss jeder etwas Freiraum für sich beanspruchen dürfen."

Hanne atmete mit an den Gaumen gepresster Zunge tief ein, öffnete für einen winzigen Schlitz ihre Lippen und blies ihren Atem hörbar aus. Sie erwartete, dass Polly verstehen, sich zurückziehen und sie endlich alleine lassen würde. Sie hoffte, endlich zur Ruhe zu kommen, doch genau das Gegenteil von dem, was sie ersehnte, trat ein.

„Willst du dich etwa darüber beschweren, dass ich dich einenge?"

„Ich würde mich freuen, wenn du mich jetzt mit deiner Grundsatzdiskussion verschonen und mich stattdessen alleine lassen würdest. Es ist mitten in der Nacht", reagierte Hanne empört. Unfähig sich der Gegenwart ihrer Freundin zu entziehen, stieg Wut in ihr auf. „Was willst du überhaupt von mir? Ich bin eine erwachsene, mündige Frau, die tun und lassen kann, was sie will."

„Ja, das kannst du." Polly stand bedrohlich, wie in Marmor gemeißelt, hinter Hanne. Sie dachte nicht daran zu weichen. „Aber du wirst dich erinnern, dass wir beide in einer Partnerschaft, also gleichberechtigt leben. Und daher sollten Partner oder in unserem Falle Partnerinnen nicht nur Rechte für sich in Anspruch nehmen, sondern auch Pflichten kennen."

„Willst du damit sagen, dass das Verhältnis zwischen Geben und Nehmen bei mir nicht stimmt?"

„Du hast eine fantastischen Gabe, den Schwarzen Peter immer jemand anderem zuschieben zu können."

„Was willst du eigentlich von mir?", wiederholte Hanne in drohendem Ton, während sie sich wieder zu Polly umdrehte. Die Frauen standen sich nun so nahe gegenüber, dass eine den Atem der anderen im Gesicht spüren konnte.

„Getrunken hast du auch", brach es aus Polly heraus.

„Und wenn? Was geht es dich an?", schleuderte Hanne wütend zurück, beugte sich noch näher zu Polly und zwang sie so, etwas zurückzugehen. „Wenn es dir nicht passt. Bitte, da ist die Tür." Ihr Arm wies Polly den Weg. „Ich bin dir in keiner Weise für das, was ich tue oder nicht tue, rechenschaftspflichtig. Ich bin es leid, mich mein ganzes Leben für irgendwas und bei irgendwem erklären zu müssen. Also bitte, sei so freundlich und verlasse meine Wohnung."

Polly kniff ihre Augen zusammen und schnaufte.

„Wenn du dich beruhigt hast, kannst du dich wieder bei mir melden. Wenn nicht, soll es mir auch recht sein."

„Das ist der Dank?"

Hanne antwortete nicht. Sie stand noch immer mit hocherhobenem Arm vor Polly.

„Also gut. Wie du willst." Ohne ein weiteres Wort machte Polly auf dem Absatz kehrt.

Zufrieden und ohne einen Anflug von Reue ließ Hanne ihren Arm sinken. Erleichtert grinsend marschierte sie hinter Polly her. Nicht einmal der Knall ihrer Wohnungstür brachte sie aus der Ruhe. Sie angelte nach ihrem Schlüssel, den sie achtlos auf der Garderobe abgelegt hatte, und steckte ihn ins Schloss.

„Endlich", murmelte sie, als sie ihre Tür von innen verschloss und die Sicherheitskette vorlegte.

Dann lief sie mit der Leichtigkeit eines jungen Mädchens zurück ins Bad, wählte zielsicher aus der Vielfalt an ätherischen Düften, die sie in hübschen Flakons über der Wanne postiert hatte, einen aus und schüttete die Essenz maßvoll in die Wanne. Während das warme Wasser in die Wanne einlief, zündete Hanne die unzähligen im Bad verteilten Kerzen an und löschte das Badlicht. Nachdem sie sich in Windeseile ihrer restlichen Sachen entledigt hatte und nun splitternackt vor dem Spiegel stand, bedachte sie sich, während sie sich sanft mit ihren Händen über Hals, Brust, Bauch und Beine strich, mit einem zufriedenen Blick. Sie lächelte und nickte ihrem Spiegelbild zu, bevor sie sich in die Küche begab, um sich endlich am langersehnten Glas Champagner zu laben. Ihre Wahl fiel auf eines der langstieligsten Gläser, die sich in ihrem Besitz befanden. Sie öffnete das uralte Küchenbuffet, das sie stilvoll restaurieren lassen hatte, und nahm die mindestens ebenso alte versilberte Punchschale aus England, die sie immer dann, wenn sie sich eine Flasche Champagner gönnte, zum Champagnerkühler umfunktionierte, hervor. Hanne strich zärtlich über die fein geformten Zierelemente. Ihr Blick verweilte an den beiden Löwenkopfhenkeln. Ein erinnerndes Lächeln huschte über ihr Gesicht. Sie gab sich einen Ruck, öffnete das Gefrierfach ihres riesigen Kühlschranks und entnahm ihm das Eis. Während die Eiswürfel unter Hannes geübten Händen in den Champagnerkühler klickerten, streifte ihr Blick die Flasche, die in der immer noch geöffneten Tür stand und darauf wartete geöffnet zu werden.

Wie hatte sie sich auch nach diesen Kühlschränken verzehrt, wenn sich Bilder aus Filmen, die ihr die amerikanische Lebensart vermittelten, unauslöschlich in ihr Gedächtnis eingebrannt hatten. Endlich war die neue Zeit angebrochen, die es auch ihr vergönnte, des Nachts vor einer geöffneten, beleuchteten Kühl- und Gefrierkombination zu stehen, die an Größe deutlich ihre eigene Körpergröße überstieg. Ein für alle Mal vorbei war die Zeit, in der sie, erschreckt und zugleich ernüchtert von dem grellen Schein, den die Küchenlampe des Nachts in müden Augen verursachte, an den Kühlschrank getreten war.

Auch die Zeit, in der sie den ungarischen Wein von der Marke „Stierblut" mit Zucker anreichern musste, um den süßen, süffigen Wein, der in den Kaufhallen nur unter den Ladentischen gehandelt wurde, zu verfeinern, gehörte der Vergangenheit an und würde niemals wiederkommen.

Wie erfinderisch ein DDR-Bürger doch war und auch sein musste, dachte Hanne. After-Eight-Likör gemixt aus Pfefferminzlikör, Kakao und Kaffeesahne. Sie schüttelte ihren Kopf und fegte mit dieser Geste zugleich ihre dunklen Erinnerungen an den damals herrschenden Mangel beiseite. Heute war es an der Zeit zu feiern.

Die Zeit von Überangebot und Überfluss, in der es erlaubt war zu genießen und gewünscht war zu vergessen, hatte begonnen.

Hanne vermochte es schon lange, billigen von teurem Champagner zu unterscheiden. Im Vorgefühl des heutigen Abends war ihre Wahl auf eine Flasche Moet & Chandon gefallen. Verband sie diese Marke doch seit jeher mit Glamour, Luxus und Extravaganz. Auch wenn viele Kenner den weißen Standardchampagner bevorzugten, sie liebte diesen Roséchampagner. Hanne entkorkte die Flasche mit geübtem Griff und freute sich wie ein Kind unter dem Weihnachtsbaum, als der Odem des prickelnden Getränks aus dem Flaschenhals entwich. Während der Champagner in den Kelch lief und seine Kühle sofort für das Anlaufen des Glases sorgte, rang sich ein wohliges Stöhnen aus ihrer Kehle. Sie stellte die Flasche in den Kühler. Nachdem sie mit der Zunge ihre weit geöffneten Lippen befeuchtet hatte, brachte sie einen Toast auf sich selbst aus. Erst dann nahm sie die ersten gierigen Züge.

„Aahh", entwich es ihr, als das edle Getränk ihren Gaumen passiert hatte und die Speiseröhre hinabrann. Polly kam ihr in den Sinn. War es heute das Ende? Berührte diese Vorstellung sie überhaupt? Gedankenlos betrachtete sie das fast entleerte Glas in ihrer Hand. Dann richtete sie sich ruckartig auf.

Hanne griff grinsend nach dem Champagnerkühler. Dann stieß sie mit dem Ellbogen achtlos die Kühlschranktür zu und verließ mit dem Glas und dem Champagnerkühler in den Händen die Küche.

Die anheimelnde Atmosphäre, die sie im Bad empfing, verscheuchte den Anflug ihres schlechten Gewissens endgültig. Nein, sie würde sich heute durch nichts und niemanden ihre Stimmung verderben lassen.

Hanne postierte das Gefäß mit der Flasche auf dem Waschtisch, gerade noch in Reichweite ihrer Badewanne. Während sie ihr Glas erneut füllte, sog sie deutlich hörbar die von den Badeessenzen aromatisierte Luft ein.

Nachdem sie sich wortlos im Spiegel zugeprostet und ein wenig an ihrem Glas genippt hatte, stellte sie es vorsichtig neben den Kerzenleuchtern am Kopfteil ihrer Wanne ab. Als sie prüfend ihre Hand in die Wanne getaucht und festgestellt hatte, dass ihr das Badewasser zu heiß war, drehte sie eilig den Heißwasserhahn zu und setzte sich wartend auf den Wannenrand. Während sie beobachtete, wie nun das kalte Wasser aus dem Hahn in die Wanne lief und gelegentlich mit ihrer Fußspitze das Wasser umrührte, rief sie sich erneut ihre Erinnerungen ab. Sicher, sie hatte sich mit wechselnden Partnern schon des Öfteren Besuche in Swingerclubs gegönnt, aber diese Bootsfahrt stellte für Hanne eine ganz neue Erfahrung dar. Während sich die Luft in den Clubs zu irgendeinem Zeitpunkt verbrauchte, weil sie mit dem Geruch von Zigarettenrauch, Schweiß und

Sperma angereichert durch die Räume zog, war sie auf dem Schiffsdeck sauber und frisch geblieben, wurde nur ein wenig von den Ausdünstungen der Schiffsmotoren geschwängert. Zwar hatte der Kapitän bei der Begegnung mit anderen Booten immer für einen gebührlichen Abstand gesorgt, und doch hatte das erregende Gefühl, zu wissen, dass ein Schiff voller nackter oder allenfalls wenig bekleideter, miteinander kopulierender Menschen an ahnungslosen Urlaubern vorbeifährt, in Hanne einen nie zuvor gekannten Reiz geweckt. Sicher resultierte er aus ihrem Instinkt etwas völlig Anrüchiges zu tun. In aller Öffentlichkeit, nur mit einer schwarzen Augenmaske, einem BH, aus dem ihre erregten Brustwarzen hervorlugten, einem ihre Scham bedeckenden Röckchen, halterlosen Strümpfen und hochhackigen Schuhen bekleidet, mit einer oder mehreren ihr völlig unbekannten Personen zu kopulieren.

Wieder wurde Hanne von diesem wollüstigen Schauder überwältigt, der sie immer wieder trieb, unglaubliche Dinge zu tun. Schnell drehte sie den Heißwasserhahn wieder auf und ließ sich, während sie die Wärme des Wassers regulierte, den Strahl über ihren Handrücken laufen. Zufrieden stellte sie das Wasser wenige Sekunden später auf Duschbetrieb um, ergriff die Handbrause und ließ sich den Wasserstrahl nun über ihre angewinkelten, durch den Wannenrand abgestützten Beine laufen.

Am meisten hatte sie dieser gutgebaute, schwarze Mann beeindruckt. Gerne hätte sie sein Gesicht gesehen. Doch das war ihr verwehrt geblieben. Er hatte es mit einer italienischen Maske bedeckt gehalten. Obwohl das Begehren der Gäste nicht auf Reden, sondern Handeln gerichtet war, hätte Hanne gerne mehr von ihm gewusst.

Doch eines der ungeschriebenen Gesetze an Bord lautete, dass jeder nur das von sich preisgeben musste, wozu er bereit war.

Wenigstens konnte sie nun von ihm träumen. Hanne ließ die Dusche in die Wanne sinken, legte ihre Hände auf ihre Knie und schloss ihre Augen. Er verfügte über einen athletischen Körper wie aus dem Bilderbuch.

Ihre Hände streichelten zärtlich die Innenseite ihrer Oberschenkel, hielten für den Hauch einer Sekunde an ihrem Schamberg inne, bevor sie weiter über ihren Bauch hinauf zu ihren Brüsten glitten. Hanne streichelte ihre erregten Brustwarzen. Sie konnte seine muskelbepackten Arme, die langen kräftigen Beine und diese seidige dunkle Haut ohne große Anstrengung noch fühlen, riechen und schmecken. Ihr Atem war schwer geworden.

Ihre rechte Hand glitt an ihrem Körper herunter und verweilte an ihren erregten Schamlippen. Hanne lächelte und öffnete ihre Augen. Sie drehte den Wasserhahn zu und ließ sich ins Wasser gleiten. Wohlige Wärme empfing ihren Körper.

Während Hanne ihre Beckenmuskeln in rhythmischen Abständen spannte und entspannte, spreizten sich, wie von Geisterhand gedrückt, ihre Beine. Sie begann langsam und zärtlich ihre Klitoris zu streicheln. Wieder schloss sie die Augen, und jetzt war er da, dieser in seiner Erregung riesige dunkle Penis. Hanne verstärkte den Druck ihrer Finger und spannte die Bauchmuskulatur an. Dann endlich das erlösende Gefühl. Ihr Unterleib zog sich mit rhythmischen Bewegungen zusammen. Ihr Orgasmus fühlte sich warm und feucht an. Oh, wie sie dieses Gefühl genoss, vergleichbar nur mit einem. Sie hatte ihn festhalten wollen, den Moment, in dem er auf dem Gipfel seiner Lust auf die vor ihm kniende Hanne ejakuliert hatte. So hatte sie sich sein Sperma auf Gesicht, Hals und Brust verteilt und es mitgenommen.

Hanne ließ sich weiter und weiter in die Wanne hineingleiten, bis ihr Kopf unter Wasser war. Als sie wieder auftauchte, lächelte sie verträumt. Nachdem sie sich sorgfältig die Haare aus dem Gesicht gestrichen hatte, angelte sie nach ihrem Handtuch, um sich die Hände abzutrocknen. Es dürstete sie nach einem weiteren Glas Champagner.

In dem Zustand der höchsten Entspannung wollte sie jetzt in Ruhe den Inhalt der Flasche leeren und dann würde sie – mit sich und der Welt, zu der ihre Gefährtin Polly keinen Zugang mehr hatte, im Reinen – in ihrem frisch bezogenen Bett in einen wohlverdienten Tiefschlaf sinken.

33
KAPITEL

Jahr 2009

Die Gedanken in Christine Eiselts Kopf überschlugen sich. Jetzt in diesem Augenblick erfuhr all das Rätselhafte aus der Vergangenheit eine Auflösung. Hilfesuchend drehte sie ihren Kopf zur Seite und betrachtete ihren Mann.
Pitt Eiselt saß mit vorgebeugtem Oberkörper auf der Couch und starrte, auf den Bildschirm. Als er den Blick seiner Frau bemerkte, griff er nach ihrer Hand, hielt sie mit beiden Händen fest und legte sie sich in den Schoß. Nach einem flüchtigen, mitleidigen Blick auf seine Frau, wandte er sich wieder dem Fernseher zu.
Was bin ich für eine dämliche Frau, dachte Christine Eiselt und lächelte still vor sich hin. Ich sitze hier neben der großen Liebe meines Lebens. Wir haben zwei tolle Kinder. Unsere Familie ist gesund und ich fühle mich unglücklich. Sie presste ihre Lippen zusammen und schüttelte über sich selbst den Kopf. Ich gräme mich über Dinge, die ich nicht ändern kann. Ich muss schlicht und einfach bescheuert sein.
Das Geschehen am Bildschirm erfasste sie nur nebenher. Zu tief war sie in eigenen Gedanken versunken. Die plötzliche Erinnerung hatte sich unvermittelt eingestellt.
„Chris, lass es." Der kleine drahtige Mann im weißen Kittel, der seit jeher ihr behandelnder Arzt gewesen war, hatte missbilligend seinen Kopf geschüttelt. Er hatte sich nach der Behandlung zu ihr an seinen Schreibtisch gesetzt, um ihr ein Rezept auszuschreiben. *„Als ich meine Akte angesehen hatte, habe ich einen von denen angerufen und ihn zur Rede gestellt."*

„Und?"
„Ich habe mich in der Sportmedizin ganz wohlgefühlt. Doch dann habe ich wohl etwas Falsches gesagt und bin versetzt worden."
Der Arzt hatte die Lippen zusammengepresst. Christine Eiselt konnte ihm ansehen, dass er noch heute – Jahrzehnte später – unter dem ihm angetanen Unrecht litt. *„Dabei wollte ich nur mal wissen, warum der das gemacht hat."*
„Und?"
„Er hat sich dumm gestellt und mich aufgebracht gefragt, was ich denn von ihm wolle."
„Nein", konnte Christine Eiselt einen Ausruf voller Entrüstung nicht verhindern.
„Doch. Ich habe ihn direkt damit konfrontiert, dass ich nun weiß, dass er mich denunziert hat."
„Und?"
„Er hat mich aufgefordert, ihn in Ruhe zu lassen und einfach aufgelegt. Daran siehst du, dass du von solchen Leuten keine Erklärung für ihr Tun, geschweige denn eine Entschuldigung erhältst. Also lass es lieber sein, diese Menschen anzusprechen. Die haben weder vor der Wende ein Unrechtsbewusstsein entwickelt noch danach. Du ärgerst dich hinterher nur noch mehr." Er zog seine Mundwinkel missbilligend herunter und schüttelte resigniert seinen Kopf.
Nachdenklich hatte sich Christine Eiselt von ihm verabschiedet, um ihm später recht zu geben. Die Stasispitzel zur Rede zu stellen, würde nichts bringen, denn deren Abstreiten wäre wahrscheinlich. Mit diesem Gedanken hatte sie innerliche Ruhe gefunden und ihren Frieden mit diesen Leuten gemacht. Doch nun war sie, nichts ahnend und völlig unerwartet, von ihrer Vergangenheit wieder eingeholt worden. Wie von einem Diaprojektor auf die Leinwand geworfen, entstanden in schneller Abfolge Bilder aus längst vergangenen Zeiten vor ihrem inneren Auge.

Während im Film die Szenen wechselten, saß Christine Eiselt, ohne deren Inhalt verarbeiten zu können, vor dem Fernseher und rang um Fassung.

„Es begann 1977, meine beiden Jungs waren noch klein", greinte auf dem Bildschirm ein in die Jahre gekommener Mann gerade. „Ich hatte meinen Mund wohl etwas zu voll genommen, jedenfalls bekam ich überraschend Besuch. Ich hatte die Wahl: Entweder ich wäre meinen Job losgeworden oder ich hätte mich verpflichtet für sie zu arbeiten." Seine Stimme begann zu zittern. Er knetete seine Hände. Tränen schossen ihm in die Augen. „Heute weiß ich, dass es falsch war. Aber ich habe mich für die letztere Variante entschieden", heulte er. „Sicher, man kann mich jetzt dafür verurteilen, aber was sollte ich denn machen?" Er schlug seine Hände vors Gesicht.

„Er nannte sich Robert Lanze", entfuhr es Christine Eiselt. Ihre Stimme hatte einen bitteren Klang angenommen. „Jeder hatte die Wahl." Sie marterte ihr Gedächtnis. Was hatte sie bloß über den Stasispitzel Robert Lanze in ihrer Akte gelesen? Dann fiel es ihr ein. Er war beauftragt gewesen, den Sinn ihrer Heirat auszuspionieren.

Christine Eiselt blies einen kurzen verächtlichen Atemzug aus ihren Nasenlöchern, kaum hörbar und untergehend in der Lautstärke des Sprechers. Ich hätte sonstwen geheiratet, wenn verheiratet zu sein, die Voraussetzung gewesen wäre, ins Ausland reisen zu dürfen, überlegte Christine Eiselt. Was sie aber nicht ausspioniert haben, ist, dass mich meine Heirat, wenn ich eine Flucht geplant hätte, ganz sicher auch nicht daran gehindert hätte.

Doch kaum hatte sie den Gedanken zu Ende gedacht, sank sie ein Stück in sich zusammen.

Einerseits verurteile ich ihn dafür, dass er um seines Vorteils willen den Weg des geringsten Widerstandes gewählt hat. Anderseits nehme ich für mich genau das in Anspruch. Ihre Au-

genbrauen zogen sich zusammen. Auch ich hatte die Wahl. Ich hätte nicht heiraten müssen, als der Generalsekretär des Sportverbandes genau das von mir verlangte. Aber was habe ich getan, als er mir ankündigte, dass meine Familienverhältnisse in Ordnung sein müssen, ich sonst anderenfalls nicht mit ins Ausland reisen würde? Ich habe nachgegeben und geheiratet.
„Was ist mit dir?", fragte Pitt Eiselt. „Geht es dir gut?" Er hatte seine Frau schon eine Weile beobachtet.
„Er hätte mich nur ansprechen müssen", antwortete Christine Eiselt ohne aufzusehen.
„Was hat er gemacht?"
„Das willst du nicht wissen."
„Oh doch!"
„Im Zusammenhang mit der geplanten Fertigstellung des Trainingsgerätes sucht der IM den Sportler zu Hause auf. Am Ende des Gesprächs wird der IM dessen Richtung auf die geplante Hochzeit der S. lenken. Anhand der Reaktion des Sportlers wird sich zeigen, ob sein Verhältnis zu der S. nur ein Strohfeuer war oder ob sie nur deshalb heiratet, um ihren Einsatz bei den Olympischen Spielen nicht zu gefährden, hatte der hauptamtliche Stasimitarbeiter nach dem Bericht dieses Herrn dort notiert." Der Zeigefinger von Christine Eiselt wies in die Richtung des Bildschirmes.
Der grauhaarige Mann verbarg sein Gesicht noch immer hinter seinen Händen. Er schüttelte sich vor Kummer.
„Er sieht aus wie ein alter gebrochener Mann. Sicher wird es ihm guttun, sich zu offenbaren", erwiderte Pitt Eiselt verständnisvoll. „Ich denke, dass ich dann, wenn ich in der DDR gelebt hätte, auch ein Stasispitzel oder aber ein Schieber gewesen wäre."
„Du wärst was gewesen?", prustete Christine Eiselt los. Es war ein befreiendes Lachen. Es löste die Schwere in ihr.

„Du hast ganz richtig gehört. Anders wärst du ja zu nichts gekommen."

„Nein, nein, mein Lieber. Ich kenne dich und glaube, dass du weder das eine noch das andere gewesen wärst", sagte Christine Eiselt immer noch lachend. „Du hättest einen Riesenbogen um dieses Land gemacht, weil du dich zu viel gegängelt gefühlt hättest."

„Das glaubst auch nur du. Wenn ich gewusst hätte, dass du in diesem Land lebst, wäre ich die siebenhundert Kilometer, die mich von dir getrennt haben, zu Fuß gegangen. Ich hätte an der Grenze geschrien: Lasst mich rein."

„Du bist süß. Komm mal her, ich muss dich küssen." Christine Eiselt zog den Kopf ihres Mannes zu sich heran und küsste ihn auf den Mund. „Vielleicht spreche ich ihn das nächste Mal an, wenn ich ihn sehe, und sage ihm, dass ich mit ihm im Reinen bin", sagte sie nachdenklich, als sie sich wieder zurückgelehnt hatte. „Ich verzeihe ihm", beschloss sie in diesem Moment.

„So einem kann ich nicht mal böse sein. Der hat nichts anderes getan, als seine eigene Haut zu retten. Ich bin auch nicht sauer auf meinen Vorgänger. Der kann nichts dafür, dass er dich nicht halten konnte." Pitt Eiselt begann sich in Rage zu reden. „Einem aber werde ich nie verzeihen. Was der mit dir gemacht hat, das macht man nicht mit einer Frau."

„Er wird seine Gründe gehabt haben."

„Er hat dich vorgeführt. Nimm ihn nicht noch in Schutz."

„Sei fair! Zum Vorführen gehören immer zwei. Erinnere dich, ich habe es beendet. Das sollte dich versöhnen."

„Das kannst du von mir nicht verlangen. Es war unnötig gewesen, sich zu offenbaren. Er hätte gegenüber den Oberen niemals offenbaren dürfen, dass er sich von seiner Frau scheiden lassen will, um Chris zu heiraten. Denn wenn ich so etwas ankündige, sollte ich es auch tun. Wenn ich mir nämlich nicht sicher bin, halte ich lieber meinen Mund und sage nichts."

„Da gebe ich dir recht. Aber es hatte auch etwas Gutes. So konnten wir beide uns finden. Also schließ deinen Frieden. Die Vergangenheit ist und bleibt unabänderlich."

„Niemals. Das kannst du nicht von mir verlangen", empörte sich Pitt Eiselt.

Wie recht er hat, dachte Christine Eiselt. Es wäre nicht nötig gewesen sich zu offenbaren. Erst recht nicht dann, wenn es stimmt, was in der Akte geschrieben stand. Sie runzelte ihre Stirn. Aber eigentlich ist der Bericht falsch. Holger Huth hat mir niemals ausrichten lassen, dass er die ganze Affäre nicht so ernst gemeint habe und er sich nicht von seiner Familie trennen könne. Ins Gesicht gesagt hat er es mir erst recht nicht. Er kam wieder von den Oberen und hat mich gefragt, warum ich seine Koffer gepackt habe. Ich hätte es nicht wissen können, dass er bei seiner Familie bleiben werde. Dann entspräche der niedergeschriebene, inoffizielle Bericht der Wahrheit. Er hatte noch rechtzeitig erkannt, welche Auswirkungen unsere Beziehung auf seinen Olympiastart gehabt hätte, und daher noch rechtzeitig seinen Rückzug angetreten. Sie presste ihre Lippen zusammen. Wir beide hatten die Wahl, und wir haben uns entschieden. Sicher, es war keine freie Entscheidung. Schließlich haben sie Maßnahmen ergriffen, uns voneinander zu trennen. So steht es zumindest geschrieben. Wer weiß, wie es gekommen wäre, wenn ich nicht losgelassen und er sich nicht für die Karriere, die ihm zugesagt war, entschieden hätte? Die Wahrheit kennen wohl nur drei Menschen. Sie warf ihrem Mann einen liebevollen Seitenblick zu. Ihre Stirn glättete sich wieder. So auf der Höhe der Aufgaben, wie ich gedacht habe, war die Krake Stasi nun auch wieder nicht. Sie haben etwas geahnt, nur beweisen konnte es niemand. Wie auch, sie haben uns niemals erwischt.

„Also ich finde, dass irgendwann ein Schlussstrich gezogen werden muss", erboste sich Pitt Eiselt kurze Zeit später und

riss seine Frau aus ihren Gedanken. „Es weiß ja nun wirklich jeder, der ihn kennt, dass er ein Stasispitzel war. Wie oft muss er sich denn nun noch Asche aufs Haupt streuen?"
„Sicher liegt es daran, dass er vor der Wende einen guten Job gemacht hat und jetzt auch wieder gut im Geschäft ist", mutmaßte Christine Eiselt und grinste in sich hinein.
„Es gibt zu viele Menschen, die ihm seinen Erfolg nicht gönnen. Er macht ja nicht nur Spitzenfotos, er kann auch auf mehrere Bücher verweisen. Erinnere dich, was sein Kollege mir erzählt hat. Er ist ihm immer vor die Kamera gesprungen und hat sich dadurch die besten Motive gesichert. Vielleicht liegt es an seiner eigensüchtigen Art ..."
„Ach, was. Sieh dich doch an! Du willst mir doch nicht erzählen, dass du deine Leistungen erbracht hättest, wenn du auf irgendeine Person Rücksicht genommen hättest?" Pitt Eiselt sah seine Frau skeptisch an. „Nach meinem Verständnis basiert Erfolg neben Ausdauer, Disziplin und Willensstärke auch zu einem gehörigen Teil auf Rücksichtslosigkeit."
„Ich verstehe schon, was du meinst. Der siamesische Zwilling des Erfolges ist das Wolfsgesetz, das Ellbogenprinzip oder wie man ..."
Christine Eiselt kam nicht mehr dazu ihren Satz zu beenden. Der Film fesselte nun auch ihre Aufmerksamkeit. „Sieh an, sieh an. IM Marion. Wer hätte das gedacht? Sie ist auch Stasispitzel gewesen. Das erklärt mir nun einiges."
„So, was denn?", wollte Pitt Eiselt wissen.
„Ihre in jederlei Hinsicht bevorzugte Stellung", entgegnete Christine Eiselt einsilbig.
„Erzähl mal."
„Hätten sie sie jetzt nicht geoutet, hätte ich mir bis an das Ende meiner Tage eingebildet, dass alles, was geschehen ist, an ihrer wunderbaren Art, ganz Weibchen zu sein, lag. Im Gegensatz zu mir vermag sie es, in jedem Mann den Schutzinstinkt zu

erwecken. Dabei ist sie nur eine Informantin gewesen. Ich bin froh, dass ich mich nach Einsicht in einen Teil meiner Stasiakte entschieden habe, nicht tiefer zu graben. Ich hätte mich nur noch mehr geärgert."

„Ach, nee. Hör mal, was sie zum Thema Doping zu sagen hat."
Pitt und Christine Eiselt konzentrierten sich wieder auf den Film.

„War klar", unterbrach Christine Eiselt das Schweigen. „Was soll sie auch sonst sagen?"

Sie griff nach der Hand ihres Mannes. „Ich bin so froh, dass ich auf dich gehört habe und das Forum damals abgesagt habe."

„Die hätten dich geschlachtet! Ich erinnere mich noch, wie die Bonzen aus eurem Sportclub im Publikum gesessen und nur darauf gelauert haben, dass einer etwas Falsches sagt. Sie hatten sicher nicht erwartet, dass wir später unbemerkt dazustoßen würden. So haben sie sich unbeobachtet gefühlt und wir konnten, von ihnen unbemerkt, ihre Reaktionen beobachten."

„Du hattest so recht mit deinen Argumenten. Das ist ein Thema, bei dem du nur verlieren kannst."

„Sage ich doch! Wie hättest du reagiert, wenn sie dich gefragt hätten, ob du während deiner Sportlerkarriere gedopt hättest. Hättest du ja gesagt, hätte es geheißen: Das war klar. Woher sollten die sportlichen Erfolge auch sonst kommen? Hättest du nein gesagt, hätte es geheißen: ‚Das glauben wir ihr sowieso nicht.'"

„Egal, was ich gesagt hätte, selbst wenn ich mit der Wahrheit herausgerückt, hätten sie mich zum Nestbeschmutzer degradiert", pflichtete Christine Eiselt ihrem Mann bei.

„Hört, hört, diese Weisheit ist deiner ewigen Kontrahentin wohl auch ganz offensichtlich in Fleisch und Blut übergegangen. Warum sollte sie auch sonst sagen, dass man dieses Thema nun mal langsam abschließen müsse?"

„Sie hatte schon immer und auf alles eine wohlfeile Antwort", antwortete Christine Eiselt spitz. Doch bereits die nächste Filmsequenz ließ sie wieder verstummen.

„Ich weiß, wer sie ist", erklärte Christine Eiselt nach einer Weile.

„Hauptsache, du irrst dich nicht. Die haben sie doch total verpixelt."

„Ich kenne ihre Geschichte. Mir fällt alles wieder ein. All das, was sie heute erzählt, hat man damals gemunkelt. Ich hatte es für ein Gerücht gehalten und nicht für voll genommen." Christine Eiselt schüttelte sich, als wenn sie frieren würde.

„Also Chris, eine Vergewaltigung ist eine Vergewaltigung. Das müsstest gerade du durch deinen Job doch am besten wissen."

„Ja, nur die Umstände waren so fragwürdig."

„Verstehe ich nicht …"

„Es hielt sich das Gerücht, dass sie auf dem Weg ins Kino, mitten auf der Straßenkreuzung, hingefallen war und so den Anschluss an die anderen Sportlerinnen verloren hat. Dadurch, weil sie hinter den anderen zurückgeblieben war und den Weg alleine gegangen ist, soll es zu der Vergewaltigung gekommen sein."

„Für mich klingt das logisch."

„Nein", Christine Eiselt schüttelte den Kopf. „Für mich ist das nicht nachvollziehbar, damals wie heute. Die Entfernung von der Sportschule bis zum Kino ist einfach zu kurz. Du kannst von einem zum anderen Ort fast hinspucken."

„Trotzdem lag ein Park dazwischen und ich vermute, dass der dunkle Ecken hatte."

„Aber welche Rolle soll denn dabei die Stasi spielen?"

„Hast du doch gehört: Sie sagt, dass sie von deren Mitarbeitern im Zusammenhang mit ihrer Vernehmung angesprochen worden ist."

„Und das glaubst du?" Christine Eiselt warf ihrem Mann einen zweifelnden Blick zu.

„Ja, warum denn nicht? Was hätte sie denn heute noch für einen Grund zu lügen?"

„Ganz einfach." Verständnislosigkeit klang aus der Stimme von Christine Eiselt. „Sie will ihr Wirken für die Stasi rechtfertigen."

„Aber du hast doch gerade gehört, dass der, den die Keule am meisten getroffen hatte, bereits seit langem tot ist. Warum also sollte sie so emotional reagieren, wie sie es bei ihrem Geständnis getan hat, wenn es ihr nicht wahrhaftig leidtun würde?"

„Du meinst, warum sie jetzt so auf die Tränendrüse gedrückt hat?"

„Chris, sei nicht so hart …", tadelte Pitt Eiselt seine Frau.

„Also ehrlich Pitti, erinnere dich, was ich immer unserer Tochter gepredigt habe." Während sie auf eine Antwort ihres Mannes wartete, schob Christine Eiselt in provokanter Geste hinter geschlossenen Lippen die Zunge über ihre Schneidezähne. Als Pitt Eiselt nicht reagierte, riss sie die Augen weit auf und sagte: „Eine Frau, die nicht auf Knopfdruck heulen kann, ist keine richtige Frau." Es klang vorwurfsvoll.

„Ja, ich erinnere mich." Pitt Eiselt griente. „Aber mir will trotzdem nicht einleuchten, warum sie jetzt noch eine Show abziehen sollte?"

„Zum Beispiel, weil es leichter ist, ein Opfer zu sein und nicht der Täter."

„Aber sie ist Opfer." Pitt Eiselt schüttelte den Kopf. „Sie ist schließlich vergewaltigt worden."

„Bleib locker. Sie sagt, dass sie vergewaltigt worden ist, aber weißt du, ob das stimmt?"

„Ich glaube ihr."

„Siehst du, ich nicht. Aber es kann nur einer von uns recht haben", provozierte Christine Eiselt erneut und sah ihren Mann lauernd an. „Und nun? Ein bisschen vergewaltigt geht nicht."
„Sag mal, was ist denn mit dir los?"
„Mit mir?" Christine Eiselt schüttelte ihren Kopf. „Mit mir ist nichts los", tat sie erstaunt und zuckte die Schulter. „Aber mit uns." Sie nickte heftig. „Gerade in diesem Moment sind wir das beste Beispiel dafür, dass es auf die Wahrheit überhaupt nicht ankommt."
Pitt Eiselt sah seine Frau verständnislos an.
Christine Eiselt lächelte. „Stell dir vor, wir beide sind Richter. Dich konnte sie überzeugen, mich nicht. Du wirst in ihr das Opfer sehen und ihren vermeintlichen Vergewaltiger verurteilen." Sie redete atemlos. „Ich hingegen sage: Sie lügt …"
„Aber weder du noch ich waren dabei", fiel ihr Mann ihr ins Wort.
„Genau darauf wollte ich hinaus." Christine Eiselt nickte zufrieden. „Unsere Rechtsprechung basiert auf Gesetzen, die die Opfer schützen und die Täter bestrafen."
„Sag mal, willst du jetzt einstimmen in das hohe Lied derer, die vom Rechtsstaat singen?"
„Absolut nicht! Was ich sagen wollte – und du wirst mir recht geben – ist, dass die Wahrheit immer hinter der Frage der Betrachtung zurückbleibt." Christine Eiselts Hand wies wieder zum Bildschirm. „Grundsätzlich kann ich mir vorstellen, dass aus dem Opfer eine Täterin wird. Aber ich finde es unrealistisch, dass die Stasi ein Vergewaltigungsopfer so unter Druck setzen kann, dass es sich dazu entschließt, die eigenen Sportkameraden auszuspionieren. Es gab keinen Grund dafür." Ihre Stimme klang hart. „Sie hat auch keinen genannt, weder damals noch heute." Sie kniff ihre Augen zum Schlitz zusammen. „Aber sie hat etwas getan, was noch schlimmer ist. Da hilft

jetzt weder heulen noch wehklagen. Das hätte sie sich vorher überlegen müssen."

„Was hat sie denn getan, dass du so unversöhnlich reagierst?", wollte Pitt Eiselt wissen.

„In der Mensa hing die Losung: Oktoberrevolution-Wende in der Geschichte der Menschheit." Christine Eiselt sah mit einem Male müde aus. „Der, von dem sie sprach, hat das ‚W' entfernt. Seine Zimmernachbarn haben davon gewusst …"

„Sie haben sich einen Dummejungenstreich erlaubt."

„Dafür sind sie alle von der Schule geflogen. Sie hatten alle drei noch eine hoffnungsvolle Karriere vor sich."

„Und nun ist einer von ihnen tot."

„Einer, nämlich der, der den Buchstaben entfernt hat", sagte Christine Eiselt gedankenversunken und starrte auf den Bildschirm.

„Sie sagte, dass sie sich gerne bei ihm entschuldigt hätte …"

„Bei ihm." Christine Eiselt nickte ohne aufzusehen. „Das stimmt, das hat sie gesagt." Dann riss sie ihren Blick los und richtete ihn, ohne dass ihre Lider plinkerten, auf ihren Mann. „Doch was ist mit den anderen? Die leben noch. Hast du von denen gehört, dass sie sich bei ihnen entschuldigt hat?"

„Nein."

„Ich auch nicht!"

34
KAPITEL

Jahr 2009

Wenn es doch nur schon vorbei wäre. Hanne war mit ihren Gedanken ganz woanders. Die Liebkosungen ihrer Zunge und ihrer Hände waren mechanisch. Endlich. Polly zuckte in orgastischer Lust und stöhnte laut auf. Ihre braunen Brustwarzen hatten sich hoch aufgerichtet. Emotionslos beobachtete Hanne, wie sich ihre Gefährtin mit geschlossenen Augen auf dem Laken wand. Sie löschte das kleine schummrige Licht auf dem Nachttisch und sank erschöpft zur Seite.
Als sie Pollys Hand auf ihrer Schulter spürte, legte sich auf den Rücken, schob ihre Hände unter den Kopf und starrte ins Dunkle.
Polly schob sich so dicht an sie heran, dass Hanne ihren Atem auf ihrer Haut spüren konnte.
„War es gut für dich?"
Hanne antwortete nicht.
„Was hast du?"
Hanne reagierte noch immer nicht.
„Was ist los mit dir?" Polly richtete sich auf und beugte sich über Hanne.
„Dieses wird unsere letzte Nacht sein", antwortete Hanne.
„Was? Wieso? Was ist los?", stotterte Polly, überrumpelt und in diesem Moment außer Stande, die Tragweite dessen zu erfassen, was Hanne ihr mit einer brachialen Kälte ins Gesicht geschleudert hatte.
„Nach dieser Nacht wird unsere Beziehung zu Ende sein", erklärte Hanne, ohne sich zu bewegen.

„Das meinst du nicht im Ernst!" Polly setzte sich auf und schaltete ihre Nachttischlampe ein.

„Oh doch, ich meine es so, wie ich es gesagt habe", erwiderte Hanne, ohne ihren Blick von der Zimmerdecke zu lösen.

„Aber wir hatten einander versprochen zu heiraten."

„Uns zu verpartnern", berichtigte Hanne und sah Polly abweisend an.

„Für mich ist es das Gleiche."

„Kann schon sein, aber für mich nicht. Selbst wenn es das wäre, würde ich dir heute das sagen müssen, was ich auch meinem Mann gesagt habe, als es zu Ende war", erwiderte Hanne ohne eine Regung im Gesicht. „Es reicht nicht bis zum Ende. Es reicht mir nicht." Sie spuckte Polly die Worte fast ins Gesicht.

„Was ist passiert?", fragte Polly, noch immer fassungslos.

„Du kannst nichts dafür. Die Schuld liegt bei mir." Hanne wandte ihren Blick wieder der Decke zu. „Ich habe festgestellt, dass ich mit einer lesbischen Beziehung nichts anfangen kann. Ich fühle mich eben mehr zu Männern hingezogen."

„Intellektuell oder körperlich?" Polly kämpfte mit den Tränen.

„Genetisch."

„Was heißt das?"

„Tu nicht so. Ich bin nicht einmal bisexuell. Ich bin heterosexuell."

„Du hast mich nur benutzt!" Polly sprang auf und rannte nackt aus dem Zimmer.

Als Hanne sie im Nebenraum rumoren hörte, nickte sie und lächelte.

„Ich habe es gewusst. Die Ampullen sind weg. Du hast mich nur gebraucht, um an das Gift zu kommen ..." Polly blieb wie angewurzelt im Türrahmen stehen.

Hanne drehte in Zeitlupentempo ihren Kopf zu Seite. „Schäme dich, so etwas zu sagen." Sie musterte Polly von Kopf bis Fuß, als wolle sie sich deren Bild unauslöschlich für alle Zeiten in ihr Gehirn einbrennen.

„Du hast von Anfang an alles geplant. Ich war nur dein Werkzeug." Polly verschränkte ihren Arm über der Brust und bedeckte mit der anderen Hand ihrer Scham, als sie sich ihrer Nacktheit bewusst wurde. „Warum hast du die Ampullen weggenommen?" Zögerlich trat sie zurück in das Zimmer. Tränen rollten ihr über die Wangen. „Du wirst sie mir zurückgeben." Sie angelte nach einem achtlos auf den Boden geworfenen T-Shirt und schlüpfte hinein.

Diese Geste hatte etwas Verletzliches an sich.

„Selbst wenn ich es wollte, könnte ich es nicht", antwortete Hanne etwas milder.

„Wieso nicht?"

Hanne antwortete nicht.

Pollys Augen weiteten sich. „Du hast sie noch!"

„Eine habe ich noch."

„Wo ist die andere?", schrie Polly.

„Sie hat ihre Bestimmung erfüllt", wich Hanne aus und drehte ihren Kopf weg.

„Was hast du gemacht?", brüllte Polly, stürzte sich auf Hanne und rüttelte an ihren Schultern.

„Beruhige dich." Hanne schüttelte Polly mit einer unsanften Bewegung ab, richtete sich auf und schwang die Beine über die Bettkante.

Polly drehte sich herum und ließ sich neben Hanne aufs Bett fallen. Beide Frauen saßen nun, ohne einander zu berühren, nebeneinander auf der Bettkante.

„Ich will wissen, was du gemacht hast."

„Nichts Weltbewegendes. Ich habe nur die Gerechtigkeit, die mir zusteht, eingefordert."

„Du erzählst mir jetzt schonungslos und bis ins letzte noch so kleine Detail, was du mit der Ampulle getan hast", forderte Polly in einem Ton, der keinen Widerspruch duldete.
Die Frauen sahen sich tief in die Augen.
Polly nickte. Sie hatte genug gesehen. „Du hattest von Anfang an einen Plan, in dem ich nur als dein Werkzeug vorkam. Ich hingegen habe dich ehrlichen Herzens geliebt. Du warst ... bist", berichtigte sie sich, „die Liebe meines Lebens. Es ist nicht nur so dahin gesagt. Ich liebe dich mehr als mein eigenes Leben. Ich werde nun den Rest meiner Tage damit verbringen müssen, an dich zu denken." Sie schluckte und wischte sich mit dem Handrücken die Tränen vom Gesicht. „Bevor du gehst, sollst du noch eines wissen. Dann, wenn ich den letzten Atemzug meines Lebens machen werde, werde ich an dich denken. Deshalb habe ich es verdient, dass du mir die Wahrheit sagst. Ich frage dich also noch einmal: Was hast du mit der Ampulle gemacht?"
„Als ich erkannt habe, dass ich die Gerechtigkeit mit herkömmlichen Mitteln nicht erlangen werde, habe ich selbst die Sache in die Hand genommen und meinen Onkel dafür bestraft, was er mir angetan hat."
„Mit anderen Worte, du hast ihm eine tödliche Dosis verabreicht."
„So würde ich das nicht sagen. Ich würde sagen, er hatte die Wahl, und er hat die tödliche Dosis gewählt."
„Das hat er ganz gewiss nicht getan. Du hast es getan." Polly schüttelte ihren Kopf. „Wie ist es geschehen?"
„Er hat mich angerufen und mich um Hilfe gebeten. Das musst du dir mal vorstellen: Ein Täter bittet sein Opfer um Hilfe." Hanne fröstelte. „Wobei er die Hilfe genau genommen nur indirekt für sich beansprucht hat." Sie griff nach der Bettdecke und legte sie sich um die Schultern. „Also er hat mich angerufen. Als er mich bat, ihn zu besuchen, dachte ich noch, dass er

seinen Frieden mit mir schließen und den Missbrauch an mir einräumen will." Sie schüttelte ihren Kopf. „Aber Pustekuchen! Das Jugendamt hat seiner Enkelin die Kinder weggenommen und sie in einer Pflegefamilie untergebracht. Nun wollte er von mir wissen, was sie machen kann, damit sie die Kinder wiederbekommt", erzählte sie im Plauderton weiter. „Ich war fassungslos. Nicht mal, als ich ihn in die Richtung drängte, nahm er die Gelegenheit wahr, um reinen Tisch machen." Sie grinste. „Ich frage mich, was in den Köpfen von Vergewaltigern so vor sich geht? Hast du eine Ahnung?"

„Habe ich nicht", antwortete Polly. „Ehrlich gesagt, interessiert mich das auch gerade nicht. Mich interessiert, was in dir so *vor sich geht*." Sie schüttelte vor Erschütterung den Kopf. „Also, was hast du getan?"

Hanne ignorierte Pollys Frage. „Ich habe lange darüber nachgedacht, wie man auf die Idee kommen kann, Kinder zu missbrauchen."

„Was willst du damit sagen?", fragte Polly mit einem schrillen Ton in der Stimme.

„Ich werde niemals begreifen, wie ein erwachsener Mensch sexuelle Gefühle für ein Kind entwickeln kann. Aber ich wurde von ihm als kleines Kind missbraucht", antwortete Hanne in einem Ton, als sei das die alltäglichste Sache der Welt, „und zwar zu einem Zeitpunkt, als ich noch nicht einmal meine Regel hatte."

„Nicht auch noch das", stöhnte Polly auf und legte ihre Hand auf Hannes Arm. Ihre Mundwinkel zuckten.

„Ich denke, dass alle diese Täter ein gewisses Maß an Schizophrenie in sich haben müssen, um damit leben zu können, ein wehrloses Kind missbraucht zu haben. Ich kann mir das nur so erklären, dass sie im Anschluss alles verdrängen. Verstehst du, was ich meine?" Hanne schürzte die Lippen und sah Polly nachdenklich an.

„Nicht wirklich."

„Ein Kind zu missbrauchen, ist ein Verbrechen. Ein Verbrechen ist etwas Böses. Ich bin nicht böse. Und weil ich nicht böse bin, habe ich so etwas Schreckliches nicht getan. Sollte jemand etwas Gegenteiliges von mir behaupten, lügt er. Das nenne ich schizophren. Verstehst du jetzt, was ich meine?"

Polly nickte. „Ich denke schon."

„Ich habe ihn mit dem Missbrauch an mir konfrontiert. Er hatte die Chance, sein Verbrechen einzuräumen." Hanne sah Polly mit einem eindringlichen Blick an. „Er dachte nicht daran, sein Verbrechen an mir zu gestehen. Stattdessen erwartete er Hilfe von mir", empörte sich Hanne. „Ohne ein Wort des Bedauerns schickte er mich los. Als sei es die normalste Sache der Welt: Hilfe von seinem Opfer in Anspruch zu nehmen, die seiner Nachkommenschaft zugutekommen sollte. Und nun frage ich dich: Wo in aller Welt bleibe ich? Wer kümmert sich um mich? Wer interessiert sich dafür, dass mein Leben irreversibel zerstört ist? Nicht mal ein: Es tut mir leid."

Polly schwieg und senkte den Blick.

„Ich habe tags darauf mit meiner Anwältin telefoniert."

Polly sah auf. „Mit Frau Eiselt?"

„Mit wem sonst? Sie ist die Einzige, der ich in Rechtsdingen traue." Hanne unterstrich ihre leidenschaftlichen Worte mit einem heftigen Nicken. „Ich habe den Ratschlag von ihr unmittelbar an ihn weitergegeben." Hanne holte tief Luft. „Seine Enkelin hat als Unterstützung bei Gericht eine Betreuung für sich beantragt. Um so etwas zu bekommen, wirst du zuallererst begutachtet. Stell dir vor, der Gutachter hat herausgefunden, dass sie keine Betreuung braucht. Sie kann ihre Sachen schön alleine regeln, wenn sie eine Familienhelferin zugewiesen erhält." Sie lachte höhnisch. „Wie immer hatte Chris Eiselt das richtige Gespür." Hanne übersah Pollys erstaunten Blick. „Ich wusste, wann die Gerichtsverhandlung seiner Enkelin stattfin-

det. Danach habe ich ihn unter dem Vorwand, mich nach dem Ergebnis der Verhandlung erkundigen zu wollen, noch einmal besucht. Ich wollte ihm tatsächlich noch eine zweite Chance geben." Hannes Gesicht glich nun einer teuflischen Fratze. „So blöd kann auch nur ich sein", schalt sie sich. „Wie konnte ich annehmen, dass er zur Einsicht gekommen wäre und eine gute Tat mit einer guten Tat erwidern würde?"
„Was hattest du dir erhofft?", fragte Polly tonlos.
„Was ich mir erhofft hatte? Hörst du zu?" Hanne fuhr herum. „Er sollte endlich das an mir begangene Verbrechen gestehen", fauchte sie.
„Er hat es aber nicht …"
„Nein", sagte Hanne. „Hat er nicht. Deshalb ist er gestorben."
„Hatte er eine realistische Chance?"
„Vielleicht hätte ich ihm vergeben, wenn er es aufrichtig bedauert hätte. Wer weiß das schon?"
„Wie hast du es gemacht?"
„Es würde dich nur belasten." Hanne streifte die Decke ab und erhob sich.
„Ich will es wissen", sagte Polly tonlos.
„Nein." Hanne sammelte sich ihre Sachen in den Arm.
„Du wirst es mir sagen."
„Nein."
„Oh doch, das wirst du. Ich habe das Zeug hergestellt, also bin ich dafür verantwortlich."
„Hmm, Candy ist von dir hergestellt worden." Hanne stand unschlüssig vor Polly. „Aber du bist nicht dafür verantwortlich, dass ich es dir weggenommen und schon gar nicht, dass ich es eingesetzt habe. Das war meine Entscheidung. Mit der hast du nichts zu tun."
„Da irrst du dich, meine Liebe." Polly stand auf und stellte sich vor Hanne. „Wir beide sitzen im selben Boot. Du bist eine mehrfache Mörderin und ich bin deine *Mitwisserin*." Sie dehn-

te das Wort. „Egal, ob du mir sagst, wie du es getan hast oder nichts. Ich habe dich in der Hand und du mich."
„Willst du mich erpressen?"
„Pst. Was ist das denn für ein böses Wort?" Polly verschloss mit ihrem Finger Hannes Mund. „Niemals würde ich die Frau, die ich mehr liebe als mein eigenes Leben, erpressen."
Hanne trat einen Schritt zurück und sah ungläubig auf Polly.
„Was willst du?"
„Nichts, was du nicht geben könntest."
„Also was?" Hannes Ton wurde ungeduldig.
„Du wirst mich nicht verlassen. Wir werden eine Form von Beziehung finden, die uns beiden gerecht wird."
„Das glaubst du?"
„Das verlange ich!", erklärte Polly mit einem schrillen Unterton in der Stimme.
„Nein", Hanne schüttelte mit Nachdruck den Kopf, „ich habe dir das gegeben, was du wolltest und du hast mir das gegeben, was ich brauchte. Wir sind quitt." Sie drehte sich um und wollte den Raum verlassen.
„Du wirst bei mir bleiben."
„Du kannst mich nicht zwingen", antwortete Hanne und machte einen Schritt nach vorne.
„Doch."
„Was willst du tun? Die Polizei verständigen?"
„Zum Beispiel …"
„Das sagt ein Mensch, der vorgibt, einen anderen Menschen mehr zu lieben als sein Leben? Nein, das macht nur ein Mensch, der sich selbst am meisten liebt." Hanne schüttelte ihren Kopf und drehte sich um. „Du bist egoistisch.", sagte sie und bedachte Polly mit einem verächtlichen Blick.
„Bin ich nicht. Ich habe nur das Beste für dich im Sinn."
„Dann lass mich gehen."
„Ich muss dich beschützen."

„Du musst mich vor niemandem beschützen! Es gibt niemanden mehr, der mir etwas antun könnte. Alle, die mir Schmerzen zugefügt haben, sind jetzt mausetot." Hanne wollte sich gerade wieder in Bewegung setzen, als die angestaute Wut aus Polly herausbrach.
„Oh, du irrst. Ich lebe noch, und du lebst auch noch. Wir beide wissen genau, dass wir imstande sind, uns zu vernichten. Wenn eine von uns ihr Schweigen bricht, kann es mit den Annehmlichkeiten des Lebens vorbei sein. Ich lande im Gefängnis und du in der Klappse."
„Das ist dein Ziel? Entweder ich lebe mit dir deinen lesbischen Traum oder du vernichtest uns beide?" Hanne blickte in Pollys trotziges Gesicht. „Dann hast du mich nie geliebt", sagte sie traurig.
Polly antwortete nicht.
„So leid, wie mir das tut, aber ich muss es sagen. Wenn das so ist, bist du auch nicht besser als alle die, die mich für ihre Zwecke benutzt haben."
„Und?", begehrte Polly auf. „Willst du mich dafür auch umbringen? Eine Ampulle hättest du ja noch …"
„Die bleibt für mich."
„Sie gehört dir nicht. Es ist meine."
„Du könntest mich anzeigen: Meine Ex-Lebensgefährtin ist nicht nur eine Mörderin, nein sie ist auch eine Diebin", ätzte Hanne. „Sie hat mich beklaut. Zwar ist die Herstellung von Rizin verboten, denn es fällt unter das deutsche Kriegswaffenkontrollgesetz, aber ich habe es trotzdem hergestellt. Oh, Rizin fällt aber unter die Biowaffenkonvention von 1972 und unter die Chemiewaffenkonvention von 1997 und ist dort als Substanz aufgelistet. Wofür haben Sie es denn hergestellt? Ähm, ähm …", stotterte sie. „Ich selbst hatte nichts Böses damit vor. Ich wollte nur meine Ex-Lebensgefährtin in Sicherheit wiegen." Hanne wackelte mit ihrem Kopf. „Das müssen Sie uns

aber etwas näher erklären. Was meinen Sie mit: In Sicherheit wiegen?" Sie zuckte mit den Schultern. „Meine Ex-Lebensgefährtin will selbstbestimmt sterben, wenn es so weit ist", äffte Hanne Pollys Tonfall nach. „Oh, ist sie krank? Nein? Warum will sie sich denn umbringen? Ach, sie will sich gar nicht umbringen? Doch, aber noch nicht jetzt, sondern später. Aber wieso will sie sich denn später umbringen? Wenn es keine Rettung mehr für sie gibt. Aber sie weiß doch genauso wenig wie wir alle, wann ihr letztes Stündlein geschlagen hat ... Es könnte doch sein, dass sie tödlich verunglückt, umfällt und tot ist oder einfach so einschläft und nie wieder aufwacht ... Was sagen Sie dazu? Nichts. Wir glauben Ihnen nicht. Sie lügen. Vielleicht wollen Sie aber auch nur Ihrer Ex etwas anhängen?" Hanne riss ihre Augen auf und starrte Polly in ihr versteinertes Gesicht. „Lass es lieber, denn es könnte sich allein gegen dich selbst richten." Sie ließ ihre Sachen fallen, trat zu Polly und legte ihr die Hände auf die Schultern. „Alles, was du tust, ist karmisch. Alles Gute, was du tust, kommt zurück zu dir und alles Schlechte, so sagt man, bekommst du sieben Mal zurück." Sie verstärkte den Druck ihrer Hände. „Verzeih mir einfach, dass ich deine Liebe nicht so erwidern kann, wie du es verdienst. Ich wünsche dir, dass du das Ende unserer Beziehung auch als Möglichkeit für einen neuen Anfang begreifen kannst."
„Spar dir deine platten Worte. Du weißt, dass das für mich ausgeschlossen ist." Polly schüttelte unwirsch Hannes Hände ab.
„Wie du willst." Hanne bückte sich, um ihre Sachen wieder aufzusammeln.
„Ich werde niemals wieder einen Menschen so lieben können, wie ich dich geliebt habe."
„Das weißt du nicht, denn auch du weißt nicht, was die Zukunft für dich parat hält."
„Sei doch nicht immer so verdammt selbstsicher." Polly holte aus und schoss mit dem Fuß Hannes Hose durch das Zimmer.

"Nun, da ich geh', mach es uns doch nicht so schwer ...", begann Hanne zu singen, um Polly zu provozieren.
„Hör auf", zischte Polly, „ich mag es nicht, wenn du von früh bis Abend Holger Biege hörst und in meiner Gegenwart auch noch andauernd seine Lieder singst."
„Nun da ich geh, lohnt die Mühe doch nicht mehr." Hanne marschierte zum Fenster und bückte sich nach ihrer Hose. *„Meine Hoffnung ist gesunken wie ein morsches Boot und das Meer liegt ruhig unterm Abendrot."*
„Du sollst aufhören." Polly kochte vor Wut.
„Nun, da ich geh, sind die Worte wieder frei. Was du auch sagst", Hanne tippte Polly im Vorbeigehen mit dem Finger an, *„du, ich fühl' nichts mehr dabei."*
„Bleib hier", schrie Polly. „Ich bin noch nicht fertig mit dir." Sie stampfte auf den Boden. Dann besann sie sich und marschierte schnurstracks hinter Hanne her.
„In den Armen dieser Liebe war'n wir schön wie nie und so fremd sind wir einander ohne sie." Hanne zog die Badezimmertür hinter sich zu. *„Nun, da ich geh, hab ich einen neuen Sinn. Der trägt mich fort, bis ich angekommen bin."*
Als Polly bemerkte, dass die Badezimmertür verschlossen war, klopfte sie verzweifelt dagegen. „Mach sofort die Tür auf!"
„Diese Chance auf eine neue Liebe irgendwann, das ist alles, was ich dir noch geben kann." Hanne drehte den Wasserhahn der Dusche auf und steigerte ihre Lautstärke, um das Hämmern an der Tür zu übertönen. *„Nun, da ich geh, mach es uns doch nicht so schwer. Nun da ich geh, lohnt die Mühe sich nicht mehr. Meine Hoffnung ist gesunken wie ein morsches Boot. Doch das Meer liegt ruhig unter'm Abendrot."* Sie drehte das Wasser wieder ab und sprang aus der Duschkabine. In Windeseile trocknete sie sich ab und schlüpfte in ihre Kleidung. Dann griff sie nach einer Haarbürste und fuhr sich mit wenigen Bürstenstrichen durchs Haar. Nebenher stimmte sie summend ein neues Lied an. Nach

einem letzten flüchtigen Blick in den Spiegel ging sie zur Tür, drehte leise den Schlüssel im Schloss um und öffnete ruckartig die Tür.

Als Polly erschrocken zurückwich, wurde aus Hannes Summen wieder ein Singen.

„*An jenem Tag, der unser letzter war, schien eine Sonne so grausam, hart und klar, weißt du noch?*" Hanne griff nach ihrer Tasche, die wie immer auf dem Schränkchen im Flur stand. „*Und unsere Wiesen waren grün, giftig grün.*" Sie hauchte Polly einen flüchtigen Kuss auf das Haar. Dann angelte sie nach ihrem Mantel und verließ, ohne dass Polly aus ihrer Erstarrung erwacht wäre, die Wohnung.

35
KAPITEL

Jahr 2010

Christine Eiselt stand schon eine Weile die Hand auf den Tisch gestützt mit gebeugtem Rücken hinter ihrer Sekretärin und sah dieser, während sie den verarbeiteten Text über den auf den Bildschirm rollen ließ, mit hoch konzentriertem Gesicht über die Schulter.
Mitten in das „Stopp" der Anwältin hinein öffnete sich die Bürotür.
Die beiden Frauen sahen auf. Ein Lächeln wischte in Windeseile die Anstrengung aus ihren Gesichtern.
„Ich werd' verrückt", entfuhr es Christine Eiselt.
„Guten Tag, die Damen." Zwischenzeitlich hatte Thea Daduna das Büroinnere erreicht. Sie stellte den riesigen Präsentkorb auf den Tresen und rückte dann den Riemen ihrer Tasche zurecht. „Ich möchte mich bedanken."
Die drei Frauen schüttelten sich zur Begrüßung die Hand.
„Ich hatte ja schon mehrfach die Hoffnung, dass ich Ihre Hilfe nicht mehr benötigen würde, aber dieses Mal scheint es endgültig." Thea Daduna sah ihrer Anwältin in die Augen und lächelte. „Meine Rentenerhöhung ist durch. Sie haben recht gehabt. Ich musste nicht klagen. Die Auskunft, die mir die Mitarbeiterin gegeben hatte, war falsch. Ich bekomme nun monatlich eine Rente und …" Sie grinste. „Da ich sogar noch eine saftige Nachzahlung erhalten habe, dachte ich, ich sollte mich dafür bei Ihnen bedanken." Thea Daduna wies – ohne ihre Anwältin aus den Augen zu lassen – mit ihrem Kopf auf den einen angenehmen Duft nach Kaffee verbreitenden Präsentkorb.

„Vielen Dank, Thea. Ehrlich gesagt, Sie beschämen uns. Wir machen doch hier nur unseren Job." Christine Eiselt war sichtlich verlegen und knetete ihre Hände.

„Sehen Sie, genau darin liegt der besagte Hase im Pfeffer begraben."

„Wie meinen Sie das?", fragte Christine Eiselt verunsichert mit einem hilfesuchenden Blick auf ihre Sekretärin.

„Was ich damit sagen wollte, ist, dass sich der Klient, der einen Anwalt braucht, meist in einer ausweglosen Situation befindet. Ich hätte auch sagen können, das ist genau der springende Punkt", freute sich Thea Daduna mit einem spitzbübischen Lächeln im Gesicht, „Liegt also der Hase erst mal mit dem Pfeffer in der Pfanne, gibt's kein Entrinnen mehr für ihn. Genauso ist es mit dem Klienten. Hat er sein Problem erst einmal in die Hände seines Anwaltes gegeben, ist er diesem ausgeliefert. Will heißen, macht der Anwalt einen schlechten Job, hat der Klient Pech gehabt. Ihn trifft das Auswahlverschulden. Und ich habe mit meiner Anwältin eben auf allen Fronten Glück gehabt. Dafür wollte ich mich bedanken."

„Also Thea, das trage ich wie einen Orden. Vielen Dank. Ich weiß gar nicht, wie ich mich revanchieren könnte", überlegte Christine Eiselt, runzelte die Stirn und sah auf den Aktenberg, der sich auf dem Tisch ihrer Sekretärin türmte. Mit einem Mal hellte sich ihr Gesicht auf. „Ich denke, meine liebe Frau Brückstein wird eine Weile auch ohne mich auskommen." Sie streichelte mit ihrem Handrücken kurz den Oberarm ihrer darauf mit dem Kopf nickenden Sekretärin. „Ich war mit der Korrektur meiner Klage ohnehin gerade fertig. Hätten Sie Lust einen Kaffee oder einen Tee mit mir zu trinken und noch ein bisschen zu plaudern?"

„Gerne."

„Dann lassen Sie uns in die Kaffeeküche gehen, da stört uns keiner", freute sich Christine Eiselt und trat hinter dem Tre-

sen hervor und stellte sich vor ihr Geschenk. „Haben Sie etwas dagegen, wenn ich mein Geschenk mit meinen Mitarbeitern teile", fragte sie, während sie die Klarsichtfolie lupfte und ihre Nase hineinsteckte mit einem Seitenblick auf Thea Daduna.
„Nein, natürlich nicht. Am Erfolg einer Person sind doch immer mehrere beteiligt. Außerdem vervielfacht sich die Freude durch das Teilen. Nein", Thea Daduna schüttelte heftig ihren Kopf, „ich freue mich sogar darüber."
„Ich erst." Christine Eiselt sog das Aroma auf. „Hmm, das riecht so gut. Jetzt habe ich richtig Appetit auf eine Tasse Kaffee." Sie richtete sich auf. „Und wie sieht es mit Ihnen aus? Soll ich Ihnen auch eine Tasse bringen?", fragte sie ihre Sekretärin.
„Nein, danke."
„Dann bis gleich?"
Die Sekretärin nickte und wandte sich wieder dem Bildschirm zu.
„Also, Frau Brückstein hat mir frei gegeben", scherzte Christine Eiselt, wandte sich Thea Daduna zu und hakte sie unter. „Also, lassen Sie uns gehen, bevor sie es sich anders überlegt."
Alle drei Frauen lachten.
„Hier entlang." Christine Eiselt bugsierte ihre Mandantin durch den Flur in die Küche. „Was darf ich Ihnen anbieten?"
„Ich hätte gerne einen Tee."
„Kein Problem, davon haben wir eine große Auswahl", antwortete Christine Eiselt, ließ Wasser in den Topf laufen und öffnete, nachdem sie den Wasserkocher angestellt hatte, eine Klappe des Küchenschranks. „Ich kann Ihnen anbieten: Schwarzen Tee, Grünen Tee, Früchtetee, Kräutertee oder einen von den speziellen Eiselt-Tees."
„Die da wären", fragte die im Türrahmen stehende Thea Daduna.
„Frauenmanteltee …"

„Ist der zur Steigerung der Fruchtbarkeit?", unterbrach Thea Daduna die Aufzählung ihrer Anwältin.
„In Kombination mit Himbeertee und anderen Kräutlein ganz gewiss."
„Nee, nee, dann lieber nicht", lachte Thea Daduna. „Was haben Sie sonst noch anzubieten?"
„Energietee und Mondtee."
„Klingt interessant. Was ist das für Tee?"
„Energietee, wie der Name schon sagt, soll das Energiepotential erhöhen und der Mondtee in den jeweiligen Mondphasen die Gesundheit der Menschen stabilisieren."
„Dann möchte ich einen davon."
„Tasse oder Becher? Wir hätten hier auch noch einen Kameradenbetrüger anzubieten." Christine Eiselt wedelte mit einer riesigen Porzellantasse.
„Oh ja, bitte."
„Wird prompt erledigt." Christine Eiselt griff in den Schrank. „Na bitte schön, da haben wir ihn." Sie hielt triumphierend die Tüte hoch. „Tee im Zyklus des abnehmenden Mondes." Sie griff erneut in den Schrank und beförderte eine Schachtel Teefilter zu Tage.
„Klingt interessant. Glauben Sie an so etwas?"
„An den Einfluss des Mondes auf die Erde?", fragte Christine Eiselt verwundert und drehte sich zu ihrer Mandantin um.
„Ganz sicher, denn wie sonst würden sich Ebbe und Flut erklären lassen?"
„Finde ich gut." Thea Daduna nickte zufrieden. „Leben Sie auch danach?"
„So gut wie möglich", wich Christine Eiselt aus und löffelte vorsichtig den Tee in den Filter. „Möchten Sie Rohrzucker oder Honig in Ihren Tee?" Sie drehte den Teefilter zu und legte den Teebeutel in die Tasse.

„Honig wäre schön. Und bitte gleich hinein in die Tasse. Für einen wahrhaftigen Teekenner zwar ein No-Go, aber ich mag es so."

„Dann soll es auch so sein." Christine Eiselt griff wieder in den Schrank.

„Warum haben Sie eben das Thema gewechselt?", nahm Thea Daduna das Gespräch wieder auf.

„Sie haben es bemerkt?" Christine Eiselt drehte unschlüssig das Honigglas in der Hand.

„Und ob. Es ist so gar nicht Ihre Art."

„Thea, ich muss schon sagen: Ihnen entgeht nichts." Christine Eiselt grinste schelmisch und schraubte das Glas auf. „Das liegt daran, dass mich viele Leute für etwas durchgeknallt halten, wenn ich erzähle, dass ich nach dem Mond gärtnere, Blumen gieße, Fingernägel und Haare schneide und vieles andere mehr."

„Das sind dumme Menschen", entgegnete Thea Daduna.

„Seien Sie nicht so hart mit denen, die glauben, das Leben findet im Fernseher statt oder der Strom stammt aus der Steckdose. Sie wissen es nicht anders." Christine Eiselt löffelte den Honig in die Tasse. „Wie auch, ist doch Jahrtausende altes Wissen Jahrhunderte lang verloren gegangen." Sie sah auf. „Wie ist es mit Ihnen? Leben Sie nach dem Mond?"

„Noch nicht. Aber ich denke, dass ich ja nun über genügend Zeit verfügen werde, mich auch damit zu befassen."

„Das ist ein lohnenswertes Wissen. Ich habe es selbst ausprobiert. Reicht Ihnen ein Löffel oder möchten Sie mehr?" Christine Eiselt sah Thea Daduna fragend an.

„Nein, nein, ein Löffel genügt mir. Danke."

„Wussten Sie, dass die Kalender bis etwa zum Ende des Ersten Weltkrieges noch die Tierkreiszeichen enthielten?"

„Nein, das ist mir neu. Was ist passiert, dass sich das geändert hat?"

„Die Industrialisierung." Christine Eiselt schraubte das Honigglas wieder zu und stellte es in den Schrank zurück.
„Die Industrialisierung? Aber welcher Sinn steckt denn da hinter?"
„An einem Beispiel ganz einfach zu erklären. 1940 verwendeten die Bauern weltweit kaum Pestizide. Damals zerstörten Schädlinge etwa 3,5 Prozent der Ernte, also genau den Anteil, der Schädlingen zukommt. Wobei ...", sinnierte Christine Eiselt während sie das siedende Wasser in den Becher goss, „... Schädlinge ja nur dann Schaden bringen, wenn man von der Natur 100 Prozent Ertrag fordert." Sie stellte den Wasserkocher zurück in die Halterung und sah auf ihre Armbanduhr. „Interessant ist, wie es heute aussieht, denn heute wird die tausendfache Menge Pestizide pro Flächeneinheit versprüht. Man möchte annehmen, dass das ausreicht, um auch den letzten Kartoffelkäfer auszuradieren. Aber falsch. Die Ernteverluste stiegen gleichzeitig um das Vierfache, nämlich auf 12 Prozent. Die Steigerung des Verlustes erkaufen wir uns also mit weiträumiger Luft-, Wasser und Bodenvergiftung."
„Nicht nur. Wenn Sie sich wie ich häufig in Arztpraxen herumtreiben müssten, dann wüssten Sie, was von gentechnisch veränderten Pflanzen, Pestiziden und Düngemittel zu halten ist", seufzte Thea Daduna.
Christine Eiselt presste ihre Lippen betrübt zusammen, nickte und bewegte den Teebeutel in der Tasse.
„Es bestehen tatsächlich unsichtbare Fäden, die das ganze Universum zusammenhalten."
„So ist es", pflichtete Christine Eiselt Thea Daduna bei und nickte erneut. Nachdem sie einen winzigen Moment verharrt hatte, hob sie ihren gesenkten Kopf ruckartig in die Höhe. „Bei diesen Worten fällt mir ein, dass ich Sie etwas sehr Persönliches fragen wollte." Sie sah Thea Daduna direkt in die Augen. „Darf ich?"

„Aber selbstverständlich. Sie dürfen mich fragen, was Sie wollen. Schließlich habe ich Ihnen mein jetziges Leben zu verdanken."

„Ich habe Einsicht in meine Stasiakte genommen."

„Aha." Thea Daduna nickte wissend.

„War Ihr geschiedener Mann bei der Stasi angestellt?", brach es spontan aus Christine Eiselt heraus.

„Ja, das war er."

„Ich bin in meiner Stasiakte über den Namen Lothar Daduna gestolpert. Da dieser Name sicher nicht so häufig vorkommt, habe ich mir gedacht, ich frage Sie mal. Um ganz sicherzugehen." Es klang wie eine Entschuldigung.

„Ich hatte diese Frage schon früher erwartet." Mit dem warmen Lächeln trat wieder das zu Thea Daduna gehörende Leuchten in ihre blauen Augen. „Sie glauben nicht, wie er sich dafür geschämt hat. Er hat sich nicht getraut, sich bei Ihnen zu entschuldigen."

„Aber ich war ihm doch gar nicht böse", rief Christine Eiselt erstaunt aus. „Im Gegenteil: Er hat seinen Job ausgezeichnet gemacht."

„Er hat seinen Job gehasst."

Christine Eiselts Augen weiteten sich vor Erstaunen.

„Er kam weder mit dem alten noch mit dem neuen System klar. '89 wollte er aussteigen und lieber Busfahrer werden, als noch einen Tag länger seinen Dienst zu verrichten."

„Und dabei war er doch Offizier." Christine Eiselt hatte ihre Fassung wieder gefunden.

„Stimmt, er hatte es bis zum Oberstleutnant gebracht, vier Stufen vor dem Armeegeneral", spottete Thea Daduna. „Doch was hat das genützt? Nichts. Er kam auch nach der Wende nicht klar und fing an zu trinken. Dadurch klappte beruflich nichts mehr, und außerdem war das der Anfang vom Ende unserer Ehe."

„Er wusste es also und erinnerte sich. Deshalb hat er auch gefragt, warum Sie sich ausgerechnet mich ausgesucht haben", sinnierte Christine Eiselt vor sich hin und bewegte mechanisch den Teebeutel.
„Ja."
„Dabei bin ich ihm zu Dank verpflichtet. Hätte er seinen Daumen nach unten gehalten, wäre meine sportliche Karriere beendet gewesen."
„Das hat er wohl anders gesehen. Wir werden es nie erfahren, denn jetzt ist er tot."
„Er hätte mich bloß ansprechen müssen, ich hätte ihm sofort verziehen."
„Dazu war er zu schwach. Er hatte sicher Angst vor Ihnen."
„Tja, nun ist es zu spät." Christine Eiselt sah auf ihre Uhr. „Oh, der Tee ist fertig." Sie zog den Teebeutel heraus und ließ ihn sorgfältig abtropfen. „Ich kann es noch gar nicht fassen. Es ist so ungeheuerlich." Sie schüttelte ihren Kopf. „Dabei war er fair und hat er wirklich ordentliche Arbeit geleistet. Gleiches kann ich den miesen IMs, die auf mich angesetzt waren, leider nicht bescheinigen." Sie öffnete eine Luke des Küchenschranks und warf den Teebeutel hinein. Ihre Geste hatte etwas Endgültiges.
„War es sehr schlimm?", fragte Thea Daduna teilnahmsvoll.
„Unschön würde ich sagen", entgegnete Christine Eiselt und richtete sich auf. Sie griff nach der Teetasse. „Nehmen Sie bitte schon Platz. Mein doppelter Espresso geht schnell."
„Danke." Thea Daduna übernahm vorsichtig ihre Tasse und setzte sich an den Tisch.
„Unschön deshalb, weil sich in den Berichten der IMS Abgründe der menschlichen Seelen auftun", beendete Christine Eiselt in das klappernde Geräusch des Kaffeeautomaten ihren Gedanken.
„So schlimm?"

„Ach wo, nicht wirklich, aber eine gewisse Tragik, bei der der Bespitzelte auf der Strecke bleibt, birgt das alles schon in sich."
Mit ihrer Kaffeetasse und zwei Kuchentellern setzte sich Christine Eiselt vis-à-vis zu ihrer Mandantin an den Tisch.
„Wen wundert es? Das Opfer bleibt immer auf der Strecke."
„Als Opfer würde ich mich eher weniger bezeichnen. Was mich vielmehr stört, ist, dass immer ein fader Geschmack bleiben wird, egal, wie lange der Bespitzelte braucht, das alles zu verarbeiten", erwiderte Christine Eiselt. Ihre Stirn glättete sich. „Aber der soll uns jetzt nicht davon abhalten, ein Stückchen von meiner selbst gebackenen Eierschecke zu essen." Sie öffnete den auf dem Tisch stehenden Tortenbehälter.
„Was unterscheidet, Ihrer Meinung nach, den Bespitzelten vom Opfer?", wollte Thea Daduna wissen, während sie interessiert beobachtete, wie Christine den Kuchen auf die Teller verteilte.
„Ich will nicht ausschließen, dass Bespitzelte zugleich auch im eigentlichen Sinne Opfer sind. Das ist wohl eine Frage der Empfindung und der Betrachtung. Ich kann da auch nur für mich sprechen." Nachdenklich stützte Christine Eiselt den Kopf in ihre Handmuschel. „Was ich meine, ist, dass die Berichte der Spitzel über mich viel Unwahres enthielten, und das wird immer stehen bleiben, egal, ob sich dieser Personenkreis einmal bei mir meldet oder nicht."
„Sie meinen damit, dass die Unwahrheit über die Wahrheit gesiegt hat?"
„Nein, das meine ich nicht, denn das hat sie nicht. Ein Beispiel aus meinem Metier. Ist einer kriminell, nur weil die Leute ihn so nennen oder unfähige, im Zweifel sogar rechtsbeugende Richter eine Verurteilung ausgesprochen haben?" Christine Eiselt wartete die Antwort ihrer Mandantin nicht ab. „Ganz sicher nicht", fuhr sie fort, „denn dazu müsste derjenige sich strafbar gemacht haben. Wenn er aber die ihm vorgeworfene Tat nicht begangen hat, ist er nicht kriminell, ob die Leute es so

behaupten oder nicht." Sie griente. „Und nun lassen wir es uns schmecken. Sonst werden Tee und Espresso noch kalt."

Für eine kurze Zeit schweigend widmeten sich die Frauen ihren Kuchenstückchen.

„Also, was mich angeht, habe ich der Akteneinsicht neben den negativen auch durchaus positive Seiten abgewinnen können", fuhr Christine Eiselt fort, als sie aufgegessen hatte.

„So?"

„Ja, sie half mir bestimmte Zusammenhänge zu erkennen und die daraus resultierenden Schlüsse zu ziehen."

„Da bin ich aber neugierig. Was denn für welche?" Thea Daduna zog ihre Teetasse zu sich heran.

„Ich würde Ihre Frage gern mal mit dem Gelassenheitsgebet beantworten."

„*Gott, gib mir die Gelassenheit, Dinge hinzunehmen, die ich nicht ändern kann, den Mut, Dinge zu ändern, die ich ändern kann, und die Weisheit, das eine vom andern zu unterscheiden*", murmelte Thea Daduna. „Dieses Gebet habe ich seit langem auch zu meinem Lebensmotto auserkoren", erklärte sie freudig und nippte an ihrem Tee.

„Nur mit der Umsetzung und gerade in diesem Zusammenhang hapert es bei mir noch manchmal", gab Christine Eiselt ehrlich zu.

„Wieso?"

„Ich glaube, dass meine alten Verletzungen noch nicht ganz verheilt sind. Wenn ich an diese gewissenlosen Menschen denke, ergreift mich immer noch der Zorn."

„Das ist menschlich."

„Manchmal fliegt er mich ganz unerwartet an. Zum Beispiel neulich. Ich befand mich auf dem Weg vom Gericht in die Kanzlei, triefte so vor mich hin, besah mir gerade die Auslage eines Schaufensters, das hörte ich ein freundliches: Hallo! Als ich reflexartig feststellte, dass nur ich gemeint sein kann, weil

kein anderer Mensch in der Nähe war, erbot ich dem herannahenden Radfahrer ein freundliches Hallo zurück." Christine Eiselt nahm einen Schluck Espresso. „Und nun kommt es", sagte sie und stellte die Tasse ab. „Erst jetzt bemerkte ich, wen ich gegrüßt habe. Es war der Genosse Siegfried Kanthake, alias Stasispitzel Fritz Heilmann, eine Person, die ihre Stellung als Clubtrainer immer ausgenutzt hat, um mich auszuspionieren, zugleich auch der Vater meiner früheren Mitschülerin und Kontrahentin Heike Kanthake war. Und das, obwohl er mich meines Wissens nur ein einziges Mal direkt angesprochen hat und das war schon zum Zeitpunkt meiner Aufnahme in die Sportschule."
„Seitdem hat er Sie bespitzelt?", fragte Thea Daduna skeptisch.
„Nein, natürlich nicht. Er hat mir nur ein wenig Angst gemacht."
„Was? Wie alt waren Sie denn da? Da waren Sie doch sicher noch ein Kind!", empörte sich Thea Daduna.
„Ich war dreizehn, und er hat mir erklärt, dass ich dann, sobald ich mich konfirmieren ließe, wohl kaum die Chance haben würde, jemals in die Nationalmannschaft zu gelangen. So habe ich eben auf meine Konfirmation verzichtet und die Jugendweihe erhalten."
„So ein Scheißkerl."
Christine Eiselt nickte beipflichtend. „Ich weiß nicht, was ich ihm getan habe. Möglicherweise hat es daran gelegen, dass letztlich ich und nicht seine Tochter für die DDR an den Start gegangen bin. Ich weiß es nicht, und ich werde es wohl auch nie erfahren, warum er mich so diskreditiert hat. Vielleicht war es einfach nur der Neid", überlegte Christine Eiselt laut und runzelte ihre Stirn. „Seine Tochter hat mir immer leidgetan. Einmal kam sie weinend ins Internat und erzählte uns, dass er sie erst dann wieder zu Hause hat sehen wollen, wenn sie sich für die Olympischen Spiele in Moskau qualifiziert hätte."

Sie griff wieder nach ihrer Tasse, behielt sie aber unschlüssig in der Hand. „Hat sie natürlich nicht geschafft. Allerdings ist sie trotzdem wieder nach Hause gefahren." Sie trank den letzten Schluck mit einem Zug und stellte die Tasse wieder ab. „Sei es aus Boshaftigkeit, sei es aus Neid, jedenfalls berichtete er seinem Führungsoffizier, in dem Fall nicht Ihrem Mann, ich sei im Kollektiv nicht so gut angesehen. Wörtlich schrieb er: ‚Sie integriert zwischen den Mädchen, versteht es, aus dem Hintergrund die anderen gegeneinander auszuspielen. Der Trainer hat in dieser Richtung viel Aufwand, um immer wieder die Probleme der Zusammenarbeit in der Trainingsgruppe zu sichern.'"

„Er hat *integriert* geschrieben?"

„Hmm", Christine Eiselt nickte und fing an zu kichern. „Selbstredend meinte er: Sie intrigierte."

„Aber wie kam er dazu, so etwas zu schreiben?"

„Das wird genauso sein Geheimnis bleiben, wie er wohl niemals preisgeben wird, woher er wusste, was im Frauenumkleideraum so gesprochen wurde." Christine Eiselt seufzte. „Aber eigentlich stört mich das alles nicht. Mich wurmt, dass das Bild, was er und noch viel schlimmere von den zehn Spitzeln, die mich beschnüffelten, von mir gemalt haben, ein für alle Mal unauslöschlich geschrieben bleiben wird. Es ist so ungerecht", brach es aus ihr heraus, „Ich hatte keine Gelegenheit, Dinge geradezurücken, und diese Menschen geben einem auch nicht die Möglichkeit zu verstehen. Genau dabei wird es bleiben." Sie breitete ihre Arme aus. „Das ist das Eigentliche, was mich stört." Plötzlich grinste sie verlegen. Dann verschränkte sie die Arme über ihrer Brust. „Jetzt habe ich aber die ganze Zeit von mir geredet. Eigentlich wollte ich über Sie reden, Sie nach Ihrer Krankheit fragen und mich erkundigen, ob ich noch irgendetwas für Sie tun kann."

Thea Daduna schwieg und sah ihrer Anwältin lange prüfend in die Augen. Christine Eiselt hielt ihrem Blick stand.
„Sie meinen das ehrlich."
„Selbstverständlich."
Thea Daduna stellte ihre Teetasse, die sie mit beiden Händen umklammert hatte, ab. „Ich habe mein Schicksal aufgeschrieben." Sie nestelte an ihrer Tasche, zog einen dicken Ordner hervor und legte ihn zwischen sich und ihrer Anwältin auf den Tisch. „Eigentlich wollte ich mein schlimmes Leben öffentlich machen. Deshalb habe ich einen Teil davon an Buchverlage geschickt, zuletzt sogar an einen esoterischen." Sie grinste verschmitzt. „Natürlich habe ich entweder Absagen oder gar keine Antwort erhalten. Es interessiert offensichtlich niemanden, was ich zu sagen habe. Deshalb habe ich nun Abstand davon genommen. Sie sind also die erste Person, der ich mein Leben anvertraue, und auch die letzte. Ich habe schonungslos alles aufgeschrieben. Sie können damit machen, was Sie für richtig halten. Ich brauche das Ganze nicht zurück."
„Danke, Thea. Ich weiß nicht, was ich dazu sagen soll." Christine Eiselt zog sichtlich gerührt den Ordner zu sich heran. „Ihr Vertrauen trage ich wie einen Orden. Ich werde es lesen und dann entscheiden, was mit Ihrem Tagebuch geschehen soll."
„So soll es sein."
Die beiden Frauen nickten einander zu. Sie hatten einen Pakt geschlossen, von dem beide noch nicht einmal ahnten, was er bedeutete.

36
KAPITEL

Jahr 2010

Bis zu diesem Moment gestaltete sich dieser Tag für Christine Eiselt wie ein normaler Arbeitstag. Morgens hatte sie die neuen Posteingänge gesichtet und danach die Akten ihrer Sekretärin zur weiteren Bearbeitung zurückgegeben. Die ersten Besprechungstermine waren entspannt verlaufen, denn die Zeit davor war ausreichend gewesen, um noch einige unaufschiebbare Telefonate zu führen.

Doch nun war es mit der mit der Gelassenheit der Anwältin vorbei. Mit dem Blick auf den Papierbogen beschlich Christine Eiselt wieder das untrügliche Gefühl von drohendem Unheil. Die Schulhandschrift ließ ihren Magen rumoren.

„Tut mir leid, Frau Eiselt. Sie wollte erst weder ihren eigenen Namen nennen, noch welches Anliegen sie herführt. Ich habe sie mehrmals gefragt. Erst als ich ihr sagte, dass wir dann nichts für sie tun können, hat sie ihren eigenen Namen und ihre Adresse notiert. Mehr aber wollte sie partout nicht verraten", hatte Heike Brückstein schulterzuckend erklärt, den Aufnahmebogen auf den Schreibtisch von Christine Eiselt gelegt und – nach einem Blick voller Mitgefühl auf ihre Chefin – die Tür hinter sich wieder leise zugezogen.

Während die Anwältin angestrengt auf das Blatt, das ihr ihre Sekretärin soeben hereingebracht hatte, starrte, begannen sich ihr Puls und ihr Atem langsam zu beschleunigen. Was bewegte diese Frau, eine Rechtsanwältin aufzusuchen und sich nicht offenbaren zu wollen? Was war ihr Problem? Gegen wen richtete sich ihr Anliegen?

Intuitiv strich sich Christine Eiselt über den Bauch. Doch vielleicht war sie ja gar nicht eine Anwältin, der diese Frau ihr Vertrauen entgegenbringen wollte? Aber warum hatte sie sie dann überhaupt aufsuchen sollen? Was wollte diese Frau von ihr? Kannte sie sie? Mehrere Fragen schossen ihr gleichzeitig durch den Kopf. Genauso, wie es Heike Brückstein von dem Bürocomputer berichtete, war auch sie sich sicher. Sie hatte den in gestochen schöner Handschrift geschriebenen Namen noch niemals zuvor gehört.

Nach einem letzten Blick auf den Bogen Papier gab sie sich einen Ruck, erhob sich und ging mit festen Schritten durch ihr Büro. Als sie die Tür, die zum Wartebereich ihrer Kanzlei gehörte, öffnete, war jegliche Unsicherheit aus ihrem Gesicht verschwunden.

„Frau Polzfuß bitte."

Schon als die kleine rundliche Frau sich erhob und mit zielstrebigen Schritten auf sie zueilte, konnte Christine Eiselt die unüberwindbare Mauer, die sich in diesem Moment unsichtbar zwischen ihr und dieser Frau aufbaute, körperlich spüren. Mit einem maskenhaften Lächeln begrüßte die Anwältin ihre Besucherin.

„Bitte schön", sagte Christine Eiselt in einem unverbindlichen Ton, nachdem sich die Frauen die Hände geschüttelt hatten. „Nehmen Sie Platz." Sie wies auf die Stühle vor ihrem Schreibtisch.

„Ist es Ihnen egal, wo ich mich hinsetze?"

„Ja, wo es Ihnen recht ist", antwortete die Anwältin mit einer scheinheiligen Freundlichkeit und verdrehte angesichts der banalen Nachfrage ihrer Besucherin hinter deren Rücken die Augen. Doch schon, als sie sich selbst auf ihren Stuhl gesetzt hatte und nun vis-à-vis ihrer Besucherin gegenübersaß, war von dem Anflug von Gereiztheit, der Christine Eiselt bei dem Eintreten ihrer neuen Klientin ergriffen hatte, nichts mehr zu

spüren. „Wie kann ich Ihnen helfen?", fragte sie freundlich und sah der Dame von gegenüber direkt in die Augen.
„Ich habe gehört, dass Sie eine gute Rechtsanwältin sind."
„So?", fragte Christine Eiselt der Höflichkeit halber, verstummte sofort wieder und sah neugierig zu ihrer Besucherin hinüber.
„Vor allem habe ich gehört, dass Sie für Opfer eintreten."
„Sagt man das?" Christine Eiselt lehnte sich in ihrem Stuhl zurück, nahm eine abwartende Haltung ein und musterte unverhohlen ihre Besucherin.
„Ja. Deshalb habe ich Sie ausgesucht."
„Sie sind ein Opfer?"
„Ja."
„Sind Sie jemals misshandelt, missbraucht oder vergewaltigt worden? Hat man Ihnen jemals Gewalt angetan, physischer oder psychischer Natur? Hat man Sie jemals zu Unrecht verurteilt?", fragte Christine Eiselt in das Kopfschütteln ihrer Besucherin hinein und beobachtete, wie Tränen aus deren großen braunen Augen schossen und ihr über das runde Gesicht kullerten.
„Nein. Es geht um meine Frau."
„Um Ihre Frau?" Christine Eiselt hatte Mühe, ihre Überraschung zu verbergen.
„Besser gesagt, um meine Ex-Frau, präzise gesagt, meine Ex-Lebensgefährtin. Wir wollten heiraten. Sie hatte es versprochen. Allerdings ist es bei dem Versprechen geblieben. Sie hat mich verlassen." Es klang böse. „Sagt Ihnen mein Name etwas?"
Christine Eiselt richtete sich auf und griff nach dem Papierbogen auf ihrem Schreibtisch. „Ricarda Polzfuß?" Sie sah mit fragendem Blick hinüber zu ihrer Besucherin. Dann schürzte sie die Lippen und schüttelte sie ihren Kopf. „Nein, tut mir leid. Ich habe Ihren Namen noch niemals zuvor gehört. Hätte er mir bekannt sein müssen?"

„Das hätte ich mir denken können! Unglaublich, dass sie nie von mir gesprochen hat! Aber ich hätte es wissen müssen." Empörung, aber auch Enttäuschung sprach aus Ricarda Polzfuß' Stimme. Sie wischte sich mit dem Handrücken die Tränen der Entrüstung von den Wangen.
„Wer hat nie von Ihnen gesprochen?"
„Das sage ich Ihnen, wenn ich mir sicher bin, dass ich Ihnen vertrauen kann." Ricarda Polzfuß fingerte in der Tasche ihres kleinkarierten Wolljacketts. Sie beförderte ein Taschentuch ans Licht und schnäuzte kräftig hinein.
„Dazu müsste ich zunächst einmal wissen, warum Sie überhaupt hier sind."
„Meine Frau ist eine Mörderin." Ricarda Polzfuß tupfte sich die Tränen aus dem Gesicht. „Sie dürfen mich nicht missverstehen. Ich liebe sie und würde sie jederzeit zurücknehmen." Das Taschentuch verschwand wieder an seinen ursprünglichen Ort.
„Ich vermute, dass sie nicht will?"
„So ist es."
„Und jetzt komme ich ins Spiel", stellte Christine Eiselt lakonisch fest. „Was erwarten Sie von mir?"
„Ich möchte, dass Sie für mich Anzeige erstatten."
„Moment mal, habe ich das richtig verstanden? Sie behaupten, dass Ihre Lebensgefährtin einen Mord begangen habe ..." Christine Eiselt kam nicht dazu den Satz zu Ende zu sprechen.
„Sechs Morde", fiel ihr ihre Besucherin ins Wort.
„Okay, von mir aus auch sechs Morde", wiederholte Christine Eiselt gleichmütig, als handele sich bei dem Gesagten um etwas Alltägliches, „und mit meiner Hilfe möchten Sie Ihre Lebensgefährtin zwingen, zu Ihnen zurückzukehren?"
„Nein", Ricarda Polzfuß schüttelte ihren Kopf so heftig, dass ihr die Haare ihres zur Seite gekämmten Ponys ins Gesicht fielen. „Ich habe sie mehr geliebt, als mein Leben. Ich kenne sie.

Wenn sie sich etwas in den Kopf gesetzt hat, bringt sie keiner davon ab. Nicht mal Sie. Ihr Entschluss ist endgültig. Sie wird nicht zu mir zurückkommen. Ich möchte, dass Sie mir bei der Anzeigenerstattung behilflich sind."

„Dazu müssten Sie mir erst einmal sagen, wie Sie darauf kommen, dass Ihre Lebensgefährtin sechs Menschen ermordet hat. Waren Sie dabei?"

„Nein, aber sie hat mir gegenüber die Morde eingestanden, zumindest einige. Die anderen kann ich mir selbst zusammenreimen."

„Sie hat Ihnen gegenüber die Morde gestanden?", wiederholte Christine Eiselt ungläubig.

„Es sieht so aus. Jedenfalls sind alle, von denen sie behauptet, sie hätte sie umgebracht, tot." Ricarda Polzfuß richtete sich auf und beugte sich verschwörerisch über die Tischplatte, die beide Frauen trennte. „Sicher besteht die Möglichkeit, ihre Leichen zu exhumieren."

„Wenn die Toten nicht verbrannt sind, ein Staatsanwalt davon überzeugt ist, dass sie ermordet wurden, er einen entsprechenden Antrag stellt, die Leichen zu exhumieren, und ein Richter hinreichende Gründe für einen solchen Antrag findet, ganz sicher." Christine Eiselt musterte ihre Besucherin.

„Sechsfacher Mord sollte ausreichend sein, oder?"

„Und Sie haben sich genau überlegt, dass Sie Ihre Lebensgefährtin anzeigen wollen?", wich Christine Eiselt einer Antwort aus. „Im Falle einer Verurteilung könnte die Strafe für sie lebenslang mit anschließender Sicherheitsverwahrung lauten. Das bedeutet, dass sie im schlimmsten Fall für immer weggeschlossen bliebe."

„Ja, ich will, dass sie ihre Strafe für die Morde erhält."

„Warum? Aus Rache?"

„Sie ist krank, und zwar in mehrerlei Hinsicht."

„Dann kommt sie unter Umständen in die Psychiatrie und von dort nie wieder frei."
„Das nehme ich in Kauf."
„Weil sie es verdient hat?" Christine Eiselts Stimme hatte einen lauernden Ton angenommen. „Oder vielleicht, weil Sie so verletzt sind, dass dann, wenn Sie Ihre ehemalige Lebensgefährtin nicht haben können, auch niemand anders sie haben soll?"
„Weil sie aufhören soll zu morden." Es klang wie ein bockiger Schrei.
„Oh, es besteht die Gefahr, dass sie es wieder tut?"
Ricarda Polzfuß senkte die Augen und schwieg.
„Wenn sie es getan hat, warum hat sie es getan?"
„Sie ist missbraucht und vergewaltigt worden." Ricarda Polzfuß begann nervös mit ihren Fingern auf die Tischplatte zu trommeln. „Es begann, als sie noch ein Baby war, und endete, als sie schon eine Frau war. Sie sagt, dass die an ihr begangenen Verbrechen sie krank gemacht haben."
„Soso, und dafür hat sie sich gerächt?"
„Jedenfalls sagt sie es so. Ich war schließlich nicht dabei." Ricarda Polzfuß unterbrach ihr Trommeln „Auf wessen Seite stehen Sie überhaupt?", empörte sie sich.
„Das weiß ich noch nicht. Dazu müssten Sie mir mehr erzählen", antwortete Christine Eiselt, fixierte den Blick ihrer Besucherin und angelte nach einem Kugelschreiber.
„Angefangen hat es mit ihrem Vater, Hans-Heinrich Büning. Seine Lieblingsnachspeise war Vanillepudding mit Heidelbeersoße", begann Ricarda Polzfuß, nachdem sie, im Kräftemessen Christine Eiselt unterlegen, ihren Blick abgewendet hatte. „Sie hat ihm Bilsensamen im Nachtisch verabreicht."
Die Anwältin hielt inne. Der Name, den die Besucherin genannt hatte, kam ihr sehr bekannt vor. „Bilsensamen?", fragte Christine Eiselt irritiert, als sich mit einem Mal ein verstärktes Grummeln in ihrem Magen bemerkbar machte.

„So mancher Mord ist schon mit Hilfe dieser Samen verübt worden. Die Theorie sagt: Fünfzehn kleine Samen sollen ausreichend sein, um ein Kind nicht mehr retten zu können, wie es in der Praxis aussieht, weiß ich natürlich nicht", ließ Ricarda Polzfuß in oberlehrerhaften Tonfall verlauten. „Bilsenkraut, das pflanzliche Gegenstück zu Arsen, ließ sich schon immer schwer nachweisen und außerdem: Wer vermutet bei dem Tod eines an Demenz Erkrankten schon Mord?"

„Was hat der Vater Ihrer Lebensgefährtin angetan?", fragte die Anwältin, während sie das Gesagte gewissenhaft notierte.

„Ihre ersten schemenhaften Erinnerungen sind, dass er ihr seinen Penis in den Mund gestopft hat. Später hat er ihn vaginal eingeführt."

„Sie sagen: Er hat. Sie glauben ihr?"

„Ja, zu hundert Prozent. Jedenfalls deutet ihr Krankheitsbild darauf hin. Sie hat eine Persönlichkeitsstörung."

Ein unmerkliches Erschrecken überzog Christine Eiselts Gesicht. „Wie äußert sich die Krankheit?", fragte sie und starrte dabei intensiv auf ihre Mitschrift.

„Sie hat ihre Seele gespalten. Es wohnen mehrere Schwestern und Töchter in ihr. Je nach Situation haben sie dann die Handlungen meiner Frau bestimmt."

„Hat die Mutter Ihrer Frau nichts bemerkt?"

„Adelheid Büning hat nicht nur zeitlebens zu ihrem Mann gestanden, sondern noch über dessen Tod hinaus. Anstatt ihr zu helfen, hat sie gegenüber meiner Frau noch Vorwürfe erhoben. Für sie war meine Frau die Schuldige, dass es überhaupt zum Missbrauch kam."

„Und dafür hat sie auch sie umgebracht?" Christine Eiselt warf ihrer Besucherin einen skeptischen Blick zu.

„Hans-Heinrich Büning ist für seine Taten nie vor ein Gericht gestellt worden, wie auch, es hat ihn ja niemand angezeigt.

Nein, sie hat ihre Mutter getötet, weil diese sich weigerte, den an ihr begangenen Missbrauch zu bestätigen."
„Ihre Frau hätte ihren Vater anzeigen können."
„Nein." Ricarda Polzfuß schüttelte heftig ihren Kopf. „Als ihre Erinnerungen einsetzten, waren die Taten bereits verjährt. Es ging ihr nur darum, als Opfer anerkannt zu werden. Wenn ihre Mutter ausgesagt hätte, weil sie die einzige Zeugin des Missbrauchs an den Kindern war, dann wäre sie als Opfer anerkannt worden."
„Was heißt an den Kindern?", wollte Christine Eiselt wissen.
„Auch die Brüder meiner Frau sind von dem Vater missbraucht worden. Sie selbst ist einmal Zeugin eines solchen Missbrauchs geworden. Hans-Heinrich Büning hatte seinen jüngsten Sohn über den Hauklotz gelegt, auf dem er sonst Holz gehackt hat, und ihm anal seinen Penis eingeführt. Im Gegensatz zu ihrem Bruder, der alles offensichtlich genauso wie sie jahrzehntelang verdrängt hatte, konnte meine Frau diese Taten niemals vergessen", beeilte sich Ricarda Polzfuß atemlos zu berichten. „Dennoch stand das Glück auf ihrer Seite. Weder ihr Vater noch ihre Mutter noch ihr Onkel sind obduziert worden. Aber was sage ich da." Ruckartig legte sie sich in den Besucherstuhl zurück. „Sie hat nichts dem Zufall überlassen. Sie hat alles genau geplant."
„Obwohl sie krank ist?", fragte Christine Eiselt, nachdem sich die Frauen eine Weile taxiert hatten. „Okay, dann erzählen Sie mir mal, wie Ihre Frau ihre Mutter ermordet hat", forderte sie, als sie keine Antwort erhielt.
„Adelheid Büning war eine starke Raucherin. Die hat sie mit Nikotin ermordet. Rein wissenschaftlich betrachtet, ist Nikotin das hinterlistigste und gefährlichste Gift, das wir kennen. Bereits 0,05 Gramm führen zum sofortigen Tod", antwortete Ricarda Polzfuß nun wieder bereitwillig. „Sie glauben mir nicht", unterbrach sie sich, als sie die hochgezogene Braue der

Anwältin bemerkte. Dann holte sie tief Luft. „Ich habe es hergestellt. Es war mein Verlobungsgeschenk an sie", endete sie sichtlich selbstgefällig.

„Sehr ungewöhnlich", konstatierte Christine Eiselt trocken und unterbrach ihre Mitschrift.

„Wir hatten uns geschworen, selbstbestimmt zu sterben. So kam sie in den Besitz ..."

Christine Eiselt nickte beipflichtend. „Und was geschah mit ihrem Onkel?"

„Berthold-Eugenius Büning hat sich in gleicher Weise wie ihr Vater an ihr vergangen, als sie noch ein kleines Kind war." Ricarda Polzfuß kreuzte die Beine und stützte ihren Ellenbogen auf ihr Knie. Nachdem sie ihr Kinn in die Handfläche gelegt hatte, sah sie die Anwältin abwartend an. „Sie hat ihm den Schierlingsbecher gegeben."

Christine Eiselt schüttelte den Kopf. „Ich habe keine Vorstellung von einem Giftmord durch Schierling", bekannte sie und hob mit einer Geste des Bedauerns beide Hände. „Eigentlich weiß ich nicht einmal, was Schierling überhaupt ist", sagte sie wie zu sich selbst.

„Die gesamte Pflanze, vor allem aber die unreifen Früchte, enthalten das stark giftige Alkaloid Coniin. Bei einer Vergiftung bewirkt das enthaltene Coniin eine von den Füßen her aufsteigende Lähmung des Rückenmarks, welche schließlich zum Tod durch Atemlähmung führen kann. Der Vergiftete erstickt bei vollem Bewusstsein", erklärte Ricarda Polzfuß grinsend, ohne ihre Haltung zu ändern. „Sie hat ihm Schierling im Rotwein verabreicht."

„Und woher hatte sie den Schierling?", fragte Christine Eiselt interessiert, ohne von ihren Notizen aufzusehen.

„Der Gefleckte Schierling findet sich auf typischen Ruderalflächen, wie Schuttplätzen oder Brachen, an Ackerrainen, an Straßenrändern, manchmal auch auf Rübenäckern. Er bevorzugt tiefgründigere nährstoffreiche Lehmböden und gilt als Stickstoffanzeiger. Er ist eine Kennart der Taubnessel-Schierlingsflur. Das Verbreitungsgebiet des Gefleckten Schierlings umfasst Europa, Asien und Nordafrika, begrenzt etwa durch die Kanarischen Inseln, Algerien, Norwegen, Finnland, Altai, Baikalgebiet, Hindukusch, Iran und Äthiopien. Er kommt verschleppt und eingebürgert darüber hinaus auch in Nord- und Südamerika vor sowie in Neuseeland."

„Schon gut, schon gut", gebot Christine Eiselt ihrer Besucherin mit einer strikt-abwehrenden Handbewegung Einhalt. „All diese Morde, wenn sie denn stattgefunden haben, bedürfen einer erheblichen Intelligenz ..."

Sie kam nicht mehr dazu, ihren Gedanken zu Ende zu führen.

„Was denken Sie denn, mit wem Sie es zu tun haben!", empörte sich Ricarda Polzfuß in das Ratschen, das das Abreißen eines Blattes vom Schreibblock verursachte, richtete sich auf und verschränkte ihre Arme vor der Brust. „Meine Frau und ich, wir sind Pädagoginnen. Sie ist ... war sogar Direktorin und ich unterrichte Chemie und Biologie."

„Aha, daher auch Ihr Fachwissen." Die Stimme von Christine Eiselt klang besänftigend. Sie beugte sich, scheinbar ohne die ablehnende Körperhaltung ihrer Besucherin zu registrieren, wieder über ihre Notizen. Das Gefühl in ihrem Magen glich dem, das Tiefschläge in den Unterleib im Boxen verursachten. „Wie kann ich das glauben? Sie sprachen von sechs unaufgeklärten Morden, die auf das Konto einer einzigen Person gehen sollen!"

„Ihr Opfer Nummer vier hieß Alfred Taedtke. Der war ein heruntergekommener Säufer. Ich habe sie zwar zur Rede gestellt, aber genau weiß ich es auch nicht. Sie erzählt unterschiedliche Varianten. Einmal wollte sie ihn durch eine Embolie vom Diesseits ins Jenseits befördert haben, aber ein anderes Mal hat sie mir erzählt, dass sie ihn mit einer Plastiktüte über den

Kopf erstickt hat", unterbrach Ricarda Polzfuß die Stille nach einer endlos wirkenden Pause. „Sie ist so kalt, dass sie sich mit Traudi, seiner Witwe, hinstellt, ohne jegliches Schuldgefühl ein Plauderstündchen hält und ihr sogar heuchlerisch Beileid bekundet. *‚Ach T. T., gehe nicht so hart mit A. T. ins Gericht'*", äffte Ricarda Polzfuß ihre Geliebte nach. Sie verstummte, als sie Christine Eiselts Unwillen bemerkte. „Taedtke gehörte wie auch ein Mann namens Harald Kabeya zu den Tätern, die an der Vergewaltigung beteiligt waren, welche während ihrer Ehe stattgefunden hat. Ich glaube aber, dass sie beide mit Rizin ermordet hat", fuhr sie in gleichgültigem Ton fort. Sie gefiel sich in der Rolle, die sie spielte.

„Das sie woher hatte?", wollte Christine Eiselt wissen. Es fiel ihr schwer beherrscht zu erscheinen. Der Schmerz in der Bauchgegend hatte sich noch einmal verstärkt.

„Was glauben Sie?" Wieder war Gleichmütigkeit herauszuhören.

„Von Ihnen. Sie haben es hergestellt und ihr gegeben."

Ein weiteres Mal fixierten sich die Frauen mit ihren Blicken.

„Fast richtig. Wir haben es Candy genannt, abgeleitet von dem englischen Wort für Bonbon oder Süßigkeit." Ricarda Polzfuß nickte wohlgefällig und rückte wieder näher an den Schreibtisch. „Die pulverisierten Samen werden mit Äther, dann noch mit Alkohol erschöpft, um Fette, Lecithin, Cholesterin, Alkoloide usw. zu beseitigen, endlich mit 10%iger Kochsalzlösung bei 37–40° C 24 Stunden mazeriert und das Filtrat der Mazeration durch Eintragen von Ammonsulfat bis zur Sättigung gefällt. Der Niederschlag wird bei Zimmertemperatur getrocknet und kann so jahrelang aufbewahrt werden, wobei er allmählich unlöslich und unwirksam werden wird. Will man das dem Niederschlag noch reichlich anhaftende Chlonatrium und Ammonsulfat entfernen, so kann man das durch Dialyse, denn das Toxin dialysiert nicht. Das Rizin gehört zu den am längsten bekannten und am meisten studierten Toxinen. Ich hatte es hergestellt, als das Nikotin verbrau...", Ricarda Polzfuß räusperte sich, „... verschwunden war."

„Quasi, um die Spur zu verwischen", ergänzte Christine Eiselt lakonisch und riss das nächste Blatt vom Block.

„Aus Liebe. Sie hatte mich darum gebeten. Es ging immer noch um ein selbstbestimmtes Sterben."

„Sicher", antwortete Christine Eiselt mit einem vieldeutigen Lächeln.

An Ricarda Polzfuß' Hals zeigten sich rötliche Flecke. Sie atmete heftig. „Sie wissen längst, von wem die Rede ist, oder?"

„Nein", log Christine Eiselt mit der unschuldigsten Miene, zu der sie fähig war, und strich sich über ihren Bauch.

„Am perfidesten hat sie ihren geschiedenen Mann umgebracht. Er war ein Stasioffizier, genau wie die andern beiden. Er hat seine Frau nach einem feucht-fröhlichen Abend vergewaltigt und später dabei zugesehen, wie auch seine Freunde seine Frau vergewaltigten." Ricarda Polzfuß schoss die Zornesröte ins Gesicht. „Dämmert es bei Ihnen? Auch Sie waren sein Opfer. Der geschiedene Mann meiner Frau war der, der Sie während der Zeit, als Sie eine Weltklassesportlerin waren, bespitzelt hat." Sie spuckte die Worte heraus.

„Hat er Ihnen das gesagt?", fragte Christine Eiselt gelassen. Ihre Augenbrauen wanderten nach oben.

„Nein, natürlich nicht", empörte sich Ricarda Polzfuß, als sie im Gesicht der Anwältin weder eine Geste des Erschreckens noch des Zornes entdecken konnte. „Es war meine Frau, Hanne oder Joey oder Thea oder Doro oder Dorle ... Es kam immer darauf an. Es gab auch Momente, da war sie eine ihrer Schwestern, die sie nie hatte, mal die kleine, mal die große, oder auch eine ihrer Töchter, die in ihr wohnen." Sie griente das heimtückischste Grienen, das Christine Eiselt je bei einer Frau gesehen hatte. „Sie haben zwar Namen, aber so weit ging unsere Liebe nicht, dass Johanna-Dorothea Daduna, geborene Büning mir deren Namen verraten hätte. So kenne ich nur den Namen ihrer tatsächlich existenten Tochter. Sie hat ihren Mann auf eine ganz grausame Art gekillt." Ricarda Polzfuß' Stimme erstickte. Es klang gekünstelt. Sie kniff ihre Augen zusammen und schüttelte den Kopf. Dann sah sie auf und starrte der Anwältin direkt in die Augen. „Ihre Leben sind ganz offensichtlich auf eine ganz sonderbare Weise miteinander verwoben, denn wenn man es genau nimmt, haben Sie ihr dabei sogar noch geholfen."

„Ach, ja? Da bin ich aber gespannt", erklärte Christine Eiselt kalt.

„Zumindest die Anregung stammt von Ihnen. Sie haben sich mit ihr über Ihren Mandanten, der im Krematorium arbeitet, unterhalten." Ricarda Polzfuß beugte sich verschwörerisch über den Tisch. „Sie hat verhindert, dass ihre Eltern und ihr Onkel verbrannt wurden."

Christine Eiselt erinnerte sich an das Gespräch. Ein unbestimmtes Leuchten, einem Lächeln gleich, trat in ihre Augen. Damit hat sie vermieden, dass die Leichen vor deren Einäscherung noch einmal ärztlich untersucht wurden, dachte sie, ohne dass sie dabei eine Regung verspürte.

„Es war Fasching und ich war so blind vor Liebe zu ihr, dass ich während sie den Mord ausgeführt hat, seine Frau abgelenkt habe. Harald Kabeya ist zwar verbrannt worden, aber wer sucht schon im behaarten Genitalbereich nach der Einstichstelle für eine Spritze." Ricarda Polzfuß' Ton wechselte ins Bittere. Sie ließ sich mit theatralischem Seufzen schwungvoll zurück in ihren Stuhl fallen.

Wahrscheinlich nicht einmal der Gerichtsmediziner, dachte die Anwältin und legte ihren Kugelschreiber aus der Hand, zumindest ist die Wahrscheinlichkeit gering, so hat es mir Borwin Niehs berichtet.

„Mit Alfred Taedtke bringt sie sowieso niemand in Verbindung", stellte Ricarda Polzfuß mit sichtlich hörbarer Enttäuschung fest, ohne die Anwältin auch nur eine Sekunde aus den Augen zu lassen, „Sie hat es vorzüglich geschafft, ihre Spuren zu verwischen."
Christine Eiselt dachte nicht daran zu antworten. Sie faltete die Hände, legte sie auf ihren Schreibblock vor sich auf den Schreibtisch und sah erwartungsvoll zu ihrer Besucherin hinüber.
„Aber sie hat eine Mitwisserin. Das bin ich und ich werde auspacken. Wenn Sie mir nicht helfen wollen oder können, werde ich eben jemand anderen darum bitten." Eine zunehmende Verbitterung in Ricarda Polzfuß' Stimme war unüberhörbar. „Irgendjemand wird sich schon finden", drohte sie. „Euch Anwälten hängt doch der Ruf an, für Geld alles zu tun", provozierte sie weiter.
„Und Sie behaupten, Sie hätten Ihre Frau geliebt?", ignorierte Christine Eiselt den Angriff auf ihren Berufsstand.
„Mehr als mein Leben. Ich wollte sogar mit ihr zusammen sterben, wenn sie vor mir stirbt. Aber sie hat mich nur benutzt." Wütend kniff Ricarda Polzfuß ihre Augen zusammen.
„Vielleicht aber auch nicht", warf Christine Eiselt ein.
„Sie ist egoistisch und benutzt jeden, solange der ihre sexuellen Gelüste befriedigt oder ihr sonstwie zum Vorteil verhelfen kann", barmte Ricarda Polzfuß pathetisch und streckte ihre Arme anklagend in die Höhe. „Natürlich", blaffte sie die Anwältin an, als sie deren Kopfschütteln bemerkte, und ließ ihre Arme wieder sinken. „Zurzeit vögelt sie den Typen aus dem Krematorium, der ihr geholfen hat, ihren Mann zu killen." Sie schnaubte verächtlich. „Wie abartig morbid muss man sein, sich von Händen begrabschen zu lassen, die den ganzen Tag an Leichen herumfummeln ..." Sie verstummte.

„Ach ja", nahm Christine Eiselt den Gesprächsfaden wieder auf, „die Geschichte des letzten Toten kenne ich ja noch nicht." Sie lehnte sich jetzt entspannt in ihren Stuhl zurück.

Sichtlich irritiert sah Ricarda Polzfuß zu, wie die Anwältin in ihrem Stuhl provozierend mit dem Oberkörper auf und nieder wippte. Als sie keinerlei Mitgefühl in dem Gesicht der Anwältin entdecken konnte, plinkerte sie mit ihren Augen, um die Tränen zu unterdrücken, die wieder in ihre Augen schossen.

„Sie hat Lothar Daduna mit dem HIV-Virus infiziert", presste sie böse heraus und rieb sich mit dem Handrücken die Nase.

„Wie das denn?", entfuhr es Christine Eiselt. Ihre Augen weiteten sich.

„Nicht auf die herkömmliche Art", erklärte Ricarda Polzfuß bereitwillig nach einem abwägenden Blick auf die Anwältin. „Ihr aktueller Stecher hat es ihr besorgt. Sie hat es genossen mir von seinen perversen Aktivitäten zu berichten", brach es aus ihr heraus. „Es hat ihr Freude gemacht, mir Details zu berichten."

„Details, wovon?"

„Von seinen Aktivitäten, um an den Erreger heranzukommen, von seinen tiefen Schnitten in die Leistengegend eines an Aids-Verstorbenen, aus der er das Blut geholt und in eine Ampulle abgefüllt hat. Wahrscheinlich hat er es ihr dann als Lohn nach einer ganz besonders wilden Nacht gegeben. Ich weiß es nicht und will es auch gar nicht mehr wissen", zischte Ricarda Polzfuß böse. „Jedenfalls hat sie es bei sich bis zu dem Tag im Kühlschrank aufbewahrt, an dem sie ihren Mann zu sich eingeladen und ihn besoffen gemacht hat. Der war auch so blöd und ist zu ihr gekommen, nachdem sie ihn schon mal nach der Scheidung eingeladen und wieder abblitzen lassen hat." Sie zog die Schultern hoch und schüttelte verächtlich ihren Kopf, als wolle sie sagen: Er war selbst schuld. „Als er dann eingeschlafen war, hat sie ihm das Blut gespritzt. Er kam ebenfalls

mit der Wende nicht klar. Auch er war ein Alki. Er befand sich in einem körperlich desolaten Zustand, sodass das Virus bald die Oberhand hatte und er verstarb. Aber das wissen Sie ja."
„Nein, das wusste ich nicht."
„Dann wissen Sie es eben jetzt. Werden Sie mir helfen?"
„Ich wüsste nicht, wie."
„Indem Sie das, was ich Ihnen gesagt habe, zu Papier bringen und es an die Staatsanwaltschaft schicken."
„Angenommen, ich täte das. Was erhoffen Sie sich im Idealfall?"
„Dass sie wegen sechsfachen Mordes bestraft wird!" Die Stimme von Ricarda Polzfuß nahm einen unangenehm schrillen Klang an.
„Also strafrechtliche Genugtuung?"
„Ja, sicher."
„Für wen?"
„Für die Gesellschaft."
„Für die Gesellschaft, deren System im Falle Ihrer Frau versagt hat?"
„Natürlich!"
„Und warum erstatten Sie nicht selbst die Anzeige? Dafür braucht man keinen Anwalt. Das kann man auch selbst und die, die zu feige sind, ihren Namen zu nennen, können auch eine anonyme Anzeige erstatten. Wie wäre es damit?", fragte Christine Eiselt unfreundlich. „Ich jedenfalls denke nicht im Entferntesten daran, Frau Daduna ans Messer zu liefern", erklärte sie entschieden.
„Aber Sie sind Anwältin, und Sie haben Grund, es doch zu tun."
„Ja, und welcher sollte das wohl sein?"
„Anwälte sind als Organe der Rechtspflege dazu verpflichtet, mitzuhelfen, dass Straftaten gesühnt werden. Auch Sie sind ein Opfer, denn schließlich hat Lothar Daduna Sie und Ihren

Liebhaber bis auf das kleinste Detail ausspioniert und der Obrigkeit darüber brühwarm Bericht erstattet. Sie müssten doch wissen, wie sich das anfühlt", entgegnete Ricarda Polzfuß entrüstet.

„Oh nein! So nicht!", platzte Christine Eiselt nun endgültig der Kragen. „Sie nehmen für sich die Rolle der Richterin für Frau Daduna in Anspruch? Sie?" Sie schüttelte heftig ihren Kopf. „Sie wollen strafrechtliche Genugtuung? Für wen? Vielleicht für eine Gesellschaft, deren System im Falle von Frau Daduna versagt hat? So funktioniert das aber nicht. Man kann nicht das Versagen der Gesellschaft wie einen Kaugummi von der Schuhsohle kratzen und dann munter weitergehen. Mein Leben geht Sie zwar nichts an, aber ich werde Ihnen trotzdem etwas daraus erzählen, weil es Ihnen vielleicht hilft zu verstehen. Sie irren sich nämlich gewaltig. Ich bin alles andere als ein Opfer. Ich war verheiratet. Eine Liebesbeziehung außerhalb dieser Ehe einzugehen, war meine Entscheidung. Dazu hat mich niemand gezwungen. Ich selbst habe sie getroffen, im Wissen, dass dieses Verhältnis für mich einschneidende Maßnahmen nach sich ziehen konnte. Die Konsequenzen standen also sowohl für mich als auch für meinen damaligen Freund, der ebenfalls verheiratet war, von vornherein fest", erwiderte Christine Eiselt und erhob sich aus ihrem Stuhl. „Als der Zeitpunkt kam, zu dem er gegenüber einem Funktionär erklärt hatte, er wolle mich heiraten und diese außereheliche Beziehung damit aufflog, war doch klar, dass die Stasi aktiv werden würde. Jeder, ob er ernsthaft vorhatte das Land zu verlassen oder bei dem auch nur Fluchtgefahr bestand, musste damit rechnen. Meinen Sie, da hätten die ausgerechnet bei zwei Spitzensportlern weggesehen? Zwei, die ins Ausland reisen und sich da – ohne die Gefahr erschossen zu werden – absetzen konnten? Nun raten Sie mal, was kommt", unterbrach sie sich und starrte böse auf ihre Besucherin, die seelenruhig in ihrem

Stuhl saß und nicht im Entferntesten daran dachte ebenfalls aufzustehen. „Das habe ich mir gedacht. Sie wissen es nicht", fuhr sie fort, als Ricarda Polzfuß ihren Kopf schüttelte. „Während sich alle IMs – seien es die Sportler, der Zeitungsreporter, der Masseur, Trainer, Sportmediziner oder die Personen, die man Funktionäre nannte – zwar ausnahmslos dafür einsetzten, mich nicht mehr ausreisen zu lassen, stimmten Herr Daduna und sein Stasikollege dafür. Ein Daumenzeig von ihnen nach unten und schon wäre meine sportliche Karriere beendet gewesen." Wieder unterbrach sie sich und starrte auf ihre Besucherin. Dann runzelte sie die Stirn. „Im Vergleich zu Holger Huth war ich aus sportlichen Gesichtspunkten die Entbehrlichere. Aber macht mich das automatisch zum Opfer? Gewiss nicht, denn auch damit musste ich rechnen. Opfer waren vielleicht mein damaliger Mann und die Frau von Herrn Huth, denn wir haben sie nicht gefragt, ob sie das billigen, was Herr Huth und ich damals für Liebe hielten." Die zunehmende Entrüstung von Christine Eiselt war deutlich hörbar. Sie erinnerte sich an den lautlosen Schmerz von Sandra Barschus, als sie in sichtlicher Erregung fortfuhr: „Oh nein, Sie und ich, wir beide haben nicht den leisesten Schimmer einer Ahnung, wie es sich anfühlt ein Opfer zu sein", sagte sie verächtlich.
Als sie ein überheblicher Blick ihrer Besucherin traf, schoss ihr Alrun Ignat-Sbach in den Sinn. Vielleicht sollte ich mir abgewöhnen zuerst an das Gute im Menschen glauben zu wollen, überlegte Christine Eiselt. Wie entsetzlich hatte ich mich getäuscht. Ich habe ihr die Vergewaltigung abgenommen. Ich hätte auf Pitt hören sollen. Als der die zerrissenen Kleidungsstücke in unserem Auto sah, die ich für sie aufbewahren sollte, hat er mir auf den Kopf zugesagt, dass sie spinnt. Aber ich Idiotin habe ihr die Opferrolle abgenommen und ihr geglaubt. Wie peinlich. Was muss das Gericht von mir gedacht haben? Sie trat hinter ihrem Schreibtisch hervor.

„Deshalb schlage ich vor, dass Sie das Ende Ihrer Beziehung besser als Chance für einen neuen Anfang begreifen."
Christine Eiselt stand nun beängstigend nahe neben dem Stuhl ihrer Besucherin.
„Und ich soll sie so einfach davonkommen lassen? Nein, das kommt nicht in Frage." Ricarda Polzfuß schüttelte energisch ihren Kopf.
Wieder maßen sich die Frauen mit ihren Blicken.
„Was stimmt mit Ihnen nicht? Sie wollen Rache nehmen? An einer Person, die Sie, wenn es wahr sein sollte, was Sie hier erzählen, mehr geliebt haben wollen als Ihr Leben?" Christine Eiselt beugte sich hinunter. Die Augen der Frau befanden sich nun auf gleicher Höhe.
„Ja. Das will ich."
„Wie erbärmlich ist das denn, eine Person ans Messer zu liefern, die sich – nachdem ihre nicht enden wollenden Hilfeschreie offensichtlich im Nirwana verhallten – mutterseelenallein einen Weg gesucht hat, mit dem ihr zugefügten Leid klarzukommen?"
„Die Frau gehört vor Gericht. Sie ist eine Mörderin", erklärte Ricarda Polzfuß trotzig. „Man muss die Gesellschaft vor Tätern schützen."
„Oh, ja. Das muss man. Aber was ist, wenn das System nicht funktioniert und mit einem Mal das vermeintliche Opfer ein Täter oder aber der Täter das eigentliche Opfer ist?"
Ricarda Polzfuß' Mundwinkel zogen sich verächtlich herab. Sie zuckte mitleidslos mit den Schultern. „Haben Sie keine Angst, mit dran zu sein, zum Beispiel wegen Mitwisserschaft, Strafvereitlung oder so etwas in der Art?"
„Sie wollen mir drohen?" Christine Eiselt richtete sich wieder auf.

„Ich sagte es ja schon, wenn Sie die Anzeige nicht machen, ich werde jemanden finden. Noch haben Sie die Gelegenheit mir zu helfen."

„Sie haben es offenbar noch immer nicht verstanden." Der arrogante Ton ihrer Besucherin brachte das Blut der Anwältin nur noch mehr in Wallung. Norman Pittich und Björn Kischkies fielen ihr ein. Der eine saß im Gefängnis und der andere hatte seine Stellung als Beamter verloren. Obwohl Christine Eiselt beide für unschuldig hielt, hatte sie deren Verurteilung nicht verhindern können. Das Gericht hatte den Frauen die Vergewaltigung abgekauft und beide schuldig gesprochen.

„Nun, dann muss ich mich eben deutlicher ausdrücken." Sie wandte sich ab und angelte nach dem Bogen, auf dem ihre Besucherin ihren Namen notiert hatte. „Obwohl Sie mir eben mehrere Gründe gegeben haben Sie anzuzeigen, werde ich darauf verzichten. Damit hat es ein Gespräch zwischen uns nie gegeben."

Noch ehe sich Ricarda Polzfuß versah, zerriss Christine Eiselt das Blatt Papier vor ihren Augen und stopfte sich die Schnipsel in die Jackentasche. „Ich habe mir nun lange genug Ihre erdachten Fantasien angehört und kann beim besten Willen nicht glauben, was Sie mir hier auftischen wollen. Das alles scheint mir doch von sehr weit hergeholt. Ich habe Thea als eine liebenswerte Frau kennengelernt, der das Leben sehr übel mitgespielt hat. Sie hingegen sind eine verschmähte und daher von Rache besessene Frau. Ich werde Ihnen jetzt sagen, wie es läuft. Theas Tagebuch befindet sich in meinem Besitz. Bevor ich es ihr zurückgebe, werde eine Kopie davon fertigen und diese in ihre Akte legen, die ich, solange ich lebe, aufbewahren werde."

Sie wandte sich erneut ihrem Schreibtisch zu, schob die Blätter ihrer Mitschrift zusammen und rollte sie auf. „Auf diesen

Blättern hier werde ich ein Gespräch vermerken, das zwischen Thea und mir stattgefunden hat."

Christine Eiselt klopfte sich mit der Papierrolle in die Handfläche ihrer leeren Hand. Sie hatte nicht geglaubt, dass sich ihr so schnell die Möglichkeit bieten würde, ihrer Besucherin die Unverschämtheit zurückgeben zu können.

„Dämmert es jetzt bei Ihnen?", fragte sie provokativ. Ihre Gelassenheit kehrte zurück.

Sie wartete eine Reaktion ihrer Besucherin gar nicht erst ab, sondern fuhr übergangslos fort. „In diesem Gespräch, zu dem ich das Datum notieren werde, an dem Thea hier in der Kanzlei war, berichtete mir Thea davon, dass Sie ..." Ihr Finger schien sich förmlich in die Brust ihrer Besucherin zu bohren, ohne dass sie sie wirklich berührte. „... all diese Morde, sollten es denn tatsächlich welche gewesen sein, begangen haben, um Ihre Geliebte zu rächen."

„Wie soll das denn gehen?", warf Ricarda Polzfuß ein. Sie faltete ihre Hände und lehnte sich in ihren Stuhl zurück.

„Oh, Anwälte führen über jeden einzelnen Termin einen Kalender und in meinem Fall werde ich auch diese zeitlebens aufbewahren, denn sie sind fälschungssicher, weil die Termine von meiner Kollegin notiert werden, was meine Kollegin, Frau Brückstein, jederzeit und mit gutem Gewissen beeiden kann und wird. Pech also für Sie, dass Sie einen Termin reserviert haben, ohne Ihren Namen zu nennen und diesen erst auf meinem Klientenaufnahmebogen preisgegeben haben."

Christine Eiselts Unterarme vollführten eine Bewegung, als wolle sie zum Flug ansetzen. „Ich kann nicht ausschließen, dass Sie jemanden finden werden, der oder die für Sie das macht, was Ihre miesen Rachegelüste befriedigt. Die Folge davon wäre dann, dass ich mit einer Kanzlei- oder sogar einer Hausdurchsuchung rechnen müsste. Finden würden die Herrschaften dann Theas Akte, mit meinen Aufzeichnungen

darüber, dass sie die sechsfache Mörderin nicht anzeigen wolle, weil sie Kenntnis der Morde nur aus dem Bericht ihrer Lebensgefährtin habe und daher nichts *beweisen* könne. Ich, so wird zu lesen sein, hätte ihr zusätzlich abgeraten, da sie genau darum in die Gefahr laufen würde, wegen falscher Verdächtigung angeklagt zu werden." Ihre Handinnenflächen zeigten in Richtung ihrer Besucherin, während sie ihre Schultern hochzog. „Und nun?"
„Haben Sie keine Angst? Sie sind jetzt schließlich Mitwisserin!"
„Ein russisches Sprichwort lautet: Wer Angst vor Wölfen hat, darf nicht im Wald spazieren gehen." Die Antwort war spontan aus Christine Eiselt herausgeschossen. Sie hatte sie ihrer Besucherin förmlich ins Gesicht gespuckt.
„Sie können mich nicht umstimmen. Ich werde genau das durchziehen, was ich mir vorgenommen habe. Schließlich gibt es ja im heutigen Strafrecht einen Anscheinsbeweis und der lautet, dass dem Anzeigenden geglaubt wird, denn wer würde die Staatsmacht, um bei Ihrem Tiervergleich zu bleiben, als schlafenden Hund betrachtet – wecken? Sie sehen, ich bin voll im Bilde. Ich habe mich nämlich auf unser Gespräch vorbereitet und dazu schon einige Anwälte vor Ihnen konsultiert." Ricarda Polzfuß griente.
„So?" In Christine Eiselts Innerem begann kalte Wut aufzusteigen. „Offensichtlich wollte Ihnen aber keiner helfen und dann kommen Sie ausgerechnet zu mir. Wie gütig", ätzte sie nun.
„Ich habe selbstverständlich keine Details preisgegeben, sondern mich über die allgemeinen Gepflogenheiten in solchen Sachen, wie dass ein Mord nie verjährt und so weiter, informiert", entgegnete Ricarda Polzfuß gleichmütig, ohne ihre entspannte Haltung zu ändern. „Wie wäre es wenn wir eine Honorarvereinbarung schließen, die deutlich über den gesetz-

lichen Gebühren liegt. Euch Anwälten sagt man doch nach, dass ihr für Geld alles macht."

Mit diesen Worten hatte sie endgültig den Bogen überspannt.

„Genau! Halten Sie mich echt für so unterbelichtet?" Christine Eiselt holte tief Luft. „Sie wollten meine Hilfe, darum werde ich Ihnen einen guten Rat geben und den noch kostenfrei. Wenn Sie denken, dass im heutigen Strafrecht noch die Unschuldsvermutung gilt, nach der dem Angeklagten seine Schuld bewiesen werden muss, dann haben Sie sich geirrt. So sollte es zwar sein, aber leider sieht die Praxis anders aus. In vielen Verfahren ist es der Angeklagte, der seine Unschuld beweisen muss und kann er das nicht, dann hat er eben Pech gehabt. Dann bekommt er ein Urteil, in dem nachzulesen ist, was zur Überzeugung des Gerichts feststeht. Sechs Menschen sind tot. Die können niemanden mehr belasten. Es stehen somit zwei Aussagen gegen Ihre." In ihren Augen glimmte etwas, was ein Außenstehender für Schadenfreude halten könnte. Tatsächlich fühlte sie nun ihr inneres Gleichgewicht wieder im Lot. „Jetzt frage ich Sie: Dass eine Haus- oder Kanzleidurchsuchung ansteht, weiß man ebenso wenig, wie was einem vorgeworfen wird. Allerdings weiß ich, was man finden wird. Und das wird Theas Aussage sein, die beinhaltet, dass es sich bei ihrer Lebensgefährtin um eine Biologie- und Chemielehrerin handelt, die jederzeit in der Lage sein könnte Gifte herzustellen und ihr gedroht hat ihr die Morde in die Schuhe zu schieben, wenn sie auf die Idee kommen sollte, sich zu trennen. Angenommen es käme zur Anklage gegen Thea und das Gericht würde dieses aufgefundene Beweismaterial in den Händen halten, dessen Inhalt Thea, Frau Brückstein und ich bestätigen werden und dagegen steht allein Ihre Aussage, die der einzigen Person, die in der Lage wäre Gifte herzustellen, mit denen Menschen umgebracht werden könnten. Was denken Sie, wie es da mit dem Anscheinsbeweis aussehen würde?" Christine Eiselts Gesicht zeigte nur noch Kälte. „Mein Rat an Sie sollte eigentlich sein: Machen Sie sich nicht lächerlich, aber ich sage lieber: Machen Sie sich nicht unglücklicher, als Sie ohnehin schon sind."

„Für Ihren Hochmut kommen Sie in die Hölle", flüsterte Ricarda Polzfuß, schüttelte ihren Kopf und rang nach Worten. Fassungslosigkeit über das Unerwartete ließ sie in der nun vorgebeugten Haltung erstarren.

„Ich ziehe den Himmel vor, denn ich glaube, dass ich Sie nie wiedersehen werde." Die Hand, die die Papierrolle hielt, wies zur Tür. „Und nun bitte ich Sie endgültig zu gehen, denn Sie wissen ja: Ich muss – bevor ich etwas vergesse – den Gesprächsinhalt notieren und durch kleine Details werden Aussagen glaubwürdiger. Ich habe also noch genug zu tun."

„Auf Nimmerwiedersehen!", antwortete Ricarda Polzfuß, während sie aufsprang, sich auf ihren Hacken umdrehte und ohne ein Wort weiteres Wort der Erwiderung das Büro der Anwältin verließ.

„Auch Ihnen einen schönen Tag und ein friedvolles, glückliches Leben", murmelte Christine Eiselt in den Knall der Bürotür hinein. „Die dachte doch wirklich: Gier frisst Hirn und ich ließe mich kaufen ..."

LESETIPP!

Kathrin Kolloch
Der Zorn

450 Seiten
14 x 21 cm
Hardcover mit Schutzumschlag
ISBN: 978-3-943168-14-3
17,70 (D)

Endlich ein Fall nach dem Geschmack des Oberstaatsanwaltes Hohenwarter-Powils.
Endlich die Chance, den unfähigen Richter-Kollegen zu zeigen, was hier jetzt Recht ist!
Endlich der Fall, um zu beweisen, wer hier jetzt für Recht und Ordnung sorgt!
Und Richter Wulkawitz, der Schulfreund, würde sicher Freude daran haben, den Prozess zu führen. Das würde schon zu regeln sein …
Nur eine Autorin wie Kathrin Kolloch, durch ihre über 27-jährige Tätigkeit als Rechtsanwältin bestens mit dem subtilen Netzwerk innerhalb des Justizapparates, seinen inneren Mechanismen, den Eitelkeiten und der Hierarchie vertraut, vermag derart glaubwürdig und erschütternd die Geschichte dieses Prozesses zu erzählen, die Brutalität, des Geschehens in der Haftanstalt in aller Klarheit zu benennen – ohne dabei die menschlichen Schicksale aus dem Blick zu verlieren.
Ein Justiz-Krimi, der durch seine schonungslose Offenheit und seine Ehrlichkeit besticht.
Und der spannend bleibt – bis zuletzt.

LESETIPP!

Kathrin Kolloch
Der Neid

480 Seiten
14 x 21 cm
Hardcover mit Schutzumschlag
ISBN: 978-3-943168-00-6
17,70 (D)

Man schreibt das Jahr 1989. In einem einsamen kleinen Dorf in Mecklenburg lebt das 13-jährige Mädchen Stefanie bei ihrer Großmutter. Ihr Vater hatte sie in die Obhut seiner Mutter gegeben, nachdem Stefanies Mutter zehn Jahre zuvor auf mysteriöse Art und Weise ums Leben kam.
An einem Sonnabend im Januar 1989 verschwindet das Mädchen plötzlich spurlos.
Gewaltverbrechen oder Entführung? Schon kurze Zeit später geraten mehrere Tatverdächtige nicht nur ins Visier der Polizei, sondern auch in das der Stasi, die sich schon unmittelbar nach dem Verschwinden des Mädchens an den Ermittlungen beteiligt. Da es scheint, dass den Ermittlern sämtliche Spuren ausgehen, beauftragt der Vater des verschwundenen Mädchens fünfzehn Jahre später eine renommierte Anwaltskanzlei mit der Aufklärung des Falls. Der Seniorpartner übergibt den ungewöhnlichen Auftrag an gleich zwei seiner Anwältinnen. Von ihm ausgeklügelt, teilen sich beide eine hohe Prämie bei Aufklärung des Falles, bei Misserfolg gehen sie leer aus. Bei Erfolg kann aber auch eine die gesamte Prämie bekommen. Der Wettlauf mit der Zeit beginnt …